志賀直哉

暗夜行路

•

암야행로

창 비 세 계 문 학

17

•

암야행로

•

시가 나오야
서기재 옮김

창비

차례

•

일러두기
1. 이 책은 志賀直哉 『暗夜行路』(新潮社 1990)를 번역저본으로 삼았다.
2. 본문 중의 각주는 옮긴이의 것이다.
3. 외국어는 가급적 현지 발음에 준하여 표기하되, 일부 우리말로 굳어진 것은 관용을
   따랐다.

전편

서사(序詞)
—주인공의 추억

내게 할아버지가 있다는 사실을 알게 된 것은 어머니가 산후병으로 돌아가시고 두달 정도 지나서 갑자기 할아버지가 내 앞에 나타났을 때다. 내가 여섯살 때 일이다.

어느 저녁 혼자 집 앞에서 놀고 있는데, 낯선 노인이 내게 다가왔다. 눈이 움푹 파이고 등이 굽은, 어딘가 처량하게 보이는 노인이었다. 난 왠지 모를 거부감을 느꼈다.

노인은 내게 미소를 지으면서 무슨 말을 하려고 했다. 그러나 나는 악의를 드러내며 그를 무시하고 고개를 숙여버렸다. 치켜올라간 입가, 그 주위의 깊은 주름, 어쩐지 천박하다는 인상을 받았다. 나는 마음속으로 '빨리 가버려' 하고 생각하면서 끈질기게 계속 아래만 쳐다보고 있었다.

그러나 노인은 좀처럼 거기서 떠나려고 하지 않았다. 나는 더는 참기 어려운 마음에 얼른 일어나 집 안으로 달려들어갔다. 그때,

"얘야! 네가 켄사꾸니?" 하고 노인이 뒤에서 말했다.

나는 그 말에 한대 얻어맞은 것 같은 느낌이었다. 그리고 멈춰섰다. 뒤를 돌아본 나는 마음속으로는 경계하면서도 어느새 말없이 고개를 끄덕이고 있었다.

"아버지는 집에 계시니?" 노인이 물었다.

나는 고개를 저었다. 그러나 그의 위압적인 말투가 나를 짓눌렀다. 노인은 다가와 내 머리에 손을 얹고 말했다.

"많이 컸네."

나는 이 노인이 누군지 몰랐다. 그러나 본능적으로 아마도 가까운 친척인 것 같다는 생각이 들었다. 가슴이 꽉 막혔다.

노인은 바로 돌아갔다.

이삼일 지나자 그 노인이 다시 왔다. 그때 아버지가 그 노인이 내 할아버지라고 알려주었다.

열흘 정도 더 지나서, 나는 영문도 모르는 채 혼자 할아버지 집으로 가게 되었다. 그리고 네기시[1]의 오교오노마쓰와 가까운 어느 골목 깊숙한 곳의 작은 고택에서 살게 되었다.

거기에는 할아버지와 오에이라는 스물서너살 된 여자가 있었다.

집안 분위기는 지금까지와 전혀 달랐다. 모든 것이 궁상맞고 천박해 보였다.

다른 형제들은 모두 집에 남아 있는데, 나만 이렇게 천박한 할아버지 집으로 오게 된 것이 어린 마음에도 왠지 이상하고 싫었다. 그러나 어릴 적부터 불공평한 대우에는 익숙했다. 처음 있는 일이 아닌 만큼 다른 사람에게 물어보고 싶지도 않았다. 그러나 앞으로

---

1 토오꾜오 타이또오 구(区)에 있는 지역.

도 이런 식으로, 이런 일이 내 인생에 계속 일어날 것 같은 막연한 예감에 쓸쓸해졌다. 그리고 두달 전에 돌아가신 어머니를 생각하고 슬픔에 잠겼다.

아버지는 나를 직접 심하게 야단치는 일은 없었지만, 늘 차갑게 대했다. 나는 이런 일에 너무도 익숙했다. 그것이 내가 경험한 부자관계의 전부다. 나는 왜 내가 다른 형제들과 다른 취급을 받는지 알려고 하지도 않았다. 그래서 그런 것에 괴로워하지도 않았다.

어머니는 나에게 엄격한 편이었다. 나는 매사에 야단을 맞았다. 실제로 고집도 세고 버릇이 없기도 했지만, 같은 일이라도 다른 형제들은 괜찮은데 나는 늘 야단을 맞았다. 그럼에도 불구하고 나는 어머니를 깊이 사랑했다.

네살 때인지 다섯살 때인지 기억이 나지 않지만, 어쨌든 가을 저녁 무렵의 일이다. 가족들이 저녁을 차리느라 분주한 동안, 화장실 앞 손 씻는 물이 놓인 쪽 지붕에 걸린 사다리를 타고 아무도 모르게 혼자서 지붕 위로 올라간 적이 있었다. 용마루를 따라서 귀와(鬼瓦)가 있는 곳까지 가서 걸터앉아 있으니 왠지 유쾌한 기분이 들어서 나는 큰 소리로 노래를 불렀다. 그렇게 높은 곳까지 올라간 것은 처음이었다. 평소 아래서만 올려다보던 감나무가 지금은 내 발 아래 있다.

서쪽 하늘에 아름다운 저녁놀이 비친다. 까마귀가 소란스럽게 날고 있다……

얼마 후,

"켄사꾸! 켄사꾸!" 하고 외치는 어머니의 목소리가 아래서 들려왔다. 어머니의 목소리는 기분 나쁠 정도로 상냥했다.

"그대로 가만히 있어. 움직이면 안돼. 지금 야마모또가 올라갈 테니. 그대로 얌전히 있어야 한다."

어머니의 눈이 약간 치켜올라간 것처럼 보였다. 너무나 부드럽게 말하는 것으로 보아 보통 일이 아님을 알 수 있었다. 나는 야마모또가 오기 전에 내려가버리려고 지붕에 올라탄 채 살짝 뒷걸음쳤다.

"아악!" 어머니는 겁에 질려 울 것 같은 표정을 지었다. "껜사꾸, 얌전히 있어야지? 엄마 말 잘 들어야지?"

나는 계속 눈을 떼지 않은 채 이상하게 날카로운 어머니의 시선에 사로잡혀 움직일 수 없었다. 곧 한 학생과 인력거꾼이 나를 조심스럽게 땅에 내렸다.

예상대로 나는 어머니에게 심하게 맞았다. 어머니는 흥분해서 울었다.

어머니가 돌아가시고 나서 그 기억이 갑자기 선명해졌다. 시간이 지나 이 일을 떠올릴 때마다 나는 눈물을 흘렸다. 누가 뭐래도 어머니만은 진정으로 나를 사랑했다고 생각한다.

전후 상황은 잘 기억나지 않지만, 그때쯤이었던 것 같다.

혼자서 거실에 누워 있었는데, 아버지가 퇴근하여 거실로 들어왔다. 아버지는 말없이 소매에서 과자를 싼 종이 꾸러미를 꺼내 찬장에 올려놓고 나갔다. 나는 누운 채 유심히 그 모습을 보고 있었다.

아버지가 다시 들어왔다. 이번에는 종이 꾸러미를 선반 안쪽에 넣어놓고 나갔다.

나는 갑자기 기분이 나쁘고 화가 났다. 어머니가 곧이어 아버지가 벗어놓은 외출복을 챙겨 옆방에서 들어왔다. 나는 억지를 부리고 싶었다. 울면서 화내고 싶은 기분이었다.

"엄마, 과자요."

"무슨 소리야?" 어머니는 즉각 나무랐다. 나는 방금 간식을 먹은 참이었다.

"과자 좀 줘요. 과자."

어머니는 내 말을 들어주지 않았다. 개어놓은 옷을 옷장에 넣고 나가려고 했다.

나는 일어나서,

"과자 좀 주라고요" 하고는 어머니 앞을 막아섰다. 어머니는 말 없이 내 볼을 꼬집었다. 나는 화가 나서 어머니의 손을 잘싹 때렸다.

"아까 먹었잖아. 이제 없어. 뭘 찾는 거야?" 어머니는 나를 노려 보았다.

나는 보란 듯이 아버지가 가지고 온 과자를 끄집어냈다.

"이건 안돼."

"싫어요." 나는 당연한 권리를 주장하듯 강하게 고개를 내저었다. 어쨌든 내 기분은 엉망이 되었다. 그 정도로 과자가 먹고 싶은 것은 아니었다. 크게 울든지, 야단을 맞든지, 매를 맞든지, 어떻게 든 하지 않으면 뒤죽박죽이 된 기분이 풀리지 않을 것 같았다.

어머니는 내 손을 뿌리치고 나가려고 했다. 나는 뒤에서 얼른 어 머니의 허리띠를 잡고 힘껏 휙 당겼다. 어머니는 비틀거리면서 문 을 붙잡았다. 문이 어긋나버렸다. 어머니는 정말로 화를 내기 시작 했다. 내 손목을 붙잡고는 선반 앞으로 질질 끌고 갔다. 그러고는 한 팔로 내 머리를 붙잡고 저항하는 나의 입에 두껍게 자른 양갱을 욱여넣었다. 썩어들어간 충치 구멍을 통해 양갱이 가는 봉이 되어 입속으로 들어오는 것을 느끼면서 너무 놀라 울 수도 없었다.

어머니는 흥분해서 갑자기 울기 시작했다. 조금 뒤 결국 나도 엉엉 울어버렸다.

네기시 집은 모든 것이 엉망이었다. 할아버지는 아침에 일어나 이쑤시개를 물고 목욕탕으로 갔다. 그리고 잠옷 차림으로 아침밥을 먹었다.

여러 부류의 이상한 사람들이 손님으로 왔다. 특히 화투를 치는 날 밤에는 별난 사람들이 여기저기서 모여들었다. 대학생, 골동품상, 소설가, 그리고 오십대 미망인처럼 보이는 야마까미라는 여자도 있었다. 그녀는 당시 의사들이 자주 들고 다니던 검은 가죽 가방을 들고 왔다. 거기에는 항상 많은 양의 동전과 새 화투, 두꺼운 금테 안경이 들어 있었던 것 같다. 그러나 그녀는 미망인이 아니라 당시 대학에서 역사를 가르치던 노교수의 아내로, 조카가 과거에 오에이와 동거한 것이 인연이 되어 남편 몰래 좋아하는 놀이를 하러 왔다고 했다. 그 조카라는 사람은 술꾼에 골초에, 뼛속까지 망나니에 가까웠는데, 이삼년이 지난 후 결국 확실한 이유 없이 자살했다는 얘기를 이십년이 지나 오에이로부터 들었다.

야마까미는 10시쯤 집으로 돌아갔다. 그러면 그때쯤 토오꾜오 사람이지만 오오사까 사투리만 쓰는 젊은 놀이꾼이 그 무리에 끼곤 했다.

오에이는 승부에 끼지 않았는데, 할아버지의 승패에는 꽤 열을 올리며 참견하기도 했다. 그럴 때면 그 놀이꾼은 천박하게 빈정거리며 모두를 웃기곤 했다.

나는 생활에 어려움이 없는데도 할아버지가 왜 그런 일을 하는지 궁금했다. 생활비 정도는 아버지가 보내줬기 때문이다. 그런데

도 할아버지는 잡동사니를 사고팔고, 고물상의 경매 장소로 집을
빌려주고 자릿세를 받곤 했다. 돈 버는 일이라기보다는 할아버지
의 취미처럼 보였다.

오에이는 그냥 보면 아름다운 여자는 아니었다. 그러나 목욕 후
짙은 화장을 하면 내 눈에는 그녀가 매우 아름답게 보였다. 그럴
때 오에이는 묘하게 들떠 있었다. 할아버지와 술을 마시면 낮은 목
소리로 유행가를 부르곤 했다. 취하면 갑자기 나를 자기 무릎 위로
끌어올려 팔에 힘을 주어 꼭 안아주기도 했다. 나는 답답하면서도
혼이 빠져나갈 것 같은 쾌감을 느꼈다. 나는 아무래도 할아버지를
좋아할 수 없었다. 오히려 싫어졌다. 그러나 오에이는 섬섬 좋아
졌다.

네기시 집으로 옮기고 반년 정도 지났다. 일요일이었는지 공휴
일이었는지 모르겠는데, 나는 오랜만에 할아버지를 따라 혼고오[2]
에 있는 아버지 집에 갔다. 마침 형은 메구로로 놀러 나갔고, 아직
한살이 안된 사끼꼬와 아버지만 집에 있었다. 할아버지와 함께 아
버지 방으로 인사하러 들어갔는데, 아버지는 그날따라 왠지 기분
이 좋아 보였다. 평상시와는 달리 내게 자상하게 말을 걸었다. 나를
대하는 아버지의 행동은 늘 변덕스러웠다. 그날 기분 좋은 일이 있
었는지도 모르지만 그런 건 상관없었다. 나는 그 느낌이 좋아서 할
아버지가 거실로 나가고 나서도 혼자 방에 남아 있었다.

"어때? 켄사꾸, 씨름 한판 해볼까?" 아버지가 말했다. 내 얼굴은
아마도 기쁨으로 가득 찼을 것이다. 나는 고개를 끄덕였다.

---

2 토오꾜오 분꾜오 구(區)에 속하는 지역.

"자, 덤벼."

아버지는 앉은 채로 양손을 내밀어 자세를 취했다.

나는 벌떡 일어나 아버지에게 힘껏 부딪쳤다.

"힘이 상당히 센데?" 아버지는 가볍게 나를 넘어뜨리며 말했다.

나는 머리를 숙이고 종종걸음 치며 다시 자세를 잡아 부딪쳤다.

나는 기뻐서 어쩔 줄 몰랐다. 내가 얼마나 강한지 아버지에게 보여줄 수 있을 것 같았다. 실제로 씨름에서 이기고 싶다는 마음보다는 내 힘을 아버지에게 보이고 싶은 마음이 더 강했다. 나는 되밀쳐질 때마다 거세게 다시 부딪쳤다. 전에는 아버지와 이런 것을 해본 적이 없었다. 나는 무척이나 기뻤다. 그리고 즐거워하면서 온몸에 힘을 모아 다시 맞섰다. 그러나 아버지는 좀처럼 나를 위해 져주지 않았다.

"이 정도는 어때?" 아버지는 힘을 주어 나를 다시 넘어뜨렸다. 힘껏 부딪친 반동으로 나는 벌러덩 뒤집어졌다. 잠시 숨이 멎을 정도로 세게 등을 찧었다. 나는 약간 화가 났다. 그리고 다시 일어나 더욱 힘껏 저항했다. 그때 나의 눈에 비친 아버지는 지금까지의 아버지와는 다른 느낌이었다.

"내가 이겼지?" 아버지는 흥분한 목소리로 얄밉게 웃으며 말했다.

"아직이에요." 나는 말했다.

"좋아. 항복이라고 말할 때까지 하는 거야."

"항복은 안해요." 나는 바로 아버지의 무릎 아래 깔려버렸다.

"이래도?" 아버지는 누르고 있던 손으로 나를 흔들었다. 나는 아무 말도 하지 않았다.

"좋아. 그럼 이렇게 해주지."

아버지는 내 허리끈을 풀더니 양손을 뒤로 묶어버렸다. 그리고 끈의 나머지 부분으로 양 발목을 졸라매버렸다. 나는 움직일 수 없었다. "항복이라고 말하면 풀어주지."

나는 애정이라곤 전혀 없는 차가운 눈으로 아버지 얼굴을 보았다. 아버지는 뜻밖의 격한 운동으로 파랗게 질려 얼굴에 일종의 살기를 띠고 있었다. 아버지는 나를 묶어둔 채 책상 쪽으로 가버렸다. 나는 갑자기 아버지가 미웠다. 숨이 가빠 심호흡하는 아버지의 넓은 어깨가 꼴 보기 싫었다. 그러는 동안 아버지를 바라보던 시선의 초점이 흐려지고, 나는 결국 참지 못하고 갑자기 크게 울기 시작했다. 아버지는 놀라서 뒤돌아봤다.

"뭐야, 울지 마. 안 울어도 되잖아. '풀어주세요' 하고 말하면 되지. 바보 같은 녀석."

끈이 풀리고 나서도 화가 나서 울음을 멈출 수 없었다.

"별걸 가지고 다 우네. 이제 됐어. 저쪽에 가서 과자라도 먹어, 어서."

아버지는 이렇게 말하고 엎어져 있던 나를 일으켜세웠다.

나는 아버지에게 너무 분명하게 악의를 표출한 것이 부끄러워졌다. 그러나 어딘가에 아버지를 믿지 못하는 마음이 여전히 남아 있었다.

할아버지와 하녀가 들어왔다. 아버지는 겸연쩍은 듯이 웃으며 상황을 설명했다. 할아버지는 일부러 큰 소리로 웃으며 내 머리를 툭 치면서 "바보구나" 하고 말했다.

1장

1

　토끼또오 켄사꾸는 사까구찌에 대해 점점 쌓여온 불쾌감이 이번 소설로 마침내 절정에 이르렀다고 생각하니 화가 치밀어오르면서도 한편으로는 속 시원한 기분이 들었다. 그는 다 읽은 잡지를 머리맡에 두기도 싫은 마음에 잠옷 있는 쪽으로 내던지고 불을 껐다. 새벽 3시가 가까웠다. 그는 여전히 흥분한 상태였다. 머리도 몸도 매우 피곤했지만 좀처럼 잠이 오지 않았다. 기분 전환을 위해 뭔가 가벼운 읽을거리라도 보면서 잠을 청하려고 했다. 그러나 그런 책은 대부분 오에이 방에 있었다. 그는 신경이 좀 쓰였지만, 신경 쓰는 일 자체가 이상하다고 생각하여 불을 켜고 이층에서 내려갔다. 문밖에 서서,

　"책을 좀 빌리러 왔어요" 하고 말하고 나서, "책장에 『쓰까하라

보꾸덴塚原卜伝』[3] 있나요?" 하고 물었다.

오에이는 머리맡의 전등을 켰다.

"그릇장 위에요. 아직 안 자고 있었어요?"

"잠이 안 와서 책 읽다가 자려고요." 켄사꾸는 그릇장 위에서 코오단 책[4]을 꺼낸 뒤 "그럼 이만"이라고 말하고 방을 나왔다.

"쉬세요." 이렇게 인사하며 켄사꾸가 문을 닫자 오에이는 전등을 껐다.

켄사꾸는 읽기 편한 코오단 책을 보면서 아침 이슬에 젖은 참새가 쾌활하게 지저귀는 소리를 들었다.

다음 날은 한껏 흐린 조용한 가을날이었다. 정오 지나서 1시쯤 그는 오에이의 목소리에 눈을 떴다.

"타쓰오까 씨와 사까구찌 씨예요."

그는 대답하지 않았다. 대답하기가 귀찮았다. 그보다 아직 몽롱한 그의 머리로는 오늘 사까구찌와 만난다는 사실이 혼란스러웠다.

"저쪽으로 모실게요. 얼른 일어나세요." 오에이가 말하고 나가려는데,

"사까구찌는 안 만나고 싶어요" 하고 말했다.

"왜요?" 오에이는 놀란 듯이 양손으로 문을 잡은 채 뒤돌아섰다.

"알았어요. 두 사람 다 들여보내세요. 바로 갈게요."

켄사꾸가 이렇게 불쾌한 감정을 가지게 된 것은, 사까구찌가 쓴 소설에서 주인공이 그 집에 있는 열대여섯살 하녀와 관계를 맺고, 그 여자에게 생긴 아이를 낙태시켰다는 내용 때문이다. 켄사꾸는

---

3 1489~1571. 센고꾸 시대의 검호(劍豪)이자 병법가.
4 군담, 무용담 등을 낭송하는 서민적 오락거리인 코오단(講談)을 책으로 낸 것. 메이지 시대 이후 발간되기 시작했고, 타이쇼오 시대에 널리 보급됨.

그 내용이 아마 사실일 것이라고 생각했다. 그리고 그 사실도 불쾌했는데, 그런 행동을 하는 주인공의 태도가 너무나 진지하지 않아 그는 화가 났다. 사실 자체는 유쾌하지 않더라도 주인공의 기분에 동감이 된다면 용서가 되는데, 사까구찌의 소설은 쓴 동기와 태도 모두 불성실해 보였다. 게다가 소설에 등장하는 주인공의 친구는 아무래도 자신을 모델로 삼은 것 같았다. 친구를 대하는 주인공의 태도가 그를 화나게 했다.

주인공은 등장하는 여자가 어린애처럼 순수하여 전혀 의심하지 않는 것을 이용해, 아무렇지 않게 친구 앞에서 그녀를 희롱하고 놀린다. 성격이 좋고 아무것도 모르는 친구는 그녀를 마음속으로 계속 동정한다. 주인공은 이런 상황을 다 알면서, 조금 예민하게 굴기도 하고, 그녀를 울리기도 하는 내용이었다.

켄사꾸는 그 하녀가 정말 싫지는 않았다. 아주 순수하고 착한 것이 귀엽다고 생각한 적도 있다. 그러나 사까구찌가 그녀를 그냥 놔둘 리 없다는 것은 대충 예상하고 있었다. 그런데 소설에서는 아무것도 모르는 친구가 마음속으로 몰래 그녀를 사랑하는 것처럼 나온다. 그리고 주인공이 계속 그것을 속으로 비웃으며 차갑게 방관한다고 쓰여 있다. 주인공이 다른 사람의 마음을 구석구석 꿰뚫고 있는 듯한 태도, 게다가 사뭇 우쭐거리는 듯한 느낌에 켄사꾸는 화가 났다.

그렇다 해도 왜 오늘 나를 찾아온 것일까. 그 잡지가 나오고 벌써 일주일이 넘었다. 그사이에 내가 거세게 항의하는 편지라도 보낼 줄 알았는데 그러지 않아 불안해서 협박당하는 느낌이라도 든 것일까. 아니면 좀더 질 나쁜 위악자 근성으로 뻔뻔스러운 얼굴을 나에게 보이려고 온 것일까. 켄사꾸는 의아했다. 어쩌면 일찌감치 만나서 단호하게 말하는 편이 좋았으려나 하는 생각이 들기도 했다.

켄사꾸의 생각은 점점 부풀어만 갔다. 그는 세수를 하면서 이런 생각 때문에 흥분했다.

거실에서 옷을 갈아입고 있자니 객실 쪽에서 두 사람의 말소리가 들려왔다. 둘은 사뭇 느긋한 어조로 이야기하고 있었다. 켄사꾸는 왠지 자기만 긴장하고 있는 것 같다는 생각이 들었다. 모두가 아무렇지도 않은데 뭔가에 홀린 듯 혼자만 화가 난 자신이 바보 같다는 생각도 들었다. 그냥 기분이 썩 좋지 않았다.

"어제 늦게 잤어?" 그가 객실에 들어가자 타쓰오까는 안쓰러운 듯이 말했다.

"이제 일어나려던 참이었어."

사까구찌는 오에이가 준 오늘자 신문을 보면서 아무 일 없다는 표정을 짓고 있었다. 켄사꾸는 사까구찌가 지금껏 자신이 상상하던 기분으로 온 것이 아님을 알았다. 늘 그렇듯이 아무 생각 없이 타쓰오까가 불러서 따라왔음이 틀림없다.

그래도 혹시 몰라, "너희들 어디서 만났어?" 하고 타쓰오까에게 물었다.

"내가 데리고 왔어." 타쓰오까가 대답했다. 그러고는 "이 녀석 소설 봤어?" 하며, 특히 '이 녀석'이라는 말에 일종의 친근함과 경멸을 담아 사까구찌를 쳐다보며 말했다. 켄사꾸는 대답하지 않았다.

"기분 나쁜 소설이야. 그것도 그렇고, 거기 등장하는 융통성 없는 친구는 나를 모델로 삼은 거지. 어제 보고 너무 화가 나서 오늘 아침 일어나 사까구찌를 혼내주고 온 참이야."

사까구찌는 신문에서 눈을 떼지 않고 히죽히죽 웃고 있었다. 타쓰오까는 계속 혼자 말했다.

"대부분 사실이 아니라고는 하는데. 사까구찌가 하는 일은 왠지 꺼림칙해."

사까구찌는 이런 말을 들으면서도 별로 불쾌한 내색을 하지 않았다. 그의 마음을 알 수 없었다. 그러나 그의 평상시 행동이나 성격으로 보아 이런 말까지 들으면서도 그저 히죽히죽하고만 있다는 것은, 확실히 그가 자기 소설을 마음에 들어한다는 뜻이었다. 그런 식으로 우월감을 나타내고 있다. 또 하나, 타쓰오까는 전혀 다른 종류의 일을 하고 있다는 점에서 여유가 있는 것 같았다. 타쓰오까는 올해 공과대학을 마치고 발동기 연구를 하러 얼마 후 프랑스에 간다.

"다른 사람의 생각을 다 꿰뚫는 듯 쓴 점이 불쾌하다고 말해줬어. 어쩌다 맞는 부분도 있기는 하지만, 인간의 마음은 변하기 쉬워서 다음 순간에는 반성하기도 하고, 어떤 경우는 동시에 정반대 생각을 하기도 하잖아? 그런데 사까구찌는 주인공의 기분에 지나치게 맞춰서 자기 상황과 맞지 않는 것은 아예 무시하면서 썼어."

"이제 그만해. 아까부터 계속 똑같은 말만 하고 있잖아." 사까구찌는 불쾌한 듯이 말했다.

"아침부터 계속 혼내고 있어." 타쓰오까는 켄사꾸를 보며 약간 신경질적으로 웃었다.

"집요한 녀석 같으니라고." 사까구찌는 혼잣말을 했다.

"뭐?" 타쓰오까도 불끈했다. "이 정도 가지고 넌 화낼 자격 없어. 너를 화나게 할 말은 얼마든지 더 있어. 너는 소설에서 악당을 그려내려 했지만 전혀 악당으로는 안 보여. 써놓은 것을 보면 엄청난 악당으로 비칠 줄 아나본데, 그저 천박한 악당이야. ──낙태가 뭐야?" 타쓰오까는 매정하게 내던지듯 말했다. 여태껏 쾌활하게 말했지만 실은 사까구찌가 히죽거리는 태도에 기분이 상한 모양이었다. 그리고 폭발했다. 타쓰오까는 체구가 작은 사까구찌와 비교하여 체격이 두 배나 큰데다 유도 삼단이었다. 그런 점에서 사까구찌는 완전히 제압당했다.

켄사꾸는 아까부터 사까구찌를 어떻게 대해야 할지 몰라 고민하고 있었는데, 타쓰오까가 상황을 이렇게 만들어버려 어색해진 자리를 어떻게 수습해야 좋을지 몰랐다. 그 상태로 세 사람은 아무 말도 하지 않았다.

"배는 정했어?" 잠시 후에 켄사꾸가 침묵을 깼다.

"11월 12일 배로 했어."

"준비는 끝났어?"

"특별히 준비할 것도 없어. 그건 그렇고, 우끼요에⁵를 사가고 싶은데 언제 함께 보러 가지 않을래? 어차피 비싼 것은 못 사지만, 거기서 신세 질 사람들에게 선물하려고."

"나도 언제 짬이 날지는 잘 모르겠지만 시간 되면 한번 가보자. 그런데 요즘 엄청 비싸진 것 같아. 그전 가격을 아니까 선뜻 사기가 어렵네. 어쩌면 빠리에서 사는 게 더 쌀지도 모르겠어."

"그럼 어떻게 하지? 뭐 다른 건 없을까?"

"하이바라⁶에서 치요가미⁷ 같은 걸 사 가지고 가면 어때? 아이가 있는 집에서는 어설픈 우끼요에보다 좋아할 것도 같은데."

켄사꾸는 기가 죽은 듯한 사까구찌를 보자 불쌍한 마음이 들기도 했다. 그는 타쓰오까가 말하는 것처럼 소설 속 주인공 친구의

---

5 무로마찌 시대부터 에도 시대까지 발달한 풍속화. 목판화가 주를 이룸.
6 토오꾜오에 본점을 둔 전통 종이 가게.
7 꽃무늬 등을 다양하게 인쇄한 종이. 포장지나 인형 옷으로 쓰임.

모델이 타쓰오까라고는 생각하지 않았다. 묘사된 장면이 대부분 자신이 모르는 장면이기는 했지만 주인공 친구의 성격은 사까구찌의 눈에 비친 자신을 모델로 삼은 것 같았다. 실제로 사까구찌가 타쓰오까에게 그렇게 말했는지 안했는지는 모르겠지만, "장면은 너와의 일에서 따오긴 했어. 근데 인물의 성격은 너와 전혀 다르잖아" 하고 말하는 것 같은 기분이 들었다. 켄사꾸는 이것이 사까구찌의 교활한 수법이라고 생각했다. 내가 인물의 성격은 나를 모델로 한 것 같다고 말한다면, 그와 동시에 내 성격이 그 천박한 인물에 가깝다고 인정하는 셈이다. 묘사된 장면이 실제 내 경험과 맞아떨어진다면 오히려 화내기가 좋다. 그러나 성격만을 나에게서 취했다고 말하기는 어렵다. 그 정도로 별 볼 일 없는 인물로 그려져 있다. 타쓰오까가 화를 내면 누가 너를 그런 성격의 인간으로 보겠느냐고 말할 것이고, 내가 화를 내면 너는 자신을 그런 성격의 인간이라 생각하는구나 하고 말할 것이다. 사까구찌의 묘한 자신감이 여기에 있다고 여겨지자 켄사꾸는 더욱 화가 났다. 지금 켄사꾸는 사까구찌를 극단적으로 안 좋은 쪽으로 의심하지 않을 수 없었다. 전에 그를 믿었던 만큼 그에게 배신당한 지금은 모든 것이 의심스러웠다. 특히 아이꼬와의 사건 이후, 좋지 않은 생각이라는 것을 알면서도 그는 이상하게 사람을 믿을 수 없게 되었다. 지금도 전날 밤부터 타쓰오까가 사까구찌의 상황을 고려해서 자기가 모델인 것처럼 가장하고 일부러 화내는 것은 아닌가 하는 의심이 들었다.

타쓰오까의 성격에는 고지식한 면이 있었다. 소설 속 주인공의 친구가 동시에 켄사꾸도 모델로 한다는 것을 알면서, 일부러 자신만 모델인 것처럼 사까구찌를 혼내고 있는 것은 아닐까 하는 생각이 들었다. 타쓰오까는 이런 식으로, 한편으로는 사까구찌를 혼내고 다른 한편으로는 우리 둘 사이를 멀어지지 않게 하려는 것이 아닐까. 그렇지 않은 한 그의 성격으로 볼 때 일부러 사까구찌를 데리고 와서 이렇게 혼내는 것이 자연스럽지 못하다는 생각이 들었다. 타쓰오까는 다혈질이기는 하지만 자신의 문제를 제삼자가 있는 앞에서 노골적으로 이야기하는 사람은 아니었다. 켄사꾸는 아무래도 이런 행동이 그의 고지식한 성격에서 나온 것이겠다는 생각이 들었다.

2

신시가지 느낌이 나는 누까루미 거리에 천박해 보이는 강렬한 빛의 전등이 켜졌다. 양측에 늘어선 가게에서 노골적인, 그러나 피곤한 사람이 보기에는 구역질이 날 정도로 야한 키모노를 입은 여자들이 지나가는 남자들을 부르고 있었다. 연민을 바라면서도 저주하는 것 같기도 한 음성이었다.

타쓰오까와 켄사꾸는 완전히 기가 죽었다. 두 사람은 나란히 길 한가운데를 빠른 걸음으로 곧장 걸어갔는데, 타쓰오까는 작은 소리로,

"상당히 예쁜 여자도 있어" 하고 말하기도 했다.

그날 셋이서 아까사까의 후꾸요시 쬬오町에 있는 켄사꾸의 집을 나온 것은 4시쯤이었다. 어색한 감정에서 벗어나지 못한 사까구찌는 바로 두 사람과 헤어지려고 했지만, 타쓰오까는 좀처럼 가려고 하지 않았다. 이대로 헤어져버리기에는 뭔가 꺼림칙한 것 같았다.

그는 자신이 너무 심하게 말한 것을 후회하는 듯했다. 셋은 치요가미를 사러 가는 타쓰오까를 따라 가려고 니혼바시 쪽으로 걸었다.

키하라다나의 어느 요리점에서 식사를 했다. 켄사꾸는 술을 많이 마시지 못하는 편인데, 가게를 나올 무렵 나머지 두 사람은 상당히 취해 있었다. 타쓰오까가 갑자기 요시와라[8] 구경을 한번 가보자고 말을 꺼냈다. 서양에 가기 전에 아직 가보지 못한 요시와라를 꼭 한번 보고 싶다는 것이었다.

"켄사꾸, 괜찮지? 그냥 보고만 오자고." 그는 눈치를 보면서 켄사꾸를 바라봤다. 켄사꾸도 아직 그런 장소에는 가보지 못했다. 그는 무뚝뚝하게 건성으로 대답했지만 마음속으로는 상당히 관심이 있었다. 그런 장소에는 결코 발을 들여놓지 않으리라 결심한 적은 없다. 어느 쪽인가 하면, 약간 흥미가 있었다. 그래서 타쓰오까가 그곳을 언급하자 냉담한 척했지만 이상하게 두근거렸다.

—켄사꾸와 타쓰오까는 긴 전신주가 늘어선 나까노 쪼오까지 나와 거기서 천천히 따라오는 사까구찌를 기다렸다. 사까구찌는 사뭇 주정뱅이 같은 모습으로 문의 격자 사이로 들려오는 여자들의 희롱 소리를 들으며 걷고 있었다.

"이봐, 빨리 와." 타쓰오까가 말했다. "날이 좀 흐려졌네."

사까구찌는 안 들리는 척하면서 역시 건들건들 걸었다. 켄사꾸는 하늘을 쳐다봤다. 검은 구름이 나란히 연결된 큰 건물 위를 에워싸고 있었다.

"우린 이제 돌아갈게. 같이 갈래? 아니면 따로 갈까?" 타쓰오까가 말했다. 사까구찌는 왠지 우물쭈물했다. 셋은 그대로 유곽 입구

---

8 토오꾜오 타이또오 구(区)에 있던 공인된 유곽. 에도 시대의 대표적인 유곽으로, 당대 문화에도 많은 영향을 끼침. 나까노 쪼오(町)가 가장 번화한 거리였음.

쪽으로 걸었다.

툭툭 비가 떨어졌다. 셋은 매우 피곤했다. 결국 근처 찻집에서 좀 쉬어가기로 했다. 굵은 붓으로 가게 이름을 쓴 등을 걸어둔 비슷한 가게가 양쪽에 줄줄이 늘어서 있었다. 셋은 대충 '니시미도리'라고 적힌 곳으로 들어갔다.

눈썹이 열은 마흔살 남짓한 마른 여주인이 추운 듯이 팔짱을 끼고 가게 앞에 서서 비가 내리기 시작한 거리를 바라보고 있다가,

"어서 오세요" 하고 인사했다. 그리고 그녀는 아직 바니시 냄새가 진동하는 서양식 계단으로 인도하더니 이층 바깥방으로 안내했다. 새로 칠한 새하얀 벽에는 가스 백열등의 현란하고 강한 빛이 비치고 있었다. 그리고 그와는 어울리지 않게 아주 지저분해진 분쪼오[9]의 산수화 족자가 얕은 오끼도꼬[10]에 걸려 있었다. 바니시 냄새가 진동하는 서양식 계단이며, 조화를 이루지 못하고 천박해 보이는 방의 모습은, 연극에서 본 나까노 쪼오와는 상당히 느낌이 다르다고 켄사꾸는 생각했다. 그는 약간 불안한 기분으로 기둥에 등을 기대 앉으면서 삐걱대는 소리라도 날 것처럼 완전히 지친 무릎을 세워 감싸안았다.

여주인이 나가자 곧이어 눈이 가늘고 몸이 큰, 코끼리 같은 인상의 여종업원이 찻잔을 들고 들어왔다.

"코이네는 있나?" 꽤 익숙한 어조로 사까구찌가 물었다.

"글쎄요, 꽤 늦은 시간이라. 있으면 좋겠지만요. 잘 아는 분인가요?"

---

9 타니 분쪼오(谷文晁, 1763~1840). 에도 시대 후기 화가.
10 객실 타따미방 정면에 바닥을 한층 높여 벽에는 족자를 걸고 바닥에는 도자기 꽃병 등을 장식해두는 판자.

"아니, 뭐." 사까구찌는 얼버무리며 대답했다.

착하게 생긴 여종업원은 그것이 사실인지 아닌지 헷갈리는 눈치였다.

"잠깐 보고 오겠습니다" 하고 내려갔다.

켄사꾸도 타쓰오까도 왠지 어색한 기분에 사로잡혀 있었다. 타쓰오까는 그런 기분을 떨쳐버리려는 듯 상 위에 놓인 담뱃서랍에서 담배를 꺼내 불을 붙이더니 혼자 문을 열고 바깥으로 나갔다. 그가 덜커덕 소리를 내며 거기에 있는 유리문을 열자 빗소리와 진창길을 서둘러 걸어가는 발소리가 동시에 들려왔다.

"꽤 세련된 차림으로 달려가네." 그는 길을 내려다보며 말했다.

여종업원이 방금 말한 게이샤가 없다는 것과 대신 들어올 게이샤를 알려주려고 들어왔다.

얼마 지나지 않아 게이샤가 들어왔다. 게이샤는 젊었다. 그리고 어색해하며 무뚝뚝하게 있는 세 사람을 보고는 어쩔 줄 몰라 약간 얼굴을 붉혔다. 게이샤는 길고 예쁜 목덜미를 보이며 조용하고 정중하게 인사를 했다. 켄사꾸는 아름다운 여자라고 생각했다. 그리고 이런 자리에 익숙하지 않은 자기들은 그렇다 쳐도 사까구찌까지 왜 저렇게 냉담한 얼굴을 하고 있을까 의아했다. 그러나 얼마 지나지 않아 사까구찌는 "이름이 뭐지?"라든가 "고향은?" 하고 물었다. 토끼꼬라는 이름의 게이샤였다.

곧바로 콧망울이 넓고 건강해 보이지만 그다지 품위가 있어 보이지는 않고 이름까지 남자 같은 유따까라는 작부가 들어왔다.

토끼꼬는 유따까와 함께 옆방으로 들어가 유따까가 북을 메는 동안 샤미센[1]을 상자에서 꺼내어 박자를 맞췄다.

토끼꼬는 마르고 키가 큰 여자였다. 앉아 있어도 왠지 곧추선 듯한 느낌을 주었다. 동작에도 곡선의 맛이 적었다. 그럼에도 불구하고 왠지 경쾌한, 여성스러운 느낌이 있었다.

유따까의 춤이 끝나자 사까구찌는,

"뭐 다른 것 하고 놀지" 하고 말했다. 켄사꾸는 유따까가 춤을 너무 못 추긴 했지만 끝나기를 기다렸다는 듯이 바로 이런 말을 들으면 아무래도 불쾌할 것이라는 생각에 그녀가 안쓰러웠다. 그런데 유따까는 오히려 기뻐했다. 그리고 바로 트럼프를 가지러 내려갔다. 11시를 지나고 있었다. 켄사꾸는 유리창 너머로 밖을 바라보며,

"어떻게 할 거야?" 하고 물었다.

"글쎄." 타쓰오까도 건성으로 대답하고 함께 밖을 내다보았다. 비는 쉴 새 없이 내려 좀처럼 그칠 것 같지 않았다. 이제 길에도 인적이 드물었다. 지나가는 자동차 불빛에 비쳐 빗줄기가 은색으로 빛났다. 흐지부지 눌러앉아 모두 카드놀이를 했다.

"뭐랄까, 이시모또의 처와 많이 닮았어." 켄사꾸는 패를 돌리면서 옆에 앉은 타쓰오까를 보며 말했다.

"그래?" 타쓰오까는 새삼스럽게 토끼꼬의 얼굴을 보았다.

유따까와 뭔가 이야기하던 토끼꼬는 자기 이야기를 하는 것을 알아채고 심술궂은 표정을 켄사꾸에게 지어 보이며 말했다.

"이분은 제가 옛날에 짝사랑하던 분과 닮으셨네요."

켄사꾸는 당황하여 대꾸할 수 없었다. 잠시 침묵이 흐르고 토끼꼬는 다시 가볍게,

"그리고 이쪽은요," 하고 사까구찌를 향해 말했다. "제 오빠와 많이 닮으셨어요."

---

11 삼현으로 된 일본 전통 현악기.

"이거 불공평하잖아." 사까구찌가 웃었다.

"어머, 정말이에요." 이렇게 말하며 토끼꼬는 얼굴을 붉히고 웃었다.

"자, 모두 시작해볼까?" 타쓰오까가 큰 소리로 말했다.

눈이 작은 여종업원도 같이 군시껜[12] 놀이를 할 때였다. 켄사꾸는 가끔 토끼꼬와 손을 마주 잡아야 했다.

"이번엔 이거." 이렇게 말하고 어깨와 어깨를 붙이고 뒤에서 암호 손가락을 쥔다. 그리고 상대방의 준비가 늦거나 하면,

"저기요, 이걸로 한 것 맞죠?"라고 토끼꼬는 켄사꾸에게 얼굴을 들이밀며 같은 손가락을 다시 쥐곤 했다. 그때 그는 다른 사람과 할 때는 느끼지 못했던 예민한 감각으로 그 쥐는 힘의 세기를 헤아렸다. 그리고 자기가 그녀의 손을 쥐는 경우에도 똑같은 예민한 감각으로 단순히 손을 쥐는 것 이상의 어떤 의미도 드러내지 않으려고 주의했다. 그는 토끼꼬가 약간이라도 의미를 담아 손을 쥘까봐 겁났다. 바라면서도 두려워했다. 모순이었다. 그러나 그것이 그의 성격이고 취향이기도 했다. 그러면서도 역시 그는 왠지 토끼꼬가 자신에게 호의를 가지고 있다는 증거를 보고 싶었다.

백동화를 돌리는 놀이를 하려고 가위바위보로 세명씩 편을 나누었다. 타쓰오까와 사까구찌와 여종업원이 한편, 켄사꾸와 토끼꼬, 유따까가 한편이 되었다.

대표가 되는 사람이 한가운데서 5전짜리 백동화를 쥔 주먹과 다른 주먹을 겹친다. 돌아가면서 손을 바꾸어 결국 백동화가 어느 손에 있는지 모르게 한 뒤 양손을 각각 양측에 있는 사람의 주먹 위

---

12 두 편으로 나뉘어 대장을 맡은 사람의 지휘 아래 내야 할 손을 정해 승부를 겨루는 놀이.

에 겹친다. 그리고 옮기거나 옮기지 않는 체하다가 마지막에는 모두가 주먹 쥔 양손을 무릎에 올린다. 반대편은 보고 있다가 백동화가 없다고 여겨지는 손부터 펴게 하여 빈손이 많이 남은 쪽이 이기게 되는 놀이이다.

지금 눈이 부실 정도로 밝은 가스 백열등 빛 아래에 켄사꾸 편이 나란히 얌전하게 손을 무릎에 올려놓았다. 유따까는 아이와 같이 통통하게 부푼 작은 손을 수가 화려하게 놓인 옷 위에 나란히 올려놓았다. 토끼꼬 역시 여자치고는 큰 편이지만 피부가 좋은 예쁜 손을 그렇게 하고 있었다. 검은색 키모노를 입고 있어 손이 한층 아름답게 보였다. 그 사이에서 켄사꾸 혼자만 마디가 크고 솟아오른, 게다가 검은 털이 무성한 손을 잘 다려진 키모노 위에서 손마디가 하얗게 될 정도로 꽉 쥐고 있었다.

"여긴 아니야." 타쓰오까가 토끼꼬의 손을 가리키며 사까구찌를 바라봤다.

"이 손으로 옮긴 것 같아." 이렇게 말하고 사까구찌는 유따까의 얼굴을 가만히 들여다보았다. 유따까는 눈을 내리뜨면서 아무 말 없이 둥근 턱을 내밀었다.

"저쪽부터 차례로 펴게 할까?" 타쓰오까가 말했다. 사까구찌는 정신을 가다듬고,

"그 왼쪽. 어? 오른쪽" 하며 토끼꼬에게 양손을 연이어 펴라고 했다. 그러고는 두 손가락을 접었다. 그리고,

"어차피 켄사꾸에게도 없을 것 같은데?" 하고 다시 한번 자기편에게 확인하더니, "어, 그 곰같이 털이 많은 양손"이라고 말했다. 유따까는 큰 소리를 내고 웃었다. 켄사꾸는 잠자코 아무것도 없는 우락부락한 손을 펴 무릎에 올려놓았다. 그러나 썩 유쾌하지는 않

왔다.

그는 아까 군시겐 놀이를 시작할 때부터 자신의 우락부락한 손이 신경 쓰였다. 이런 어색한 감정이 일어나는 것을 아무렇지 않게 생각하려 하면 할수록 더욱 그럴 수가 없었다. 그것을 지금 사까구찌가 노골적으로 지적한 것이다. 물론 지적당한 것도 기분이 나빴지만 그보다도 그런 식으로 자신을 기분 나쁘게 하려는 사까구찌의 저급한 저의에 화가 났다.

3, 4시가 되자 밖이 조용해졌다. 비도 잦아들어서 야경꾼이 긴 쇠지팡이로 지면을 뚫으며 지나가는 소리 같은 것이 맑게 들려왔다.

사까구찌는 눈이 푹 꺼지고 쌍까풀이 선명해졌다. 그는 왠지 초조해하면서 육체와 정신이 모두 피곤한 탓에 아무 의미 없는 말을 계속 해댔다.

날이 새기 시작했다. 취기와 피곤으로 타쓰오까도 사까구찌도 이제 거기 누워 뒹굴면서 꾸벅꾸벅 졸고 있었다. 유따까는 창가로 나가서 조용한 가을비 속을 걸어가는 사람들을 멍하니 쳐다보고 있었다. 한차례 소동으로 흐트러진 그녀의 키모노는 옷자락이 벌어져 매무새가 이상했다. 가스등 빛이 점점 희미해져갔다. 먹다 남긴 음식이 담긴 그릇과 봉지에서 나와 굴러다니는 담배라든가 트럼프, 바둑알 같은 것이 흩어져 있는 방은 뭔가가 한바탕 지나간 것 같은 느낌이었다.

켄사꾸도 지쳐 있었다. 전날 잠을 못 자기도 해서 상당히 피곤했는데, 왠지 마음속에서는 흥분이 일었다. 그는 자리뺏기 놀이에 사용한 방석을 겹쳐 쌓아놓은 데 혼자 앉아 있었다. 술과 먼지로 지저분해진 얼굴로 이런 짓을 하고 있는 자신들이 매우 추하고 불쾌하게 느껴졌다. 그는 한시라도 빨리 이곳에서 빠져나가 자유로워지고 싶었다. 자신의 평상시 리듬이 완전히 깨진 것 같다는 생각이 들었다. 그리고 평소의 기분을 되찾으려는 듯 아랫배에 힘을 주고 자기 가슴과 어깨 여기저기를 훑어보았다.

그는 문득 노부유끼 형을 떠올렸다. 그는 하나밖에 없는 형을 누구보다도 좋아하고 친근하게 여겼다. 형에 대해 잠시 생각하는 것만으로도 평소 기분을 되찾을 수 있었다.

'벌써 일어났을까?' 이렇게 생각하며 시계를 꺼내 봤다. 6시 반이었다.

그는 계단을 내려갔다. 아래에서는 어두컴컴한 창고 방에서 여주인이 종이 끈을 들고 좁은 곳에서 열심히 거듭 기도하고 있었다.[13] 맞은편에 있는 불을 밝힌 카미다나[14] 앞을 돌아 지나가자 여주인은 친근하게,

"안녕히 주무셨나요?"라며 살짝 머리를 숙였다. 그리고 그가 전화가 있는 곳을 물으려고 하는데 획 지나가버렸다.

그는 설거지하는 여종업원에게 전화가 있는 곳을 물어 형에게 전화를 걸었다. 아직 자고 있다는 대답을 들었다. 약간 실망했지만 깨울 일은 아니라고 생각하고 전화를 끊었다.

유따까는 상에 머리를 처박고 자고 있었다. 그 옆에서 토끼꼬가 혼자 작은 소리로 샤미센을 켜고 있었다. 밖은 사람들이 지나가는 소리로 점점 소란스러워졌다. 켄사꾸는 그 사람들과 함께 집에 돌아가고 싶었다. 아니면 이 두 여자가 빨리 돌아가줬으면 했다.

타쓰오까도 사까구찌도 이제는 살짝 코를 골면서 자고 있었다.

---

13 원문은 '햐꾸도오 후무(百度を踏む)'로, 신사나 절에서 일정한 거리를 백번 오가며 배례, 기원을 되풀이하는 일을 가리킴.
14 집이나 사무실에 신위(神位)를 모셔 두고 제사 지내는 선반.

토끼꼬는 아래층에서 얇은 솜이불을 가져와서 둘을 덮어주고 인사한 다음 유따까를 깨웠다. 유따까는 몽롱한 채 인사를 하고 비틀비틀 일어나서 갔다.

"유따까, 이거." 토끼꼬는 타쓰오까가 가지고 온 두꺼운 치요가미 꾸러미를 건네주었다. 전날 밤 타쓰오까는 그것을 유따까에게 주었다.

9시쯤 되어서야 세 사람은 가게에서 우산을 두 자루 빌려 촉촉하게 내리는 가을비 속으로 나갔다.

3

켄사꾸는 상당히 지친 채로 오후가 되어서야 집에 돌아왔다. 문에 들어서자 일주일 전부터 기르고 있는 새끼 염소가 아기 울음 같은 소리를 내고 있었다. 그는 곧장 뒤로 돌아가서 곳간 옆에 붙은 작은 울타리로 갔다. 새끼 염소는 마치 바지를 입은 아이 같은 다리를 종종거리며 기뻐했다.

"바보 같은 녀석."

새끼 염소는 둘러쳐진 울타리에 작은 발굽을 걸고 목을 위로 한껏 뻗었다. 켄사꾸는 어제 내린 비에 떨어져 담장 옆 땅에 딱 달라붙은 노란 벚나무 잎을 대여섯장 주워서 우리 안으로 들어갔다. 염소는 종종걸음으로 그를 얼른 따라왔다. 켄사꾸가 쭈그리고 앉자 새끼 염소는 바로 앞에 와서 그의 품에 머리를 들이밀었다.

"이 바보 녀석."

새끼 염소는 맛있게 잎을 먹었다. 문지르듯 아래턱만을 옆으로 움직이자 잎이 점점 빨려들어가는 것처럼 입속으로 사라졌다. 잎 하나가 입술에서 사라지면 켄사꾸는 다시 하나를 주었다. 새끼 염소는 선 채로 입만 움직이며 몹시 만족스러운 듯이 먹고 있었다. 그 모습을 보고 있으니 켄사꾸는 제정신이 아니었던 어젯밤의 상태에서 말끔히 회복된 듯한 기분이 되었다. 그는 약간 쾌활해져서,

"이제 마지막이야" 하고 양손으로 새끼 염소의 머리를 잡고 가슴에 끌어당겼다. 염소는 깜짝 놀라 약간 저항하다가, 바로 얌전해졌다. 켄사꾸는 아직 덜 자란 뿔이 나 있는 자리를 만져보았다. 좀 불룩해져 있었다. 이삼일 전 근처에서 강아지가 시끄럽게 짖어대자 새끼 염소가 갑자기 뿔도 없는 머리로 강아지 옆구리를 들이받았던 일이 떠올랐다.

"어머, 켄사꾸 씨?" 오에이가 부엌 쪽에서 나왔다. "무슨 소리가 나기에 누군가 했네요……."

"벌써 먹이를 줬나요?"

"요시가 방금 사러 갔어요."

거실로 들어갔다.

"밥은?"

"먹었어요."

"그럼 커피? 아니면 차로 할까요?"

"지금은 괜찮아요."

"어젯밤엔 타쓰오까 씨 댁에서?"

"이상한 곳에 갔었어요. 요시와라에 있는 손님 끄는 찻집에서 밤을 새웠어요."

"어머, 사까구찌 씨가 데리고 갔나요?"

켄사꾸는 어젯밤 일을 간단하게 이야기했다. 그리고,

"그런 곳엔 처음 갔는데, 어쩐지 이상한 기분이 들었어요" 하고 말했다.

"처음은 아니에요. 오교오노마쓰에서 살 적에 할아버지와 셋이서 간 적 있어요. 국회가 열리고 매화가 필 무렵이었나?"

"아닐 거예요. 국회가 열린 해에는 제가 세살인가 네살이었는데요?"

"그래요? 그럼 언제였지? 밤 벚꽃이 필 무렵이었나?"

오에이는 밤 벚꽃 필 무렵 니와까[15]를 보러 간 이야기를 했다. 그러고 보니 기억이 어렴풋이 났다.

켄사꾸는 바로 이층에 자리를 펴달라고 해서 누웠다.

저녁 무렵 아직 자고 있는데 노부유끼가 찾아왔다. 현관에 나가자 회사에서 퇴근하는 길인 노부유끼가 빨간 가죽으로 된 큰 서류가방을 품고 서 있었다.

"자고 있었어?"

"어."

"어디 가서 밥 먹을까?"

"어, 좀 들어와."

"구두 벗기 귀찮아. 아침에 전화했었어?"

"특별한 용건이 있었던 건 아니야."

오에이도 나와서 자꾸만 들어오라고 권했지만, 노부유끼는 "오에이 씨도 같이 가는 게 어때요?"라며 오히려 나가자고 했다.

노부유끼는 니혼바시 쪽의 아담하고 깔끔한 오오사까 요리점으로 켄사꾸를 데리고 갔다. 거기에서 켄사꾸는 그에게 요시와라

---

15 에도 시대와 메이지 시대에 연석(宴席)이나 노상에서 행해지던 즉흥 연극.

에 다녀온 이야기를 다시 했다. 그리고 토끼꼬라는 게이샤에 대해 말하자,

"아, 그 여자 꽤 괜찮지. 나도 그녀가 어릴 때 두세번 만난 적이 있는데, 어디에 내놔도 부끄럽지 않은 게이샤야" 하고 노부유끼가 말했다. 그리고 갑자기,

"깊이 사귀고 싶어?" 하고 물었다.

켄사꾸는 약간 당황했다. 그는 살짝 얼굴을 붉히면서,

"깊은 관계가 되려면 어떻게 해야 하는지 모르겠어"라고 말했다.

노부유끼는 큰 소리로 웃었다. 그리고,

"돈이 들어" 하고 말했다.

노부유끼는 학생 시절부터 그런 방면으로는 훤했다. 한때 게이샤를 끼고 살았다는 이야기를 들은 적이 있었다. 지금도 독신으로, 사치를 즐겨 항상 돈이 궁했다.

둘은 그 집을 나와서 바로 헤어졌다. 헤어질 때 노부유끼는 사끼꼬의 전갈이라며 시간이 있으면 내일 테이꼬꾸 극장 마띠네matinée 에 사끼꼬와 타에꼬를 데려가달라고 말했다.

다음 날은 바람이 부는 궂은 날씨였다. 켄사꾸는 낮에 열여섯살, 열두살 여동생들을 데리고 테이꼬꾸 극장으로 여배우극을 보러 갔다.

그는 머릿속으로 강렬하게는 아니어도 끊임없이 토끼꼬를 생각하고 있었다. 여배우들의 연극에 집중할 수가 없었다. 어딘가에 그녀가 와 있지는 않을까 생각하기도 했다. 그는 막이 내릴 때마다 동생들을 데리고 복도로 나가 왔다 갔다 했다. 아는 사람을 서너명 정도 만났는데, 물론 우연히 토끼꼬를 만나는 일은 없었다. 그리고 차를 마시러 간 곳에서 그는 이시모또와 마주쳤다.

"너에게 할 말이 좀 있는데…… 동생들 데려다주고 밤에라도 괜찮아." 이시모또가 말했다.

이시모또는 그의 친구라기보다는 오히려 노부유끼의 친구였다. 노부유끼는 중학교를 졸업하고 센다이의 고등학교에 가면서 그를 이시모또에게 부탁했다. 켄사꾸와 이시모또는 이전부터 잘 알고는 있었지만, 그때부터 특히 친하게 지내게 되었다. 노부유끼는 그 무렵 중학교 삼학년이었던 켄사꾸가 위험에 노출되기 쉬운 때라고 생각했던 것이다. 혼고오에 있는 켄사꾸의 가족들은 하나같이 켄사꾸에게 냉담했지만 노부유끼만은 웬일인지 그를 잘 챙겨주었다. 그 무렵 청년이었던 이시모또는 그런 부탁을 하는 데 나쁜 뜻이 없다는 것을 알았기에 호의적으로 켄사꾸를 대해줬다. 켄사꾸가 대수학 시험에서 낙제할 위기에 처하자 이시모또는 자신의 시험 공부를 제쳐두고 철야를 하며 가르쳐주기도 했다.

켄사꾸와 이시모또의 이러한 관계는 그후로도 계속 이어졌다. 언제까지나 이시모또는 선배이고 켄사꾸는 후배였다. 나쁘지는 않았지만, 최근 켄사꾸는 이시모또가 예전부터 가지고 있는 자신에 대한 노파심이 점점 지겨워졌다. 노부유끼는 태평한 성격이어서 걱정해줄 때도 상대방의 기분을 이해하는 면이 있었기에 크게 신경 쓰이지 않았지만, 이시모또는 끊임없이 뭔가를 가르치려고 했기 때문에 호의는 인정하면서도 점점 화가 났다. 이시모또는 쭉 어떤 장관의 비서관을 하고 있었는데, 내각 개편과 함께 지금은 비교적 여유로운 생활을 하고 있었다.

켄사꾸는 여동생들이 자기들끼리 돌아갈 수 있다고 해서 전차 타는 곳까지 데려다주고 헤어졌다.

"요리점에서는 이야기를 오래 못하니까 괜찮으면 같이 만나서 갈까?" 이시모또가 말했다.

두 사람은 거기서부터 긴자를 지나 쓰끼지까지 걸었다. 이시모또는 거기 있는 어느 큰 가게에 켄사꾸를 데리고 갔다.

"할 이야기가 있으니 아무도 부르지 말고 식사만 준비해줘요." 이시모또는 여종업원에게 이렇게 말했다.

안쪽 방으로 안내되었다. 차 향기가 나고 거추장스러운 장식이 없는 깔끔한 방이었다. 앞의 작은 정원도 품격 있게 만들어져 있었다. 어젯밤 유곽의 손님을 끄는 찻집과는 전혀 달랐다. 마루에는 쿄오또의 화가가 그린 이나리야마 산[16] 족자가 걸려 있었다. 켄사꾸는 전부터 이 화가의 그림을 매우 싫어했다. 그러나 이런 곳에 이렇게 걸려 있는 것도 나쁘지 않아 보인다고 생각했다. 특히 수반에 꽂힌 가을 풀이 이나리야마 산 그림 속 산길과 잘 어울렸다.

이시모또가 꺼내려는 이야기는 켄사꾸의 결혼에 관한 것이었다.

"실은 노부유끼에게 부탁받았어." 그는 이런 식으로 이야기를 꺼냈다. "노부유끼는 독신인 자기가 너한테 이런 말을 하는 게 어색한가봐. 하지만 우리는 만약 네가 결혼할 마음이 있다면 정말로 괜찮은 사람을 찾아주고 싶은데……"

켄사꾸는 거절했다.

"왜?"

"다른 사람에게 그런 신세까지 지고 싶지는 않아요."

"왜 그러는데?"

"그냥 싫어요." 켄사꾸는 무뚝뚝하게 말했다. 그는 자신을 가만히 바라보는 이시모또에게서 얼굴을 돌려 정원을 보면서 잠자코

16 쿄오또 시 후시미 구에 있는 산.

있었다. 어째서 이시모또를 만나면 자신이 응석받이가 되는지 알수 없었다.

"그런 형의 노파심이 제일 귀찮아." 그는 이렇게 덧붙였다.

"그러면 그만두지." 이시모또도 흥이 깨진 기분으로 대답했다. 그리고 둘은 잠시 잠자코 있었는데 이내 다시 이시모또가 주절거리기 시작했다. 켄사꾸가 뭔가 말하려고 하자,

"아니, 내가 하려는 말이나 마저 하게 해줘" 하고 말했다. 켄사꾸는 초조한 마음으로 듣고 있었다. 그러나 마침내,

"이제 그만 좀 해요" 하고 노골적으로 불쾌함을 드러내며 말을 막았다.

이시모또가 갑자기 웃기 시작했다. 켄사꾸도 무심결에 웃었다.

켄사꾸는 지금 자신의 마음 상태가 온전치 않다, 그리고 이상하게 타인에 대한 의심이 깊어져서 다른 사람이 주선하는 결혼 같은 것은 도저히 생각할 수 없다 등등의 이야기를 했다. 지금 와서 아이꼬 이야기를 다시 꺼내고 싶지는 않았지만, 노부유끼나 이시모또가 새삼스럽게 결혼 이야기를 꺼낸 것은 분명히 아이꼬와의 일이 있었기 때문이라고 생각하자 그는 역시 그 이야기를 할 수밖에 없었다.

"요즘 아이꼬와의 일을 소설로 쓰고 있는데, 도무지 그쪽 마음을 모르겠어."

이런 말도 했다.

그는 이시모또의 호의에는 고마움을 전했다. 그러나 자신의 일에 너무 끼어들지 말라는 이야기도 덧붙였다. 이시모또는 약간 섭섭한 얼굴을 하고 입을 다물었다. 마침 여종업원이 식사를 내왔다. 얼마 후 두 사람은 편안한 이야기로 화제를 바꾸었다. 그리고 온화

한 분위기가 되었다.

"형 부인과 닮은 사람을 만나는 거 재미있을 것 같지 않아?"

켄사꾸는 아까부터 하고 싶었던 말을 꺼냈다. 토끼꼬에 대해 이야기하고 싶은 욕망도 강했지만 그보다 우선 이시모또와 함께 갈 구실을 만들고 싶다는 생각이 들어서였다.

"별로 흥미는 없는데, 대체 그런 사람이 어디에 있어?"

켄사꾸는 토끼꼬 이야기를 했다. 그리고,

"어떤가 하면, 정말 많이 닮았어" 하고 말했다.

"조만간 만나보지." 이시모또는 이렇게 말했는데 그다지 흥미는 없어 보였다.

이시모또와 헤어지고 그는 집까지 걸어갔다. 걸어가다가 '젊은 두 사람의 연애가 영원히 이어진다는 생각은 한 자루의 초가 평생 불을 밝힌다는 생각과 같다'라고 누군가가 한 말이 떠올랐다. '그런데 실제로 그럴까?' 그는 다시 생각했다. 그 말은 회의적이 된 현재의 그에게 기분 나쁘게 들리지만은 않았지만, 다시 생각해본 것은 그의 외조부모의 관계가 떠올랐기 때문이었다. 둘은 서로 사랑해서 결혼했다. 그리고 평생 사랑했다. '분명 첫번째 초는 언젠가 다 타버릴지 모른다. 그러나 그전에 두 사람 사이에는 두번째 초가 준비된다. 세번째, 네번째, 다섯번째 초가 그전의 초가 다 타기 전에 계속 준비되는 것이다. 사랑하는 방법은 변해도 서로 사랑하는 마음은 변하지 않는다. 초는 변해도 그 불은 늘 켜져 있는 등불처럼 계속된다.' 이런 생각이 들었다. 그리고 외조부모는 실제로 그랬을 것이다. 그는 아까 이시모또에게 이 말을 해주지 못한 것이 안타까웠다. 그러자 갑자기,

'그러나 서양 초는 이어서 켤 수 없어' 하고 이시모또가 말하는

것 같았다. 그런데 다시 상상 속의 자신이,

'그 두 사람은 순수한 일본식 초야' 하고 대답했다.

그는 그런 생각에 잠겨 걸으면서 이상하다고 생각했다. 죽은 외조부모의 모습이 떠올라 그리웠다.

4

켄사꾸는 여전히 토끼꼬에 대한 생각을 지울 수 없었다. 그 불쾌했던 이삼일 전날 밤, 군시껜 놀이를 하며 토끼꼬와 나란히 있었던 순간 등을 생각하면 알 수 없는 괴로움이 밀려왔다. 그는 자신의 손가락을 혼자서 쥐어보며 쥐는 감각과 잡히는 감각을 가늠해보기도 했다. 느낌이 확실하지 않았다. 그러나 토끼꼬와 깊은 관계까지 가지 않고 견딜 수 없을 정도는 아니었다. 단지 자신의 이 기분을 그대로 소멸시켜버리는 것이 왠지 아쉬웠다. 그건 그렇다 해도 그런 마음을 스스로 의식하면서도 그곳에 다니는 것은 상대가 그런 직업의 여자라고 해도 정말로 뻔뻔스러운 일 같아 선뜻 내키지 않았다.

어쨌든 뭔가 표면적으로 내세울 구실이 없으면 그는 그곳에 갈 수 없었다. 그러니 역시 이시모또를 데려가는 수밖에 방법이 없었다.

그는 바로 이시모또에게 편지를 썼다. 그러나 몇장 쓰다 말았다. 이시모또를 이용한다는 생각이 들어서였다. 결국 편지는 관두고 전화를 걸러 갔다.

"내일 가고 싶은데. 함께 가지 않을래요?" 이렇게만 말하자 그는 별로 달가워하지 않았다.

"좋아. 그럼 그때 다시 한번 전화를 줘."

켄사꾸는 안심했다.

그는 돈을 준비할 필요가 있었다. 아버지에게서 받은 돈이 있어 생활비라든가 책, 여행 등에 들어가는 돈은 신경 쓸 필요가 없었는데, 용돈은 어릴 적부터 늘 하던 대로 3엔이나 5엔 정도씩 오에이에게 타 쓰고 있었기에 그런 곳에 다니려면 따로 돈을 마련해야 했다. 그는 간다 거리의 잘 아는 헌책방에 내일 아침에 와달라고 엽서를 보냈다.

그러고 나서 그는 자신이 가지고 있는 우끼요에를 모두 팔면 되겠다고 생각했다. 히로시게[17]의 「토오까이도오의 53 경치」 연작 중하나나, 시끼떼이 산바式亭三馬[18]가 편찬한 초대 토요꾸니[19]와 쿠니마사[20]의 니가오에혼[21], 우따마로[22], 코류우사이[23], 슌쪼오[24]의 족자 같은 것, 그외 별거 아닌 작품까지 합하면 한아름이었다. 그는 그것을 가지고 근처 골동품 가게로 나갔다.

"아침에 호텔을 두군데나 돌았습니다." 골동품 가게 주인은 켄사꾸의 얼굴을 보자 바로 이렇게 말했다. "상서자기[25]를 입수했는데, 보여줬더니 진짜가 아니라는 거예요."

---

17 안도오 히로시게(安藤廣重, 1797~1858). 에도 시대 후기의 우끼요에 화가.
18 1776~1822. 에도 시대 후기의 통속 소설 작가.
19 우따가와 토요꾸니(歌川豊國, 1769~1825). 에도 시대 후기의 우끼요에 화가.
20 우따가와 쿠니마사(歌川國政, 1773~1810). 에도 시대 후기 우끼요에 화가. 초대 토요꾸니의 제자로, 사람 얼굴을 화폭에 꽉 차게 그리는 기법이 유명함.
21 배우나 미인의 얼굴을 본떠 그린 우끼요에 작품집.
22 기따가와 우따마로(喜多川歌麿, 1753~1806). 에도 시대 후기 우끼요에 화가. 관능적인 미인화를 그림.
23 이소다 코류우사이(礒田湖龍齊, 1735~90). 에도 시대 중기 우끼요에 화가.
24 카쓰까와 슌쪼오(勝川春潮, ?~1821). 에도 시대 중기 우끼요에 화가.
25 중국 명(明) 말기부터 청(淸) 초기의 고급 청화백자.

그는 별로 감식안도 없으면서 배짱만으로 그림을 사서 가지고 다니며 서양인들에게 보여주고 있었던 것이다. 문득 이런 상인의 노골적인 면이 보이자 켄사꾸는 가지고 온 물건을 보여주고 싶은 마음이 사라졌다. 그러나,

"그건 뭐예요?" 하며 가게 주인이 손을 내밀자 그는 역시 그것을 건넸다.

켄사꾸가 잠자코 있자, 가게 주인은 한장 한장, 그러나 고의로 거칠게 보면서 "으음"이나 "아아" 같은 의미 없는 말을 시끄럽게 반복했다. 자신이 그런 그림의 가치를 얼마나 낮게 생각하는지 보여주려는 뻔한 심산이 어리석게 비쳤다. 켄사꾸는 가격에 대해 한마디도 꺼내지 않고 바로 싸가지고 와버렸다.

집에서는 타쓰오까가 그가 돌아오기를 기다리고 있었다.

"괜찮다면 이걸 이별 선물로 주지." 켄사꾸는 막 가지고 돌아온 우끼요에를 꾸러미째 타쓰오까 앞에 내놓았다.

"고마워. 근데 이건 자네 수집품 전부잖아. 이런 걸 받으면 미안하지. 난 어차피 누군가에게 선물할 거니까 좋은 것은 놔두고 줘."

"괜찮아. 모두 가져가는 게 좋을 거야."

이삼일 전 이야기가 나왔다.

"그 토끼꼬라는 게이샤, 상당히 훌륭하지?" 타쓰오까가 말했다.

"그런가?" 켄사꾸는 갑자기 어색한 기분이 들어 이런 식으로 대답해버렸다. 무엇보다 그는 평소에도 '예쁘다'와 '훌륭하다'라는 말은 약간 다르다고 생각했다. 그는 '훌륭하다'라는 말에는 크거나 풍부하다는 의미도 있어야 한다고 생각했다. 그런데 토끼꼬의 아름다움에는 그런 요소가 없었기 때문에 그의 대답이 반드시 거짓은 아니었다. 그렇지만 실은 '혹시 타쓰오까도……' 하는 의문이

문득 생겼기 때문에 그는 신경이 쓰였다. "훌륭하다기보다는 일반적으로 보기엔 아름다운 쪽이지." 켄사꾸는 방금 부정적으로 내뱉은 말을 이렇게 정정했다.

"말하자면 그렇지."

"자넨 토끼꼬를 좋아하나?" 켄사꾸는 단호하게 물어보았다.

"그렇게 물으니 좀 당황스럽긴 한데, 자넨 어때?" 타쓰오까는 반문했다.

켄사꾸는 좀 난처했다. 그는 자신의 얼굴이 붉어지는 것을 느끼면서,

"난 좋은 것 같아. 하지만 자네가 좋아한다면 난 관두지. 그 정도는 가능하니까" 하고 말했다.

타쓰오까는 그 큰 몸을 흔들며 웃었다. 그리고,

"그렇게 양보할 필요 없어. 일단 나는 두달 후면 먼 나라에 가고 없으니까" 하고 말했다.

"그래."

"하지만 다행이야." 타쓰오까는 다시 싱글벙글 웃으면서 말했다. "요즘 자네가 왠지 언짢은 것 같아 그런 곳에 데리고 간 것에 죄책감을 느꼈거든."

"언짢기는 했어."

"왜?"

"사까구찌의 태도가 싫어서."

"사까구찌는 요즘 들어 늘 그러잖아."

켄사꾸는 입을 다물었다.

"그럼 다시 가보고 싶어?"

"내일 이시모또 형과 가려고."

"그럼 오늘 밤에는 나랑 갈까?"

그날 밤 9시쯤 두 사람은 다시 니시미도리로 갔다. 그러나 토끼꼬는 없었다. 신또미자[26]에 나가 있어서 11시가 지나서야 돌아온다고 했다. 그전에 사까구찌가 했던 말을 기억해내고 코이네라는 게이샤에 대해 물어봤는데, 그녀도 없었다. 유따까만 있었다. 이윽고 옆 찻집의 게이샤가 들어왔는데, 초라하게 보여 둘 다 아무 흥미를 느끼지 못했다. 두 사람은 한시간 정도 있다가 돌아왔다. 돌아올 때 오쓰따라는 여종업원이 "그럼 내일 저녁에라도 전화 한번 주세요" 하고 말했다.

"내일은 온다면서, 그래도 전화를 해야 하나?"

"그래도 혹시……" 오쓰따는 난처한 듯이 말했다.

다음 날 그는 8시쯤 눈을 떴다. 밖에서는 요란한 빗소리가 들렸다. 홈통으로 들어가지 못한 물이 이층 처마에서 곧장 땅으로 떨어지는 그 요란스러운 소리를 들으면서 그는 비가 너무 많이 쏟아지는 게 아닌가 생각했다. 비 오는 것 자체는 문제가 아닌데 이런 비를 뚫고 간다면 상대는 도저히 그냥 들른 것이라고는 여기지 않을 것 같아 그는 마음이 무거워졌다. 무엇보다도 이렇게 비가 오는데 이시모또가 과연 나올까 싶기도 했다. 게다가 자신이 비슷하게 생겼다고 말하긴 했어도 "이게……?" 하고 그가 말하면 어떡하나 생각하니 자신이 없어졌다.

그는 일어나서도 어쩐지 안절부절못하면서 날씨에만 신경 쓰고 있었다. 오전 중에 오라고 엽서를 써 보낸 헌책방 주인도 오지 않았다. 그러나 정오 무렵 비가 잦아들었다.

---

26 토오꾜오의 카부끼 극장.

"엽서에 오전 중이라고 쓰셨지만 비가 여간 많이 오지 않아서요." 잠시 후에 헌책방 주인이 와서는 이렇게 변명을 늘어놓았다.

켄사꾸는 옆방에 꺼내놓은 헌책을 보여주었다. 모두 합해 50엔 정도였다. 그는 외할아버지에게서 유품으로 받은 터무니없이 크고 양쪽에 덮개가 있는 은시계와 그것에 딸린 조잡한 금사슬을 꺼내왔다.

"이건 값이 좀 나가겠나?"

"살펴보지요."

"근데 도금한 건지도 모르겠네." 그는 뭔지 전혀 몰라서 그렇게 말해두었다.

헌책방 주인은 감정을 하려고 물건을 손바닥 위에 올려 무게를 가늠하면서,

"아니요, 도금한 것은 아니에요. 가져가서 바로 질산으로 문질러보면 알겠지만 순금이라면 엄청난 거지요" 하고 옆에 쌓아놓은 책에 손을 걸치며 "이것들의 두 배는 확실해요"라고 말하고는 켄사꾸가 관심을 기울이고 반응하기를 기다리는 듯이 입을 다물었다. 켄사꾸는 아무 말도 하지 않았다. 헌책방 주인은 커다란 구식 시계에 대해서도 "이런 것은 배 타는 사람들이 갖고 싶어해요. 열대지방에 가면 이 정도가 아니면 팽창해서 고장이 나버리니까요. 어쨌든 살펴본 다음 편지로 답을 드리겠습니다"라며 보자기를 짊어지고 돌아갔다.

저녁이 되자 비가 깨끗이 그쳤다.

그는 목욕탕에 가서 씻고 상쾌한 기분으로 집을 나섰다. 아름답게 갠 하늘을 쳐다보았다. 폭우에 씻겨서 작은 자갈이 드러난 길에는 비가 그쳤어도 젖은 우산을 든 사람들이 걸어가고 있었다.

그는 아는 잡지 가게에 들러 약속대로 니시미도리에 전화를 걸었다. 그후 이시모또에게도 걸었다.

"지금 손님이 와 계신데, 곧 가실 거야. 빨리 끝나면 꼭 갈게." 그는 이렇게 말했다. 이시모또는 큰 문을 지나서 어느 정도 가는지, 어느 방향인지, 니시미도리의 한자 표기까지 묻고서 전화를 끊었다.

미노와까지 전차로 간 다음 거기서 그는 오른쪽으로 불을 밝힌 유곽의 집들을 보며 용무가 있어 서두르는 사람처럼 어두운 둑길을 재빨리 지나갔다.

산야 쪽에서 온 사람들과, 도오떼쓰에서 둑길로 들어온 사람들, 켄사꾸처럼 미노와에서 온 사람들이 환한 니혼즈쓰미쇼에서 만나하나가 되어 납작한 돌을 깔아놓은 길을 따라 끊임없이 유곽으로들어간다. 그도 그중 한 사람이었다.

큰 문을 들어서자 길이 갑자기 나빠졌다. 그는 진창길을 피해 가장자리로 걸으며 줄지어 서서 유곽으로 안내하는 찻집 앞을 한 집한 집 지나 니시미도리 앞에 왔다. 토끼꼬는 벌써 와 있었다. 오쓰따와 꼭 붙어 앉아 왕래하는 사람들을 바라보면서 편안한 모습으로 무언가 이야기하고 있었다. 켄사꾸의 모습을 보고 두 사람은 함께 '어머, 어서 오세요' 하고 말하듯이 일어났다. 켄사꾸는 그렇게 생각했다.

"혼자세요?" 토끼꼬가 말했다.

켄사꾸는 계단을 오르며,

"곧 한 사람 더 올 거야" 하고 말했다.

"타쓰오까 씨인가요?"

"너와 닮았다는 사람의 남편이야."

"네?"

"그 사람의 부인이 너와 닮았다니까." 그는 조금 신경질적인 어조로 빠르게 말했다.

"아." 토끼꼬는 웃어댔다. "뭔가의 남편이라고 하셔서."

상 주위에는 방석이 세개 놓여 있었다. 켄사꾸가 그중 하나에 앉자,

"다른 분들은요?" 하고 토끼꼬가 물었다.

"타쓰오까도 어젯밤에 왔었어."

"네, 어젯밤 잠깐 들렀다가 들었어요. 그리고 그분…… 사까구찌 씨는요?"

"그후론 안 만났어."

오쓰따가 올라왔다. 그리고 이 여자도,

"다른 분들은?" 하고 물었다.

켄사꾸는 이런 말을 들을 때마다 왠지 비난받는 듯한 기분이 들었다. 이러한 장소에 익숙하지 않은 자신이 그렇게 잘 알지도 못하는 집에 전화까지 걸어서 혼자 온 것이 아무래도 부자연스러운 것 같아 신경이 쓰였다. 이시모또에게 보여주기로 하지 않았다면 아무리 토끼꼬가 좋아도 여기까지 올 수는 없었을 거라고 생각했다.

토끼꼬는 웃으며 방금 전의 '남편' 이야기를 하고는 혼자서 재미있어했다.

"무슨 말인지 전혀 모르겠어요." 이번에는 오쓰따가 이해가 안된다는 표정을 지었다.

"그것도 이해 못해? 그분 부인이 나랑 닮았대. 신기하지?" 토끼꼬는 몸을 젖혀 보였다.

"뭐가 신기해?" 오쓰따가 말했다.

켄사꾸는 토끼꼬가 왠지 전과 다르다는 느낌을 받았다. 그러나

아름다운 것은 여전했다.

"다음번에는 모두 같이 오세요. 모두 함께 노는 것이 재미있어요. 제 말은, 선생님들은 우리와 놀아주시니까요. 계속 앉아서 샤미센 연주만 시키는 손님도 있는데요, 그런 분과 만나면 예능이야 뭐 늘겠지만 힘들어서 가끔 울고 싶을 때도 있어요."

"넌 춤을 잘 춘다면서?" 켄사꾸는 노부유끼로부터 들은 말을 생각해냈다.

"누가 그런 말을?"

"너의 키산따²⁷ 춤을 본 사람에게 들었어."

"네에, 키산따? 아, 『유미하리쓰끼』²⁸에 나오는 키헤이지예요." 이렇게 말하고 토끼꼬는 약간 얼굴을 붉혔다.

밤을 새운 날의 이야기를 꺼내자,

"사까구찌 씨의 이거요?" 하며 토끼꼬는 손가락이 하얗고 긴 손을 주먹 쥐고 겹쳐 흔들면서 "정말 잘하세요. 완전히 사람 약 올리신다니까요. 결국 못 맞히죠"라고 사까구찌의 기술을 칭찬했다. 켄사꾸가 그래서 화가 났던 놀이였다.

"같이 오신다는 분은 뭐 하시느라 안 오시죠?"

"조금 있다가 전화를 걸어보지."

"빨리 오시면 좋겠어요. 둘이서는 아무것도 못하잖아요."

"코이네라는 사람은 있나?"

"글쎄요, 아직 이른 시간이니 아마 있을 거예요."

그러나 켄사꾸는 불러달라고 하지는 않았다. 그는 지금, 토끼꼬

27 무로마찌 시대 초기의 군담 『기께이끼(義経記)』의 등장인물.
28 에도 시대 후기에 유행한 소설 장르인 요미혼(読本) 중 하나인 『친세쓰 유미하리쓰끼(弓張月)』. 쿄꾸떼이 바낀(曲亭馬琴) 작, 가쓰시까 호꾸사이(葛飾北斎) 그림.

와 만나고 있다. 그리고 흥이 깨지지 않게 애쓰면서 별 의미 없는 이야기를 나누고 있다. 이런 상황이 사흘 전부터 그렇게 신경 쓰고, 그 정도로 공을 들인 것과 어떤 관계가 있을까 하는 생각이 들었다. 그는 처음부터 그녀를 마음에 두었다고 말할 생각은 없었다. 그러나 지금 나누는 이야기는 그의 심정과는 너무 겉도는 평범한 것이었다.

그는 있을 수 있는, 몹시 자연스러운 현상이라고 고쳐 생각했다. 자신이 지나치게 공을 들였을 뿐이다. 그리고 오늘 토끼꼬는 어쨌든 이전보다는 가벼운 의미에서 친근함을 표시하고 있다. 지금은 이것으로 만족할 수밖에 없다. 그 이상 바라는 것은 잘못이라고 생각했다.

코이네에 대해 무슨 말을 할 거라고 생각하고 그의 얼굴을 보고 있던 토끼꼬는 그가 아무 말도 하지 않자,

"처음 오셨던 밤에도 코이네를 부르셨다고요. 그리고 어젯밤에도. 상당히 집착하시네요. 왜죠?" 하고 묻고는 풍부한 표정으로 약간 눈을 흘기듯이 하며 웃었다. 켄사꾸는 그 모습이 아름답다고 생각했다.

"어제는 같이 있던 사람이 그냥 말한 거야."

"그래도 코이네 있는지 한번 물어볼까요? 둘만 있으면 놀 수 없잖아요."

토끼꼬는 물어보려고 서둘러 일어났다. 켄사꾸는 뭔가 무거운 짐을 내려놓은 듯 편안한 마음이 들었다. 토끼꼬는 시간이 꽤 지나도 올라오지 않았다. 그는 문득 생각난 듯이 소매에서 담배를 꺼내 피우기 시작했다. 그에게 담배는 피워도 그만 안 피워도 그만인 정도였다. 담뱃갑에는 사모아라는 글씨와 구릿빛 얼굴의 여자가 그

려져 있었다.

"코이네 있어요." 이렇게 말하며 토끼꼬가 들어왔다. 그리고 앉더니, 조금은 경멸하는 듯한 어조로,

"이런 얼굴이 예쁜가요?" 하고 담뱃갑을 그 앞에 들어 보였다.

"넌 어떻게 생각해?"

"글쎄요…… 피부색이 상당히 어둡네요."

"피부색이 검으면 안되나?"

"……저 이거보다는 그 담배가 좋아요. 뭐였더라? 아루마인가? 머리에 장미인가 뭔가 꽂은 여자. 그게 예뻐요."

"그런가?"

"그러고 보니 아래에 마침 아루마가 있었어요. 가지고 올게요." 토끼꼬는 다시 일어났다.

"나도 전화 좀 걸고 오지."

그리고 그도 함께 내려갔다. 이시모또가,

"손님이 방금 갔어. 오늘은 좀 늦은 것 같은데 다음에 가면 안될까?" 하고 말했다. 이제는 켄사꾸도 실망하지 않았다.

십분 정도 지나 코이네가 왔다. 그녀는 예쁘고 동작이 조용하여 사뭇 여성스러운 인상이 강하게 풍기는 여자였다.

그녀가 들어온 순간 켄사꾸는 매우 아름답다고 생각했다. 코이네는 들어와서 무릎을 꿇고 한번 인사를 하더니 다시 일어나,

"토끼꼬, 안녕?" 하고 웃으며 책상 옆으로 가서 나란히 앉았다.

"이것 봐, 코이네. 이것과 이것 중 어느 쪽이 더 예쁘다고 생각해?" 토끼꼬는 바로 그 두 담뱃갑을 코이네 앞에 늘어놓았다.

"어디?" 코이네는 얼굴을 들이밀고는, "그거야─" 하고 갑자기 그 풍성한 몸과 조용한 동작과는 어울리지 않는 이상하게 새된 목

소리를 내고 웃었다.

이 여자는 모든 면에서 토끼꼬와 대조된다고 켄사꾸는 생각했다. 모습이나 동작이 그랬다. 또, 가까이서 보니 관자놀이나 턱 언저리에 얇고 가는 정맥이 비쳐 보이는 투명하고 아름다운 토끼꼬의 피부와는 대조적으로 코이네의 피부는 두껍고 거칠었다.

켄사꾸는 차츰 거북한 기분에서 벗어났다. 술 대여섯 잔에 얼굴이 빨개지자 그는 마음 편히 놀이에 몰두할 수 있게 되었다.

아루마 담배를 금테가 둘러진 부분까지 재를 떨어뜨리지 않고 피우는 경쟁을 시작했다.

"아, 루, 마의 '루'까지 왔어요."

"좀 보여줘." 코이네는 달개비가 그려진 작은 부채로 조심조심 아래를 받치면서 담배를 켄사꾸 앞에 내놓았다.

"간신히 '아' 자까지 왔어요."

"글자 끝까지 왔는데도 아직 오분의 일이나 남았네. 이러면 아무래도 금박 있는 데까지는 힘들지." 코이네는 웃었다.

토끼꼬는 잠자코 입술을 붙인 채로 열심히 뻐끔뻐끔 피웠다. 그 사이 코이네의 재가 툭 떨어지자, 코이네는 앗 하고 외치며 약간 튕기듯 몸을 움직였다. 그 바람에 토끼꼬의 재도 상 위로 툭 떨어져버렸다.

"어머, 코이네!" 토끼꼬는 정말 화가 난 듯한 표정으로 코이네를 노려보았다.

"토끼꼬, 미안."

"………"

"미안해, 웅?" 코이네는 웃었다.

"네가 치울 거지? 알아서 해." 토끼꼬는 손가락에 남은 담배를

재떨이에 휙 내던지고 그대로 일어나,

"아, 이 연기" 하고는 위를 쳐다보며 방을 나갔다. 코이네는 종이 두장을 잘 접어서 그것으로 재주 좋게 재를 부채 위로 떨어뜨려 치웠다.

잠시 후 토끼꼬가 돌아왔다. 그리고 문을 열고 거기에 서서,

"자, 어서" 하고 짐짓 얌전한 자세를 취했다. 아까 켄사꾸가 여자가 들어오는 순간에 가장 아름다워 보인다고 말했기 때문이었다.

"여주인과 오쓰따 씨를 부추겨서 데리고 왔어요." 토끼꼬는 이렇게 말하며 원래 자기 자리에 앉아, "이쪽은 어때요?" 하고는 사모아 담배를 꺼내더니 코이네의 얼굴을 보며 휙 일어나서 다시 코이네의 맞은편에 고쳐 앉았다. 그러고는 잠자코 담뱃서랍을 들어 불을 붙였다. 코이네는 이제 질렸다는 듯한 얼굴로,

"어머, 너무해" 하고는 새된 소리로 웃었다.

여주인과 오쓰따도 들어왔다. 화투에 쓰는 점수 계산용 돌로 카드놀이를 했다.

1시쯤 켄사꾸는 인력거로 돌아왔다. 아까사까까지는 상당히 멀었지만 달이 밝았고, 비가 그친 깊은 밤의 니주우바시 앞을 지나갈 때는 그도 상쾌한 기분이 되었다.

돌아와보니 헌책방에서 편지가 와 있었다. 시계 체인은 도금된 것은 아니었지만, 동이 생각보다 많이 섞여 예상한 만큼의 가격은 아니라는 것이었다. 그리고 시계는 여러군데 물어봤는데 아무래도 쇠붙이 가격밖에 안돼 안타깝다는 내용이 쓰여 있었다.

5

　두번째로 토끼꼬를 만나기 전과 후, 켄사꾸의 마음은 이상할 정
도로 달라져 있었다. 그는 여전히 토끼꼬가 아름답다고 생각한다.
그리고 좋아한다. 그러나 그 아름다움에 대한 생각과 좋아하는 방
식이 묘하게 숨 막히던 이전과 비교하면 약간 가벼워졌다. 그는 이
제야 안정이 되었다. 그전의 자신을 생각하며 왜 그렇게 열을 내고
혼자 앞서 갔는지 이해가 안됐다.

　물론 이렇게 변화된 것은 토끼꼬의 태도 때문이었다. 그러나 다
른 것보다도 그는 아이꼬와의 일로 인해 이런 문제에는 이상하게
자신이 없었다. 그리고 자신이 없기 때문에 그는 알게 모르게 이런
안정감 정도로도 만족되는 것 같았다.

　어쩌면 그는 토끼꼬와의 관계가 좀더 진전됐으면 하고 바라는
지도 몰랐다. 그러나 한편으로는 그럴까봐 두려웠다. 아이꼬와의
일로 받은 상처가 아직도 생생했다.

　아이꼬의 아버지는 미또의 한의사였다. 그리고 어떤 사정이 있
었는지 켄사꾸는 모르지만 아이꼬의 어머니는 켄사꾸의 외조부모
를 양부모 삼게 되었고 그 집에서 한의사에게 시집갔다. 켄사꾸의
어머니와 아이꼬의 어머니는 서로 마음이 통해 각별히 친한 사이
였다. 어머니가 돌아가신 후 그는 아이꼬 어머니에게 자신의 어머
니에 대해서 묻곤 했다. "좋은 분이셨어. 정말 착했어." 아이꼬 어
머니는 이렇게 말하곤 했다. 연극을 좋아해서 둘이서 연극 흉내를
내다가 할머니에게 야단 맞은 적도 있었다는 이야기를 해주기도
했다.

누구에게도 진정으로 사랑받는다는 확신을 얻지 못했던 켄사꾸는 얼마 안되는 기억을 더듬어가며 돌아가신 어머니를 사모하고 있었다. 실은 어머니도 그에게 그렇게 상냥하지는 않았지만 그래도 그는 어머니의 애정을 의심하지 않았다. 그는 물론 오에이로부터도 사랑받는다는 느낌을 받았다. 또, 노부유끼의 형다운 애정도 있기는 했다. 그러나 그런 것과는 전혀 다른 차원에서 누가 뭐래도 어머니에게 진정한 애정을 느꼈다. 어머니가 지금까지 계속 살아 있다면 실제로 그에게 그 정도로 고마운 존재일지 아닐지는 모르겠으나, 돌아가셨다는 것 자체로 그에게는 어머니가 점점 더 우상화되어가는 것이었다.

그리고 그는 돌아가신 어머니의 모습을 왠지 아이꼬의 어머니에게서 느꼈다. 어느날—아마 어머니의 십삼주기였을 것이다. 그는 그날 혼고오의 집에 갔다가 아이꼬 어머니가 검은색 잔무늬 쌔틴으로 된 둥근 구식 허리띠를 매고 온 것을 보았다. 그 모습을 보자 이상하게 어머니에 대한 그리움이 일었다. 그는 무심결에 그 모습을 자꾸만 바라보았다. 그리고 어쩌다가 나란히 서게 되었는데 아이꼬 어머니는 그 키모노의 소매를 펴 보이며,

"이것도 띠도 네 어머니의 유품이야" 하고 말했다. 그는 묘한 기분이 들었다. 감정이 북받쳤다. 그는 잠자코 있었다. 잠시 후 아이꼬 어머니는 손을 소매 안으로 집어넣으면서,

"소매 길이가 길어서 겹으로 꿰매넣었어"라고 농담을 하며 웃었다.

아이꼬의 오빠인 케이따로오는 학교는 달랐지만 노부유끼와는 같은 학년의 중학생이었고, 켄사꾸보다 두살 위로, 셋은 어릴 적부터 자주 함께 놀았다. 그러나 노부유끼도 켄사꾸도 그와 그리 친하

지는 않았다. 성격이 어딘가 안 맞는 구석이 있었다. 그런 것치고는 켄사꾸는 우시고메의 아이꼬 집에 자주 드나들었다. 무엇보다도 아이꼬 어머니를 만나고 싶었기 때문이었다.

아이꼬는 그보다 다섯살 아래였다. 어릴 때 그는 아이꼬를 좀 귀찮아했다. 예를 들어 케이따로오와 무슨 놀이를 하고 있으면 아무것도 못하면서 끼워달라고 조르고, 어떤 때는 아이꼬 어머니와 조용히 이야기하고 있는데, "이제 잘래. 이제 잘래" 하며 어머니를 자기 방으로 데리고 가려고 했던 적이 자주 있었기 때문이다. 그런 시절부터 알고 지낸 만큼 그는 아이꼬가 꽤 나이가 들었어도 이상하게 이성으로 느껴지지 않았다.

그리고 그가 진정으로 아이꼬에게 연민을 느끼기 시작했던 것은 그녀가 열대여섯살 정도일 때 그녀의 아버지가 돌아가시고 장례식에서 하얀 키모노를 입고 울고 있는 모습을 봤을 때였다.

아이꼬가 여학교 학생일 때는 영어 시험 공부를 도와준 일도 있었는데, 그때도 그는 자신의 감정을 가능한 한 드러내지 않으려고 노력했다. 첫째는 그의 소심함 때문이었지만 동시에 그의 감정이 그 정도로 달아오르지 않았기 때문이기도 했다. 게다가 아직 어린 티가 나는 아이꼬에게 그런 감정을 느끼는 것이 사뭇 먼 일처럼 느껴지기도 했다. 그렇지만 이것은 그의 주관적인 생각일 뿐, 아이꼬가 그런 감정을 느끼기에 특별히 또래보다 어렸던 것은 아니다. 아이꼬가 보기엔 어릴 때부터 잘 알고 지낸 켄사꾸가 딱히 이성으로 느껴지지 않았을 것이다.

아이꼬의 졸업이 가까워지자 슬슬 결혼 이야기가 나왔다. 켄사꾸는 만에 하나 자신의 청혼이 받아들여지지 않을 리 없다고 생각하고는 있었지만, 그런데도 뭔가 이상한 불안이 감도는 느낌을 받았다. 그러나 그는 불길한 생각은 하지 않기로 했다. 자신이 너무 소심하기 때문이라고 생각했다. 그는 이 이야기를 아이꼬 어머니에게 털어놓을지 케이따로오에게 털어놓을지 고민했다. 아이꼬 어머니에게 먼저 이야기하자니 그녀에 대한 호의를 이용하는 것 같은 기분이 들어 싫었다. 그러나 케이따로오에게 맨 먼저 말하는 것도 어쩐지 마음이 내키지 않았다. 직업이 다르고 인생에 대한 생각도 달라 서로 상대방을 경멸하는 느낌이 있었다. 케이따로오는 지금 오오사까에 있는 한 회사에 다니고 있다. 그리고 그 회사 사장 딸과 결혼하기로 되어 있는데, 켄사꾸는 그것도 상당히 불순하다고 생각했다. 케이따로오는 그 얘기를 그에게 아무렇지 않게 말했다. 켄사꾸는 절대로 거절당할 리 없다고 믿으면서도 그런 케이따로오에게 털어놓기가 왠지 내키지 않았다.

그는 역시 혼고오의 집 사람들에게 말하고 아버지가 아이꼬 쪽에 이야기하도록 하는 수밖에 없겠다고 생각했다.

보통 그는 어쩔 수 없는 경우 외에는 아버지와 거의 이야기를 하지 않았다. 서로 그다지 교류하지 않는 게 어릴 적부터 습관처럼 되었는데, 새삼스럽게 그런 부탁을 하자니 역시 이상하게 겁이 났다. 하지만 어느날 결심을 하고 아버지에게 부탁하러 갔다.

"저쪽에서 알고 있으면 괜찮겠지." 아버지는 말했다. "그러나 너도 지금은 분가해서 호주가 되었으니 이런 일도 내게 의지하지 말고 가능하면 직접 이야기해보는 게 어떠냐? 내 생각에는 그러는 편이 더 낫겠는데, 안 그래?"

켄사꾸는 처음부터 아버지에게 기분 좋은 대답을 들을 거라고는 생각하지 않았다. 예상대로긴 했지만 그래도 상당히 기분이 나빴다. 안 좋을 것이라고 충분히 상상하고 갔지만 사실은 그래도 혹시나 아버지가 흔쾌히 응해줄 수도 있으리라는 기대를 했던 것이다. 그런데 아버지의 대답은 예상보다 더 나빴다. 이상하게 차갑고 어딘가 기분 나쁜 어조였다. 자신이 좀 잘해보려고 하는데 왜 아버지는 그 앞길에서 이렇게 달갑지 않은 태도를 보이는 것일까. 그는 아버지의 마음을 이해할 수 없었다.

그는 노부유끼 형에게 부탁할까도 생각했다. 이야기를 했을 때 형은 그를 위해 기뻐해주었다.

"잘되면 좋겠다. 아이꼬 씨는 정말 좋은 사람이야." 이런 말을 했던 것이 생각났다.

그러나 아버지에게 저런 말을 듣고 나니 다시 형에게 부탁해도 안될 것 같다는 생각이 들었다. 어차피 결과는 같다. 역시 모든 것을 스스로 하자. 결국 그편이 간단하게 끝난다. 그는 이렇게 생각하고 어느날 아이꼬 집으로 갔다.

그런데 이야기를 들은 아이꼬 어머니는 놀란 듯했다. 그가 이야기를 꺼내자 당황하는 모습에 참담하다는 생각마저 들었다. 켄사꾸도 약간 당황했다. 그리고 자신이 모르는 약혼자라도 있어 이러는 건 아닐까 생각했다.

"어쨌든 케이따로오와 이쪽 친척들과도 상의한 후에 아버지 댁에 답을 드릴게."

그는 이 제안은 아버지와는 전혀 상관없이 자신이 한 것이고, 아버지도 물론 알고 있지만 직접 전하라고 했다는 이야기를 했다.

"그래? 좀 의외구나." 아이꼬 어머니는 표정이 어두워지며 말했다.

켄사꾸는 꺼림칙한 기분으로 돌아왔다. 아버지의 대답은 예상한 대로였지만, 아이꼬 어머니의 대답—겉으로 드러난 의미는 지극히 당연하고 별로 이상할 것도 없었지만, 그 안에 담긴 왠지 싸늘한 느낌은 그가 전혀 예상하지 못한 바였다.

그러나 그는 희망을 버리지 않았다. 조만간 케이따로오가 상경하면 다시 한번 같은 이야기를 케이따로오에게 해보고 분명한 대답을 들으면 된다. 아이꼬 어머니는 지금 좀 이상하다.

케이따로오는 그로부터 열흘 정도 지나서 왔다. 그가 왔다는 소식을 형으로부터 들어서 알았다. 그러나 그쪽에서 먼저 연락하기 전에 자기가 만나자고 하는 것은 좀 이상하다고 생각해 연락이 오기를 기다리면서 그대로 네댓새를 보냈다. 그런데 상대방은 아무 연락을 주지 않았다. 켄사꾸는 모욕당한 기분이 들어 화가 났다. 그는 결심하고 케이따로오에게 전화를 걸어보았다.

"자네한테 바로 가보려고 생각했는데, 이번에 이쪽 지점에 일이 있어서 온 거라 그 일이 일단락될 때까지 아무 데도 연락을 못하고 있었어." 케이따로오는 이런 식으로 약삭빠르게 말했다. 켄사꾸는 불쾌한 기분을 억누르면서,

"오늘 저녁엔 집에 있어?" 하고 물었다.

"글쎄, 오늘 밤은 공교롭게도 연회에 초대받아서 말이야."

"내일 밤은?"

"내일 밤? —내일 밤에 기다리고 있지. 괜찮으면 식전에 와주겠나?" 케이따로오는 한층 쾌활하게 말했는데, 얼굴은 안 보여도 진심이 아닌 것이 노골적으로 느껴졌다.

켄사꾸는 처음부터 아이꼬 본인은 가급적 이 이야기의 범위 밖에 두고 당사자와 직접 교섭하지는 않기로 결심했다. 그러는 편이 관습을 중요시하는 그녀의 어머니에게도 좋고, 직접 교섭하면 오히려 그녀가 당황하게 될 뿐이라고 생각했기 때문이었다. 아이꼬

는 그런 여자였다. 그러나 상황이 이렇게 되고 보니 그는 그녀를 아예 제쳐두고 너무 낙관하고 있던 자신의 태평함이 한스러웠다. 사실 그는 이런 취급을 받을 거라고는 털끝만큼도 생각해본 적이 없었기 때문이었다. 문득 어떤 이유가 있어 아버지가 뒤에서 방해하고 있는 것은 아닐까 하는 생각도 들었다.

그는 이 일을 누구에게도 알리지 않고 오에이에게만 말했다. 그때 오에이가 기뻐하면서도 좀 쓸쓸한 얼굴을 했었는데, 가만히 생각해보면 새삼 그 역시 무슨 이유가 있었던 것은 아닐까 싶었다. 그러나 오에이의 처지를 생각하면 알 것도 같다. 자신이 결혼해버리면 오에이는 자연스럽게 자기와 헤어져야 하기 때문이다. 그런 생각으로 오에이가 즐거워하면서도 쓸쓸한 표정을 짓는 것은 당연한 일이라고 생각하기도 했다.

다음 날 날이 저물자 그는 바로 케이따로오를 찾아갔다. 그런데 거기에는 켄사꾸가 잘 모르는 손님이 두명 있었는데, 고등상업학교 동창이라고 했다.

"실은 낮에 이 녀석들과 만나기로 했었는데, 급히 용무가 생기는 바람에 밤에 오라고 했어. 하지만 이삼일 지나면 정말 여유가 생기니까 그때 내가 자네를 만나러 가지. 여러가지 일에 대해서는 천천히 이야기하기로 하고 오늘 밤은 이 녀석들의 이야기라도 듣고 뭔가 글의 소재로라도 삼아봐." 케이따로오는 쾌활하게 웃었다. 켄사꾸는 그가 너무 노골적으로 나오자 울컥 화가 났다. 이렇게 속이 빤히 들여다보이는 거짓말을 아무렇지도 않게 할 수 있는 케이따로오를 이해할 수 없었다. 그리고 정말 화가 나지만 이 정도로 자신을 만나는 것을 부담스러워한다면 결혼 이야기는 도저히 어렵겠다고 생각했다.

"자넨 언제까지 여기 있지?"

"글쎄, 저쪽 일도 바쁘니까 일이 끝나는 대로 돌아갈 생각이야. 어쨌든 모레 밤에는 시간을 내서 꼭 자네 집에 방문하도록 할게. 자넨 그때 괜찮지?"

"좋아."

켄사꾸는 한시간 정도 머물다가 나왔다.

아이꼬와 그녀의 어머니는 친척 집에 갔는지 없었다. 켄사꾸는 그것도 고의라고밖에 생각할 수 없었다.

그는 그대로 집으로 돌아가자니 내키지 않았고 오에이도 만나면 뭔가 물어올 것 같아 싫었다. 만약 오에이가 그의 가족이었다면 어쩌면 품에 안기는 듯한 기분으로 자신을 내던졌을지도 모른다. 그러나 그는 그럴 수 없었다. 그는 정처 없이 인적이 드문 길을 헤맸다. 지금은 모든 것이 희미해 보였다.

11시가 지나서야 그는 집에 돌아왔다. 집에는 노부유끼가 기다리고 있었다. 그리고 느닷없이 이런 말을 꺼냈다.

"왜 굳이 아이꼬 씨와 결혼하려고 해?"

"꼭 그런 것은 아니야."

"정말 아니야?"

"………"

"만약 꼭 그래야겠다면 나는 케이따로오나 저쪽 어머니와 담판을 지으려고 해. 할 수 있을지 어떨지는 모르지만 어쨌든 할 수 있는 데까지는 해보려고. 그러나 그것은 네가 꼭 결혼해야겠다고 할 경우야. 아이꼬를 생각하는 네 마음이 그렇게까지 깊은 것이 아니라면 단념하는 것이 좋다고 생각해. 어느 쪽이야?"

"단념하지."

"그래." 노부유끼는 인사라도 하는 듯이 고개를 끄덕였다.

두 사람은 아무 말이 없었다.

"단념할 수 있으면 단념하는 편이 좋아." 노부유끼가 말했다. "기분 나쁠 거라는 것은 알아. 상당히 불쾌하겠지. 그러나 어쨌든 케이따로오가 저런 인간이고 아이꼬 어머니도 너에게 호감은 있지만 아무튼 이런 때 여자는 도움이 안된다니까……"

"케이따로오의 태도가 잘못됐어. 거절하려면 거절하는 이유를 왜 분명히 말 안하는 거야? 이상하게 피하기만 하고 나를 기분 나쁘게 하려는 것마냥 간접적으로 거절의 뜻을 비치고 있어."

노부유끼는 아무 대답이 없었다.

"하는 짓이 너무 비열해."

"예전부터 그런 놈이잖아." 노부유끼가 말했다.

얼마 지나지 않아 노부유끼가 돌아갔다.

켄사꾸도 케이따로오가 올 거라고 기대하지 않았다. 그러나 만약 와서 확실한 이유를 말해준다면 상처는 입겠지만 어쨌든 뭔가 진흙탕 속에 빠져 있는 듯한 지금의 불쾌함에서는 벗어날 수 있을 것 같았다. 역시 케이따로오는 아이꼬의 혼사를 수단 삼아 뭔가에 이용하려는 것이 틀림없다. 이유는 그것밖에 없다. 그러나 그래도 명확히 이야기를 듣는 것이 좋은데 케이따로오가 그런 말을 할 리 없다는 생각이 들었다.

켄사꾸의 예상대로 케이따로오는 오지 않았다. 그날 밤 9시쯤 케이따로오로부터 속달우편을 받았다.

오오사까에서 전보가 와서 지금 급하게 돌아가야 한다, 그리고 두주 정도 후에 다시 올 예정이다, 그러나 켄사꾸의 이야기는 어머니로부터 들었으니 오오사까에 돌아가는 대로 서면으로 대답을 주겠다, 약속을 지키지 못해 미안하다, 잘 지내라 등의 내용이 쓰여 있었다.

그러고 나서 일주일 정도 지나 이번에는 오오사까에서 긴 편지가 왔다. 이런 내용이었다.

실은 이번에 상경하기 한달 전 나가따 씨(그쪽 과장으로 켄사꾸의 아버지가 추천한 사람)로부터 결혼 이야기가 있었어. 나가따 씨와 같은 회사를 다니는 사람인데, 그 사람에게 아이꼬를 시집보내기로 했었어. 물론 나 혼자만의 의견이긴 했지만, 그래서 그 이야기도 할 겸 상경했던 거야. 그런데 어머니에게서 갑자기 자네 이야기를 듣고 상당히 놀랐어. 나는 늘 그렇듯이 집에 자주 연락하는 편이 아니고, 또 곧 만날 거라는 생각도 있었고, 바쁜 일이 많아서 어머니에게 서둘러서 알리지 않은 것이 잘못이었는데, 나 혼자만의 생각이긴 했지만 어쨌든 나가따 씨와 당사자에게는 이 혼담에 대해 알린 후라 나도 정말 당황했어. 물론 나로서는 오랜 친구인 자네에게 아이꼬를 시집보내고 싶은 마음도 간절하지만 그쪽과 먼저 약속했기에 어쩔 수 없이 오오사까에 돌아가서 상대방에게 충분한 이해를 구하고 승낙 받고 나서 자네와의 일을 진행하는 수밖에 없다고 생각했네. 그런데 나가따 씨는 괜찮았지만 당사자가 아무래도 승낙을 하지 않는 거야. 자기는 이미 친척들과 친구들에게도 모두 말해버렸는데 이제 와서 그런 일로 약속을 깨버리면 자기 체면이 서지 않는다는 거지. 만약 상대방이 절대로 여동생을 못 주겠다면 어쩔 수 없지만, 이런 일로 자신에게 다시 한번 생각해보라고 하는 것은 너무 심한 것 아니냐며 시퍼렇게 대드는 거야. 그 남자 입장에서 보면 당연하다고 생각해. 아이꼬도 원래 결혼 문제는 완전히 나에게 맡기겠다고 말해서 내가 이야기도 제대로 해보지 않고 약속해버린 것이 잘못이긴 하지만, 이렇게 되고 보니 나로서는 역시 자네의 청을 거절하고 선약을 지키는 수밖에 없어. 이런 상황이라서 오오사까에 돌아올 때 자네를 여러가지로 불쾌하게 했지만, 내 기분도 좀 헤아려 아무쪼록 될 수 있는 한 너그러이 이해해주길 바라네.

켄사꾸는 읽으면서 "거짓말! 거짓말!" 하고 몇번이나 중얼거렸다. 어쩌면 이렇게 아무렇지도 않게 거짓말을 할 수 있을까 생각했다.

그러나 실제로 아이꼬는 그로부터 석달 정도 지나서 오오사까로 시집갔다. 상대는 어느 부잣집 둘째 아들이었는데, 케이따로오가 다니는 회사의 남자는 아니었다.

켄사꾸가 받은 마음의 상처는 의외로 깊었다. 실연보다도 인생에서 어떤 실망을 강요당했다는 점에서 꽤 상처를 입었다. 아이꼬와의 일은 처음부터 틀려먹었다. 그 일 때문에 화나는 것이 아니었다. 그리고 케이따로오도 어쩔 수 없다. 이번 일에도 화가 나지만 어쩌면 케이따로오니까 충분히 그럴 법하다고 생각해 그렇게 큰 충격은 받지 않았다. 다만 가장 크게 상처가 됐던 것은 아이꼬 어머니의 태도였다. 평상시 그녀의 호의를 굳게 믿었던 만큼 결과가 이렇게 되자 그녀의 호의는 도대체 무엇이었는지 전혀 이해할 수 없었다. 거절하더라도 뭔가 호의와 같은 감정을 보여줬다면 그는 괜찮았을 것이다. 그런데 그 비슷한 것도 전혀 보여주지 않고 그를 내팽개쳐버렸다. 그는 이해할 수 없었다.

그러나 '세상은 그런 거야'라고 간단하게 접어버리기도 힘들었다. 만약 그렇게 간단하게 정리된다면 괜찮겠는데, 그럴 수 없는 만큼 그의 심정은 더욱 어두워졌다.

그는 글로 써보면 조금이라도 이 문제가 선명해질 거라고 생각했다. 그리고 써내려갔는데 역시 어느 대목에 이르자 아무래도 이해할 수 없는 부분에 봉착했다.

사람의 마음은 믿을 수 없는 것이라고 하지만 속악하고 기분 나쁜 생각이 자신도 모르는 사이 마음속에 뿌리내리는 것을 느끼자 그는 불쾌했다. 최근 점점 관계가 어색해지는 사까구찌의 일과도 얽혀 더 그랬다.

그러나 그는 이렇게 기울어가는 생각에 인생을 송두리째 맡길 생각은 없었다. 한때의 마음의 병이라고 그는 생각하려고 했다. 그렇지만 다시 비슷한 실망을 거듭하게 되지는 않을까 걱정이 들었다. 오히려 겁쟁이가 되어 있었다.

토끼꼬와의 관계도 이런 데서 비롯한 것이었다. 타오르는 감정을 절제하기를 저어하면서 그냥 신경 쓰지 않고 가까이 다가가려 하면, 처음과는 전혀 달리 착잡한 기분이 밀려온다. 그후로는 다시 밀어붙이려는 마음이 도저히 들지 않았다. 그의 감정도 거기서 함께 어느정도 사라져버린다.

6

켄사꾸가 두번째로 토끼꼬를 만나고 이삼일 지나서의 일이었다. 그날은 마침 십사오년 전에 죽은 친한 친구의 기일이라 그는 그 무렵 친했던 친구들과 함께 소메이로 성묘에 나섰다.

성묘를 마친 뒤 스가모의 정류장에 돌아온 것은 저녁 무렵이었다. 그들은 거기서 번화한 곳으로 나가 함께 식사를 할 생각이었는데, 이 전차를 타고 우에노 쪽으로 갈지, 시내 전차로 바로 긴자 쪽으로 나갈지 의견이 엇갈렸다. 켄사꾸는 우에노 쪽으로 가고 싶었다. 우에노에서 토끼꼬가 있는 곳까지 가려는 생각은 아니었다. 그냥 왠지 그쪽으로 마음이 끌렸다.

그러나 결국 긴자로 가기로 했다. 그리고 긴자에 도착하자 이번에는 또 식사할 장소 때문에 의견이 나뉘었다. 어릴 때처럼 모두 각자 의견을 내놓았다. 그것이 재미있기도 했다. 최근 프랑스인이 연 서양요리점으로 가자는 녀석들과 맛있는 고깃집으로 가자는 녀석들로 나뉘어 좀처럼 서로 양보하지 않았다.

"그 집 오르뙤브르에는 유리 조각이 들어 있어." 오가따라는 친구가 트집을 잡기도 했다.

마침내 각자 식사하고 그 대신 고깃집으로 가는 친구들이 서양요리점으로 차를 마시러 오기로 하고 헤어졌다.

모두가 다시 모여 그 집을 나온 것은 9시쯤이었다. 그리고 다시 얼마 동안 밤에 문을 연 가게 주변을 돌아다니다가 어느 지점에서 헤어지기로 했다.

"오늘은 여기서 헤어지지. 형이랑 누이가 와 있어서 맘대로 집을 비우기가 어려워." 오가따는 말했다. 그러나 켄사꾸는 한번 마음먹으면 좀처럼 단념을 하지 못했다.

"우선 지금 가더라도 그 게이샤가 있는지 없는지 모르잖아?" 오가따는 말했다.

"만약에 있으면 갈래?"

"잠깐 기다려봐. 그렇게 가고 싶어?"

어쨌든 전화를 걸어보기로 하고 둘은 까페에 들어갔다.

전화를 받은 것은 오쓰따였다.

"토끼꼬는 오늘 이찌무라자[29]에 갔고요, 코이네는 어제부터 멀리 출타 중인데 아직 돌아오지 않았어요." 그녀가 안됐다는 듯이 말했다.

"그래도 끝나면 돌아오겠지."

"글쎄요, 돌아오겠지만. 지금 물어보죠. 거기 전화번호 좀 알려주세요. 물어보고 바로 연락드릴게요."

그리고 잠시 기다리자 전화가 걸려왔다.

"연극을 보고 나서 손님과 쿠라따야에 갔다는데요? 지금 밥 먹고 있으니까 이제 곧 짬이 날 거라는데……"

"그렇다면 가지." 켄사꾸는 말했다.

오가따는 술을 좋아했다.

"갈 거면 난 여기서 좀더 마실 거야." 이렇게 말하고 그는 그 가게에 자리 잡고 앉아 위스키소다를 연거푸 두세 잔 마셨다.

한시간 정도 지나서 둘은 니시미도리에 갔다.

"아까 전화를 끊자마자 바로 코이네 씨가 돌아왔어요." 오쓰따는 이렇게 말하고 다른 종업원에게 안내를 부탁하고는 곧바로 전화하는 곳으로 갔다.

얼마 지나지 않아 코이네가 왔다. 잠시 후 토끼꼬도 왔다.

켄사꾸의 눈에는 토끼꼬가 왠지 달라 보였다. 초면인 오가따가 있어서 조금 격식을 차리는 것 같았다. 게다가 피곤한지 기운이 없었다. 외출했다 들어온 지 얼마 안돼서 키모노가 코이네처럼 단정하지 못한 것을 때때로 신경 써가며 매무새를 고치는 모습이 켄사꾸는 재미있다고 생각했다.

---

29 에도 시대에 3대 카부끼 극장으로 꼽히던 공연장.

그날 밤도 유치한 놀이로 결국 밤을 새웠다. 그러나 켄사꾸는 도대체 만날 이런 것만 해도 될까 하고 생각했다. 적당하게 끝내고 돌아가고 싶기도 하지만, 3, 4시가 되면 돌아갈 수도 없다. 그렇다고 거기서 묵게 해달라고 해도 될지 어떨지 몰랐다.

밖에서는 가을답게 조용한 비가 내리고 있었다. 그 소리를 들으면서 두 사람이 꾸벅꾸벅 조는 동안 여자들은 돌아갔다.

10시쯤 잠에서 깬 두 사람은 목욕을 하고 약간 기분이 상쾌해졌다. 다시 전날 밤의 두 사람을 불러달라고 말했는데, 코이네만 오고 도끼꼬는 같은 집 이층 바깥쪽에 있는 손님방으로 가기로 되어 있었다.

오가따는 술이 조금 깨자 다시 마셨다. 이제 놀자는 이야기도 하지 않았다. 코이네는 늘어지는 분위기를 참지 못하고 그저 멍하니 쓸쓸한 눈을 하고, 위를 쳐다보고 길게 누운 오가따의 얼굴을 계속 응시했다.

오가따는 갑자기 눈을 떴다. 그리고 코이네가 자신을 응시하는 것을 알아채고는 약간 불편했는지 나른한 목소리로,

"어때, 뭐 재미있는 이야기라도 있나?" 하고 말했다.

"글쎄요." 코이네는 쓸쓸한 듯이 미소를 지었다. "시따야의 게이샤들이 탄 자동차를 백여우가 밀었다는 이야기 알아요?"

"몰라. 어디서?"

"아주 최근 일이라는데요? 오오미야에 갔을 때라고 했던가……"

코이네는 진지하게 이야기했다.

"정말 무서웠대요. 같이 간 사람에게 뒤에 백여우가 있다고 이야기하면 된다고 하지만, 왜 있잖아요, 나중에 어떤 복수를 당할지 모르잖아요?"

그런 이야기였다. 켄사꾸는 좀 어처구니없다는 생각이 들었다. 코이네가 정말로 그 이야기를 믿고 있다면 모르겠지만 믿지도 않는 일을 진지한 표정으로 이야기하는 것이 바보같이 느껴졌다.

"그 이야기는 별로 재미없네." 그는 말했다. 그러자 바로,

"그렇죠?" 하고 코이네 자신도 동의해버렸다.

"지어낸 이야기일 거야."

"맞아요. 좀 이상하죠?" 코이네는 웃으며 말했다.

진지한 표정으로 이야기해놓고 그런 말을 듣자 불쾌한 표정도 짓지 않고 함께 웃어버린다. 뭐든지 손님이 말하는 대로 생각하는 이 코이네가 불쾌하면서도 가련하다는 생각이 들었다.

"아마 삼제 이야기[30] 같은 거겠지."

"아, 분명 그럴 거예요." 코이네는 자신도 기분 좋은 듯 새된 소리로 웃었다. "우리 집 작부가 이요몬[31]인가 어딘가에서 듣고 온 건데요. 진짜인가 했더니만…… 정말 그렇네요. 잘 아시네요."

"그럼 다른 이야기를 해봐." 오가따는 눈을 감은 채 지루한 듯이 말했다.

"재미있는 이야기 같은 거 별로 없어요." 코이네는 난처한 표정을 지으며 입을 다물어버렸다. 그리고 두 사람이 잊어버리려는 순간 코이네가 갑자기,

"이번에는 확실히 사실이에요" 하며 혼자 웃기 시작했다.

최근 유곽에서 자살하려다 미수에 그친 한 남자가 재판소에서 신문을 받을 때, 유곽 문이 닫히는 새벽 2시쯤 '오오비께'에 들어

---

30 객석에서 임의로 세가지 주제를 내면 즉석에서 엮어 한편의 만담으로 만들어 이야기하는 것.
31 토오꾜오에 있던 유명한 요리점.

갔다고 말했더니 판사는 '엄청 싸게 샀다'[32]는 말로 알아듣고 되물 었다는 이야기였다. 코이네는 혼자서 재미있다는 듯이 웃었다. 켄 사꾸는 알았지만 오가따는 그 판사처럼 '오오비께'가 뭔지 몰랐다. 모처럼 우스운 이야기도 웃음거리가 되지 못했다.

어느새 오가따는 낮은 소리로 코를 골며 잠들어버렸다. 켄사꾸 는 피곤했지만 잠이 오지 않았다. 그는 어쩔 수 없이 바둑판을 꺼 내어 코이네와 오목을 두었다.

때때로 건넛방에서 토끼꼬의 목소리가 들려왔다. 켄사꾸는 지금 은 토끼꼬와의 관계에서 어떤 환상 같은 것은 만들어놓지 않은 상 태였다. 그렇기는 했지만 이 자리에 토끼꼬가 없다는 것, 그리고 건 넛방에서 누군가와 이야기하고 있다는 사실이 괜히 쓸쓸하게 느껴 졌다. 근처에 없다면 그래도 괜찮을 텐데 저쪽에 있다는 사실은 아 무리 해도 그의 의식에서 떠나지 않았다. 그리고 실제 토끼꼬는 켄 사꾸가 있는 방을 지날 때마다 무슨 말이든 꼭 한마디씩 하고 갔 다. 방에 들어오기도 했다. 그러면 켄사꾸는 스스로도 이상하리만 큼 생기가 돌았다.

날이 저물어 비가 멎었다. 이층 바깥방 손님은 좀처럼 돌아가지 않았다. 두 사람은 가게를 나왔다. 유곽을 나오자 바로 오가따는 서 양요리점에 들러 위스키를 마셨다. 오가따는 술이라면 얼마든지 좋았다. 켄사꾸는 상당히 피곤했다. 그러나 조금 전까지 왠지 답답 한 기분에 사로잡혀 있었는데 지금 비가 갠 바깥 공기를 접하자 갑 자기 기분이 상쾌해지는 듯했다.

니혼바시 쪽으로 가기로 하고 둘은 미노와까지 걸어가 거기서

32 유곽 이름 '오오비께(大びけ)'를 '엄청 싸다'는 뜻의 일본어 '오오와리비께(大割引)'로 잘못 알아들었다는 의미.

닌교오 쪼오행 전차를 탔다.

오가따는 무두질한 두꺼운 가죽 느낌이 나는 짙은 올리브색 중절모자를 유리창에 댄 채 그대로 팔을 괴고 눈을 감았다.

쿠루마자까의 환승역에 왔다. 타는 사람도 내리는 사람도 많았다. 눈썹을 민 젊고 아름다운 여자가 한살 정도 되는 아이를 안고 들어왔다. 그 뒤를 열예닐곱살 정도 먹은 얌전한 하녀가 보자기를 안고 따라왔다. 마침 켄사꾸의 앞자리가 비어서 둘은 거기에 앉았다.

통통하고 건강해 보이는 아기였다. 예쁜 키모노에 역시 솜을 넣은 예쁜 조끼를 입고 있었다. 그러나 몸이 작아 옷이 잘 맞지 않아서 단정하지 못하게 삐져나왔고, 그 사이로 둥글둥글 부풀어오른, 부드러워 보이는 등이 하얗게 보였다. 아기는 쓰개를 썼고 손발을 자꾸 움직이며 혼자 신나서 재잘거리고 있었다.

여자는 스물서너살 정도인 것 같았다. 그러나 켄사꾸는 결혼한 여자를 보면 누구든 자기보다 나이가 더 많게 느껴져 확실히 몇살인지 몰랐다. 그 사람은 친구와 이야기하는 듯한 가벼운 어조로 하녀와 무언가 이야기하고 있었다.

여자를 가운데 두고 하녀 반대되는 방향에 앉은 사람 옆에 다른 하녀가 네살 정도 된 여자아이를 업고 앉아 있었다. 여자아이는 아기가 재잘거리는 것을 아까부터 큰 눈으로 응시하고 있었다. 그러자 아기도 알아채고 그녀를 보았다. 마침내 아기는 날카로운 목소리를 내며 손을 뻗고 마구 몸을 움직여댔다.

그래도 여자아이는 화난 듯한 얼굴로 무뚝뚝하게 보고 있었다.

아기가 너무 심하게 발버둥 쳐서 이야기에 빠져 있던 여자도 간신히 알아차렸다. 그리고 매우 경쾌한 동작으로 여자아이를 바라보았다. 생기 있는 시선이었다.

"이봐, 이 총각은 아가씨와 어디 가서 이야기하고 싶어하는데."
이렇게 말하고 여자는 웃었다. 여자아이는 아무렇지 않게 무뚝뚝
하게 있었다. 아이를 업은 하녀는 약간 둔한 어조로 맞장구를 쳤다.

여자는 동행한 하녀와 하던 이야기를 멈추고 이번에는 갑자
기—오히려 발작적으로, 아기의 볼과 목에 "부부부" 하고 입으로
바람을 불어대는 입맞춤을 사정없이 해댔다. 아기는 간지러운 듯
이 몸을 움츠리며 웃었다. 여자는 아름다운 목덜미를 보이며 머리
를 숙이고 다시 집요하게 아기 목 주위에 입맞춤을 했다. 보고 있
던 켄사꾸는 너무 야릇하고 이상한 기분이 들어 더는 정면으로 볼
수가 없었다. 그는 그냥 얼굴을 돌려 밖을 쳐다보았다. 그리고 아식
어리광을 부릴 줄 모르는 아기보다도 여자가 훨씬 능숙하게 어리
광을 부리고 있다고 생각했다.

아기를 상대로 젊은 아버지와 어머니 사이의 달콤한 관계를 무
의식적으로 재현하고 있다고 생각하자 켄사꾸는 묘하게 부끄러워
지는 동시에 그다지 기분이 좋지 않았다. 그러나 정신적인 면에도,
근육에도 처진 데가 없는, 그리고 어쩐지 경쾌한 느낌이 드는 그
여자가 아름답다고 생각했다. 그는 조심스럽게 자기 아내로 이런
사람을 맞이한 상상을 해보았다. 매우 행복할 것이 틀림없다. 다른
어떤 것과도 비교할 수 없을 만큼 행복을 느낄 것 같다는 기분마저
들었다.

"자, 이번에 내려. 널 업고 영차 영차 하며 가는 거야." 아름다운
부인은 아기를 하녀에게 업히고 이런 말을 했다. 그리고 전차가 멈
추자 내렸다.

켄사꾸는 왠지 모를 행복감을 느꼈다. 그 행복감은 그녀의 인상
과 함께 시간이 흐른 뒤에도 그의 마음에 오래 남아 있었다.

두 사람은 코덴마 쪼오에서 내려 니혼바시 쪽 인도로 걸어갔다. 비에 젖은 길이 가로등을 아름답게 반사시키고 있었다. 두 사람은 니혼바시의 간이 다리를 건너 얼마 안 가 골목에 있는 작고 깔끔한 요리점으로 들어갔다.

오가따는 그곳 술이 좋다며 자꾸 마셨다. 마실수록 그는 정신이 더 또렷해졌다. 그리고 처음 알게 된 나까노 쪼오의 게이샤와 신바시 아까사까 주변의 게이샤를 비교하기도 했다.

오가따는 아까사까의 어느 게이샤와의 관계로 혼이 난 적이 있는데, 지금은 포주가 만나지 못하게 한다는 이야기를 했다.

켄사꾸는 오가따가 그런 복잡한 상황을 전혀 피하려 하지 않고, 그렇다고 적극적으로 해결하려 하지도 않는 것이 신기하게 생각됐다. 거기에는 어떤 기품 있는 여유가 남아 있었다. 그런 종류의 이야기는 듣는 이에게 다소 반감을 일으키기도 하는데, 그런 느낌 없이 듣게 되는 것은 오가따의 성격 때문이라고 켄사꾸는 생각했다.

9시쯤 두 사람은 가게를 나왔다. 그러나 왠지 아직 헤어지기 싫었다. 정처 없이 다시 긴자 거리를 헤맸다.

"세이힌떼이에 가면 내 위스키가 있는데, 어때? 갈래?"

"아직도 마시고 싶어?"

"응."

오가따는 정말로 술을 좋아했다. 부모에게 물려받은 것이었다. 그리고 아무리 마셔도 술주정은 하지 않았다.

"원래 요꼬하마에서 게이샤를 하던 여자가 있어."

"그런 여자들이 모여 있는 곳이야?"

"그렇지는 않아. 그 여자만 그래. 게이샤를 하는 것보다 그쪽이 나을 거야. 우선 손님을 일일이 상대하지 않아도 되고 의상도 필요

없으니까."

　세이힌떼이에서 두 사람은 이층 안쪽의 한 단 낮은 곳으로 내려가 문에 거울이 붙어 있어서 마치 활동사진 보는 곳 같기도 한 화려한 방으로 안내되었다.

　여종업원들이 바쁘게 움직이고 있었다. 큰 웃음소리가 여기저기서 들려왔다.

　"어서 오세요." "오 선생님, 어서 오세요." 여자 두세명이 입구에서 이렇게 말하고 그대로 바쁜 듯이 걸어갔다.

　켄사꾸는 밤을 새운데다가 담배를 너무 피워서 눈이 충혈되어 기분이 좋지 않았다. 그는 사 온 안약을 넣고 테이블에 양 팔꿈치를 짚고 손바닥으로 이마를 받치고 눈을 감고 가만히 있었다. 둘은 완전히 지쳐 있었다.

　"이곳 사람들은 모두 몹시 기운이 넘치네. 우리가 피곤하니까 더욱 그렇게 보이는데."

　키모노에 동정을 달아 입은 스물서너살의 여자가 한 손에는 위스키병을 다른 손에는 탄산수병을 들고 웃으며 들어왔다.

　"이거죠?" 여종업원은 위스키병을 들고 고개를 갸우뚱했다.

　"어서 오세요." 여종업원은 다가오면서 켄사꾸에게 정중하게 인사했다. 그리고 오가따에게는 친근감을 나타내듯이 살짝 인사를 했다.

　위스키병에는 둥글게 '오'라는 글자가 적힌 종이가 붙어 있었다.

　"네가 썼어? 글씨가 엉망이네." 오가따가 말했다.

　"글씨는 잘 못 써도 만나보면 괜찮잖아요. 안 그래요?"

　여종업원은 띠 안에서 병따개를 꺼내어 탄산수를 따고 술과 함께 컵에 나누어 부었다. 그리고 빈 탄산수병을 가지고 나갔다.

"저 사람 아니지?"

"안 오면 불러보지."

또다른 여종업원이 처음 온 켄사꾸를 조금 어색해하면서 조용히 들어왔다. 몸집이 크고 아름다운 여자였다. 켄사꾸는 이 여자일 것이라고 생각했다. 여자는 약간 부은 눈에 애교 있는 표정을 짓고 "지난번에는……" 하고 말하며 오가따에게 다가갔다. 입술이 선명하고 아름다운 빛을 띠고 있었다.

오가따는 잠자코 앞에 놓인 술을 단숨에 들이켜고 자기가 직접 탄산수와 술을 섞어,

"이거 마셔봐" 하고 여자 앞에 내놓았다.

여자는 오가따 옆자리에 앉아 그 컵을 불빛에 비추듯이 보면서,

"독할 것 같아요" 하고 그대로 오가따 앞에 다시 놓았다.

"네가 마셔." 오가따는 이렇게 말하고 다시 컵을 그녀 앞에 놓으려고 했지만 그녀는,

"이렇게 독한 술은 싫어요" 하며 그 손을 막았다.

"그럼 반씩 나눠 마시자." 오가따가 이렇게 말하며 다시 컵을 밀자 술이 넘쳐서 두꺼운 테이블보에 스며들었다.

"오 선생님부터 마시세요." 여자는 더러운 것이라도 만지는 양 다시 오가따 앞에 컵을 놓았다.

"정말 마실 거지?"

"마실게요."

오가따는 가슴을 펴고 단번에 절반을 마시고는 컵을 여자 앞에 두었다. 그러나 실제로는 절반을 다 마시지 않았는데, 여자는 신기한 듯 잔을 들어서 붉은 입술에 댔다.

"진짜 독하다." 일부러 그러는 듯이 눈을 찌푸리면서 그녀는 몇

모금 마셨다.

아까의 여종업원이 새로운 탄산수병을 들고 들어왔다. 그리고 거기 멈춰서,

"안돼, 오까요. 이렇게 독한 술을" 하고 정색하며 말했다.

"남은 절반 정도밖에 안 마셨어요." 오까요라는 여자는 화난 표정을 지으며 신경질적으로 말했다. 여종업원은 그 말에는 대꾸도 하지 않고,

"오 선생님, 정말 안돼요. 오까요를 취하게 하지 마세요" 하고 말했다.

"여종업원 대장은 정말 너무 엄격해."

여종업원은 가지고 온 탄산수를 따서 오가따의 컵에 따르면서,

"이쪽은 전혀 안 줄어들었네요" 하고 웃었다.

"그러니까 누군가 상대를 해주지 않으면 안된다니까. 오까요가 잘못했네. 오스즈, 당신이 해." 오가따는 말했다.

"오 선생님 상대는 도저히 안되겠어요."

오스즈라는 여종업원도 오까요와 나란히 앉았다. 그러자 오까요는 갑자기 작은 목소리로,

"나이가 많아 뭐든 다 안다고 생각할지 모르지만 이건 실례예요" 하고 마치 화내듯이 말했다.

"정말 기분 나쁘네." 오스즈도 얼굴을 찡그렸다.

잠자코 있던 오가따가,

"화난 김에 술 한잔 마시지그래?" 하고 말했다.

두 사람은 약간 어색한 듯이 얼굴을 맞댔다. 그리고 함께 웃기 시작했다.

오가따는 그의 컵에 담긴 술을 둘에게 마시게 했다. 오스즈라는

여자도 처음처럼 잔소리를 하지는 않았다.

오까요는 가끔 아래로 불려 내려갔다. 그러다 짬이 나면 다시 들어왔다.

익숙하지 않은 켄사꾸는 별로 말을 하지 않았다. 그는 모두의 이야기를 들으면서 포도 접시를 끌어안고 혼자서 열심히 포도를 입 속으로 집어넣었다.

오까요가 달려들어왔다.

"아, 더워." 그녀는 자기 옷소매를 한쪽씩 평평하게 양손으로 붙잡고 바쁘게 가슴 안쪽으로 부채질을 했다. 취해 있었다. 젖은 눈이 전등 빛을 받아 아름답게 빛나 보였다.

"오까요, 정말 이제 그만해요. 또 쓰러지면 큰일이니까."

"나 안 쓰러져요." 오까요는 그렇게 툭 내던지듯이 말하고 오스즈를 노려보았다.

켄사꾸는 위를 쳐다보며 안약을 넣었다.

"나도 좀 줘봐." 오가따가 손을 내밀었다. 켄사꾸는 눈을 감은 채 그것을 건넸다.

"오 선생님, 제가 해드릴게요."

"할 수 있겠어?"

"잘할 수 있어요." 오까요는 안약을 받아 오가따의 뒤로 돌아갔다.

"이제 위를 봐요."

"이렇게?"

"좀더."

그사이 오스즈는 재빨리 의자를 네개 늘어놓고,

"오 선생님, 이렇게 하는 게 좋을 것 같아요" 하고 말했다.

오까요는 그 의자 가운데 하나에 앉아,

"무릎베개를 해드릴게요" 하고 말했다.

오스즈가 냅킨을 건넸다.

"이거 참, 어색한 무릎베게네"라며 오까요는 냅킨을 무릎 위에 펼쳤다.

오가따는 늘어놓은 의자에 위를 보고 누웠다.

"제가 손가락으로 눈을 벌려도 되지요?"

"내가 할게." 오가따는 양 팔꿈치를 펴고 눈을 벌렸다.

오까요는 약을 넣었다. 약은 귀 쪽으로 흘러내려갔다. 오까요는 웃으면서,

"다시 한번" 하며 눈을 벌렸다.

"어둡지 않나?" 오스즈가 들여다보며 말했다.

"밝아요. 이렇게." 오까요는 오스즈를 올려다보며 말했다. 그리고 다시 주의를 기울여 약을 떨어뜨리려 했는데, 가는 스포이트 속 약이 줄어들어 좀처럼 떨어지지 않았다. 오가따는 흰자위를 보이며 기다리고 있다가 약이 떨어지지 않자 눈을 바로 뜨고 보려고 했다.

오까요는 깜짝 놀라서 일어났다. 의자가 뒤로 꽈당 넘어졌다. 오가따는 놀라 일어났다.

"뭐야, 어떻게 된 거야?" 오스즈는 놀라서 말했다.

오까요는 안약을 쥔 채 잠자코 있었다. 그리고 약간 갈라진 목소리로,

"눈 흰자위를 보고 있는데 갑자기 검은자위가 나타나잖아요. 나를 보고 있었어요……" 하고 말했다.

"무슨 소리를 하는 거야, 이 사람이……" 오스즈는 약간 불쾌한

표정을 지었다.

오까요는 얼굴이 조금 창백해져 잠자코 서 있었다.

그날 밤 12시 가까이 되어서 두 사람은 다시 니시미도리에 갔다. 습관적으로 좀처럼 헤어질 수 없었다. 밤이 깊어지자 오히려 한때 느껴지던 피곤도 사라졌지만, 그것도 길게 가지는 못했다. 3시쯤 마침내 몸이 너무 힘들어 켄사꾸는 자신의 잠자리가 몹시 그리워졌다. 거기서 편안하게 잠들고 싶었다. 그는 오가따에게 다음 날 귀가할 때 꼭 들르겠다고 약속하고 옷을 빌려 입고 인력거로 혼자 돌아왔다.

가는 길에 날이 밝아왔다. 비 온 후의 아름다운 서광이 동쪽에서 점점 솟아오르는 것을 보자 십년 전 가을 혼자 배로 여행을 하며 일본해를 지날 때 눈이 살짝 내리는 쓰루기야마 산 너머에서 비치는 서광이 매우 아름답다고 느꼈던 일이 생각났다.

7

켄사꾸가 잠에서 깼을 때는 이미 오후였다. 이틀 저녁 집을 비웠다는 이유로 그는 오에이와 얼굴을 마주하기가 어색했다. 밖에서는 때까치가 시끄럽게 지저귀고 있었다. 그는 잠시 그대로 누웠다가 결심한 듯 일어났다. 덧문 한장을 젖히자 옆에 있는 벽오동 위에서 때까치가 울면서 날아갔다.

아주 좋은 날씨다. 바람도 없고 가을다운 부드러운 햇빛이 방금 때까치가 날아간 벽오동 그림자가 진 젖은 땅 위에 사선으로 드리워 있었다. 목욕탕 굴뚝에서는 가느다란 연기가 피어오르고 있다.

그는 그날 아침 미명에 문을 열어준 하녀에게 뜨거운 목욕물을 준비해달라고 했던 것이 기억났다.

"이제야 일어났구먼." 아래에서 노부유끼의 목소리가 들렸다. 오에이가 계단을 올라왔다.

"벌써 한시간이나 기다리셨어요."

그는 서둘러서 내려갔다. 노부유끼는 거실 화로 옆에서 담배를 피우고 있었다. 그는 선 채로 두세 마디 하고는,

"형도 목욕하는 게 어때?" 하고 물었다.

"난 됐어."

"그럼, 난 좀 실례할게" 하고 켄사꾸는 욕실로 갔다.

오랜만에 목욕을 하는 것 같았다. 기분 좋은 햇빛이 유리창을 통해서 욕조 바닥까지 들어왔다. 수증기가 일광 속에서 무수한 작은 물방울이 되어 모락모락 피어오르고 있다. 형이 기다리지만 않으면 한가롭게 욕조에 오래 있고 싶었다.

"네가 집에 안 들어와서 오에이 씨가 걱정했어." 노부유끼는 이렇게 말하고 웃었다.

켄사꾸는 애매하게 대답했다.

"어제 우연히 야마구찌를 만났는데, 너의 소설을 『○○○』에 싣고 싶대. 뭐 없어?" 노부유끼가 말했다.

"몇호에?"

"다음 달 호에 내고 싶은 모양이던데, 뭐 언제든 괜찮겠지."

"그럼 나중에 보내지."

"지금 쓰고 있는 건 없어?"

"최근에 쓰던 것은 도중에 관뒀어."

"그래?" 노부유끼는 알았다는 듯이 그저 끄덕였다.

"새로 뭔가 쓰게 되면 보내지."

"전에 썼던 것 중에는 뭐 없나?"

"있긴 한데 별로 내고 싶지 않아서."

"그래? 그럼 언제가 될지 모르겠네. 야마구찌는 자꾸만 네 소설을 소개하고 싶어하는데." 노부유끼는 이렇게 말했다.

야마구찌는 노부유끼의 중학교 동창으로 고등학교를 다니다 말고 지금은 잡지 기자가 되었다.

"왜일까?"

"어쨌든 처음에 타쓰오까에게 추천을 받은 모양이야. 그러고 나서 사까구찌에게 가서 물었나봐. 그러자 사까구찌도 역시나 네 작품을 칭찬했다고 하던데?"

"응." 켄사꾸는 이상한 기분이 들었다. "언제 사까구찌를 만났을까?"

"어제 이야기로는 전날 밤이라고 했어."

"그래? 확실하진 않지만 글을 낼 수도 있을 것 같아."

방에 식사가 준비되어 있었다. 오늘은 오랜만에 오에이도 함께 식사를 했다.

켄사꾸는 오가따가 신경이 쓰였다. 그래서 식사가 끝나자 바로 근처 책방에 가서 니시미도리에 전화를 걸어봤다.

"조금 전에 돌아가셨어요." 오쓰따는 이렇게 말하고는, "잠깐 끊지 말고 기다려주세요" 하고 덧붙이고 수화기를 내려놓았다.

"어젯밤엔……" 토끼꼬가 전화를 받았다. "누군지 아시겠어요?"

"응." 켄사꾸는 스스로도 좀 무뚝뚝하다는 생각을 하며 대답했다. 가까이 있는 책방 점원과 손님 들이 은근히 통화에 귀 기울이고 있는 듯한 느낌이 들었기 때문이다.

"무슨 일 있으세요?" 이렇게 말하더니 오쓰따를 향해, "무슨 일 있으신가봐요" 하는 말소리까지 들렸다.

"오가따 씨 거기 계시나요? ……계시면 어젯밤 카드놀이 하다 화낸 것 죄송하다고 전해주세요…… 너무 자주 이기셔서요. 저는 정말 좀 화가 났어요."

켄사꾸는 적당히 대답하고 돌아왔다.

조금 있으니 오가따가 왔다. 벌써 취기가 올라 있었다.

"토끼꼬도 좋기는 한데 구박당하고 나니 좀 무서워지네." 오가따는 농담하듯 이런 말을 했다.

"트럼프 하다가 그랬다며. 방금 전화 왔는데 너에게 미안하다고 전해달라는데?"

새벽녘이 가까워져 마침 켄사꾸가 돌아갈까 하던 때의 일이었다. 카드놀이를 하는데, 신기하게도 오가따에게만 좋은 패가 들어왔다. 그리고 점점 그런 분위기에 휩쓸려 다들 돈을 탕진했다. 오가따가 모두에게 점수를 어느정도 되돌려주고 다시 시작했지만 다시 오가따의 승리로 끝났다. 그때 토끼꼬는 분한 듯 무슨 말인가를 했다. 뭐라고 했는지 켄사꾸는 듣지 못했는데, 얼마 지나지 않아 오가따는 갑자기 뒹굴며 누워서,

"아, 이렇게 이기기만 하니 재미없네" 하고 놀이에서 빠져버렸다. 켄사꾸는 별로 신경 쓰지 않고 셋이 계속 카드놀이를 했는데, 아까 전화로 토끼꼬가 마음에 걸려한 것과 지금 오가따가 아무렇지 않은 듯 말하는 것을 조합해보면 별것 아닌 일로 둘 사이가 감정적으로 상당히 어긋났음이 분명했다. 그는 일주일 전 같은 장소에서 사까구찌에게 불쾌감을 느꼈다. 그것을 타쓰오까가 전혀 눈치채지 못하는 것을 이상하게 생각했는데, 지금 자신이 같은 입장

에 놓여보니 의외로 그런 것에 신경을 쓰지 못하는 경우도 있구나 싶었다. ──그렇다 해도 사까구찌가 야마구찌에게 자신의 소설을 칭찬하고 추천했다는 것이 만약 사실이라면 어떤 심정으로 그런 건지 그는 새삼 혼란스러웠다.

얼마 지나지 않아 노부유끼가 돌아갔다.

취기가 사라진 오가따는 자꾸 추워했다. 오에이가 잘 때 가끔 마시는 그다지 질이 좋지 않은 셰리를 가지고 오자 오가따는 그 달콤한 술을 맛없다는 듯이 마셨다. 4시쯤 둘은 집을 나왔다. 그리고 시바에 있는 타쓰오까 집에 갔다. 그러고 나서 타쓰오까를 데리고 히까게 쪼오를 산책한 뒤 셋은 다시 세이힌떼이로 갔다. 그러나 그날은 웬일인지 오까요가 오지 않았다.

다음 날 켄사꾸는 일어날 때부터 왠지 몸 상태가 좋지 않았다. 하지만 마루젠에 볼일이 있어서 나갔는데, 가는 길에 심하게 재채기가 났다. 용무를 마치자마자 그는 바로 돌아와 잤다. 불규칙한 생활로 피곤했던데다 감기까지 걸려서 그는 다음 날도 하루 종일 이불 속에서 지냈다. 그는 이제 자신의 생활을 어떻게든 하지 않으면 안되겠다고 생각했다. 그러나 이상하게 기분이 안정되지 않았다. 그다음 날도 기운 없이 반나절을 이불 속에서 보내고 열도 내려서 뜨거운 물에 들어가 있으려니 아무래도 가만히 집에 있을 수 없다는 생각이 들었다. 그는 저녁 무렵 타쓰오까를 불러내 니시미도리로 갔다. 토끼꼬와 코이네도 왔는데, 그 자리는 조금도 재미있지 않았다. 밤이 깊어질수록 그는 오히려 괴로워졌다. 토끼꼬를 생각하는 마음도 두번째로 만나 환상이 없어졌다고 생각했을 때가 오히려 서로 가장 가까웠다고 여겨졌고, 그후부터는 탄력을 잃은 고무줄처럼 느슨하게 늘어져 점점 멀어져가는 느낌이었다. 그는 지금도 토끼꼬를 많이 좋아하지만 전혀 열정적으로 타오르지 않는 자신이 안타까웠다. 아이꼬와의 일이 자신을 이렇게 만들었다고 말하고 싶기도 했다. 그러나 실은 아이꼬에 대한 기분 역시 이랬다고 생각하자 그는 왠지 쓸쓸한 기분이 되었다.

그는 자신이 너무나 별 볼 일 없는 사람이 되어버린 것 같은 기분이 들었다. 그는 그런 기분을 혼자서 꾹 참는 괴로움을 맛보면서 날이 새기를 기다렸다. 그리고 이런 장소와 자신은 맞지 않다고 절실하게 느꼈다.

다음 날 오후 오가따가 찾아왔다. 오가따는 자신의 친척이 노부유끼와 동급생이었던 사람의 여동생과 혼담이 있다며 만약 노부유끼가 그쪽 집안 상황을 안다면 말해줬으면 해서 왔다고 했다.

"그건 그렇고 그제는 결국 안 돌아갔나?" 오가따가 말했다.

"왜?"

"오까요라는 사람이 잠깐이라도 좋으니 자네를 불러달라고 해서 10시 지나서 인력거를 보냈는데, 몰랐어?"

켄사꾸는 얼굴이 상기되었다. 오까요는 어떤 마음으로 그런 말을 했을까? 아니면 누구에게나 종종 그런 식으로 행동할까? 그는 전혀 짐작이 안 갔다. 그는 그녀를 처음 만났을 때부터 약간 마음이 끌렸다. 왠지 모르게 거칠고 조잡한 느낌이 좋기도 하고 한편으로는 싫기도 했다. 깊은 관계가 되면 반드시 불쾌하게 느껴질 것 같았다. 지금은 자신이 감당하기 어려운 여자라는 느낌이 들어 흥미가 당기긴 했지만 그 이상 깊이 생각하지는 않았다. 게다가 그날의 자신을 생각해보면 오까요에게는 플러스도 마이너스도 아닌, 그저 함께 있던 사람에 지나지 않았을 거라고 생각했던 만큼 지금 오가따로부터 이런 이야기를 듣자 이상하게 달콤한 기분이 가슴속에 용솟음쳤다. 그러나 그는 그 기분을 되도록 숨기려고 했다.

한편으로는 약간 불쾌하기도 했다. 왜 오에이도 하녀도 그 사실을 자신에게 말해주지 않았을까? 매일 단조로운 생활을 하고 있는 오에이에게는 인력거를 대기시켜 데리러 오는 것도 하나의 사건이다. 당연히 잊어버리고 말을 안 한 것이 아니다. 고의로 말하지 않은 것이다. 하녀까지 입을 다물게 한 것이라고 생각했다.

"오늘 4시부터 토오까이지 절에서 제사를 지내는데, 그전에 괜찮으면 밥 먹으러 오지 않을래?" 오가따가 말했다.

두 사람은 그렇게 멀지 않은 산노시따[33]에 있는 요리점에 갔다.

낮이라 조용했다. 두 사람은 깨끗하게 청소된 작은 정원이 마주 보이는 방에서 처마 가까이 방석을 가지고 와 앉아 편안하게 이야기했다.

"네댓새 지나면 집안 할머니들을 모시고 모모야마 일대를 참배하러 갈 거야. 낮에는 할머니들을 돌봐드리고 그 대신 밤에는 자유롭게 행동할 수 있다는 조건이야." 오가따는 이런 이야기를 했다.

깔끔하게 차려입은 하녀가 마루의 꽃꽂이를 바꾸려고 왔다. 처마 가까이에 앉은 두 사람으로부터 멀리 있었기에 하녀는 마루 귀퉁이에 앉아서 뭔가 고민하는 듯이 그 자리를 바라보고는 고치고 바라보고는 고치고 했다.

"그 아주머니를 불러주지 않겠나?" 오가따는 하녀에게 말을 걸었다. "그리고, 치요꼬인가?"

하녀는 오래된 꽃을 복도에 내려놓고 다시 타따미에 무릎을 꿇고 잠자코 말을 기다렸다.

---

33 토오꾜오 산노 신사 주변을 가리킴.

"그럼 그 두 사람을." 오가따가 이렇게 말하자 하녀는 인사를 하고 나갔다.

잠시 후에 '그 아주머니'라고 불린 게이샤가 들어왔다. 마흔살이 넘었고 마르고 작은 몸에 얼굴이 조금 창백한, 얼핏 보기에 술이 셀 것 같은 여자였다. 그리고 이야기를 잘했다.

"식사하고 나면 바로 돌아갈 거니까, 치요꼬도 얼른 불러줘요." 상을 나르는 하녀에게 오가따는 이렇게 말했다.

"이봐요, 그건 그렇고 같이 오신 분은 몇시까지 가능하신지?" 그 나이 든 게이샤가 말했다.

오가따는 질문에 대답하지 않고 켄사꾸를 바라보며,

"이번에 이 아주머니와 함께 요시와라에 가기로 약속했어. 이전에 갔던 이야기를 했더니 엄청 좋아하던데?" 하고 말했다.

"나까노 쪼오의 게이샤들 사이에서 놀게 되면 진짜가 되는 거죠." 나이 든 게이샤는 이런 이야기를 하며 웃었다.

오가따와 나이 든 게이샤는 켄사꾸가 모르는 소문에 대해 서로 이야기를 나눴다. 나이 든 게이샤는 말을 잘했다. 그리고 말하는 중간중간 가끔 새된 웃음소리를 냈다. 그것이 이상하게 신경을 자극했다.

오가따는 이야기를 하다가 갑자기 엉뚱하게,

"지금 후끼꼬 있나?" 하고 물었다.

나이 든 게이샤는 갑작스러운 질문에 표정이 굳었다. 오가따도 아무렇지 않은 듯 보이려 했지만 조금 긴장한 얼굴이었다. 켄사꾸는 이전에 이야기한 게이샤일 거라고 생각했다.

"여행 갔어요." 나이 든 게이샤는 간신히 말을 이었다. 그 말투는 옆에서 듣기에도 거짓말이 분명했다. 그래도 오가따는,

"어디로?" 하고 물었다.

여자는 대답하지 못하고 우물쭈물했다.

"시오바라가 아닌가 싶은데요." 그러더니 나이 든 게이샤는 부자연스럽게 화제를 돌려 시오바라나 닛꼬오 주변은 단풍이 빠르다느니 늦다느니 하는 이야기를 했다. 오가따는 그 말만 하고는 잊었다는 듯 후끼꼬라는 여자에 대해 더 묻지 않았다. 그 나이 든 게이샤가 대단한 고생을 한 것 같은 오만한 얼굴을 하고는 오가따가 가볍게 묻는 말 하나하나에 벌벌 떠는 것이 켄사꾸는 왠지 우스꽝스러웠다.

돈 많은 소위 사장이라는 작자가 오가따와의 관계를 알면서도 일부러 후끼꼬 모자에게 접근했다. 그 일에 대해 어떤 남자 직원이 너무하다고 말하자, 사장은 험상궂은 표정으로 자신의 입장을 강력히 주장했고, 이것을 본 후끼꼬는 화를 내며 그 봄에 만든 나들이옷을 그 자리에서 갈기갈기 찢고는 울면서 자동차로 오가따 집으로 와서는, 그를 그냥 불러내기가 뭐해서 우물쭈물하고 있는데 마침 오가따의 남동생이 맞은편에서 오고 있었다. 여자는 형을 만나게 해달라고 부탁했다. 때가 한밤중인지라 오가따도 자동차 엔진 소리를 듣고 대충 그런 일일 것이라고 생각하고는 있었지만,

"한번 자러 들어간 사람이 뛰쳐나오는 것도 좀 그렇잖아? 그냥 내버려뒀더니 어느 틈에 갔더라고" 하고 네댓새 전에 켄사꾸에게 이야기했다. 지금 둘은 두달 넘게 만나지 않고 있다.

식사를 마치자 그제야 치요꼬라는 게이샤가 왔다. 계속 같이 있던 늙은 게이샤와는 반대로 크고 훌륭한 여자였다. 코이네와 비슷한 몸집이었는데 여러모로 훨씬 풍부하고 아름다웠다. 무엇보다도 그 눈빛에 사람 마음을 왠지 편안하게 하는 아름다움과 힘이 담겨

있었다. 켄사꾸는 특히 그녀의 눈에 끌렸다.

　잠시 후 둘은 그 집을 나왔다. 그는 시나가와의 토오까이지 절에 가는 오가따와 아까사까 성문 아래에서 헤어졌다. 그러고 나서 그는 성문 바깥쪽에서 정처 없이 히비야 쪽으로 혼자서 걸어올라갔는데, 그때 그의 마음에는 방금 본 아름다운 치요꼬가 아니라 오히려 지금까지 그다지 마음에 두지 않았던 세이힌떼이의 오까요가 문득문득 생각났다. "잠깐이라도 좋으니 자네를 불러달라고 해서"라는 오가따의 말을 그는 마음속으로 몇번이나 되뇌었다.

　토씨꼬든, 전차에서 본 젊은 부인이든, 오늘 본 치요꼬든, 그는 요즘 만나는 대부분의 여자들에게 끌렸다. 그리고 지금은 그중에서도 그런 말을 한 오까요에게 끌리고 있었다.

　"도대체 난 무엇을 원하는 것일까?"

　이렇게 생각하고 그는 문득 놀랐다. 스스로도 말하기 곤란한, 그러나 답이 뻔한 질문이기 때문이었다.

8

　잠시 카미가따³⁴를 여행했던, 켄사꾸보다 연하인 미야모또라는 친구가 송이버섯 바구니를 들고 찾아왔다.

　둘이 이층에서 이야기하고 있는데, 저녁이 되자 근처 가게에서 전화가 왔다고 해서 받으러 갔다.

　"바로 오실 수 있나요?" 오까요였다.

....
34 쿄오또와 그 일대를 일컫는 명칭.

"오가따는 있나?"

"계셔요."

"그럼 별건 아니지만 쿄오또 송이버섯이 있으니 바로 이쪽으로 와달라고 전해주겠나?"

오까요는 그녀 특유의 빠르고 신경질적인 어조로 "그건 안돼요" 하고 말했다.

"그러고 나서 함께 그쪽으로 가면 되잖아." 켄사꾸가 말했다.

"번거로워요. 오 선생님만 힘들잖아요."

두세번 말을 주고받은 끝에,

"좋아. 그러면 우리만 먹고 가지" 하고 켄사꾸는 전화를 끊었다.

그후 두시간 정도 지나서 켄사꾸는 미야모또와 함께 세이힌떼이에 갔다.

오가따는 작은 방에서 오스즈와 오까요를 상대로 위스키를 마시고 있었다.

"아무리 생각해도 괘씸해. 모처럼의 초대를 중간에서 맘대로 거절해버리고." 오가따는 이렇게 말하면서 나란히 앉아 있는 오까요의 어깨를 꽉 붙잡았다.

"맞아요." 오스즈가 말했다. "정말 맛있었을 텐데."

"별거 아니라고 하셨어요. 그렇죠, 토끼또오 씨?"

"당연히 그렇게 말하지." 오스즈는 말했다. "누가 맛있는 음식이 있으니까 오라고 대놓고 말하겠어? 그 말을 곧이곧대로 받아들인 사람이 이상한 거지."

오까요는 오스즈를 노려보았다.

"이봐, 자네들." 오가따는 오스즈의 무릎을 치면서 "하시젠 튀김에 일본주나 마시지"라고 말했다.

"튀김은 보기만 해도 느끼할 것 같아." 미야모또가 싫다는 투로 말했다.

"싫어? 그러면 관두지."

"그럼요. 환절기니까 만일의 경우가 생기면 안되니까요."

"이분 말투는 왠지 아주머니들 같아요." 오까요는 이렇게 혼잣말하듯이 말했다.

미야모또도 술이 셌다. 페퍼민트 같은 달콤한 술을 함께 마시면서도 전혀 취하지 않았다. 그리고 왠지 침울한 표정을 짓고 있었다. 전날 밤 기차에서 잠을 잘 자지 못해 미야모또는 기운이 없었다.

"왜 그래요?" 켄사꾸와 나란히 앉은 오까요는 맞은편에 앉은 미야모또의 옆모습을 바라보며, "이상하네요. 아까부터 우울한 표정으로" 하고는 켄사꾸를 보았다. "대체 왜 그래요?"

그렇게 말하며 오까요가 몸을 들어 젖혔을 때, 무심코 오까요의 의자에 손을 걸치고 있던 켄사꾸의 손가락이 오까요의 등과 의자 사이에 꼈다.

"잠이 부족해서 그래." 이렇게 말하고 켄사꾸는 손을 살짝 빼려고 했다.

"게이샤와 함께 있어 잠이 부족했던 건 아닌가요?" 오까요는 오히려 켄사꾸에게 유혹하는 눈짓을 하며 등에 힘을 주었다.

"밤기차 때문에 수면 부족이라니까." 켄사꾸는 무뚝뚝하게 말하고는 손가락을 쑥 빼버렸다. 그러면서 그는 오까요가 불쾌한 표정을 짓지 않을까 했다. 그러나 오까요는 무관심한 얼굴이었다.

여자에게 그런 식으로 유혹당하는 것이 켄사꾸는 별로 기분 좋지 않았다. 그래서 무뚝뚝하게 손을 빼버렸는데 역시 한편으로는 후회했다. 이런 일에 이상한 결벽을 보이는 것 같은 자신이 마음에 안 들었고 일종의 기회를 쉽게 놓친 것도 아쉬웠다. 이게 다 모두 취해 있는데 자신만 취하지 않았기 때문이라고 생각했다. 그래서 기분 전환을 하려고 갑자기,

"그 술 좀 줘봐" 하고는 아까 딴 페퍼민트를 따라달라고 해 단숨에 마셨다.

"여간 아니시네요."

취기가 오르자 오까요의 눈은 아름다워졌다. 입술도 아름다운 색으로 바뀌었다. 동작도 점점 거칠어졌다.

빳빳하게 펴진 테이블보에 초록빛 술이 흘러내린 모습이 가스 백열등 아래에서 한층 아름답게 보였다.

"와, 예쁘다—" 오스즈가 이렇게 말하며 얼굴에 가까이 대자,

"조금 더 만들어드리죠" 하고 오까요가 거칠게 말하면서 작은 숟가락을 들고 그 술을 마구 휘저었다.

"또 이렇게 거칠게 구네."

"예쁘다고 칭찬하니까 그렇죠." 오까요는 오스즈를 다시 노려보았다.

"아주 예뻐." 켄사꾸는 말했다.

오까요는 바로 켄사꾸를 돌아보았다. 그리고,

"이봐요" 하고 얼굴이 맞닿을 정도까지 다가와서 고개를 끄덕였다. 켄사꾸는 이번에는 고의로 맞장구를 치며 끄덕여 보였는데, 스스로 생각하기에도 좀 박자가 어긋났다. 좀 신경이 쓰였는데, 지금까지 가만히 있던 미야모또가,

"사이 좋네" 하고 쿄오또 사투리를 흉내 내며 놀렸다. 그 말이 켄사꾸는 묘하게 비아냥거리는 것처럼 들렸다. 그는 저항이라도 하려는 듯 행동했으나 더욱 박자가 어긋났다. 그는 의자를 치우고 오

까요에게 몸을 가까이 대며,

"난 당신이 좋아" 하고 말해버렸다.

"고마워요." 오까요는 켄사꾸의 갑작스런 변화에 약간 당황하면서도 여태까지의 거친 모습과는 전혀 다른 귀여운 표정을 지었다.

"어떻게 할까?" 켄사꾸는 대담하게 어깨로 오까요의 어깨를 눌렀다.

"어떻게 할까요?" 오까요는 애교 섞인 목소리를 냈다. 언제부턴가 오까요도 자신감을 되찾고 있었다. 그리고 고개를 숙여 켄사꾸의 가슴에 얼굴을 묻고 그대로 가만히 있었다. 머리카락이 켄사꾸의 뺨에 닿았다.

"이거 못 봐주겠는데?" 오스즈는 큰 소리로 웃어댔다.

켄사꾸는 오까요의 고개에 팔을 감고 얼굴을 가까이 대고 입 맞추는 시늉을 했다. 두 사람은 관자놀이와 이마를 맞대고 있었다. 그러나 입술과 입술은 약간 떨어져 있었다. 그리고 그렇게 가만히 있자 취한 피부가 내뿜는 열기가 얼굴과 얼굴 사이에 감도는 것이 느껴졌다. 켄사꾸는 정신이 아득해지는 듯한 쾌감을 느꼈다.

문득 주위가 갑자기 조용해져서 그는 얼굴을 들었다. 어느새 모두 입구의 두꺼운 커튼을 내리고 어딘가로 가고 없었다. 오까요는 살짝 땀에 젖은 얼굴을 들었다. 둘은 갑자기 정신이 들었다. 어색한 분위기가 감돌았다.

"옆에 있을 거예요."

"가보지."

둘은 바로 그 방을 나왔다. 옆으로 들어가봤지만 아무도 없었다.

모두 아까 있던 넓은 방에 있었다. 원래 같은 학교 삼년 선배이고 지금은 변호사를 하는 야마사끼라는 남자가 오가따와 미야모또를 붙잡고 제법 취한 듯 큰 소리로 뭔가 이야기하고 있었다. 오끼요라는 눈썹이 희미하고 체구가 작은 예쁜 여종업원이 야마사끼 옆에 앉아 있었다.

켄사꾸는 전부터 이 야마사끼라는 남자가 싫었다. 야마사끼는 항상 모임에서 은근히 분위기를 주도하려고 한다. 켄사꾸는 정말 싫은 감정을 누르고 자리에 앉았다.

야마사끼는 오끼요의 손을 붙잡고 집요하게 술을 강요하고 있었다. 오끼요는 "싫은데, 싫은데" 하면서 아무렇지 않게 술을 마셨다.

오까요도 취했지만, 지금은 차분한 기분으로 오스즈와 나란히 앉아 있었다.

켄사꾸는 왠지 마음이 편하지 않아 니시미도리로 가자고 작은 목소리로 오가따와 미야모또에게 제안했다. 미야모또는 확실한 대답은 하지 않았다.

"전화로 물어보지." 그는 이렇게 말하고 급하게 일어나다가 의자 다리에 걸려서 넘어졌다.

"계단이 위험해요, 토끼또오 씨." 오까요가 따라왔다.

"괜찮아. 당신은 오지 않는 게 좋을 것 같아."

"진짜 얄미워." 오까요는 켄사꾸의 등을 손바닥으로 세게 때렸다. 그는 뒤돌아보지 않고 말없이 가려고 했으나 그때 자신이 왠지 어색한 웃음을 띠고 있음을 느꼈다. 그는 그 가면이라도 벗는 듯이 뒤돌아봤다.

"그러면 같이 갈래?"

"가고 싶지 않아요."

켄사꾸도 조심조심 혼자서 계단을 내려갔다. 그러고는 전화하는 곳에 섰는데, 속이 메스꺼워서 제대로 전화를 걸 수가 없었다.

"토끼꼬는 멀리 출타 중인데요. 코이네는 확실히 있습니다."

"그래……"

"오세요."

반대 상황이었다면 가고 싶었을 것이다.

또 조심스럽게 계단을 올라가자 야마사끼의 커다란 목소리가 들려왔다.

야마사끼는 오끼요의 목을 물며 입을 맞추려고 했다. 오끼요는 얼굴만 뒤로 젖혀 피했다. 야마사끼는 어쩔 수 없이 하얗게 분을 바른 목덜미에 얼굴을 묻고 거기에 입술을 댄 것 같았다. 오끼요는 간지러운 듯이 얼굴을 찡그리고 옆에 서 있는 오까요를 올려다보며,

"하느님 맙소사" 하고 말했다.

오까요는 얄미운 듯이 아랫입술을 깨물고 야마사끼의 머리 위로 주먹을 휘두르고 있었다.

니시미도리에 가는 것은 포기하고 잠시 후 셋은 거기서 나왔다.

9

이틀 후 아침, 켄사꾸가 아직 자고 있는데 노부유끼가 찾아왔다. 회사 일로 출장을 나와 들어오지는 못한다고 하기에 켄사꾸는 졸린 표정으로 현관으로 나갔다. 추운 아침이어서 노부유끼의 얼굴은 건강해 보이는 홍조를 띠고 있었다.

"사끼꼬에게 이런 것을 보낸 녀석이 있는데 말이야."

노부유끼는 이렇게 말하고 외투 주머니에서 꾸깃꾸깃해진 초록색 서양 봉투를 꺼내 빨간 잉크로 쓰인 편지를 보여주었다. 봉투

뒷면에는 약간 천박한 글씨로 '제○고등여학교 기숙사 시즈꼬'라고 적어놓았고 풀칠을 한 곳에는 '쓰보미'[35]라고 쓰여 있었다.

"어제 여기로 온 편지 아니야?"

"그래, 네 여동생이라는 사실을 아는 거야. 그래서 여기 산다고 생각한 것 같아."

켄사꾸는 떨떠름하고 싫은 내용을 예상하면서 읽었다. 그래서 그런지 생각만큼 이상한 편지는 아니었다. '진정한 남녀 교제에는 아무런 장애가 없어야 한다고 저는 생각합니다. 그래서 좀 만나고 싶습니다. 모레 6일 당신이 하교하는 길에 히까와 신사에서 잠깐 만날 수 있었으면 합니다.' 이런 내용이 쓰여 있었다.

'저는 이러이러한 사립대학을 졸업하고 지금은 코오지마찌 구 ○○ 쪼오 ○ 자작 댁에 기거하고 있습니다.' 그리고 거듭 비밀로 해달라고 하고, 만일 이런 일로 결혼 전인 당신에게 피해가 가면 안되니 그렇다면 염려하지 말고 거절하라는 내용도 쓰여 있었다.

"애매한 태도로 상대를 떠보고 있네?" 켄사꾸는 웃었다.

"이전에 편지를 보낸 녀석처럼 불량하지는 않은 것 같은데, 그래도 어쨌든 어떤 녀석인지 네가 좀 만나보면 안될까? 경우에 따라서는 으름장을 놔도 좋아."

"응, 알았어."

"내가 가도 되는데, 그런 일로 회사를 쉬기가 좀 그래서 말이야."

"그럼 내가 가볼게. ○○ 쪼오 ○ 자작이라면 마쓰야마의 할아버지 같은데. 마쓰야마에게 물어보면 바로 알 수 있겠지만 그럴 필요까지는 없겠지?"

---

35 '꽃봉오리'라는 뜻.

"그래, 그리 나쁜 녀석은 아닐지도 몰라. 하지만 겁을 주려면 그 얘길 하는 것도 괜찮지 않을까?"

노부유끼는 바로 돌아갔다.

그날은 추울 뿐 아니라 이따금 가는 비가 내리다 그쳤다 했다. 켄사꾸는 이층에 불을 피워달라고 하여 오랜만에 책상 앞에 앉았다. 그리고는 오랫동안 게을리했던 일기를 쓰기 시작했다.

— 뭔가 알 수 없는 무거운 것을 짊어진 느낌이다. 기분 나쁜 검은 것이 머리에서부터 나를 덮치고 있다. 머리 바로 위에는 푸른 하늘이 없다. 겹겹의 무겁고 답답한 것이 그 사이에 펼쳐져 있다. 도대체 이런 느낌은 어디서 오는 걸까.

— 날이 저물기 전에 켜진 등불과 같은 심정이다. 파란 불투명 유리 속에서 오렌지색으로 희미하게 빛나는 불이 약하게 타오르며 갈피를 잡지 못하고 있다. 불투명 유리 속에서 끽끽거리며 몸부림치면서. 날이 저물고 빛은 밝아질 것이다. 그러나 그뿐이다. 자신에게는 모든 것을 불태워버릴 만한 욕망이 있다. 그것을 어떻게 표현하면 좋을까? 작고 불투명한 유리 상자 안에 희미하게 켜진 해지기 전 불빛으로 그 욕망을 어떻게 발산할 수 있을까? 폭풍이여, 와라. 그리고 불투명한 유리를 산산조각 내어라. 그리고 기름병을 마른 판자에 부어주어라. 자신은 처음으로 불이 되어 타오르리라. 그러지 않으면 평생 불투명한 유리 안에서 희미하게 빛날 수밖에 없다.

— 어쨌든 좀더, 좀더 진지하게 공부하지 않으면 안된다. 나는 정말 군색하다. 일에서도 생활에서도 이상하게 어색하다. 어떻게도 할 수 없다. 아무튼 좀더 자유롭게 뻗어나가서 하고 싶은 일을 척척 할 수 있어야 한다. 어정쩡하게 걷는 것이 아니라 대지를 한

발 한 발 확실히 밟으면서, 활개 치며 좋은 기분으로 앞으로 나가야 한다. 서두르지 말고 쉬지 말고. ─그렇다. 태풍을 기다리는 기름병이 되어서는 안된다. ─어느 지점에서 포기하는 것으로 평화를 찾고 싶지 않다. 포기하지 않고, 지지 않고, 계속 추구하여 진정한 평안과 만족을 얻고 싶다. 정말로 불사의 일을 하고자 하는 사람은 죽지 않는다. 예술의 천재뿐만 아니라 과학의 천재도 그렇다고 나는 생각한다. 퀴리 부인에 대해서는 잘 모르지만, 과학의 천재들은 인류에 남기고 간 것이 확실하기 때문에 어떤 운명이 다가와도 결코 동요하지 않는 평안과 만족을 얻었을 것이다. 나는 그런 평안과 만족을 바란다. 과거 사람들이 본 적 없는 것을 보고, 일찍이 사람들이 들어본 적 없는 소리를 듣고, 일찍이 사람들이 느낀 적 없는 것을 느낀다.

　─인류의 운명이 지구의 운명을 반드시 따라간다고는 생각하지 않는다. 다른 동물들은 모르겠다. 그러나 인류만은 그 주어진 운명에 반항하려고 한다. 일에 대한 남자의 질리지 않는 본능적인 욕망 저 깊은 곳에는 반드시 이러한 맹목적인 의지가 있다. 인간의 의식은 인류의 멸망을 인정한다. 그러나 그 맹목적인 의지는 실제로는 조금도 그것을 인정하려 하지 않는다.

　인류의 발전은 지구의 상태와 정비례한다. 지구는 인류에게 점점 좋은 상태가 된다. 인류는 발전해왔다. 그러나 어느 순간부터 지구는 점점 나빠져간다. 점점 추워지고, 건조해진다. 그때부터 인류는 점차 퇴화된다. 그리고 마침내 어느날 비참한 최후로 마지막 사람이 죽고 인류는 멸망해버린다. 인류만이 아니다. 모든 생물이 점점 죽어간다. 그리고 모든 것이 얼음 속으로 들어가버린다. 그리 과장된 생각도 아니다. 이대로 가면 인류와 그밖의 모든 생물은 두려운 운명을 맞이한다. 그러나 인류는——이 불안함 때문에 거의 맹목적으로 발전하려고 안달하는 인류는, 그러한 운명을 솔직하게 받아들일까? 지구의 상태가 점점 나빠져서 알게 모르게 퇴화돼버린다면 나의 자손은 그들의 선조가 이렇게까지 불안해했던 것도 모르고, 안달복달한 끝에 만들어낸 발전의 가치에 대해서도 무관심하고, 지금은 어떤 형태로도 이용할 수 없는 발전의 유물을 차가운 시선으로 바라보면서 희망이 없는 공허한 머리로 결국 그 운명을 솔직하게 받아들일 수밖에 없을지도 모른다. 그러나 그것은 인류가 그렇게 퇴화해 끝나버린 뒤의 일이다. 그렇게 되기 전, 지구의 상태가 아직 인류에 나쁜 영향을 미치기 전까지 인류는 할 수 있는 한 발전하려 한다. 그리고 그 발전을 통해 주어진 운명에 반항하고, 인류를 구하려고 한다.

여자는 출산, 남자는 일. 그것이 인간의 생활이다. 인간이 미처 발전하지 않은 시대에 남자의 일은 자신의 가족, 부락의 행복을 위한 것이면 충분했다. 그랬던 것이 점점 발전하면서 부락의 범위가 넓어졌다. 일본이라면 남자는 번藩[36]을 위한 일로써 일의 본능을 충족시키고 있다. 한 나라를 위해, 한 민족을 위해, 그리고 인류를 위해, 그런 식으로 일하게 된 것이다.

예를 들면 영생에 대해서도 어린 시절에는 내 몸의 영생이 아니면 감정적으로 만족할 수 없었다. 그러나 지금은——지금도 죽음은 두렵다. 그러나 개개인의 영생은 어떻게 되든 상관없다. 동시에 그러한 신앙도 가지지 않게 되었다. 단지 개개인이 자신이 한 일을 축적해가는, 인류의 영생, 어떻게든 그것만은 이루어져야만 한

---

36 에도 시대 봉건영주인 다이묘오의 통치 영역.

다고 생각한다. 이윽고 이 감정으로부터도 해탈할지 모른다. 해탈한 사상도 있다. 그러나 지금 전인류가 무엇이든 발전시키려고 안달하는 것, 일에 대한 남자의 본능, 그것은 가끔 맹목적이고 병적이되기도 한다. 본래의 목적을 잃고 오히려 인류를 불행하게 하는 듯한 발전이 이루어지기도 하는데, 그렇더라도 그러한 본능적인 욕망의 깊숙한 곳에서는 역시 인류의 영생을 바란다. 즉, 주어진 운명에 대항하여 반항하고, 그러고는 도망가려는 공통의 커다란 의지를 봐야 한다. 나는 마스^{James C. Mars}라는 비행기 조종사가 처음으로 일본에서 비행을 한 일을 떠올렸다. 기체가 한순간 활주로를 떠나 하늘로 날아간다. 그 순간 묘한 감동이 밀려와 눈물이 나려고 한다. 그 감동은 어디에서 온 것일까? 몹시 흥분한 군중심리에서 온 것이겠지만 설령 군중심리의 지배를 받았다고 해도, 왠지 그것만은 아니라는 생각이 들었다. 다른 예를 들자면 누군가가 과학 분야에서 새로 훌륭한 발견을 했다는 신문 기사를 읽는다. 그때도 나는 울고 싶을 정도로 감동했다. 그것은 어디에서 오는 걸까? 무의식적인 인류의 의지가 저 마음 깊은 곳에서부터 반응하기 때문은 아닐까? 이런 생각이 든다.

인류가 멸망한다는 것은 알고 있다. 그러나 그 사실이 우리의 생활을 조금도 절망적으로 만들지 않는다. 그런 생각에 잠길 때 견딜 수 없는 쓸쓸함이 느껴진 적은 있다. 그러나 그 감정은 마치 무한을 생각하며 이상한 쓸쓸함에 빠지는 것과 다름없다. 실제 우리는 인류의 멸망을 인정하면서도 감정적으로는 그것을 계산에 넣지 않는다. 실은 그러면 오히려 이상하다. 그리고 우리는 할 수 있는 한 발전하려고 안달한다. 결국 우리가 지구의 운명과 함께 죽지는 않을 거라는 희망을 어딘가에 품고 있기 때문 아닐까. 그리고 그러한 의지가 누구에게나 무의식적으로 작용하고 있는 것은 아닐까.

10

켄사꾸는 보름 정도 게을리한 일기에 이렇게 썼다. 이것은 요즘
그의 머릿속에 막연하게 맴도는 생각이었다. 실제 그는 오늘날의
인간은 모두 뭔가 확실하지 않은 목적을 위해서 몸부림치고 있는
것 같다고 느꼈다. 무엇인지 모르는 커다란 의지에 쫓기고 있다. 예
술에도 종교에도 과학에도 모두 이런 것이 여러가지 형태로 나타
나고 있다. 그렇게 생각했다. 그는 현재 자신에 대해서도 그렇게 느
꼈다. 말로 표현하기 어렵고 초조해 안절부절못할 때 그는 그런 뭔
가에 쫓기는 것 같았다.

그는 흥분해서 방 안을 돌아다녔다.

"켄사꾸 씨! 켄사꾸 씨!" 계단 아래에서 오에이의 목소리가 들렸
다. "점심은 어떻게 하실래요?"

그는 잠시 꿈에서 깬 듯한 느낌이 들었다. 늦잠을 자는 습관 때
문에 켄사꾸는 대체로 아침과 점심을 겸하여 먹는다. 그러나 그날
은 노부유끼가 깨워서 오랜만에 9시 전에 아침을 먹었다.

"그렇군요." 이렇게 말하는 그는 기분이 조금 좋지 않았다. "배
는 고프지 않지만 가죠."

식사 중 오에이는 "불량스러운 청년일지도 모르는데 혼자 나가
도 괜찮겠어요? 타쓰오까 씨에게 함께 가자고 하는 게 좋지 않을까
요?" 하고 걱정하며 말했다.

그는 맞는 말이라고 생각했다. 그리고 "괜찮아요. 불량 청년 같

지는 않아요" 하고 말했지만, 상대방의 태도에 따라 약간 욱하는 성질이 있는 자신이 좀 불안하게 느껴졌다.

밥을 너무 많이 먹은 그는 소화제를 먹고 이층으로 올라가서 책상 아래 놓인 종이 버리는 바구니를 베개 삼아 누웠다. 지나치게 흥분한 후라 허전한 기분이 들었다.

조금 후에 미야모또가 왔다.

"타쓰오까의 송별회는 어디가 좋을까? 날짜가 얼마 남지 않아 빨리 정해야 하는데." 그가 말했다. 미야모또가 송별회 준비를 하기로 되어 있었다.

"아직도 안 정했어?" 켄사꾸는 꾸짖듯이 말했다. "일주일밖에 안 남았잖아. 어디든 좋으니까 타쓰오까에게 한가한 날을 물어보고 빨리 정해버려."

"날짜는 물어봤어. 근데 장소를 아직 못 정했어. 세이힌떼이나 니시미도리 같은 가게는 별로겠지?" 미야모또는 약간 주눅 든 듯 말했다.

"물론 그런 데는 안 좋겠지."

"그래? 네 의견이 그렇다면 안심이야." 미야모또는 웃어댔다. "그런 곳도 나쁘지는 않은데 송별회 장소로는 별로지? 그래도 너희 동의 없이 결정해버리면 안될 것 같다는 생각이 들어서."

둘은 웃었다.

"나는 후지미껜 아니면 산엔떼이로 할까 하는데. 요리는 어떨지 모르겠지만 왠지 옛날 서양 분위기가 나서 좋을 것 같아. 그리고 사진사도 좀 괜찮은 사람으로 하려고. 후지미껜이라면 타께바야시인가 하는 사람을 부르면 되겠다고 생각하고 있어." 미야모또는 친구들 사이에서 풍류를 아는 사람으로 통했다.

켄사꾸는 여동생에게 편지를 쓴 청년 이야기를 했다.

"함께 가보지 않을래?"

"무서워. 만약 권총이라도 들이밀면 그날엔 이거니까." 미야모 또는 양손을 들어 보였다.

"그럼 기다리고 있어."

2시가 되었다. 마침 비가 그쳤는데, 켄사꾸는 박쥐우산을 짚고 혼자 이삼백 미터 떨어진 히까와 신사로 나갔다. 평상시에는 동네 어린이들의 놀이터인데, 오늘은 비가 와서 아무도 없었다. 다만 카구라도오 건물 뒤편에 스물두세살 정도의 얼굴색이 좋지 않고 마른 젊은이가 돌에 걸터앉아 이 추운 날씨에 약간 더러워진 얇은 하얀색 셔츠 한장을 몸에 걸친 채 왠지 두려워하는 눈빛으로 켄사꾸 쪽을 보고 있었다. '저 사람은 아닐 거야.' 그렇게 생각하면서 켄사꾸는 그 주변을 한바퀴 돌아보았다. 가꾸도오額堂[37]에서 찻집을 하는 남자가 손님이 없어 걸상을 접고 있었다. 그 젊은이 말고는 아무도 없다. 그는 얼마 동안 어슬렁어슬렁 걸었다. 신사 안을 지나가는 사람이 때때로 있었다. 그러나 누군가를 기다리는 듯한 남자는 오지 않았다.

그러는 동안 그는 문득 초췌한 세이겐[38]이 연상되면서 조금 전의 초라한 젊은이가 혹시 그 청년이 아닐까 하는 생각이 들었다. 확실하지 않지만 아까부터 같은 곳에 가만있는 모습이 사람을 기다리는 것 같기도 했다. 그는 젊은이가 있는 쪽으로 가봤다. 커다란 은행나무가 있고 젖은 땅 위에 노란 잎이 떨어져 있었다. 그는 박쥐

<hr>

37 신사나 절 등에서 신도가 헌납한 액자를 걸어두는 건물.
38 쿄오또의 절 기요미즈데라(清水寺)의 승려로, 사꾸라 히메(桜姫)를 사모하여 앙상하게 뼈만 남아 초췌한 모습으로 죽었음.

우산 끝으로 은행잎을 하나하나 찍으며 젊은이 앞을 두세번 왔다 갔다 했다. 젊은이는 불안한 듯 가끔 눈으로만 켄사꾸를 보았다.

결국 켄사꾸는 남자 앞으로 가서,

"누굴 기다리시나요?" 하고 물어보았다.

젊은이는 대답을 못할 정도로 공포심을 드러냈다. 그가 황급히 두리번거리기에 켄사꾸는 역시 이 남자구나 하고 생각했다.

"왜 여기에 있나요?"

"아, 기다리고……" 젊은이는 숨을 헐떡거리고 머리를 흔들며 "있는 게 아니라……" 하고 겨우 말을 이었다. 몸이 부들부들 떨렸다. 눈은 완전히 겁에 질려 있었다. 7쎈티미터 정도 자란 가는 머리카락은 영양부족으로 윤기가 하나도 없고 손발의 피부는 거칠어져 하얗게 떠 있었다.

"집은 있습니다. 탄스마찌 19번지입니다." 젊은이는 켄사꾸의 화난 얼굴을 가만히 올려다보면서 우물쭈물 말했다. 그리고 거의 무의식적으로 엄지손가락 거스러미를 뜯어냈다. 거스러미를 뜯어낸 곳에서 피가 번져나왔다. 그래도 아프지 않다는 듯 거칠게 뜯었다. 젊은이는 부랑자로 취급받은 줄 알고 겁에 질려 떨고 있었다. 켄사꾸를 형사라고 생각한 것이다.

"실례했습니다." 이렇게 말하고 켄사꾸는 고개를 살짝 숙여 사과했지만, 여전히 화난 것 같은 표정이었다.

켄사꾸는 토리이[39] 옆으로 가서 섰다. 젊은이가 두려움에 떨며 카구라도오 뒤에서 자기 쪽을 슬쩍 바라보는 것을 보았다.

열여덟아홉살 정도의 학생으로 보이는 청년이 모자를 쓰지 않

---

39 주로 신사 입구에 하늘 천(天) 자 모양으로 기둥을 연결한 문.

고 간편한 차림으로 책을 한권 들고 이따금씩 들춰보면서 걸어왔다. 뭔가를 외우는 듯하다. 켄사꾸는 이 녀석인가 하고 생각했다. 외우는 체하면서 누군가 다른 사람이 오는지 살피고 있을지도 모른다. 뚫어지게 바라보니 청년도 이쪽을 신경 쓴다.

물어보는 수밖에 방법이 없다고 생각하고 그에게 가까이 갔다. 방금 전의 일도 있고 해서 이번에는 정중하게 물어봤다.

"실례지만 누굴 기다리고 있나요?"

청년은 지극히 평온한 얼굴이었다. 그리고,

"아니요" 하고 대답했다. 태도가 건방지지 않고 사뭇 좋은 집안 자제 같았다.

"그래요." 켄사꾸는 머리를 숙였다.

어쨌든 3시까지는 기다리기로 하고 카구라도오의 찻집에 들어갔다. 그리고 테이블보 하나 덮여 있지 않은 가게에서 쌓다 남은 걸상에 앉자, 찻집 주인은 손님을 맞이할 마음이 없는 듯,

"어서 오세요" 하고 인사만 하고는, 용암이 굳은 돌로 만든 정원석으로 날려들어간 낙엽을 풀 빗자루로 열심히 쓸어내기만 했다. 켄사꾸는 평온한 마음으로 담배를 피웠다. 편지의 주인과 만나기에 딱 좋은 기분인 것 같았다. 3시까지 기다려도 오지 않으면 돌아갈 생각으로 틈틈이 시계를 보았다. 아까 그 초라한 젊은이는 아직도 앉아 있다. 피가 나올 때까지 사정없이 뜯어낸 손가락 거스러미 살이 아플 거라고 생각하자 뭔가 위로의 말이라도 해주고 싶었다. 근데 왜 저렇게 계속 멍하니 앉아 있을까? 아픈 사람도 아니고 거지도 아닌 젊은이가 11월 추운 날에 얇은 옷 한장 걸치고 저렇게 있다. 그는 저런 사람의 생활을 전혀 이해할 수 없었다.

오랜 시간 계속 앉아 있으니 찻집 주인이 차와 과자를 가지고 왔

다. 이제 올 것 같지도 않았다. 그렇게 생각하고 찻값을 지불하고 일어나려는데 돌계단을 올라오는 오에이의 모습이 보였다. 두 사람은 말없이 미소를 지었다.

"이쪽으로 돌아가지요." 그는 거리로 곧장 나갈 수 있는 작은 문을 향해 걸었다. 아까 그 젊은이에게 한마디 하고 가고 싶어서 그쪽으로 다가가자 젊은이는 급히 목을 곧추세우고 얼굴을 돌려버렸다. 켄사꾸는 말을 걸려다가 관두고 그대로 오에이와 함께 거리로 나왔다.

"그쪽 주소를 아니까 편지로 답을 주면 어떨까요?"

"그러죠."

돌아오자마자 그는 미야모또에게 기다리라고 하고 편지를 썼다. 마쓰야마와는 어릴 적부터 친구라는 이야기도 써두었다.

미야모또는 갑자기 "불량 청년도 괜찮은데? 나도 불량 청년 한번 해볼까?" 하더니 웃어댔다. 켄사꾸도 따라 웃었지만 왠지 꺼림칙한 기분이 들었다. 미야모또가 불량 청년에 빗대어 자기도 은근히 그 청년처럼 여동생과 사귀고 싶어한다는 심리를 노골적으로 드러내는 것 같은 느낌이 들었기 때문이었다.

다시 안개 같은 비가 내리기 시작했다. 두 사람은 바둑을 두었다. 대여섯판 두고 나니 피곤하기도 하고 바둑판 위도 약간 어두워져 좀 답답해지려는 차에 전깃불이 들어왔다. 잠시 생각해도 좋은 수가 떠오르지 않아 켄사꾸는 "그만할까?" 하고 말했다.

"그만하지." 미야모또도 바로 손에 든 바둑알을 판 위에 내던졌다. 그리고 쓰러지듯이 그대로 드러누웠다.

준비된 식사를 마치고 두 사람은 바로 밖으로 나갔다. 켄사꾸는 감기에 잘 걸렸기에 옷을 두 겹 껴입고 나갔다.

타메이께에서 전차를 타고 신바시에서 긴자로 나갔다. 가로등과 나란히 선 버드나무의 가냘픈 가지가 흔들리면서 반짝반짝 아름답게 빛나고 있었다.

미야모또는 지갑에 흥미가 있어 잡화상 앞에 가면 반드시 쇼윈도우에 이마를 대고 계속 바라봤다.

"요즘도 잡화를 모으나?"

"여전하지." 미야모또는 대답했다.

지갑 같은 것은 신중하게 골라야 한다. 아무튼 오래된 것이 좋기는 한데 전에 어떤 사람이 사용했는지 모르니 어떤 의미에서는 엄청 불쾌하다. 잡화는 이것이나 저것이나 새것인데다 싸고 그에 비해 멋도 있고 청결해서 좋다. 더러워지면 바로 버려도 아깝지 않은 점도 좋다. 미야모또는 걸으면서 이런 말을 했다.

"이번 여행에서도 많이 사가지고 왔어. 조만간 조선에 가려고 해. 조선 물건이 상당히 좋거든."

타이완 찻집 앞을 지날 때 켄사꾸는 어쩐지 오가따가 있을 것 같다는 생각이 들었다. 그리고 정말로 모자챙을 내리고 비옷을 입은 그의 모습이 안쪽에서 보였다.

"오가따가 있어" 하고 말하자, 미야모또는 약간 뒷걸음쳐 입구에서 근시인 눈을 가늘게 뜨고 보았다.

"들러볼까?"

"관두지. 쿠모자루가 있어. 대신 오가따를 불러내자." 그렇게 말하고 미야모또는 여종업원에게 오가따를 불러달라고 했다. 오가따는 나오더니 바로 승낙했다. 그리고 다시 들어가서 지팡이를 가지고 나왔다.

세 사람은 그대로 쿄오바시 쪽으로 걸었다.

"자네는 쿠모자루가 싫어? 겸손하고 괜찮은 사람 같은데." 오가따가 말했다.

"딱히 싫은 건 아닌데 왠지 질리잖아."

"도대체 자네들은 왜 그리 까다로워?"

오와리 쪼오 환승장에 이르러,

"저긴 어때?" 하고 오가따가 반대편 까페를 가리켰다.

"쿠모자루보다 더 질리게 하는 사람이 있을 것 같아." 미야모또가 말했다.

"왜 그래? 너무 까다롭잖아. 술은 싫어?"

"술은 좋은데 왠지 갑자기 사람이 무서워졌어······" 미야모또는 이렇게 말하며 웃었다.

"사람 없고 술만 있는 곳은 없잖아?"

결국 되돌아가서 세이힌떼이로 가기로 했다.

셋은 이층 작은 방에 커튼을 치고 앉았다. 오스즈는 아래층을 맡고 있어 좀처럼 오지 않았다. 거기에는 오까요 말고도 오마끼라는 그다지 예쁘지 않은 여종업원이 있었다.

켄사꾸는 그날따라 기분이 가라앉아 있었다. 술도 마시고 싶지 않았다.

오까요 역시 오가따가 몇번 권해도 마시려고 하지 않았다.

"사정이 있어서 술을 끊었어요. ―정말 엄청 야단맞았어요." 화난 듯이 이렇게 덧붙였다.

"또 술 때문에 실수했대요."

"또라니 너무해, 당신." 오까요는 약간 천박한 어조로 오마끼의 어깨를 쳤다. 그리고 "출세하기 전에는 술 같은 거 마시는 게 아니야" 하고 혼잣말을 했다.

켄사꾸는 전날 집에서 문득 오까요의 눈이 외까풀이었는지 쌍까풀이 졌는지 생각하다 오가따에게 보낸 엽서 끝에 그 얘기를 적은 기억이 떠올랐다. 오가따도 동시에 그것을 생각해냈다.

"이봐, 오까요, 토끼또오가 말이야. 네 눈이 외까풀인지 쌍까풀인지 궁금했었나봐. 좀 보여줘봐."

그때까지 좀 뾰로통해 있던 오까요가 갑자기 애교 섞인 표정을 하고 켄사꾸 쪽을 돌아보았다.

"둘 다 있어요. 자, 이쪽은 외까풀이죠? 이쪽은 쌍까풀이 졌어요."

"반대야."

"어머, 그래요?" 오까요는 손끝으로 눈까풀을 비비면서 눈을 감았다 떴다 했다.

"그렇네요."

그리고 오까요는 다시 한번 기쁜 듯이 묘하게 유혹하는 눈을 하고 가만히 미소를 지었다. 그녀가 없는 곳에서 외까풀인지 쌍까풀인지 생각했다는 것은 우연치고는 꽤 효과 있는 아부였다.

그러나 어쨌든 그 밤에는 이야기가 자주 끊겼다. 켄사꾸는 히까와 신사에 간 이야기를 하려다가 나중에 다른 손님을 만날 때 이런 얘기가 화젯거리가 되면 안될 것 같아서 그만뒀다. 모두 잠자코 있자 오까요와 오마끼는 자기들끼리 멋대로 이야기했다.

"저 운송점 골목 말이야."

"운송점이라면 그 잘생긴 남자가 앉아 있는 그 집?"

"응."

이런 이야기를 하고 있었다.

"괜씸하네. 잘생긴 남자가 뭐 어쨌다는 거야?" 오가따는 흥미도 없으면서 일부러 그런 말을 했다.

오까요는 바로 나무라듯이 말했다.

"잘생긴 남자 이야기가 아니에요. 잘생긴 남자가 있는 골목 이야기예요."

"골목이라면 더 괘씸한데?" 오가따는 던지듯이 그렇게 말하고는 재미없다는 표정을 짓고 웃었다.

"이 주변에는 아무래도 잘생긴 남자가 많아요." 오마끼가 말했다.

"즉, 너희의 짝사랑 상대구먼."

"오 선생님 요전에요……" 이렇게 말하고 오까요는 웃어댔다. "오끼요가 로게쓰 쪼오에 정말 잘생긴 남자 이발사가 있다고 하기에, 잘 알아보지도 않고 이 사람과 나갔어요. 그런데 도무지 집을 모르겠어서 이발소를 한채 한채 들여다보며 걷다가……" 두 여자는 서로 곁눈질하며 얼굴이 새빨개져서 웃었다. 그때 얼굴에서 이상하게 천박한 느낌이 배어나왔다. 켄사꾸는 불안한 마음으로 미야모또를 보았다. 미야모또도 켄사꾸를 보고 있었다. 얼굴에 짓궂으면서도 동정하는 듯한 웃음을 띠고 있었다.

오까요와 오마끼는 신이 나서 외곽의 '잘생긴 남자' 이야기를 시작했다. 운송점 지배인도 그중 한 사람이었다. 채소 가게 아들이라는 사람도 있었다. 자동차 운전사라는 사람도 있었다. 그 이야기를 들으면서 미야모또는 여자들에게 노골적으로 불쾌한 표정을 지었다.

오까요는 매일 오전 10시쯤 목욕탕에 가는데 마침 한산한 시간이라 아무도 없으면 양팔로 목욕 바가지를 안고 종종 헤엄을 친다고 이야기했다.

"이 사람이 제일 잘해요." 옆에서 오마끼가 말했다.

켄사꾸는 살집이 좋은 이 커다란 여자가 목욕 바가지를 안고 욕탕 안에서 헤엄을 치는 모습을 상상하니 전혀 어울리지 않게 느껴졌다. 그리고 그 어울리지 않는 모습이 이상하게 육감적으로 느껴졌다.

오까요는 가스회사 수리공이 큰 접이사다리를 목욕탕에 가져와서 고장 난 가스등을 고치고는 계속 우물쭈물하는 바람에 욕탕에서 나갈 수 없었다는 둥 혼자 신나서 이야기를 했다.

켄사꾸는 처음부터 오까요가 기품 있는 여자라고 생각하지는 않았다. 단지 내던지는 식의 생기 있는 태도와 이상하게 요염한 면에 끌렸는데, 오늘은 너무나 천박하게 느껴져서 완전히 질려버렸다. 가까워지면 질수록 이런 느낌이 강해지는 것 같았다. 이런 면에서는 그녀를 처음 만난 때가 가장 좋았다는 생각이 들었다.

잠시 후 세 사람은 거기서 나왔다. 그리고 바로 헤어져 집으로 돌아왔다.

다음 날 일어나니 전날 보낸 편지의 답장이 와 있었다. 용서를 구하는 편지였다. 실은 여동생분은 사진으로 봤을 뿐이고 자신은 그 정도까지 생각하지는 않았는데, T 병원 간호사 ○○가 권유하기에 그런 편지를 보냈다. 만약 이 일이 마쓰야마 씨에게 알려지기라도 하면 자기 한 사람의 일로 끝나지 않는다. 부디 자비를 베풀어 용서해주시길 바란다. 운운. 일년 전 사끼꼬가 T 병원에 입원한 적이 있다. 그 간호사는 켄사꾸도 기억하고 있다. 조금 예쁘게 생긴 여자였다.

켄사꾸는 간단하게 전날 일을 써서 이 편지와 함께 노부유끼에게 보냈다. 그리고 그 남자에게는 마쓰야마에게는 절대로 말하지 않겠다는 다짐을 적은 편지를 보냈다.

11

켄사꾸가 스스로 방탕한 생활을 시작한 것은 그로부터 얼마 지나지 않아서였다. 어느 흐리고 약간 추운 날 오전의 일이었다. 그는 이제 조금도 망설임 없이 오히려 정해진 일을 결행하는 기분으로 후까가와[40]의 그러한 장소로 향했다.

이년쯤 전에 그는 키바와 그 주변, 그리고 스나무라를 통해 나까가와 주변에 간 적이 있었다. 그래서 길은 대강 알고 있었다. 그는 에이따이바시 다리를 약간 지나쳐서 전차에서 내려 차분하고 무뚝뚝한 표정으로 하찌만마에 길을 걸어갔다. 자신이 얼마나 음울하고 추한 표정을 하고 있는지 스스로도 느껴졌다. 길을 가는 사람들이 모두 그의 목적을 알고 있을 것이라고 그는 생각했다. 그는 그들에게 일종의 적의마저 느꼈다. 그리고 서둘렀다.

때때로 마른침을 삼키면서 그는 서둘러 걸어갔다.

얼마나 걸었을까, 그는 작은 다리를 건너 바로 도랑 건너편에 있는 유곽을 발견했다. 드디어 왔구나 생각했다. 토끼꼬가 있는 장소에 갈 때와는 목적이 다른 만큼 기분이 어색했다. 오히려 매우 불쾌했다. 그러면서도 그만두고 싶다는 생각은 들지 않았다.

맞은편에서 앞쪽에 덮개만 걸친 인력거가 왔다. 썬글라스를 쓴 사람이 거기 앉아 있었다. 그 안경이 오히려 그의 주의를 끌었다. 타지마라고, 그보다 삼년 선배였는데 그의 직업을 생각할 때 여기서 만나리라고는 도무지 생각할 수 없는 사람이었다. 켄사꾸는 약

---

40 토오꾜오 코오또오 구(区)의 지역. 에도 시대의 대표적 유곽 지역 중 하나.

간 당황했다. 두세간閒⁴¹ 걷는 동안 그는 그의 얼굴에서 눈을 뗄 수가 없었다. 저쪽도 그를 본 것 같았는데, 썬글라스 때문에 잘 보이지 않았다. 조금 후에 그는 얼굴을 돌렸다. 그 길은 중간에 양어장이 없다면 하나의 원으로 둥글게 이어지는 길이었다. 타지마도 당연히 그 길에서 나온 것이다. 평소엔 쓰지 않는 썬글라스 때문에 더욱 그렇게 보였다.

그들은 서로 보이기 싫은 부분을 보인 거라고 생각했다. 그는 괴롭고 화가 났다. 그러나 자신은 아직 안에 들어가지 않았으니 이대로 양어장을 빠져나가 스나무라로 가버리거나 니시미도리 같은 데로 그대로 돌아가버리면 어떨까 하는 생각도 잠깐 들었다. 그러나 타지마를 이 길에서 만나지 않았으면 몰라도 알면서 그런 짓을 하는 것은 비겁하다는 생각이 들었다. 그리고 어차피 오늘 들어가지 않는다 하더라도 반드시 또 오게 될 거라고 그는 생각했다.

두시간쯤 뒤에 올 때와 전혀 다른 기분으로 유곽에서 나왔다. 스스로도 이상할 정도로 마음이 편안했다. 후회하는 마음은 전혀 없었다.

못생긴 여자였다. 창백하고 밋밋한 얼굴을 한, 마치 뒷골목 초라한 가게의 주인 같은 여자였다. 실로 둔하고 선량한 여자였다. 그는 두번 다시 그 여자를 보고 싶지 않았지만, 무언가를 통해 자신의 호의를 보이고 싶다는 생각이 자꾸만 들었다. 돈을 줘도 좋을 것 같았다. 여자는 손님을 한명 받을 때마다 고용주로부터 5전씩 받는다고 했다.

그는 방탕한 생활을 시작하고 나서 이상하게 오에이를 의식하

---

41 길이 단위. 약 1.8미터에 해당.

게 되었다. 이것은 전에도 있던 일이다. 가끔 그는 매우 도덕적인 그를 오에이가 유혹하는 야한 상상을 했다. 상상 속에서 그는 항상 오에이에게 설교했다. 그런 짓이 얼마나 두려운 죄인가, 그 때문에 두 사람의 운명이 어떻게 엇갈릴 것인가 하고.

차분히 타이르면서 설교하는 아주 성실한 청년의 모습이었다. 오에이가 그런 상상을 하게 만드는 행동을 하는 것도 아닌데, 그는 때때로 그런 상상을 했다.

그것이 요즘은 변했다. 밤중에 자꾸만 나쁜 생각이 들기 시작해 잠을 잘 수가 없고, 책을 읽어도 읽고 있는 글자의 의미를 뇌가 조금도 받아들이지 못했다. 오로지 음탕하고 좋지 않은 생각이 머릿속에서 활개를 치고, 쫓아내려고 해도 아래에서 자고 있는 오에이의 모습이 의식 속으로 파고든다. 그러면 그는 안절부절못하고 어쩌면 그런 일이 일어날 수도 있다는 생각에 가슴 두근거리며 아래로 내려간다. 오에이가 자고 있는 방 앞을 지나 화장실로 간다. 상상 속에서는 문 앞을 지날 때 갑자기 문이 열린다. 그는 잠자코 있다가 어두운 방 안으로 따라들어간다. ──그러나 실제로는 아무 일도 일어나지 않는다.

그는 화가 나고 불안정한 마음으로 이층으로 올라간다. 그러나 가다가 도중에 발을 멈춘다. 아래로 내려가고 싶은 기분, 방으로 돌아가고 싶은 기분이 그의 마음속에서 부딪힌다. 그는 어두운 계단 중간에 앉아 스스로를 수습할 수 없게 된다.

그의 방탕은 조금씩 심해졌다. 마음은 늘 그래왔듯 스스로가 전혀 탕아처럼 느껴지지 않았다. 정신은 멀쩡했기에 방탕한 짓을 하면 항상 불쾌했다. 정말로 푹 빠질 만한 여자가 있을 것 같으면서도 그는 좀처럼 그런 여자를 만나지 못했다. 그런 느낌이 조금 들었다가도 오래가지는 못했다. 자신에게도 좋지 않고 상대에게도 좋지 않다고 그는 생각했다.

토끼꼬나 오까요가 있는 곳도 전처럼은 자주 가지 않았는데, 그래도 오가따와 미야모또가 함께 있으면 종종 갔다. 토끼꼬에 대해서도 어떤 안정감을 찾은 이후로는 더 나아가지도 물러나지도 못하고 있었다. 오히려 더 나아가기가 꺼려졌다.

어느정도 집착은 있었지만 토끼꼬나 오까요의 경우 혹은 또다른 경우에서처럼 그의 기분은 항상 엇갈렸다. 가볍게 깊은 관계까지 가는 여자는 차치하더라도, 그렇지 않은 여자라면 어느정도 깊은 관계를 가지면 오히려 정신없이 빠질 수 있을 것 같았다. 그러나 집착하기 시작하면 이상하게 그는 깊은 관계로 발전시킬 만한 정열이 자신에게 없다는 생각이 들었다. 이렇게 우유부단해서는 아무 일도 일어나지 않을 것 같았지만 굳이 관계를 이어가기도 너무 어색했다. 감정이 먼저 앞서지 않으면 그에게는 이런 일이 부자연스러웠다. 누구에게도 푹 빠져들 수 없다는 생각에 이따금 그는 자기혐오에 잠겼다. 그러나 그런 생각을 하면서도 육체만은 더욱더 깊은 방탕으로 빠져들고 있었다.

생활이 문란해짐에 따라 머리도 탁해졌고, 오에이에 대한 나쁜 상상은 점점 심해져갔다. 그는 이 상태가 계속되다가는 둘 사이가 파탄나는 것은 아닐까 생각했다. 거의 스무살이나 차이가 나는, 게다가 오랫동안 할아버지의 첩이었던 오에이와 그런 관계를 맺으면 어떤 의미에서든 자신이 파괴될 것 같다는 생각이 들어 멈칫했다. 오에이에 대한 충동은 그에게 악몽과 같았다. 벌건 대낮에 편안히 마주 보고 앉아서 그런 기분을 느끼는 자신이 이상했다. 그리고 악몽이 아니면 뭘까 하는 생각이 들었다. 그러나 정말로 그 악몽은 자주 그를 찾아왔다.

어느 밤 그는 꿈을 꾸었다.

자고 있는데 미야모또가 어색하게 미소 지으며 들어왔다. 그리고 "사까구찌가 여행지에서 죽었어" 하고 말했다. 켄사꾸는 누운 채로 '아, 결국 죽었구나' 하고 생각했다. 사까구찌가 누구에게도 알리지 않고 가출하듯이 혼자서 여행을 떠났다는 것을 꿈에서도 알고 있었다. 그리고 왠지 모르게 사까구찌가 여행지에서 그런 죽음을 맞이하리라고 생각했다. 그가 잠자코 있자 미야모또는, "하리마[42]를 했던 것 같아. ─결국은 말이지"라고 거듭 말하고 묘한 웃음을 지었다.

'역시 그랬군.' 켄사꾸는 생각했다.

하리마를 어떻게 하는지 켄사꾸는 잘 몰랐다. 어쨌든 생명을 거는 위험한 방법으로, 사까구찌가 이전에 오오사까에서 배웠다는 것만은 알았다. 미야모또도 사까구찌로부터 들어서 알고 있음이 틀림없다.

사까구찌는 방탕에 빠져 자극적인 것은 뭐든 찾아다녔는데, 결국 하리마에까지 빠져들었다고 생각하니 켄사꾸는 몸이 오싹해지는 듯했다. 하리마의 두려움을 잘 알면서도 결국 그 지경에 이른 사까구찌의 방탕함은 결코 그의 자유의지가 아니었을 거라고 생각했다.

"하리마는 어떻게 하는 거지?" 켄사꾸는 잠시 후 이렇게 묻고서 입을 다물었다. 들으면 자신도 분명히 할 것이다. 그런 생각을 하니 오싹했다. 죽지 않고 끝날지도 모른다. 그러나 대개는 죽는다. 이

---

42 성행위의 일종.

렇게 무서운 행동이 백에 하나 천에 하나 죽지 않고 성공한다 해도 음탕한 생각을 이기지 못한다면 더 두려운 일이 일어날 것이다. 모르는 게 낫고 알면 끝이라고 생각했다.

미야모또는 그가 반드시 물어오리라고 여긴 듯 어색한 웃음을 보이면서 침묵했다. 켄사꾸는 더 묻지 않았다. 그리고 꿈에서 깼다. 기분 나쁜 찜찜함이 남았다. 이제는 그 말을 하러 온 미야모또가 유령 같다는 생각까지 들었다. 마치 미야모또의 모습을 빌린 유령인 것 같았다. ─그는 화장실로 갔다. (다시 꿈이었다.) 화장실 창이 열려 있고 밖은 조용한 달밤이었다. 나뭇잎 하나 움직이지 않는 조용하고 차분한 밤이었다. 넓은 정원에는 (그의 집 정원보다 훨씬 더 넓었다) 지붕에 드리워진 그림자가 산의 윤곽을 선명하게 드러내고 있었다. 문득 땅바닥에서 무언가 움직이는 것 같았다. 땅에 비친 지붕의 용마루 그림자가 움직이고 있었다. 그는 아까 자신의 방 지붕 위에 뭔가 묵직한 것이 내려앉는 소리가 들렸던 것이 생각났다.

그것은 일고여덟살 아이만 한 크기에, 머리만 있고 몸통은 큰데 아래로 갈수록 점점 오그라들듯 작아져 무섭다기보다는 오히려 우스꽝스러운 느낌의 괴물이었다. 괴물은 아무 소리도 내지 않고 혼자 꼴사납고 천박하게 달리고 있다. 그것은 자기 그림자가 비친다는 사실을 알지 못한 채 위를 봤다 아래를 봤다 손발을 들고 혼자서 발버둥치고 있는데, 이 밤에 움직이는 것은 그 그림자뿐, 앞에도 썼듯 달빛 속에 차분하고 고요하게 가라앉은 밤이었다. 괴물이 몸부림치는 동안 용마루 아래에 있는 사람은 더럽고 음탕한 생각으로 괴로워하고 있는 것 같았다. 음탕한 정신의 본체가 이렇게도 천박한 것이었다고 생각하니 오히려 어쩐지 상쾌한 기분이 들었다.

그리고 이번에는 정말로 잠에서 깼다.

12

새끼 염소인 줄만 알았는데, 불과 두세달 사이에 뿔이 9쎈티미터 정도로 자랐고 턱 아래로는 뾰족한 가는 수염이 났다.

"새끼 염소한테 이상하게 냄새가 나요. 씻어주면 어떨까요?" 거실에서 함께 식사할 때 오에이가 얼굴을 찌푸리며 말했다.

"씻어도 냄새는 가시지 않을 거예요."

"그럴까요? 게다가 갈수록 성질도 사나워져서 요시는 무서워서 우리에 들어가지도 못해요. 들이받을 것이 없으면 먹이 그릇을 뒤엎거나 말뚝을 들이받거나 하며 혼자서 화내고 있어요."

"어디 줘버릴까요?"

"토리세이였나? 토리세이라면 어느정도 값을 치르고 받아갈지도 몰라요."

"토리세이도 괜찮긴 한데, 거기에 보내는 건 완전히 전염병 연구소에 팔거나 죽이려고 보내는 것과 마찬가지예요."

"그것도 싫은데—짝짓기를 해주면 좋을까?"

"아무래도 누군가에게 주는 게 좋을 것 같아요. 어쩌면 제가 잠시 여행을 다녀올지도 몰라서요."

"어디로요?" 오에이는 약간 의아하다는 표정을 지었다.

"확실한 장소는 안 정했는데요. 반년이나 일년 정도 다른 지방에 가서 지내볼까 하고 있어요."

"왜 또 갑자기 그런 생각을 했나요?"

"글쎄요, 딱히 이유는 없는데, 어쨌든 좀 제 생활에 변화를 줘야겠다는 생각이 들어서요."

"저도 함께 가나요?"

"아니요."

오에이는 살짝 불쾌한 얼굴을 했다. 켄사꾸는 뭐라고 설명해야 좋을지 몰랐다. 잠시 후에,

"노부유끼 씨에게 벌써 말했나요?" 하고 물어왔다.

"아직 안했어요."

"근데—대체 왜 그러죠? 여기선 공부가 잘 안되나요?"

"그렇게 꼬치꼬치 캐물으면 좀 곤란한데요. 그렇게라도 기분을 바꿀 필요가 있어서요."

"그래요, 그렇다면 어쩔 수 없지만. 반년이나 일년 후엔 꼭 돌아올 거죠?"

"물론 돌아오죠. 여기가 내 집인데."

"기분 전환이라면 한달 정도로도 충분하다고 생각하는데……"

"일거리를 많이 가지고 가요. 그걸 다 쓸 때까지 있을 거예요."

둘은 잠시 침묵했다.

"그럼 이 집은 어떻게 하나요? 나 혼자 지내자고 이런 집을 빌리는 것은 낭비예요."

"그렇지 않아요. 겨우 일년 정도인데요, 뭐."

"다른 이유가 있는 거 아닌가요?"

"이유라고 하면 방금 제가 말한 정도예요."

"왠지 찝찝하네요." 오에이는 약간 불쾌한 듯이 말하고 웃었다. 그가 여자라도 데리고 동거할 생각은 아닌지 의심하는 듯했다.

"한마디로 말하자면 혼자 있고 싶어졌어요. 친구들로부터도 집

으로부터도 그리고 그 누구로부터도." 그는 일부러 당신이라는 말 대신에 집이라는 말을 사용했다. 그 정도면 오에이에게도 기분 나쁘게 들릴 것 같지 않았다. 그녀는 웃으면서,

"외롭지 않겠어요?" 하고 물었다.

"외롭긴 하겠지만, 어쨌든 공부할 생각이에요."

"난 몹시 외로울 거예요. 너무 외로워지면 저도 이 집을 정리하고 나갈 거예요."

켄사꾸는 쓴웃음을 지었다. 그러고 나서 그는 산요오도오 지방이나 바다가 보이는 곳에서 간단하게 자취생활을 할지도 모르겠다는 등 전날부터 염두에 두었던 몇가지 구체적인 계획을 이야기했다.

"맘 편해서 좋겠네요." 오에이는 이렇게 말하고 '정말 맘 편하게 사는 사람이야' 하고 말하는 듯한 다정한 눈빛으로 가만히 켄사꾸를 바라봤다.

그날 밤 그는 전화로 노부유끼가 집에 있는 것을 확인하고 혼고오의 집에 갔다.

"조금 부러운데." 노부유끼는 이렇게 대답했다. "오노미찌[43]로 가는 게 좋아. 오노미찌는 좋은 곳이거든."

"그럴까? 어디라도 좋기만 하면 되는데. 배가 닿는 곳이라면."

"그래, 넌 기차를 싫어하니까 그게 나을지도 모르겠다. 더구나 거긴 요꼬하마에서 배로 가면 좋아."

켄사꾸는 그것도 재미있을 것 같다고 생각했다. 노부유끼에게 최근 배편을 알아보고 표를 사달라고 부탁하고 나서 다음 날 다시 만날 약속을 하고 헤어졌다.

---

43 히로시마 현의 해안도시.

다음 날 오후 4시쯤 그는 미쓰꼬시 백화점 모퉁이에서 그 근처 화재보험회사에서 퇴근하는 노부유끼를 만나기로 했다. 한해가 저물어가는 저녁 무렵의 무로마찌 거리에 전차가 북쪽에서 남쪽에서 끊임없이 와서 그 앞에 멈췄고 차장은 똑같은 소리를 외치며 다시 전차를 움직여갔다. 인력거, 자동차, 마차, 자전거, 그리고 그 사이 사이를 사람들이 사방으로 각자의 빠르기로 걷고 있었다. 개도 지나갔다. 그는 지나가는 남자가 일으키는 코끝을 스치는 바람을 얼굴에 맞으면서 조금만 있으면 자신은 눈앞에 바다가 보이는 조용한 곳으로 간다는 생각을 했다. 즐겁기도 하고 약간 쓸쓸하기도 했다.

그는 니혼 은행 쪽으로 천천히 걸어갔다. 작은 우체국 앞을 지날 때에 마침 정각 4시를 알리는 종소리가 들렸다. 얼마 후 광장을 세 방향으로 둘러싼 미쓰이 건물에서 많은 사람들이 쏟아지듯이 나왔다. 한 사람이 지팡이를 옆구리에 끼고 담배에 불을 붙인다. 또, 어떤 사람은 앞에 가는 동료를 종종걸음으로 쫓아간다. 광장은 순식간에 이런 사람들로 붐볐다. 니혼 은행에서 사람들이 나왔다. 쇼오낀 은행에서도 다른 곳에서도 사람들이 나왔다. 그리고 삼삼오오 줄지어 지나간다. 그는 바로 그 속에서 노부유끼를 찾아냈다. 노부유끼는 쉰살 정도의 천박해 보이는 뚱뚱한 남자와 무언가 이야기를 나누며 오고 있었다. 한 손에 잡지를 둥글게 말아 쥐고 다른 손바닥에 탁탁 치면서 웃으며 계속 무언가 이야기하고 있다. 뚱뚱한 남자는 이따금씩 대꾸하면서 고개를 끄덕였다.

노부유끼는 켄사꾸가 서 있는 것을 알아채자 발걸음을 서둘러 가까이 왔다.

"많이 기다렸어?"

"아니."

"그럼 실례하겠습니다." 뚱뚱한 남자는 중절모 끝에 손을 살짝 대며 벗지는 않고 가볍게 머리를 숙였다.

"자네 이쪽으로 가는 것 아니었나?"

"오늘은 좀 일이 있어서."

"그래, 지금 한 이야기는 별거 아니야. 나는 뭐 상관없으니까, 그다지 신경 쓰지 말게."

"알겠습니다." 뚱뚱한 남자는 이렇게 말하고 또다시 머리를 숙이더니 왕궁 바깥쪽 해자 쪽으로 몸을 돌려 갔다.

전차가 있는 거리로 나오자,

"일단 저쪽으로 건너자" 하며 노부유끼가 두꺼운 외투를 걸친 어깨로 켄사꾸의 등을 밀듯이 해 선로를 넘었다.

"뭐 먹을까?"

"뭐든 좋아."

"닭고기는 어때?"

"닭고기도 좋지."

니혼바시의 간이다리까지 왔다. 기초공사를 하기 위해 틀을 만들어놓고 그 안에 스며드는 물을 석유 엔진으로 끊임없이 퍼내고 있다. 함석판이 이상한 형태로 휘어진 지붕에는 가는 굴뚝과 굵은 굴뚝이 각각 하나씩 솟아 있다. 가는 굴뚝은 기세 좋게 폭폭 증기를 뿜어낼 때마다 떨린다. 굵은 굴뚝은 녹이 슬어서 꼭대기에서 힘없는 연기를 약하게 피우고 있다.

한 사람이 시멘트에 모래를 섞은 것을 삼태기에 담아 바닥에서 나른다. 구레나룻이 무성하게 자란 일꾼이 그것을 삽으로 고른다. 한쪽에서는 그 위에 돗자리를 깔고 두 사람이 마주 보며 교대로 영차 영차 하면서 찧고 있다.

양복에 각반을 두른 남자가 측량을 하고 있다. 반대편에서는 다른 사람이 통나무를 두개씩 세우고 판자를 X 자로 겹쳐 못을 박는다. 그 아래 기름이 둥둥 뜬 물웅덩이에서 여자 노동자가 얼굴을 씻고 있다.

두 사람은 잠깐 멈춰서서 난간에 기대어 그 광경을 바라보았다. 그러고는 그곳을 벗어나 다시 걷기 시작했다.

"그날그날 일해서 먹고사는 사람은 차라리 나아. 내가 하는 일은 앞으로 어떻게 될지 몰라." 돌연 노부유끼는 이런 이야기를 꺼냈다. "때때로 이상하고 불안한 기분이 들어 견딜 수가 없어."

켄사꾸는 조금 이상했다. 노부유끼도 그런 생각을 한다니 의외였다.

"회사를 그만둘 생각이야?"

"응." 노부유끼는 끄덕였다.

"내가 하고 싶은 일이 좀더 분명해지면 바로 그만둘 생각이야."

"그 전에 그만둬도 되잖아."

"그래도 되지만……" 이렇게 말하고 노부유끼는 조금 씁쓸한 얼굴을 하고 하늘을 보았다. 켄사꾸는 너무 심하게 말했다고 생각했다. 노부유끼에게는 마음이 약한 구석이 있다. 방탕한 생활로 아버지와 새어머니를 꽤나 걱정시켰으면서도 그는 신기하게도 부모님을 생각하는 마음이 강했다. 그만큼 사랑을 받기도 했지만, 이런 결심을 하면서도 아버지가 걱정하고 실망할까봐 매우 두려워했다.

"무슨 일을 할 생각이야?"

켄사꾸는 이렇게 물었지만 노부유끼는 확실한 대답을 하지 않았다.

두 사람은 잠시 후 어느 작은 닭고기 요리점에 들어갔다.

"아까 나와 이야기하던 남자 말이야." 노부유끼는 말했다. "우리 회사 보험 외판원인데 오늘 그 남자에게 아주 지독한 놈 얘길 듣고 놀랐어. 두달쯤 전에 카와이라는 사람이 내게 같은 보험 외판원 동료인 노구찌라는 사람의 가족이 병으로 힘들어하고 있다면서 50엔을 여섯달 정도 빌릴 수 없겠느냐고 묻는 거야. 그 남자는 나쁜 사람이지만 노구찌라는 사람은 착해서 보험 외판원 같은 일은 좀 적성에 맞지 않을 것 같은 사람인데, 아이가 병에 걸렸다는 말에 나는 돈을 빌려줬어. 그때 이자에 대해 묻기에 그런 건 필요없다고 하고, 차용증을 쓰겠다는 것도 필요없다고 하고, 그런 남자니까 돈을 갚지 못하게 됐을 때 내가 신경 쓰여 회사에 안 나오면 안되니 내가 빌려준 걸 비밀로 하라고 했어. 그런데 웬걸, 카와이가 그 돈을 공제 12엔의 고리로 그 불쌍한 노구찌에게 빌려줬다는 거야. 큰일 난 거지." 이렇게 말하며 노부유끼는 웃었다. "오늘 그 뚱뚱한 남자와 노구찌 이야기를 하다가 우연히 그 사실을 알게 됐어. 물론 노구찌는 어쨌든 그 돈을 써버렸고 50엔 차용증만 카와이 손에 넘어간 거지. 오늘 그 녀석은 카와이랑 한판 붙겠다고 엄청 분노하고 있는데, 때린다 해도 별 소용이 없어서 차용증과 공제한 돈만 찾아오고 가능한 한 조용하게 처리하라고 말해뒀는데, 그런 놈이라 계약은 상당히 잘 따오지. 쫓아갈 수 없을 정도로 말이야."

켄사꾸는 노부유끼의 관대함이 재미있었다. 자기라면 좀더 화를 내고 아마 그 늙은이를 불러내 변명도 못하게 다그쳤을지도 모른다고 생각했다.

"한번 단단히 혼내주는 것도 좋을 것 같아."

"그래봤자 소용없어. 나만 원한을 살 뿐 상대방은 어떤 일을 당해도 자신이 나빴다고 생각하지 않으니까."

"형은 그런 식으로 생각해서 금방 포기하는 것 같아. 화나지 않아?"

"화나지. 그런데 혼내봤자 아무 결과도 안 나온다는 것을 아니까 화낼 마음도 안 생겨."

"그런가? 형의 대처 방식이 현명한 걸지도 모르지만 나는 그렇게 놔두면 좀처럼 맘이 편하지 않을 것 같아."

"하지만 다그치는 만큼 기분도 안 좋아지겠지."

"그래두 처음부터 용서해서는 안되지."

"그래서 내가 맘 편하게 사는지도 몰라."

한시간 정도 지나서 두 사람은 그곳에서 나왔다. 긴자까지 걸어가 거기서 노부유끼는 낙타털 머플러를 사서 켄사꾸에게 여행 선물로 주었다.

2장

1

　겨울치고는 모처럼 화창한 날이었다. 켄사꾸가 탄 배는 어느새 해안가 낭떠러지를 벗어나 있었다. 오에이와 미야모또는 사람들과 섞여 고물에 서 있었다. 코오베까지 가는데 배웅은 너무 거창하다 며 그가 말렸지만, 오에이가 배가 보고 싶다고 미야모또에게 부탁 해 같이 온 것이다. 종이 울리고 배웅하는 사람이 배에서 내릴 때 가 되자 오에이는 "건강 조심해요" "연락 자주 해요" 같은 말을 건 넸다. 켄사꾸는 약간 감상적인 기분이 들었다.

　배는 한쪽 추진기로는 물을 뒤쪽으로 보내고, 또 한쪽으로는 앞 으로 보내다가 이따금 추진기를 멈추면서 서서히 해안에서 멀어 졌다. 셋은 가끔 미소를 지으면서 서로 손을 흔들었다. 그사이 켄 사꾸는 그렇게 서로 계속 인사를 하는 것이 힘들어졌다. 배의 방향이 정해지고 고물이 해안에서 7, 8미터 떨어진 지점에 이르자 그는 "그럼, 이만" 하고 말하면서 머리를 숙이고 좀 어색하기는 했지만 일부러 두 사람으로부터 등을 돌려 자신의 객실로 들어갔다.

네 명이 들어가는 작은 방이었는데, 다른 손님이 없어서 그는 혼자 사용할 수 있었다. 그는 거기 놓인 등받이 없는 둥근 의자에 앉았는데, 뭔가 하고 싶어도 딱히 할 것이 없었다. 들뜬 기분으로 일어나 침대 아래에서 작은 여행가방을 꺼내어 시곗줄에 달아놓은 열쇠로 열어보기도 했다. 지금쯤 두 사람은 어떻게 하고 있을까 신경이 쓰였다.

그는 갑판에 나갔다. 배는 의외로 멀리까지 와 이제 사람들의 얼굴을 알아볼 수 없었다. 그런데 사람들과 떨어져 왼쪽에 두 사람이 서 있다. 그런 것처럼 보였다. 접은 양산을 비스듬히 든 사람은 오에이가 틀림없었다. 그는 손을 들어보았다. 상대편도 바로 반응했다. 미야모또가 모자를 들고 손을 크게 흔들었고 오에이도 함께 양산을 살짝 움직였다. 얼굴이 보이지 않자 켄사꾸도 가벼운 마음으로 수건을 흔들 수 있었다. 배가 돌 제방 사이에 다다를 즈음 두 사람의 모습은 보이지 않았다. 옅은 안개인지 연기인지 모를 것이 항구에 가득 깔렸고 배가 앞으로 나갈수록 육지 쪽은 점점 희미해졌다. 살짝 고개를 돌려봐도 지금 있는 곳이 어딘지 그는 알 수 없었다. 함미에 '미노따와'라고 적힌 영국 군함이 굴뚝으로 연기를 약간 뿜으며 밑바닥에 닻을 내린 것처럼 바다 위에 묵직하게 떠 있었다. 그 옆을 지날 때는 해안을 따라 나란히 서 있는 커다란 빨간 벽돌 건물조차 이미 보이지 않았다.

그는 지금 혼자 고물의 손잡이를 붙잡고 추진기에 밀려 돌아가는 물을 멍하니 바라보고 있었다. 선명해져서 매우 아름다운 색으로 보였다. 그리고 아까 자신들이 지나온 레일 주위에 종횡으로 깔린 돌바닥의 광장을 지나 돌아가는 오에이와 미야모또의 모습을 막연히 떠올렸다.

아래쪽에서 종이 울렸다. 내려가자 점심이 준비되어 있었다. 테이블에는 그 말고는 영어로 이야기하는 젊은 외국인과, 일등실 선객의 아이를 돌보는 직원, 그리고 선원이 한 사람 있을 뿐이었다. 선원과 외국인이 뭔가를 이야기하고 있었다. 그는 잠자코 맛없는 쇠고기를 먹었다. 그러자 나란히 앉은 외국인이 영어로 그에게 "영어 하시나요?" 하고 물었다. 켄사꾸도 영어로 "영어 못합니다" 하고 대답했다. 그는 요꼬하마에 있었던 서양인이라면 일본어를 전혀 모를 리 없다는 생각이 들어서 이번에는 일본어로 "일본어는 하시는지요?" 하고 물어보았다. 젊은 외국인은 당황했는지 살짝 고개를 숙이고 얼굴을 붉혔다.

아이를 돌보는 여직원은 일등실로 가더니 결국 나오지 않았다. 이등실의 넓은 공간에 둘만 남게 되어 결국 켄사꾸는 서툰 영어로 그 젊은이와 이야기하게 되었다. 켄사꾸가 혼자 갑판 흡연실에 있자니 그 남자가 카드를 가지고 들어와 권했는데, 자신이 아는 방식과 달라 귀찮아서 거절했다. 외국인은 어쩔 수 없이 혼자서 테이블에 카드를 펼쳤다가 모으고 다시 펼쳤다가 모으고 했다.

집은 오스트레일리아라고 했다. 지금까지 미국에 있었고, 삼주 정도 전에 요꼬하마에 왔는데 어머니가 병에 걸렸다는 전보를 받고 씨드니로 돌아가는 길이라고 했다. 후지 산을 꼭 보고 싶은데 오늘 날씨는 어떨지, 이렇게 날씨가 흐려서는 볼 수 없는 게 아닌지 등의 이야기를 했다. 실제로 오전에 화창하면서도 안개가 꼈던 것은 흐린 날씨의 전조였다. 지금은 훨씬 춥고 흐린 날씨로 변했다.

미사끼 앞바다를 돌 때 그는 일본옷으로 갈아입고 잠자리에 들어가서 바로 푹 잠들었다. 다시 눈을 뜨자 4시가 지나 있었다. 일본옷 위에 외투를 입고 갑판으로 나갔다. 저녁의 흐린 잿빛 하늘에 후지 산이 뚜렷이 나타났다. 바다를 앞에 두고 이즈의 산들 사이로 우뚝 솟은 그 모습은 구도가 정말이지 호꾸사이[44]가 그린 후지 산을 연상시켰다.

흡연실에서 서툰 피아노 소리가 들렸다. 이윽고 소리가 멎더니 젊은 외국인이 방에서 나왔다. 그는 "처음으로 후지 산을 봤다"라며 만족스러운 듯이 말했다.

오오시마는 이미 뒤에 있었다. 바람이 차서 그는 흡연실에 들어가 바깥 경치를 보았다. 이즈의 일곱 섬이 하나하나 그 수를 더해 갔다. 젊은 외국인은 또 서투르게 피아노를 치기 시작했다. 그러면서 브라이어 파이프를 옆으로 문 채 작은 소리로 어떤 노래를 불렀다. 그러는 사이사이 빠데레프스끼[45]의 음악을 들었다든가, 자신의 여자 형제 중에 바이올린을 잘 켜는 사람이 있다든가 하는 이야기를 했다.

그는 여전히 졸렸다. 네댓새 연속 잠이 부족했던 터라 두시간 정도의 수면으로는 충분하지 않았다. 그는 다시 잠자리에 들었다. 배는 상당히 흔들리고 있었다. 게다가 선실이 고물과 가까워 노를 움직이는 두꺼운 쇠사슬이 끊임없이 드륵드륵 이상한 소리를 냈기 때문에 잘 수가 없었다. 두두두두 하는 기관 소리에 섞여 추진기에 샤아샤아 밀리는 물소리도 들렸다.

----

44 카쓰시까 호꾸사이(葛飾北斎, 1760~1849). 에도 시대 중·후기 우끼요에 화가.
45 이그나치 얀 빠데레프스끼(Ignacy Jan Paderewski, 1860~1941). 폴란드 피아니스트, 작곡가, 정치가.

그는 조금 뱃멀미를 했다. 술에 취했을 때처럼 이상하게 손 같은 데가 빨개졌다. 잠자리 맞은편이 거울로 되어 있어 누워서 보니 하얀 베개에 반쯤 묻힌 그의 얼굴이 마치 액자 안에 들어 있는 것처럼 보였다. 얼굴도 빨개져 있었다. 여행에 나서면 종종 병에 걸리는 편이라 벌써 감기에 걸렸나 하고 그는 생각했다. 꾸벅꾸벅 조는 사이 또 저녁식사를 알리는 종이 울려 그는 일어났다.

젊은 외국인이 책을 잃어버렸다며 안타까워했다. 그러나 내일은 도서관을 열어줄 것이라고 했다. 켄사꾸는 가르신[46]의 영역본을 가지고 있었기에 그것을 빌려주었다.

추운 밤이었다. 밤이 되자 켄사꾸는 습관처럼 정신이 더욱 맑아졌다. 그는 넓고 약간 추운 식당에서 오늘 신바시까지 송별하러 나와준 사람들, 노부유끼, 사끼꼬, 오가따 등과, 오에이와 미야모또, 그리고 지금쯤 피낭[47] 근처까지 갔을 타쓰오까에게 빠리 대사관으로 엽서를 썼다.

타쓰오까와 헤어진 것은 무엇보다도 그에게는 허전한 일이었다. 타쓰오까는 예술에는 문외한인 것 같지만, 자신의 일인 비행기 제작, 특히 발동기 연구와 그에 관한 야심 찬 계획을 이야기할 때는 진정으로 열의를 나타내고 곧잘 흥분하곤 했다. 켄사꾸는 하는 일은 서로 다르지만 그런 타쓰오까를 보노라면 항상 신선한 자극을 받았다. 지금 그런 친구가 가까이에 없다는 것은 그에게 쓸쓸한 일이었다.

버선에 아사우라 조오리[48]를 신은 그의 발은 꽁꽁 얼어붙어 있었

....
46 프세볼로뜨 미하일로비치 가르신(Vsevolod Mikhajlovich Garshin, 1855~88). 러시아 작가.
47 말레이시아 서쪽 믈라카 해협에 위치한 섬.

다. 그의 머리 위에서 커다란 선풍기가 그를 내려다보고 있었다. 오스트레일리아를 왕래하는 이 배가 마닐라 주변에 다다르면 선풍기가 돌기 시작할 것이라고 그는 생각했다.

그는 엽서를 몇장 쓰고, 자기 전에 다시 한번 바깥 경치를 보려고 갑판에 나갔다. 칠흑같이 어두운 밤으로, 아무것도 보이지 않았다. 단지 돛대 높은 곳에 작은 등이 하나 켜져 있었는데, 샛별로 여겨질 정도로 멀리 보일 뿐이었다. 사람은 한명도 없다. 휭휭 부는 바람 소리, 그 바람에 파도가 쏴쏴 부서지는 물소리, 그뿐 기적 소리도 쇠사슬 소리도 지금은 들리지 않았다. 배는 바람을 거슬러 소리 없이 어둠 속을 돌진한다. 뭔가 커다란 괴물처럼 느껴졌다.

그는 외투를 둘러쓰고 가랑이를 조금 벌리고 서 있었다. 그래도 물결에 휩쓸리는 배의 심한 동요와 맞바람 때문에 때때로 멀미가 날 지경이었다. 바람은 모자를 쓰지 않은 그의 머리를 꿰뚫을 듯이 불어젖혔다. 바람 때문에 속눈썹이 눈에 들어가 가려웠다. 그는 지금 자신이 매우 커다란 것에 휩싸인 것 같은 느낌이 들었다. 위도 아래도 앞도 뒤도 왼쪽도 오른쪽도 끝없는 어둠이다. 그 중심에 그는 이렇게 서 있다. 사람들은 모두 지금 집에서 자고 있다. 모두를 대표해, 자신만이 자연과 이렇게 맞서고 있다. 이런 과장된 기분에 그는 사로잡혔다. 그렇다고는 해도 역시 뭔가 크디큰 것 속으로 자신이 빨려들어가는 것 같은 느낌을 떨칠 수 없었다. 그 느낌이 꼭 싫지는 않았지만 왠지 초조하고 불안했다. 그는 자신의 존재를 좀더 확실하게 하려고 배에 더욱 힘을 주고 가슴 가득 호흡을 했는데, 그것을 늦추자 바로 또다시 커다란 것 속으로 빨려들어가는 듯

---

48 삼실로 엮은 끈을 소용돌이 모양으로 바닥에 댄 일본식 짚신.

느껴졌다.

시커먼 사람 그림자 같은 것이 다가왔다. 보이였다. 무슨 말인가를 하는데, 바람 때문에 알아들을 수가 없었다. 보이는 돌아갔다. 그리고 얼마 후 그는 아래로 내려갔다. 몸이 완전히 얼어버렸다.

그는 상당히 지쳐 있었다. 그러나 습관적으로 잡지를 가지고 잠자리에 들었다. 얼마 지나지 않아 문구의 의미가 그에게서 멀어져 갔다. 반쯤 수면 상태에 든 뒤에도 그는 잠을 쫓으며 무리하게 깨어 있었는데 그 탓에 글자를 읽긴 했지만 의미는 제멋대로 꿈이 되었다. 어느새 눈까풀이 눈을 덮는다. 그는 기분 좋은 잠 속으로 빠져들었다. 그러나 여전히 그는 뭔가를 생각하고 있었다. 현기증 날 정도로 싫었던 최근 두세달 동안의 생활, 그후 겨우 찾아온 이 잠은 편안하고 깊은 잠이라고 생각했다.

눈을 뜨자, 선실의 둥글고 작은 창의 두꺼운 유리 너머로 하얀 빛이 들어오고 있었다. 그는 일어났다. 전날처럼 잿빛을 띤 추워 보이는 대기 아래에서 바다는 거칠게 움직이고 있었다. 8시였다. 그가 일어났을 때 이미 젊은 외국인은 식사를 마치고 거기에 없었다. 그도 식사를 마친 다음 외투를 입고 갑판으로 나갔다. 바람은 조금 잠잠해졌고 배는 키슈우의 해안을 따라 앞으로 나아갔다.

젊은 외국인은 고물 쪽에서 숨을 헐떡거리며 콧노래를 부르면서 자리에서 왔다 갔다 했다. 그를 보자 "안녕" 하고 말을 걸었다. 그리고 몸이 따뜻해지게 함께 걷자고 권했다. 그는 간단한 복장에 두꺼운 털바지를 입고 있었기 때문에 허릿단을 접지 않으면 빨리 걸을 수 없었다. 그래서 거절하고 흡연실로 갔다. 잠시 후 젊은 외국인은 빌려간 가르신의 책을 가지고 들어왔다. 그리고 「4일간」 Chetyre dnya이라는 단편을 '모비드morbid'와 '테러블terrible'이라는 단어를 써가며 연신 칭찬했다.

"코오베에는 몇시쯤 도착할까?" 그는 그곳으로 들어온 보이에게 물었다. 서쪽 방향의 기차를 알아볼 생각이었다.

"어젯밤은 파도가 심해서 좀 천천히 왔는데, 노트를 한껏 걸었으니 그렇게 늦게 도착하지는 않을 겁니다." 보이는 대답했다. "3시쯤에는 도착하겠죠."

실제로 배는 3시에 도착했다. 도착하는 동안 호텔의 론치 몇척이 승객을 기다리는 인력거꾼처럼 배 주변을 돌고 있었다. 그는 늦게 나온 우편회사의 커다란 론치를 이용해 언덕을 올랐다. 그리고 세관에서 흑백으로 뭔가 표시해놓은 여행가방을 다리 사이에 끼운 채 인력거를 타고 산노미야 정차장으로 향했다.

2

시오야와 마이꼬는 아름다웠다. 석양이 비치는 저녁의 잔잔한 바다 위 해안 가까운 곳에서 작은 배가 가볍게 흔들거리고 선장은 책상다리를 하고 앉아 그물을 수선하고 있다. 하얀 모래사장에 소나무 뿌리에 길게 망을 펼치고 이제 밤에 쉴 준비를 하는 어선이 있다. 켄사꾸는 즐거운 기분으로 이 광경을 바라보고 있었다. 기차가 앞으로 갈수록 밤이 깊어갔다. 그는 다시 잠이 왔다. 눈이 어지러운데다 계속 잠이 부족한 생활을 한지라 아무리 자도 잔 것 같지 않았다. 식당에 가서 간단한 식사를 마친 뒤 그는 옷을 갈아입고 빈 좌석에 길게 누웠다. 그리고 11시쯤 보이가 깨워서 오노미찌에서 내렸다.

여행안내서에 적힌 숙소 두 집은 다 정차장 앞에 있었다. 그는 그중 한 집으로 들어갔다. 생각한 것보다 분위기가 차분했는데, 샤미센 소리가 들려왔기 때문에 그는 가게 주인에게 "되도록 가장 안쪽 방이 좋겠어요" 하고 말했다.

이층의 조용한 방으로 안내되었다. 그는 일어나서 문을 열어봤다. 아직 덧문이 닫혀 있지 않아서 방 안 전등 빛이 앞마당의 대나무 울타리 사이로 비쳤다. 그 건너편에 작은 길이 나 있고 바로 바다였다. 바다라고 해도 앞에 커다란 섬이 있어 강처럼 느껴졌다. 어선과 화물선 몇십 척이 여기저기 뿌옇게 보였다. 그 주황색 등이 아름답게 물에 비치는 광경이 사뭇 활기차서 왠지 한밤중의 토오꾜오를 떠올리게 했다.

여자 종업원이 금빛 화로를 가지고 들어오며 툇마루에 있던 그에게,

"불 쬐세요" 하고 말했다. 그는 잠자코 들어와 문을 닫고 화로 앞에 앉았다. 여종업원은 가루녹차와 과자를 그의 앞에 내놓았다.

"지금 안마사를 부를 수 있나?"

"네, 손님이 원하시면요." 이렇게 친근하게 답하고 여종업원은 나갔다. 그녀의 태도가 지나치게 친근해 그는 여기가 평범한 숙소가 맞는지 잠깐 생각했다.

그는 안마사로부터 사이꼬꾸지 절, 센꼬오지 절, 조오도지 절, 그리고 이야기책에 나오는 겐꼬쓰못가이노지 절, 가까운 곳으로는 토모 항구의 센스이또오 섬, 아부또 곶의 관음観音, 시꼬꾸에서는 도오고 온천, 사누끼의 코또히라 신사, 타까마쓰, 야시마, 조오루리[49]

---

49 에도 시대에 유행한 문학 장르. 일본 근세문학을 대표하는 장르 중 하나로, 샤미센 반주에 맞춰 이야기를 읊는 형태로 상연됨.

에 나오는 시도지 절 등에 대해 이야기를 들었다. 그는 토오꾜오에서 잠옷과 그밖의 물건이 도착할 때까지 일주일 정도 어디 여행을 하는 것도 괜찮겠다는 생각을 했다.

안마사는 이야기에 정신이 팔려 누르는 힘이 점점 약해졌다.

"좀더 강하게 해주면 좋겠는데."

안마사가 갑자기 강하게 눌렀다. 마치 물레방앗공이가 쌀을 빻듯이 어깨 위에서 돌리면서 문지르고 팔꿈치로 살을 세게 쓸어내렸다.

"이건 무슨 기술인가?"

"나가사끼의 오가따 기술입니다."

그는 어제 신바시에서 헤어진 하이칼라의 오가따와 이 허름한 안마사의 오가따 안마술을 비교하고 실없이 혼자서 웃었다.

바다에서 끼룩끼룩 울음소리 같은 소리가 아름답게 들려왔다. 연극에서 사용하는 물떼새 효과음 같았다. 이제 사람들이 조용히 잠든 깊은 밤, 가만히 소리를 듣고 있자니 왠지 기분 좋은 한적한 여정이 느껴졌다.

"저건 무슨 소리지?"

"저 소리요? 배의 고패 소리인데요."

다음 날 10시쯤 그는 산 위에 있는 센꼬오지 절에 갈 생각으로 숙소를 나왔다. 그 절이 시의 중심에 있어서 온 시가지가 한눈에 내려다보인다고 하기에 대충 그 근처에서 지낼 곳을 정할 생각이었다.

적당한 곳에서 왼쪽으로 철로를 건너자 높은 돌계단이 마주 보였고 그 위의 절 문에 힘찬 필치로 '사자후'라고 적힌 커다란 행등이 드리워져 있었다. 그는 코오묘오지라는 절을 빠져나와 산으로 향했는데, 구불구불하고 헷갈리는 작은 길이 몇 갈래나 나 있어서 어느 길을 택해야 할지 몰라 한 갈림길에서 쉬고 있었다.

"쳐들어오는 적을 모두 모두 죽여라." 나팔을 불며 목청껏 노래 부르는 열두세살 정도의 남자아이가 가느다란 대나무 봉을 휘두르며 위에서 씩씩하게 달려내려왔다.

"센꼬오지 절에 가려는데 이 길이 맞니?" 그는 가던 방향을 가리키며 아이에게 물었다. 멈춰선 아이는 그와 함께 산을 올려다보고 있었는데, 어떻게 알려줘야 할지 고민하는 듯했다.

"설명해도 잘 모르실 거예요. 제가 함께 가드릴게요."

아이는 그의 대답도 기다리지 않고 몸을 구부리고 쾌활하게 좌우로 흔들면서 막 내려온 좁은 언덕길을 되오르기 시작했다. 오른쪽으로 비스듬하게 계속 올라갔다. 조금 가자 왼쪽에 약 10쎈티미터 높이로 자란 보리밭이 있고, 그 위쪽으로 지붕이 낮은 나가야[50]가 세채 있었는데, 그 왼쪽 끝 집에 세놓는다는 팻말이 있었다. 그는 고맙다는 인사를 하고 아이와 헤어져 그 집을 보러 들어갔다. 햇빛에 뭔가 말리고 있던 집주인이 친절하게 이것저것 알려주었다.

그러고 나서 비스듬하게 100미터 정도 더 올라가니 동쪽 끝에 세를 놓는 나가야 세채가 또 보였다. 전망은 앞서 본 집보다 좋았다. 여기에도 친절한 할머니가 있어서 그가 묻는 말에 상냥하게 대답해주었다. 켄사꾸는 방금 안내해준 아이도 여주인도 할머니도 모두 좋은 사람이라고 생각했다. 이렇게 외지에서 만난 두세 사람의 인상으로 바로 그렇게 여기는 것은 너무 단순하다는 생각도 들었지만, 역시 그는 그 사람들을 만난 후 처음 온 이 지역에 대해 왠지 모를 친근함을 느꼈다.

---

50 칸을 막아 여러 가구가 살 수 있도록 지은 길쭉한 형태의 단층 연립주택.

센꼬오지 절로 올라가는 돌계단으로 잠깐 나왔다. 폭이 좁고 꽤 긴 돌계단이었다. 계단 중간쯤에는 유리 덧문을 달아놓은 찻집이 두세군데 있고, 집집마다 센꼬오지 절의 명소 엽서를 넣은 액자를 내걸고 있었다. 계단을 다 올라가서 왼쪽으로 돌아 다시 오른쪽으로 조금 폭이 넓은 돌계단을 오르자 커다란 소나무 가지에 덮인 간이 찻집이 있었다. 그는 그곳에 가 앉았다.

앞의 섬 너머 멀리에 얇게 눈 덮인 시꼬꾸의 산들이 보였다. 그리고 세또 앞바다의 아직 이름도 모르는 크고 작은 섬들, 그 광대한 경치가 사뭇 진귀하게 느껴져 그는 기분이 좋았다. 굴뚝에 하얗게 오오사까 상선 표시를 한 증기선이 앞의 섬의 조용한 해안을 배경으로 때때로 증기를 뿜었다가 조금 틈을 두고 부우 힘차게 기적을 울리면서 서서히 들어왔다. 밀물의 흐름을 탄 작은 배가 생각보다 빨리 그 옆을 지나치듯 저어서 간다. 그리고 폭이 넓은 멋없는 나룻배가 물결을 사선으로 유유하게 저어 올라가는 것이 보였다. 그러나 이러한 익숙하지 않은 경치도 계속 바라보고 있자니 마침내 구경하는 것도 싫증 나, 좋은 풍경일수록 오히려 쉽게 질리겠다는 생각이 들었다.

그는 삶은 계란을 먹으면서 찻집 주인에게서 앞의 섬이 무까이시마 섬, 그리고 그 사이 작은 바다가 타마노우라玉の浦[51]라는 것을 들었다. 타마노우라 바다에 얽힌 전설도 있는데, 옛날 이 센꼬오지 절에 있는 타마노이와玉の岩[52] 끝에 빛나는 구슬이 있었고, 아주 멀리서도 보여 그 빛 덕분에 마을에서는 밤에 밖으로 나갈 때도 등불이 필요하지 않았는데, 어느날 배로 바다 저편을 지나가던 외국인이

....
51 '구슬 해안'이라는 뜻.
52 '구슬 바위'라는 뜻.

그것을 보고 자신에게 팔라고 했다. 마을 사람들은 판다 하더라도 산의 커다란 바위를 정말 가져가지는 못할 거라고 생각하고 팔았는데, 외국인은 빛나는 부분만을 잘라내어 가지고 가버렸다. 그뒤로는 이 마을도 다른 마을과 마찬가지로 달이 없는 밤에는 등불을 켜지 않으면 집 밖으로 나갈 수 없게 되었다고 한다.

"지금도 바위에 간장통 두 배쯤 되는 커다란 구멍이 나 있어요. 뭐, 지금으로 치자면 다이아몬드 같은 것 아니었을까 합니다."

그는 마을 사람들이 선조가 실수를 저지른 전설을 그대로 전하는 것이 왠지 낙천적이고 재미있다는 생각이 들었다.

그는 찻집 주인에게서 듣고, 죽은 상인이 전에 살았다는 빈집을 보러 갔다. 마른 잎, 썩은 잎이 흩어져 깔린 축축한 작은 길로 들어서자 커다란 바위로 둘러싸인 듯한 곳에 초라하게 세워진 작은 다실 같은 공간이 한 칸 있었다. 그런데 사뭇 황폐해져서 고치기도 쉽지 않을 것 같은데다 음산해서 들어가 살고 싶다는 생각이 들지 않았다. 그는 다시 찻집까지 돌아가서 절 쪽으로 난 돌계단을 올라갔다. 커다란 자연석, 그 사이 장엄한 큰 소나무, 그리고 곳곳에 비문, 와까[53], 하이꾸[54] 등을 새긴 돌이 서 있다. 그는 아주 오래전에 간 적 있는 산세 끝에 자리 잡은 산사나 노꼬기리야마 산의 니혼지 절이 떠올랐다. 건립한 사람이 나가사끼에서 온 중국인 주지스님이라 바위나 나무의 분위기도 그렇고 산문, 종각 등 모두가 산사나 니혼지 절보다 더 중국적인 느낌이 들었다. 타마노이와는 종각 앞에 있었다. 작은 이층집 정도 크기의 돌 하나가 따로 떨어져 있었는데 마치 보물 구슬 같은 모양이었다.

---

53 일본 고유의 전통 전형시. 하이꾸와 더불어 대표적인 시가 장르로 꼽힘.
54 일본 고유의 단시 장르. 근세 이후 대표적 문학 장르로 자리 잡음.

종루에서는 마을 전체가 내려다보였다. 산과 바다 사이에 끼어 있는 시는 폭이 좁은 데 비해 어울리지 않게 동서로는 길게 늘어져 있었다. 집들도 빼곡하게 나란히 지어져 있고 바로 아래에는 낮은 굴뚝이 많이 세워져 있었다. 식초를 만드는 집이었다.

그는 인가가 조금씩 적어지는 마을 끝자락의 해변을 바라보면서 저 근처에 괜찮은 집이 있으면 좋겠는데 하고 생각했다. 잠시 후 그는 다시 긴 돌계단을 하나하나 밟아 마을로 내려갔다. 아래로 내려오자 그날 아침 여관 사람에게 사달라고 해서 신은 게따의 이음매가 완전히 느슨해져버렸다.

지저분하고 질퍽질퍽한 골목에서 큰길로 나왔다. 길 폭은 좁았지만 비교적 큰 가게가 많고 대체로 물건이 고루 갖춰져 있었다. 길을 가는 사람들도 활동적이어서 바위의 구슬을 빼가게 놔둔 선조를 둔 사람들로는 보이지 않았다.

그는 다시 이 마을 특유의 뭔가 이상한 냄새가 난다는 생각을 했다. 식초 냄새다. 처음에는 몰랐는데, '식초'라고 간판을 내건 집 앞을 지날 때 그 냄새가 강렬하게 코를 찌른다는 것을 깨달았다. 골목길이 지저분한 것도 특색 중 하나였다. 표주박을 내건 집이 많은 것도 그에게는 신기하게 여겨졌다. 골동품 가게, 중고품 가게, 또 표주박을 전문적으로 파는 집은 물론이고 채소 가게, 잡화점, 과자 가게, 그리고 시계방, 중국 물건 가게, 인쇄소 쇼윈도우 등 그는 가는 곳마다 표주박을 볼 수 있었다. 숙소에 돌아가서는 여종업원으로부터 숙소 주인도 탄바 지방의 고리짝에 표주박을 몇개 보관하고 있다는 말을 들었다.

그날 밤은 빨리 잤다. 그리고 다음 날 아침 미명에 일어나 아직 전등이 켜져 있고, 빗자루로 쓸어낸 듯한 길로 주인이 데려다줘서 가까운 부두로 나갔다. 서리가 내린 추운 아침이었다.

바다 경치는 그가 상상했던 것만큼 좋지는 않았다. 마침 밀물 때라서 바닷물이 불규칙적으로 물결을 만들며 계속 동쪽으로 흐르는 것이 약간 신기했다.

그는 타까하마라는 곳으로 내려가 기차로 도오고로 가서 그곳에서 이틀 밤을 묵었다. 그러고는 또 같은 곳에서 배를 타고 우지나에서 내려 히로시마를 거쳐 이쓰꾸시마로 갔다. 오노미찌보다 마음에 드는 곳이라면 그는 어디든 좋았는데, 결국 나흘째에 다시 오노미찌로 돌아왔다.

약간의 여독으로 기분도 머리도 적당하게 몽롱해져왔다. 짐은 아직 도착하지 않았지만, 다음 날 그는 센꼬오지 절에 가는 길 중간에 두번째로 봤던 집을 빌리기로 하고 마을에서 타따미 가게와 제등 가게 주인을 불러 타따미와 문종이를 새로 바꿨다.

3

켄사꾸가 머무를 곳은 작은 동 세 칸으로 나뉜 나가야의 가장 안쪽 집이었다. 바로 옆방은 마음씨 좋은 노부부 집으로 그 할머니에게 식사, 세탁, 그밖의 잡다한 일을 부탁했다. 그 옆방에는 마쓰까와라는 마흔살가량의 놈팡이가 있었는데, 자기 아내를 마을 여관에 종업원으로 내보내고 날마다 용돈을 조금씩 받아 술을 마시는 남자였다.

경치는 좋았다. 누워서도 많은 것이 보였다. 앞의 섬에는 조선소가 있다. 거기서 아침부터 탕탕 망치 두드리는 소리가 들린다. 같은 섬의 왼쪽 산 중턱에 돌을 깨는 곳이 있어서 소나무 숲 속에서 돌을 깨는 사람들이 쉴 새 없이 노래를 부르며 돌을 깬다. 그 소리는 마을의 훨씬 높은 곳을 지나 그가 있는 곳까지 바로 들려왔다.

저녁 무렵 편안한 마음으로 좁은 마루에 앉아 있으면 아래쪽 상가 지붕의 빨랫줄 너머로 저무는 태양을 향해 아이들이 막대기를 휘두르는 것이 조그맣게 보인다. 그 위를 하얀 비둘기 대여섯마리가 바쁜 듯이 빙글빙글 난다. 날개가 태양에 비쳐 복숭아색으로 반짝반짝 빛난다.

6시가 되면 위의 센꼬오지 절에서 시각을 알리는 종이 울린다. 댕 소리가 나면 곧이어 댕— 울리는 소리가 한번, 또 한번, 또 한번 저 멀리서 돌아온다. 그때부터 낮은 무까이시마 섬의 산들 사이로 꼭대기가 조금 보이는 핫깐지마 섬 등대가 빛나기 시작한다. 불빛이 반짝 빛나다가 다시 사라진다. 동을 녹여놓은 듯 조선소의 불이 물에 비치기 시작한다.

10시가 되면 타도쓰 항구를 도는 연락선이 기적을 울리며 돌아온다. 얼룩덜룩한 갑판 위로 노랗게 보이는 전등, 아름다운 밧줄이라도 흔드는 것처럼 그 전등불을 물에 비추면서 온다. 이제 마을에서는 아무런 소음도 들리지 않고, 선장들의 큰 목소리가 손에 잡힐 듯 그가 있는 곳까지 들려온다.

그의 집은 겉이 타따미 여섯장, 안쪽이 석장, 거기에 부엌이 붙어 있었다. 타따미와 문은 새로 했지만 벽은 흠집투성이였다. 그는 마을에서 아름다운 사라사 천을 떠와서 지저분한 곳을 가렸다. 미처 가리지 못한 작은 흠집은 조화 재료로 사용하는 쎄틴 나뭇잎을 핀으로 고정하여 가렸다. 어쨌든 집은 조잡하게 지어졌고 방이 좁아 가스난로와 가스풍로를 같이 때면 팔에서 십도 정도까지는 덥힐 수 있는데, 끄고 나면 바로 온기가 식어버린다. 찬 바람이 부는 밤에는 장지에 모포를 두장 겹쳐 밖의 추위를 막았다. 그래도 덧문 사이로 불어들어오는 바람 때문에 모포가 계속 움직였다. 타따미는 겉은 새것이었으나 속은 낡아 바닥이 울퉁불퉁해 자리를 확인하지 않고 무심결에 랏꾜오[55]를 담은 병을 놓으면 넘어졌다. 게다가 타따미 사이의 벌어진 틈으로 바람이 새어들어와 그는 잡지에서 다 읽은 부분을 찢어내 말아서 부젓가락으로 그 사이에 쑤셔넣었다.

이렇게 토오꾜오와는 전혀 다른 생활이 그는 즐거웠다. 오랜만에 안정된 마음으로 계획했던 장기간의 작업에 착수했다. 그는 어릴 적부터 현재까지의 자전적인 글을 쓸 생각이었다. 그는 아버지가 유학가 있던 동안 태어난 아이였다. 아버지가 언제 돌아왔는지는 기억이 나지 않지만 아버지의 유학 중 할머니와 엄마, 형과 함께 살았던 묘오가다니[56]의 작고 낡은 집은 생각났다. 삐걱거리는 좁은 사다리를 오르면 지붕 바로 아래에 천장이 낮은 방이 있고 거기서 할머니가 자주 베를 짜던 일, 밤에는 어슴푸레한 전등 아래 거실에서 할머니와 어머니가 풀솜에서 실을 뽑아내던 일, 그 실에 종이를 발라 떫은맛을 제거한 된장을 거르는 삼 발에 말아두었는데 그것을 만졌다가 야단맞은 일, 붕붕 실패 돌아가는 소리, 그런 기억들이 옛날이야기처럼 어렴풋이 떠오른다.

어느날 여우가 몇번이나 뒤돌아보면서 유유히 담 사이를 빠져나간 일, (마루에서 함께 보고 있던 할머니가 여우라고 가르쳐주었다) 또 그때 감나무의 높은 가지에 있는 매미를 보고 엄청 크다

---

55 염교. 백합과에 속하는 풀로 잎을 절여 먹는다.
56 현재 토오꾜오 분꾜오 구(区)에 위치한 지역의 옛 이름.

고 생각했던 일, 그리고 감나무 아래에서 근처에 살던 또래 아이와 '도련님'이라는 말은 자기를 두고 하는 말이라며 서로 우겼던 일 등이 생각났다.

혼고오의 타쓰오까 쪼오로 이사 온 것은 아버지가 일본으로 돌아온 얼마 후였다. 어느날 아버지의 식빵을 사러 하녀에게 업혀 우에노의 야마시따에 갔다 오는 길에 연못가에서 새끼 거북을 보고 있는데 지나가던 예쁜 부인이 하녀의 등에 업힌 그가 들고 있던 식빵을 꾸러미째 획 가로채가버렸던 일, 그리고 당시의 번주가 죽었을 때에 '돌아가셨다'라는 말을 '숨바꼭질'이라는 말로 잘못 듣고[57] 관 뒤에 세워놓은 금병풍 뒤로 자꾸만 찾으러 돌아다녔던 일, 덴즈으인 절에서 열린 그 장례식에서 종을 당목으로 때리는 소리에 무척 겁먹었던 일, 종을 두드리던 스님을 무자비한 사람이라고 마음속으로 미워했던 일 등, 단편적인 기억이 마치 늪 바다으로부터 거품이 보글보글 올라오듯이 떠올랐다. 그 기억 중에는 쓸데없는 것이 많았는데, 단 하나 아직 묘오가다니에서 살던 시절 어머니와 함께 자다가 어머니가 깊이 잠들었을 때 이불 속으로 파고들어 갔던 일이 기억났다. 잠시 후 잠들었다고 생각했던 어머니가 손을 세게 꼬집었다. 그리고 강제로 베개까지 끌려나왔다. 그러나 어머니는 마치 잠든 것처럼 눈도 뜨지 않고 아무 말도 하지 않았다. 그는 자신이 한 짓이 부끄러웠고 자신의 행동이 어른들과 비슷하다고 생각했다. 그 기억을 떠올리자 그는 이상한 느낌이 들었다. 부끄러운 기억이기도 했지만, 이상한 느낌이 드는 기억이기도 했다. 무엇이 그에게 그런 일을 시켰는가. 호기심인가. 충동인가. 호기심이

---

57 '오까꾸레니낫따(お隠れになった, 돌아가셨다)'라는 말을 '카꾸렌보오(隠れんぼう, 숨바꼭질)'라고 잘못 알아들었다는 뜻.

라면 왜 그렇게 부끄러워했을까. 충동이라면 모든 사람이 그 나이 즈음에 그런 행동을 하는 것인가. 그는 알 수 없었다. 부끄러워했다는 점을 생각하면 꼭 순수한 동기였다고만은 할 수 없지만 그 때문에 서너살 아이를 도덕적으로 비판할 생각은 없었다. 조상에게 물려받은 기질이라는 생각도 하고 싶지 않았다. 그 결과가 아이에게 돌아온다, 이런 생각을 하면 그는 비참한 기분이 들었다.

그는 그러한 어린 시절에 대해서 조금씩 써갔다. 주로 밤중부터 새벽 사이를 일하는 시간으로 잡았다.

한달 정도는 모든 것이 순조로웠다. 생활도, 일도, 건강도. 그러나 한달이 지나갈 무렵 조금씩 흐트러지기 시작했다.

그는 토오꾜오에서 떠나온 뒤 일부러 오에이에게 별다른 소식을 전하지 않았다. 한때 머릿속에 들러붙었던 망상을 떨쳐버리고 싶다는 기분도 있었지만, 다른 한편으로는 고독으로 약해져버린 자신에게 스스로 저항이라도 하려는 기분도 있었다. 그러나 노부유끼에게는 틈틈이 소식을 전했다. 노부유끼에게 편지를 보낼 때도 '이 편지는 토오꾜오에 있을 때처럼 가끔 친구를 만나 담소를 나누는 기분으로 쓰는 거야' 하는 식으로 변명했다. 오에이로부터는 긴 편지가 자주 왔다. 오에이는 켄사꾸가 노부유끼에게 보내는 편지 내용을 대충 알고 있는 듯했다.

일이 제대로 진척되지 않자 단조로운 생활이 괴로워지기 시작했다. 그의 생활은 매일매일 같았다. 어제는 비가 오고 오늘은 맑다는 것을 제외하면 하루하루가 조금도 변함이 없었다. 그는 원고지 한 귀퉁이에 날짜를 쓴 뒤 벽에 붙여두고 매일매일 지워갔다. 일이 잘되는 날은 괜찮았지만 기분도 건강도 나빠지자 말 그대로 소일거리가 되었다. 모든 사람에게서 벗어나 혼자가 되는 것이 목적이었지만 지금은 곁에 아무도 없다는 고독감이 견딜 수 없었다. 아래쪽에서 큰 소리를 내면서 상행 급행열차가 지나간다. 연기만 보인다. 이윽고 그 소리가 들리지 않게 되고 잠시 후 멀리 활 모양으로 휘어져 지나가는 기차가 보이기 시작한다. 검은 연기를 뿜어내면서 열심히 달리고 있다. 그렇지만 사뭇 느리게 보인다. 저렇게 해서 내일 아침에는 신바시에 도착할 거라고 생각하니 이상하게 약간 질투가 났다. 하는 일 없이 시간을 보내고 있는 자신에게는 내일 아침이 정말 금방 찾아온다. 잠시 후 기차는 앞산 등성이를 지나서 모습을 감추었다.

그러나 그는 토오꾜오로 돌아가고 싶지는 않았다. 돌아가면 두 번 다시 돌아올 수 없을 거라는 생각이 들었다. 지금 돌아가면 도로 아미타불이 된다고 생각했다. 완성도는 어떻든 간에 이 일을 마무리하지 않으면 안된다고 결심했다. 그는 자주 아무 의미 없이 우체국이나 정차장으로 나가 어슬렁어슬렁거렸다. 그곳이 토오꾜오와 가장 가까운 장소라는 생각이 들었기 때문이다. 그가 막 왔을 때 10쎈티미터 정도밖에 되지 않았던 보리가 지금은 20쎈티미터로 자라 있었다.

얼굴 근육이 심하게 처진 듯 느껴졌다. 이제는 눈도 크게 뜰 수가 없었다. 그는 몇십일 동안 아침부터 밤까지 내내 암울한 표정을 짓고 있었음을 깨달았다. 웃는 일도 화내는 일도 없다. 크게 숨 쉬는 일 조차도 없었다.

북풍이 강한 어느 저녁이었다. 그는 어딘가 사람이 없는 곳에서 마음껏 큰 소리로 외쳐보려고 했다. 시가지를 조금 벗어난 바닷가로 나갔다. 거기에는 기와를 굽는 가마가 세개 정도 있었고, 거센 북풍을 받으며 소나무 기름이 질질 소리를 내면서 타고 있었다. 저녁의 어둠 속에서 강한 빛이 눈을 찔렀다. 그는 잠시 멍하니 그것을 바라보고 있다가, 잠시 뒤 해변 돌담 쪽으로 가서 바다를 향해 섰다. 그러나 그는 아는 노래가 없었다. 의미 없는 큰 소리를 질러보았다. 그렇지만 사뭇 힘이 없는 슬픈 듯한 소리가 되었다. 차가운 북풍이 등에 심하게 불어젖힌다. 기와 굽는 검은 연기가 바람에 밀려와서 거친 유황 연기에 그을린 은색 바다 위로 흩어지면서 날아간다. 그는 스스로에게 화가 날 정도로 무기력한 기분이 되어 돌아왔다.

"손님, 돈은 제가 낼게요. 제발 저 좀 데리고 가주세요." 한 매춘부가 이렇게 능숙하게 손님을 부르고 있었다. 여자는 통통하게 살이 찐 귀여운 얼굴에 사랑받고 있다는 자신감으로 짐짓 슬픈 표정을 짓고 1, 2엔의 돈을 그에게서 빼앗아갔다.

한가한 어느날 오후였다. 그는 무까이시마 섬의 염전을 보러 뗏목을 타고 건너갔다 오는 길에 평상시에는 위쪽밖에 보지 못했던 핫깐지마 섬을 전체적으로 볼 생각으로 섬 반대편 해안을 향해 어슬렁어슬렁 걸어갔다.

언덕과 언덕 사이의 경사가 완만한 어떤 곳에 다다르자 위에서 내려오는 남녀 일행이 보였다. 여자는 그 매춘부인 것 같았다. 그는 아무렇지 않게 대숲을 따라 좁은 길로 돌았다. 그리고 20미터 좀 못 가서 멈추고는 뒤돌아서서 길 쪽을 보았다. 그 여자였다. 화려한 긴소매의 겉옷을 입었고 추할 정도로 새하얗게 마른 얼굴이었다. 왠지 들뜬 어조로 남자에게 이야기를 하면서 지나갔다. 중절모를 깊게 눌러쓴 남자는 장사꾼 느낌의 젊은이였다.

건강도, 기분도, 일도, 점점 재미없어졌다. 무엇보다 어깨가 심하게 결렸다. 머리가 무겁고 목덜미를 쥐면 삐걱삐걱 기분 나쁜 소리가 났다. 식욕도 떨어지고 잠도 제대로 못 잤다. 꾸벅꾸벅 졸고 있으면 왠지 나쁜 꿈을 계속 꾸었다.

그러나 밤에 일할 때는 정작 아무런 진전이 없는데도 오히려 이상하게도 확실히 묘한 흥분에 빠져드는 일이 잦아졌다. 그는 흥분해서 밑에서 소리가 날 정도로 타따미를 세게 밟으며 좁은 방 안을 왔다 갔다 했다. 그럴 때면 그는 모든 것과 마주 대하는 듯한, 자신이 매우 위대한 인간이 된 것 같은 기분이 들었다.

밤 생활은 대부분 그랬는데, 낮 동안은 전혀 반대로, 그는 철저히 비참한 기분에 잠겼다. 육체로 보나 정신으로 보나 반쯤 병자 상태였다. 모든 것이 귀찮고, 졸려서 눈은 충혈되어 있고, 의욕이 전혀 없었다.

어느날 옆집 할머니가 권해서 호오도지 절 돌계단 아래에 있는 해변에서 뱃짐을 나르는, 이와베라는 맹인 안마사 집에 가봤지만 화날 정도로 조잡한 치료라 어깨에는 별 효과가 없었다. 역시 이제는 일을 중지하는 것 말고는 방법이 없었다.

4

화창한 봄날이었다. 커다란 도마뱀이 긴 겨울잠이 힘들었던 듯 맞은편 돌담 사이에서 절반쯤 몸을 내밀고 가만히 햇볕을 쬐고 있었다. 그런 오전이었다. 그도 약간 가벼운 기분으로 앞문을 활짝 열고 아침 겸 점심을 먹고 있었다. 무까이시마 섬 위쪽은 파랬고, 희미하게 시꼬꾸의 산들이 보였다. 그는 문득 여행을 가야겠다는 생각이 들었다. 그래서 여행안내서를 꺼내 사누끼행 배 시간 등을 살

펴보고 있는데 옆집 할머니가,

"냄새도 잘 맡네" 하면서 앞에 있는 마루에 앉았다. 식사 시간에 항상 오는 근처의 강아지 두마리가 마루 끝에서 검은 코끝을 보이고 있었다. 그 실룩실룩 움직이는 코끝만이 어떤 작은 두 생물처럼 보였다.

"콘비라 신사에 가려면 연락선을 타는 게 좋을까요?"

"글쎄요. 요즘은 주로 고혼잔 절로 참배하러 가는 사람이 많은 것 같은데요. 상선회사의 배는 붐벼서 별로 안 좋아요."

"2시네요."

"네. 콘비라에 가시려고요?"

"아, 그리고 방은 신경 쓰지 마세요. 훔쳐가도 상관없는 것들이니까요."

"네, 그렇게 하지요." 할머니는 웃었다.

"중요한 것은 가방에 넣어두었으니 그것만 맡길게요."

"네, 오늘은 토모 항구의 달이 잘 보이겠는데요?"

"가보신 적 있나요?"

"아니요." 할머니는 부정하고는, "작년에 시꼬꾸를 여기저기 돌았는데요. 그냥 배로 지나쳤을 뿐이에요" 하고 말했다.

"그래요? 오늘 밤은 토모 항구에서 달을 보고, 내일은 콘비라에 가고, 모레는 타까마쓰에서 이번에 개방한다는 성안 정원을 보려고요."

"좋겠네요. 오까야마의 코오라꾸엔 정원보다 좋다고들 하더라고요."

그는 먹다 남은 것을 접시 하나에 모아 개에게 주었다. 한마리가 자꾸만 으르렁거리며 다른 한마리를 위협했다.

"저리 가. 저리 가라니까." 할머니는 앉은 채로 조오리를 신은 발로 그 개를 차는 시늉을 했다.

매일 소일거리로 선착장에서 배표를 개표하는 할아버지가 아래쪽에서 좁고 경사진 언덕길을 비틀거리며 올라오는 것이 보였다.

"돌아오시네요."

"에?" 이렇게 말하고 할머니는 웃으며 그쪽을 보았다. 근처에 있던 여섯살쯤 된 여자아이가 자기 집 작은 문 앞에 서서,

"할아버지!" 하고 큰 소리로 불렀다. 할아버지는 멈춰서서 허리를 펴고 이쪽을 바라보았다. 입은 옷이 붕 떠서 부푼 할아버지의 등은 아무리 펴려고 해도 여전히 굽어 있었다.

"요시꼬." 할아버지는 성량이 풍부하고 느낌 좋은 탁한 목소리로 다시 아이를 불렀다.

"할아버지!"

"요시꼬."

이렇게 맑은 목소리와 굵직하면서 탁한 소리가 서로 오갔다. 그러더니 할아버지는 앞으로 굽은 자세로 다시 비틀비틀 걷기 시작했다. 할머니는 옆으로 돌아갔다.

잠시 지나 켄사꾸는 돈을 찾으러 산을 내려갔다. 시 우체국은 가까웠다. '저금·수표'라고 적힌 창구에 가져온 수표를 내밀자,

"오늘은 오전만 하는데요" 하는 말이 들려왔다. 그는 오늘이 일요일인 것을 잊고 있었다. "방금 결산해서 넘겨버렸어요." 직원은 안됐다는 듯이 말했다.

그는 미련이 남아서 두세 걸음 물러나 머리 위 시계를 보았다. 이십분 정도 지나 있었다. 할 수 없이 그는 여행을 하루 늦추기로 했다.

다음 날은 햇살이 잘 비치지 않는 춥고 궂은 날씨였다. 하늘 상

태가 그다지 좋지 않았고 바람도 불었다. 그는 약간 망설여졌지만, 그래도 가기로 하고 1시 반쯤 기선이 출발하는 곳으로 갔다. 배가 삼십분 정도 늦게 닿는 바람에 2시 출발 예정이었는데 더 늦게 출발했다. 그는 할아버지의 낡은 겹옷을 입고 갑판에 나왔다. 배는 가늘고 긴 마을을 따라서 동쪽으로 나아간다. 센꼬오지 절 산허리에 있는 그의 작은 집이 한층 작아 보였다. 아까까지 자신이 입고 있던 솜옷과 겉옷이 처마 빨랫줄에 널려 있었다. 그것도 너무 작아 보였다. 그 앞에 할머니가 앉아서 이쪽을 보고 있었다. 그는 살짝 손을 올려봤다. 할머니도 바로 어색하게 한 손을 들었다. 웃고 있는 것 같았다.

산과 산 사이의 가장 안쪽에 있는 사이꼬꾸지 절이 보이기 시작했다. 얼마 지나지 않아 배는 조오도지 절 앞을 지나서 마을을 벗어나 계속 남쪽으로 향해 무까이시마 섬을 돌아 바다로 나갔다. 그는 인노지마 섬과 핫깐지마 섬 말고 다른 섬의 이름은 몰랐다. 그러나 길 하나를 지나니 또 섬 하나가 나란히 있었다. 섬과 섬 사이를 볼 수 없었기 때문에 배로 지나며 보니 굴곡이 많은 해안선만 보이고 별다를 것이 없었다.

조금 전까지 약하게 빛이 비치던 하늘은 어느새 어둠침침하게 흐려져 차가운 바람이 서쪽에서 불어왔다. 그는 선실로 들어가려고 했는데, 왠지 그러기가 아쉽다는 생각이 들어서 겹옷 끝을 여미고 세운 옷깃에 턱을 묻고는 다시 갑판의 걸상에 앉았다.

배는 섬과 섬 사이를 이으며 나아갔다. 섬마다 비탈에 일구어놓은 보리밭이 하나하나 진하고 옅은 초록으로 확실하게 구분되어 어두운 하늘 아래 벨벳처럼 매끄럽고 아름답게 보였다. 섬 봉우리의 윤곽도 사뭇 아름다웠다. 흐린 날씨를 배경으로 한쪽 윤곽이 특히 선명하게 보였다. 그는 마을의 표주박 가게에서 본 표주박 가운데 나 있던 금을 떠올렸다. 자연이 만든 선, 그것은 역시 언제나 강력하고 아름답다는 사실에 감탄했다.

어떤 섬은 멀리, 어떤 섬은 바로 옆에서 지나갔다. 드물게 인가가 있는 해변에서는, '상등명常燈明'이라고 진하게 새겨진 고풍스러운 돌 등대가 벼랑 쪽 바람에 날려 굽어진 한두그루의 노송 아래 보였다. 어떤 섬의 젊은 처녀가 매일 밤 그 등을 의지하여 바다를 헤엄쳐 건너와 연인을 만났다. 폭풍이 치는 어느 밤, 마음이 변한 연인은 일부러 등을 꺼버렸다. 처녀는 도중에 빠져 죽었다. 그런 흔한 전설과는 도무지 어울리지 않은 등이었다.

아부또의 관음이 보이기 시작했다. 육지와 섬 사이에 가느다란 해협이 있었는데, 아부또의 관음은 육지 쪽 곶에 자리를 잡고, 배례를 위한 본전 앞 건물은 육지에, 안쪽 사원은 바다 쪽으로 홀로 나와 우뚝 서 있는 커다란 돌 위에 두 칸쯤 돌담을 쌓아올려 세워져 있었다. 그 사이에는 제법 경사진 통로가 10미터 정도 이어져 있었다. 그외는 자연 상태로, 인가가 없었고 마치 중국 회화를 보는 듯한 느낌이었다.

기선은 그곳을 돌아서 육지를 따라 나아간다. 정원에 가져다놓으면 좋을 법한 소나무가 보이는 작은 섬이 몇개인가 있었고, 이윽고 토모 항구에서 배가 멈췄다. 센스이또오 섬이 고요하게 펼쳐져 있었다. 그림엽서를 보고 제멋대로 상상했던 것과는 완전히 정반대였기에 어쩐지 느낌이 확 와닿지 않았지만, 어쨌든 기분 좋게 평온한 섬이었다.

인가가 모여 있는 마을은 시끌벅적했다. '호오메이주酒 양조장'이나 '원조 열여섯가지 맛 호오메이주'라는 말을 페인트로 적어놓은 굴뚝이 곳곳에 서 있었다.

　그는 거기서 달을 보려고 했는데, 하늘을 보니 도저히 안 보일 것 같아서 그냥 가기로 했다.

　점점 몸이 얼어붙어 기분이 침울해졌다. 그는 선실로 내려갔다. 이등실이라는데 대여섯명밖에 없었다. 거기 섞여 그도 누웠다. 배가 조금씩 흔들려서 철썩철썩 배를 치는 파도 소리가 들려왔다. 그는 약간 졸렸지만, 잠이 들면 감기에 걸릴 것 같아 다시 일어나 가져온 소설을 읽기 시작했다.

　"심심하시죠?" 소매에 금색 줄이 두줄 그려진 양복을 입은 선원이 자신은 레코드판을 들고, 뱃사공에게 축음기를 들려 들어왔다. "마음껏 이용해주세요." 웃으면서 말을 하더니, 대개 자고 있는 걸 보고는 일어나 있는 켄사꾸 앞에 놓았다.

　켄사꾸는 책을 계속 읽다가, 아무도 손대는 사람이 없어서 레코드판 상자를 끌어당겨 보았다. 나니와부시[58]가 많았는데, 기따유우[59]도 있었다. 그는 기따유우는 좋아했기에, 그것을 서너장 연속해서 틀었다.

　"로쇼오의 낭랑한 목소리는 아주 좋지요." 누워서 주식 이야기를 하던 두 사람 중 한명이 이렇게 말했다. 그 남자는 또 켄사꾸를 보고 "우까레부시[60]는 없나요?" 하고 물었다.

　"우?" 켄사꾸는 나니와부시를 말하는 것이라고 생각하면서도 일부러 잘 들리지 않는다는 듯한 표정을 지으며, 다시 기따유우를

---

58 샤미센 반주에 맞춰 주로 의리, 인정 등을 주제로 노래하는 창(唱).
59 타께모또 기따유우(竹本儀太夫)가 창시한 조오루리의 한 유파. 샤미센 반주에 맞춰 이야기를 엮어나감.
60 샤미센에 맞춰 부르는 통속적인 노래.

틀었다. 그 남자는 그후 입을 닫았다. 약간 불쌍하다는 생각이 들어 그는 그다음으로 요시와라 게이샤의 「사계의 노래」를 틀었다. '봄은 꽃, 어서 보러 가세, 히가시야마' 하는 노래일 거라고 생각했는데, 지지직거리는 나팔 소리가 처음에 나더니 갑자기 이상하게 들뜬 박자로 "봄은 즐거워 둘이 같이⋯⋯" 하고 노래가 흘러나왔다. 자신이 무뚝뚝하고 언짢은 듯한 표정을 짓고 있는 만큼 이 들뜬 노래와의 어처구니없는 대조가 스스로도 조금 어색하게 느껴졌다. 그냥 듣고 있으니 축음기는 여름은 즐겁다, 가을은 즐겁다 하고 거침없는 소리로 떠들어댔다. 단단단단 하는 기적 소리, 보보보보 하고 갑판에서 울리는 기적 소리, 배의 동체를 때리는 파도 소리, 이런 소리들에 섞여 조화를 이루지 못하며 '유끼미자께[61]' 하고 떠들어댄다. 그는 축음기를 끄고 다시 갑판에 올라갔다.

어느새 사누끼 해안이 멀리 내다보였다. 손님이 서너명 거기 서 있었다.

"사무장님, 콘비라 산은 어딘지요?"

"저거예요." 아까 축음기를 가지고 왔던 소매에 금줄을 두른 남자가 손가락으로 가리키며 대답했다. "코끼리 머리와 닮았다 하여 저것을 조오즈야마象頭山 산이라고 부르고 그다음에 보이는 게 콘비라, 다이곤겐입니다. 이쪽에서 검게 보이는 저건 자그마한 숲이지요. 저기 보이죠, 저 울창한 숲."

돛을 편 어선 네다섯척이 검게 물든 짙은 남색 바다를 세차게 달리고 있다. 사무장은 이 주변이 내해內海 한가운데이고 서쪽에서 동쪽으로 조수가 밀려와 여기서 다시 양편으로 갈라진다고 설명했다.

---

61 설견주(雪見酒). 설경을 즐기며 술을 마심. 또는 그 술.

"다음 달은 젠쓰으지 절이 문을 여는 때라 한층 더 활기차집니다." 이런 말도 했다.

켄사꾸는 혼자 고물로 가서 거기에 있는 걸상에 앉았다. 그는 조오즈야마 산과 거기에 연결된 산들을 바라봤다. 아까 사무장이 가리킨 산보다도 그 앞의 산이 좀더 코끼리 머리와 닮았다는 생각이 들었다. 그리고 그는 그 산처럼 머리를 드러내고 대지에 웅크린 커다란 코끼리가 온몸으로 솟아오르는 모습을 상상했다. 그런 후에 일어나는 인간의 소동, 인간이 그 때문에 다 멸망해버리고, 인간이 그에 대항하기 위해 소동을 벌이며 세계의 군인, 정치가, 학자가 지혜를 짠다. 대포, 지뢰, 그런 것들을 쏴도 코끼리에게는 피부병을 일으키는 정도밖에 되지 않는다. 코끼리는 피부 두께가 마을 하나 정도라서 아무리 해도 소용이 없다. 식량 공격을 하려 해도 아침밥과 점심밥 사이가 오십년이기 때문에 어떻게 할 수도 없다.

똑똑한 사람들은 그것을 화나게 하지만 않으면 나쁜 일은 없을 거라고 한다. 인도의 어느 종파 사람들은 그것을 신이라고 한다. 그러나 모든 인간이 어떻게든 그것을 죽이려고 갖가지 궤책을 짠다. 마침내 코끼리는 화가 난다. 어느새 그 자신이 코끼리로 변해 흥분하여 홀로 인간과 전쟁을 하고 있다.

도시를 홀로 걷자 단숨에 오만명이 밟혀 죽는다. 대포, 지뢰, 독가스, 비행기, 비행선, 이런 인간의 지혜를 모두 모은 것을 모조리 사용하여 만든 무기로 공격한다. 그러나 그가 코로 한번 숨을 내쉬면 비행기는 모기처럼 힘없이 떨어지고 체펠린[62]은 풍선처럼 날아가버린다. 그가 코로 빨아들인 물을 내뿜으면 홍수가 나고, 바다에

---

62 1900년에 최초로 제작되어 주로 군사적 용도로 쓰인 경식 비행선.

한번 들어가 솟아오르면 큰 해일이 생긴다.

"지루하셨죠? 이제 저기가 타도쓰 항구입니다. 십분이면 도착하
니까 준비하시길……" 이렇게 사무장이 알려주었다. 그는 심심할
겨를이 없었다.

뿌뿌뿌 듣기 싫은 기적 소리를 자꾸 귓속까지 울리면서 배는 인
가가 많이 보이는 타도쓰 항구를 향해 나아갔다.

그는 허무한 공상에서 깨어났다. 그러나 그렇게 어처구니없는
공상이라는 생각은 들지 않았다. 인류를 상대로 싸운다는 점이 황
당하다 싶었지만 어릴 때부터 공상벽이 있는데다가, 혼자인 탓에
이야기할 상대도 없어 점점 더 상태가 심해진 것이다. 그는 방금
전의 상상도 그리 황당하다는 생각은 들지 않았다.

그는 따로 짐이 없어서 양산을 가지러 한번 선실에 다시 내려갔
다 왔다. 저녁 해가 바다의 섬 위에 붉은 빛을 비추고 있었다. 갑판
에는 손님이 열네댓명 서 있었다.

"콘비라에 도착했습니다."

"네."

"혼자십니까?"

"그렇습니다."

"외로우시지요?"

"네, 뭐."

"숙소는요?"

"어디가 좋을까요?"

"우선 토라야와 빗쭈우야라는 데가 있는데요. 이곳들은 혼자 가
시면 숙박하기 어려우실 텐데요." 그 남자가 말했다.

켄사꾸는 그저 끄덕여 보였다.

"요시끼찌라는 데가 좋을 것 같네요. 저도 타도쓰 항구에 볼일이 있는데요. 오늘 밤은 거기서 머물려고 생각합니다. 괜찮으면 함께 가시지요."

얼굴도 손도 엄청 더럽고 천박하게 보이는 스물대여섯살의 장사꾼인 듯한 남자였다. 그 남자는 벌써 제멋대로 같이 가는 걸로 정하고 요시끼찌가 있는 위치를 설명했다.

타도쓰 항구 방파제에 파도가 부딪혀왔다. 방파제에는 다루마선船, 센고꾸선船이라고 쓰인 짐배가 많이 들어와 있었다.

켄사꾸는 가장 먼저 부두로 내려갔다. 옆으로 심하게 불어젖히는 바람 속을 그는 빠른 걸음으로 걸어갔다. 마침 물이 빠지고 있어서, 부두에서 방파제로 건너오는 물 위에 떠 있는 연결다리가 급경사를 이루고 있었다. 다리에 올라가자 배에 탔던 단체 할머니 여행객들이 굽이 낮은 게따를 손에 들고 맨발로 내려왔다. 켄사꾸보다 6, 7미터 뒤에서 아까 장사꾼 같아 보이던 남자가, 그것도 다른 손님과 함께 멀찍이 떨어진 곳에서 켄사꾸를 쫓아 서둘러서 따라왔다. 켄사꾸는 그가 따라오지 못하게 일부러 빠른 걸음으로 걸었다. 어디가 정차장인지 몰랐지만, 물어보고 있으면 아까 그 남자가 따라올 것 같아서 그는 적당히 번잡한 마을을 향해 서둘러 걸었다.

이제 그 남자도 따라오지 않았다. 우체국 앞을 지나니 직원 한 사람이 지루한 표정으로 창밖으로 얼굴을 내밀고 있었다. 그 사람에게 물어보고 바로 가까운 정차장으로 갔다.

정차장 대기실 난로에서는 불이 활활 타고 있었다. 거기서 이십분쯤 기다리자 보통 기차보다 조금 작은 기차가 도착했다. 그는 그것을 타고 콘비라로 향했다.

5

그날 밤, 콘비라에서 그는 배에서 만났던 남자가 혼자서는 숙박할 수 없다던 숙소에 가서 묵었다. 그리고 다음 날 아침 콘비라 신사에 갔다. 거기에 있는 유물 같은 것들이 그를 즐겁게 했다. 그는 『이세 모노가따리伊勢物語』[63] 『호겐헤이지 모노가따리保元平治物語』[64] 등 옛 책의 모양이 아름답다고 생각했다.

원래는 좋아하지 않던 카노오 탄유우狩野探幽[65]가 그린 겨울 경치의 수묵화 병풍도 괜찮게 보였다. 그 정도로 그는 예술적인 것에 굶주렸던 것 같았다. 본당과 연결된 길에서는 인공미를 느꼈다.

본당으로 이어지는 길에 경사진 돌계단이 있었다. 그 앞이 특히 괜찮았다. 그러나 본당에서 안쪽 사원까지 이어진 길은 최근에 만든 것 같았고, 인공적인 느낌이 들어 매력이 없었다. 다만 오노미찌에서는 소나무만 봤던 탓에 산에 있는 여러가지 특이한 커다란 나무들이 진귀하게 여겨졌다. 그러다가 갑자기 나무껍질이 이상하고 기분 나쁘게 느껴져 그는 신경이 쇠약해지고 심하게 겁에 질렸다.

오후에는 예정대로 타까마쓰에 갔다. 정작 보고자 했던 성의 정원은 볼 수 없었고 리쓰린 공원이라는 곳에 가봤다. 그러고 나서 그는 마을 주변을 조금 걸었다. 어느 마을 귀퉁이에 양주와 서양식품을 파는, 처마가 낮지만 비교적 물건이 잘 갖춰진 가게가 있었다. 그곳으로 들어갔다. 오노미찌에는 괜찮은 가게가 없었기 때문에

---

63 헤이안 시대 초기의 정형시 와까(和歌)를 소재로 엮어나간 이야기.
64 헤이안 시대의 호겐의 난(保元の乱)과 헤이지의 난(平治の乱)을 다룬 군담.
65 1602~74. 에도 시대 초기 화가.

통조림이라도 사갈 생각이었다. 그는 말없이 선반을 둘러보았다. 그러나 야마또니[66]나 고산야끼[67]같이 오노미찌에도 있는 것만 있고 살 만한 것이 없었다.

"뭐 필요하신 거라도 있나요?" 머리카락에 머릿기름을 바른, 점원인지 젊은 주인인지 알 수 없는 사람이 나왔다.

"외국산 고기 통조림 있습니까?"

"있습니다." 이렇게 말하고 젊은 남자는 바로 안에서 커다란 진한 감색 통조림을 가지고 나왔다. 'Pure English Oats'라고 적힌 종이가 붙어 있었다.

"이거 고기 맞죠?"

"그렇습니다." 그 남자는 아무 망설임 없이 대답했다.

켄사꾸는 캔을 흔들어보았다. 말린 것이 들어 있는 듯한 소리가 났다. 그는 그것을 돌려주면서,

"고기인가?" 하고 또 물었다. 그 남자는 캔을 받아들고 붙어 있는 종이를 보면서 아주 유창한 발음으로,

"네, 퓨어 잉글리시 오츠" 하고 말했다.

그는 말없이 그 가게를 나왔다. 약간 화가 났는데 그 젊은이에게 비친 자신의 모습이 어땠을지 생각해보고 나서야 그는 비로소 자신이 매우 초라한 몰골을 하고 있음을 알게 되었다. 더러운 모자, 이십년 전에 만들어진 검은 능라綾羅로 된 겹옷, 끈이 늘어진 싸구려 게따, 두꺼운 양산, 게다가 정리하지 않은 수염이 길게 난 음산한 얼굴…… 고기 통조림을 고를 법한 외관이 아니었음에 틀림없다. 그러나 그는 괘씸하여 다시 한번 돌아가서 그 자리에서 통조림

---

66 쇠고기 등을 설탕, 생강 따위와 함께 간장에 넣고 삶은 음식.
67 달걀을 듬뿍 넣은 촉촉한 카스텔라.

을 까보라고 한 다음 주고 나올까 하고 생각했다.

야시마 섬에 가기로 하고 인력거를 타고 전차가 지나는 곳으로 향했다. 시도지행 전차에 탔다. 그가 탄 전차는 비어 있었는데 돌아오는 전차는 죄다 손님으로 가득 차 있었다. 시에서 운영하는 신문사와 전차회사가 함께 개최하는 '야시마 섬에서 보물찾기'인지 '게이샤 배우의 변장 대회'인지 하는 행사에 참가하고 돌아오는 손님들이었다. 그가 야시마 섬에서 내리고 나서도 여전히 돌아오는 손님들이 줄을 서 있었다. 면 수건을 목에 걸거나 허리에 두른 가게 점원들, 게이샤를 데리고 다니는 취객, 모자 리본에 풍선을 단 어린이들을 데리고 다니는 남자, 토오까에비스 축제[68]의 호이까고[69] 같은 가마에 탄 사람들, 학생, 역원, 그외 짐을 짊어진 노점상, 여러 부류의 잡다한 무리들이 대개는 불그레한 얼굴을 하고 피곤한 몸을 서로 부딪히며 돌아왔다. 그는 혼자서 전혀 다른 기분으로 그 사람들과 스쳐지나가며 걸었다. 그러나 그의 마음은 약간 감상에 젖어 즐기고 있었다. 어릴 적 카메이도의 등꽃놀이, 오호꾸보의 철쭉 구경, 아니면 코마바의 운동회를 마치고 돌아오는 길, 왠지 그런 막연하고 약간 감상에 젖은 기억이 떠올랐다. 먼지가 많은 평지에서 간신히 언덕길에 이르렀을 즈음에는 돌아가는 손님도 점점 줄어들었다. 그는 소나무 숲 사이로 언덕길을 쉬엄쉬엄 조용히 올라갔다. 타까마쓰에서부터 계속 이어진 염전이 점점 아래로 내려다보이기 시작했다. 저녁의 온화한 공기 속에 작은 초막의 지붕에서 생선 굽는 열기가 두꺼운 기둥처럼 하얗게 피어오르고 있다. 그것이 점점이 쭉 이어진다. 그 광경에 그의 나른하고 가라앉은 기분

---

68 각 지역에서 매년 1월 10일에 벌이는 축제. 주로 상인들이 번창을 기원함.
69 정월 등 제례 행사 때 게이샤나 창기가 참배하러 갈 때 타던 가마.

도 위로받았다.

그가 위쪽 평지로 돌아가자 그곳은 이제 인적이 드물었고, 부서진 상자, 귤 껍질 등이 여기저기 떨어져 있을 뿐이었다. 그림엽서와 말린 헤이께가니[70]를 파는 작은 가게 주인이 문을 닫으려던 참이었다. 그는 걸어가면서 자연스럽게 아래쪽 바다를 바라봤다. 작은 소나무 숲 속에 있는 여관 앞에 다다랐다. 귀가가 늦어진 한 무리의 사람들이 여관 별채 앞에 모여 웅성대고 있었고, 여종업원들은 바쁘게 뒷정리를 하고 있었다.

그는 바다를 내려다보았다. 언덕 위의 작고 고상하게 만들어진 별장으로 안내되었다. 멀리 아래로는 저녁 안개가 오른쪽을 둘러싼 쇼오도시마 섬이 고요히 펼쳐져 있었다. 가까이 그리고 멀리 이름도 모르는 섬들이 보였다. 훨씬 아래로는 '고다이리끼'나 '센고구선' 같은 옛날식 일본배가 돛대에 등을 켜고 쉬고 있다. 저녁 어둠이 수면 위에 드리웠다. 앞바다에서 밀려오는 물결이 이루는 긴 활 모양 선이 어둠 속에서도 보였다. 어쨌든 좋은 경치였다. 그렇지만 그의 마음은 이상하게도 즐길 수가 없었다.

여종업원이 식사를 가지고 왔다. 그는 식욕이 전혀 없었다. 상을 내갈 때 여종업원은,

"잠자리는 저쪽에 마련하겠습니다" 하고 말했다.

"준비되면 바로 알려주세요."

그는 왠지 착잡한 기분이었다. 애수 같은 아련한 느낌이 아니라 좀더 침울하고 무거운 기분이었다. 얼마 지나지 않아 여종업원이 들어왔다. 그는 그녀의 안내로 정원을 지나 곧장 방으로 갔다. 뒤편

---

70 게의 일종. 등딱지는 길이와 폭이 각각 2센티미터가량이며 주로 진흙빛을 띰.

의 소나무 숲 위로 커다란 장밋빛 달이 나와 있었다. 정원으로 들어가는 곳에 지붕이 있는 작은 문이 있다. 그가 지나가려다 보니 바로 옆에 한 남자가 죽은 사람처럼 땅바닥에 딱 붙어 엎드린 채 쓰러져 있었다. 긴 머리카락이 흐트러지고 거지처럼 보이는 남자로, 누운 채로 소변을 봤는지 허리 주변 바닥이 검게 젖어 있었다.

여종업원은 그다지 신경 쓰지 않았다. 그러나 그는 어쩐지 신경이 쓰였다. 방에 들어가고 나서 그는,

"방금 그 사람 어디 아픈 것 아닌가?" 하고 물었다.

"취한 거예요."

"이 주변 사람인가?"

"신따라고, 혼자 사는 거지입니다. 오늘은 축제가 있어 많이 마셨어요."

화로에는 불이 잘 붙어 있었다. 켄사꾸는 불을 쬐며 여종업원이 나가기를 기다렸다. 거기에 준비된 여관 잠옷을 입기가 싫었기 때문이었다. 여종업원은 아무것도 안하고 여전히 거기 서 있었다. 마침내 그는,

"이제 됐네" 하고 말했다.

"갈아입으신 옷을 개어드리려고요." 여종업원이 말했다.

"글쎄…… 개지 않아도 괜찮은데."

여종업원은 웃으면서 나갔다. 그는 바로 겉옷만 벗고 나머지 옷은 입은 채로 띠 매듭을 앞으로 돌리고 이불 속으로 들어갔다.

누워서 가져온 책을 펼쳤지만, 그는 아무리 해도 책에 빠져들 수 없었다. 어둡고 쓸쓸한 기분이 주위에서 그를 압박해온다. 그는 그것에 눌려 꼼짝도 하지 못하고 그저 가만히 있을 수밖에 없는 기분이었다. 실로 조용한 밤이다. 그리고 춥고 방에 불을 지펴놓아도 얼

굴이 꽁꽁 얼어 아직 발끝까지 다 따뜻해지지 못한 상태다.

밖에서 아까 그 거지의 코 고는 소리가 나지막이 들려왔다.

그는 잠들지 못한 채, 돌아갈 집도 없고, 기다리는 사람도 없는 거지의 신세를 떠올리고, 자신의 처지와 비슷하다는 생각을 했다. 자신의 일이 성공하건 실패하건 진심으로 기뻐할 사람도 슬퍼할 사람도 없다. 아버지와 어머니, 형제, 그러나 그들은 자신의 가족이 아니다. 그런 것은 상관없지만…… 이런 생각들이었다.

그는 자신이 고독하다는 것을 뼈저리게 느꼈다. 그 고독은 지금 추운 하늘 아래 취해 쓰러져 있는 거지의 고독과 다를 바 없다. ── 그는 갑자기 오에이가 보고 싶어졌다.

누가 뭐래도 감정적으로 가장 가까운 사람은 오에이다. 그 오에이는 왜 좀더 적극적으로 자신의 삶에 끼어들지 않는 걸까. 그리고 왜 개입해선 안되는 걸까. 자신도 오에이도 기분상으로는 서로 거의 육친이나 마찬가지인데도 혼고오의 아버지가 정한 관계, 고용인, 그리고 자신의 결혼과 동시에 헤어져야 할 관계라는 것을 왜 둘 다 무조건적으로 인정하고 있을까? 정말로 이상한 일이라는 생각이 들었다.

할아버지의 첩이었던 그녀와 결혼하는 것은 이상한 일이다. 그러나 마음으로 오에이를 더럽히는 것보다 실제로 무슨 일이 벌어지기 전에 정식으로 결혼을 해버리는 쪽이 그래도 좀더 기분 좋은 일이 아닐까 생각했다. 조롱의 표적이 된다는 생각을 하면 자신도 긴장이 된다. 하지만 나이 차이가 크게 나는 것, 과거에 할아버지의 첩이었던 것, 이 두가지만 떼놓고 보면 이 결혼은 자신에게도 오에이에게도 가장 바람직한 일이다. 자신도 오에이도 정말로 안정될 것이다. 왜 자신은 좀더 빨리 이런 생각을 하지 못했을까.

오에이와 결혼해야겠다는 생각에 그의 기분은 밝아졌다. 이 결심이 오노미찌로 돌아갈 때까지 변하지 않는다면 바로 편지를 쓸 생각이다. 그러나 오에이가 허락해줄지 의문이었다. 만약 허락하지 않는다면 토오꾜오로 돌아가자. 그리고 그녀에게 용기를 주자. 그는 이렇게 생각했다.

6

다음 날 그는 오노미찌로 돌아갔다. 비교적 날씨가 맑아서 갈 때 보지 못했던 토모 항구의 달을 보기에 좋은 날이었다. 그렇지만 그는 그런 경치를 차분히 감상하고 있을 기분이 아니어서 바로 오노미찌로 돌아왔다.

그리고 그날 밤 당장 편지를 쓰려고 했는데, 일단 어떻게 이야기를 꺼낼지 약간 고민되었다. 단도직입적으로 써버리는 게 가장 간단한데, 그녀에게는 너무나 갑작스러울 것이 틀림없다. 아닌 밤중에 홍두깨 내밀듯 직접적으로 말해버리면, 이쪽에서 아무리 편안하게 이해가 가도록 설명한다 하더라도 상대방은 당황해서 들어줄 리 없을 것이라고 생각했다. 역시 노부유끼에게 편지를 써서 조용히 이야기를 전해달라고 하는 방법밖에 없다고 생각했다.

켄사꾸는 노부유끼 앞으로 지금까지 오에이에 대한 충동으로 상당히 고생했다는 얘기부터 야시마 섬에서 결혼을 생각한 것까지 솔직하게 썼다.

그리고 이 일은 아버지나 새어머니, 그외 혼고오 사람들에게 분명 불쾌한 일이겠지만 아이꼬와의 일을 의논했을 때 아버지는 그런 일은 본인이 알아서 하는 것이라고 했기 때문에 굳이 그 누구와도 의논 같은 것은 하지 않을 생각이다. 괜히 의논하다가 뜻하지 않은 걸림돌이 생기는 건 별로 바라지 않는다. 게다가 만약 이 일 때문에 앞으로 혼고오에 출입하기 어려워진다 해도 아버지나 새어머니에게 크게 무리가 되는 일은 아닐 것이니, 자신은 아무 사심 없이 그런 상황을 받아들이겠다 등의 내용을 썼다.

아마도 오에이 씨가 놀랄 것이다. 그러나 그럴 때 형이 잘 이해할 수 있도록 설명해줬으면 한다. 그리고 형도 이 일에 대한 생각이 있을 테지만, 동시에 형은 내 성격도 잘 아니까 매우 뻔뻔한 부탁이지만 어쨌든 내 마음을 그대로 오에이 씨에게 전해주길 바란다라고 썼다.

그는 오에이에게도 따로 편지를 썼다.

잘 지내고 있지요. 오래간만입니다. 저는 이 편지에는 아무것도 쓸 수 없습니다. 자세한 얘기는 노부 형에게 썼습니다. 이 편지를 보내면서 노부 형에게도 편지를 보내니 아마도 이 편지를 받으시면 다음 날 노부 형이 와서 이런저런 이야기를 해줄 것입니다. 그리고 그 얘기는 당신을 놀라게 할 것입니다. 그러나 부디 놀라지만 마시고 제 마음을 잘 헤아려주시길 바랍니다. 그리고 겁먹지 마시길, 모쪼록 부탁드립니다. 그는 이렇게 썼다.

이 두 통의 편지를 다 쓰자 오히려 이상한 기분이 들었다. 자신의 운명도 이렇게 결론 났다고 생각하니 기분이 쓸쓸해졌다. 그러나 고민만 하고 있을 때가 아니라고 생각했다. 그때 이미 밤 12시가 넘었지만, 아직 편지를 부치지 않았다는 사실을 두고 더 고민하면 마음이 편하지 않을 것 같아서 호롱불을 들고 정차장까지 편지를 부치러 갔다.

답장이 올 때까지는 불안했다. 바로 답장을 쓴다고 해도 사흘은 걸린다. 그리고 우물쭈물한다면 틀림없이 닷새는 걸릴 것이다. 이 닷새간의 불안한 기분이 벌써부터 상상이 되었다. 그는 오에이에게 '강해지세요. 두려워 마세요' 하고 썼으면서도 자신은 때때로 약해지는 것이 안타까웠다. 노부유끼도, 타인의 생각대로 움직이지 않는 자신의 성격을 잘 알기 때문에 이 상황을 이해해줄 거라는 생각에 용기가 생기다가도, 여전히 정반대의 생각도 들어, 두가지 생각이 자기 속에서 부딪히는 것이 안타깝기도 한심하기도 했다.

실제 그에게는 정반대의 두가지 마음이 같은 강도로 있었다. 이 일이 잘되면 좋겠다는 생각과, 잘되지 않았으면 하는 기분. 어느 것이 진심인지는 알 수 없었다. 어느 쪽으로든 결정되면 그는 그것에 순응하게 될 것이다. 그러나 명확한 결정이 내려지기 전에는 이상하게 이러한 정반대의 두가지 생각으로 고민한다. 그것은 버릇이었고, 또 일종의 병이었다. 그리고 결국은 오에이의 의지로 운명을 정한다. 그외에는 방법이 없다는 수동적인 마음가짐으로 정리가 되었다.

그는 마음으로는 그런 상태에 있으면서도 한편으로는 심하게 육정적이 되었다. 오에이와의 결혼에 대한 상상은 여러가지 형태로 그러한 육정을 자극하기 시작했다. 그리고 실제로 그는 그사이 몇번인가 방탕한 행동을 했다.

엿새째 마침내 노부유끼로부터 답장이 왔다.

편지를 보고 상당히 놀랐다. 솔직하게 말하면 나는 여러가지 이유로 네가 단념할 수 있다면 단념해줬으면 한다. 그러나 예전 아이꼬 씨와의 일도 있고, 또 네 성격으로 보아 갈 데까지 가지 않고는 그런 말을 할 사람이 아니라는 것을 모르는 바도 아니라, 일단 오에이에게 네 편지를 보이고 어떤 부분은 내가 설명하여 너에게 부탁받은 대로 수행하고 나서 그 결과와 함께 내 의견을 적는 것이 맞겠다고 생각을 고쳤다. 그래서 오늘 회사에서 돌아가는 길에 후꾸요시 쪼오에 다녀왔다.

결론부터 말하자면 오에이 씨는 승낙하지 않았다. 네가 오에이 씨에게 보낸 편지도 봤는데, 오에이 씨는 그런 이야기를 대강 예상했던 것 같고, 네가 내게 보낸 편지를 보고도 그다지 놀라지는 않는 것 같았다. 그리고 오히려 당당한 태도로 그럴 수 없다는 의미의 말을 했다. 나는 감탄했다. 이렇게 말하면 너는 나를 전혀 의지할 수 없는 인간이라 생각할 것이고, 오에이 씨가 그렇게 말해주기를 기다렸다는 듯이 여길지도 모르지만—실제 그런 기분도 있었지만, 그렇다고 해도 네 편지의 의미를 설명하고 한번 정도는 권해볼 마음도 있었다. 그런데 오에이 씨의 태도는 그럴 틈이 전혀 보이지 않을 정도로 확실했다.

오에이 씨와는 많은 이야기를 나눴다. 오에이 씨는 감기로 이삼일 앓아누워 있었는데 내가 가니까 겨우 일어났다.

지금 이 편지에 뭔가 쓰지 않으면 안된다는 사실이 나는 매우 괴롭다. 너에게 정말로 미안하게 생각한다. 그리고 이 이야기를 털어놔야 한다는 것이 지금까지 매우 괴로웠다. 하지만 잠자코 있으면 이 일이 앞으로 영원히 너를 괴롭힐 것이라 생각하니, 어쩐지 언덕에서 밀어 떨어뜨리는 것 같기도 해서, 쓰지 않으면 안되겠다고 결심했다.

너는 어머니와 할아버지 사이에서 태어난 아이다. 자세한 것은 모른다. 나도 중학교를 졸업할 즈음 코오베의 숙모에게 듣고 처음 알았기 때문에 내가 그 사실을 안다는 것은 아버지도 새어머니도 아마 아직 모를 거라고 생각한다. 그래서 나는 자세하게 알 기회가 없었다. 또, 알고 싶지 않은 마음도 있어서 굳이 알아보지도 않았는데, 어쨌든 묘오가다니 집에서 살던 즈음 아버지가 삼년 동안 독일에서 유학하던 사이에 네가 태어났다. 그리고 이런 것까지 쓰면 너를 한층 괴롭힐 뿐이겠지만, 아는 데까지는 모두 말할 결심으로 쓰기 시작했으니 쓴다. 할아버지와 할머니는 아버지에게 비밀로 하고 낙태해버리려고 했던 것 같다. 그러나 외할아버지가 '여기에다가 죄를 더 지을 생각이냐?' 하시며 크게 역정을 냈다고 한다. 그 때문에 낙태하지 않고 끝났지만, 어머니는 바로 시바의 집으로 돌아갔다. 그리고 외할아버지는 독일에 계시던 아버지에게 전부 다 솔직하게 써 보내셨다고 한다. 물론 이혼을 각오하고서 말이다. 그러나 모든 것을 용서한다는 답장이 아버지에게서 왔다. 그리고 그 편지가 오고 얼마 후에 할아버지는 혼자 집을 나가 어딘가로 가버렸다고 한다.

나는 네가 그렇게 저주받은 운명으로 태어났다는 얘기를 듣고 상당히 놀랐고 우울했다. 같은 형제지만 이상하게 너만 별개로 취급받는 것 같다고 어릴 적부터 막연히 느껴온 의문이 풀렸다. 그리고 나는 이 사실을 너도 분명 알 것이라고 생각했었다. 긴 세월 동안 오에이 씨가 그 사실을 알리지 않았을 리 없다고 생각했고, 그러지 않았다 하더라도 너 스스로 의문을 가졌을지 모른다고 생각하고 있었다. 그런데 아이꼬 씨와의 일로 네가 그 사실을 전혀 모르고 있다는 걸 알았을 때, 실은 나도 의외라고 생각했다.

오에이 씨를 만나 이야기하면서 나는 그녀가 네 이야기를 하지 않았다는 것에도 감탄했다. 오에이 씨는 아버지와의 약속을 지키려고 네게 말하지 않았던 것이다. "불쌍해서 그런 거 말 못해요" 하고 오에이 씨는 말했다. 어쩌면 그것이 정답인지도 모른다. 그러나 어쨌든 이렇게 오랜 세월 동안 끝내 이야기하지 않았다는 것은 보통 여자로는 좀처럼 어려운 일이다.

지금이니까 말하지만, 아이꼬 씨와의 일이 진전되지 않은 이유도 순전히 그 때문이었다. 아이꼬 씨 어머니는 한편으로는 너를 동정하면서도 막상 결혼까지는 생각할 수 없었던 것이다. 관습을 중요시하는 사람으로서는 어쩔 수 없는 일이다.

그때 나는 네가 그런 사정을 전혀 모르고 혼자서 괴로워하는 것을 보고, 아무리 괴로워도 알아야 할 문제라고 생각했다. 지금 이야기하지 않으면 반드시 나중에 네게 원망의 소리를 들을 것이라고 생각했다. 그러나 한편으로는 정말 알리고 싶지 않았다. 임시방편이라면 임시방편이었다. 그냥도 괴로운데 그 사실을 알고 네가 그 때문에 더 괴로워할 것을 참을 수 없었다. 그리고 돌아가신 어머니의 실수를 폭로하기도 괴로웠다. 게다가 내가 가장 큰 문제라고 여긴 것은 네가 소설가인 이상, 만약 이 일에 대해 알게 되고, 그리고 그로 인해 고통을 받을수록 그 내용이 작품으로 나오지 않을 리 없다는 점이었다. 이렇게 말하면 네 직업을 전혀 이해 못한다고 느끼겠지만, 나로서는 이제 와서 어머니의 과실을 세상에 알려서 지금, 막 노년에 접어든 아버지에게 다시금 고통을 안기기가 너무나 괴로워 견딜 수 없었다. 아버지가 독일에서 이 일을 안 후의 괴로움, 그리고 거기서 벗어날 때까지의 괴로움은 아마도 상상 이상이었을 것임에 틀림없다. 그 오래된 상처를 다시 드러낸다는 생각만으로도 나는 견딜 수 없다. 이런 생각은 오로지 나의 나약함에서 비롯된 것인지도 모른다. 실제로 나는 점점 나이 들어가는 아버지를 어떻게든 괴롭히는 것이 몹시 두렵다.

그러나 동시에 너에게도 너무 미안하다는 생각이 든다. 특히 글을 쓰는 너 같은 사람에게 그 사람이 가지고 태어난 운명을 의도적으로 알리지 않은 것은 틀림없이 나쁜 일이다. 아이꼬 씨와의 일이 있었을 때도 네가 반드시 아이꼬 씨를 아내로 맞이하고 싶다고 주장했다면 어떻게든 이야기라도 해보고 그래도 안되면 그때는 어쩔 수 없이 진실을 털어놓으려고 했다. 다행히 네가 단념해서 그냥 내버려둔 것이다.

코오베의 숙모가 내게 그 사실을 털어놓았을 때, '저주받은 운명'이라는 식의 표현을 썼다. 그리고 나 역시 그렇게 생각했는데, 나중에는 네 운명을 그런 식으로 생각하는 것은 약간 소설가적인 악취미라는 생각이 들었다. 앞으로 다가올 너의 운명이 그 때문에 반드시 저주받게 되어 있는 건 아니다. 모든 것이 아무렇지 않게 순조롭게 진행된다면 그런 식으로 태어난 것도 저주받은 일이 아니라는 뜻이다. 나는 가볍게 생각하려고 했다. 모두 다 지난 일이다. 과거는 과거로 묻어버리자. 그리고 새롭고 밝은 운명을 개척해 나가면 되는 것이라고 생각했다. 그런데 아이꼬 씨와의 일이 잘못되는 것을 보고서는 역시 그것이 화근이 아닐까 하는 생각이 들었다. 그러나 그렇게 크게 생각할 필요는 없을 것이다. 그렇지만 앞에서도 말했듯 만약 네가 끝까지 밀고 나간다면 이번에는 조금 위험하겠다 싶었다. 그런 일이 반복되는 것, 그게 왠지 두렵다는 생각이 들었다.

오에이 씨가 필사적으로 너와 엮이는 것을 거부하는 또다른 이유도 그런 일이 되풀이되는 것이 두렵기 때문일 것이다.

나는 너와 관계된 일이라면 대부분 찬성하고 싶다. 실제 찬성할 수 있다. 그러나 이번 일은 아무래도 그럴 수가 없다. 뭔가 어두운 것이 저편에 보인다. 불행이 빤히 보이는데도 그 속으로 나아가는 것 같은 느낌이다. 오에이 씨를 향한 너의 감정은 알 것 같다. 그 감정이 부도덕하다고는 생각하지 않는다. 그러나 도의적인 비판은 차치하고라도 왠지 두려운 느낌은 무시할 수 없다는 생각이 든다.

이상 써야 할 내용은 다 썼다. 나는 이 편지가 너에게 얼마나 큰 타격을 줄지, 오로지 그게 걱정이다.

바로 돌아오지 않겠니? 그게 가장 좋을 것 같다. 내가 가도 좋지만 돌아오는 편이 나을 것 같다. 그러나 내가 가기를 바란다면 바로 전보를 보내줘. 함께 큐우슈우 여행을 하는 것도 좋겠지. 그러나 가능하면 돌아와주지 않겠니?

네가 자포자기하지 않으리라고 믿고는 있지만 상당히 힘들 거라고 생각한다. 매사를 한층 더 민감하게 느끼는 네 성격을 볼 때 엄청난 타격이겠지. 그러나 아무쪼록 용기 내어 극복해주길 바란다.

오에이 씨는 따로 편지를 보내지 않을 거다. 아직 감기도 낫지 않았고. 하지만 네가 돌아오면 오에이 씨는 정말 기뻐할 거다. 나도 보고 싶구나. 바로 돌아오길 바란다.

이렇게 쓰여 있었다.

읽으면서 켄사꾸는 자신의 볼이 차갑게 느껴졌다. 그는 자기도 모르게 편지를 들고 일어서 있었다.

"어떻게 하면 좋을까." 그는 혼잣말을 했다. 좁은 방을 왔다 갔다 하면서 "어떻게 하면 좋을까" 하고 또 말했다. 그는 거의 아무 의미 없는 그런 말을 작은 소리로 반복했다. "그렇다면 나는 어떡하면 좋을까."

모든 것이 꿈 같다는 생각이 들었다. 그것보다도 지금까지의 자신이라는 존재가 안개처럼 멀어져 사라져가는 것을 느꼈다.

어머니가 왜 그런 일을 저질렀을까. 그것이 충격이었다. 그 결과로 자신이 태어났다. 그것을 빼고는 자신의 존재는 생각할 수 없다. 그것은 알고 있다. 그렇지만 그런 생각만으로는 어머니가 한 일을 인정할 수가 없었다. 그 천박하고 비뚤어진데다 뭐 하나 잘하는 것 없는 할아버지와 어머니가. 이 연결은 사뭇 추하고 역겨웠다. 어머니를 위해서 역겨웠다.

그는 견딜 수 없이 어머니가 애처롭게 여겨졌다. 그는 어머니 품에 안긴 듯이 "어머니" 하고 소리 내 불러보기도 했다.

7

기분도 몸도 이상하게 안 좋았다. 그는 이제 아무것도 생각할 수 없었다. 그러고 나서 그는 두시간 정도 푹 잤다.

4시쯤 잠에서 깼다. 그때는 기분도 몸도 거의 평소 상태로 돌아와 있었다. 그는 얼굴을 씻고 잠시 마루 끝에 구부리고 앉아 멍하니 전경을 바라보았다. 그러는 동안 그는 오에이와 노부유끼가 걱정하고 있을 거라는 생각이 들었다. 바로 답장을 쓰기로 했다.

편지를 읽었습니다. 순간 상당히 고통스러웠습니다. 이성을 잃을 정도였습니다. 그러나 한숨 자고 나서 지금은 거의 회복되었습니다. 말하기 어려운 이야기를 해준 것에 대해 형에게 감사하고 있습니다.

어머니 일에 대해서는, 지금은 아무것도 쓰고 싶지 않습니다. 그러나 그러한 일이 어머니에게 있었다는 사실이 무엇보다도 쓸쓸한 기분을 안겨주었습니다. 우선 그런 일로 어머니를 책망할 생각은 추호도 없습니다. 나는 어머니가 더없이 불행한 사람이었다고밖에 생각되지 않습니다.

아버지에게는, 이 사실을 알았으니 나는 한층 더 감사해야 된다는 생각이 막연하게 들었습니다. 실제 아버지가 여태껏 내게 해주신 것은 보통 사람으로서는 할 수 없는 일이 틀림없습니다. 그것을 감사히 여겨야 한다고 생각합니다. 그리고 아버지가 그 일로 받으신 긴 고통도 상상이 갑니다. 아마도 분명 두려운 일이었을 겁니다. 다만 저로서는 아버지와 앞으로 어떻게 관계를 맺어야 할지 의문입니다. 아버지에게 고통을 안기는 일 없이 역시 이번 기회에 무리가 되지 않는 선에서 관계를 명확하게 정리하는 편이 나을 것 같다는 생각을 했습니다.

그러나 형과의 관계는 별개입니다. 이후 생길 일을 생각하면 사끼꼬와 타에꼬와의 관계도 별개라고 말하고 싶은 기분이 강하게 듭니다.

나에 대해서는 부디 너무 걱정하지 마세요. 한때는 상당히 괴로웠고 앞으로도 괴로운 일이 생길지도 모릅니다. 회피하는 건지도 모르지만 내가 그런 식으로 태어난 인간이라는 사실을 너무 크게 생각하지 않으려고 합니다. 싫습니다. 두려운 것인지도 모릅니다. 그러나 그 일은 내가 알 바 아닙니다. 나와는 관계없는 일입니다. 내 책임이 아닙니다. 이렇게 생각하는 수밖에 방법이 없습니다. 그리고 그것이 정당하다고 생각합니다.

내가 그런 식으로 태어났다는 것은 불쾌한 일입니다. 그러나 지금 와서 그런 생각으로 괴로워한다 한들 아무 도움도 되지 않습니다. 유익하지도 않고 바보 같습니다. 나는 저주받았다고도 생각하지 않습니다. 폐병을 물려받는 쪽이 훨씬 더 저주받은 일일 겁니다.

형은 출생에 얽힌 사연이 아이꼬 씨와의 일에 화근이 되었다고 말했지만 오히려 나는 거절당한 이유를 알지 못해 우울하고 괴로웠습니다. 원인을 알았다면 그 정도로 약해지지는 않고 끝났겠지요. 그렇다고 형을 책망하고 싶지도 않습니다. 형이 지금까지 털어놓지 못했던 것도 이해가 됩니다. 무리도 아닙니다. 특히 아버지를 걱정하는 형의 입장에서는 당연한 일입니다. 나는 이번 기회에 다시 그런 일이 반복되지 않도록 이야기해준 것을 진심으로 고마워하고 있습니다. 형이 말해주지 않았다면 저는 아마 아직도 의아해하고 있겠지요. 게다가 아무것도 모른 채, 정체 모를 중압감을 느끼면서 그것에 짓눌렸을지도 모릅니다. 부디 걱정하지 마세요. 이제 알았으니 더더욱 일에 몰두할 수 있습니다. 그것이 제가 가진 유일한 돌파구입니다. 거기서부터 극복하는 수밖에 방법이 없습니다. 일거양득하는 방법이지요.

귀경은 조금 더 미루겠습니다. 그러나 앞으로는 너무나 괴로운 일이 생긴다면 그렇게 참고 있지만은 않을 겁니다. 형도 오에이 씨도 많이 보고 싶습니다. 약한 소리를 하자면 한도 끝도 없습니다. 그러나 조금 안정을 취할 생각입니다. 아직 일을 많이 못했습니다. 그러나 돌아가야 할 때가 되면 되도록 서둘러 돌아가겠습니다.

그리고 제 창작물에 집안일이 나오는 것, 그것을 걱정하시는 기분, 동감할 수 있습니다. 어떤 형태로든 나올지도 모르지만 불쾌한 결과를 낳지 않도록 최대한 주의하겠습니다.

사끼꼬와 타에꼬에게도 안부 부탁합니다.

오에이 씨도 너무 걱정하지 마시길 바랍니다.

그리고 오에이 씨 일은 좀더 생각해보겠습니다. 오에이 씨가 확실히 거절할 의사가 있다면 어쩔 수 없지만, 저로서는 다시 한번

이야기할지 이대로 단념할지 좀더 생각해보고 싶습니다.

다 쓰고 나니 그는 완벽하게 자신을 되찾은 듯한 느낌이 들었다. 그는 서서 기둥에 걸어둔 손거울을 들어 자신의 얼굴을 보았다. 약간 창백했지만 거기에는 평소의 자신이 있었다. 흥분 때문에 오히려 생기가 도는 얼굴이었다. 아무 이유 없이 그는 미소를 지었다. 그리고 '드디어 나는 혼자다'라고 생각했다. 그는 기분 좋은 자유를 느꼈다.

밖에서 인기척을 내며 옆집 할머니가 살며시 문을 열었다. 저녁 식사를 가지고 온 것이다. 그리고 그가 아무 준비도 하지 않은 것을 보고,

"말린 새끼 가자미라도 구워 올릴까요?" 하고 물었다.

그는 식욕이 거의 없었다.

"나중에 먹을 테니 거기에 놔두세요."

할머니는 상을 거기에 두고는 데친 시금치가 가득 담긴 접시를 다시 가져와 올려두고 갔다.

그는 아무래도 집에 가만있을 수 없는 기분이었다. 마침 근처의 연극 공연장에 오오사까의 연기자가 와 있는 기간이라 그는 옆방 노인 부부와 같이 거기에 가볼까 생각했다. 그러나 노인 부부는 그날 밤 미하라라는 곳에 가 있던 손녀딸이 집에 와서 머물고 있었기 때문에 갈 수 없었다. 할아버지는 할머니에게 당신이라도 가라며 자꾸만 권했지만, 할머니는 "네? 나도 안 갈래요" 하고 웃으면서 응해주지 않았다. 할머니는 후처로 아이가 없었다. 손녀딸은 전처의 혈육이었다.

"모처럼이잖아. 당신이라도 가." 할아버지가 좋은 기회를 놓치는 것이 안타깝다는 듯 권했다. 그렇지만 할머니는 아무리 해도 응

하지 않았다. 승낙해주지 않자,

"그러면 다음 기회에 가시지요" 하고 말하고 켄사꾸는 할머니가 불을 붙여준 작은 등불을 들고 혼자서 언덕길을 내려갔다.

모리쓰나 이야기를 상연하고 있었다. 지금까지와는 다르게 평평한 무대에서 금병풍을 여러개 세워 돌리면서 수실검首實檢[71]을 하는 장면이 나왔는데, 모리쓰나를 연기하는 사람이 조오루리의 샤미센에 맞춰 한층 능숙하게 춤을 추었다. 조금도 심각한 구석이 없어서 마음 편하게 보기에는 재미있었다. 삼막 정도까지 보고 그곳에서 나왔다. 그는 어슬렁어슬렁 혼자 바닷가 길을 걸어 돌아왔다. 가슴에는 쓸쓸하고 겸허하면서도 맑은 기분이 교차하고 있었다. 오에이도, 노부유끼도, 사끼꼬도, 타에꼬도 마치 쌍안경을 거꾸로 들고 보는 것처럼 급속도로 자신에게서 멀어져가 작아져버린 듯했다. 그 모두가. 정말 고독한 느낌이었다. 더구나 그는 그들에 대한 깊은 그리움이 솟구쳤다. 또, 돌아가신 어머니를 떠올리고 누가 뭐래도 자신에게는 어머니밖에 없음을 새삼스레 느꼈다. 여러가지 어릴 적 기억이 떠올랐다. 그는 감정적인 기분에 사로잡힌 채 그것들을 떠올렸다. 그것이 그나마 안전벽이었다. 그는 새삼 지붕에 올라갔던 일을 기억하고 눈물지었다. 그러나 어머니의 잠자리에 깊이 파고들었을 때를 생각하니 갑자기 뭔가로부터 얻어맞은 듯한 기분이 들었다. 그때 어머니의 무참했던 심정을 그는 이제야 알 수 있었던 것이다. 어머니는 자신의 죄를 추궁당한다고 생각했음이 틀림없다. 죄의 자식, 자신은 정말로 죄의 자식이기 때문에 그렇게 행동했던 것은 아닐까. 그런 생각이 들었다.

---

71 싸움터에서 벤 적의 머리를 확인하는 일. 여기서는 동생과 싸우던 모리쓰나가 동생 다까쓰나의 목을 확인하는 장면을 말함.

그는 점점 자신이 그런 기분에 끌려가고 있음을 알아챘다. 내리막길에서는 관성적으로 점점 속도가 빨라진다. 그것을 제지하려는 듯 그는 오히려 의도적으로 평상심을 찾으려고 했다. 그 방법으로 그는 넓디넓은 세계를 떠올렸다. 지구, 그리고 별, (공교롭게도 하늘이 흐려서 별은 보이지 않았는데) 우주, 그렇게 생각을 넓혀가 겨우 원자 하나 크기밖에 되지 않는 자신을 돌이켜본다. 그러자 지금까지 머릿속 가득 펼쳐지던 어둡고 비참한 자신의 세계가 갑자기 아주 작은 것이 되어버린다. —이것은 이럴 때 그가 사용하는 방법으로, 이번에도 어느정도 성공적이었다.

배가 좀 고팠다. 그는 이따금 가는 서양요리점까지 돌아서 갈까 생각했는데, 내키지 않았다. 유곽 앞을 다시 지나가기가 싫었다. 그는 어두운 바닷가 길을 조금 되돌아가 굴 요리점으로 갔다.

산바시에서 다리를 건너 들어가자 감청색이 파랗게 벗겨진 작업복을 입은 열네댓살의 쾌활한 아이가 허리를 구부리지 않으면 걸을 수 없는 낮은 복도를 지나 방으로 안내했다. 방에는 낮은 천장에 검은 전등이 하나 달랑 매달려 있을 뿐이었다.

그는 먹을 것을 주문했다. 그리고 기다리는 동안 방의 음침함에 다시 영향을 받았다. 그는 일부러 자신의 소설에 대해 생각해보려고 했다. 그것이야말로 현재의 그에게는 유일한 돌파구였다. 그러나 아무리 노력해도 좀처럼 작업에 대한 생각에 집중할 수 없었다. 이상하게 쓸쓸한, 그리고 어두운, 정체불명의 무언가가 사방에서 자신을 둘러싼다. 지금은 그것을 이겨낼 만한 힘이 몸속 어디에도 남아 있지 않다. 머리도 가슴도 완전히 공허했다. 그 정체불명의 것은 마음대로 그의 속으로 깊숙이 들어갔다. 그는 파도에 휩쓸린 사람이 파도에 몸을 맡기고 지나가기를 기다리는 심정으로 흐르는 대로 몸을 맡길 수밖에 없었다. 그것 말고는 방법이 없다고 생각했다.

그는 낮은 창문을 열고 거기서 바깥 경치를 바라봤다. 돌담 위로 어두운 길이 나 있고 건너편에는 삼각형 장식판[72]이 붙은 집이 대여섯채 늘어서 있고, 창고가 있었다. 유곽에서 여관으로 불려가는 게이샤인지, 들뜬 어조로 뭔가 이야기하는 사람을 태운 인력거 서너대가 연이어 지나가는 것이 어둠 속에서 보였다.

나와 같은 운명으로 태어난 인간도 결코 적지 않을 것이다. 켄사꾸는 그렇게 생각했다. 도덕적 결함에서 태어났다는 것은 어떤 의미로는 두려운 유전일 수 있다는 생각이 들었다. 그런 성향이 자신에게도 없다고는 말할 수 없다. 그러나 자신은 동시에 그와 상반되는 혜택을 입고 있다. 이 일을 계기로 나쁜 성향으로 나아가지 않도록 스스로 경계하지 않으면 안된다. 정말 조심하자. 자신의 그런 출생을 알았으니 한층 주의하지 않으면 안된다. 이 사실은 자신의 인생에 전혀 치명적인 것이 아니다. 오히려 부모가 만취한 상태에서 생긴 아이가 평생 지니게 되는 저주받은 생리적 결함에 비하면 훨씬 다행이다. 그리고 방탕한 기분이야말로 주의하지 않으면 안된다는 생각이 들었다.

아까 그 아이가 커다란 쟁반에 식사를 차려 들고 성큼성큼 들어왔다. 그리고 건들거리는 작은 상 위에 놓고 생기 있게 머리를 숙이고 나갔다.

배가 고프다고 생각했지만 그는 별로 먹지 않았다. 식초로 요리한 굴만 먹었다.

뭔가 작은 것이 혀에 남아서 그는 그것을 손끝에 떨어뜨려 보았

---

72 일본 건축에서 합각머리에 대는 장식의 하나.

다. 송사리 눈알만 한 작은 진주였다. 물론 크기만 봐도 별로 가치 있는 것은 아니었지만 입에 넣은 음식에서 그런 것이 나오다니 왠지 행운같이 느껴졌다.

8

열흘 정도 지났다. 그사이 그는 몇번인가 비참해졌다가 다시 회복되곤 했다. 건강할 때는 이제 약해지지 말아야지 하고 생각했다. 그렇지만 건강은──흥분이 지나가면 또다시 비실비실 약해졌다. 그 건강함은 열과 같았다. 지금은 시간이 흐르면서 자연스럽게 그런 감정이 수그러들기를 기다리는 수밖에 없었다.

그는 굴 요리점에서 가지고 온 작은 진주를 사끼꼬에게 보내주었다. 그리고 사끼꼬로부터 고맙다는 편지가 왔을 때 노부유끼로부터도 편지 한통이 왔다.

곤란한 일이 생겼다. 네게 미안한 일을 해버렸어. 내가 얕은 생각으로 네게 생각지도 못한 불쾌감과 당혹감을 준 것에 대해 용서를 빌어야겠다. 나는 이 일로 난생처음이라고 해도 좋을 정도로 아버지와 충돌했다. 그 결과 역시 바람직하지 못하다.

실은 말하지 않아도 좋았을 텐데, 나는 별생각 없이 네가 오에이 씨에게 청혼한 것을 어머니에게 말해버렸다. 그런데 그 얘기가 바로 아버지에게 전달됐다. 아버지는 엄청나게 화를 내셨어. 처음에는 뭐가 그렇게 아버지를 화나게 한 것일까 몰랐을 정도였지. 나는 아버지의 그런 모습을 처음 본 것 같다. "그런 일은 절대로 있을 수 없으니 오에이는 당장 해고해버려." 이런 식으로 말씀하셨다. 지금은 아버지의 기분을 이해할 것 같다. 뭐가 그 정도로 아버지를 화나게 했는지 생각하면 눈물이 난다. 그건 너에 대한 분노도 오에이 씨에 대한 분노도 아니다. 그런 '잘못된 일'(아버지의 표현에 따르면)에 대한 격노다. 그렇지만 나는 그 자리에서 미처 거기까지는 생각하지 못했어. 그때 나는 우선 무엇보다도 아버지가 너무 화를 내셔서 넋이 나가버렸던 거지. 그러고 나서 나는 네게 몹시 미안한 일을 저질러버렸다는 생각이 들었다. 그래서 어떻게든 아버지를 설득하여 오에이를 해고시켜버리라는, 아버지의 너무 잔인하고 위압적인 말을 취소시키지 않으면 안된다고 생각했다. 당황한 나는 그 상황에서 그것밖에는 떠올릴 수 없었다. 더구나 나는 최근 점점 호감을 갖게 된 오에이 씨를 그런 식으로 쫓아내버리는 것은 여태껏 오랫동안 돌봐준 사람에 대한 도리가 아니다 싶었어. 그 자리에서 나는 너를 위해서도 아버지를 설득했지만 그보다는 오에이 씨를 위해서 상당히 격렬하게 반대 의견을 이야기했다.

"너까지 그런 말을 하는 거냐?" 아버지는 갑자기 책상 위에 있던 필통을 내 무릎 앞에 내던지셨다. 그때 언제 튀어나왔는지 필통에 든 펜 한자루가 타따미에 꽂혔다. 나는 그것을 바라보면서 지금은 이야기해봐야 소용없다는 걸 깨달았다. "그렇게 말씀하셔도 켄사꾸가 승낙하지 않을 겁니다." 그래도 나는 이렇게 말했다. "아니, 그건 용납할 수 없어." 아버지는 말씀하셨다. 나는 어쩔 수 없이 그대로 그 자리를 나왔는데, 나중에 흥분이 좀 가라앉자 비로소 아버지의 기분을 확실히 알 수 있었다. 나는 몇년 만에 울었어. 그리고 스스로를 너무나 어리석다고 생각했다. 나의 짧은 생각이 단숨에 너와 오에이 씨에게까지 예기치 못한 피해를 주고 아버지에게는 간신히 잊어가는 고통을 다시 불러일으킨 것이다. 부디 나를 너무 원망하지 말아다오. 잘 알겠지만 정말 악의를 가지고 한 말은 아니었고 짧은 생각에서 저지른 실수였다.

──이 편지를 쓰기가 정말 괴롭다. 뭐 하나 네가 기뻐할 만한 얘기가 없고 또 스스로도 뭐 하나 제대로 형답게 처신도 (실제로는 어떻든 나는 너를 영원히 아우라고 생각한다) 못하고 오히려 너를 실망시키는 일만 계속하고 있으니, 나도 참으로 괴롭다. 넌 나에게 질려버렸겠지.

나는 그날 밤 다시 아버지를 만났다. 그때는 아버지도 나도 완전히 달라져 있었는데, 그저 분위기만 평온해졌을 뿐 아버지의 주장은 조금도 변하지 않았어. 나는 더 반대할 수 없었다. 그리고 나는 아버지가 말씀하신 대로 따르기로 했다.

명목상의 이유는 이렇다. 네가 그렇게 오노미찌에 있는 한 따로 토오꾜오에 집이 있을 필요가 없고, 오에이 씨도 영원히 함께할 사람은 아니니 얼른 독립하여 여생을 안정되게 보내는 편이 좋겠다는 것이다. 아버지는 전부터 생각하시던 대로 오에이 씨에게 이천 엔 정도의 돈을 주실 거라고 하셨다. 나는 요즘에는 이천 엔 가지고는 장사하기에도 부족하니 오천 엔 정도 주시면 좋겠다고 말했다. 아버지는 좀처럼 승낙하지 않으셨는데, 마침내는 삼천 엔 정도를 내시기로 했다. 이런 것까지 쓰면 분명히 네 기분이 상하겠지. 그러나 만에 하나 네 기분이 바뀌어서 이 일을 이해해줄지도 몰라 이렇게 써보는 거다.

새어머니도 나와 마찬가지로 아버지에게 그 이야기를 한 것을 후회하는 듯했다. 그러나 이 대화에 일절 끼어들지 않은 것은 우리를 위해서 오히려 다행이다. 어쨌든 나는 어제저녁 이 이야기를 하러 후꾸요시 쬬오에 갔다. 물론 이 일은 아버지 의견만으로 결정될 일은 아니다. 그래서 나는 단지 오에이 씨에게 이 일을 알리러 갔을 뿐이다. ―노골적으로 덧붙이자면 이렇다. 실은 아버지의 명령조의 말을 인정하든 인정하지 않든 네 마음이다. 단지 인정하지 않는다면 오에이 씨가 받을 돈을 청구하기가 좀 곤란해질 것 같다. 그뿐이다. 나는 조금 노골적이지만 그 사실도 오에이 씨에게 분명히 말했다. 그러나 오에이 씨는 그 문제에 대해 확실하게 대답하지 않았다. 물론 큰돈은 아니지만 오에이 씨 같은 처지의 사람에게는 무시할 수 없는 돈이 틀림없다. 오에이 씨 입장에서 보면 그녀는 너와 결혼할 마음은 없기 때문에, 조만간 네가 누군가와 결혼한다면 너와 헤어질 거라고 생각하는 것이 본심인 듯싶다. 단지 시기의 문제일 뿐이다. 지금 바로 떠날지 아니면 나중에 떠날지 하는. 그러나 지금이라면 돈을 받을 수 있는데 나중에는 못 받을 거라면 문제가 달라진다. 그 때문에 오에이 씨는 앞으로 자신의 인생을 생각해보면 아버지가 말씀하신 대로 지금 너와 헤어지는 것이 좋겠다고 생각하면서도, 다른 한편으로는 그러기가 매우 괴로운 듯이 보였다.

"저는 모르겠어요. 모든 것은 당신과 켄사꾸에게 맡기겠어요."

오에이 씨는 이렇게 이야기했다. 실제로 오에이 씨로서는 그렇게 말할 수밖에 없었을 것이다. 결국 명확한 대답을 듣지 못하고 돌아왔는데, 오에이 씨는 네가 계속 오노미찌에 있겠다면 혼자서 이런 집에 사는 것은 너무 사치스럽기 때문에 어쨌든 조만간 좀더 작은 집으로 이사하고 싶다고 거듭 이야기했다. 그래서 나도 그 말에는 찬성했다.

그러고는 밤늦게 (한편으로는 아버지를 만나기 싫어서) 돌아오자, 28일에 부친 네 편지가 와 있었다. 나는 편지를 읽으면서 역시 너답다고 생각했다. 약해지면서도 그 괴로움에서 빠져나오는 길을 찾으려는 모습에 감탄했다. 정말로 상당히 괴로웠을 것이다. 그러나 이 같은 문제를 또 이야기해 그 괴로움을 더하지 않으면 안된다고 생각하니 마음이 몹시 무거워졌다. 게다가 나는 네가 오에이 씨에게 청혼하려는 마음을 아직 단념하지 않았다는 걸 알고 혹시 이번 문제로 네가 결심을 한층 더 굳히는 건 아닐까 불안을 느꼈다. 불안이라고 표현해서 미안하지만, 실제로 너무 불안하다. 너를 생각해서도 불안하지만 아버지가 받을 고통을 헤아려봐도 이상하게 불안해진다. 나는 정말 나 자신의 무력함이 안타깝다. 완전히 진퇴양난의 처지다. 만약 내게 능력이 있다면 어떻게든 이 일을 해결했을 텐데. 그러나 나는 아무것도 할 수 없다. 아버지는 아버지 생각대로 주장한다. 너는 뭐든지 네 생각대로 하려고 한다. 둘 다 맞고 나는 둘의 의견에 모두 공감한다. 그렇지만 이 모든 것을 접어두고 나 자신으로 돌아가서 생각해보면 정말 어떻게 해야 좋을지 모르겠다.

나는 완전히 겁쟁이다. 이삼년 전에 일년 정도 함께 살았던 어떤 여자와도, 나는 약속을 했지만 그 약속을 깨버렸다. 부끄러운 일이지만, 아무래도 승낙하지 않을 것 같은 아버지와의 충돌이 싫었기 때문이다. 충돌하는 것까지는 괜찮지만, 내가 이기더라도 아버지가 그 일로 약해지실 것을 생각하니 밀어붙일 용기가 나지 않았다. 다행히 그 여자도 어렵지 않게 납득해줘서 별 탈 없이 지나갔지만, 너라면 일을 그렇게 처리하지 않았겠지. 네가 떠나기 전날도 잠깐 이야기했지만, 나는 지금 생활을 어떻게든 바꾸지 않으면 안된다는 생각이 매우 강하게 든다. 이야기가 길어 자세하게 쓸 수는 없지만, 그때 너는 "그러면 회사를 관두면 되잖아" 하고 말했는데, 그것마저도 나는 버겁다. ——이제 와서 이런 얘기를 쓸 필요도 없지만 나는 왜 이렇게 약한지 스스로도 안타깝다.

이래서는 안되겠다. 내 바람을 정직하게 쓰련다. 할 수 있다면 아무쪼록 오에이 씨와의 결혼을 단념해주길 바란다. 지난번에 네게 보낸 편지에도 썼듯이 반드시 아버지 때문만은 아니다. 왠지 너의 장래를 어둡게 할 거라는 생각이 들어서다. 그리고 가능하면 이 기회에 결심하고 오에이 씨와 헤어지길 바란다. 먼 훗날에는 전부 잘한 일이라고 생각하게 될 거다. 네 성격상 상당히 받아들이기 어렵겠지. 그러나 만약 네가 승낙해준다면 우리 모두를 도와주는 셈이다. 내 잘못으로 일어난 일을 이렇게 거듭 나 좋은 쪽으로만 이야기하다니 염치없다는 것을 나도 잘 안다. 그렇지만 내 희망을 솔직하게 표현하면 이렇단다.

거듭거듭 네게 정말 미안하구나.

이 편지는 지금보다 훨씬 전에 써놓은 것인데, 계속해서 좋지 않은 소식만 전하는 것 같아 두려웠고, 게다가 나도 말하고 싶지 않은 얘기를 써야만 했기에 어쩌다보니 지금까지 미루고 말았다. 나는 그후 걱정을 하면서도 여전히 후꾸요시 쪼오에 가지 않고 있다. 그리고 그날 밤 이후 아버지도 만나기 싫어서 되도록 피하고 있다, 운운.

켄사꾸는 이 불쾌한 편지를 간신히 다 읽었다. 그는 무엇보다도 아버지의 분노에 화가 났다. 그는 자신의 분노가 반드시 옳다고는 생각하지 않았다. 마찬가지로 아버지의 분노도 옳은 것만은 아니었다.

어쨌든 그는 화가 났다. 아이꼬와의 일에 대해서는 "그런 일은 스스로 결정하는 것이 좋겠다"라고 묘하게 차갑게 단언했던 아버지가 어느 틈에 그의 일에 간섭하고 있었다. 그때는 상당히 불쾌했지만, 점점 그는 "그럴 수도 있지" 하고 여기게 됐다. 그랬기에 이번에도 물론 아버지가 불쾌하게 여기리라 예상은 했지만 그 정도로 화를 내고, 그 정도로 명령하는 태도를 취할 거라는 생각은 하지 못했기에 그는 왠지 더 화가 나 안절부절못했다.

그는 노부유끼에게도 그다지 좋은 감정이 들지 않았다. 일이 결정되기 전에 새어머니에게 말한 것도, 그분과 상의할 필요가 없는 얘기이기 때문에 잡담 이상은 아니었을 테고 전혀 쓸데없는 짓이었다. 그리고 자신을 동정하는 듯하지만 결국 아버지의 기분을 절대시하는 노부유끼의 태도도 마음에 안 들었다.

그러나 켄사꾸는 노부유끼의 기분을 이해하지 못하는 것은 아니었다. 이해하지 않으면 안된다는 기분마저 들었다. 그러나 동시에 그런 것까지 다 이해해버리면 나는 어떻게 되는 것일까 하는 생각이 들었다. 게다가 노부유끼는 자신이 오에이에게 청혼했다는 이야기만 한 것처럼 썼는데, 출생의 비밀도 털어놨다고 말했는지 아닌지는 쓰지 않았다. 이 역시 그는 유쾌하지 않았다. 물론 이야기했을 것이다. 단지 자신의 여러가지 가벼운 처신을 이야기하고 싶지 않아서 쓰지 않았을 뿐이라고 생각했다. 그런 이야기까지 했다면 더더욱 자기가 벌인 일을 자기 스스로 처리하는 차원에서 철저하게 아버지를 납득시켜야 했다. 삼천 엔에 집착하는 듯한 점도 마음에 안 들었다.

그는 바로 답장을 썼다.

편지 방금 읽었습니다. 아버지의 분노도 나는 불쾌했습니다. 이 문제는 형도 편지에 썼듯이 아버지와의 관계가 진정으로 완전하게 정리되지 않은 시점에서 일어난 일입니다. 서로 관계가 명확하지 않은 와중에 아버지 귀에 이 이야기가 들어가다니 좋지 않은 일이었습니다. 그러나 지금 와서 그런 말을 해봤자 아무 소용 없습니다. 그렇지만 저로서는—관계가 확실해진 뒤 취해야 할 행동과 마찬가지의 행동을 취하는 수밖에 방법이 없습니다. 다시 말해, 저는 제 생각대로 행동할 수밖에 없습니다.

결혼 문제는 물론 저 혼자만의 의사로 마음대로 결정할 수는 없습니다. 그러나 오에이 씨와 헤어지거나 헤어지지 않는 문제는—언젠가 헤어지게 된다 하더라도—우리 두 사람 사이의 문제로 여기고 싶습니다. 그러나 이것만은 분명히 말할 수 있습니다. 저는 오에이 씨와 정식으로 결혼하면 좋겠지만, 만약 안된다면 안되는 대로 지금까지와 똑같은 관계를 유지할 것이고 결코 깊은 관계를 맺는 일은 없을 거라고 생각한다고요. 그렇다면 아버지도 지금까지와 달리 생각하실 필요가 없겠지요. 무엇보다 이 결심은 아버지를 위한 것이 아니라 제가 제 운명을 안 이상, 한층 그런 문제에 주의하겠다는 생각이 강해졌기 때문입니다.

그리고 돈 문제는 나와 직접 관련된 일은 아니지만 거절하겠습니다. 내 돈도 원래는 아버지로부터 받은 것이긴 하지만 오에이 씨에게 나눠드리겠습니다.

그리고 이사는 할 필요 없을 듯한데, 오에이 씨가 불편하다면 이사하는 것에는 찬성입니다. 어디 교외로 가면 좋겠지요.

아버지가 화내신 그 기분 나도 이해합니다. 그러나 나로서는 형처럼 아버지 기분에 완전히 몰입하여 자신의 일처럼 생각할 수가 없습니다. 지금 진퇴양난에 처한 형의 처지도 마찬가지입니다. 내 철부지 같은 성격 탓인지도 모르겠지만, 형이 바라는 대로 하는 것은 내 성격상 불가능합니다. 부디 언짢게 생각하지 마세요.

9

노부유끼에게 보낸 편지의 답장을 받기 전에 켄사꾸는 끝내 오노미찌 생활을 접어버렸다. 그는 가벼운 중이염에 걸렸는데, 그곳에는 전문의가 없어 진찰받은 의사로부터 혹시 조만간 토오꾜오로 돌아갈 거라면 되도록 빨리 돌아가는 편이 낫겠다는 이야기를 들었기 때문이다. 그 일이 아니었어도 아마 켄사꾸는 얼마 지나지 않아 그곳을 떠났을 것이다. 단지 그는 돌아가고 나서의 생활이 걱정이었다. 전과 같은 생활을 반복할 생각을 하니 그것만으로도 적극적으로 돌아갈 마음이 생기지 않았다. 시작한 소설도 그다지 진척되지 못했다. 그는 안정적인 생활을 할 수 있을 것 같지 않았고, 또 이곳을 정리한 후의 생활이 너무나 불만스러울 것 같았다. 이곳에 오기 전 두세달 간의 어지러웠던 버릇, 어딘가 미적미적하고 탐탁지 않은 생활—그전 상태라면 그래도 괜찮았겠지만, 그때와 비교하면 지금은 변했다. 지금 같은 상태로 또다시 그런 생활로 되돌아간다면 점점 더 안정되지 못하고 불안한 기분에 빠져들 것이 불 보듯 뻔했다. 그런 생활을 다시 반복하면 안된다고 다짐했다. 돌아간다면 물론 그 다짐을 굳히고 돌아갈 것이다. 그런데 사실 그 다짐이 얼마나 확고한가, 언제까지 지속될 것인가, 그것을 스스로도 확신할 수 없었다. 경험상 그런 문제에서는 스스로를 믿을 수 없었다.

어느 초저녁 무렵, 흐려 있다가 밤부터 갑자기 맑아졌다. 밤에는 덥더니 새벽녘이 되자 갑자기 추워졌다. 얇은 옷 하나만 걸치고 자던 그는 추워서 눈을 떴다. 그러나 졸리고 일어나는 것이 귀찮아서 그대로 다시 잤는데, 역시나 감기에 걸려버렸다. 다음 날은 하루 종일 코를 풀며 지냈다. 그리고 코를 세게 푼 것이 귀에 영향을 주었던지, 그날 밤부터 귀가 아프기 시작했다. 둔하고 묵직한 아픔으로, 잠을 못 이룰 정도는 아니었지만 그래도 가끔 그 때문에 깼다. 날이 새기를 기다렸다.

다음 날 아침, 의사에게 보이자 중이염에 걸렸다고 했다. 의사는 빨리 전문의를 만나는 게 좋을 거라며 올리브유 조금과 찜질약을 주었다. 그러나 오노미찌에는 이비인후과 전문의가 없어서 히로시마에서 오까야마까지 가야만 했다. 상당히 시간이 걸렸기 때문에 만약 병원에 계속 다녀야 하면 나을 때까지 거기에 숙소를 잡아야 할 텐데, 엄청나게 귀찮을 듯싶었다. 그는 결국 토오꾜오에 놀아가기로 결심했다. 돌아가고 싶기도 하고 그러고 싶지 않기도 하고, 그런 애매한 기분으로 있다가 이런 계기로라도 돌아가기로 결정하게 되니 그는 오히려 기뻤다. 소위 '귀향하는 마음은 화살과 같다'고 하는데 돌아가기로 정하고 나자 갑자기 그런 심정이 돼버렸다.

준비는 빨랐다. 옆집 노부부도 도와줘서 한시간도 못돼 모든 것이 정리됐다. 할머니는 짐 꾸리기를 돕고, 할아버지는 전기회사, 가스회사 등에 돈을 지불하러 돌아다녔다.

급행은 오노미찌에 멈추지 않았다. 그는 보통열차로 히메지까지 가서 거기서 급행을 기다리기로 했다.

오후가 되기 조금 전 그는 노부부가 무거운 여행가방을 들고 마쓰가와까지 배웅을 나와 함께 정차장으로 갔다.

요란스럽게 삼각건으로 볼을 감싼 켄사꾸가 창밖으로 얼굴을 내밀자 할머니, 할아버지는 어두운 목소리로 이별을 아쉬워했다. 그도 그들과 헤어지는 것이 서운했다. 그러나 오노미찌를 뒤로하고 떠나는 것은 왠지 즐거웠다. 이곳은 좋은 곳이다. 그렇지만 오고 나서 모든 것이 고통스러웠던 그는 그 괴로운 추억 때문에 이곳과 하나가 되지 못했다. 그는 지금 한시라도 빨리 이곳을 떠나고 싶었다.

객차 안은 비교적 한가했다. 봄치고는 약간 더운 날이었는데, 밖에서 부는 강한 바람이 기분 좋게 창으로 불어들어왔다. 그는 전날 밤의 수면 부족으로 창에 머리를 기대자마자 꾸벅꾸벅 졸기 시작했다. 이윽고 떠들썩한 소리에 나른한 상태에서 눈을 뜨자, 어느새 오까야마 정차장에 와 있었다. 그의 맞은편에 앉아 있던 여염집 여자인지 화류계 여자인지 알 수 없는 일행 세 명이 내리자, 그후 아이 둘을 데리고 온 젊은 군인 부부가 탔다. 군인은 키가 큰 젊은 포병 중위였다. 그는 짐을 정리하고는 무릎덮개를 접어 깔고 아내와 여섯살 정도의 사내아이, 그리고 그보다 어리고 머리가 치렁치렁한 여자아이를 그 위에 앉혔다. 자신은 거기에서 조금 떨어진 의자의 가장자리에 앉았다.

켄사꾸는 피곤했다. 그는 어느새 다시 잠이 들었다.

히메지에 도착하기 한시간 전에야 그는 겨우 정신이 들었다. 그 기차는 쿄오또에서 정차했기 때문에 그는 쿄오또에서 급행을 기다릴 수도 있었다. 그러나 히메지의 하꾸로 성城에 가보고 싶기도 했고, 오에이로부터 묘오쩐 가문의 부젓가락을 사오라는 부탁을 받은 것도 생각났다.

맞은편 좌석에 있던 남자아이는 두 겹으로 접은 무릎덮개 사이에 들어가서 자고 있었다. 그러자 여자아이도 그렇게 자고 싶어했다. 젊지만 어딘지 모르게 차분한 분위기의 부인은 자신이 창문에 대고 베고 있던 공기베개를 딸을 위해서 놔주었다. 남자아이는 아버지 쪽으로, 여자아이는 어머니 쪽으로 베개를 베고 누웠다. 여자

아이는 좋아했다. 어머니는 공기베개 대신 작은 수건을 꺼내 여러 번 포개놓고 창문에 이마를 댔다.

"엄마, 좀더 낮게." 딸이 불편한 듯이 손을 펴자, 어머니는 베개의 공기를 좀 빼주었다.

"좀더 낮게."

어머니는 다시 좀더 공기를 뺐다.

"좀더."

"그렇게 낮게 하면 베개가 안되잖아."

여자아이는 잠자코 있었다. 그러고는 눈을 감고 잠자는 시늉을 했다.

군인은 생각났다는 듯이 호주머니에서 작은 손거울을 꺼냈다. 그리고 작은 튜브를 짜서, 손끝에 기름을 약간 묻히고는 혼자 아주 즐거운 듯 손거울을 바라보면서 짧게 깎아 끝부분만을 가늘게 추어올린 입가의 수염을 꼬기 시작했다.

부인은 처음에는 수건을 베개 삼아 관자놀이를 댄 채 멍하니 보는 둥 마는 둥 하다가, 군인이 계속 수염을 만지작거리자 무표정하던 얼굴에 자연스럽게 미소를 띠었다. 부인은 어깨를 조금 흔들면서 소리 없이 웃었다. 그런데도 군인은 신경도 안 쓰고 다시 기름을 묻혀 수염 끝을 정성스럽게 잡아당겨 올리고 있었다.

아이들은 잠을 이루지 못해 눈을 감은 채 무릎덮개 속에서 서로 발로 차기 시작했다. 덮개가 꼼지락꼼지락 움직였다. 여자아이가 혼자서 소리 없이 웃었다.

군인은 거울에서 잠깐 눈을 떼고 아이들을 나무랐다. 부인은 말 없이 웃고 있었다.

그러다 남자아이가 여자아이의 발을 좀 세게 찼다. 무릎덮개가 미끄러져 떨어지면서 작은 정강이가 삐져나와 보였다. 두 아이는 결국 일어났다.

그러고 나서 둘은 창을 열어 하나씩 차지하고 밖을 바라보기 시작했다. 밖에는 세찬 바람이 불고 있었다. 남자아이는 창밖으로 고개를 내밀고 큰 소리로 노래를 불렀다. 여자아이는 머리는 내밀지 않고 따라 불렀다. 바람이 강해 목소리는 사라졌다. 남자아이는 바람을 역으로 맞으며 한층 열심히 불렀다. 그래도 잘 들리지 않자 일부러 굵은 목소리를 내며 불러댔다. 바람에 맞서려고 점점 더 열중했다. 그 모습에 켄사꾸는 아이이자 남자를 보는 듯한 느낌이 들었다. 어쩐지 유쾌했다.

"시끄럽다." 갑자기 군인이 소리를 질렀다. 여자아이는 놀라 바로 멈췄는데, 남자아이는 아랑곳하지 않고 계속 불렀다. 부인은 그저 웃고만 있었다.

5시쯤 히메지에 도착했다. 급행열차가 오기까지는 아직 네시간 정도 남았다. 그는 정차장 앞 여관에 들어가 귀에 댄 찜질수건을 바꾸고 식사를 마친 다음 인력거를 타고 성을 보러 갔다. 노송 위에 솟아오른 하얀 벽의 성은 조용한 저녁 안개 속에서 한층 더 멀고 크게 보였다. 인력거꾼이 이 고장의 여러가지 자랑거리에 대해 설명하며 좀더 근처까지 가볼 것을 권했지만, 그는 광장 입구에서 돌아가자고 했다. 그러고는 키꾸 신사에 갔다. 벌써 밤이었다. 그는 걸어서 어두운 경내를 한번 돌고 그곳을 나왔다. 인력거꾼은 오끼꾸의 원령이 오끼꾸무시라는 벌레로 변해 매년 늦가을이면 신사 안 나뭇가지에 매달린다는 이야기[73]를 했다.

_____
73 오끼꾸라는 여인이 뒤로 결박당한 채 우물에 던져져 죽임을 당한 후, 그 모습과 닮은 벌레들이 나타난다는 이야기가 히메지 지역에 전해내려옴.

여관에서 묘오찐 부젓가락을 판다는 얘기를 듣고 그는 그대로 인력거를 여관으로 돌렸다. 그는 여관에서 부젓가락 몇자루와 오끼꾸무시를 샀다. 가게 주인은 이 벌레는 입술연지를 바른 오끼꾸가 포박을 당해 매달려 있는 모습과 같다고 설명해줬다.

급행열차는 9시였다. 침대차를 잡을 수 있어서 그는 바로 누웠다. 그러고 일어나 보니 시즈오까 근처였고, 벌써 해가 뜨고 있었다. 시즈오까에서 토오꾜오 신문을 샀는데, 떠나고 나선 전혀 보지 않았던 토오꾜오 신문이 이상하게 반가웠다. 후지 산이나, 골이 많이 파인 하꼬네의 여러 산들을 보자 그는 왠지 기뻤다. 누마즈에서 탄 어느 가족의 토오꾜오 말씨도 기분 좋았다.

그의 마음은 빨리 토오꾜오에 가고 싶다는 생각으로 가득했다. 가까워오자 기다리기가 너무나 지루했다. 코후즈, 그리고 오오이소, 후지사와, 오오후나, 이렇게 점점 가까워오자 그는 오히려 마음이 조급해졌다. 시간을 때울 것이 없어서 그는 옷에 달린 끈에 꼬여 있는 실을 한 줄 한 줄 끈기 있게 세는 무의미한 일로 겨우 기분을 전환했다.

오에이에게는 전날 히메지에서 전보를 쳐두었다. 아마 신바시로 마중 나오겠지 하고 그는 생각했다. 오에이와 만나면 약간 어색할 것 같았다. 그렇지만 어쨌든 이제 이삼십분이면 만날 수 있다는 것이 기뻤다.

얼마 뒤 기차는 속력을 늦추기 시작했다. 플랫폼에 도착하기 전부터 그는 얼굴을 내밀고 오에이다 싶은 사람을 찾았다. 이윽고 그는 그녀를 발견했다. 오에이도 이쪽을 보고 있었기에 손을 흔들었는데, 그를 보고 있다고 생각했던 오에이는 멍한 얼굴로 바로 다른 쪽 창문을 자꾸만 바라보았다. 그는 작은 짐 몇개를 짐꾼에게 맡기고 서둘러 그쪽으로 걸어갔다.

거리가 대여섯 걸음 정도로 가까워지자 오에이는 겨우 알아채고는 지금까지 불안해하던 모습이 금세 변해 달려왔다. "다행이에요. 다행이에요." 이런 말을 했다. 그리고,

"얼굴은 왜?" 하고 찜질수건을 댄 그의 얼굴을 보고 놀라서 물었다.

"귀가 좀 아팠는데 지금은 괜찮아요." 켄사꾸는 예상대로 기뻤다. 만나서 어색한 것도 없었다. 평소의 오에이였다. 그동안의 일은 조금도 염두에 두지 않는 듯 보였다. 짐짓 그러는 것 같지도 않았다.

인파 속을 함께 걸으면서 오에이는 다시 두세번 귀에 대해서 물었다. "그래도 빨리 돌아와줘서 다행이에요." 칭찬이라도 하듯이 말했다. 그러더니 갑자기 소리를 낮추고, "켄사꾸 씨, 많이 야위었어요. 앞으로는 혼자서 아무 데도 가지 말아요" 하고 말했다. 켄사꾸는 그저 웃었다.

"아까 노부 씨가 회사로 전화 달라고 했어요. 돌아가는 길에 들르겠다고요."

"그래요?"

짐을 나르는 인력거꾼이 무릎덮개를 안고 개표구에서 기다리고 있었다. 그는 짐꾼이 든 짐을 그에게 건네고 화물칸의 짐도 부탁한 뒤 오에이와 함께 전차로 돌아가기로 했다.

"점심은 아직이죠?"

"네."

"집에 먹을 것을 준비해두긴 했는데, 어디 밖에서 먹을래요?"

"저는 아무래도 괜찮아요."

"오노미찌에는 맛있는 것이 있었나요?"

"생선은 싱싱한 게 많았지만, 제가 요리를 못하니까."

두 사람은 세이힌떼이 앞을 지나갔다. 켄사꾸는 오까요도 오스즈도 마주치고 싶지 않은 기분에 되도록 아래를 내려다보며 서둘러 걸었다.

전차가 다니는 길로 나오자 오에이는 다시,

"어때요? 식사 어떻게 할래요?" 하고 물었다.

"그럼 가요. 오랜만에 서양요리가 먹고 싶어요."

두 사람은 거기서 멀지 않은 후우게쓰도오로 갔다.

오에이는 오노미찌에서의 생활을 궁금해했다. 켄사꾸는 거기서 노부유끼에게 전화를 걸었다. 잠시 후 둘은 집으로 돌아왔다.

켄사꾸는 우선 자신의 서재에 들어갔다. 액자도 책상도 떠나기 전 그대로였다. 오히려 더 깔끔하게 정리돼 있었다. 동백으로 꽃꽂이를 해 단 위에 올려놓아서 오히려 자신의 방 같지 않았다.

"역시 집이 제일이죠?" 이렇게 말하며 오에이도 올라왔다.

"몹시 훌륭한 집에 온 것 같은 느낌이 들어요."

"오노미찌에서는 지저분하게 지냈죠? 홀아비에게는 구더기가 끓는다고 하던데, 구더기는 안 생겼나요?"

"옆집 할머니가 청소를 잘해줘서요. 비교적 깨끗했어요."

"참, 목욕물 온도가 마침 좋아요. 바로 들어가 씻어요."

10

켄사꾸는 목욕을 하고 나서 이비인후과 전문의가 있는 그리 멀지 않은 T 병원으로 갔다. 전에 사끼꼬가 잠시 입원한 적 있는 병원이었는데, 진료 시간은 아니었지만 퇴근 전이라면 의사가 봐줄지도 모른다고 생각했다.

귀는 하룻밤 아프고 나더니 이제 통증은 없었다. 단지 귀에 가까이 대고 손가락을 비비면 아프지 않은 귀로는 슥슥 하고 잘 들리는데, 아픈 귀로는 전혀 들리지 않았다. 그리고 어쩐지 묵직하고 뻑뻑한 느낌이 있었다.

의사는 일본옷을 입은 채, 반사경을 물고 바로 진찰했다.

"음, 많이 충혈되었네요. 별건 아니에요. 속에 물이 조금 찬 것 같으니 좀 째서 짜내죠." 이렇게 가볍게 말했다.

의사는 벽의 모자걸이에서 흰 가운을 내려 대충 일본옷 위에 입었다.

젊고 뚱뚱한 간호사가 소독약을 뿌려놓은 통에서 작은 창 같은 메스와 가는 핀셋 등을 꺼내 거즈 위에 늘어놓았다.

"전기는 아직 안 들어오나?"

간호사가 스위치를 돌렸지만 여전히 들어오지 않았다.

"됐어, 됐어." 의사는 말했다. 실제 서향으로 난 창에는 아직 빛이 남아 있었다. 간호사는 손잡이가 달린 짧은 바늘의 끝에 거즈를 몇번 감았다.

수술은 금세 끝났다. 고막에 메스를 대자 톡 하고 큰 소리가 났다. 동시에 욱신거렸다. 메스가 닿을 때 그는 이거 대단한 수술 아닌가 했다. 그러나 그것이 다였다. 일부러 별거 아닌 것처럼 말해놓고 실제로는 아픈 것 아닐까 걱정도 했는데, 의사 말대로 가볍게 끝났다.

"생각보다 많이 나오네." 의사는 거즈로 감싼 바늘을 꽂아두고 안쪽의 물을 여러번 뽑아냈다. 거즈에 피가 번져갔다. 약을 붙이고 찜질을 하고는 다음 날 오전에 다시 오라고 했다. 그는 대기실에서 약이 조제되기를 기다렸다.

그는 지난가을 간호사가 청년을 부추겨서 사끼꼬에게 편지를 쓰게 한 일이 생각났다. 올 때는 까맣게 잊고 있었는데 지금 본 간호사가 그 여자가 아니라서 그제야 생각난 것이다.

'그 여자는 어떻게 되었을까.' 이런 생각이 들자 그는 그녀와 마주치는 것이 왠지 두려웠다. 다행히 그녀는 나오지 않았다.

그는 그녀가 싫지는 않았다. 얼굴도 꽤 예뻤을 뿐만 아니라 어딘가 명석한 구석도 있었다. 마음에 들지 않는 면도 있었지만, 그에게는 비교적 신중한 태도를 취했고, 그가 말을 걸 때도 보통 간호사들처럼 지나치게 딱딱 끊어서 설명하는 말투로 대답하지 않았다. 오히려 미소를 띠면서 애매한 태도를 취하곤 했다. 그즈음 그는 대학에서 같은 과에 있었던 사람들이 시작한 동인지에 두세번 짧은 소설을 실었다. 그 이야기를 마침 입원해 있던 사끼꼬에게 들었는지, 어느날 그 간호사는 사끼꼬의 입을 통해서 그 잡지를 빌리고 싶다고 전했다. 그 말이 그녀가 켄사꾸가 쓴 것을 읽고 싶다는 이야기—자신이 돌보는 환자의 오빠가 쓴 것에 대한 흥미—라는 것은 알고 있었다. 그렇지만 켄사꾸는 다른 데서 빌려 읽는 것은 괜찮지만 스스로 자신의 작품을 일부러 읽으라고 가져다주고 싶지는 않았다. 그는 자신의 작품 중 어떤 것은 빼고 일고여덟권의 잡지를 갖다주었다. 그다음에 들르니 잠자코 웃고 있는 간호사 대신 사끼꼬가 불평을 해댔다. 그후 얼마 지나지 않아 사끼꼬는 퇴원했고 일년 정도 지나서 앞에 썼듯 어떤 청년이 사끼꼬에게 편지를 건넨 것이다. 그가 야단을 치자 청년은 그 간호사가 권해서 편지를 썼다며 깊이 사과했다. 그때 그는 그녀가 보기와는 달리 소위 불량

한 여자다 싶어서 약간 싫어졌다. 자신이 쓴 것을 보여주지 않아 다행이라고도 생각했다.

그는 아이들이 시끄럽게 떠들고 있는 저녁 거리를 걸으면서 그 일을 기억해냈다. 그 여자는 지금도 그 병원에 있을까? 혹시 그 청년은 자신이 건넨 편지를 그 여자에게도 보였을까? 그 여자가 아무것도 모른다면 괜찮지만 그렇지 않다면 서로 어색하겠다고 생각했다. 그렇게 생각하는 한편 그는 알게 모르게 그녀에게 막연하고 천박한 관심이 생겼다. 그녀의 불량함이 흥미를 끌었다.

집에서는 노부유끼가 그의 귀가를 기다리고 있었다.

"귀가 아프다며?" 현관으로 나온 노부유끼는 인사 대신에 그렇게 물었다.

"물이 차서 바로 뺐어요."

"대단한 건 아니지?"

"별거 아니었어요."

노부유끼가 앞장을 서서 두 사람은 거실로 갔다. 거기에는 먹다 만 노부유끼의 식사가 있었다. 노부유끼는 앉으면서 다시,

"이거 참……" 하고 머리를 숙였다. 켄사꾸도 아무 말 없이 머리를 숙였다.

"방금 차렸어요. 켄사꾸 씨 식사도 차릴까요?"

"글쎄요. 그냥 괜찮습니다."

"그냥 괜찮다니요. 배가 고프냐고요."

"그럼 먹지요."

오에이는 서둘러 켄사꾸의 식사를 준비했다.

"오에이 씨, 열살 정도 더 나이 들어 보인다더니 그 정도는 아닌데요?" 노부유끼가 말했다.

"아니에요, 할아버지가 돼버렸어요." 오에이는 켄사꾸의 얼굴을 보며 말했다.

"그렇게는 안 보이는데, 그런가? 살이 빠진 것 같기는 한데……"

"지금은 약간 익숙해져서 그 정도로는 안 보이지만, 신바시에서 제 앞에 쓱 나타났을 때는 나도 모르게, 켄사꾸 씨의 할아버지인가…… 했어요."

그냥 할아버지가 켄사꾸 씨의 할아버지가 되어 있었다. 켄사꾸는 갑자기 한대 얻어맞은 듯한 기분이 들었다. 노부유끼는 금방 알아챘는데 오에이는 무심하게 계속 말했다.

"두건으로 감싸고 있어서 얼굴밖에 보이지 않아 더 닮아 보였는지도 몰라요."

그 싸구려 천박한 할아버지와 닮았다는 말을 듣다니, 켄사꾸는 치명적이라는 생각이 들었다. 그는 아무렇지도 않게 그런 말을 하는 오에이의 무심함에 화가 치밀었다. 그러나 한편 동시에 뜻밖의 기분이 일어나는 것을 느꼈다. 사실 스스로도 예상치 못한 기분이었다. 그는 일찍이 할아버지에게 육친과 같은 애정을 느낀 적은 없었다. 여섯살 때 처음 본 할아버지에 대한 싫은 인상은 그대로 변함없이 이어졌다. 그 인상은 바뀌지 않았다. 할아버지는 태어나면서부터 천한 근성이 있었다. 하는 일마다 묘하게도 천박한 분위기가 감돌았다. 그 때문에 그는 자신이 불의의 아이라는 것을 알았을 때도 어머니와 누군가—그것이 할아버지가 아닌 다른 누군가였다면 그나마 괜찮았을 거라는 생각이 들었다. 무엇보다도 어머니와 할아버지가 연결되는 것이 참을 수 없었다. 그는 그 정도로 할아버지가 싫었다. 그 때문에 지금도 오에이의 말에 견딜 수 없이 화가 치밀어올랐는데, 동시에 전혀 생각지도 못한 정반대의 기분이 드는 것을 느꼈다. 뭐라고 해야 좋을지 잘 몰랐다. 그렇지만 어쨌든 그것 역시 육친에 대한 애정이었다. 싫지만 부친을 향한 어떤 그리움 같은 것이었다. 닮았다는 이야기를 들은 것을 치명타라고 느끼면서도 어딘가 마음 깊은 곳에서는 기쁘게 여긴 것이다. 그로선 생각지도 못한 일이었다. 그런 생각이 갑자기 들자, 그는 마음의 혼란을 느꼈다.

식사하면서 노부유끼는 오노미찌에서의 생활에 대해 이것저것 물었다. 켄사꾸도 될 수 있는 한 편안한 마음으로 대답했다. 그리고 식사가 끝나자 그는,

"이층으로 갈까?" 하고 노부유끼에게 물었다.

"응." 노부유끼는 아무렇지 않은 얼굴을 하고 함께 올라갔는데, 이제 둘이서만 또 껄끄러운 문제에 대해 이야기해야 한다는 생각에 어쩐지 기죽은 듯한 형의 모습을 보자 켄사꾸는 자신의 일이긴 하지만 형이 오히려 불쌍하게 여겨졌다. 이상하기도 했다.

둘은 불을 지피지 않은 화로를 사이에 두고 앉았는데, 이야기가 바로 나오지는 않았다.

"그제 내가 보낸 편지 안 봤지?"

"응, 아직."

"내게 이번 일은 몹시 버거워. 편지에 여러가지 이야기를 썼지만 역시 이런 일은 넌 너의 생각대로, 아버지는 아버지 생각대로 하는 수밖에 달리 방법이 없는 것 같아. 중간에 끼어서 조정하려고 한들 아버지와 넌 결국 마찬가지 결과로 갈 게 뻔해. 내가 중간에 들어가려 해도 들어갈 틈이 없는 거지. 내가 너무 경거망동한 것 같아 네게 미안하게 생각하고 있는데, 우선, 난 이 문제에 대해 침묵하려고 해. 아버지에게도 그제 그렇게 말했어. 무책임한 것 같지만 방법

이 없어. 또, 내가 나서도 좋을 때가 올 테니 그때까지는 침묵하고 있으려고. 그래도 되겠지?"

"어떻게 이야기가 진행될지는 모르겠지만 그게 좋을 것 같아. 형이 끼어든다 해도 양쪽이 너무 완고해서 시간이 지나도 상황이 분명해지지 않으니까."

"그래."

"형은 가급적 지금까지의 관계를 그대로 유지하고 싶은 것 같은데, 아무것도 몰랐다면 상관없지만 앞으로도 계속 관계를 이어가기는 좀 힘들 것 같아. 깨진 부분은 깨버리고, 깨려고 해도 깨지지 않는 부분만 남겨서 거기서부터 불안함 없는 관계를 만들어가는 수밖에 없어. 만약 뿌리째 다 깨버리려 한다면 그것도 어쩔 수 없고."

"네 기분이 그 정도라면 아무런 할 말이 없는데……" 노부유끼는 약간 불쾌한 듯한 표정으로 켄사꾸를 보았다.

"그러나 나는 어떻게 해서든 막고 싶었어. 중재가 항상 완벽하진 못했다는 건 인정하지만 그뿐이었다고 하긴 어려우니까……"

켄사꾸는 잠자코 있었다. 켄사꾸는 자신의 말이 틀렸다고는 생각하지 않았지만 아버지와의 관계에 전혀 집착하지 않는 자신이, 어디까지나 그것에서 벗어나지 못하는 노부유끼에게 그런 식으로 잘라 말해버린 것은 조금 미안하기도 했다. 무엇보다 둘 다 아버지라고 부르고 있지만 노부유끼에게는 아버지이고 자신에게는 그렇지 않다. 그러니 양쪽의 기분이 각각 다를 수밖에 없다고 생각했다.

하녀가 차와 과자를 가지고 왔다. 그녀가 차를 따라 앞에 놓는 동안 두 사람은 침묵하고 있었다.

"요시! 과일을 여기 둘 테니 드려." 오에이의 목소리가 아래에서 들려왔다.

하녀는 대답하면서 방을 나갔다.

"어둡다고 과일 밟아버리지 마." 켄사꾸가 주의를 주었다.

하녀가 웃으며 내려갔다.

"편지에 쓴 얘기를 다시 하자면, 너와 마찬가지로 아버지 생각도 전혀 바뀌지 않아. 더욱 곤란한 것은 네가 소설을 쓸 때 우리 집에 대해 절대로 써서는 안된다고 하시는 거야. 편지에도 썼듯, 나는 네가 불쾌한 결과를 낳을 법한 내용은 소설에 쓰지 않을 거라고 아버지께 말씀드렸어. 그러자 아버지는, 켄사꾸는 그렇게 말하지만 그건 켄사꾸 기준에서 말하는 것이고, 켄사꾸가 대수롭지 않게 생각해서 소설에 써버린 내용이 나를 곤란하게 만들지 않을 거라는 보장은 없지 않으냐고 하시는 거야. 우리 집안 이야기를 절대로 쓰지 않겠다는 약속을 단단히 받아내지 않으면 안심하지 못하겠다고 하시더라. 그렇게까지 걱정되신다면 약속을 받아둘 필요가 있을지도 모르지만, 너무 심하시잖아. 게다가 너도 다른 형태로라도 그런 이야기가 네 소설에 나올 수도 있다는 말을 한 터라, 난 거기까지는 간섭하기 어렵다고 말씀드렸어. 일의 성격상 그 얘기를 전혀 언급하지 말라는 것은 무리한 요구라고도 했어. 아버지는 가정소설만이 소설은 아니라고 하셨는데, 어쨌든 네 일에 대한 이해라든가 동정심은 전혀 없으시니까. 이야기하기 어려웠어. 거기서 나도—지금 생각해보면 사뭇 얕은 생각에서 나온 말이었지만, 그렇다면 아버지는 켄사꾸가 창작활동을 하는 것에 대해 어떻게 생각하시느냐고 물어봤어. 그랬더니 그건 스스로 결정할 일이고 켄사꾸가 그 일을 하는 데 조금도 불만이 없다고 하시더라. 그렇다면 켄사꾸도 자신의 생애를 걸고 하는 일이니 조금 곤란한 점이 있더라도 되도록 관대하게 그런 제한을 두지 않는 편이 좋지 않겠냐고 내가 그랬지. 왜냐하면 아버지도 철도를 고가선으로 할까 지상선으로 할까 하는 문제가 생겼을 때 상황에 따라 지상선을 주장하신 적도 있었고, 일을 진행하면서 다른 사람을 좀 곤란하게 했을 때도 있었으니까요, 하고 말했어. 내 말투가 약간 불손했던지 엄청나게 화를 내셨어."

여기서 나온 철도 이야기는, 과거에 아버지가 철도회사를 세웠는데, 당시 경비 문제로 어떤 마을을 관통하는 철도를 지상선으로 깔려고 하다가 마을 사람들의 반대를 불러일으킨 적이 있었기 때문이다. 지상선으로 할지 고가선으로 할지는, 다시 말하면 몇십 명──길게 보면 몇백명의 생명을 희생할지 말지를 정하는 문제라며 마을 사람들은 지상선에 반대했다. 결국 너무 시끄러워져서 회사에서 양보해 고가선을 깔기로 했는데, 노부유끼는 이 일에 대해 이야기한 것이다.

"그런 말을 하면 당연히 화내시지." 켄사꾸는 웃었다. "근데 난 그런 약속은 못해. 우선, 고가선과는 다른 문제고, 어쨌든 나는 이 기회에 혼고오의 집과 확실하게 관계를 끊는 것이 가장 좋다고 생각해. 그러지 않으면 앞으로 모든 일에 끝이 없어. 한순간 체면을 생각해서 애매하게 두는 것은 서로를 위해 좋지 않아."

"응, 그게 맞을지도 몰라. 그러나 아버지는 그렇게 명확하게 정리해버리고 싶지 않으신 것 같아. 그리고 이런 게 있어. 나도 이번에 처음으로 안 사실인데 네가 받은 돈은 모두 외할아버지가 내신 것 같아. 겉으론 아버지가 내신 것으로 돼 있는데, 실제로는 한푼도 내지 않았었나봐."

"⋯⋯⋯⋯" 켄사꾸는 놀랐다. 그리고 약간 얼굴이 빨개졌다. 그는 아버지가 자신의 아버지가 아닌 것을 알았을 때부터 이 문제가 신경 쓰였다. 혼고오의 집과 명확히 인연을 끊는다면서 지금까지 받은 돈을 돌려주는 일에 대해서는 언급을 피해왔다. 교활한 것 같아 죄책감이 들었다. 노부유끼에게 보낸 두번째 편지에서도 그 말을 할까 했다가 결국 하지 못했다. 그 돈을 돌려주고 나면 당장 생활이 곤란해지기 때문이다. 그는 그것이 싫었다. 그러나 막상 돈을 돌려줘야 하는 상황이 되면 시치미 떼고 있을 자신이 아니라는 것을 알기에 그 문제를 나중 일로 제쳐놓고 있었다.

두 사람은 잠시 아무 말 하지 않았다.

"나는 말이야." 노부유끼는 이런 식으로 이번에는 자기 이야기를 꺼냈다. "아무래도 조만간 회사를 그만두려고 해. 아버지에게도 슬쩍 말해봤는데, 의외로 쉽게 승낙해주셨어."

"그래? 그거 잘됐네. 그래서 뭘 할 생각인데?"

"참선을 할 생각이야."

켄사꾸는 의외라는 생각에 잠자코 있었다.

"요즘 난 진심으로 네가 부러워. 어떤 의미에서—운명이라고 해야 할지 상황이라고 해야 할지 모르겠지만, 그런 의미로는 너는 불행한 사람이야. 그러나 성격의 측면에서 보면 네가 훨씬 더 행복한 사람이라고 생각해. 그리고 어느 쪽이 더 행복한가 하면, 물론 성격 면에서 행복한 쪽이 진정으로 행복한 사람이라고 생각해."

"내가 성격적으로 행복한 사람인가? 그렇지만 상황 면으로도 형이 말하는 것처럼 그렇게 불행한 인간은 아니야." 켄사꾸는 품위 없는 노부유끼의 단정적인 어조에 약간 예민해져서 대꾸했다.

"내 말투가 나빴는지도 몰라. 고상하게 말하는 법을 잘 모르니까 이상하게 들릴 거야. 그렇지만 어쨌든 나는 네가 나보다 혜택받은 인간인 것 같아 부러워. 너는 강해. 너는 뭐든 네가 생각하는 대로 하는 강한 자아를 가지고 있어. 그런데 내게는 그런 게 없어. 없기도 하지만, 있다 해도 매우 약해. 참선을 하겠다는 것은 최근에 정했지만 지금 생활에 불만을 느낀 지는 상당히 오래됐어. 그런데 도저히 회사를 바로 그만둘 수가 없었어. 너는 항상 당장 그만두면 된다고 간단하게 말했지만, 그게 내게는 상당히 결정하기 어려운 일이었지."

"그런데 왜 그렇게 회사를 그만두고 싶어해?"

"원래 싫었어. 막 들어갔을 때는 그냥 뭐가 뭔지 모르고, 어쨌든 한가지 일에 전념한다는 의식 때문에 다른 생각을 못했던 거지. 지금도 새로 들어오는 젊은 녀석들을 보면 모두 그래. 부모의 도움으로 이제껏 지내면서 움츠러들어 있던 녀석들이 제 손으로 돈을 벌게 되니까 갑자기 제대로 된 인간이 된 것 같은 기분으로 상당히 들떠 있어. 그중에는 그 돈으로 가족을 부양해야 하는 사람도 있는데, 오히려 그런 상황인 사람은 그다지 고민하지 않지만, 딱히 부양할 가족도 없는 나 같은 사람은 이내 일에 흥미를 잃지. 시간이 지나도 늘 고용된 처지니까―중역이 되어도 마찬가지고. 이런 일을 하다가 도대체 인생이 어떻게 되는 걸까 하는 생각이 점점 들어. 사십대가 되면 방황하지 않는다고 하는데, 마흔살쯤 되면 대개 그런 기분을 느끼기 시작하는 것 같아. 난 좀 빠른 편이야."

"참선을 하는 것도 아버지에게 말씀드렸어?"

"이야기했어. 절대 승낙하시지 않을 거라고 생각했는데, 항상 그러시듯 '생각해보지' 하셔서, 일단은 괜찮을 거 같아. 네 일도 있고, 거듭 이런 이야기를 하기가 죄송했지만 난 언제나 똑 부러지지 못한 내 성격이 싫어서 견딜 수가 없었어. 이번 경우처럼 항상 하나에 집중해서 모든 바늘이 그것을 가리키는 네가 나는 정말 부러웠어. 나에게는 그런 집중력이 안 생겨. 게으른 성격 탓이기도 하겠지만 지금 내 생활이 싫어. 아무래도 이제부터 다시 삶을 시작하지 않으면 안되겠더라."

켄사꾸는 아버지가 노부유끼 형에게 의외로 관대하게 대하는 것이 자신을 대하는 태도와 완전히 달라 좀 불쾌했다. 그러나 그것이 당연했다. 불쾌해하는 자신이 잘못됐다고 생각했다. 그리고 노부유끼가 켄사꾸의 기분을 고려하지도 않고 들떠서 자신이 일을 그만둔다는 소식으로 켄사꾸를 기쁘게 하려는 어린애 같은 속내를 드러내 보이자, 그는 노부유끼에게 호감을 느끼지 않을 수 없었다. 그러나 참선을 하면 진정으로 마음을 안정시킬 수 있을 거라고 믿는 것이 위험해 보이기도 했다. 켄사꾸는 최근 참선이 유행하는 데 일종의 반감을 가지고 있었다.

"갈 절은 정했어?"

"엔가꾸지 절로 가려고 해. 뭐라 해도 SN이 지금 가장 권위 있는 사람이니까." 켄사꾸는 잠자코 있었다.

그는 어쩐지 그 SN이라는 주지승이 맘에 안 들었다. 미쓰이 집회소 근처에서 자주 강연을 하는 SN은 마치, 척박한 땅에 씨를 뿌리는 종교인 같은 느낌이 지나쳐 좋아할 수 없었다. 그러나 달리 어떤 좋은 스님이 있는지 몰랐기 때문에 그는 잠자코 있었다.

11

한달이 지났다.

노부유끼는 바라던 대로 회사를 그만두고 카마꾸라의 니시미까도라는 곳에서 일반 신도들이 묵는 작은 집을 빌려 매일 엔가꾸지 승당에 다니게 되었다. 켄사꾸가 한번 방문해보니, 산 끝자락 바로 옆 언덕을 따라 새로 지어진 집으로 나쁘지 않았다. 거실에는 최근에 사 모은 오래된 선종 관련 책이 많이 쌓여 있었다.

노부유끼가 카마꾸라에 살게 되면서 아버지와의 만남은 자연스럽게 흐지부지돼버렸지만, 켄사꾸는 차라리 좋았다. 명확한 해결을 보려고 하다가 두 사람의 성격상 오히려 바람직하지 못한 일이 일어날지도 모른다. 흐지부지돼서 오히려 켄사꾸는 자신이 생각한 대로 해결할 수 있었다. 요즘 그는 혼고오의 집에 전혀 드나들지 않게 되었다. 오에이와는 전처럼 생활하고 있다. 그러나 그것을 아버지가 아무렇지 않게 생각할 리 없을 테니 그 불만을 듣는 것은 역시 이따금 상경하는 노부유끼가 틀림없다. 그러나 노부유끼는 아무 이야기도 하지 않았다. 켄사꾸도 보다 좋은 해결책을 얻을 방도가 없어서 침묵하고 있었다.

게다가 오에이에 대한 마음도 전과는 조금 달라져 있었다. 왜 변했을까? 분명하게 이유를 말하기는 어렵지만 역시 노부유끼가 그에게 쓴 편지처럼 운명에 대한 어떤 두려움—할아버지와 어머니, 그리고 또 할아버지의 첩과 자신, 이렇게 겹쳐지는 어두운 관계가 어떤 두려운 운명으로 자신을 이끌지는 않을까 하는 막연한 두려움이 점점 마음속에 번져갔기 때문일 것이다. 사실 그는 노부유끼 말처럼 강하지는 않았다. 반대에 맞닥뜨리면 망설임 없이 명확한 태도를 취하지만, 마음속으로도 항상 명확한 태도를 취하는 것은 아니었다. 반대가 사라지고 자유가 오면 오히려 약해졌다.

자신이 불의에 의해 태어난 자식이었다는 점에 대해서도 긍정적으로 밝게 생각했지만 시간이 지나면서 마음의 긴장이 사라지자 맥을 못 추는 경우가 잦아졌다.

그는 이상하게 안정이 되지 않았다.

이사를 해볼까 생각했다. 전에 오에이가 이런 말을 꺼내 오노미찌에 있던 그가 찬성했을 때, 당시 화재보험회사에 다니던 노부유끼가 편의를 봐주어, 회사 사람을 통해 집을 알아봤다. 그러나 켄사꾸의 귀경과 함께 흐지부지돼버렸다. 이제는 다시 이사라도 해서 마음을 새롭게 하면 좀더 안정된 기분으로 일할 수 있을 것 같아서, 그는 다시 새로운 집을 빌리는 일을 노부유끼에게 부탁했다.

그리고 어느날 노부유끼는 오랜만에 이시모또를 데리고 집에 왔다.

"내일 함께 보러 가자. 고딴다 쪽에 두 집, 오오이 근처에 두세 집 있는 것 같아. 그리고 오늘 밤은 네 집에서 머물게, 괜찮지?" 노부유끼는 이렇게 말했다.

잠시 후 세 사람은 후꾸요시 쪼오 집을 나왔다.

그날 밤 그들은 야나기바시의 어느 요리점에서 식사를 했다. 젊은 게이샤가 두명, 그 가게에서 일하는 종업원이 한명 있었다. 모모야쓰꼬라는 게이샤를 두세 차례 불러달라고 했지만, 계속 곧 올 거라고만 하고 좀처럼 오지 않았다.

모모야쓰꼬를 부르라 한 것은 켄사꾸였다.

"원래 에이하나라고 불리던 기따유우를 하던 여자가 지금은 여기서 게이샤를 하고 있는 것 같아. 알고 있으면 그 사람을 불러줬으면 해." 이렇게 말했던 것이다.

"에이하나라는 사람은 옛날에 너를 따라 갔다가 그녀가 하는 노래를 들은 적이 있어. 예쁜 아이였지. 이마가와 도자깃집 딸인지 뭔지 그랬어." 이시모또도 그 여자를 알고 있었다.

마침 같이 있던 게이샤 중 한 사람이 같은 골목 맞은편 집에서 살았다면서 모모야쓰꼬에 대한 소문을 자세히 알려주었다. 몇번을 말해도 전화를 걸어주지 않아 그녀에 대한 이야기가 자주 나왔다. 게이샤도 하녀도 모모야쓰꼬에게는 호의를 표시하지 않았다. 켄사꾸 일행이 그녀를 개인적으로 아는 게 아님을 알자, 게이샤들은 그녀에 대해 조금씩 악의를 드러내기도 했다. 기예를 발표하는 자리에서 그 지방의 늙은 게이샤와 싸웠다든가, 자동차 안에서 취한 손님의 반지를 빼 가져가버렸다든가——과거 이야기로는, 갓 태어난 아기를 목 졸라 죽였다든가, 지금도 옛 남자와 헤어지지 못하고 있다든가——지금은 한 젊은 남자와 만나고 있다든가, 자동차를 가진 그 젊은이에게 항상 자기를 태우러 오게 한다든가, 또 그 남자는 못 올 때는 물건을 편지와 함께 자주 그녀에게 보낸다든가 하는 이야기를 했다.

어쨌든 옛날의 에이하나, 지금의 모모야쓰꼬는 게이샤 중에서도 가장 악랄한 여자가 되어 있었고, 동료들 사이에서도 상당히 평판이 나쁘다는 것을 알게 되었다.

켄사꾸는 어릴 적부터 공연이나 연극을 보러 비교적 자주 다녔다. 그때는 할아버지와 오에이를 따라갔지만, 중학교를 졸업하고 나서부터는 점차 혼자서 가게 되었다. 특히 여자 기따유우를 들으러 자주 갔다.

그 무렵 열두세살의 에이하나는 작은 체구의 아가씨였다. 아름답게 자랄 소질이 보이기는 했지만, 그런 것보다도 어쩐지 애처롭다는 느낌이 들어 켄사꾸는 그 어린 아가씨를 동정했다. 마른 몸에 눈썹이 얇아서 백여우가 연상되는 창백한 얼굴, 어리지만 가늘고 높은 목소리에는 왠지 모를 슬픔이 담겨 있었다.

"저 여자는 쓰러져야 그만둘 여자야." 이렇게 말한 친구가 있었다. 말을 분명하게 하지 않고, 슬픈 듯 가슴 아픈 듯하면서도 어딘가 지지 않으려는 묘한 날카로움이 있는 것을 느끼고, 켄사꾸는 이 평이 매우 적절하다고 생각했다. 나중에도 에이하나를 떠올리면 자주 그런 것들이 기억나곤 했다.

동급생 사이에서 공연을 같이 보러 다니는 친구가 점점 많아졌는데 그중 야마모또라는 동기가 어느날 코오자[74]의 그녀를 보고는 "아는 아가씨다" 하고 말했다.

바깥에서 보면 집 한채가 사이에 끼어 있지만 안쪽으로 들어가 보면 벽 하나를 사이에 두고 야마모또의 옆집에 살던 이마가와 도자깃집 딸이라는 것이었다. 이 이야기는 그들 사이에서 일종의 흥미를 불러일으켰다. 야마모또와 어린 아가씨는 특별한 사이는 아니었다. 그러나 반년 정도 지나서 여름이 되자 마침 야마모또의 집에 매우 좋은 우물이 있어서 물이 좋다는 소문이 다른 마을까지 나 근처 사람들이 물을 받으러 왔다. 그리고 에이하나도 가끔 물을 뜨러 야마모또 집에 오게 됐다는 것이다.

우물은 욕실 앞에 있었다. 어느 여름, 창은 열려 있고 가는 갈대발이 드리워 있었다. 저녁에 야마모또가 욕실에 들어가자 발 너머로 물을 뜨러 온 에이하나가 보였다. 이쪽에서만 보인다고 생각했는데, 에이하나는 길어올린 수통을 들더니 야마모또에게 인사를 하고 갔다. 이런 일이 두세번 이어져서 두 사람은 점차 이야기를 나누는 사이가 되었다고 한다. 야마모또는 목욕통에, 에이하나는 우물에 등을 기대고 앉아 길어올린 물이 미지근해질 때까지 이야

---

74 연예인이 공연을 펼치는, 객석보다 한 층 높은 자리.

기에 몰두한 적도 있었다. 공연 속사정 이야기였다. 얼마 후 켄사꾸는 야마모또가 줬다는 찻잔을 코오자에서 봤다.

그러나 야마모또와 에이하나의 만남은 조금도 깊어지지 않았다. 야마모또는 귀족이었다. 야마모또의 집에는 켄사꾸가 땅딸보라고 별명을 붙인 작고 고집 세고 성질 사나운 나이 든 산다유우[75]가 있었다. 그 사람 때문에라도 깊은 관계로 진전되기는 힘들었다. 게다가 깊게 사귈 만큼 서로 좋아한 것도 아니어서 두 사람 사이에 아무 일도 일어나지 않고 이년 정도 지났다.

에이하나는 그동안 눈에 띄게 아름다워지고 살은 찌지 않았지만 어쨌든 신체도 여자답게 성숙했다. 예능도 능숙해지고 인기도 갈수록 높아졌다.

그 무렵 마침 이대 하야노스께가 그만둬서, 에이하나가 삼대 하야노스께가 되어, 잠시 공연을 하지 않고 초대 하야노스께의 집을 다니며 혼신을 다해 예능을 갈고닦을 때였다. 갑자기 에이하나가 가출을 했다. 근처 책방 아들과 어딘가에 숨어버렸다는 것이다.

은신처는 곧 들통났다. 에이하나 집에서 세 마을 정도 떨어진 곳이었는데, 젊은이는 부모가 바로 데려갔고, 에이하나는 이 일로 이마가와 도자깃집에서 인연을 끊어버렸다. 원래 그녀는 군인의 사생아로 친자식이 아니었던 것이다.

젊은이와 헤어지고, 양부모에게는 버림받고, 동시에 삼대 하야노스께가 될 꿈도 잃어버린 에이하나가 자포자기한 것은 말할 필요도 없다.

더구나 그때는 임신 중이었다. 만약 그때 입덧을 했다면 에이하

---

75 귀족, 부호의 집에서 회계, 가사 등을 담당하던 집사.

나는 완전히 자포자기했을지도 모른다. 실제로 에이하나는 상당히 낙심했었다. 물에 빠진 사람이 지푸라기라도 잡으려고 했던 건지, 아니면 진심으로 애정을 느꼈던 건지는 모르겠으나 태어날 사내아이에게 에이하나는 온 몸과 마음을 쏟아부었다.

배 속의 아이는 죽어버렸다. ——아니, 막 태어난 아이를 죽여버렸다는 소문을 최근 켄사꾸는 들었다. 어떤 이유에서든 아이는 죽어버렸고 에이하나는 그 때문에 완전히 목소리를 잃어버렸다고 했다.

얼마 후 그 남자는 에이하나를 니이가따에 데리고 가, 에이하나는 거기서 게이샤가 됐고, 얼마 지나서 홋까이도오로 가서 지낸다는 소문을 켄사꾸는 들었다. 기둥서방인 그 남자와 항상 함께라고 했다. 그 남자가 죄스러운 비밀을 쥐고 있기 때문에 헤어질 수 없다는 것이다. 그러나 켄사꾸의 귀에 들어올 정도라면 상당히 공공연한 비밀인 것도 같았다.

그리고 또 이삼년이 지나 최근 켄사꾸가 어느날 아무 생각 없이 연예회보를 보는데, 소식란에 에이하나가 야나기바시에서 모모야쓰꼬라는 이름으로 나온다는 내용이 실려 있었다.

"공연이 시작되면 바쁘죠?" 한 여자가 이런 말을 했을 때였다.

"자주 가나?" 이시모또가 말했다.

"대개는 가죠."

"센지끼[76]는 어디쯤이지?" 이시모또도 씨름을 보러 자주 가는 편이었다.

"정면."

---

76 판자를 깔아 높게 만든 관람석.

"응, 이시모또 일가의 자리와 가까운가?" 이시모또도 친구와 자기 자리를 가지고 있었는데, 여기서는 이시모또 친척들이 이용하는 자리를 말한 것이다.

"네, 그 조금 위…… 이분은 어디선가 뵌 적이 있는 것 같아요." 이런 식으로 여자도 분위기를 맞추었다.

"그 주변에 이시모또 집안 사람들도 오나?" 이시모또는 아무렇지 않게 물었다. 본가 쪽에는 조카가 많았다. 그중에는 도락가도 많았다.

"네, 있어요." 이렇게 말하고 여자는 하녀와 눈을 맞추면서 이상한 웃음을 지었다.

"몇살 정도 된 사람이지?"

"군인이 한분 계시던데요, 요오넨 학교[77]라는 게 있나요? 거기 학생이라던데— 모모야쓰꼬의 남자가 바로 그 사람이에요." 여자는 갑자기 웃기 시작했다.

아까부터 이야기를 들으면서 당연히 솜 도매상인지 뭔지 하는 집안 아들이라고 생각하고 있었던 켄사꾸는, 이시모또의 조카라니 약간 묘하게 느껴졌다.

이시모또는 넌지시 여러가지를 물었다.

"이시모또 집안 아이들이 그런 일에 휘말리는 건 좋지 않지."

"맞아요." 여자도 맞장구쳤다.

끝내 에이하나, 모모야쓰꼬는 오지 않았다. 오지 않을 거면 처음부터 확실하게 말해줬으면 좋았을 텐데, 여종업원은 불만을 토로했다. 9시쯤 세 사람은 그 집을 나왔다.

---

77 일본육군중앙유년학교. 열세살 이상을 대상으로 한 엘리트 군사교육기관.

"신기한 일도 있네." 걸으면서 이시모또는 그 우연에 대해 이야 기했다. "실은 누이에게 그 이야기를 듣기는 했는데, 어디서 노는 지는 몰랐거든. 처음에는 놀지 않을 테니 자동차를 사달라고 해서 유산으로 받기로 돼 있던 오만 엔 중에서 만 엔으로 자동차를 사준 거야. 바보 같은 이야기지. 놀지 않겠다는 말을 진실로 받아들인 사 람도 그렇고."

노부유끼도 켄사꾸도 웃었다.

"그런데 소설 소재로 괜찮지 않아?" 이시모또는 켄사꾸를 보았 다. "넌 에이하나를 알고 있고, 오늘 간 곳도 재미있는 이야깃거리 잖아."

"응, 소설의 소재라기보다는 그냥 재밌는 '이야깃거리'네." 켄사 꾸는 고쳐 말했다. 그렇게 말해두어야만 속이 시원했다. 그러한 사 건이나 오늘과 같은 우연은 잡지 소재로는 좋으나 이것만으로 바 로 소설이 된다고 생각하는 것에는 동의할 수 없었다.

세 사람은 산책하다가 긴자로 가 그곳에서 이시모또와 헤어지 고 두 사람은 11시쯤 후꾸요시 쪼오 집에 돌아왔다.

오에이는 둘을 기다리고 있었다. 셋은 또 잠시 거실에서 이야기 를 나눴다.

노부유끼는 그 이야기를 오에이에게 했다. 노부유끼는 그러한 이력을 가진, 상당히 악랄한 여자라는 점을 여러 차례 강조하며 이 야기해서 옆에서 듣던 켄사꾸는 기분이 그다지 좋지 않았다. 그 이 야기를 들은 오에이는 사뭇 험한 표정을 짓고, "참 이상한 여자도 있네요" 하고 말했다.

켄사꾸는 갑자기 화가 났다. 그는 '나쁜 것은 에이하나가 아니에 요' 하고 말하고 싶은 마음이 굴뚝같았다. 그는 창백한 얼굴을 하고 애처롭게 코오자에 앉아 있던 열두세살의 에이하나를 떠올렸다. '그 어린 아가씨가 뭐가 독한 여자라는 거야……' 그는 매우 화가 났다. 그리고 문득 그때 '그래, 이건 소설로 쓸 수 있겠어' 하는 생각이 들었다.

12

다음 날 이미 2시가 지나서야 두 사람은 밖으로 나섰다. 고딴다 쪽부터 먼저 둘러보았다. 작은 철공소 옆으로 좁은 언덕을 올라가 초원이 사오백평 정도 펼쳐진 공터를 돌자 건물이 하나 있었는데, 허름한 집이었고 앞에는 꽤 넓은 정원이 있었다. 채광은 그다지 좋지 않아 보였고, 상당히 보수해야 지낼 수 있을 것 같아 별로 달갑지 않았다. 게다가 그런 집을 별로 본 적이 없었던 켄사꾸는 자신이 여기서 산다면 과연 맘 편하게 지낼 수 있을지 상상이 안됐다. 어쩐지 이 텅 빈 허름한 집에 그대로 자신이 들어가는 듯해서 한층 더 내키지 않았다. 다른 한채는 주위가 좁고 답답해서 좀처럼 들어가고 싶은 마음이 들지 않는 집이었다. 두 사람은 여유롭게 떡갈나무 숲의 진한 향기를 맡으면서 천천히 이야기하며 큰 숲 방향으로 난 도로를 걸었다. 노부유끼는 벌써 훌륭한 참선 수행자가 돼 있었다. 마치 고등학생과 같은 지식욕으로 『벽암록碧巖錄』[78]에 실린 이야기를 차례로 외워서 말해주었다.

"맞아, 이 길은 우리 집안에서 사둔 토지로 이어져." 노부유끼는

78 중국 송나라 선사인 극근이 100개의 공안(公案) 모아 펴낸 불경. 선종, 특히 임제종에서 중요한 지침서로 꼽힘.

멈춰서서 길을 앞뒤로 살피면서 말했다. "좀 들러볼까? 산울타리를 만들고 나서는 아직 아무도 보러 가지 않았어."

"응."

"너, 그 나무 가게 카메끼찌 알아?"

"혼고오의 집에서 언제 본 것 같아. 키가 작고 머리가 큰 바보 같은 녀석 말이지?"

"그래, 완전히 선량함 그 자체라고 할 수 있는 녀석이지. 이 상황은 천리교[79] 교조님의 말씀에 따르면…… 하는 식으로 늘 말하곤 했어."

어느날 켄사꾸가 거실에서 차를 마시는데 그 나무 가게 주인이 들어온 적이 있어 그 모습이 생각났다. 허리를 굽히고 무릎을 꿇고 있어 정말로 노부유끼가 말한 것처럼 선량함 그 자체, 정직 그 자체, 그리고 저능 그 자체 같은 느낌이었다. 여동생들은 쿡쿡 웃었는데, 나무 가게 주인은 전혀 눈치채지 못하는 표정이었다. 말하는 투도 공손하고 차를 받아 마시는 태도도 전부 지나치게 예의 바른 모습이라 이 사람은 뭔가 일을 맡아도 교활한 짓을 하지는 않을 거라고 누구나 믿을 남자였다.

'그러나 보이는 게 전부일까?' 켄사꾸는 그때 어쩐지 의심스럽기도 했다. 겉보기에 너무도 좋은 사람으로 비친다. 거기서 눈에 보이지 않는 어떤 부자연스러움이 느껴졌다. 켄사꾸는 집에 돌아가 일기에도 써두었다.

"근데 말이야, 형." 켄사꾸는 그 일기가 생각났다. "겉으로 보이는 게 전부가 아닐지도 몰라. 너무 좋은 사람처럼 보이는 게 수상

---

79 텐리교오(天理教). 18세기 중엽 생겨난 신흥종교.

해.”

노부유끼는 그 말에 반대했다. 두 사람은 잠시 후 그곳에 도착했다. 거리에 딸린 이천평 정도의 장방형 토지였고, 지금까지 밭으로 사용하던 것을 주택지로 고쳐 담을 네개 연결하고 노송나무를 심어놓은 곳이었다.

“어디로 들어가지?” 노부유끼는 입구를 찾아 걸었다. “입구가 없어.”

“그럴 리 있나.”

“입구가 아무 데도 없어. 그러고 보니 내가 카메끼찌에게 견적을 낼 때 입구에 대해 말하는 것을 빼먹었는지도 몰라.”

두 사람은 웃었다. 그러고는 다시 찾아봤는데, 네개의 담이 완전히 이어져 있고 입구는 없었다.

“만들면서 생각이 안 났던 걸까?”

오히려 귀엽게 느껴졌다. 두 사람은 토지를 관리해주는 농민의 집에 들러 카메끼찌에게 입구가 없다고 말해달라고 부탁하고 왔다. (그로부터 두세달 지난 후 이야기인데, 카메끼찌는 켄사꾸가 의심했듯 진짜 정직한 사람은 아니었다. 풀 베는 일도, 토지 넓이에 비해 과하게 많은 임금을 혼고오의 집에서 받아냈고, 풀은 풀대로 자라나는 족족 말먹이로 팔아 돈을 챙겨 쌍방에서 돈을 받아먹고 있었다.)

날이 저물었다. 오오이의 산노오오 가까이에 이층짜리 집이 한채 있었다. 밖에서 본 바로는 그럭저럭 괜찮은 건물이었다. 켄사꾸는 이미 지쳐 있었다. 이것으로 충분하다고 생각했다.

“새집인 것만으로도 기분이 좋아. 방 구조도 괜찮은 것 같지 않아?” 노부유끼도 말했다.

그래서 둘은 산노오오 집 주인에게 들러 그 집을 빌리기로 이야기를 끝냈다.

오오모리 정차장에 오자 (장거리 전차가 없을 때였다) 올라가는 전차는 약간 기다려야 했고, 내려가는 전차가 먼저 왔다. 카마꾸라로 돌아가는 노부유끼를 보내면서 요꼬하마에 중국요리를 먹으러 가자고 해두고 늦은 시간 켄사꾸만 토오꾜오로 돌아왔다.

닷새 정도 지나서 켄사꾸는 그 집으로 이사했다.

새로 빌린 집은 저녁에 자세히 살펴보지 않고 정한 것이라 생각보다 훨씬 안 좋았다. 오직 세를 놓을 목적으로 지은 집으로, 이층에서 좀 심하게 걸으면 집이 흔들렸다. 누군가 아래에서 신문이라도 펼치면 바스락바스락 소리가 나면서 천장에서 먼지가 떨어졌다.

"여기로 오고 나서는 머리카락이 더러워져서 못 살겠어요." 아랫방에만 있는 오에이는 이렇게 말하곤 했다.

켄사꾸는 기분이 어느정도 안정되었다. 그는 이것을 계기로 그간 진척되지 않았던 일을 하려고 했다. 오노미찌에서 시작한 긴 소설은 손대기가 약간 겁이 났기에 그는 에이하나에 대해 쓰기로 했다.

실제 만나면 어떨지 알 수 없었다. 그렇지만 한발짝 떨어져서 생각해보면 그는 에이하나를 진심으로 동정할 수 있었다. 한편으로는 불확실한 느낌도 있었다. 만나보면 어떨지 알 수 없는 인간을 떨어져 있기 때문에 동정할 수 있다는 것은, 일을 하는 데도 유쾌한 것만은 아니었다. 그러나 실제 만난다면, 그리고 어떤 의미로든 제삼자보다 가까워진다면, 지금 에이하나에게 느끼는 동정심을 여전히 유지할 수 있을까. 그는 전혀 알 수 없었다. 애당초 쓰게 된 동기가 동정을 느껴서였고 — 오에이가 일말의 동정도 없이 무슨 말인가를 하는 바람에 화가 나서 쓰기 시작했던 것인 만큼, 이 부분을 정리하고 넘어가지 않으면 안됐다. 그는 언제 에이하나를 한번 만나보는 것도 괜찮겠다 싶었다. 그러나 약간 겁나기도 해서 선뜻 실행에 옮길 수 없었다.

그리고 자신이 에이하나를 만나는 상황을 그려보니──그녀는 어떤 태도로 자신을 대할까? 상황이 나빠지기 전의 에이하나를 알고 있는 나를 보고 에이하나도 조금은 그 시절의 기분을 떠올릴까? 아니면, 겉으론 그 시절을 그리워하는 척하면서 마음은 전혀 움직이지 않는 삭막한 태도를 취할까? 어느 쪽도 상상이 되질 않았다. 그러나 어느 쪽이든 그는 역시 그러한 절망적인 에이하나를 동정할 수 있을 것 같았다. 절망스러운 지경에서 에이하나를 구한다, 그에게는 이런 기분도 일었다. 아이를 죽이고, 그뒤에 저지른 여러가지 죄, 그 모두를 참회하고 회개한 에이하나. 그렇지만 그런 생각을 해봐도 그는 역시나 공허한 에이하나밖에는 상상할 수 없었다. 만약 자신이 에이하나를 만났을 때, 기독교도의 근성으로 자신의 심정을 간단히 말해버린다면, 상대방이 전혀 공감할 수 없을 거라고 생각했다.

한 인간이 구원받는 것은 정말 쉬운 일이 아니라고 생각했다.

그는 작년 쿄오또에서 '마무시의 오마사'라고 불리는 여자를 본 일을 기억해냈다. 그녀는 기온의 야사까 신사 아래 변두리의 작은 공연장에서 자신의 일대기를 연극으로 보여주고 있었다. 그 연극을 보러 간 것은 아니었는데, 밤늦게 그곳을 지나다가 입구에 머리를 단정하게 틀어올린 여자가 공연을 소개하는 그림 간판이 걸려 있는 것을 보았다. 소개문에는 참회하는 의미에서 자기 일대기를 연기한다고 쓰여 있었다. 다 읽고서 별생각 없이 그곳을 떠나려고

하는데 안에서 몇몇 여자 목소리가 났다. 맨 앞에 서서 나온 사람
은 긴 망또를 입고 승려 머리에 소위 승려 모자를 쓰고 있었고, 키
가 커서 얼핏 남자처럼 보였는데—그 그림 간판을 보지 않았다면
당연히 남자라고 생각했을 것이다—그가 바로 쉰살 정도의 마무
시의 오마사였다.

그림 간판을 떼러 온 젊은 남자가 인사하자 오마사는 살짝 고개
를 들어 끄덕였다. 마침 전등 아래여서 켄사꾸는 얼굴을 자세히 볼
수 있었다. 성격이 까다로워 보이는 얼굴에 매우 우울한 표정을 띠
고 있었다. 마음속에 즐거움이 전혀 없는 듯한 얼굴이었다.

그는 마무시의 오마사에 대해서는 아무것도 몰랐다. 오랜 기간
성실하게 생활하고 참회한 것을 인정받아 어떤 계기로 출옥한 뒤,
지금은 생계를 유지하기 위해 극단을 하나 만들어 이곳저곳 돌아
다니며 과거의 죄를 속죄하는 내용의 연극을 하고 있다—이 정도
였다.

그리고 이 정도만으로도 그는 그때 본 오마사의 얼굴에서 그 마
음을 충분히 짐작할 수 있었다. 이상하게도 확실히 느껴졌다. 그는
허전하고 싫은 기분이 되었다. 그는 오마사가 저지른 나쁜 일은 알
지 못했고, 어떠한 동정도 할 수 없었는데, 그래도 그렇게 나쁜 일
을 계속하던 때에 비해 이제 좀 나아졌다고 하기 어렵겠다는 생각
이 들어 이상하게 쓸쓸하고 불쾌했다. 어느 쪽이든 분명 좋은 상
태는 아니다. 그러나 오마사 자신의 마음이 언제 더 행복할지 헤아
려보면, 나쁜 일을 일삼던 시절 마음속으로 생생한 긴장감을 느끼
던 일종의 행복은 지금 그녀로부터 영영 사라졌음이 틀림없다. 그
대신 이제 그녀에게 무엇이 있는가. 자신의 죄를 연극 재료로 삼아
돌아다니고 있다. 그것은 분명 순전히 연극이다. 참회든 뭐든, 요컨

대 연극임이 틀림없다. 더구나 연기는 직업이기 때문에 뭔가 실감 나게 연기해야 하는 만큼 그녀에게는 한층 괴로운 위선이 필요할 것이다. 이러한 생활이 그녀를 즐겁게 할 리 없다. 그리고 한번 죄를 범한 사람은 참회해도, 설령 오마사처럼 죄를 노골적으로 노출하고 살아가지 않더라도, 반드시 그러한 불행한 심정에 당연히 괴로움을 느낄 것이라고 그는 생각했다.

오마사는 키가 크고 남성적이고 강한 얼굴을 가진 여자였다. 젊을 적에는 무대에서 잘나갔을 것 같았다.

켄사꾸는 지금 에이하나의 일을 쓰려니 과거에 본 그녀를 생각하지 않을 수 없었다. 그는 현재의 에이하나를 떠올리면 불쌍하기도 하고 답답하기도 하지만 소위 회개를 하고 오마사 같은 여자가 된다고 생각하면 더 절망스러웠고 싫었다. 진정한 구원이 있다면 괜찮다. 그렇지만 흉내에 불과한 위험한 구원을 만나는 정도라면 역시 '쓰러질 때까지 일하는' 것이 에이하나답다. 그것이 오히려 자연스럽게 여겨졌다.

그는 그녀를 만날 기회를 만드는 것이 두려워져 그냥 바로 쓰기 시작했다.

어느날 그가 야마모또를 만나 이런 이야기를 하자 야마모또는,

"아, 전에 아내와 모란을 보러 가려고 료오고꾸에서 배를 기다리는데 골목 입구에 서서 이쪽을 보고 있는 사람이 있더라고. 저 사람 에이하나 아니야 했는데, 역시 맞더군" 하고 말했다. 실제 그 골목에 에이하나, 즉 모모야쓰꼬의 집이 있었던 것이다.

"만나볼 생각은 없나?"

"글쎄, 없는 건 아닌데." 야마모또는 말을 흐리며 흥미를 보이지 않았다.

13

켄사꾸는 갈수록 쇠약해졌다. 날씨도 안 좋았다. 습기가 많은 남풍이 심하게 부는 날에는 신체적으로 그는 반쯤 병자가 되었다. 생활도 다시 흐트러져갔다. 그는 에이하나의 일을 쓰면서 자연스레 '여자의 죄'에 대해 생각해보게 되었다. 남자에게는 그렇게까지 추궁하지 않는 죄의 응보가 여자에게는 왜 영원히 집요하게 따라다니는 걸까. 하루는 에이하나가 원래 살았었다는 곳 주변을 걸으며, 그 책방 앞을 지나가다가, 자신보다도 젊은 남자가 어느새 아이아버지가 된 것을 보고 약간 이상한 기분이 들었다. 아기를 무릎에 앉히고 멍하니 가게 앞길을 바라보는 그의 모습은 과거에 그러한 사건이 있었던 남자라는 생각이 들지 않을 정도로 편안해 보였다. 이런 남자도 한때 과거의 일 때문에 고통스러워하던 적이 있었던 것이다. 죽임을 당한 자신의 첫아이, 이런 것이 생각날 때도 있을 것이다. 그렇지만 분명 지금 이 남자에게는 그 모든 게 순전히 과거의 사건이며, 괴로웠던 기억도 이제 점점 희미해지고 있을 것이다. 같은 과거의 사건인데도 에이하나의 경우는 왜 여전히 현재 생활과 뗄 수 없는 것일까. 지금 생활은 오히려 사건으로부터의 연속이다. ─이는 반드시 그녀에게만 한정된 일이 아닐지도 모른다. 하나의 죄를 짓고는 타성적으로 자포자기하는 생활을 이어가는 남자도 얼마든지 있다. 그렇지만 여자는 남자에 비해 더욱 절망적인 상황이 되는 경향이 있다.

원래 여자는 운명에 맹목적으로 끌려가기 쉽다. 그러니 주변에서 여자를 한층 관대하게 대해도 좋을 것이다. 어린아이의 일이니까, 여자이니까 하면서 용서해도 좋을 것이다. 그런데 세상은 웬일인지 여자에게 더 엄격하다. 엄격한 것까지는 좋은데, 세상은 여자가 속죄를 통해 죄에서 벗어나는 것을 기뻐하지 않는다. 죄의 응보로서 자멸하는 것을 보고 당연하게 여긴다. 왜 여자에겐 더욱 그럴까? 그는 이상하다는 생각이 들었다.

그는 이런 생각을 하다가 죽은 어머니는 그나마 행복했던 것이라고 생각하지 않을 수 없었다. 좀더 어리석은 사람들로 둘러싸여 있었다면 어머니는 더욱 불행한 여자가 됐을 것이다. 나아가 자신의 존재도 어떻게 됐을지 모른다. 다행히 외할아버지도 혼고오의 아버지도 현명한 사람이었다. 자신은 이것만으로도 혼고오의 아버지에게 감사해야 한다고 생각했다. 그의 감정은 도무지 거기까지 이르지 않았지만.

그는 에이하나에 관해 쓰기 시작했다. 자신의 시점에서 쓰자니 소재가 빈약하고 지나치게 간결해져 그는 에이하나의 시점에서 자유롭게 상상력을 발휘해 쓰기로 했다. 에이하나가 어느날 마무시의 오마사를 만나는 대목을 넣어도 괜찮겠다 싶었다. 그즈음 마침 공연 예능인으로서 활동하던, 하꼬야[80] 살인을 연기한 하나이 오우메라는 여자를 만나는 이야기 등을 써도 좋을 것 같았다. 켄사꾸는 실제로 언젠가 코오자에서 그 여자를 보고 비참하고 기분 나쁜 느낌을 받은 적이 있었다. 오히려 죄를 죄 그대로 관철하고 있는 여자의 긴장, 그쪽이 그에게는 훨씬 공감을 불러일으켰다.

그는 이제까지 여자의 입장이 되어 써본 적이 없었다. 거기에 익숙하지 않은 것도 장애로 작용한데다, 홋까이도오에 가는 부분부

---

80 샤미센 등을 들고 게이샤를 따라다니며 보살피는 남자.

터는 왠지 너무 꾸며낸 것 같아, 써가는 동안 점점 맘에 들지 않게 되었다. 그는 기분도 몸도 하염없이 약해졌다. 마음이 묘하게 쓸쓸해져갔다. 오노미찌에서 자신의 출생에 대해 노부유끼에게 편지를 받았을 때는 상당히 놀라고 좌절했지만, 또 그만큼 그것으로부터 벗어나서 극복하고자 하는 긴장된 마음도 강하게 있었다. 그러나 그 긴장이 지나간 지금은 마치 썩어버린 나무 밑동에 땅의 습기가 자연스럽게 스며드는 것처럼 이상한 쓸쓸함이 그의 마음에 축축하게 스며들어오는 것을 어찌할 수가 없었다. 이성으로는 어찌할 수 없는 쓸쓸함이었다. 그는 자신이 앞으로의 해야 할 일——인류 전체의 행복에 연결되는 일, 인류가 나아가야 할 길에 목표를 두는 일, 그것이 예술가의 일이라고 생각했다——에 더욱 집중하려고 했지만, 탄력을 잃은 그의 마음은 조금도 회복되지 않았다. 그저 바닥으로만 빨려들어갔다. '마음이 가난한 자는 복이 있나니.' 가난하다는 의미가 지금 자신의 기분 같은 것을 말한다면 너무나 참담하고 잔혹한 말이라고 그는 생각했다. 지금의 마음 상태를 스스로 충분하다, 복되다, 여기라는 말인데, 어떻게 그럴 수 있을까 싶었다. 만약 지금 목사가 자신 앞에 와서 '마음이 가난한 자는 복이 있나니'라고 말한다면 그는 갑자기 그의 뺨을 후려칠지도 모른다고 생각했다. 마음이 가난한 것만큼 비참한 상태가 있을까 생각했다. 실제 그의 마음은 쓸쓸하다든가 고독하다든가 슬프다든가 하는 표현으로는 부족했다. 마음이 완전히 걷잡을 수 없이 가난해졌다. 마음이 가난한 자, 마음으로 가난하다——이만큼 비참한 것이 또 있을까, 그는 생각했다.

확실히 신체적으로도 영향을 받고 있었다. 오노미찌에 있을 때 이미 그는 그렇게 되기 시작했다. 거기서 그는 자신의 출생에 대해 알았다. 그러나 그때는 일시적으로 그의 마음을 긴장시키는 데 그 사실이 오히려 유효한 자극이 되었다. 그렇지만 그 자극이 없어지고 긴장이 사라지자, 일종의 나쁜 것이 남았다. 그렇지 않아도 약해지고 있던 그의 마음은 그 때문에 갑자기 가장 나쁜 상태로 가라앉아버렸다.

　노부유끼는 때때로 그를 만나러 왔다. 최근에는 그도 지금까지와는 달리 노부유끼에게 친근감을 느끼게 되었다. 노부유끼로부터 여러가지 선禪 이야기를 듣는 것이 즐거웠다.

　구지 스님이 사람들 앞에서 손가락 하나로 불법의 진수를 알려준 이야기,[81] 난전 스님이 새끼 고양이 목을 벤 이야기,[82] 석공 스님이 화살을 보라고 하는 이야기,[83] 또 선자 스님과 협산의 이야기,[84] 덕산 스님이 용담원에 가서 깨달음을 얻는 이야기나, 백장, 위산, 황벽, 목주, 임제, 보화 같은 선사들의 갖가지 이야기 등, 모두가 현재의 켄사꾸를 이상적인 마음의 경지에 다다르게 했다. "무엇무엇을 홀연 크게 깨달음." 이 대목에 이르면 그는 금방이라도 눈물이 나올 것 같았다. 특히 덕산 스님의 탁발 이야기[85]에 그는 정말로 울어버리고 말았다. 그 이야기가 그의 가난한 마음에 양식으로 울려

81 『벽암록』 제19칙 '구지 화상의 손가락 하나(一指頭禪)'. 구지 화상이 홀연히 깨달음을 얻고, 이후 가르침을 구하는 이들에게 말없이 손가락 하나를 세워 보여주었다는 이야기.
82 『벽암록』 제63칙 '남전 화상이 고양이 목을 베다(南泉斬猫兒)'. 남전 화상이 어느 날 수행승들이 고양이를 두고 다투는 것을 보고 문답을 했으나 답하는 이가 없어 그 자리에서 고양이 목을 베어버렸다는 이야기.
83 『벽암록』 제63칙의 평창에 나오는 것으로, 석공 선사가 화살을 가지고 펼친 법문을 가리킴.
84 『경덕전등록(景德傳燈錄)』 제14권.
85 『벽암록』 제51칙의 평창에 나오는 것으로, 덕산 스님이 공양이 늦어지자 손수 바리때를 들고 법당에 찾아간 일을 가리킴.

퍼졌을 뿐 아니라, 이야기가 지닌 일종의 예술미가 강하게 그의 마음을 움직였다.

그가 그러한 이야기에 마음으로부터 감동하는 것을 본 노부유끼는 그를 안타까워하며 카마꾸라에 올 것을 권했다.

그러나 정작 참선하는 자리에 가게 되면 켄사꾸는 자신의 감정에 솔직해지지 못하는 성격이었다. 스승을 모신다는 것이 싫었다. 선학은 나쁘지 않았다. 그렇지만 다 깨달은 듯 거만한 얼굴을 한 지금의 선승들은 너무 싫었다.

간다고 정한 것은 아니었지만 만약에 간다면, 코오야 산이나 에이잔 산이 있는 요오까와 주변으로 가고 싶다고 그는 생각했다. 글은 마흔장 가까이 쓰고 다시 막혀버렸다. 지금과 같은 기분으로 내면의 힘을 밖으로 작동시키려니 글이 잘 써질 리가 없다.

아무 일도 하지 않는, 그러나 그에게는 숨 막히는 쓸쓸한 날이 몇주 지나고 어느날이었다. 습기가 많고 더운 바람이 부는 기분 나쁜 날씨였다. 그는 점심식사를 마치고 갑자기 머리가 무겁고 무엇을 해도 의욕이 생기지 않아 거실에 누워서 거기에 있는 번역소설을 무심히 몇장 넘겨보고 있었다.

"그건 그렇고 박람회에 요시를 언제 보내주면 좋을까요?" 박람회의 남양南洋관에서 토착민 춤이 있어서 미야모또가 그걸 보러간다고 좋아하더라고 그날 아침 친구 마스모또로부터 연락이 왔다. 그게 생각이 나서 그는 옆에서 바느질을 하던 오에이에게 물었다.

"언제든 상관없어요. 혼자 보내는 거예요? 아니면 누가 데리고 가나요?"

"혼자서 갈 수 있겠지요." 이렇게 말하고 그는 바로 '조금 힘들까?' 생각했다. 그리고 언제 보내줄까 고민하다보니 왠지 좀처럼 결정하기 어려운 문제처럼 느껴졌다. 전에도 그러긴 했는데, 최근 한결 심해진 버릇이었다. 정하고 나면 곤란한 일이 일어날 것 같은 생각이 드는 것이었다. 어떤 근거도 없는, 단지 자신의 병적인 기분에서 오는 생각임을 알면서도 좀처럼 떨쳐낼 수가 없었다. 그는 자신이 데리고 갈까 생각도 했다. 그렇게 말하자 오에이는,

"오늘은 노부 씨가 오신다고 했잖아요" 하고 말했다.

"이전에 왔을 때 그렇게 말했던 것 같네요. 어쩌면 내가 착각한 건지도 모르겠지만." 그는 이렇게 답하면서 오늘 요시를 데리고 가지 못하게 된 것에 왠지 안심했다.

3시가 되었다. 3시 7분에 요꼬스까에서 기차가 도착한다. 온다면 그것을 타고 올 것이다. 그 기차로 오지 않으면 오늘은 오지 않는다. 그렇게 생각하고 그는 왠지 안절부절못하며 그 주변까지 나가보기로 했다. 겉옷 하나를 걸치고 시계를 띠에 두르고 지갑을 품에 넣었다. 노부유끼를 만나면 주저없이 그날 할 일을 정하겠지만, 만약 오지 않는다면 그다음 일이 어떻게 될지 자신도 전혀 알 수 없었다. 실은 막연하게 생각한 바가 있기는 했다. 그렇다고 명확하게 정해버리면 동시에 하기 싫어지는 최근의 버릇 때문에 분명한 것조차 애매하게 여기게 되었다.

"좀 나갔다 오려고요. 식사시간까지는 돌아올게요. 노부 형을 만나면 함께 바로 올게요." 그렇게 말하고 집에서 나갔다.

노부유끼는 만나지 못했다. 염두에 두었던 열차는 카시마따니라는 곳을 걸어갈 때는 보이지 않더니, 땅에 심한 진동만 일으키고 토오꾜오를 향해 달려갔다.

오오모리 정차장에 왔더니 신바시행이 오기까지는 아직 삼십분 정도 남아 있었다. 그는 시나가와행 전차 쪽으로 돌아섰다. 얼마 지

나지 않아 전차가 왔다.

　그는 품에서 사이까꾸[86]가 일본의 스무가지 불효에 대해 쓴『혼쪼오니주우후꼬오本朝二十不孝』라는 작은 책을 꺼내어 마지막 절을 읽기 시작했다. 이삼일 전 오에이가 일본 소설가 가운데 누가 위대한지 물었을 때 그는 사이까꾸라고 대답했다. 그렇게 말한 이유는 마침 이전에 읽은 스무가지 불효 중 처음 두가지에 몹시 감탄했기 때문이다. '너무나'라고 해도 좋을 정도로 철저했다. 병적이라고 말하는 편이 맞을지도 모른다. 만약 자신이 썼다면 아무래도 저렇게 반성하는 기색 없이 잔혹한 기분을 유지하면서 작품을 쓸 수는 없었을 것 같았다. 부모에 대한 불효의 조건을 늘어놓으며 쓰는 것은 가능해도 저렇게 강한 리듬으로 일관되게 쓰기란 좀처럼 쉽지 않을 것 같았다――연약해빠진 반성이나 무익한 곤혹스러움에 끊임없이 괴롭힘당하는 지금의 그가 그렇게 생각하는 것도 무리는 아니었다. 실제 사이까꾸에게는 신기하게도 뻔뻔함이 있다. 그것이 지금 그는 부러웠다. 자신이 그러한 뻔뻔함을 가질 수 있다면 얼마나 세상이 편해질까 하고 생각했다.

　그는 마지막까지 읽었지만 그 어느 것도 처음 두개와 비교되지 않았다.

　시나가와에서 시내 전차로 갈아타자 그는 이제 읽는 것도 조금 귀찮아졌다. 그저 멍하니 전차 안 사람들의 얼굴을 보고 있었는데, 문득 앞에 앉은 사람의 얼굴이 샤라꾸[87]가 그린 누군가를 닮은 것 같다는 생각이 들어 이것도 저것도 샤라꾸의 눈에 비친 듯한, 일종의 그로떼스끄한 재미를 느꼈다.

---

86 이하라 사이까꾸(井原西鶴, 1642~93). 에도 시대의 시인, 소설가.
87 토오슈우사이 샤라꾸(東洲斎写楽, ?~?). 에도 시대 중기의 우끼요에 화가.

사쓰맛빠라에서 갈아타면서는 혼고오의 집에 가볼까 하는 마음이 살짝 들었다. 문득 오랫동안 만나지 못한 사끼꼬와 타에꼬를 만나고 싶었던 것이다. 그러나 아버지가 있을지도 모르고 게다가 사끼꼬와도 왠지 서먹서먹할 것 같아서 그는 그냥 그대로 지나쳤다. 미야모또나 마스모또의 집에 들러도 좋겠다 싶었지만 어쩐지 집에 없을 것 같았고, 설령 있더라도 지금 기분으로 만나면 반드시 이상한 행동이나 말을 할 것 같아 내키지 않았다. 거북한 것을 피하려고 마음을 다잡을수록 괴로워지는 것이다. 견딜 수 없이 비참한 기분을 숨기면서 사람과 만나는 괴로움, 그리고 지쳐서 빠져나오는 불쌍한 자신, 그것을 생각하자 아무 데도 갈 수 없을 것 같았다. 결국 단 하나, 그가 집을 나올 때부터 막연히 머릿속에 떠오른 나쁜 장소만이 손쉽게 그를 위해 문을 열고 있다는 생각이 들었다. 그의 발은 자연스럽게 그쪽으로 움직였다.

그는 같은 전차에 탄 사람들 중에 자신이 가장 비참한 인간이라는 생각이 들었다. 어쨌든 그들의 피는 순환하고 눈은 생기를 띠고 있다. 그런데 자신은 어떤가. 지금의 자신은 분명하게 맥박이 뛰고 피가 흐르는 것처럼 느껴지지 않았다. 미지근하고 그저 줄줄 흘러내린다. 눈은 죽은 생선처럼 빛이 없고 하얗게 꿈틀거리고 있다. 스스로 그런 느낌이 들었다.

14

작은 여자는 마침 머리를 묶으려고 하던 참에 오라는 소리를 들었다며, 빨간 구슬이 박힌 머리핀으로 숱이 많은 머리카락을 목덜미 위에 가볍게 고정시켰다. "조선 여자 같죠?" 이런 말을 하며 고개를 옆으로 돌려 보이거나 했다. 밖은 아직 밝았는데, 천장의 전등이 홀로 켜져 있었다. 바람 소리가 났고 방 안은 매우 습했다.

작은 여자는 빨리 돌아가줬으면 하는지 그에게 사뭇 불안한 태도를 보이면서 계속 뭔가 이야기를 했다.

그는 일어났다. 방을 나가려고 하자 작은 여자가 "실례합니다" 하며 손을 들었다. 그도 약간 손을 들고는 혼자서 앞쪽 계단을 내려갔다. 그리고 나가려고 하는데 거기에 젊은 여자가 앉아 있는 것이 보였다. 아름다운 여자였다. 왠지 좋은 느낌이 들었다.

밖으로 나갔다. 전차를 향해 걸으면서 이대로라면 오에이에게 일러둔 대로 밝을 때 돌아갈 수 있을 듯했다. 그건 그렇고, 왜 저 여자는 그런 곳에 앉아 있었을까. 손님이 다니는 그런 곳에 앉아 있다니, 이상하다고 생각했다. 다음에 가면 저 여자를 청해야겠다고 그는 생각했다. 그런데 어떤 사람이었냐고 물으면 어떻게 대답해야 할까. 할 수 있는 대답이 아무것도 없다. 어떤 특징이 있는지도 눈여겨보지 않았다. 내가 돌아갈 때 아래에 앉아 있던 여자다. 아름다운 여자다. 키는? 모른다. 살이 쪘나요? 마른 편은 아니었다. 이런 식으로는 찾아낼 리가 없다.

그는 이대로 전차를 타버리기가 아쉬웠다. 작은 여자가 아직 있을지도 모른다. 혹은 근처에서 마주칠지도 모른다. 물건을 잃어버렸다, 이렇게 말하면 된다. 그렇게 생각하고 그는 다시 아까 그 집으로 돌아갔다.

그는 격자 미닫이문 안에 서 있는 하녀에게 물었다.

"방금 여기 앉아 있던 사람에게 손님이 찾아왔나?"

하녀는 이 말만 듣고도 알아챘다.

"방금 위에 계시는 어떤 분이 지명하셨어요. 끝나면 교대로 들어갑니다. 곧 끝나니까 좀 기다려주세요."

"내게 먼저 보내주면 안될까?"

하녀는 얼굴을 찌푸렸다. 그러고는 다시 "금방 끝날 겁니다"라고 했다.

그는 게따를 벗었다. 차례를 기다리는데 안쪽에서 아까 말했던 여자가 숨은 듯 서 있었다. 그는 못 본 척하고 이층으로 올라갔다. 그렇지만 올라가고 나니 역시 나중은 안될 것 같아 그는 바로 손을 두드려 하녀를 불렀다. 옆에 그 손님이라는 사람이 있어 그는 작은 소리로 말했다.

"옆은 다른 사람을 부르면 되잖아."

"안돼요. 이름을 지명했어요. 그리고 먼저 얼굴을 봐버렸어요."

"난처한데." 그는 굳은 표정을 하고 입을 다물어버렸다.

그는 아무런 근거도 없이 어느새 마음속에서 그녀를 얌전하고 몹시 순진하고 선량한 여자라고 정해버렸다. 옆에서 한 여자가 나왔다. 얼마 지나지 않아 그녀가 그 방에 들어갔다. 그는 가만있을 수 없는 기분이 들었다. 또 손뼉을 쳤다.

하녀가 들어와서는 그가 뭐라 말을 하기도 전에,

"지금 막 들어갔습니다. 금방 끝납니다" 하고 달래는 듯한 표정으로 말했다.

"벼루를 좀 빌려줘." 그가 말했다.

그는 품에서 백지를 꺼내어 상 위에 펴고는 아랫배에 힘을 넣고 습자를 시작했다. 자안시중생慈眼視衆生[88], 복취해무량福聚海無量[89], 이런

---

88 '부처께서는 모든 중생을 자비로운 마음으로 사랑하신다'라는 뜻.
89 '복덕의 모임이 바다와 같이 넓고 크다'라는 뜻.

문구를 썼다. 그러나 이런 문구를 이런 장소에서 쓰다니 아깝다는 생각이 들어 이내 그만두었는데, 어쨌든 옆방의 장면을 머리에 떠올리고 싶지는 않았다.

여자가 들어왔다. 웃는 얼굴이었다. 싫은 건 아니었지만 그가 제 멋대로 상상한 얼굴과는 상당히 달랐다.

"고맙습니다." 그녀는 약간 몸을 튼 자세로 비스듬하게 무릎을 꿇은 다음 그의 얼굴을 보면서 깍듯이 인사했다. 너무도 평범한 매춘부였다. 아까 신묘한 모습의 그녀와는 달랐다.

"언제부터 여기 나왔지?"

"두달 전부터." 여자는 애매한 어조로 대답했다.

"스무살 정도인가?"

"열아홉요."

"정말?"

"정말, 진짜예요."

그는 여자를 무릎 위로 안아올렸다. 여자는 편안하게 있었다. 그리고 나른하다는 듯 머리를 기울여 그의 어깨에 대고 쉬었다.

"나와 함께 어딘가로 떠날 생각은 없나?"

"어디요?"

"멀리."

"데리고 가주세요."

"농담하는 거 아니야."

"저도 농담 아니에요."

여자는 그의 어깨에 볼을 대고 눈을 감은 채 나른한 듯 말했다. 그가 어깨를 흔들어,

"이봐" 하고 일으켜 세우자, 여자도,

"이봐" 하고 눈을 뜨고는 그의 코끝에 겹쳐진 그 하얀 턱을 내밀 었다.

"너는 내가 아무렇게나 이야기한다고 생각하나본데, 넌 바보 같아서 내가 무슨 말을 하는지 모르겠지."

"바보라 몰라요."

여자는 그의 무릎에 앉은 채로 부끄러운 기색도 없이 그의 얼굴을 가만히 내려다보고 있다.

여자는 조금씩 본격적으로 말하기 시작했다. 실은 약 반년 전부터 나왔다고 했다. 집은 후까가와이고 어머니와 언니만 있는데, 어머니는 언니 부부가 돌보고 있어서 자신은 그냥 돈만 보내주면 된다는 이야기를 했다.

"언니 남편은 뭐 하는 사람이야?"

여자는 잠시 잠자코 있다가,

"낫또오 가게" 하고는 웃어댔다. 사실인지 아닌지 분명하지 않았다.

여자는 지금 있는 집에 70엔 정도 빚이 있는데, 그것만 갚으면 어디든 갈 수 있다고 말했다. 무슨 이유에서인지 가끔 쿄오또 사투리를 흉내 내며 말했다. "킷따이나 코또오 이이나하루(기상한 이야기를 하시네요)"라는 식이었다. '키따이奇体'(이상한)와 '켓따이怪体'(기이한)를 혼동하는 것 같았다.

"쿄오또를 좋아해?"

여자는 신이 나서 대답을 했다.

제대로 된 이야기는 하나도 나누지 않고 켄사꾸는 얼마 안 있어 그곳을 나와 곧장 집에 돌아왔다.

다음 날 저녁이 되자 또 그는 전날과 비슷한 기분으로 이상하게 불안했다. 그는 막 준비하기 시작한 식사를 기다리는 동안에도 괴로운 기분이 들어 집을 뛰쳐나갔다. 카마꾸라에 있는 노부유끼는 오늘도 오지 않았다. 여기에 들르지 않고 혼고오로 바로 갔다고 생각하니 좀 불쾌한 기분에 사로잡혔다. 경멸당한 기분이 들었다. 자신의 성격이 왜곡된 탓임을 알고 있었다. 하지만 그렇게 생각해도 왠지 개운하지 않았다. 그는 전부터 모두가 자신에게 악의를 가지고 있는 듯한 느낌이 자주 들었다. 그러나 그것은 비뚤어진 생각이고 어떤 근거도 없다고 지워버렸지만, 이제 자신의 출생을 알게 됐고, 만약 모두가 알고 있다면 그들은 자신의 배후에 있는 어딘가 추한 망령을 보고, 외면하고 싶었던 것은 아닐까. 그런 생각이 지금 와서 드는 것이었다. 그런 기분이 전부 자신에게 반영된다. 자신은 알게 모르게 모두를 향해 고집을 피운다. 그리고 사람들에게 더욱 악의 같은 것을 느낀다. 이런 것은 아닐까.

실제로 요즘 그는 접하는 것마다 굴욕의 근원이 아닌 것이 없었다. 왜일까. 아무리 생각해도 왜 그러는지 모르겠지만, 단지 그는 모두 그렇게 말하는 것처럼 느껴졌다. 그것을 송두리째 뽑아내고, 현재 상황에서 벗어나야 한다. 그것밖에 길이 없다는 생각이 그는 든다. 이중인격자가 갑자기 인격이 바뀌는 것처럼 자신도 완전히 다른 인간이 된다. 모든 것이 얼마나 편안해질까. 지금까지의 자신—토끼또오 켄사꾸, 그런 인간을 모르는 자신, 그렇게 되고 싶었다.

그리고 지금까지 호흡하던 것과는 다른 세계, 어디엔가 커다란 산기슭의 천진한 백성들이 사는 곳으로 들어간다. 자신이 그 무리와 섞이지 않는다면 더욱 좋다. 거기서 어떤 평범하고 못생긴, 마맛자국이 있는 착한 여자를 아내로 삼아 지낸다. 얼마나 편안할까. 그는 어제의 여자를 떠올리고 그에 비해 너무 아름다운 것 아닌가 생각했다. 그러나 그 여자가 만약 죄가 깊은 여자이고 마음속으로 괴로워하고 있다면 얼마나 좋을까. 둘 다 비참한 인간으로서 약간 우울한 가운데 겸손한 마음으로 조용하게 일생을 보낸다. 비웃는 사람, 불쌍하게 여기는 사람이 있다고 해도 우리는 처음부터 그런 사람들이 모르는 장소에 숨어 있다. 그들은 웃지도 불쌍하게 생각하지도 않는다. 그리고 설령 웃어도 불쌍히 여겨도 결코 우리가 있는 곳까지 들리지 않는다. 우리는 누구에게도 알려지지 않은 채 일생을 마친다. 얼마나 좋을까—

기차가 신바시에 도착하자, 어쨌든 그는 전화 거는 곳으로 들어갔다. 전날 마스모또에게서 온 편지에 "그제 미쓰꼬시 백화점 앞에서 미야모또를 만나서 네가 교외로 이사했다는 걸 들었어. 조만간 들를 예정인데 괜찮은 날을 알려줘"라고 적혀 있었던 것이 기억나, 마스모또를 찾아갈까 생각했다. 벨이 울리자 그는 고민하기 시작했다. 다행히 교환수가 바로 받지 않아서 그는 그대로 수화기를 내려놓았다.

밤에 영업하는 긴자의 가게들이 문을 열 시간이었다. 그는 밤에 여는 가게가 없는 쪽 인도를 따라 쿄오바시로 걸어갔다. 될 수 있는 한 힘차게 발걸음을 내디디며, 그는 아랫배에 힘을 주고 입을 굳게 다물어보았다. 언제나처럼 두리번거리지 말고 평온한 눈으로 가는 길을 똑바로 보고 걷자, 그렇게 생각했다. 소나무가 외치고 풀이 우는 으스름한 저녁의 고원을 혼자서 거침없이 걸어간다. 그러고 싶었다. 지금은 그런 심정으로 긴자를 걷고 싶었다. 조금은 그런 기분이 들기도 했다. 잘은 모르겠으나 한산[90]의 시인지 어딘지에 나오는 내용이라고 노부유끼가 말했었다. 지금 그에게는 실로 이상적인 마음의 경지였다.

한산의 시집을 사자. 니혼바시에 가는 길에 한문서적을 파는 서점이 두세군데 있을 것이다.

얼마 지나지 않아 그는 그보다 다섯살 많은 옛 친구가 젊은 부인 같은 여자와 함께 건너편에서 오는 것을 보았다. 그러고 보니 조금 전에도 그는 그보다 어린 지인이 살집이 좋고 역시 부인으로 보이는 젊은 사람과 길 저편을 걷고 있었음을 이제야 깨달았다.

친구는 4미터쯤 다가와서야 간신히 그를 알아차렸다. 양쪽 다 멈췄다.

"나는 지금 가젠보오 ○○번지에 살고 있어. 저녁에는 항상 집에 있으니 놀러와." 친구는 말했다.

그는 처음부터 갈 생각은 없었다. 그러나 가젠보오라고 하자 어느 쪽이었는지 궁금해졌다. 알 듯하면서 생각이 나지 않았다. 마미 아나 근처였나 하며 마음속으로 고민했다. 그리고 '가젠보오라면 어느 쪽이었지?' 하고 말하려고 했는데, '가'가 '간'이라는 말로 튀어나와버려서 그냥 얼버무려버렸다.

"이모아라이자까 아래인가?" 이렇게 물었다.

"전혀 아니야."

뒤에 있던 아내가 뭔가 일러주자 친구는 "아, 전화번호를 가르쳐줄게. 시바의 삼천칠백사십육이야"라고 말했다.

"외울 수 없겠는걸."

"삼칠사륙이라고 기억하면 돼. 저녁엔 항상 있어."

헤어질 때 부인이 정중하게 인사했다. 어디에선가 본 적 있는 사

---

90 중국 당나라의 승려, 시인.

람인 것 같았는데, 기억이 나질 않았다.

그는 기분이 약간 흐트러졌다. 이래서는 안된다고 생각했다.

마쓰야마 서점이라고 서예가가 쓴 간판이 걸린 헌책방에 왔다. 안진경[91]의 천자문 개서가 있었다. 그러나 그다지 수준이 높지 않았기 때문에 보고 나서 양쪽의 높은 책장을 꼼꼼하게 보며 돌았다. 들어본 것 같기도 하고 아닌 것 같기도 한 책들이 많이 쌓여 있었다. 잇뀨우一休[92]의 무슨무슨 소오시[93]라고 적힌 것을 보고 잇뀨우의 수필 같은 것인가 하고 꺼내 보았는데, 류우까떼이 타네까즈의 게사꾸[94]였다.

"한산의 시집은 없나?"

"공교롭게도 없네요."

"『슈우몬깟또오슈우宗門葛藤集』는?"

"그것도 없습니다."

마루젠 앞으로 왔다. 점원들이 가게를 닫고 옆문으로 나와 돌아가려는 참이었다. 진열창에는 이집트 문양을 붙인 악취미의 책장이 장식되어 있었다.

아오끼스으잔도오라는 책방으로 갔다. 그 앞에 코바야시스으잔도오라는 역시 오래된 책방이 분명 있었는데 못 보고 지나친 건지 최근에 없어진 건지 찾지 못했다. 그는 아오끼스으잔도오에서 자그마한 이백의 시집을 샀다. 약 십년 전에도 같은 책을 이 가게에서 샀던 적이 있다. 그런데 그 책들은 다 어디로 가버렸을까, 그는

91 중국 당나라의 정치가, 서예가.
92 무로마찌 시대 중기 승려. 시, 그림에 뛰어났음.
93 삽화가 포함된 대중적 책자.
94 에도 시대의 통속소설.

생각했다.

배는 고프지 않았는데, 밥을 먹으려면 이 근처가 좋을 것 같아서 그는 우오가시 안쪽으로 들어갔다. 초밥 가게의 낯익은 게으름뱅이 주인이 오랜만에 나와 포장마차를 열었는데, 그는 그 앞을 그냥 지나 옆의 튀김집으로 갔다. 초밥 가게 주인이 앞을 그냥 지나치는 자신에게 화를 내며 어떻게 하진 않을까 약간 불안했다.

잠시 후 튀김집을 나올 때도 초밥 가게 주인이 숨어 있다가 자신에게 보자기를 씌워 두들겨패는 건 아닐까 하는 어처구니없는 불안을 느꼈다. 스스로도 어처구니없는 불안이라는 것을 알면서도.

그러고는 다리를 두개 건넌 다음 그는 오른쪽으로 돌았다. 예전에 그는 그곳을 지나다가 시계방에서 백금으로 된 듯한 시계를 보고, 갖고 싶다는 마음이 조금 든 적이 있었다. 190엔이라는 가격표가 붙어 있었다. 그는 그것을 다시 한번 보고 만약 오늘도 갖고 싶다면 사도 좋을 것 같았다. 석달 정도만 가난한 생활을 참으면 된다고 생각했다. 그런데 오늘 보자 전처럼 갖고 싶다는 마음은 들지 않았다. 그래서 약간 쓸쓸한 기분도 들었다. 오륙년 전까지는 갖고 싶은 것이 생기면, 예를 들어 우끼요에 같은 것도 갖고 싶어지면 손에 넣을 때까지 신경이 쓰여서 어쩔 줄 몰랐는데, 요즘에는 점점 물건에 집착하지 않게 되었다. 어제까지도 진귀한 물건이 보이면 갖고 싶었는데, 오늘은 그런 마음이 사라져버린다. 그에게는 역시나 허전한 일이었다. 그러나 동시에 가난한 생활을 하지 않게 되어 오히려 잘됐다고 생각했다.

그는 다시 잠시 그 진열창의 유리 너머를 바라보고 있었다. 그러는 동안 문득 가게 사람이 자신을 도둑으로 보지 않을까 하는 생각이 들었다. 그는 얼굴이 살짝 붉어지는 것을 느꼈다. 그리고 걷기 시작했다.

어제 갔던 가게로 왔다. 아랫방에서는 샤미센을 켜며 시끄럽게 떠들고 있었다. 그는 이층으로 올라가,

"어제 그 사람을 불러주겠나?" 하고 말했다. 하녀는 내려갔다. 그는 책방에서 싸준 이백의 시집을 펴서 보려다가, '어제 그 사람'만으로는 설명이 부족하다는 것을 깨달았다. 손뼉을 치자 다른 하녀가 올라왔다.

"어제의 그다음 여자를 좀."

하녀도 그 사람을 부르러 갔었다고 했다. 그는 안심하면서도 다른 데 안 나가고 있으면 좋겠다는 생각에 약간 불안했다.

시집 서두에 전기傳記가 두개 붙어 있었다. 거기 적힌 기록은 현재 그가 실로 이상적으로 여기는 생활이었다. 그런데 자신과 너무나 성격이 달랐다. ─아래에서는 무슨 일이 일어났는지 시끄러웠다. 책에는 '백유여음도취어시白猶與飲徒醉於市'[95]라고 쓰여 있다. 이백이라면 이런 곳에서도 아무렇지 않게 자신만의 세계에서 호흡할 것이다. '낭중자유전囊中自有錢'[96], 술집에 누워 있는 이백을 보고 두보인지 누군지가 이렇게 읊었던 것이 생각난다. 이백이 술을 좋아한 것은 귀신에게 쇠몽둥이가 쥐여진 것 같은 일이었을 터이다. 그러나 이백이 예순 남짓해 죽은 것이 술 때문이라면 술로 인해 괴로움도 느꼈을 것이다. 켄사꾸는 아무래도 술은 즐길 수 없었다. 그에게

---

95 중국 당나라의 역사서 『신당서(新唐書)』「이백전(李白傳)」에 나오는 구절. '이백은 역시나 마을 술집에서 사람들과 어울려 술을 마시고 있었다'라는 뜻.
96 당나라 시인 하지장(賀知章)의 「제원씨별업(題袁氏別業)」의 결구. 시인이 술을 걱정하는 주인에게 자신은 숲과 샘의 아름다움을 맛보러 왔으니 걱정하지 말라고 노래하는 시로, 결구는 '주머니에 돈이 있으니 필요하면 자신이 술을 사겠다'라는 뜻.

는 그 쇠방망이가 별로 기쁘게 생각되지 않았다. ──여자는 좀처럼 오지 않았다.

대충 본문을 본다. '장주몽위호접莊周夢爲胡蝶' '호접위장주胡蝶爲莊周'[97]라는 구절이 이유 없이 그의 마음을 끌었다.

잠시 후 여자가 왔다. 그는 전날과는 또 매우 다른 인상을 받았다. 어제만큼 이 여자가 괜찮다는 느낌이 오지 않았다. 그러나 어떤 표정을 지으면 역시 아름다웠다. 웃을 때 덧니가 보이는 것이 묘하게 유혹적이었다. 그러나 얌전히 있으면 아무래도 너무 평범했다. 조금 배신당한 듯한 마음으로 그는 어제와 같은 이야기는 일절 꺼내지 않았다. 여자도 잊어버린 듯 말하지 않았다.

그러나 그는 여자의 부풀어오른 유방을 부드럽게 쥐어보고 말할 수 없는 쾌감을 느꼈다. 가치있는 것을 만지는 느낌이었다. 살짝 흔들자 기분 좋은 무게감이 손바닥에 느껴졌다.

그는 어떻게 표현해야 좋을지 몰랐다.

"풍년이네. 풍년이야."

그렇게 말하면서 그는 몇번이나 흔들어보았다. 뭔지 알 수 없었다. 그렇지만 어쨌든 그의 공허함을 채워주는 뭔가 유일하고 귀중한 것, 그에게는 그 상징처럼 느껴졌다.

---

97 『장자(莊子)』 '호접지몽'의 한 구절. 각각 '장자가 나비가 되는 꿈을 꾸었다' '나비가 장자가 된 것인지'라는 뜻.

후편

3장

1

켄사꾸의 오오모리 생활은 예상과는 달리 완전히 실패로 끝났다. 그는 너무나 비참했고 계속 밀려드는 강박관념 때문에 편안하게 쉴 수가 없었는데, 갑작스런 결정으로 한달 전쯤 쿄오또에 온 뒤에야 어느정도 구원받은 느낌이 들었다.

오래된 지방, 오래된 절, 오래된 미술, 그것들은 접하다보니 자연스럽게 그를 그 시대로 데려다주었다. 더구나 이런 자극은 지금까지의 자극과 전혀 달랐다. 어쨌든 현재의 그에게는 좋았다. 상당히 좋은 도피처라고 할까. 그러나 단순한 도피처로서가 아니라 이제껏 이런 것을 접할 기회가 비교적 적었기에, 어쨌든 적극적인 의미에서도 이곳에서 잠시 안정을 취하는 것이 나쁘지 않겠다고 그는 생각했다.

그는 회복기에 들어선 병자와 같은 유쾌함, 조용함, 겸손한 마음을 맛보면서 절들을 돌아보았다. 빨리 기거할 곳을 마련해야 했는데, 가는 곳마다 구경할 절들이 많은 쿄오또에서는 셋방을 얻으러 다니다 어느샌가 절 구경만으로 끝나버리는 경우가 많았다.

그날도 오전 중에 사가 방면을 둘러볼 생각으로 나섰다. 계속 날씨가 맑아서인지 먼지가 일어나 뿌옇게 된 길을 걸었다. 그는 샤까도오 절에서 출발하여 니손인 절, 기오오지 절을 돌다가 결국 목적했던 셋방은 한군데도 못 봤다. 니손인 절에 있는「호오넨쇼오닌쇼오法然上人象」[98]라고 불리는 훌륭한 초상화를 본 것으로 만족하고 오후에 강이 바라다보이는 히가시산본기의 숙소로 돌아왔다.

오후 내내 그는 자신이 머무는 좁고 답답한 방에서 뒹굴뒹굴했다.

이윽고 해가 저물고 숙소 여주인이 목욕하라고 불렀다. 목욕을 하고 나와 저녁식사를 하려고 할 즈음, 강가에서 살짝 불어오는 바람이 시원하게 느껴졌다.

식사를 마친 그는 문지방에 걸터앉아 부채질을 했다. 낮은 난간 아래로 시냇물이 바쁜 듯이 빠르게 흐르고 있다. 강가에 새로 난 넓은 길에서 남녀 노동자가 강바닥에서 끌어올린 자갈을 크기대로 나누고 있다. 여기저기 풀이 자라난 카모가와 강, 해가 내리쬐어 더워 보이는 강 건너편의 길과 집 들, 그 위에 솟은 몇개의 굴뚝, 그리고 그 바로 맞은편으로 저무는 햇빛을 받은 다이몬지 절에서부터 히가시야마 산, 좀더 근처에 쿠로따니, 왼쪽에 요시다 산, 그리고 한층 높은 곳에 있는 히에이 봉우리가 한눈에 바라보였다.

'얼른 가을이 되면 좋겠다.' 그는 생각했다. 으슬으슬하게 몸이 오

---

98 '호오넨 상인(上人) 그림'. 일본 정토종의 창시자인 호오넨(法然, 1133~1212)의 초상화로, 니손인의 명물로 꼽힘.

그라드는 아침에 혼자 난젠지 절에서 냐꾸오오지 절, 호오넨인 절 주변을 산책하는 자신의 모습을 떠올리자, 그런 생각이 간절했다.

그는 담배에 불을 붙이고 일어나 정원으로 내려가서 냇가에 걸쳐진 한장짜리 판자 다리를 건너 강가로 나가보았다.

지면에서 후끈한 풀 냄새가 올라왔다. 미지근한 느낌이 기분 나쁘게 옷자락을 타고 올라온다. 그곳에는 땀과 먼지로 먹칠한 것 같은 얼굴이 된 마을 아이들이 홑옷 차림으로 메뚜기를 쫓고 있었다. 그는 천천히 코오진바시 다리로 걸어갔다.

처마가 늘어선 강가의 집들에선 전등불 아래 서로 마주 앉아 술을 마시는 사람들이 보였다.

그중 한 집에는 지방에서 온 병자로, 근처에 방을 빌려 대학병원에 다니고 있는 듯한 노인이 있었다. 켄사꾸는 네댓새 전부터 젊은 간호사와 그 노인의 부인인 듯한 쉰살가량의 여자가 살고 있는 그 집을 빌리려고 마음먹고 있었다. 그리고 지금 별생각 없이 그 앞을 지나가는데, 전에는 안 보이던 젊고 아름다운 여자가 마루 끝에서 화로에 질냄비를 얹고 부채질을 하는 것이 보였다. 몸집이 크고 살집이 있는 여자로, 불을 일으키느라 통통한 볼이 빨갛게 달아올라 있었다. 그 모습도 건강해 보여 느낌이 좋았다. 그는 그 사람에게 끌렸다. 평소 별생각 없이 아름다운 여자를 볼 때와는 다르게, 좀더 깊은 뭔가에 이끌려 그의 가슴은 물결쳤다. 그 정도로 그 사람이 아름다웠던 것은 아니었다. 그는 스스로 부끄러워져 더는 그쪽을 볼 수가 없었다. 그리고 약간 숨이 차오르는 듯한 행복감에 사로잡혀 그 앞을 지나갔다.

그는 코오진바시 다리 아래까지 갔다가 다시 되돌아왔다. 멀리서 그 집을 바라보았다. 그 사람은 마루 끝에 서서 시내를 사이에 두고 강가 쪽에 있는 사람을 내려다보며 이야기를 하고 있었다. 강가 쪽 사람은 늘 보이던 나이 든 여자로, 들리지는 않았지만 무슨 이야기인가를 하고 둘이 몸을 젖히면서 웃자, 젊은 사람의 목소리만 그가 있는 곳까지 청량하게 울려왔다. 그 쾌활한 울림이 그를 저절로 미소 짓게 했다. 얼마 지나지 않아 나이 든 사람은 강가로 걸어갔다. 목욕을 하고 바로 나온 듯 부채를 한 손에 들고 있었다. 젊은 여자는 질냄비 뚜껑을 쥐고 안으로 들어갔다.

그 여자는 어깨띠가 있는 일하기 편한 옷을 입고 있었다. 그날 특별히 그 집 일을 도우러 온 것 같다는 생각이 들었다. 일하는 모습도 분주하고 재미있어 보이는 것이 여자아이의 소꿉놀이처럼 느껴졌다.

그가 그 집 가까이 걸어가자 또 그 여자가 마루 끝으로 왔다. 그는 조금 긴장했는데, 스스로도 될 수 있는 한 아무렇지 않은 척하고 지나쳤다. 뒤에서 보는 것 같아 행동이 부자연스러웠다.

그는 숙소에 돌아와서도 가만히 있을 수가 없었다. 그러나 역시 행복한 기분이었다. 이 마음을 어떻게 하면 좋을까, 대체 이건 어떤 감정일까 생각했다. 확실히 일시적인 변덕은 아니었다.

오늘이 지나가버리면 내일부터는 그녀가 거기 없을 것 같다. 그래서 현관에 놓인 신을 정원 쪽으로 돌려 다시 어두운 쿠사하라미찌 거리로 나갔다. 그때는 이미 날이 저물었는데, 강가는 더위를 피해 바람을 쐬는 사람들로 오히려 북적였다. 그는 약간 소심해져서 그쪽으로 걸어갔다.

그녀는 나이 들어 보이는 여자와 마루 끝에 앉아 더위를 식히고 있었다. 방에는 모기장이 쳐 있고, 그 위에 밝은 전등이 매달려 있었다. 나란히 강을 향하고 있는 두 사람은 뒤에서 빛을 받아 얼굴이 보이지 않는 대신, 자신은 빛을 정면으로 받아 그쪽이 자세히 보이지 않았다. 여자는 목욕을 하고 나온 것 같았고, 하얀 유까따를 대충 걸치고 있었다. 그렇게 아무렇게나 입은 모습도 역시 나쁘지 않았다. 두 사람은 부채질을 하며 차분히 이야기를 나누고 있었다.

코오진바시 다리까지 가서 이번에는 건너편 언덕을 통나무 다리 쪽으로 돌아서 왔다. 멀리 그림자처럼 두 사람의 모습이 보였다.

그는 다리 옆에서 히가시야마행 전차를 탔다. 마침 더위를 피하기 위해 나온 손님들로 붐비는 시간이었다. 그는 선 채로 기온의 돌계단 아래까지 가서 내렸다.

그는 자신의 마음이 평상시와 달리 편안하고, 부드럽고, 맑고, 행복에 젖은 것을 느꼈다. 그리고 지금 북적이는 전차 안에서도 자신의 동작이 편안하고 왠지 당당해진 것 같은 느낌이 들었다. 그는 기뻤다. 그 사람을 아름답다고 생각한 데서 멈추지 않고 자신 속에서 계속 발전하여 자신의 몸이나 동작에 실제로 영향을 미쳤다. 이것은 일시적인 감정이 아니라는 완벽한 증거였다. 그리고 왠지 모르게 고고한 기사 돈 끼호떼의 사랑을 떠올렸다. 오오모리에서 그 책을 읽을 당시는 그 정도까지는 아니었는데, 지금 그는 마음속으로 돈 끼호떼의 사랑이 우스꽝스러운 연기를 전제로 한 것만은 아니라는 생각을 했다. 물론 엘 또보소의 둘시네아와 현재의 사람을 비교하기는 싫었다. 그러나 돈 끼호떼의 마음에서 발전하고 정화된 그 사랑은 고고한 기사를 얼마나 더 고고하고 용감하게 만들었나―그에게는 그것이 확실히 느껴졌다.

그는 자신의 느낌을 어떻게 발전시킬 것인가 생각할 여유도 없이, 단지 지금 일어나고 있는 기분 좋은 평온, 그리고 마음의 당당함에 젖어 있었다. 시조오도오리의 오따비까지 가서 신꾜오고꾸의 붐비는 길을 사람들에게 밀리듯이 빠져나가면서 그의 마음은 평온해졌다. 그리고 테라마찌와 바로 이어진 마루따마찌까지 걸어서 숙소로 돌아왔다.

이제 어떻게 하면 좋을까. 그는 생각하기 시작했다. 절대로 이 기분을 이대로 묻어두고만 있을 수는 없다고 결심했다. 그러나 그저 같은 동네에 있을 뿐이고, 더구나 양쪽 다 일시적인 체류자라면, 상당히 괜찮은 기회를 잡지 않는 이상 아마도 영원히 이루어지기 힘들 것 같아 이쪽에서 적극적으로 기회를 만들어가야 한다는 생각이 들었다. 동시에 자연스럽게 기회가 오지 않을까 하는 생각도 들었다. 자신이 너무나 무능하다는 생각도 들었다. 그는 옛 친구가 기회를 만들기 위해서 자신의 자전거를 그 사람의 집 앞에서 사용하지 못할 정도로 일부러 망가트려 그 집에 맡겨두고, 다음 날 하인을 데리고 찾으러 가 차츰 기회를 만들어갔다는 이야기를 기억해냈다. 그러나 자신의 경우는 그 앞에서 우연히 졸도라도 하지 않는 한 그런 좋은 기회를 만들기 어려울 것 같았다.

어쨌든 한번 더 그 앞에 가볼 생각으로 그는 다시 정원에서 강가로 나갔다. 아직 덧문은 열려 있었는데, 전구에는 녹색 덮개가 씌워져 있었고 안은 고요했다. 마을에라도 나갔나? 아니면 그 사람이 돌아가서 배웅 나갔나? 그는 잠깐 쓸쓸한 생각에 빠졌다. 우선 그 사람은 순수하게 독신일까, 혹시 좋아하는 사람이라도 있는 것 아닐까, 이런 의문이 생겨 그는 자신의 마음을 걷잡을 수 없었다.

---

99 신사의 제례 때 본전에서 신위를 모신 가마를 옮겨 잠시 머물게 하는 장소, 또는 그 행위.

2

　다음 날 아침, 그가 일어났을 때 해는 중천에 떠 있었다. 그는 얼굴을 씻고 하녀가 방을 청소하는 동안 다시 강가로 갔다. 풀잎에는 아직 이슬이 맺혀 있고, 시원한 바람이 불었다. 그는 길이 너무나 밝고 넓어 당혹했다. 그러나 일부러 뻔뻔스럽게 스스로에게 용기를 북돋우며 그쪽으로 걸어갔다. 어쩌면 그녀는 이제 없을지도 모른다. 그러나 만약 있다면 자신에게 운이 있는 것이다. 그렇게 생각했다.

　서늘한 아침 시간이면 항상 운동을 하는, 전에도 두세번 본 적이 있는 마흔살 정도의 남자가 오늘도 예쁘게 차려입은 작고 귀여운 여자아이를 데리고 저쪽에서 걸어왔다. 아무런 근심 없이 아침의 맑은 공기를 즐기는 그 사람들의 넉넉한 마음이 약간 부러웠다.

　그리고 여자는 역시 전날처럼 마루 끝에 나와 있었다. 그는 깜짝 놀라 다가갈 용기를 잃었다. 그렇지만 그녀는 그에게 전혀 무관심했고 오히려 빗자루를 들고 수건을 뒤집어쓴 채 멍하니 그 예쁜 여자아이를 보고 있었다. 그에게는 다행스러운 일이었다. 그러나 동시에 그 사람의 얼굴에 어제와 같은 아름다움은 없었다. 그는 조금 배신당한 것 같았다. 이렇게 모든 것에 배신감을 느껴서는 안된다고 스스로를 다잡았는데, 그러는 동안 여자는 문득 그가 쳐다보고 있다는 것을 눈치챈 듯 갑자기 표정이 바뀌더니 얼굴을 붉히며 숨듯이 급하게 안으로 들어가버렸다. 그의 마음도 두근거렸다. 그리고 그 사람의 행동에 호감을 느끼며 아마도 눈치 없는 사람은 아닐 거라고 생각했다.

그는 오늘은 집 찾기를 그만두고 오전에는 박물관에서 지내야 겠다고 생각했다. 박물관은 시원했고 게다가 예전에 왔을 때 본 것 말고 다른 것이 진열되어 있을 것 같아서였다. 숙소로 돌아가서 아침을 먹고 바로 전차를 타고 박물관으로 향했다.

박물관 안은 언제나처럼 조용했다. 그날은 특히 더 조용했고 켄사꾸 외에 관람객은 아무도 보이지 않았다.

이러한 조용함에 켄사꾸는 오히려 불안해졌다. 제복을 입은 감시원이 지루한 듯이 뚜벅뚜벅 박자에 맞춰 뒷짐을 지고 구두코를 쳐다보며 걸어왔다. 그가 걸어오는 소리가 높은 천장에 울려 한층 무료하고 공허한 고요함이 느껴졌다. 그 주변에 걸린 오래된 족자의 그림에도 이상하게 정적이 흐르고, 그쪽에서 가만히 이쪽을 보고 있는 것처럼 느껴졌다. 그는 그림에 동화되지 못하고 아무런 감동 없이 서둘러 빠른 걸음으로 박물관을 돌았다. 그러나 문득 평상시에 친근감을 느끼던 조오세쓰如拙[100]의「효오딴덴교즈瓢鮎魚圖」를 잠시 보고 있자니 그 그림 덕분에 점점 기분이 안정됐다. 그림이 뭔가 말을 걸어오는 것 같은 느낌을 받았다.

중국인이 그린 남종화풍南宗畫風 소나무에도 그는 감탄했다. 차츰 기분이 안정되면서 그림에 빠질 수 있게 되자 여기已紀[101]의 호랑이, 그리고 역시 중국인이 그린 매와 금계를 담은 대폭對幅의 큰 화조도 등에 그는 매우 끌렸다. 센유우지 절의 소장품인「릿슈우산소조오律宗三祖像」의 초상은 전날 니손인 절에서 본 초상화에 비해 훨씬 못하다는 느낌이 들었다. 그래도 의자에 걸린 천이라든가 가사袈裟 등의 아름다움에 감탄했다. 보통 그는 이런 작품을 접하면 기분에 상

---

100 무로마찌 시대 화가이자 승려.
101 중국 명나라 시대의 화가.

당한 영향을 받았다. 흥에 겹다는 표현은 보통 능동적인 의미로 많이 사용되는데 그에게는 수동적인 의미로도 흥에 겨운 것과 그렇지 못한 것에는 상당히 차이가 있었다. 이러한 미술품을 접할 때 특히 더 그런 느낌이 들었다. 오늘도 처음에는 묘하게 공허하고 전혀 집중이 안돼 흥이 나지 않았는데, 점점 좋아지는 것을 느꼈다. 조각으로는 코오류우지 절 소장품인 미륵사유상이 있었는데, 네댓새 전 이것을 보러 우즈마사까지 갔다가, 여기에 진열되어 있어서 보지 못했는데 이번에 보게 된 것이다.

그는 조금 피곤해졌다. 적당히 보고 그곳에서 나와 걸어서 니시오오따니 옆에서 토리베야마를 빠져나와 키요미즈의 오또와 폭포에 갔다. 물과 가까운 평상에 앉아 우선 차가운 음료를 주문했다. 그는 피곤함을 달래면서 토오꾜오에 비해 화려하게 치장을 한 젊은이들의 모습을 보았다.

코오다이지 절 안에 방을 빌릴 수 있는 곳이 있다는 말이 생각나서 그는 잠시 후 그쪽으로 갔다. 이층 건물에 둘로 동이 나누어진 집으로, 나쁘지 않았다. 번화가와 가깝지도 않아서 마음에 들었는데, 피곤해서 집주인이 있는 곳까지 가기가 귀찮아 그대로 야사까 신사로 나와서 시조오도오리로 돌아왔다.

시조오 다리를 건너자 강 쪽으로 튀어나온 값싼 서양요리점이 있었다. 거기로 들어갔다. 어디를 봐도 품격 있어 보이지 않아 그는 되도록 멀찌감치 떨어진 빈 테이블을 골라 앉은 다음 우선 마실 것을 주문하려고 옆을 돌아보았는데, 마침 바쁜 시간이라 종업원은 좀처럼 오지 않았다.

그는 문득 자신과 두세 테이블 정도 떨어진 자리에서 포크와 나이프를 바삐 움직이고 있는 한 남자를 보았다. 한창 먹는 중이라

나이프를 들고,

"여기, 스튜요. 알았어요?" 하고 굵직한 목소리로 말했다. 역시나 타까이였다.

켄사꾸는 자신의 밀짚모자를 들고 일어났다.

"이봐." 이렇게 말하며 살짝 어깨를 누르자 타까이는 경계하듯 돌아보며 눈을 부라리더니 바로,

"아니, 이게 누구야" 하고 일어났다.

"여기서 이렇게 만나네."

"정말 그러네." 타까이도 기뻐하며 말했다.

둘은 딱 이년 만에 만났다. 그 당시 켄사꾸는 친구 대여섯명과 동인잡지를 내려고 했다. 서양화 화가인 타까이도 그중 한 사람으로 잡지 장식을 담당했고, 잡지에는 시나 단가 등도 실을 예정이었는데 자금 사정이 안 좋아 발행이 좀 지연되고 있었다. 그러던 중 타까이가 위통이 심해져 신경쇠약에 걸렸고, 자연 치료를 하는 코오베의 요양원에 들어가 일년 가까이 있다가 거의 완쾌되어 고향인 타지마로 돌아갔다는 소식을 켄사꾸는 누군가로부터 들었다.

"요즘은 여기 있나?"

"아니, 나라에 있어. 봄부터 쭉 나라에 있었는데, 아무 데도 연락 안했어. ―자넨 언제 왔나?"

켄사꾸는 이 지역에서 살까 생각하고 있다는 이야기 등을 했다.

타까이는 자신이 사는 곳으로 오라고 권했다.

"나라도 괜찮기는 한데. ―우선은 아무래도 쿄오또에서 지내고 싶어." 이렇게 말하면서 켄사꾸는 자신의 문제를 타까이에게 털어놓고 상담해도 괜찮겠다는 생각을 했다.

조금 뒤 그곳을 나와 히가시산본기의 숙소로 돌아왔다. 그리고

켄사꾸는 전날부터의 일을 비교적 자세하게 타까이에게 말했다.

"상당히 진지한데?" 타까이는 스무살 전후의 청년과 같이 신선한 켄사꾸의 감정이 약간 의아한 것 같았다.

"나는 순수한 마음이야. 하지만 이제 어떻게 추진하면 좋을지 지금 상황에서는 전혀 감이 안 잡혀. 만약 이대로 가만히 있으면 지금까지의 경험상 또 흐지부지되기 쉬운데, 어쩐지 그러고 싶지는 않아."

"적극적으로 나가야지. 어떤 사람인지 알아보고. 누구한테 부탁해보든가."

"대충 그런 식으로 하면 되려나?"

"부탁해봐. 누군가에게 다리를 좀 놔달라고."

"그래."

"나도 가능하면 돕고 싶은데, 이렇게 학생같이 보여서는 상대방에게 믿음을 주지 못할 거야."

"네가 맡아서 해준다면 난 좋지."

"그래? ……할 수 있을까? 할 수 있다면 나도 기쁘긴 한데." 타까이는 잠깐 생각하다가, "그 집에 방이 있을까? 내가 그곳을 빌려 살 수 있다면…… 대충 어떤 사람인지는 알 수 있을 텐데…… 만약 네가 찬성한다면 이것도 한 방법이지"라고 말했다.

켄사꾸는 찬성했다. 그러나 그는 이렇게 점점 일이 진전되다가 또 어느 시점에서 갑자기 깨져버리는 것은 아닐까 불안했다. 그것이 자신의 운명이라는 생각이 최근 부쩍 들었다. 자신의 일그러진 모습을 들춰낸다는 점에서 이런 생각은 더욱 그를 어두운 기분에 휩싸이게 했다. 그러나 한편으로 그는 그것에 반발하여 더욱 자신의 그런 기분을 초월하고 싶었다.

"지금 있나?" 타까이가 말했다.

"모르겠는데……" 켄사꾸는 웃으면서 "보러 갈까?" 하고 가볍게 대답했다.

"나 혼자 보고 올게. 그게 좋을 거야."

켄사꾸는 그 집을 자세하게 가르쳐주었다. 타까이는 바로 정원에서 강가 길로 나갔다. 타까이는 사뭇 아무렇지 않은 듯 걸어갔고, 넌지시 눈으로 그 집을 찾는 그의 모습을 켄사꾸는 뒤에서 보며 엄청 어색하다고 느꼈다. 그러나 이러다가 일이 순조롭게 진행된다면 타까이의 저 이상한 뒷모습도 그저 웃고 있을 만한 일은 아니라고 생각했다. 우선 자신은 출생에 관해 조금도 숨김없이 털어놓고 상대방에게 허락받아야…… 하고 생각했다.

얼마 후 타까이는 웃으며 돌아왔다.

"모르겠어." 그는 이렇게 말하고 고개를 저었다.

"바보 같기는." 켄사꾸는 웃었다. "그럴 리 없어. 함께 가보자."

"어쨌든 이 동네에 그런 사람은 한명도 없어."

"그러면 지금 어디 가서 없는 거야. 아무튼 나가보자."

켄사꾸는 신을 신고 모자를 쓰고 더운 밖으로 나갔다.

"저기 조선식 발이 걸린 집이야."

"흠, 그래?"

"있잖아." 켄사꾸는 그쪽을 전혀 보지 않고 말했다.

"어디?"

"앉아 있어." 그는 이번에는 에이잔 산 쪽을 바라보며 말했다.

"알았어."

한 걸음 떨어져 오던 타까이가 뒤에서,

"길 쪽에서 봐도 어느 집인지 알겠나?" 하고 물었다.

"돌아가는 길에 확인해보지." 켄사꾸는 이렇게 말하면서 돌아다 보고 삼층집을 기준 삼아 두번째, 세번째, 네번째 집이라고 마음속으로 기억해두었다.

두 사람은 코오진바시 다리 끝에서 길로 나왔다. 켄사꾸는 자신이 이 일로 이상할 정도로 쾌활해졌음을 알아차렸다. 그 사람의 모습을 곁눈질해 본 것만으로 이렇게 바뀌는 자신이 우스꽝스러우면서도 또 행복한 심정이었다. 이렇게 일이 순조롭게 풀려 잘된다면 자신에게 모든 면에서 정말 새로운 생활이 시작될 것 같았다. 실제로 지금까지는 전부 어두움 속에 숨겨져 있었다. 그 때문에 오히려 공포스러운 세균이 번식했다. 모조리 밝은 곳으로 꺼낸다. 햇빛이 비친다. 세균은 없어진다. 그리고 처음으로 자신에게 자신다운 진정 새로운 생활이 시작된다.

"그건 그렇고." 켄사꾸는 문득 나란히 걷고 있는 타까이를 보았다. "넌 나라에 돌아가지 않아도 돼?"

"응."

"거기서 작업하고 있던 거 아니야?"

"그렇긴 한데 이제 이삼일 하면 마무리돼. 게다가 쿄오또에서 그리고 싶은 것이 있으니 내 걱정은 할 필요 없어."

두 사람은 절의 토담을 따라 왼쪽으로 돌아 좁은 히가시산본기 거리로 들어갔다. 조금 더 가면 켄사꾸가 기준으로 삼은 삼층집이 있고, 거기서부터 세면 그 집을 바로 찾을 수 있었다.

"넌 먼저 돌아갈 거지?" 타까이가 말했다.

"지금? 바로?" 켄사꾸는 너무 빠르다는 생각에 약간 놀란 얼굴을 했다.

"이런 일은 우물쭈물하지 않는 게 좋아." 타까이는 아무렇지 않은 투로 말했는데, 켄사꾸는 확실한 이유도 없이 위험하게 여겨졌다.

"집에 가서 기다려." 타까이는 가볍게 인사를 하고 격자를 열어 돌이 깔린 좁은 골목으로 성큼성큼 들어갔다.

켄사꾸는 혼자서 숙소로 돌아오면서, 예전에 어떤 몰골이 초라한 대학생이 우에노 공원에서 아름다운 아가씨가 인력거를 타고 가는 것을 보고, 바로 뒤쫓아가서 집으로 들어가는 인력거를 따라 들어가 주인에게 만남을 청해 청혼했고 그 자리에서 이야기가 잘 성사되었다는 이야기를 기억해냈다. 그 대학생의 친구인 국어 교사로부터 들은 이야기인데, 그는 아마 사실일 거라고 생각했다. 그 이야기를 들었을 때 그는 많이 웃기는 했지만 어쩐지 그 남자의 행동에 불쾌함을 느꼈다. 우선 그 정도의 이야기로는 그 남자가 얼마나 솔직한지 진정성이 느껴지지 않기 때문이었다. 그리고 자신의 취향으로 보자면 그의 행동이 너무 돌발적이라 싫기도 했고, 그렇게 엉뚱하게 행동하는 사람에게 호감을 가질 수도 없었다. 그러나 타까이의 행동이 그것과 비슷할 리 없다고 생각하며 안심하고 돌아왔다.

그는 바로 욕조에 들어가서 물로 몸을 닦았다. 타까이가 웃으며 돌아왔다.

"거절당했어. 정말인지 아닌지 모르겠지만 방이 없대."

켄사꾸도 함께 쓴웃음을 지었다. 별로 낙담은 하지 않았다.

"근데 정말인지도 몰라. 괜찮다면 다시 한번 우리 쪽 사람을 통해 물어볼 수도 있고." 그는 말했다.

"그러네. 처음부터 그러는 것이 좋았을지도 모르겠어. ……어쨌든 다시 한번 물어볼까?"

"그렇게 하지."

둘은 방으로 왔다. 숙소 여주인이 다기를 들고 왔다.

"토오산로오인가? 이 건너편에 있는 곳 말인데요." 타까이는 바로 말을 꺼냈다.

"네." 여주인은 차를 우려내며 대답했다.

"거기서 하숙을 치나요?"

"네, 대학이나 시립병원에 다니는 환자들이 자주 머문다고 들었어요."

"싫은 방금 방을 물어봤어요."

"그래요?"

"방이 없다고 거절당했어요. 근데 초라한 차림으로 가서 거절당했는지, 실제로 없는지 모르겠어요. 사실이 어떤지 좀 물어봐주시면 좋은데……"

"바로 물어보죠. 전에 그 집에 살던 사람이랑은 아주 친하게 지냈는데, 재작년에 주인이 바뀌어 잘 모르기는 하지만 우리 집 요리사가 저 집에도 들어가니까 요리사에게 물어보라고 할게요."

여주인은 그렇게 말하고 일어났다. 그리고 바로 다시 편지 한통을 들고 와,

"무척 죄송해요. 이게 점심 무렵 배달됐는데 잊어버려서 그만" 하고 변명하며 켄사꾸에게 건넸다. 카마꾸라에서 노부유끼가 보낸 편지였다. '중요한 일'처럼 여겨지는, 상당히 무거운 편지였다.

3

오래간만이다. 잘 지내지? 지난번 네 편지 받고 기뻤다. 쿄오또
가 맘에 들었다니 나도 기뻐. 좋은 집은 얻었니? 그후 점점 좋아지
고 있는 것 같아 나도 기쁘다. 집이 구해지면 뭐 그때 돌아올 거라
고 생각하지만, 그전에 오에이 씨의 부탁으로 너와 의논을 좀 했으
면 해서 이 편지를 쓴다.

실은 그저께 오에이 씨에게서 편지가 와서 의논하고 싶은 것이
있으니 토오꾜오에 오면 들러달라고 하기에 어제 가보았다. 너도
들은 적 있겠지만, 오사이라는 오에이 씨의 사촌이 오오모리에 와
있어. 오에이 씨는 오사이의 과거에 대해서 별로 말하고 싶어하지
않는데, 추측컨대 몸 파는 장사를 했던 것 같아. 지금도 뭘 하는지
확실히는 모르겠는데, 어쨌든 톈진에서 음식점을 하고 있대. 요리
점이라고는 해도 토오꾜오 주변의 평범한 요리점과는 다르겠지.

그래서 오에이 씨의 말은, 원래대로라면 네게 좋은 신붓감이 생
기고 완전하게 새로운 가정이 이뤄지고 나서 집을 나가는 것이 옳
겠지만, 상황이 이렇다보니 혼고오의 아버지도 신경이 쓰이고, 어
찌할지 실은 고민된다는 거야. 이런 말을 꺼내면 또 네가 기분 나
빠할지도 모르지만, 오에이 씨 입장에서는 당연하다고 생각한다.

게다가 이번에 십년 만인가 오사이라는 사람이 돌아와서 가능
하면 자신의 일을 오에이 씨가 도와줬으면 한대. 물론 그저 돕는
게 아니라 돈을 버는 일이 주요하겠지만, 어쨌든 오에이 씨도 그
제안을 매우 긍정적으로 보는 듯해. 이렇게 말한다고 해도 오에이
씨는 내가 전에 말한 혼고오에서 주는 돈을 받고 싶다든가 하는 생

각은 전혀 없고, 만약 이 일에 대해 너와 내가 반대하지 않는다면, 그리고 다행히 너도 쿄오또에서 지낸다고 하니, 이 집을 접고 천몇백 엔쯤 있는 저금을 찾아서 오사이와 함께 텐진에 가고 싶다는 거야. 간단하게 말하자면 이렇다.

자세한 것은 네가 돌아오면 그때 같이 이야기할 생각인데, 그때까지 너도 이 일에 대해 고민해줬으면 한다. 나는 그동안 오사이가 어떤 사람인지, 함께한다는 일이 어떤 일인지, 그런 것을 확실하게 알아보려고 한다.

돈 문제도 내게 생각이 있으니, 가급적 내게 맡겨줬으면 해.

언제 돌아올 수 있니? 돌아오는 길에 카마꾸라에 들러주면 좋겠다. 그럼, 잘 지내라.

켄사꾸는 읽으면서 약간 이상한 느낌이 들었다. 오에이가 텐진에 가서 요리점을 한다. 너무 갑작스럽기는 했지만 한편으로는 얼마든지 있을 수 있는 일이라는 생각도 들었다. 그런데 오사이는 어떤 여자일까. 그 사람에게 사기라도 당한다면 그거야말로 바보 같은 짓이라고 생각했다.

어쨌든 켄사꾸는 그 편지 내용이 그다지 기분 좋지 않았다. 자신과 오에이의 관계는 앞으로 어떻게 될까. 그에게도 확실한 생각이 없었으므로 이렇게 둘이 헤어져버리고 만나지 않게 되면, 역시 결국 두 사람이 완전한 타인이었다는—그런 기분이 들어 그는 퍽 섭섭했다. 그러나 어떻게 하면 좋을지 별다른 방법도 없었다.

여주인이 들어왔다. 토오산로오에는 역시 빈방이 없다는 대답이었다.

"지금 바깥방에서 지내는 나이 든 병자가 이십일 정도 지나면 고향으로 돌아간다고, 그런 다음 그 방이 빈다고 하네요."

"고마워요." 타까이는 이렇게 말했다. "아무래도 다른 방법이 없네."

여주인은 돌아갔다.

"근데 물어보길 잘했어." 켄사꾸는 말했다. "노인이 이십일쯤 후에 방을 비운다는 사실을 안 것만으로도 다행이야."

"맞아, 그때까지 어떻게든 연줄을 만들어보는 거야." 타까이는 말했다.

"형에게 와달라고 하면 어떨까? 지금 편지가 왔는데 집안일도 좀 상의하고 싶다고 하니. 내가 돌아가는 것이 당연할지도 모르지만 그러면 여기 일이 불안하니까."

"응, 그게 좋을지도 모르겠네. 그렇게 해. 형님은 언제 오실 수 있어?"

"아마 며칠 내에 올 수 있을 거야."

"빨리 그 사람이 어디 사람인지, 저 노인과는 어떤 관계인지 확인해두면 좋을 거야."

"그 사람 딸일까?"

"글쎄."

"조카일까?"

둘은 웃었다.

"이렇게 관찰력이 없어서 어쩌나."

"눈에 콩깍지가 씌어 그래. ─근데 딸은 아닐 거야. 확실해." 켄사꾸는 말했다.

"형님에게 편지 쓰려면 나 신경 쓰지 말고 써. 나는 고조오에 가서 물건을 좀 사가지고 올게."

이렇게 말하고 잠시 후 타까이는 숙소를 나갔다.

켄사꾸는 그후 노부유끼에게 편지를 썼다. 오에이의 일, 그리고 자신의 일, 그런 것을 쓰느라 상당히 길어졌다. 어차피 얼마 후면 만나는데 이렇게 자세하게 쓸 필요는 없을 것이다. 그렇게 생각하면서도 습관적으로 여러가지를 써버렸다. 계속 앉아 있어서 지친 몸을 일으켜 편지를 부치러 나갔더니 현관의 좁은 처마와 처마 사이를 통해 들어오는 서쪽 햇빛 때문에 평소에는 음침하던 복도의 마룻바닥이 열을 받아 뜨거워져 있었다.

잠시 후 그는 뜨거운 물에 몸을 담그고 어제처럼 또 부채를 들고 앉았다. 멀리 코오진바시 다리에서 무표정한 얼굴로 서둘러 걸어오는 타까이의 모습이 보였다. 그는 그 여자가 있는 집 앞에 이르자 이번에는 비교적 대담하게 집 안쪽을 쳐다보았다. 잠시 후 타까이는 이찌마이바시 다리를 건너 웃으면서 들어왔다.

"자세히 봤어."

"그래? 아마 나보다 더 자세히 봤겠지?"

"토리게따쓰 병풍[102]의 미인이네." 돌연 타까이가 이런 말을 했다. 비교적 적합한 평이었고 켄사꾸에게는 매우 좋게 느껴지는 평이었다.

"음, 그런가?" 그렇게 말하면서 켄사꾸는 얼굴이 붉어지는 것을 느꼈다.

타까이는 목욕을 하러 갔다. 그사이 켄사꾸는 다시 강가에 나가보았다. 그 집 앞까지 갈 생각은 없어서 멀리서 넌지시 바라보자 그 사람 모습이 때때로 보였다.

그 밤 두 사람은 신꾜오고꾸에 나가 영화를 봤다. 두 사람은 「한

---

102 일본 왕실의 유물 창고인 쇼소인(正倉院)에 전해지는 병풍 중 하나. 여섯 부분으로 나뉘어 각각 미인도가 그려져 있음.

여름 밤의 꿈」을 현대적으로 만든 독일 영화를 재미있게 보고 밤늦게 히가시산본기의 숙소로 돌아왔다.

4

사흘째, 그날은 오랜만에 새벽부터 비가 와서 비교적 서늘한 아침이었다. 매일 아침 해가 덧문을 비춰 늦잠을 자지 못했던 켄사꾸는 푹 자고 있었다. 야간열차로 노부유끼가 와 있었다.

"이봐, 나 아침밥 아직인데 먹을 수 있나?" 노부유끼는 항상 이런 식으로 인사를 대신한다.

켄사꾸는 대개 아침에 일어나면 기분이 안 좋은 편인데, 그날은 푹 자기도 해서 비교적 따뜻하게 형을 맞이할 수가 있었다.

잠시 후 두 사람은 비에 젖은 강가 풍경을 바라보면서 아침식사를 했다.

"네 일을 오에이 씨에게 말했더니 매우 기뻐하더라고. 꼭 함께 돌아오라는 말을 자꾸만 했어. 나도 정말 기쁘고, 잘됐으면 해." 그러더니 노부유끼는 바로 말을 이었다.

"그래서 말이야, 오에이 씨 일을 먼저 이야기하면, 나는 그 일이 오에이 씨를 위한 일인지 아닌지 잘 모르겠어. 오에이 씨도 원래는 그런 분위기에 익숙한 사람이니까 본인은 다른 딱딱한 장사보다는 어느정도 자신있는 것 같기도 한데, 내가 보기에는 전망이 별로라서 말이야. 그렇다고 달리 좋은 방도가 있는 것도 아니라서 반대만 하고 있을 수도 없고, 또 의외로 그렇게 해서 잘될지도 모른다는 생각도 들고 말이야. 그리고 오에이 씨는 지금 오사이 씨 말에 전적으로 동의하고 매우 적극적이기 때문에, 우리가 찬성하지 않는다고 하면 바로 포기하기는 하겠지만 상당히 낙담할 것 같아. 그래서 내 생각에는 오에이 씨 뜻대로 전부 인정하는 쪽으로, 즉 완전히 자유롭게 하게 하고, 만약 성공하지 못하면 나중에 우리가 어떻게든 도와주면 어떨까 싶어. 한마디로, 다시 돈 이야기로 돌아가는데, 너도 줄 돈이 있다면 혼고오에서 주는 돈과 같이 모아서 나든 너든 보관해두기로, 그러면 어떨까 하는데 말이야."

"도대체 뭘 한다는 거야?"

"그게 아무래도 전혀 납득이 안되는데, 오사이라는 사람이 텐진에서 음식점을 하고 있나봐. 가게에 게이샤를 둔 모양인데, 게이샤라고는 하지만 예기藝妓와 창기娼妓를 둘 다 관리하다보니 너무 바빠서 게이샤 일을 전부 오에이 씨에게 맡기고 싶다는 거야. 즉 칸사이 지방의 오끼야[103] 같은 거지. 그것을 요리점과 따로 구분해서 운영하는 게 아니라, 같은 집에서 함께 하면서 자본만 별도로 하겠대."

켄사꾸는 대충 이해를 했다.

"아주 천박한 일이잖아."

"그 점이 아무래도 공감이 안되지만, 담배 가게를 하거나 잡화점을 하려고 해도 토오꾜오에서는 월세뿐 아니라 잡다한 것들이 너무 비싸서 물건만 사들여도 금세 돈이 다 바닥날 거야."

"그렇게 구체적인 이야기까지 나왔다니 뭐라고 할 말이 없지만, 좀 덜 천박한 장사도 있을 법한데."

"뭐래도 오에이 씨는 역시 술장사를 했던 사람이야. 예전에 어느

---

[103] 게이샤나 유녀를 데리고 있으면서 요정, 대합실, 찻집 등에서 손님이 요구하면 보내주는 곳.

정도 그런 경험을 한 사람이라 생각이 아무래도 그쪽으로 자연스럽게 향하는 것 같아. 오사이 씨가 신용할 만한 사람이라면 다 맡겨도 좋겠지만, 어떤 사람인지 명확하지 않기 때문에 이쪽에서 이후의 여유자금을 남겨둘 필요가 있다고 생각해."

"난 잘 모르겠어. 달리 일이 있다면 물론 다른 일을 찾아보라고 하겠지만, 딱히 없다면 방법이 없고, 만약 당장 그런 일을 할 필요가 없다고 생각한다면 이삼년 정도 더 함께 지내도 괜찮은데, 조금 억지인지도 모르겠지만, 난 이런 식으로 오에이 씨와 헤어지는 것은 왠지 아니라는 생각이 들어."

"그래……"

"아버지를 신경 쓰는 일에 대해서도 이전에 편지에 썼는데, 그것도 내가 결혼하면 문제될 리 없고……"

"음, 그건…… 역시 이삼년 후에 헤어질 거면 지금 헤어지는 게 나을 거라고 생각해. 그것은 감상적인 기분이야. 뭐든지 시기라는 게 있게 마련이니까. 시기에 따라서 가능한 일도 시기를 놓쳐버리면 불가능하게 되는 경우가 있지."

"결국 혼고오로부터 돈을 받는 거야?" 켄사꾸는 결국 노부유끼가 이 일에 대해서 말하려는 것 같아 약간 초조한 심경으로 노골적으로 물었다.

"그것도 있어." 노부유끼는 의외로 진지한 얼굴로 대답했다. "그래서 내가 편지에 쓴 대로 전부 내가 맡는 걸로 하고 되도록 네가 개입하지 않게 하려고 해. 너는 돈 이야기를 하면 강박적으로 손해를 보려고 하는 결벽증이 있어. 욕심이 많은 것보다는 좋은데, 영리한 건 아니야."

"그럴 리 있나."

"그건 뭐 아무래도 괜찮은데, 어때? 방금 말한 내 의견에 찬성하는 거야?"

"오에이 씨가 말한 대로 하는 것 말이야?"

"그래."

"그래…… 찬성하기는 어렵지만 방법이 없네. 찬성한다 해도 어쩔 수 없이 하는 거고……"

"그래? 뭐, 그것도 괜찮아. 만약 잘 안되면 그때 어떻게든 되겠지……"

"언제 떠날 생각일까?"

"정해지면 서두르는 편이 좋겠지. 가능한 한 오사이 씨와 함께 가고 싶은 모양인데, 이제 곧 오사이 씨는 떠날 거야. 어떻든 반대하진 않는다고 빨리 알려주는 것이 좋겠어. 나중에 전보를 칠게."

"………"

"그리고 네 일 말인데, 대충은 편지로 알겠는데, 지금도 있어?"

"있을 거야. 자꾸 가보는 것도 이상해서 조금 참고 있는데, 보였다가 안 보였다가 그래."

"타까이에게서는 그후로 뭐 연락 없나?"

"응."

"나한테 생각이 하나 있는데, 너 야마사끼 알지? 고등학교 때 야구 선수였던."

"모르겠는데."

"같은 반에서 의학 분야로 진학하는 그룹이었는데, 기숙사가 같아서 꽤 친했어. 그 야마사끼가 이곳 대학병원에 있을 거야. 무슨 과인지는 모르지만 내가 야마사끼에게 부탁하면 병원을 통해 약간이라도 연줄을 만들 수 있을 거 같아."

켄사꾸는 잠자코 끄덕였다. '잘되려면 그런 일도 잘 진행될 것이고……' 켄사꾸는 이런 기분이 들었다. 그는 자신이 운이 좋은 쪽으로 향할 거라고 쉽게 생각할 순 없었다. 반신반의하는 태도로 좀더 분명하게 해두지 않으면 안심이 되지 않았다. 습관적으로 그렇게 돼버렸다.

"내가 하기에 벅차면 이시모또에게 부탁해보지."

노부유끼가 이렇게 말한 것은 이시모또는 공작 작위가 있는 집안 사람이라 쿄오또에서 연줄을 만들기 쉬울 거라는 생각 때문이었다.

"그러는 동안 쿄오또에서 고향으로 돌아가버릴 거야." 켄사꾸는 말했다.

"그래? 지방에 따라서는 좀더 좋은 연줄이 생길 수도 있어—그건 그렇다 치고 오늘은 어떻게 할까. 너는 뭐 다른 계획이라도 있어?"

"특별히 없어."

"그렇다면 어떻게 할까? 야마사끼라도 방문할까? 아니면 오늘은 보양하는 셈 치고 뭐 맛있는 것이라도 먹으러 갈까?"

"뭐든 괜찮아."

"하루라도 빨리 야마사끼를 만나는 게 좋을까?"

"아무래도 좋아."

"그럼 역시 야마사끼를 만나러 가자. 그런 다음 어디든 함께 저녁 먹으러 가지."

"그래, 그렇게 해."

5

켄사꾸의 결혼 이야기는 의외로 진전이 빨랐다. 노부유끼의 학교 동창인 야마사끼라는 의사가 마침 그 노인을 진찰하는 박사의 조수였던 터라 갑자기 여러 일들이 분명해졌다.

여자는 노인의 조카이고, 쓰루가에 사는 자산가의 딸이라는 것, 그리고 쿄오또에는 노인의 병문안을 겸하여 겨울옷 같은 것을 사기 위해서 나와 있다는 것 등을 알 수 있었다.

또 한가지 켄사꾸로서는 다행이었던 점은 그 노인을 박사에세 소개해준 S라는 시의원이 우연히도 이시모또 집안의 소위 옛 가신이었던 것이다. 이 사실은 히가시산본기 숙소에서 그 사람 이름이 우연히 야마사끼의 입에서 나왔을 때, 여주인이 "그분이라면 이시모또 가문의 옛 가신이 아닌가 싶은데요……" 하고 말해서 알았다.

어쨌든 우물쭈물하지 않는 게 좋다며 노부유끼는 이시모또를 만나러 돌아갔다. 켄사꾸는 자신의 일을 노부유끼가 진심으로 도와주는 것에 감사했다. 그리고 이시모또에 대해서도 전에는 "형들에게 그런 걱정은 끼치고 싶지 않아" 혹은 "그런 노파심이 불쾌해" 하고 말했던 자신이 일년이 채 지나지 않아 결국 그런 일로 폐를 끼치게 된 것이 재미있다고 생각했다. '그것 봐, 그렇게 호언장담해놓고선 결국은 고개를 숙이게 됐잖아.' 이시모또가 이런 식으로 말할지도 모른다. 그렇게 여겨도 좋다고 그는 생각했다. 결국 이시모또도 노부유끼처럼 켄사꾸가 의외로 빨리 부탁해온데다 그 부탁이 우연히도 자기 자신이 직접 나서지 않으면 안되는 문제임을 마음속으로 기뻐할 것이다. 켄사꾸는 이 상황에 어떠한 반항심도 일어나지 않았을 뿐만 아니라, 만약 같은 일로 이시모또가 아닌 다른 사람에게 부탁해야 하는 상황을 상상하면 우연이기는 해도 이시모 또인 것이 한층 기분 좋게 느껴지는 것은 어쩔 수 없었다. 요컨대 자신은 불행한 사람이 아니라는 생각이 들었다. 자신은 완전히 제 멋대로여서 자기가 생각하는 대로 행동하려고 한다. 그것을 다른 사람이 받아준다. 자신은 자신의 상황으로 인해 상처받았는지도 모른다. 그러나 그것이 전부는 아니다. 그 이상으로 자신은 사람들 로부터 사랑받고 있다는 생각이 들었다.

그는 계속 절을 돌았다. 그리고 다닐 때는 강가의 길을 지났다. 그는 지낼 집을 다시 찾기도 했다. 그는 난젠지 절의 키따노보오라 는 곳에서 지난번 코오다이지 절에서 본 것보다도 더 좋은, 억새로 지붕을 엮은 독채를 발견했다. 혼자 지내기에 알맞은 집이었다. 결 혼하면 좀 좁지 않을까 싶었지만, 결혼을 예상하고 벌써부터 큰 집 을 얻는 것이 약간 어색하기도 했고, 게다가 세놓을 목적으로 지은 집이 아니라는 점도 마음에 들었다. 그는 집을 빌리기로 했다.

이삼일 지나자 이시모또가 왔다. 이시모또는 불쾌한 농담은 전 혀 하지 않았다. 그것까지는 좋았는데, 바로 구체적인 이야기를 시 작해서,

"물론 상대방 상황도 자세히 물을 생각인데, 이쪽에 관한 이야기 도 되도록 자세히 해두는 게 좋을 거야"하고 말했다.

"그렇게 해줘." 켄사꾸는 이시모또가 말하는 '이쪽에 관한 이야 기'가 어느 정도까지를 말하는지 불안했다.

아마도 모조리 말할 것이라고는 생각했는데, 자신조차도 얼마 전에 안 자신의 출생에 얽힌 사실을 이시모또도 정말 알고 있는 것 일까? 의문이 생겼다. 그래서 켄사꾸는 "그러니까 내 출생에 대한

이야기도 말할 거지?" 하고 물었다. 이 말은 물론 말해야 하지 않을까 하는 심정에서 꺼낸 것이었는데, 이시모또에게는 반대로 비춰졌다. '출생에 대한 이야기를 해버리는 건가' 하고 나약한 모습을 드러내는 것으로 받아들여졌다. 이시모또는 약간 어색한 표정을 지었다. 그리고 그것을 숨기지 말고 털어놓아야 한다고 거듭 말하기 시작했다.

켄사꾸는 의외라고 생각했다. "물론 그래야지." "처음부터 그럴 생각이었어." 이렇게 말해봐도 스스로에게도 나중에 덧붙이는 변명처럼 들리고, 불쾌하다는 생각이 들었다. 그러다 결국 이시모또의 긴 설교를 끝까지 듣고 말았다. 약간 신성실이 나기도 했는데, 나중에 노부유끼와 말하다 보면 자연스레 알게 될 것이라고 생각하고는 엇갈리는 기분을 그냥 그대로 접어버렸다.

켄사꾸가 노부유끼에게 확실하게 말해두지 않아 착오가 생긴 것이다. 켄사꾸는 이야기할까 말까 고민하다 결국 입 밖으로는 꺼내지 않았다. 그 얘기를 맨 먼저 하려니 너무 자신의 성격을 그대로 드러내는 일 같아 싫었다. 실제로 그것은 너무나 그다운 결벽으로 보일 것이다. 그 때문에 그는 절반은 무의식중에, 절반은 의식적으로, 그 얘기를 하지 않았다. 나중에 오오모리 집에서 노부유끼와 이시모또, 오에이 사이에서 이 이야기가 나왔을 때 오에이는 그 얘기를 하는 것에 적극 반대했다. 반대하는 이유는 간단하고 분명했다. 그러나 이시모또는 무엇보다도 먼저 그 얘기를 해야 한다고 주장했다. 그러지 않으면 자신은 중간에 끼어들지 않겠다고 말했다. 이시모또가 이렇게 주장하는 이유도 확실했다. 물론 켄사꾸의 생각도 마찬가지였는데, 이시모또는 '왜 켄사꾸는 노부유끼에게 이 얘기를 제일 먼저 하지 않은 거야' 하고 의아해하는 것 같았다. 엇갈림은 여기서 시작됐다. 그러나 다행히 켄사꾸는 그다지 개의치 않고 그 상황을 넘겨버렸다. 그 정도로 끝났다.

이시모또는 후야 쪼오로 가는 길에 있는 곳에 숙소를 정해두었다. 그리고 2시에 숙소에서 S 씨와 만나기로 해 잠시 후 돌아갔다.

켄사꾸는 자신의 일을 상대에게 털어놓는 한 방법으로 자전적 소설을 써도 좋겠다고 생각했다. 그러나 이 계획은 결국 이 장편의 서사序詞에 '주인공의 추억'이라고 게재한 부분에서 멈췄는데, 그마저도 상대방에게 뭔가 감상적인 동정을 강요하는 것 같아서 그는 보이려다 관뒀다. 나중에 들은 이야기인데, 이시모또는 켄사꾸가 오노미찌에서 노부유끼에게 보낸, 그 일에 대해 최초로 언급한 편지를 가져가 그 가운데 오에이에 관한 부분만 지우고 상대방에게 보였다고 한다.

오에이에 관한 이야기도 털어놔야 한다고 생각했지만 켄사꾸에게는 그 일이 매우 괴로웠다. 이유는 알 수 없었다. 이런 얘기를 지금 하는 것이 저 아름다운 사람을 모독하는 것 같다는 생각이 들었다. 이시모또도 그에 대해서는 언급하려고 하지 않았고, 그도 언젠가 털어놔야 할 때가 오면 그때 숨기지 않으면 된다 싶어서 일부러 말하지는 않기로 했다.

날이 저물어갔다. 켄사꾸가 잠깐 근처 고서점을 두세군데 돌아보고 강가의 길로 돌아오니, 이시모또의 심부름꾼이 편지를 들고 기다리고 있었다. '괜찮다면 오늘 밤 S 씨와 만났으면 해. 이 인력거로 바로 와주면 좋겠어.' 이렇게 쓰여 있었다. 그는 바로 그 인력거를 타고 나갔다. 이시모또는 혼자서 그를 기다리고 있었다.

"본인에 대해 자세한 건 아무것도 알 수 없었지만 대충 이야기는 들었어." 이시모또는 이렇게 말했다. 그의 정보에 의하면 노인은 메이지 30년대[104]에 변호사를 하던 사람으로 S 씨와는 같은 정당 소속인 관계로 전부터 알고 지내는 사이라는 것, 그녀는 노인의 여동생의 딸로 이년 전에 쓰루가에 있는 여학교를 나와서 신부 수업을 하는 중인데, 여기에는 옷을 사러 왔다는 것, 이 정도였다. 그날 밤 자리는 큰 의미가 있는 건 아니었지만, S 씨의 주선으로 어디서 식사라도 한번 하자고 했고, 얼마 지나지 않아 S 씨가 데리러 왔다. S 씨는 쉰살 남짓한 나이에 이마가 벗어지고 마른 체형으로, 가늘고 부드러운 머리털을 귀 위에서 한 방향으로 가지런히 빗어넘겼다. 그리고 이시모또를 미찌따까라는 그의 이름 때문에 미찌 님, 미찌 님 하고 불렀다.

자라 요리를 먹으러 가기로 하고 세 사람은 숙소를 나왔다. 그리고 적당한 곳에서 전차에서 내려 키따노로 향했다.

자라 요리점은 전찻길에서 외딴 골목으로 들어가 한쪽 흙담이 끝나는 맞은편에 있었다. 철망으로 싼 어두운 작은 등롱이 걸려 있는 낮은 건물 안으로 들어가자 봉당에 문틀이 검은빛을 띤 방이 하나 있고, 거기서 바로 이층으로 통하는, 마치 봉인이 풀린 츄우베에忠兵衛[105]가 달려내려올 것 같은 계단이 있었다. 아마도 몇백년은 된 것 같았고, 검은빛을 띠고 있을 뿐 아니라 위의 두세 단은 벌레가 먹어서 구멍이 퐁퐁 나 있었다. 그것을 그 상태로 놔두고 있었다. 일부러 오래됐다는 것을 보여주기 위해 놔둔 것 같은데, 켄사꾸는 나쁘지 않다고 생각했다.

자라도 맛있었다. 예전에는 이런 자라 요리점 주인이 자라 대신에 두꺼비를 잡으러 다녔다는 이야기를 켄사꾸는 연못이 있는 키

104 1897~1906년.
105 에도 시대 무사로 폭동을 일으켰음.

따노의 저택에 사는 사람에게 들은 적이 있는데, 지금은 그런 일은 없겠지 하면서 먹었다. 세 사람은 용건은 입 밖에 꺼내지 않았다. 게다가 켄사꾸는 오랜 주종 관계를 잊지 않고 공손한 어조로 이야기하는 두 사람 사이에 자리하니 왠지 어색했다. S 씨는 이시모또와 마찬가지로 켄사꾸도 몹시 정중한 태도로 대했다. 켄사꾸 자신도 비슷하게 정중하게 대하려 하자 말투가 어딘가 어색해져서 그는 가능한 한 대화에 끼지 않았다. 그래도 이시모또는,

"그러면 집은 이미 구해놨으니 자네는 여기로 이사할 거지?" 하는 식으로 때때로 켄사꾸를 대화에 끼워넣으려고 했다.

그날 밤 S 씨와 헤어지고 나서 켄사꾸는 이시모또와 함께 마루야마를 향해 걸었다.

"나는 모레 일이 있어서 내일 야간열차로 돌아가." 이시모또가 말했다. "그리고 S의 반응을 보고 일주일에서 열흘 정도 지나서 다시 올 거야. 이 일에 네가 직접 해야 할 일은 아무것도 없으니 상황 봐서 언제든지 오면 돼."

"………"

"S에게 모든 것을 일임했는데, S는 매우 적극적으로 진행하겠지만, 반드시 잘될 거라고 생각하다가 안되면 낙담할 수도 있으니……"

"나도 내일 돌아가요. 아침 급행으로." 켄사꾸는 빠른 어조로 이렇게 말했다.

"그럼 함께 갈까?"

"응."

그렇게 정하고 두 사람은 잠시 후 헤어져 각자 숙소로 돌아갔다.

6

이시모또와 요꼬하마에서 헤어져 거기서 기차를 갈아타고 오오모리에 도착하니 이미 날은 저물었지만 길은 익숙해서, 그는 작은 손가방을 하나 들고 걸어서 갔다.

급하게 현관으로 마중 나온 오에이는 무엇보다도 켄사꾸의 이번 이야기에 기쁨을 표했다. 벌써 다 정해진 것처럼 기뻐해서 켄사꾸는 불안하기도 했지만, 어쨌든 그렇게 기뻐해주는 오에이에게 고마움을 느꼈다.

오사이라는 여자는 마침 토오꾜오에 가고 없었다. 둘은 오랜만에 식탁에 마주 앉아 저녁식사를 했다.

"대체, 음…… 어떤 분?" 오에이가 물었다.

"어떤 사람이라니……"

"아는 사람 중에서 말한다면 누구 같아요?"

"글쎄요, 아는 사람 중에는 모르겠지만 타까이는 토리게따쓰 병풍의 미인이라고 말했어요."

켄사꾸는 일부러 이층의 『토오요오비주쓰시꼬오東洋美術史稿』를 가지고 와서 그림을 보여줬는데, 공교롭게도 거기에 실린 몇장의 그림 중에는 별로 닮은 그림이 없었다.

"이런 모습도 아닌데. 어쨌든 좀더 괜찮아요."

"와, 대단하네요."

이런 식으로 두 사람은 즐겁게 이야기를 나눴는데, 그러나 오에이 자신에 대한 이야기는 서로 쉽게 꺼내지 못하고 있었다.

그리고 그에 대해 아무 말도 하지 않는 것도 이상하다 싶을 즈음에야 오에이는 말을 꺼냈다.

"……그래도 말이에요. 당신과 노부 씨가 찬성해줘서 전 정말 안심했어요."

이런 식으로 말했다. 그렇게 이야기하니 켄사꾸는 어떻게 대답해야 할지 몰랐다. 그는 노부유끼가 거짓을 말하지는 않았어도 자신의 기분을 제대로 전하지 않았음을 알았다. 노부유끼의 그런 얼렁뚱땅하는 태도가 약간 싫어졌다.

"저, 말이에요…… 형이 어떻게 얘기했는지 모르겠지만, 진심을 말하자면 난 별로 찬성하진 않아요. 찬성할 수 없다고 하기는 뭐해서 어쩔 수 없이 그렇게 말한 것이지, 실은 그다지 내키지 않아요."

이렇게 말하자 오에이는 약간 의외라는 표정을 지었다.

"이 이야기가 잘 진행된다 하더라도 이삼년은 더 당신에게 집안일을 부탁하고 싶어요. 그렇게 해주면 전 매우 기쁠 것 같은데요."

"그래요? ……저도 지금 당신과 헤어지는 것은 괴로워요. 그렇지만 어쩔 수 없잖아요. 게다가 이렇게 말하면 좀 뭐하지만, 전 아무래도 혼고오의 아버지가 무서워요. 요즘 점점 더 그런 느낌이 들어요. 그 일 이후 조심하면서 뵙지 않고 있는데, 무서운 눈으로 계속 쳐다보는 듯한 느낌이 들어 견딜 수 없어요."

"그렇지 않아요. 괜한 걱정이에요. 어디 몸이 안 좋은 건 아니에요?"

"네, 어쩌면 그런지도 모르죠."

"그래서일 거예요. 우선 당신은 혼고오의 아버지를 두려워할 필요가 전혀 없어요. 혼고오의 아버지와의 일은 내 문제고 당신과는 아무 상관없으니까."

"그렇다고만은 할 수 없어요. 할아버지가 계실 때부터 아버지는 절 싫어하셨으니까."

"뭐, 아무렴 어때. 그것보다 몸이 안 좋으면 의사에게 진찰받고 건강을 회복하고 나서 가야 하는 거 아닌가요? 어쨌든 이런 일은 좀더 잘 생각해보고 정하는 게 좋을 것 같아요."

오에이는 새삼스러운 반대에 당혹했다. 그리고 푸념하는 어조로 찬성해줘서 오사이에게도 벌써 대답을 해버렸고, 지금도 오사이는 그 준비로 토오꾜오에 가 있다는 이야기를 했다.

켄사꾸도 애당초 그런 말까지 할 생각은 아니었는데, 막상 입 밖에 꺼내자 그렇게 표현되어 약간 후회스럽기도 했다. 게다가 그런 말을 하는 것이 오에이를 위해서인지 자신을 위해서인지 자신의 감정을 스스로도 종잡을 수 없었다. 오에이에 대한 알 수 없는 미련이, 이렇게 헤어져서는 안된다는 심정이 되어 마치 어린애가 떼 쓰는 것처럼 되어버린 것이다.

오에이는 왜 좀더 자신에게 적극적으로 매달리지 않을까 하는 불만도 있었다. 떨어져 있으면 이렇게까지 노골적이지 않은 기분이 만나면 갑자기 생기는 것이다.

그러나 이러면 좋지 않다고 생각했다. 이렇게 유치하고 제멋대로인 자신을 버려야 할 것 같았다. 그래서 그는 방금 한 말을 취소하는 의미로 주섬주섬 서투른 어조로 무슨 말인가를 반복했다.

오사이가 커다란 보자기를 안고 인력거를 타고 돌아왔다. 마르고 키가 크고 얼굴이 약간 험상궂게 생긴, 의외로 나이 먹은 여자였다. 켄사꾸는 처음부터 좋지 않은 인상을 받았다.

오에이를 향해, "이쪽은 켄사꾸 씨?" 하더니, "전 오사이, 처음 뵙겠어요"라며 나이에 어울리지 않는 천박한 인사를 했다.

오사이는 색이 좋지 않은 이를 드러내고 눈가에 주름이 생기게

웃으며, 체면도 차리지 않고 허물없이 켄사꾸를 바라봤다. 켄사꾸
는 싫었다. 오사이가 보이는 호의에도 일종의 부담감을 느꼈다. 어
쨌든 오사이는 그가 상상한 것 이상으로 천박한 여자였다.

그는 자신이 느끼는 싫은 감정을 오에이가 똑같이 느끼지 않는
것이 답답했다. 오에이에게는 그런 것이 너무 없다는 생각이 들었
다. 그리고 이런 여자와 함께 뭔가를 하려고 하는 오에이의 심정을
이해할 수 없었다.

오사이는 보자기 꾸러미를 풀고 화려한 여자 키모노를 몇벌 꺼내
보였다. 모두 오래돼 보였고 때가 묻어 있었다. 오사이는 때때로,

"이게 말이야⋯⋯" 이런 식으로 말하고 일어나서 그것을 자신에
게 대 보이며 오에이에게 설명했다.

켄사꾸는 약간 피곤했고, 그 자리에 있기 힘들어져 인사를 하고
혼자서 이층으로 올라갔다. 그리고 방바닥에 드러누워서 방금 가
지고 온『토오요오비주쓰시꼬오』의 삽화를 보았다. 옛 시대의 것
이 더욱 그리웠다. 그중에는 이번 여행에서 본 것도 있었는데, 지금
까지 끌리지 않던 것에 끌렸다. 이렇게 자신에게 지금까지 없었던
세계가 전개되며 결혼을 통해서 새로운 생활이 시작된다고 생각하
자 그의 가슴에는 고요한 행복이 자연스럽게 밀려들었다. 그러면
서도 지금 아래에서 작은 목소리로 뭔가 이야기하고 있는 두 사람
을 떠올리자 지금 오에이에게는 정반대의 세계가 펼쳐지는 것 아
닐까 싶어 이대로 놔두어도 괜찮을까 하는 생각이 들었다.

오랜만에 온 자신의 방은 편안했다. 잠시 후 그는 전등을 끄고
기분 좋은 잠으로 빠져들었다.

다음 날 아침, 그가 일어났을 때 오사이는 벌써 토오꾜오에 나가
고 없었다. 오에이는 헌옷을 사야 한다며, 여자는 거기서도 바로 구

할 수 있지만 그녀들이 입을 의상은 여름용과 겨울용 한벌씩 갖추지 않으면 안된다고 설명했다. 전부 다 오사이에게 맡기고 있는 것 같았다. 이렇게 점점 일이 진척돼가는 것을 보자 새삼스럽게 막을 수도 없겠다는 생각이 들었다.

그는 자신도 슬슬 준비해야 할 것 같아 빌린 책은 빼고 자신의 책을 상자 몇개에 담았다.

그후 그는 우시고메에 있는 이시모또의 집을 방문했다. 전화를 걸지 않고 갔더니 마침 나가고 없었다. 딱히 특별한 용건이 있는 것이 아니어서 그는 그대로 긴자로 되돌아갔는데, 문득 이시모또가 모레 쿄오또에 용무가 있다고 말했던 것을 완전히 잊고 있었음을 깨달았다.

그는 왠지 오사이를 만나고 싶지 않았다. 오사이는 그가 오에이에게 청혼했었다는 말을 듣더니, 그 일에 묘한 흥미를 보이는 것 같았다. 그리고 뒤에서 오에이에게 어떤 말을 할지, 그것마저도 대충 짐작이 갔다.

오랫동안 토오꾜오 말씨에 굶주린 탓도 있고, 또 오사이랑 같이 있기 싫기도 해서 그는 밤이 되자 라꾸고[106]를 관람하고 밤늦게 오오모리의 집으로 돌아왔다.

오에이와 오사이는 아직 자지 않고 거실 전등 아래에서 무언가 이야기를 하고 있었다.

오사이는 그 이야기로 흥분한 듯했고, 전날 밤과 같은 아첨도 하지 않고 직접 다기에 뜨거운 물을 부어 찻잔에 따르고는 켄사꾸 앞에 놓더니 바로 이야기를 이어갔다.

---

106 라꾸고까(落語家)라는 공연자가 혼자 무대에 앉아 해학적인 이야기를 들려주는 예능.

"그게 말이야, 난 전혀 몰랐어. 그 봄에…… 그랬구나." 교양 없는 어투로 말하며 오사이는 오에이의 눈앞에 대고 그 비쩍 마른 손의 엄지와 새끼손가락 끝을 바삐 붙였다 떼었다 해 보였다.

오에이는 아래를 쳐다보며 잠자코 있었다.

"정말 그러면 안되는 거 아니야? 남편도 그렇지만 여동생이 그 인간에게 여태 생활비까지 대줬는데 그런 짓을 하고 말이야. 설마 진심으로 그런 것은 아니겠지만, 내가 식칼을 휘둘러줬어."

켄사꾸는 더이상 그 자리에 함께 있고 싶지 않았다. 차를 마시고 일어서려고 하자 그것을 알아챈 오에이가 급하게 고개를 들어,

"과자라도 내올까요?" 하고 말했다.

"이제 됐어요." 이렇게 말하고 일어나자, 오사이도 눈치채고,

"별로 재미없는 이야기를 해서 죄송해요" 하고 억지웃음을 지으며 켄사꾸를 향했다.

"이시모또 씨 오셨나요?" 오에이가 말했다.

"없었어요. 오늘 없다는 것을 깜박 잊었어요. 어쩔 수 없이 라꾸고만 보고 왔습니다." 켄사꾸는 화로 옆으로 가서 앉았다.

"켄사꾸 씨는 그런 것을 좋아하는군요. 나도 좋아하는 편인데 텐진에는 그런 거 좋아하는 사람들은 안 오니까요. ―그 라꾸고 하는 사람의 이름은 잊었고, 부인이 아사히 시조오라는 비파를 타는 사람이었는데, 그 부부를 잠시 가게에 둔 적이 있어요. 목소리가 상당히 좋았고, 리위안홍黎元洪[107]의 글이 새겨진 비파를 가지고 있었어요."

오사이는 식탁에 팔꿈치를 올리고 관자놀이 근처에 양 손바닥

---

107 중국 청나라 말기 군인 정치가로 2대, 4대 중화민국 대총통을 지냄.

을 대고 전등 빛으로부터 얼굴을 가리면서 그런 이야기를 했다. 그렇게 하자 얼굴의 잔주름이 가려지고 광채를 잃은 피부색이 드러나지 않아 약간 아름답게 보였다. 물론 오사이는 그런 효과를 충분히 알고 있었고, 켄사꾸에게도 실제로 아름답게 보였다.

적어도 젊은 시절에는 이 여자가 제법 아름다웠을지 모른다는 생각이 들었다.

오사이는 다음 날 아침 기후로 갔다. 기후는 그녀의 고향이기도 했고 무슨 볼일도 있는 모양이었다. 오에이와는 날짜를 정해서 쿄오또에서 만나 함께 텐진으로 가기로 했다. 떠날 때,

"오에이에 대한 걱정은 마세요" 했지만 켄사꾸는 대답할 수 없었다.

오에이와 하녀가 정차장으로 배웅을 나갔다.

그날 오후 켄사꾸는 카마꾸라에 있는 노부유끼를 방문했다. 어제 못 만난 이시모또도 그곳에 와 있었고 노부유끼는 감기에 걸려 목에 찜질을 하고 누워 있었다.

"아직 아무 소식이 없네."

물론 켄사꾸도 그렇게 빨리 대답을 들을 수 있을 거라고는 생각하지 않았다. 이시모또는 그의 얼굴을 보자 바로 그 이야기를 꺼냈고, 두 사람은 간단하게 대화를 나눴다. 노부유끼는 열이 나는 듯했고 눈도 푹 꺼져 있었는데, 듣는 것조차 괴로운 듯 보였다.

"혼고오에서 누굴 부르는 게 어때? 돌아가서 전화를 걸어줄까?"

켄사꾸는 조금 걱정이 되어 물어보았다.

"됐어. 상태를 알고 있으니 이삼일 이렇게 있으면 나을 거야."

"누군가 부르는 게 좋을 거야. 그리고 산소 흡입이라도 계속하는 편이 빨리 낫겠지."

"응."

"흡입기도 없지?"

"그럼 흡입기라도 사올까?"

켄사꾸는 바로 시내로 가서 흡입기를 사왔다. 꾸벅꾸벅 자고 있는 노부유끼 머리맡에 앉아 이시모또가 지루한 듯이 선문답인지 뭔지 하는 두꺼운 양장본을 집어 읽고 있었다.

켄사꾸는 노부유끼를 눕힌 채 산소 흡입을 해주었다. 그리고 마침 들어온 집주인에게 방법을 알려준 다음 앞으로를 부탁하고 저녁이 되어 이시모또와 함께 그곳을 나왔다.

정차장에 왔다. 거기서 만난 이시모또가 아는 의사가 토오꾜오로 돌아갔다가 다음 날 이곳으로 온다고 하기에 이시모또는 그에게 노부유끼를 부탁했다.

기차 안에서 켄사꾸는 혼자서 멍하니 차츰 어두워져가는 경치를 바라보고 있었는데, 마음이 침울해져 어쩌할 바를 몰랐다. 역시 오에이와 헤어지는 것이 쓸쓸했던 것이다. 자신도 쓸쓸하지만 오에이도 쓸쓸할 거라는 생각이 들었다. 창밖에 어두움이 깔려 한층 그런 기분이 들었다.

7

켄사꾸는 이제 곧 헤어져야 하는 오에이와 함께 있으면서 이제껏 모르던 어떤 거북함을 느꼈다. 이렇게 지내는 시간도 그렇게 길지는 않을 거라는 생각에 그는 되도록 외출을 삼가려고 했는데, 그러자 이상하게 거북하고 지루해 견딜 수가 없었다. 무엇보다 함께 지내면서 이야깃거리가 갑자기 없어진 것 같았다.

오에이는 바빴다. 분주한 덕분에 그런 기분과는 거리가 먼 듯했다. 오에이는 여자들이 그렇듯 켄사꾸의 옷 중에 더러워진 것은 하나도 남겨두고 싶어하지 않았다. 세탁하고 재봉질을 하느라 여념이 없었다.

어느 아침 켄사꾸는 평소답지 않게 잠에서 빨리 깼다. 그는 이유도 없이 이상하게 마음이 불안해 아침식사도 하지 않고 그대로 집을 나섰다.

정차장에 왔는데, 기차가 오기까지 시간이 남아서 케이힌 전차쪽으로 가서 탔다. 시나가와까지 가는 동안 그는 문득 새벽녘에 꾼 꿈이 생각났다. 그리고 그 꿈이 불안의 원인임을 깨달았는데, 내용을 기억해내려고 하자 불안한 기분만이 선명해져 어떤 꿈이었는지는 오히려 흐려졌다.

꿈은 최근 남양南洋에서 돌아온 T를 방문하면서 시작된다. 비가 내리는 날씨였고 체조장 같은 허름한 커다란 건물 안에는 마침 곡마단 공연에서 볼 수 있는 맹수 우리 같은 것이 많이 있었다. 우리 하나에 다람쥐만 한 작은 비비 몇십마리가 한데 모여 나무에서 쉬고 있었는데, 그 모습이 몹시 흥미로웠다.

갑자기 그는 불안감에 휩싸여 허둥지둥 T와 헤어져 우에노 박물관의 커다란 고풍스러운 문으로 달려갔다. 보이지는 않았지만 멀찍이 형사 몇명이 망을 보고 있음을 알 수 있었다. 그는 반역자가 되어 있었다.

그가 문의 그늘에서 살짝 밖을 내다보는데, 일요일인 것 같았고, 병사들이 삼삼오오 앞을 지나갔다. 그가 그중 한 사람에게 '자네 탈영할 생각 없나'라고 물은 것 같다. 그 병사는 바로 승낙했고,

두 사람은 그늘에서 일본옷과 군복을 서둘러 바꿔입었다. '이제 됐어.' 그는 생각했다. 서로에게 좋은 일을 했다고 생각했다. 그리고 일본옷으로 갈아입은 군인과 헤어져, 시치미를 뚝 떼고 태연한 표정으로 군인인 양 연기하며 혼자서 한적한 곳으로 걸어갔다. 길 폭이 좁고 양옆이 둑처럼 올라온 곳에 이르자 역장 같은 제복을 입은 남자가 앞에 나타나 갑자기 그를 체포해버렸다. 순식간에 들통 난 것이다. 그도 당연한 것이 알고 보니 군복 입은 방법이 완전히 잘못됐던 것이다. 목덜미의 훅을 하나도 채우지 않아 그 부분이 지나치게 벌어져 있었다. 바지도 흘러내려 누가 봐도 빌려 입은 옷임을 금방 알아차릴 법한 어리숙한 모습이었다. 그는 스스로도 어리숙하게 옷을 입은 것에 쓴웃음을 지었고, 한편으로는 잡혔다는 사실에 전율했다. 대충 이런 꿈이었다.

그러나 기억나서 다행이라고 그는 생각했다. 왠지 불안한 이 기분이 어디서 왔는지 모르겠지만 그것만으로도 하루 종일 언짢은 기분이 들었던 것이다.

달리 용건이 있는 것은 아니지만, 혹시나 하는 기분에서 그는 이시모또를 찾아가기로 했다.

이시모또는 방금 일어난 것 같았고, 켄사꾸는 마루의 등나무 의자에 앉아 이시모또가 나오기를 기다렸다. 살짝 가을 느낌이 나는 조용하고 기분 좋은 아침으로, 이끼가 긴 일본식 정원에 아침 해가 비쳤다. 하얀 문조文鳥가 처마 끝에 앉아 부드러운 소리로 끊임없이 지저귀고 있었다.

"안녕하세요?" 여섯살 정도 된 이시모또의 큰딸이 길게 접은 신문 서너장을 가지고 와서 그에게 건넸다. 그러자 그 아래인 두세살 정도의 통통한 여자아이가 아장아장 걸어와 "여기, 여기" 하고 말하며 한 꾸러미의 편지를 그의 손에 건넸다.

"고마워." 그는 아이의 머리를 쓰다듬었다.

큰아이가 달려가자 작은아이도 아장아장 뒤를 따라갔다.

그는 신문을 무릎에 두고 이시모또에게 온 아직 개봉하지 않은 편지를 테이블에 올려놓았다. 가장 위에 '자작 이시모또 미찌따까 님께'라고 적힌 두툼한 편지가 있었는데, S 씨가 보낸 편지인 것 같았다.

단정하게 머리를 빗어넘긴 이시모또가 나왔다.

"이거 S 씨한테서 온 편지 아니야?"

켄사꾸는 가장 위에 있는 편지를 가리키며 말했다.

"그래?" 이시모또는 집어들더니, "맞네" 하고 답했다.

이시모또는 말없이 읽기 시작했다. 켄사꾸는 그 고요한 시간이 너무 초조했다.

"좋은 대답이야." 긴 편지를 접어 건네주면서 이시모또가 말했다. 켄사꾸는 그것을 받았다.

실제로 기분 좋은 편지였다. 여자에게는 꽤 터울이 지는 오빠와, 어머니가 있는데, 그들에게 잘 이야기하고 답장하겠다는 내용이었다. 무엇보다 켄사꾸가 감동받은 부분은 그의 불순한 출생에 대해 N이라는 노인이 한 말로 "……그것은 당사자의 문제로, 오히려 그 때문에 긴장하고 열심히 사는 사람이라면 그런 점은 전혀 개의치 않습니다"라고 쓰여 있었던 것이다. 편지에는 켄사꾸의 최근 사진과 써놓은 글 중에 뭔가 있다면 함께 빨리 보내줬으면 한다고 쓰여 있었다.

"어쨌든 나이 든 사람치고는 상당히 이해심이 많은 것 같아." 이시모또는 그 노인을 칭찬했다.

"………" 켄사꾸는 그 말에 대꾸하지 않았는데, 속으로는 매우 흥분했다. 눈물이 나는 것을 애써 참았다.

두 사람이 함께 아침식사를 하고 있는데 손님이 찾아왔다. 그 참에 켄사꾸는 돌아가기로 했다. 헤어질 때 이시모또는 곧장 그 편지를 노부유끼에게 전하겠다고 했다.

켄사꾸는 빠른 걸음으로 걸었다. 자연스럽게 발이 빨라졌다. 이제 칠십 퍼센트쯤 괜찮은 거라고 생각했다. 그렇게 정해도 좋을 것 같았다. 오히려 그렇게 정하지 않으면 안될 것 같았다. 신기하게 그는 그 정도로 자신감을 가지게 되었다. 그리고 머리로는 그 사람이 갑자기 가까워진 것 같았다. 토오꾜오에 돌아오자마자 오에이의 일에 온통 신경이 쓰여 그 사람은 어느새 아득해진 느낌이었는데, 지금은 급속도로 가까워지고 크게 보이면서 문득 결혼하고 나서의 생활까지 단편적으로 떠올랐다. 어느새 거리에는 바람이 불고 있었다.

그는 오에이에게 줄 이별 선물을 보기 위해서 긴자로 갔다. 시계에 짧은 문구를 새겨넣어도 괜찮을 것 같았는데, 적당한 말이 떠오르지 않았다. 두세군데 시계방을 열심히 보고 돌아다녔다. 그중에서 비교적 느낌이 좋고 유행이 지난 모양의 시계를 골랐는데, 돈을 조금밖에 가져가지 않아 배달해달라고 하고 점심쯤 오오모리의 집에 돌아왔다.

오에이는 S 씨의 편지 이야기를 듣고 감동했다.

켄사꾸는 그날 나라에 있는 타까이에게 그후의 일을 알리는 편지를 썼다. 그러고 나서 S 씨에게도 감사 편지와 함께 자신의 사진과, 자신의 글이 실린 잡지 두세권을 보냈다. 자신이 쓴 것이 예술이 아니라 좀더 실제적인 목적으로 읽힌다고 생각하니 썩 기분이 좋지는 않았다. 더구나 새삼스레 예술이라고 스스로 말하기에는 작품이 전부 다 빈약하다는 느낌마저 들었다.

편지를 받았다는 S 씨의 답장이 온 것은 그로부터 닷새 정도 뒤였다. 게다가 만약 엿새 안에 쿄오또에 올 수 있다면 매우 좋겠다고 쓰여 있었다. N 노인은 켄사꾸가 언제 다시 돌아오는지를 거듭 물었다. 자신이 고향에 돌아가기 전에 만약 켄사꾸가 그곳에 오면 꼭 만나고 싶다는 이야기인 것 같았다. 켄사꾸의 사정도 있을 테니 무리하게 부탁할 순 없지만 네댓새 안에 노인이 떠날 것 같으니 그전에 오면 가장 좋겠다는 의미였다.

나오꼬 씨(그 여자)는 어제 고향으로 돌아갔는데, 사신은 형님을 통해 직접 켄사꾸에게 보내기로 했다고도 쓰여 있었다.

그는 그 편지를 오에이에게 보였다. 그리고,

"어떻게 할까요?" 하고 물었다. 그는 고민했다.

"꼭 가세요." 오에이는 말했다.

"꼭 선보이러 가는 것 같아." 그는 자신의 글을 보내는 것마저도 약간 망설였는데, 이런 식으로 부름을 받아 일부러 가는 것이 어쩐지 자존심이 상했다.

"어차피 열흘쯤 뒤면 갈 곳이잖아요. 이제 와서 그런 데 신경을 쓰는 건 좋지 않아요. S 씨도 이시모또 씨도 진심으로 걱정해주시잖아요."

"그래요……" 그것도 그렇다고 켄사꾸는 생각했다. 그는 가야겠다고 마음먹었다. "근데 제가 없어도 나머지 일은 괜찮겠어요?"

"무슨 말을 하는 거예요." 오에이는 웃기 시작했다. "여기에 올 때만 해도 아무 도움도 되지 않았으면서. 켄사꾸가 없는 편이 훨씬 방해가 안돼서 좋아요."

켄사꾸도 웃기 시작했다.

"알았어요. 방해가 된다면 어쩔 수 없지."

"네. 방해예요, 방해." 오에이는 켄사꾸가 의외로 솔직하게 인정해줘서 기뻤다.

켄사꾸의 집주인은 일년 이상 빌리는 조건으로 몇달치 월세를 깎아주었다. 그러나 이제 일년이 채 안돼 나가게 됐으니 그 값을 지불해야 했다. 매월 하녀들이 월세를 담당했는데, 이번에는 그가 직접 월세를 내러 산노오오에 있는 주인집에 가면서, 그 길에 전화를 빌려 다음 날 떠난다고 이시모또에게 알렸다.

8

쿄오또 정차장에는 S 씨가 마중을 나와 있었다. 전날 '내일 출발합니다'라는 전보를 보냈을 뿐 나올 거라고는 전혀 예상하지 못한 켄사꾸는 약간 황송했고, 자존심 때문에 여러가지로 신경을 썼던 자신이 부끄러웠다.

N 노인을 다음 날 방문하고 그전에 S 씨가 데리러 오기로 정한 다음, 그는 도자기 같은 것을 가지고 왔기에 거기서 S 씨와 헤어져 혼자서 인력거로 히가시산본기로 향했다.

다음 날 약속 시간에 S 씨가 찾아왔다. 둘은 바로 가까운 토오산로오로 가기로 했다. 켄사꾸는 너무나 사교성 없는 자신이 약간 불안했다. 그러나 전날 잠을 잘 잤고, 기분은 좋았다.

하녀가 S 씨의 명함을 가지고 들어가자 항상 강가에서만 봤던 노인의 부인이 그날은 평상시보다 좋은 옷을 입고 현관에 나왔다.

"아, 어서 오세요." 좁고 약간 어두운 복도를 앞서 걸으면서 "집이 너무 누추해서……" 같은 말을 했다.

홑옷을 입은 N 노인이 강가를 등지고 바르게 앉아 있었다. 켄사꾸는 평소처럼 하까마[108]도 입지 않고 온 것이 약간 신경 쓰였다.

"처음 뵙겠습니다……" 노인은 마른 체구와는 어울리지 않는 굵고 확실한 음성으로 말했다.

"이번에 이쪽에서 살게 되셨다고……" 이런 식으로 이야기하자 켄사꾸는 그저,

"네" 하고 대답했다. 이후는 대개 S 씨가 상황에 맞춰 계속해서 이야기를 이어가주었다.

켄사꾸는 겉보기에는 불편한 듯했으나 기분은 훨씬 편안했다. 그는 N 노인이 넌지시 자신을 주시하지는 않을까 예상했지만 전혀 그러지 않고 오히려 그러지 않으려고 노력하는 듯 쳐다보지 않았다.

비교적 소박한 식사가 차려지고 하녀가 아니라 부인이 직접 술을 따라주었다. 그렇지만 셋 다 별로 마시지 않았다.

이야기는 극히 평범한 내용뿐이었다. 의사인 야마사끼 선생 이야기 등이 나왔다. 쓰루가의 어업 같은 화제들, 예전에는 대개 생선을 소금에 절여 먹어서 그것을 저장해두는 창고가 많았는데, 메이지유신 전의 일로, 쓰꾸바 산의 타께다 코오운사이[109] 일당이 토오까이도오를 지나가지 못해 북쪽으로 돌아 쿄오또에 들어가려다가 쓰루가에서 붙잡혀 소금에 절인 생선 창고에 갇혔다는 이야기

---

108 허리까지 올라오는 일본 전통 하의.

109 武田耕雲齊, 1803~65. 막부 시대 말기 미또 번의 무사. 존왕양이(尊王攘夷)를 주장하며 쓰꾸바 산에서 난을 일으키고 쿄오또로 진군하려다 실패함.

를 노인은 했다. 창고는 해가 비치지 않고 질척거렸고, 소금기가 배어 있어서 무사들이 죄다 온몸에 옴이 퍼져 그 모습을 차마 눈 뜨고 볼 수 없었다……

"여보, 그 보자기 좀 가져와봐." N 노인이 켄사꾸 뒤의 선반을 가리키며 잠시 이야기를 멈췄다.

"실례합니다." 부인은 켄사꾸의 뒤를 지나 주머니를 가져와 노인 앞에 두었다. 낡았지만 상태가 양호하고 소중히 간직해온 듯 보이는 고풍스러운 자주색 모직 주머니였다. 노인은 주머니 안에서 안경과 지갑, 성냥, 작은 칼, 자석 등을 꺼내더니,

"이 주머니가 그때 무사였던 이와끼 소오마 번의 사사끼 주우조오라는 남자가 신세를 졌다며 기념으로 준 것입니다……" 하며 그 주머니를 두 사람 앞에 내놓았다.

"아, 네……" S 씨는 살짝 보고 바로 켄사꾸에게 건넸다. 물소 뿔 치고는 비교적 조직이 세밀하고 가벼운 재질이었는데 오오꾜[110]의 그림에서 볼 수 있는 강아지를 네다섯마리 새겨넣은 조각품이었다.

"상당히 건실한 남자였는데, 불쌍하게도 추위 때문에 다들 죽어버렸어요."

켄사꾸는 일주일쯤 전에 꾼 꿈을 떠올리며, 자신의 경우 약간 애교스러운 반역자였는데도 깨고 나서도 이상한 공포가 남았던 것이 생각났다. 소금에 전 어둡고 질척거리는 생선 창고에서 온몸에 옴이 올라 괴로워하다가 동료가 하나하나 추위로 죽어가는 것을 볼 수밖에 없었던 그 사람들을 상상하자 약간 주체할 수 없는 기분이 되었다.

---

110 마루야마 오오꾜(圓山應擧, 1733~95). 에도 시대 중기 화가, 마루야마파의 창시자.

처음에 그들은 후꾸이에 숨어 있으면서 후꾸이라면 괜찮을 거라고 생각했지만, 시대가 시대인 만큼 후꾸이에서도 확실한 태도를 취하지 못하고 그들을 위하는 척하면서 자기 실속을 차리려고 영내에서 나가게 해서 쓰루가에서 잡히도록 유도했다고 한다.

"그 시절에는 한치 앞을 알 수 없었지요." 노인은 말했다.

그날 누구의 입에서도 결혼 이야기는 나오지 않았다. 켄사꾸도 그편이 기분 좋았다. S 씨가 돌아가려고 할 때 노인은,

"잠깐, 좀더 이야기하다 가시지요. 괜찮지요?" 하고 켄사꾸만 붙잡았다.

켄사꾸도 노인의 호의를 기쁘게 받아들였다. 평범한 아첨이 아니고 진심으로 좀더 있었으면 하는 것 같았기 때문에 켄사꾸는 남기로 했다.

노인은 그후로도 메이지유신 때의 이야기를 더 들려주었다. 무뢰한이 달려들어 존황론尊皇論[111]을 펼치고 돈을 모아서 사치를 했다. 그렇지만 얼마 지나지 않아 잡혔고 법정에서 존황이 무슨 뜻인가 하고 묻자 존엄한 왕이라고 대답했다는 이야기가 나왔다.

어쨌든 켄사꾸는 이 노인 부부가 매우 친근하게 느껴졌다. 그는 잠시 후에 작별 인사를 했다.

다음 날 노인 부부는 돌봐준 의사와 그외 다른 사람들에게 감사 인사를 하기 위해 물건을 사러 다니느라 바쁜 듯했다. 그래도 숙소 현관까지 켄사꾸를 만나러 오는 것을 잊지 않았다.

노인들은 그다음 날 쓰루가로 돌아갔다. 켄사꾸는 정차장까지

---

[111] 황실을 신성하게 여겨 존경해야 한다는 주장. 막부 시대 말기에 외세를 배척하자는 양이론(攘夷論)과 결합한다. 메이지유신 때는 왕정복고를 주장했으며 이후 일본 근대의 절대주의적 천황제의 기초가 되었다.

배웅했다. 거기에는 S 씨, 야마사끼 의사, 간호사, 그밖에 배웅하러 온 다른 사람들이 있었다.

노인들을 보낸 켄사꾸는 갑자기 할 일이 사라진 듯한 기분이 들었다. 오에이가 올 때까지의 일주일이 길게만 느껴졌고 그동안 어쩐지 들뜬 상태로 무위의 나날을 보낼 것 같았다. 타까이를 불러서 하시다떼나 쇼오도시마 섬에 가보거나, 그것도 아니면 이세 신궁神宮 참배라도 하려고 생각했다.

다음 날은 기분 좋게 맑았다. 그는 타까이가 어딘가로 나가버리기 전에 도착할 생각으로 쿄오또를 서둘러 출발했다. 그리고 나라의 아사지가하라에 있는 찻집에서 약간 떨어져 있는 타까이의 집을 방문했는데, 그는 이삼일 전 고향으로 돌아가고 없었다. 켄사꾸는 약간 실망했다. 그는 무로오지 절이라도 갈까 생각했다. 그러나 어느 역에서 내려 어떻게 가는지도 자세히 모르는데다 알아보기도 귀찮아져 가장 가까운 이세 신궁을 참배하기로 하고 나라에서는 박물관만 보고 바로 정차장으로 돌아왔다.

이세 신궁 참배는 생각보다 재미있었다. 신메[112]라는 하얀 말에게 인사를 시킨다는 이야기를 들은 적이 있는데, 실제로는 거짓이었다. 이스즈 강의 맑은 물, 자랄대로 자란 삼나무 등, 직접 봐야만 느낄 수 있는 기분 좋은 곳이었다. 후루이찌의 이세 온도[113]도 재미있었다.

연극에서 봐서 익숙한 아부라야라는 숙소에서 머물면서 이세 온도를 보러 가려고 했는데, 옆방 손님도 같이 가고 싶다며 식사도

---

112 신사에 봉납하거나 제사에 바치는 말.
113 전통 춤곡. 이세 신궁을 참배하고 돌아가는 길에 후루이찌 유곽에 들르는 손님들에 의해 전국으로 퍼지게 됨.

함께 하자고 칸막이를 열어젖혔다. "마침 현의회 일에 여유가 생겨서." 이런 식으로 그 사람은 말을 걸고 싶어했다. 톳또리 현[県] 사람으로 켄사꾸보다 서너살가량 더 먹은 사람이었는데, 현의원이 어느 정도 자랑거리가 되는 위치인지 전혀 모르는 켄사꾸는 현의회 이야기가 나올 때마다 유감스러운 듯 가벼운 당혹감을 표시했다.

산의 그늘진 곳에 온천이 많고, 무슨무슨 높은 산이 에이잔 산 다음가는, 예로부터 영험한 곳으로 경치가 매우 웅장하고 훌륭한 곳이라는 이야기 등을 했다.

아랫방 손님도 두 팀 정도 함께 가기로 하여, 일곱명 정도가 모였다. 숙소의 하녀가 안내해 밤의 유녀들이 있는 마을을 지나 나 함께 그 집으로 갔다.

물을 들였는지, 그을렸는지, 어쨌든 검게 물든 매우 고풍스러운 방으로 안내되었다. 깊고 커다란 마루를 등지고 다들 융단에 바로 앉았는데, 앞에 놓인 상자에는 순서를 적은 인쇄물과 과자 같은 것이 쌓여 있었고 삼면을 발로 가려놓은 정면은 무대가 시작될 하나미찌[114]에 해당하는 복도를 향해 있었다.

"당신 정말 대단한데요. 혼자서 이걸 보려고 했으니." 톳또리 현 사람이 켄사꾸를 보고 웃었다. 켄사꾸는 그런 것까지 생각해보진 못했는데, 듣고 보니 혼자 앉아 있는데 이렇게 넓은 무대에 여자들이 열명 남짓 나온다면 약간 당황했을지도 모른다는 생각이 들었다.

아래쪽에 네다섯 사람이 앉아 손가락판이 굵은 것인지 가는 것인지 알 수 없는[115] 샤미센을 켜기 시작하자, 개막을 알리는 신호와

---

114 카부끼 극장 등에서 객석을 가로질러 중앙 무대로 통하게 설치된 통로식 무대.
115 샤미센은 손가락판의 굵기에 따라 음역, 음량이 달라져 종류가 나뉨.

함께 삼면의 발이 올라가고, 전등이 켜지고 복도가 한척 정도 올라가더니, 거기에 낮은 난간이 붙고 양쪽에서 여자가 네명씩 나와 지극히 단조로운 춤을 추었다. 십오분 정도로 끝났다. 단조로운 박자도, 너무나 소박한 춤도, 그리고 손가락판이 굵은지 가는지 알 수 없는 샤미센의 느긋한 음색도 재미있었다. 시대에 뒤처진 무대 모습까지도 켄사꾸는 모두 다 좋았다. 달랑 혼자서 그 광경을 보았다면 더욱 재미있었을 것 같기도 했다.

다른 방으로 안내되어 쉰살쯤 된 살찐 여자로부터 좀더 남아 있으라는 권유를 받았으나 아무도 남지 않았다.

함께 다시 숙소의 하녀를 따라 돌아왔다.

다음 날 아침 그는 인력거로 내궁內宮에서 초오꼬깐, 그리고 외궁外宮을116 돌았다. 외궁의 숲 속 연못에서 수면에, 또 언덕 위 나무에서 물 쪽으로 뻗은 커다란 가지에도 몇백마리나 되는 야생 원앙새가 있는 것을 보고 꿈속의 한 장면 같아 몹시 흥미로웠다.

후따미에서 토바로 가서 하룻밤 보내고 쿄오또로 돌아오려 했으나, 돌아오는 도중 그는 카메야마에서 내려 다음 열차가 올 때까지 한시간 반 정도 인력거로 마을을 한 바퀴 돌았다.

카메야마는 세상을 떠난 그의 어머니의 고향이었다. 그곳은 주위보다 좀 높은 평지에 자리한 보잘것없는 마을이라 구경은 금방 끝났다. 그리고 나서 신사가 서 있는 성터로 가보았다. 히로시게의 「53 경치」에 나오는 가파른 경사의 카메야마 풍경을 떠올린 켄사꾸는 그 경치라도 보고 가려고 했는데, 어딘지 위치를 알 수 없었다.

인력거를 신사 문 앞에 기다리게 하고 그 주변을 적당히 돌아다

---

116 내궁과 외궁은 이세 신궁을 이루는 양대 궁이며, 초오꼬깐은 그 일대에 자리한 박물관임.

녔다. 아래쪽에 오래된 깊은 연못이 있고 그 앞으로 또 비슷한 높이의 산이 있었다. 그는 그쪽으로 내려가 경사가 급한 산길을 걸어 높은 곳으로 올라갔다. 위는 공원처럼 되어 있고 놀러온 것 같아 보이는 사람은 한명도 없었는데, 차림새는 별로였지만 어딘가 품위 있어 보이는 쉰살 정도의 여자가 혼자서 그곳을 청소하고 있었다. 그가 올라가자 그녀도 손을 멈추고 그를 보았다.

그 온화한 눈빛이 그에게 친근한 느낌을 주었다. 죽은 어머니와 비슷한 나이인 것, 그리고 옛 사무라이 집안 사람일 것이라는 상상이 들자, 그녀에게 말을 걸어보고 싶다는 생각이 들었다.

"이곳은……" 이렇게 말하며 그는 가까이 갔다. "성안인가요?"

"그렇습니다. 이쪽은 성의 중심으로부터 바깥쪽이고, 저쪽이 옛날에 중심이 되던 곳이지요." 이렇게 말하고 여자는 신사가 있는 쪽을 가리켰다.

"예전에 이곳에 살던 사람으로 사에끼라는 사람을 아십니까?"

"사에끼 가문은 옛 번주를 모시던 가신 가문이지요."

"그렇습니다." 켄사꾸는 이유도 없이 얼굴을 붉히면서 말을 이었다. "당신과 비슷한 나이의 사에끼 신이라고 아시는지요?" 켄사꾸는 당연히 '알아요'라는 대답이 나올 거라 예상하면서 조금 성급히 말했다.

"글쎄요—" 그 여자는 잘 모르겠다는 얼굴로 고개를 갸웃거렸다. "신이라는 분은 잘 모르는데요. 오긴 씨와 그 여동생 오께이는 알아요."

"여자 형제는 없습니다—아마 없었을 거예요. 사에끼 가문의 다른 사람들은 모르시나요?"

"글쎄요, 잘 모르겠네요. 우리가 기억하는 것은 유신이 지난 다음의 일이라, 다른 지역으로 나간 분은 잘 몰라요. 방금 말씀드린 사에끼 씨 말고는 잘 모르겠어요."

결국 켄사꾸의 예상은 어긋났다. 게다가 그는 어머니의 어린 시절에 대해 아무것도 몰랐기에 알아볼 수도 없었다. 어머니가 언제 토오꾜오에 나왔는지, 어머니 쪽 친척으로 어떤 집이 있는지, 무엇보다 그는 외조부 이름조차 몰랐다. '시바의 할아버지'면 언제나 통했기 때문에 외조부를 친조부보다 더 마음으로 존경하고 사랑하고 있었지만 이름은 몰랐다.

여자는 그 마을에서 사에끼 성을 가진 집을 가르쳐주었지만 그는 그다지 마음이 내키지 않아 인사를 하고 헤어졌다. 그는 자신이 너무나 모른다는 것 —자신에게 알 기회가 없었다는 것을 새삼스럽게 깨달았다.

저녁 해가 성곽 한가운데 숲을 비추고 있었다. 이제 붉나무만이 붉게 물든 채 푸른 숲에서 아름답게 눈에 띄었다.

'뭐, 이대로 좋아. 그편이 좋아. 모든 것은 나부터 시작되는 거야. 내가 선조인 거지.'

이런 생각을 하면서 그는 심하게 구불구불하고 경사가 급한 산길을 종종걸음으로 걸어 이미 가을답게 청명한 연못 쪽으로 내려갔다.

9

쿄오또에는 켄사꾸가 없는 동안 이시모또가 와 있었다.
"정말 좋은 상황이네." 이시모또가 말했다.

"그런가?" 켄사꾸는 구체적으로 무슨 좋은 이야기라도 나온 것인가 하는 생각을 했다.

"노인 부부는 너에게 상당히 호의를 가진 것 같아."

"……나도 꽤 호의를 갖고 있어요."

"그래, 그건 잘됐네."

"………"

"나중에 남아서 결혼에 관한 이야기라도 좀 했어?"

"아니."

켄사꾸는 그날 일을 간단하게 전하고, 이번에는 신기하게 스스로도 괜찮을 것 같다는 느낌이 든다고 이야기했다.

"그러나저러나 먼 곳까지 와주고 번번이 고마워요." 이렇게 켄사꾸는 인사를 했다.

"아니야, 괜찮아."

"일부러 와주어 정말 고마워요." 켄사꾸는 지금까지 이렇게 확실하게 이시모또에게 인사한 적은 없었던 것 같았다. 그러나 조금도 어색하지 않게 입에서 나왔다.

"그럼 확실해졌다고 보고 이제부터 앞으로의 일은 어떻게 하면 좋을까? 너 혼자서는 안되겠지?"

"응."

"S에게 도움을 받지 않으면 안되는 일도 있지만, 대충 노부유끼와 상담해서 우리가 정해도 좋을까?"

"그래주세요."

"결정은 되도록 네 허락을 받기는 할 텐데……"

"일일이 그렇게 하지 않아도 돼요. 번거롭잖아── 역시 대답은 S씨를 통해서 오겠지?"

"그래, 근데 그건 별로 걱정할 것 없어."

이시모또의 말투로는 N 노인이 어느정도 명확한 대답을 해준 것 같았다. 이시모또는 그날 밤 급행으로 돌아갔다.

먼저 보낸 짐이 도착했기에 켄사꾸는 사람을 부탁해 들어갈 집을 청소하고 짐 꾸러미를 풀게 했다.

후꾸요시 쪼오의 하녀는 휴가를 가고 없어서 그는 대신 돌봐줄 사람을 숙소에 부탁했다. 얼마 후 일할 사람이 나타났고, 켄사꾸가 알려주지도 않았는데 그날 일을 도와주러 집까지 찾아왔다. 깡마른 할머니였는데 움푹 팬 눈이나 살집 없는 얼굴이 켄사꾸에게 말린 정어리를 연상케 했다. 이름은 센이었다. 그 밤부터 센은 거기 머물기로 했다.

사흘쯤 지나 오에이가 아침에 도착했다. 오에이는 집을 완전히 정리하고 떠나고 싶어했다.

"이제 충분합니다." 켄사꾸는 말했다. "나중에 부친 짐도 아직 도착하지 않았으니, 저는 신경 쓰지 말고 천천히 구경이나 하세요. 그러는 게 저도 좋아요. 며칠 정도 계실 거예요?"

"네댓새 지나면 기후에서 오사이가 올 거예요."

"그렇다면 더욱 이사 같은 건 어찌 되든 상관없어요. 그냥 내게 맡기세요." 그렇게 말하고 숙소에 도착하자마자, 그는 바로 관광하러 오에이를 데리고 나갔다.

그전에 오에이는 창호지로 싼 캐비닛판[117] 사진을 여행가방에서 꺼내 그에게 내밀며,

"그제 도착했어요" 하고 말했다.

[117] 가로 12쎈티미터, 세로 16.5쎈티미터 크기의 인화지.

"음, 이 사람이에요. 그렇게 토리게따쓰 병풍의 미인은 아닌가." 켄사꾸는 말했다.

오에이는 아이꼬와 비교하며 뭐라고 말했다. 그 말에는 전부터 불쾌했던 일에 대한 여자다운 반감이 섞여 있었다. 사진 속 그녀를 아이꼬와 비교하여 말한 것이 켄사꾸는 불쾌했고, 그때 일어났던 여러가지 안 좋은 일들이 떠오르자 약간 화나기도 해서 그는 입을 다물어버렸다.

인력거로 쿠로다니, 신뇨도오 절, 킨까꾸지 절, 호오녠인 절, 마쓰무시 스즈무시의 절[118] 등을 돌아보고 난젠지의 키따노보오에 있는 집에 들렀다. 거기서 인력거를 돌려보내고 잠시 쉬기로 했다.

"정말 좋은 집이네요." 오에이는 자꾸만 집을 칭찬했다. 그리고 "저건 뭐죠?" 하고 냐꾸오오지 절 뒤의 울창한 소나무 숲에서 빨간 깃발이 몇개 흔들흔들 움직이는 것을 가리키며 켄사꾸에게 물었다.

"버섯 따는 곳이에요." 묻지도 않았는데 센이 옆방에서 제멋대로 대답했다.

오에이는 토오꾜오와는 모습이 다른, 마치 골목처럼 가늘고 긴 부엌에 흥미를 보이면서 센에게 물어보고 자세하게 들여다보았다. 호오녠인 절의 정원 같은 데보다도 오에이는 그런 것을 더 흥미로워했다.

냐꾸오오지 절에도 에이깐도 절에도 가지 않고 난젠지 절로 갔다.

켄사꾸는 오에이가 귀찮아할 것을 뻔히 알면서도 보는 것마다 설명하고 싶어 견딜 수가 없었다. 아이 같은 기분이라고 생각하면서도 멈출 수가 없었다. 특히 상대가 오에이인지라 자연스럽게 스

---

118 안라꾸지 절. 궁녀 마쓰무시와 스즈무시에 얽힌 사연 때문에 그렇게도 불림.

스럼없이 어리광이 나왔다.

난젠지 절 뒷산 중턱에서 수로水路 위로 나와 인클라인[119]을 보고, 효오떼이라는 음식점에 들러 저녁식사를 했다.

어두워져서 두 사람은 숙소로 돌아왔다. 좁은 방에 덮는 이불을 나란히 맞춰 잠자리를 두개 마련해놓았다. 나갈 때 어떻게 할지 물어서 켄사꾸는 아무 생각 없이 "네, 이 방도 상관없습니다"라고 대답했는데, 그것을 보자 오랫동안 함께 생활했지만 (아주 어릴 때는 제외하고) 오에이와 단둘이 한방에서 잔 경우는 한번도 기억나질 않았다.

"조금 어색한데." 그는 약간 얼굴을 붉히고 혼잣말처럼 말했다. 오에이는 그와는 전혀 다른 심정으로 약간 떨어져 놓인 두 베개 사이에 피곤한 몸을 고정시키듯이 앉아서,

"덕분에 생각지도 못한 좋은 구경을 했어요" 하고 구경이 전부 끝난 듯이 이야기했다.

"이걸로 되겠어요?"

"네, 충분해요."

"바로 잘 거죠?"

"켄사꾸는?"

"저는 산책을 좀 하고 오겠습니다."

"그래요? 그럼 난 어젯밤 기차에서 푹 자지 못해서 먼저 잘게요."

"네, 그럼 어서 쉬세요."

켄사꾸는 집을 나서면 대개 절이 있는 마을로 바로 내려가는 것

---

119 경사면에 레일을 깔고 동력으로 짐이나 배를 오르내리는 장치.

이 버릇처럼 되어버렸다. 지금도 그쪽 길을 걸으며, 그는 역시 오에이가 신경 쓰인다는 것을 느꼈다.

늦게 돌아왔다. 오에이는 밝은 전등 아래 곤히 잠들어 있었다. 처음에는 그가 돌아온 줄도 모르는 것 같았는데, 눈부신 듯이 눈을 살짝 뜨며 약간 일그러진 표정을 하고 "지금 왔어요?" 하고는 이내 반대편으로 돌아누웠다.

켄사꾸는 누구건 한방에 다른 사람이 있으면 편안하게 잘 수 없는 성격이었다. 이런 때는 완전히 피곤해질 때까지 책을 읽는 버릇이 있어, 그는 옷 끈를 풀고 전등을 머리맡으로 끌어와 방금 헌책방에서 사온 희극 『헛소동』 번역서를 읽기 시작했다. 전날 활동사진으로 「한여름 밤의 꿈」을 재미있게 본 이후, 그는 자꾸만 그런 희극류를 읽었다. 동양의 고미술이 전혀 다른 시대로 그를 데리고 가커다란 위로가 되듯, 희곡을 접하는 일 역시 일시적이나마 자신을 지금까지와는 정반대의 가볍고 자유로운 기분으로 이끌어주는 것이, 그는 고마웠다. 어쨌든 요즘 그는 비극은 지겨웠다.

절반 정도 읽었다. 그는 전등을 끄고 의외로 빨리 잠이 들었다. 그렇지만 어느 순간 갑자기 마치 다른 사람이 흔들어 깨우는 듯한 느낌에 어둠 속에서 잠이 확 깨버렸다. 그러고는 다시 잠들 수가 없었다. 아무리 노력해도 잠이 안 왔다. 바로 옆에서 오에이의 편안한 숨소리가 들려왔다.

머리는 여전히 피곤해서 멍하고, 열이 나는 것 같고, 실제로 방의 공기도 탁해 덥고 답답했는데, 그는 괴로워서 자신의 팔을 휙 오에이 쪽으로 던져보기도 했다.

다음 날 아침, 그가 일어났을 때 오에이는 준비를 마치고 마루끝에서 바깥 경치를 바라보면서 혼자서 차를 마시고 있었다.

"일어났나요?" 켄사꾸가 이부자리에서 기지개를 켜자 오에이가 말을 걸었다.

"몇시지요?"

"이래저래 9시예요. 이제 일어날 건가요?"

"일어나야죠."

"이 방은 역시 둘이서 자기 좀 좁네요."

"오늘은 바꾸지요."

"만약 켄사꾸 씨가 일이라도 하실 거면 따로 방을 빌려서 지내도 좋아요. 요즘은 어떤 걸 하고 있나요?"

"아무것도 안하고 있어요." 켄사꾸는 오에이의 말을 어떻게 해석해야 좋을지 몰랐다. 그냥 해보는 말인지 좀더 생각해서 하는 말인지 도무지 분간할 수 없었다. 그러나 어느 쪽이든 별로 개의치 않았다. 전날 밤 그의 괴로움을 알아챘다고 하더라도 오에이에게는 조금도 부끄럽다거나 하는 마음은 일어나지 않았다. 뻔뻔스러움은 아니었다. 오히려 모든 것을 용서해줄 거라고 안심하는 마음이었다. 만약 오에이가 알아차렸다 하더라도 오에이는 그 때문에 화를 내지 않을 것이고, 또 자신을 경멸하지도 않을 것이라는 확신이 들었기 때문이었다.

"저쪽에 작은 방이 하나 더 있어요. 오늘부터 거기를 쓰세요."

"그러지요 — 어제 갔던 곳 대부분이 여기서 보이네요."

낮부터 둘은 란잔에 갔다. 오는 길에 킨까꾸지 절을 돌아보자고 말했는데, 오에이가 이제 충분하다고 하고 시간도 조금 늦어져서 그대로 돌아왔다.

"내일은 나라에 가요. 그리고 전차로 오오사까도 돌아요."

켄사꾸는 얼마 동안 만나지 못한다고 생각하자 이 기회에 되도

록 여러 곳을 안내하고 싶었다. 그러나 오에이는 좀 미안했는지, 아니면 정말 별로 걷고 싶지 않은 건지,

"이제 정말 충분해요" 하고 거듭 말했다.

'내일 낮에 지나감. 시간 맞춰 나오길.' 다음 날 이런 전보가 오사이로부터 왔다. 자연스럽게 나라행도 오오사까행도 취소됐고 그날은 오에이가 쇼핑하는 길에 켄사꾸도 함께 따라갔다.

다음 날 두 사람은 이른 시간에 정차장으로 갔다.

"아마 삼등칸일 거예요." 이렇게 말하고 오에이는 시모노세끼까지의 기차 운임을 켄사꾸에게 건넸다.

"그 사람뿐인가요?"

"기후에서 아이를 하나 데려올 거예요."

"아이가 있나요?"

"자기 애는 아니에요." 오에이는 어색하게 쓴웃음을 지었다. "쿄오또에서도 누가 합류할지도 모르겠어요."

나이를 가늠할 수 없는 키가 작고 눈까풀이 처진 여자가 화려한 복장을 하고 커다란 남자 인형을 안고서 아까부터 주변을 맴돌고 있었다. 게다가 두 사람의 일행인지 배웅을 나온 것인지 알 수 없는 여자도 함께 있었다. 켄사꾸는 아마도 그 사람이 '쿄오또에서 온 아이'일 거라고 생각했다.

모두가 나와 있는 플랫폼에 하행 기차가 도착했다. 삼등객차 중 하나에서 오사이와 젊은 여자 두명이 얼굴을 내밀었다. 눈까풀이 처진 여자는 쉰살 남짓한 여자의 손을 끌며 서둘러 그쪽으로 향했다. 오에이가 이런 사람들의 일행이 된다는 사실이 켄사꾸는 너무 견딜 수 없었다. 그는 배웅하는 다른 두 사람과 함께 삼등칸의 창 앞에서 한발 물러나 이상하게 공허한 심정으로 서 있었다.

배웅하는 젊은 여자가 혼자 들떠서 자꾸만 떠들었다. 작년에는 울지 않겠다는 약속을 하고서는 울어버렸는데, 지금은 이렇게 들떠 있으니 이번에는 성공할 전조라는 둥 이야기를 했다. 이런 이야기를 들을수록 켄사꾸는 오에이에 대해 왠지 불안한 느낌이 들었다.

"그런 이상한 소리만 하지 말고 네 돈을 이쪽에 좀 투자해." 오사이는 그 젊은 여자를 놀렸다. "네 600엔짜리 전화를 판 돈이라도 좋으니 자본 좀 대."

몰인정한 이야기를 듣고 젊은 여자는 불안한 얼굴을 했다. 오에이는 오사이 뒤에서 잠자코 평온한 미소를 짓고 있었다. 보기에는 매우 좋았는데, 마찬가지로 오사이의 부추김에 쉽게 넘어가서는 이제 겨울인 톈진까지 가서 돈을 잃는다고 생각하니 켄사꾸는 '그 젊은 여자보다도 한심해요'라고 말해주고 싶은 기분이었다.

쌍까풀이 있는 여자는 창문에 기대어 앞에 선 쉰살 정도 된 여자의 손을 양손으로 붙잡고 손등을 자신의 볼에 자꾸만 문지르고 있었다.

"이건 이렇게 위쪽에 올리는 게 좋아." 오사이가 말하자 무식해 보이는 그 여자는 잠자코 손을 떼고, 커다란 남자 인형을 위쪽의 망으로 된 선반에 올리고 바로 다시 원래대로 앉아서 나이 든 여자의 손을 잡아올려 사뭇 헤어지기 싫은 듯이 볼에 대고 비볐다.

10

켄사꾸는 마침내 새집으로 이사했다. 가을치고는 조금 차가운 바람이 부는 어두운 날이었는데, 센이 나중에 보낸 짐이 도착했다고 전하러 왔다. 그는 바로 짐을 옮기기로 했다. 자신의 방을 손수 정리하고 짐을 묶은 끈을 풀고 당장 필요없을 듯한 도구를 짊어지고 가 다락방에 넣어두고 했더니 온몸이 먼지투성이가 되고 손과 얼굴은 거칠거칠해졌다. 게다가 추위로 인한 두통에다 먼지 때문에 코 역시 근질근질해서 몹시 기분이 나빠졌다.

센 할머니는 열심히 일하고 있었는데, 자꾸 말을 거는 바람에 그는 기분이 안 좋아져 약간 신경질이 났다.

"이건 뭐지요?" 이런 식으로 말을 걸어왔다.

"뭐요?"

"코따쓰 아닌가요?" 센은 무거운 듯 양손으로 철제 발난로를 들고 있었다.

"발난로예요. 아무 데나 넣어놓으면 돼요."

"발난로? 사용 안하시는 건가요?"

"사용할지도 모르지만 지금은 필요하지 않으니 어디 넣어두세요."

"……그럼 제게 빌려주실 수 있는지요. 밤에 허리가 추워서 못 견디겠는데요." 주눅 든 천박한 웃음을 지으며 센은 살짝 고개를 숙였다. 켄사꾸는 불쾌한 표정을 지으며, 어쩐지 기분 나쁜 '말린 정어리' 같다고 생각했다. 그러나 그런 말을 듣고 안된다고 하기는 어려웠다. 그래서 어쩔 수 없이, "그래요" 하고 답했는데, 일단 '말린 정어리'가 잠자리에서 사용한 것은 앞으로 쓸 수 없겠다고 생각하니 아깝게 여겨졌다. 한편으론 토오꾜오에서 일부러 무겁게 들고 와서 바로 '말린 정어리'에게 뺏겨버리는 주인공이 우스꽝스럽다는 생각도 들었다.

먼저 도착한 짐 가운데 커다란 금속 화로에 끼워 가져온 대야가 바닥에 구멍이 났다고 했기에,

"그건 고쳐놨어요?" 하고 그는 물어보았다.

"아직 안했어요." 센은 당연한 듯이 대답했다.

"왜 안했어요?"

"고치는 사람이 통 안 와서요."

"오지 않으면 가지고 가면 되잖아요?"

"말도 안돼. 저렇게 큰 대야를 여자가 들고 걸을 수나 있겠어요? 어딘지도 모르겠고……"

"머리에 이고 북을 두들기면서라도 가야지."

"바보 같아."

켄사꾸는 신경질이 나는 것을 참으려니 더욱 신경질이 났다. 그러나 얼마 지나지 않아 목욕탕에 가서 개운한 기분으로 돌아오자, 신경질이 나던 것도 약간은 괜찮아졌다. 센과의 관계가 정말로 안정될 때까지는 조금 시간이 걸릴 것 같았다. 센은 서생 하나 돌본다는 비교적 가벼운 심정으로 온 모양이었는데, 켄사꾸가 서생인 것은 확실하고, 가급적 고용인, 피고용인을 떠나 평등하게 대하려는 생각도 있었으나, 거슬리는 것은 역시 참을 수 없었다. 센이 그것을 이해할 때까지는 때때로 불쾌한 일이 생길 것 같다는 생각이 들었다.

"내가 책상 앞에 있을 때는 어떤 용무가 있어도 말을 걸면 안돼요." 그는 이렇게 말해두었다.

"왜요?" 센은 놀라서 가는 눈을 크게 뜨고 되물었다.

"이유가 뭐든 간에 안된다면 안되는 줄 아세요."

"으음."

센은 비교적 그 당부를 잘 지켰다. 생각 없이 뭔가 말하면서 들어왔다가 켄사꾸가 책상 앞에 앉아 있으면,

"아, 말하면 안되지" 하고 서둘러 입을 틀어막고 나갔다.

켄사꾸는 센의 과거에 대해 전혀 몰랐다. 단지 살아 있다면 그 또래일 딸이 한명 있었다는 것, 딸과 사별하고 오빠를 도와주고 있었는데 최근 그도 죽어서 이별하고, 그후 조카 부부를 돌봤는데 어쩐지 애물단지 취급을 받는 것 같아 일을 나가기로 했다는 것, 이 정도 사연을 켄사꾸는 알고 있었다.

센은 부엌에서 일하면서 자주 노래를 불렀다. 못하지는 않았지만 술이라도 약간 마시면 소리가 커져서 켄사꾸가 방에서,

"시끄러워요" 하고 화낸 적도 있었다.

그러나 시간이 지나며 차츰 센이 좋아졌다. 켄사꾸도 센의 행동이 그렇게 신경 쓰이지 않았고, 센도 나이 든 사람치고는 켄사꾸의 기분에 잘 순응하려 스스로 노력하고 있었다. 그리고 쿄오또 사람답게 낭비하지 않고 매사를 요령 있게 잘해나갔다. 술도 담배도 곧잘 하는 편이어서 켄사꾸가 피우다 남긴 담배를 가지고 가서 곰방대에 채우기도 했다.

켄사꾸는 처음 생각했던 것보다 긍정적으로 센을 조금씩 받아들이게 됐다.

오에이로부터는 무사히 도착했다는 간단한 소식이 왔을 뿐 자세한 것은 아무것도 쓰여 있지 않았다.

그는 여기서 집이 정해지면 안정된 기분으로 혼자서 절 구경할 것을 커다란 즐거움으로 기대하고 있었는데, 막상 안정되고 나니 오히려 그러지 않게 되었다. 이상하게 겁쟁이가 되었다. 나가면 대개 신꾜오고꾸와 같은 복잡한 장소를 걸으며 돌아다니다 완전히

지쳐서 돌아올 때가 많았다. 만나는 친구도 없고 때로는 스스로도 주체할 수 없이 외로워지는 날도 있지만, 그래도 오오모리나 오노미찌에 있을 때처럼 심하게 처참해지는 일은 최근에는 거의 없었다. 정리된 글은 아니었지만 습작도 조금씩 할 수 있게 되었다.

어느 아침, 그가 아직 자고 있는데 오랜만에 S 씨가 회사에 가는 길이라며 들어오지는 않고 현관에서 개봉된 편지 한통을 센에게 건네고 돌아갔다.

한시간쯤 지나 켄사꾸는 편지를 보았다. 쓰루가에서 보낸 승낙 편지였다. 그는 반복해서 읽었다.

"이봐요, 이 편지를 S 씨가 내게 가지고 왔나요?"

"네."

"잠깐 깨우지 그랬어요."

"저도 그렇게 말씀드렸는데요, 회사 가는 길이어서 저녁에 다시 방문하겠다고 하고 바로 나가셨어요."

켄사꾸는 S 씨가 직접 편지를 가져와준 것도 기뻤다. 그는 여러 모로 S 씨에게 도움을 받고 그것을 감사히 여기고 있었는데, 딱히 기회가 없어서 지금까지 한번도 S 씨의 집을 방문하지 못했다. 이 것이 좀 신경이 쓰였다. 신경이 쓰이긴 해도 그는 찾아갈 순 없었다. 마찬가지로 S 씨 역시 한번도 방문하러 오지 않아 때때로 그는 불안에 빠지기까지 했다. 자신의 무례함에 S 씨가 화내고 있을 것이다. 이 이야기에도 지금은 냉담해져버렸다. 그래서 답장이 이렇게 늦어지는 것이다. 이러다가 결국 흐지부지돼버리는 게 아닐까. 그런 불안이 있었다. 그러나 지금은 신경 쓰이던 이런 탁한 기분까지도 단번에 날아가버려 이중으로 상쾌해진 기분이었다.

"이제 정해지셨나요?"

"네."

센은 내내 서 있다가 갑자기 그 자리에 앉더니 어울리지 않게 격식을 차리며,

"축하드립니다" 하고 말했다.

"고마워요." 그도 살짝 인사를 했다.

"그래서 언제……?"

"확실하진 않은데 올해 안 아니면 내년 입춘 전에요."

"그래요? 충분한 여유가 없네요."

"입춘이 며칠쯤이죠?"

"2월 초순이에요."

그 편지에는 N 노인 아들의 친구가 어느 사립대학 문과에 있는데, 그에게서 켄사꾸의 평판을 듣고 다들 좋아하고 있다고 쓰여 있었다. 켄사꾸는 그 사람이 자신에 대해 긍정적으로 말해줘서 다행이라고 생각했다. 그리고 자신이 같은 말을 그 사람과 같은 입장에서 들었다면 그렇게 솔직하게 말했을지 아닐지 생각해보고 섬뜩해졌다.

그는 노부유끼와 이시모또, 오에이에게 거의 똑같은 내용의 편지를 썼다. 그외에 오랜만에 빠리에 있는 타쓰오까에게도 썼다.

오후에 그는 집에서 나와 타쓰오까에게 보낼 양갱을 사러 스루가야라는 가게에 들러 거기서 S 씨 회사로 전화를 걸어서 상황을 묻고 방문하기로 했다. 4시쯤 와달라고 했다. 4시까지는 두시간 가까이 남아 있다. 그는 시간을 때우기 위해 타까꾸라의 다이마루 가게로 갔다. 화려한 여자 옷을 보고 싶다는 은밀한 욕망이 한구석에 있었다. 그런 것을 보노라면 생기는 환상이 지금 같은 경우에는 필요했던 것이다. 그러나 또 한편으론 최근 후까꾸사의 연병장

에 떨어진 작은 비행기를 전시해놓은 것도 보고 싶었다. 타쓰오까가 그 비행기—모란소니에 사^社의 날개가 하나로 된 비행기—를 칭찬한 적이 있다. 그리고 그는 오늘 타쓰오까에게 보내는 편지에 그 비행사가 토오꾜오까지 무착륙비행을 하려고 가솔린을 가득 싣고 시험비행을 하던 중 추락하여 죽었다는 소식을 적었다. 반쯤 타버린 비행복, 눌어붙은 명함, 손수건과 그외 여러가지가 진열되어 있었다. 그는 쿄오또에 와서 이와 같은 빠른 비행기가 먼 하늘에서 날아가는 것을 자주 보았다. 마을 아이들이 그것을 보고 "오기노 씨다. 오기노 씨다" 하고 흥분하던 것이 기억난다. 아이들에게뿐만 아니라 쿄오또에서 '오기노'의 인기는 대단했다. 지금은 죽어서 그 유물이 이렇게 많은 사람들을 불러모으고 있다—적당한 시간에 켄사꾸는 그곳을 나와 S 씨 집으로 향했다.

S 씨 집은 문으로 들어가자 방 양쪽 정원에 심은 해장죽^{海藏竹}이 보이는 쿄오또풍의 풍류 있고 우아한 집이었다.

약혼, 결혼 시기, 장소, 그런 이야기들을 나눴는데, 켄사꾸는 특별한 의견이 없었다. 시기만큼은 되도록 빠르면 좋겠다고 생각했는데, 입춘 무렵으로 정해져도 상황이 되면 서둘러 하고 싶다고 하면 좀 이상할까 하는 생각을 했다. 모두가 원하는 방향으로 이시모또와 상의하여 정했으면 좋겠다고 이야기했다.

11

켄사꾸는 이삼일 정도 토오꾜오에 가기로 결심했다. 일부러 갈 것까지는 없었지만, 오랜만에 잠시 돌아가보고 싶기도 했고, 게다가 여태껏 이시모또가 두번이나 자신 때문에 쿄오또에 와줬으니 이번엔 자신이 한번 가보자고 생각한 것이다.

카마꾸라에 들러 노부유끼와 함께 상경하여, 그날 밤 이시모또를 방문했는데, 의논이라기보다는 잡담으로 밤을 새우다가 둘은 그 집에서 자기로 하고 나란히 잠자리에 들었다. 그때 노부유끼가,

"혼고오에 들를 생각은 없니?" 하고 말했다.

"글쎄, 혼고오를 떠올리면 왠지 마음이 무거워져서…… 사끼꼬와 타에꼬는 오랜만에 만나고 싶기도 한데."

"요전에 네 이야기를 했더니 매우 기뻐했어."

"그래? 한번 만나고 갈까?"

"내일 일요일이잖아."

"토요일이겠지."

"그럼, 모레 카마꾸라로 부를까?"

"그래줘."

"그럴까? 그럼, 내일 전화로 그렇게 이야기해보지. 정말 기뻐할 거야."

다음 날 오후 두 사람이 카마꾸라로 돌아가기 전에 전화로 그 이야기를 했다. 여동생들은 진심으로 기뻐하며 다음 날 기차 시간 등을 맞추었다.

기차에 타고 나서 노부유끼는 갑자기,

"요전에 말한 그 여자 사진은 안 가져왔어……? 하여간 눈치 없기는" 하고 말했다.

"생각하기는 했는데……"

"생각하고 관두는 것이 네 성격이야." 노부유끼는 뭔가 생각난 것처럼 날카롭게 말하고 웃기 시작했다. 켄사꾸는 약간 기분이 상

했다.

"근데 형은 오오모리에서 만나서 그랬고…… 이번에 사끼꼬와 만날 거라는 생각은 못했으니까."

"그건 그래." 노부유끼는 자신이 너무했다고 앞에 한 말을 취소라도 하듯이 두세번 고개를 끄덕였다.

그날 밤 둘은 일찍 잠자리에 들었다. 다음 날 아침 켄사꾸는 노부유끼를 남겨두고 도착 시각에 맞춰 혼자서 정차장으로 나갔다.

그가 서 있는 플랫폼에 기차가 도착했다. 여동생들이 커다란 짐을 가지고 내렸다.

"오라버니는요?" 타에꼬가 물었다.

"집에서 기다리고 있어."

"정말 너무해. 이렇게 맛있는 것을 가지고 왔는데……" 타에꼬는 터질 듯이 활기차 보였다. 그리고 잠시 못 본 동안 키가 좀더 커 있었다.

짐만 인력거에 실어 먼저 보내고 세 사람은 천천히 하찌만마에에서 학교 옆을 지나 걸어갔다. 한적하고 좋은 날씨로, 세 사람 다 기분이 쾌청하고 좋았다.

쿄오또 집 이야기 등이 나왔는데, 켄사꾸는 좀처럼 결혼에 대해선 말하지 않았다. 기회를 놓치기도 했지만 선뜻 그런 말이 나오지 않았다. 그러자 사끼꼬가,

"이번 일, 정말 기뻐요"하고 말을 꺼냈다.

"결혼식은 언제예요? 쿄오또에서 하는 거죠?" 타에꼬도 말했다.

"아마 그럴 거야."

"그때 저 쿄오또에 가고 싶어요."

"오빠한테 데리고 가달라고 해."

"네, 그럴 생각이에요. 근데 언제죠? 학교가 방학이 아니면 안되는데."

"그즈음일지도 모르겠어."

"되도록 그렇게 해줘요."

"타에꼬, 그런 걸 네 상황에 맞춰 정하기는 어려워." 사끼꼬가 말했다. 타에꼬는 화가 난 듯이 말없이 언니를 쳐다보았다. 사끼꼬는 학교가 방학이어도 타에꼬의 쿄오또행을 아버지가 허락할 리가 없다고 생각하는 것이다. 그것은 켄사꾸도 알고 있었다. 알면서도 상황에 맞춰 이렇게저렇게 말하는 것이 스스로도 약간 마음에 걸렸다. 그래서 그도 입을 다물어버렸다.

근처까지 오자 타에꼬는 혼자서 먼저 달려가버렸다. 짐을 실은 인력거가 저쪽에서 왔다.

잠시 후 두 사람이 니시미까도의 집에 도착했을 때 타에꼬는 방 한가운데에서 커다란 보자기를 풀던 참이었다. 과자, 통조림, 과일 등에 셔츠나 속옷류까지 있었다. 그외에도 또 하나 신문지로 싸서 끈으로 위를 단단히 묶은 상자 같은 것이 있었는데 타에꼬는 의미심장한 얼굴로 그것을 따로 두면서,

"이건 켄 오빠에게······" 하고 말했다. "지금 열어보면 절대로 안돼요. 쿄오또에 돌아가서 보세요."

"어디 좀 보여줘봐."

"안돼요."

"나만 살짝 볼게." 이렇게 말하고 열려고 하자 타에꼬는 화난 듯이,

"싫어요" 하고 말했다.

"결혼 축하 선물인가?"

"결혼 축하 선물은 따로 드릴 거예요."

"결혼 축하 선물의 보증금인가?"

"뭐든 좋아요. 오빠하고는 상관없으니까. 잠자코 계세요." 타에꼬는 일어나 그것을 선반 위에 올려놓았다.

"고집쟁이, 그럼 말로 해봐. 뭐야?" 노부유끼는 일부러 거칠게 말했다.

"타에꼬가 손수 만든 물건이에요." 옆에서 사끼꼬가 말했다.

"언니는 쓸데없는 소릴 하고 그래……" 타에꼬는 언니를 째려봤다. 그리고 쿄오또에 돌아갈 때까지 절대로 열지 않겠다는 굳은 약속을 켄사꾸에게 받아내고 겨우 만족했다.

"그렇게 거창하게 행동하니까 더 이상해. 그러니까 정말로 열어보기 아까운 보석상자 같잖니." 이렇게 말하고 사끼꼬는 쿡쿡 웃어댔다.

"정말 너무해." 타에꼬는 화난 얼굴로 가만히 언니의 얼굴을 바라봤다. 눈물이 고여 있었다.

"이봐, 이제 곧 점심땐데 너희들이 준비해야지." 노부유끼가 이렇게 말하자 화난 타에꼬는 모르는 체하고 있었다.

오후에 모두가 엔가꾸지 절에 갔다. 돌아오는 길에 켄쪼오지 절이 있는 한조오보오의 산에도 올랐다.

켄사꾸는 둘을 토오꾜오까지 배웅하고 바로 그날 밤 야간열차로 쿄오또에 돌아가기로 했다.

돌아갈 채비를 하러 타에꼬가 화장실에 가자 노부유끼는 농담 반 진담 반으로,

"뭐야, 한번 볼까?" 하고 선반 위 상자를 가지고 왔다.

"거참, 못 말리겠네." 켄사꾸도 농담하며 그것을 챙겨 넣었다. 사

끼꼬는 웃었다.

노부유끼와는 카마꾸라의 정차장에서 헤어지고 셋이서 토오꾜오로 돌아갔다. 그리고 거기서 여동생들을 보내고 켄사꾸는 쿄오또로 돌아왔다.

타에꼬의 선물은 리본 자수를 놓은 액자와 보석을 넣는 상자였다. 그래서 '보석상자'라는 말에 화가 났구나 싶어서 그는 혼자서 웃었다. 상자에는 작은 서양식 봉투 안에 넣은 편지가 들어 있었다.

'켄 오빠 축하드립니다. 지난번 큰오빠에게 이야기를 듣고 눈물이 나올 정도로 기뻤습니다. 제가 혼자 다른 방으로 가버린 것은 뜻밖이기도 하고 기쁜 마음에 왠지 묘한 기분이 들어서였어요.

이 상자는 미래의 새언니에게, 액자는 새언니 사진이나 결혼사진을 넣으시라고.

피아노 선생님인 B 부인에게 배워서 제가 만들었어요.'

이렇게 쓰여 있었다. 만났을 때는 아무 말도 하지 않고 자연스럽게 대하던 타에꼬가 자신의 결혼을 그 정도로 기뻐해줬다니 뜻밖이었고 흐뭇했다. 그는 눈물이 났다.

12

켄사꾸의 결혼식 날짜는 의외로 빨리 잡혔다. 그 역시 이시모또와 노부유끼가 주도한 대로였다. 준비는 아무것도 필요없었다. 켄사꾸도 쿄오또에서 얼마나 더 살지 모르니 어차피 넓은 집을 빌릴 필요도 없고, 당장 여러가지 살림을 가지고 와도 복잡할 뿐이라는 말을 S 씨를 통해 전달했다. 그리고 식을 올리는 것 말고는 되도록 간단하게 끝내고 싶다고 했다.

12월 초 어느날 쓰루가에서 일행(본인, 어머니, 오빠)이 왔다. 다음 날 모두 S 씨의 집에서 모여 거기서 서로 얼굴을 보고 밤에는 역시 S 씨의 안내로 미나미자[120]에서 하는 카오미세 쿄오겐[121]을 보러 갔다.

켄사꾸는 나오꼬를 이번에 다시 보고 이제껏 머릿속에서 상상했던 그 사람과는 상당히 다르다는 인상을 받았다. 뭐라고 하면 좋을까, 어쨌든 현재 자신에게 가장 좋은, 현재 자신이 가장 바라는 그런 여자라고, 언젠가부터 그는 마음속에서 그 사람을 만들어가고 있었다. 한마디로 토리게따쓰 병풍의 미인처럼 고풍스럽고 우아하면서 아름다운 아가씨, 아니면 기분 좋은 연극에 나오는 품격 있는 쾌활한 아가씨, 그런 식으로 머릿속에서 만들어가고 있었다. 모든 것을 그가 처음 그녀를 본 그때처럼 약간의 느낌을 가지고 상황에 맞춰 무한정 과대포장해가는 경향이 있다. 지금 그는 같은 관람석에 앉아 있는, 몸집이 크고 통통한 볼에, 그러나 눈꼬리에 잔주름도 약간 잡힌 어딘가 새초롬한 그녀를 본다. 요즘은 별로 유행하지 않는 구식 머리 모양인 히사시가미[122]를 했는데, 그는 처음 봤을 때 그녀가 어떤 머리 모양을 하고 있었는지 기억해낼 수 없었다. 틀림없이 좀더 평범하고, 전혀 눈에 거슬리지 않는 모양이었을 거라고 생각했다.

옆얼굴이 어머니와 많이 닮아 있었다. 어머니도 그가 상상했던

---

120 쿄오또 히가시야마에 있는 유명한 카부끼 극장.
121 배우들이 총출연하여 선을 보이는 카부키 쿄오겐(歌舞伎狂言). 매년 11~12월에 미나미자에서 열리는 카오미세 공연이 특히 유명함.
122 앞머리를 차양처럼 부풀려 묶은 머리 모양.

N 노인의 여동생 모습과는 정반대였다. 얼굴이 크고 땅딸막하게 키가 작았으며, 적잖이 시골티가 나는 사람으로 머리를 지나치게 검게 물들인 것도 좋지 않았다. 그래서 한 여자가 그 어머니와 닮은 것에 대해 쓴 「언 언포튜닛 라이크니스」An Unfortunate likeness[123]라는 모빠상의 단편소설이 생각났는데, 그 소설의 주인공처럼 환멸을 느낄 정도는 아니었다. 그렇다고는 해도, 그녀가 그가 생각하던 것처럼 아름다운 사람은 아니라는 것은 사실이었다. 나중에 그녀에게 듣고 안 사실이지만, 전날 기차에서의 피곤과 수면 부족—피로가 오히려 그녀를 흥분시켜 거의 새벽녘까지 잠을 못 잤다—때문에 그날은 가벼운 두통과 약간의 구토 증세도 있어서 그녀는 반쯤 환자 상태였다는 것이었다. 실제 그날과 같은 모습은 그후로 거의 볼 수 없었다.

새초롬하게 있던 것은 그녀뿐만이 아니었다. 켄사꾸도 이상하게 신경이 곤두서 있었다. 대개 그는 처음 만나는 사람과 오래 함께 있으면 신경이 곤두서는 편이었다.

특히 무관심하게 있을 수 없는 상대라면 더욱 피곤했다. 그녀의 오빠 되는 사람도 느낌은 나쁘지 않았는데, 공통의 화제가 없는 상황에서 자꾸만 어색하게 문학 이야기를 꺼내 켄사꾸는 대답하기가 곤란했다. 이야기를 위한 이야기에 책임감을 가지고 하나하나 대답할 필요는 없다고 생각하면서도, 그의 입장에서는 대충 대답하기가 어려웠다.

다만 그 사람이 때때로 정감 어린 눈빛으로 똑바로 자신을 보면

---

[123] 모빠상이 아닌 동시대 프랑스 작가 르네 메즈루아(René Maizeroy)의 「르 모배 미라주」(Le mauvais mirage, 1893)라는 단편임. 일부 영역본에 모빠상 작품으로 포함된 것으로 보아 영역본 편집 과정상의 실수로 보임.

서 "부족하지만 모쪼록 부탁합니다" 또는 "어머니도 점점 나이 드시는지라……" 같은 말을 할 때는 선량해 보여 친근한 인상을 받았다. 만난 지 얼마 되지 않았지만 켄사꾸는 그가 아주 남 같지가 않았다.

무대에서는 카미야 지헤에가 「카와쇼오우찌노바河庄うちの場」[124]를 연기하고 있었다. 켄사꾸는 몇번이나 이 쿄오겐[125]을 봤고, 게다가 이번 연기자의 연기도 늘 그랬듯이 무척 훌륭했는데, 잘한다고 생각하면서도 재미있진 않았다. 그는 왠지 모를 답답한 마음이 들어 현재 자신이 처한 상황—결혼을 약속한 아가씨와 이렇게 있는, 이 즐거워야 할 상황에 전혀 즐거워할 수 없었다. 그는 오히려 현재 눈앞에 있는 나오꼬를 보고 두달 전의 그녀를 떠올리며, 같은 사람이 맞나 싶을 정도로 이상한 느낌조차 들었다.

나오꼬는 쓸쓸하고 사뭇 기운 없는 표정을 지은 채 무대에 끌려 들어가고 있었다. 그 멍하니 바라보는 모습이 켄사꾸는 안쓰러워 보였다. 그렇지만 동시에 그는 현재의 자신, 약혼자와 함께 있어 즐거워야 할 자신이 스스로를 통제하지 못하고 비참한 기분에 빠지는 것을 주체할 수 없었다.

그는 아무렇지 않은 듯 노력했다. 그러나 갈수록 일초라도 좋으니 빨리 이 자리에서 도망치고 싶다는 기분에 휩싸였다. 그에게는 이런 일이 드문 것도 아니었는데, 상황이 상황인 만큼 그는 훨씬 더 힘들어하고 있었다. 오에이와의 결혼을 상상하며 그가 일시적

---

124 카미야 지헤에(神谷治兵衛)는 에도 시대의 대표적인 극작가인 치까마쓰 몬자에몬(近松門左衛門)의 조오루리 『신주우뗀노아미지마(心中天の網島)』의 주인공이고, 「카와쇼오우찌노바」는 그 희곡의 1막임.
125 일본 전통 예능의 일종. 희극적 대화극.

으로 방탕아가 되었듯, 이번에도 또 약간 병적으로 자신을 지치게 하고 신경을 완전히 짓눌러버린 것이다.

연극이 끝나자 벌써 밤이 되었다. 밖에는 만월에 가까운 달이 높이 걸려 있었다. 그는 바로 모두와 헤어져 새장을 벗어난 작은 새처럼 자유롭게 혼자서 야사까 신사 옆에서 치온인 쪽으로 걸어갔다. 어쨌든 혼자 있고 싶었다. 치온인 절의 커다란 산문에 가까워오자 그 뒤로 달이 숨어버려 커다란 산문이 엄청나게 검고 거대하게 보였다.

결혼의 첫출발이 이렇게 시작된 것은, 좋은 일이 생기기 전 나쁜 일이 일어난 것과 같다는 생각이 들었다. 그러나 역시 무엇보다도 나쁜 것은 자신이라고 그는 생각했다. 자제할 수 없는 나쁜 습관—이렇게 말하며 자신의 책임을 회피할 생각은 없지만, 할아버지로부터 온 추한 유전 때문에 자신은 항상 배신을 당한다는 생각도 드는 것이었다. 어쨌든 조심하자. 오늘 일은 오늘 일이다. 이제부터 정말로 주의 깊게 행동하지 않으면 결국 그 때문에 자신의 생애를 파멸에 이르게 할지도 모른다. 결혼 후엔 특히 주의하지 않으면 안된다. 이렇게 생각했다. 그는 몇번이나 거듭하고, 항상 깨져버리는 이 결심을 다시 한번 반복했다.

그가 나오꼬와 결혼한 것은 그로부터 일주일 정도 지나서였는데, 그 전에 한번 나오꼬는 가족 세명과 함께 그의 거처를 방문하러 온 적이 있었다. 흐리고 추운 오후였다. 센은 부엌에서 일을 하고 있었고, 그는 이시모또와 노부유끼에게 보낼 엽서를 부치려고 백 미터 정도 떨어진 우체통이 있는 곳까지 나갔는데, 저쪽에서 걸어오는 가족 세명이 멀리서 보였다. 어머니만 한발짝 뒤에서 걸어오고 나오꼬가 앞서가는 오빠에게 그녀의 커다란 몸을 기대듯 하며 쾌활하게 이야기를 하고 있는 듯했다. 잘못 본 게 아닌가 생각될 정도로 아름답고 생기 있어 보였다. 켄사꾸는 마음이 춤추는 것을 느끼면서 멈춰서 기다렸다.

켄사꾸도 마음이 무척 편안했고, 만사가 기분 좋았고, 모든 것이 유쾌해 보였다. 센도 그녀에게 될 수 있는 한 호의를 보이고 싶어 안달이 나 있었다. 켄사꾸는 오랫동안 꺼내지 않았던 문갑 속 사진—돌아가신 어머니, 형제, 어머니의 양친, 오에이, 학교 친구들 등—을 꺼내어 보이거나 했다.

킨까꾸지 절로 걸어가기로 하고 집을 나섰다. 안라꾸지 절, 그리고 호오넨인 절을 보고 그곳에 있는 아소카 왕Asoka王 탑의 유래를 설명해주자 나오꼬는 마치 여학생이 숭배하는 교사의 이야기라도 듣는 듯한 자세로 열심히 귀 기울였다.

킨까꾸지에 들어가려고 하는데, 갑자기 그녀의 오빠가 "몸이 좀 안 좋아서 먼저 돌아갈게"라고 말했다. 창백한 얼굴에 이마에는 식은땀을 흘리고 있었다. 다들 약간 걱정했다. 켄사꾸는 자신이 추위를 잘 타기 때문에 아무 생각 없이 방에 불을 피운 것이 화근이 된 건 아닐까 하는 생각을 했다. 혼자서도 괜찮다고 했지만 마침 인력거가 있어서 나오꼬만 남겨두고 어머니와 둘이 먼저 돌아갔다.

둘은 기와를 세워서 묻어놓은 언덕길을 올라 잠자코 문으로 들어갔다. '덕德'이라는 글자가 새겨진 가리개가 쳐 있었고, 그 옆에서 안내원을 기다리는 동안 침묵이 흘렀는데, 얼마 지나지 않아 짧은 하까마를 입은 안내하는 아이가 나와, "코오게쓰다이와 긴사딴"[126] "양옆의 장지는 타이가도大雅堂[127]의 글씨" 이런 식으로 혼자서

---

126 킨까꾸지 절 정원에 있는 흰 모래로 만든 유명한 조형물. 후지 산을 상징하는 원추형 조형물을 코오게쓰다이(向月臺)라 하고, 그 둘레에 파도를 본떠 넓게 펼

큰 소리를 내주어 서로 어색함을 덜었다.

"돌아갈 때 바로 인력거로 가실 거면 두고 온 양산과 가방은 숙소로 밤에 보내드리겠습니다. 어떻게 하실래요?" 켄사꾸가 물었다. 나오꼬는 말없이 약간 화난 눈으로 그를 보고 있었다. "아니면 들렀다 가시겠어요?" 이렇게 말하자 당연하다는 듯이 "네"라고 무뚝뚝하게 대답했다.

난젠지 절 뒤에서 물을 끌어다가 반대로 돌려 쿠로따니와 가까운 논으로 흐르게 하는 인공 수로를 따라 두 사람은 돌아갔다. 나란히 걸을 수 있는 곳은 함께 걸었는데, 나란히 설 수 없는 곳은 켄사꾸가 앞서 갔다. 앞서 걸을 때도 자신의 뒤를 따라오는, 몸에 비해 종종걸음을 치는 그녀의 발걸음, 단정한 순백의 버선을 신고 옷자락을 스치면서 슥슥 안전하게 발을 내딛는 것이 눈에 보이듯 느껴져, 사뭇 아름답다고 느꼈다. 그런 사람이 —그런 발이 바로 뒤에서 따라오는 것이 그에게는 왠지 묘한 행복을 느끼게 했다.

작은 자갈이 깔린 곳에서 흐르는 물을 거슬러 새끼 거북 한마리가 열심히 기어가고 있었다. 마치 어딘가로 향해 가는 듯이 목을 길게 늘여 빼고는 기어가는 모습이 재미있어, 둘은 멈춰서서 쳐다보았다.

"전 문학에 대해서는 아무것도 몰라요." 나오꼬는 불현듯 그런 말을 꺼냈다. 켄사꾸는 몸을 구부려 진흙 덩어리를 주워 거북이 가는 쪽을 향해서 던졌다. 거북은 약간 고개를 움츠렸다가 진흙이 물에 씻기자 등딱지에 약간 흙을 묻힌 채 걷기 시작했다.

"모르는 편이 좋아요." 켄사꾸는 몸을 구부린 채로 말했다.

친 것을 긴사딴(銀沙灘)이라고 함.
127 에도 중기 문인화의 대가인 이께 타이까(池大雅, 1723~76)를 말함.

"전혀 좋을 거 없어요."

"모르는 게 당신에게는 좋아요."

"왜요?"

이런 질문을 받자 켄사꾸도 명확한 대답은 할 수 없었다. 예전에는 그렇지 않았는데, 지금은 아내가 자신의 일에 특별한 이해가 있건 없건 그런 것은 어찌 되든 상관없다. 오에이와 결혼하고 싶다고 생각했던 때 이미 그것은 문제가 되지 않았다. 오히려 "문학을 좋아해요"라는 이야기를 듣는 게 더 싫을 것 같았다.

나오꼬 입장에서는 이 말을 빨리 해두지 않으면 안된다고 생각한 모양이었다. 또 한가지, 나오꼬의 큰이모는 이혼하고 친정으로 돌아와 나오꼬가 태어나기 전부터 한집에 산다고 했다. 그 사람은 자식이 없어서 나오꼬를 매우 예뻐하는데, 지금은 예순살 남짓으로, 나오꼬와 헤어지는 것을 몹시 서운해한다고 했다. 이 이모가 때때로 쿄오또에 나와서 좀 귀찮게 할지도 모르니 부디 이해해달라는 것이었다. "이모님이 모쪼록 꼭 좀 부탁한다고 말하셔서요." 나오꼬가 말했다.

집으로 돌아와서 두 사람은 잠시 쉬었다. 나오꼬는 옆방 책장을 살펴보면서 "어떤 책을 읽어보면 좋을까요?" 하고 여전히 그런 이야기를 했다.

두 사람은 함께 나와 켄사꾸가 숙소까지 나오꼬를 배웅해주었다. 그녀의 오빠는 몸 상태가 호전되어 있었다. 돌아와서 잠깐 잤더니 괜찮아졌다고 했다.

13

두 사람은 그로부터 닷새쯤 지나서 마루야마의 사아미라는 가게에서 조촐하게 결혼식을 올렸다. 켄사꾸 측에서는 노부유끼, 이시모또 부부, 그리고 쿄오또를 좋아하는 미야모또, 나라에 있는 타까이 같은 사람들이 왔다. 나오꼬 측에서는 N 노인 부부와 친척 서너명, 지인, 그외에 중매인 S 씨 부부, 야마사끼 의사, 히가시산본기 숙소의 여주인 등이 참석해, 조촐하다고 해도 켄사꾸가 과거에 자신의 결혼식으로 상상하던 것에 비하면 사람이 많은 편으로, 오히려 자신에게는 어울리지 않는다는 기분마저 들었다. 이날도 그는 편안한 마음으로 있을 수 있었다. 여러가지 일이 어쩐지 유쾌하게 느껴졌고 사람들에게도 그러한 느낌을 줄 수 있어 마음속으로 기뻐하고 있었다.

능숙하고 세련된 옷매무새의 마이꼬[128], 게이꼬[129] 들 속에 나오꼬의 어리숙한 후리소데[130] 차림이 눈에 띄었다. 게다가 높이 틀어올린 새색시의 머리 모양이 전혀 어울리지 않는 점도 왠지 촌스러운 느낌이어서 약간 불쌍해 보이기도 했는데, 현재 즐거운 마음인 켄사꾸에게는 그런 것까지 유머러스하게 받아들여져 싫지는 않았다.

11시쯤 모든 것이 끝났다. 돌아갈 때 노부유끼는,

"난 이시모또의 숙소로 가. 오에이 씨에게는 내일 일찍 내가 전보를 보내지. 자세한 것은 어느정도 안정된 뒤에 네가 편지를 보내

---

128 춤을 추며 객석의 흥을 돋우는 소녀.
129 게이샤.
130 소매가 긴 젊은 여성의 예복.

면 돼" 하고 말했다. 노부유끼는 이날 꽤 많이 취해서 혼자서 잘도 떠들었다. 그러나 그 떠드는 것도 어쩐지 싫지 않았고, 전혀 불쾌하지 않았는데, 그래도 노부유끼의 이런 모습을 처음 보는 켄사꾸는 신기하면서도 약간 걱정되기도 했다. 지금은 좋지만 좀더 취하면 엉뚱한 행동을 해버리지는 않을지 염려되었다. 그렇지만 지금 뜻밖에 노부유끼가 멀쩡한 정신으로 말하는 것을 들으니, 그는 역시 노부유끼라는 생각이 들어 진정으로 혈육에게 느끼는 친근함을 가지지 않을 수 없었다.

돌아오자 센이 옛날풍의 잔무늬 옷을 입고 현관으로 마중을 나왔다.

다음 날 일찍 둘은 우선 S 씨 집에 인사를 하러 갔다. 출근 시간이었는데, S 씨는 기다려주었다. 그러고는 이시모또 부부의 숙소에 가서 노부유끼를 만나고 토오산로오에 사는 친척에게 갔다.

이삼일은 이 사람 저 사람 결혼식에 왔다가 돌아가는 사람을 배웅하거나 나라행에 동행하거나 하며 바쁜 나날을 보냈다.

켄사꾸의 집은 타따미 여덟장에, 옆방이 북향으로 길게 넉장 크기, 거기에 현관과 하녀 방이 있는 작은 집이었다. 북향의 넉장짜리 방은 사용하기 어려워서 둘이 살려면 아무래도 또 이사를 해야 했다.

켄사꾸는 바로 일을 시작할 생각은 없었지만, 결혼하고 얼마간 아무것도 할 수 없게 되는 것이 싫어서 언제라도 일할 수 있는 상태로 만들어두고 싶었다. 어느날 둘은 전에 한번 본 적이 있는 코오다이지 절 쪽의 집을 보러 갔다. 전에 본 집은 이미 누가 차지했지만 같은 열에 있는 둘로 동이 나눠진 신축 이층집 중 동쪽 집이 맘에 들어 대강 그 집으로 정했다.

"여기가 약간 위치가 안 좋은 것 같아." 이층 남향 방에서 머리를 내밀고 켄사꾸는 말했다.

"옆에서 고개를 내밀면 바로 마주 보게 돼."

"정말 그러네요." 나오꼬는 말했다. 열쇠를 들고 안내하러 나온 젊은 집주인이,

"그곳은 그 변소 지붕 쪽으로 작은 담을 세우면 돼요. 석양빛을 피할 수도 있고요……"라고 기분 좋게 말했다.

"그래요. 그렇게 해주면 아주 좋지. 그리고 이 전깃줄을 방구석에 두는 책상 위까지 끌어와야 하는데, 만약 안되면 우리가 고쳐도 되고……"

"네, 그 정도는 우리가 하지요."

여기까지는 좋았다. 그러나 그러고 나서 아래로 내려가 거실에 해당하는 방의 전등 역시 천장으로부터 조금밖에 내려와 있지 않은 것을 보고 켄사꾸가,

"이건 좀 곤란한데" 하고 말했다. "이렇게 선이 짧아서는 바느질 같은 것도 어려울 것 같아."

"늘어나지 않을까요?" 나오꼬가 살짝 몸을 들어 내려보려고 했다.

"안 늘어납니다." 집주인 아들은 기분이 상한 어조로 말했다. 그리고 조금 떨어진 곳에 서서 잠자코 보고 있었다.

켄사꾸는 자신들이 너무 염치가 없어 그가 화났다고 생각했다. 염치가 없는 것은 분명하나, 꼭 이렇게까지 인색하게 굴지 않아도 되는 거 아닌가 싶기도 했다. 집주인은 늘이자고 말하지 않았다. 켄사꾸가 전깃줄을 늘여줬으면 하는 것을 알면서도 모른 체하는 그 청년의 태도는 고집이 센 켄사꾸의 기분을 상하게 했다.

"우리가 들어오고 나서 늘여도 상관없지요?" 그는 말했다.

"안됩니다—그렇게는." 젊은 집주인은 무뚝뚝하게 고집을 피웠다.

"왜죠?"

"쿄오또 사람들은 그 정도면 충분하니까요."

"………" 켄사꾸는 화가 났다.

"그렇게 끈을 길게 늘이면 보기 싫어요."

"나갈 때 원래대로 해놓으면 되잖아요. 그것도 안되나?"

"안됩니다." 젊은 주인은 얼굴색이 변해 있었다.

"이렇게 어처구니없을 데가 있나. 그럼 빌리는 것을 취소하겠소.
—돌아가지." 켄사꾸도 성질이 급해 이렇게 말해버리고 인사도
하지 않고 재빨리 나와버렸다. 나오꼬는 혼자서 어리둥절해 있었
다. 그래도 나오꼬가 뭐라고 인사를 하자 젊은이는 "아니요" 하고
정중하게 고개를 숙였다.

"참 나, 둘 다 성질도 급하셔라." 양산을 펴며 종종걸음으로 쫓아
오면서 나오꼬는 웃었다.

"하지만 저 녀석, 비교적 기분 좋은 괜찮은 녀석이야." 켄사꾸는
쓴웃음을 지으면서 말했다. 젊은이가 화내는 것도 무리는 아니라
는 생각이 들었고 자신이 함께 욱하고 화낸 것도 좀 멋쩍었다.

"싸우고 나서 칭찬하다니, 당신도 참. 저렇게 좋은 집인데 아까
워요."

"아무리 아까워도 이제 어쩔 수 없어."

"다음번에는 아무 말 하지 않고 들어가서 맘대로 고쳐버려요. 처
음부터 이런저런 주문을 하니까 화내는 거지."

그날 두 사람은 집 찾는 일을 관두고 결혼 선물의 답례로 보낼

322

선물을 사러 가기로 했다. 고조오사까의 유명한 도공의 집을 한 집 한 집 들러보았다. 로꾸베에, 세이후우, 소오로꾸―소오로꾸라는 사람은 아마도 도자기로 유명한 소오로꾸 가문의 후손일 것이다. 매우 소박한 차림을 한 비교적 젊은 사람이 친절하게 선조 대대로 만들어온 붉은 돌로 된 뚜껑 달린 향합 같은 것을 견본품으로 보여주었다. 맨 처음 도자기를 시작한 초대 소오로꾸는 이세의 카메야마에서 온 사람이었다. 켄사꾸 어머니 쪽 숙모가 이 도공과 가까운 친척에게 시집을 가, 쿄오또에서는 항상 이 집에 머문다는 이야기를 전에 들은 적이 있는 것 같았다. 그런 생각을 하니 이 사람에게 일종의 친근함이 느껴졌다. 그러나 왠지 자신이 그 숙모의 조카라고 밝히고 싶지는 않았다.

소오로꾸의 가게가 어둡고 축축한 것에 반해 소오로꾸에서 나와 새로 차린 모꾸센이라는 가게에 들어가자 모든 것이 생기 있게 느껴졌다. 친근하게 느꼈던 소오로꾸의 집에서는 살 것이 없었고 모꾸센에서 답례품을 이것저것 살 수 있었다. 가게 가득 물건을 놔두고 가운데 앉아서 혼자서 차를 따르고 손님을 접대하는 이대二代 모꾸센은 사뭇 강단 있어 보였다.

그는 붉은 도자기 조미료통을 몇개 사기로 했다. 상자는 지금 병상에 있는 초대 모꾸센이 그린 것이었다.

둘이서 그 집을 나왔을 때는 이미 날이 저물어가고 있었고, 거리에는 차가운 바람이 불었다. 켄사꾸는 추위가 견디기 힘들었다.

"얼른 어디 가서 저녁을 먹지 않으면 감기에 걸릴 것 같아." 그는 이렇게 말하고 겉옷의 깃을 세웠다.

"센이 준비하고 기다리고 있을 거예요."

"그럴까?"

"네. 항상 밖에서 드셨나요?"

"꼭 그런 건 아니지만, 집에서 나온 시간이 늦었으니 밖에서 먹고 올 거라고 생각하지 않을까?"

둘은 이런 이야기를 하면서 판판한 고조오사까를 내려갔다. 고조오 다리를 새로 만드느라 좁은 임시 다리가 옆에 놓여 있었다. 둘은 그 다리를 건너갔다.

"이것이 고조오 다리인가요?"

"응."

"백부님(N 노인)이 S 씨의 도움으로 고조오 교각에 있던 오래된 석대를 받았다고 엄청 기뻐하셨어요."

"어디에 쓰려고 하셨나?"

"차 마시는 방 앞에 디딤돌로 놓는다던가 그랬던 것 같아요."

"백부님은 차를 상당히 좋아하시나봐."

"네, 우리 어머니와 많이 달라요."

"그렇군. 처음에 토오산로오에 갔을 때 오래된 모직 보자기를 꺼내 상당히 괜찮은 물건을 보여주셨는데, 그런 것에도 취미가 있으신가?"

"그건 오래된 주머니예요. 제가 어릴 적부터 허리에 차고 계시던 게 기억나요. 그런 거 좋아해요?"

"상당히 괜찮은 것 같던데?"

"당신도 꽤 풍류를 즐기네요. 오늘 물건 사는 걸 보면서도 그렇게 생각했어요." 이런 말을 하고 나오꼬는 웃었다.

"오빠는 어떠시지?"

"오빠도 나도 어머니의 자식인데요, 뭘. 그런 쪽은 전혀 몰라요."

"그런 편이 나아. 젊은데 풍류를 아는 사람은 별로 좋지 않아."

"당신은 뭐든지 모르는 편이 낫다고 말하네요. 문학도 모르는 게 좋고, 풍류도 모르는 게 좋고."

"진심이야." 켄사꾸는 말했다. "문학이나 풍류에 대해 아는 것은 일종의 악취미야."

"이상한 논리네요. 난 그것도 무슨 말인지 잘 모르겠어요." 나오꼬는 큰 소리로 웃었다. 켄사꾸도 웃었다. 나오꼬는 켄사꾸를 빤히 들여다보며 "역시 그것도 모르는 게 좋아요?" 하고는 스스로도 참을 수 없다는 듯이 웃어댔다.

"바보." 켄사꾸도 생각지 않게 이런 말이 나왔다.

두 사람은 다리를 건너, 거기서 시조오까지 전차로 갔다. 좁은 키꾸스이바시 다리 끝에서 굴 파는 배로 갔다. 켄사꾸에게는 오노미찌 이후 처음 가보는 굴 파는 배이다. 그래서 그는 그때의 괴로운 기억이 떠올라 좀 기분이 안 좋았지만, 그런 기분에 휩싸이기에는 지금 무척 행복했다. 우선 분위기가 전혀 달랐다. 그 어둡고 침침한 창고 마을의 굴 파는 배와는 사뭇 달랐다. 앞에는 기온의 찻집들에서 등이 빛났다. 시조오의 현란한 다리와, 그 저편 미나미자 극장의 등불들이 눈부실 정도로 반짝반짝 빛나며 강물에 반사되었다.

한시간쯤 지나서 둘은 거기에 나왔다. 둘은 가벼운 기분으로 아름다운 키모노를 입은 마이꼬와 머리를 틀어올려 묶은 어린 하녀들이 지나가는 기온의 찻집 거리를 지나서 히가시야마 쪽 전찻길로 나왔다. 거기를 빠져나오자, 앞에서도 한번 언급한 변두리 공연장 같은 작은 연극 무대가 있었다. 켄사꾸가 과거에 '마무시의 오마사'라는 여자를 본 그 무대였다.

"혹시 마무시의 오마사라고 아나?" 그는 그때 생각이 나서 말했다.

"책에서 읽은 것 같아요."

"여기서 그 여자를 본 적이 있어."

"네? 아직 살아 있나요?"

"자신의 일대기를 연극으로 만들어 돌아다니며 공연하고 있어."

켄사꾸는 당시 머리를 둥글게 말아올리고 남자처럼 몸집이 컸던 그 여자 이야기를 했다. "마음의 즐거움은 전혀 없는 절망적인 우울"이 느껴지는 인상이었다는 이야기 등을 해주었다. 그는 그해 이야기와, 그 봄 몇번이나 글로 써보려고 했지만 완성하지 못한 에이하나라는 여자에 대해서도 말했다.

"참회라는 것도 결국 한번뿐이니까." 그는 이렇게 말했다. "두번째부터는 더이상 처음과 같은 감격이 없기 때문에 참회의 의미는 사라졌다고 생각해. 연극으로 흥행하며 돌아다니고 있으니 당연한 이야기지. 물론 참회의 의미는 조금도 없는 거야."

그는 에이하나처럼 지금도 죄를 범하고 가책을 느끼며 항상 일종의 긴장감을 지니고 살아가는 편이, 이미 참회해서 사람들에게 용서받았다고 생각하며 실제로는 조금도 마음에 즐거움이 없는 오마사의 긴장감 없는 마음 상태보다는 훨씬 나은 것 같다고 말했다.

"그럴까요? 전 나쁜 일을 했을 때 얘기하지 않는 동안은 괴롭지만 말해버리고 나면 정말 속이 시원해지던데요."

"당신의 나쁜 일과 오마사나 에이하나의 나쁜 일은 차원이 달라."

"다른 건가요?" 이렇게 말하는 나오꼬의 어조가 켄사꾸에게는 매우 순진하게 울렸다.

"다르지. 당신의 잘못은 말하기만 하면 누구라도 용서해줄 수 있는 정도이고, 오마사나 에이하나는 그렇게 간단한 잘못이 아닐 거야. 당신의 경우는 바로 당신이 그 일을 잊어버린 시점에 누구도, 아무것도 생각하지 않는데, 나쁜 일에 따라서는 참회하고 나서 그대로 그 기분을 계속 갖고 있어야만 하는 경우도 있으니까 금방 속 시원해져버리면 기분이 좋지 않지."

"누가 기분이 좋지 않다는 거죠?"

"누구라니…… 나쁜 일을 당한 사람 말이야……"

"집요하네요."

"참회하지 않으면 참회하는 기분이라도 갖고 있을지 모르지만, 해버리면 오히려 참회하는 마음이 사라져버리는 거지."

"그럼 어떻게 하면 좋을까요?"

"………" 켄사꾸는 갑자기 할 말을 잃었다. 문득 죽은 어머니의 일이 떠올랐다. 그는 함정에 빠진 것 같았다. 그리고 입을 다물어버렸다. 둘은 잠시 말없이 걸었다. 대여섯 걸음 갔을 때,

"이제 그런 이야기 하지 마요, 네?" 하고 나오꼬도 뭔가 불안한 기분에 휩싸인 듯 말했다. 나오꼬는 켄사꾸 어머니의 일을 알고 있었다. 그렇지만 그 순간 그 일이 떠오른 것은 아닌 듯했다. 단지 분위기에 어쩐지 불안해진 것 같았다. 그리고,

"좀더 기분 좋은 이야기 없어요? 기분 좋은 이야기 해줘요…… 이봐요, 나 그런 이야기 잘 모르겠어요" 하며 더욱 애교를 부리며 둥그렇고 부드러운 어깨로 밀어왔다.

"아무것도 모른다고." 켄사꾸는 웃었다. "모른다고 하면 칭찬받는 줄 알고……"

"그래요, 저 아무것도 모르니까, 그냥 모르는 사람이에요. 당신도 그게 좋지요?"

잠시 후 두 사람은 홀가분한 기분으로 키따노보오의 집으로 돌아왔다.

14

열흘쯤 뒤 두 사람은 키누가사무라에서 새로 지은 괜찮은 이층집을 발견하고 거기로 옮겼다. 1월이었고 쿄오또에서도 드물게 추운 날이었다. 짓고 나서 벽이 마른 지 얼마 되지 않아 아직 한번도 불을 때지 않은 빈집이었던 이 집의 추위가 한층 몸에 사무쳤다.

S 씨 회사의 나이 든 사환이 도우러 왔다. 그 사환이,

"하녀 혼자 집을 지키기에는 좀 한적한 곳이네요. 시끄럽게 많이 둘 필요는 없지만 개 한마리 길러도 좋을 것 같아요" 하고 말했다. 그래서 켄사꾸는 그 사람에게 개를 들여달라고 부탁했다.

그날 밤은 화로에 불을 최대한 가득 피워 방을 따뜻하게 해놓고 잤다.

그는 이층을 서재로 정했다. 책상을 놓은 북쪽 창에서 내다보이는 경치가 그를 즐겁게 했다. 정면에 소나무가 무성한 완만한 키누가사야마 산이 있다. 그 앞으로 킨까꾸지 절의 숲, 안쪽에는 타까까미네 봉우리가 일부 보였다. 왼쪽으로는 높은 아따고야마 산, 그리고 오른쪽으로는 고개를 약간 내밀면 얇게 눈이 덮인 에이잔 산이 바라다보였다. 그는 종종 책상 앞에 앉아 아무것도 쓰지 않고 그런 경치를 바라보았다.

두 사람은 자주 걸었다. 하나조노의 묘오신지 절, 우즈마사의 코

오류우지 절, 카따노 카와까쓰[131]를 모시는 카이꼬노미야 신사, 오 무로에 있는 닌나지 절, 타까까미네에 있는 코오에쓰지 절, 그리고 무라사끼노의 다이또꾸지 절 등, 주변을 자주 산책했다. 밤에는 밤 대로 전차를 타고 신꾜오고꾸의 번화가에도 자주 나갔다. 가까이 는 니시진꾜오고꾸라고 불리는 센본도오리 같은 곳도 갔다.

그즈음 마침 켄사꾸의 중학교 이년 후배로, 집이 가까워서 자주 놀러왔던 스에마쓰가 오까자끼의 어느 하숙집에 들어오게 되었다. 사오년 전 이곳 대학에 들어갔는데, 병 때문에 이년 정도 쉬었고, 아직도 한해의 절반은 토오꾜오에 있다 와서는 남은 시험을 준비 하고 있었다. 스에마쓰가 어느 밤 켄사꾸의 글을 즐겨 읽는다는 청 년을 데리고 찾아왔다.

"미즈따니 군은 자네 글과 사까구찌 씨 글을 가장 좋아한다는 군." 스에마쓰가 이렇게 말했다. 켄사꾸는 대답하기 곤란했다. 사 까구찌 역시 좋아한다는 말에도 당혹했지만, 면전에서 직접 자신 의 글에 대해 그렇게 말하면 그는 항상 어떻게 대답해야 좋을지 몰 랐다.

"미즈따니 군도 올해 문과로 대학에 올 거야. 나는 잘 모르겠는 데, 시나 노래 같은 것도 쓴대."

"조만간 뭔가 쓰면 시간 날 때 좀 봐주셨으면 합니다." 미즈따니 는 비교적 시원시원한 태도로 말했다.

"사까구찌와는 만난 적이 있나?"

"아니요. 아직 한번도 뵙지 못했습니다."

나오꼬가 차와 과자를 내왔다. 켄사꾸는 스에마쓰에게 소개했

---

131 신라 출신 진하승(秦河勝)의 일본 이름. 코오류우지 절의 창건자이기도 함.

다. 그리고 미즈따니에게도.

나오꼬는 어느새 옷을 갈아입고 머리도 깔끔하게 빗어올리고 제법 새신부같이 얌전하게 손님 앞에 차와 과자를 내놓았다.

"자네, 부인의 사촌 오빠 알지?" 스에마쓰는 미즈따니에게 말했다.

"네, 카나메 씨와는 쭉 같은 중학교였습니다. 쿠제 군도 그렇습니다."

나오꼬는 왠지 얼굴을 붉혔다. 카나메는 N 노인의 아들로 지금 토오꾜오의 고등공업학교에 다니고 있다. 켄사꾸는 만난 적은 없지만 이름 정도는 들어서 알고 있었다. 그는,

"쿠제라는 사람은 어떤 분이지?" 하고 나오꼬에게 물었다.

"카나메 씨의 친한 친구분으로 도오시샤 대학에 다니는—아, 그때 당신 글을 칭찬하셨던 분이에요."

나오꼬는 켄사꾸에게만은 꽤 자유로운 어조로 뒷부분을 빠르게 말했다. 결혼 이야기가 나올 때 켄사꾸가 작가로서 어떤지 평판을 들었다는 그 사람 이야기였다.

"그래?"

"쿠제 군도 꼭 한번 만나고 싶다는데 괜찮으신가요?"

"응, 언제든지."

나오꼬는 거의 달라붙듯이 가까이 와서 켄사꾸 옆에 앉았다. 켄사꾸는 손님 앞에서 왠지 약간 어색해서 짐짓 나오꼬에게 무관심한 척했으나 그 또한 일부러 그러는 것 같아서 어색했다. 그는 아무렇지 않게 자세를 고쳐 앉으며 되도록 나오꼬로부터 몸을 멀리했다.

"카나메 씨로부터 연락은 가끔 있나요?" 미즈따니는 나이에 어

울리지 않게 이런 식으로 나오꼬에게 직접 말을 걸거나 했다.

"아니요, 전혀." 이렇게 말하면서 나오꼬는 켄사꾸를 향해, "너무해. 이쪽으로 올라오고 나서 한번도 연락하지 않았어요" 하고 말했다. 켄사꾸는 잠자코 있었다.

"이번 봄방학에 쓰루가에 갈 때 아니면 돌아올 때 쿄오또에도 들를 거라고 쿠제 군에게 말했나봐요. 이쪽 신접살림도 볼 겸 해서……" 미즈따니는 그렇게 말하고 혼자서 웃었다.

"못된 사람!" 나오꼬는 화를 내듯이 말하고 약간 얼굴을 붉혔다.

스에마쓰는 켄사꾸와 친한 사이이지만 친숙하지 않은 나오꼬와 함께 있자 보통 때의 절반도 이야기하지 않았다. 그런데 처음 만난 미즈따니가 나이에 어울리지 않게 아무렇지 않게 그런 농담을 던지는 것이 켄사꾸는 별로 유쾌하지 않았다. 미즈따니는 하얗고 작은 얼굴에 웃으면 바로 볼에 크게 세로로 보조개가 생기며, 눈이 어딘가 탁해 보이는 청년이었다. 감색 옷에 양복천으로 된 하까마를 입고 하까마 끈을 꼼꼼하게 단단히 매듭지어 길게 앞으로 두 줄 내리고 있었다. 스에마쓰와는 이번에 같은 하숙집에서 머물다 서로 처음 알게 되었고, 장기, 화투, 당구 같은 놀이를 좋아하여 두 사람은 같이 놀면서 친해졌다.

"사모님." 센이 문밖에서 불렀다. "사모님, 좀 와보시겠어요?"

나오꼬는 서둘러 나갔다. 그녀의 모습이 사라지자 지금까지 그러기를 기다렸다는 듯이 스에마쓰는 화투 치는 시늉을 하며,

"한번 할까?" 하고 웃었다.

"싫어." 켄사꾸는 미소를 지으며 고개를 저었다. 둘이 아직 중학생일 때 오에이와 셋이서 자주 화투를 하곤 했다.

"화투는 있어?"

"어딘가 있겠지. 늘 쓰던 그 오래된 것이……"

"하고 싶다." 스에마쓰는 화투를 하고 싶어서 아이처럼 떼를 썼다.

"뭐야, 그렇게 빠져 있는 거야?"

"스에마쓰의 열기는 하숙집에서도 가장 높아요."

"부인은 어때? 좀 할 수 있나?" 스에마쓰가 물었다.

"글쎄."

나오꼬가 센에게 문을 열게 하고 사과를 잔뜩 깎아 담은 유리 대접을 양손으로 들고 들어왔다.

"화투할 줄 알아?" 켄사꾸는 아직 서 있는 나오꼬를 올려다보며 물었다.

"화투라니요……?" 나오꼬는 선 채로 어리둥절해했다.

"이거 말이야." 켄사꾸도 손으로 화투 치는 시늉을 했다.

"아, 그 화투?" 나오꼬는 앉은 다음 대접을 적당한 위치에 놓으면서, "알아요" 하고 말했다.

"잘됐네요!" 미즈따니가 들뜬 어조로 그렇게 말하자 왠지 하는 분위기로 흘러가버리는 듯했다.

"화투 어디 있는지 알아?"

"이사할 때 잠깐 본 것 같은데요, 빨간 화조 무늬 보자기에 싸놓은 거 아닌가요?"

"맞아."

"가지고 올까요?" 나오꼬는 언제나처럼 고개를 갸우뚱하며 물었다.

"응."

잠시 후 네 사람은 전등 아래 하얀 천으로 싼 방석 주위에 둘러

332

앉았다.

"모두 네 배로 계산하죠. 그외 별다른 건 없고." 계산용 흑백 돌을 나누면서 스에마쯔가 말했다.

"내가 아는 것과 다른 것 아닌가 모르겠어요."

"당신은 어떻게 해? 약[132] 같은 것도 있지?"

"맞아요, 있어요. 달 보기, 꽃 보기라든가, 멧돼지, 사슴, 나비[133] 같은 것도 있어요."

"그렇다면 다른데?" 켄사꾸가 말했다.

"그래요? 그럼 저는 처음엔 구경만 할게요. 그게 좋을 것 같아요."

"상관없어요, 부인." 능숙한 손놀림으로 패를 돌리면서 미즈따니가 말했다. "금방 익힐 거예요. 게다가 네 사람이어서 누군가 한 사람은 쉬게 되니까, 쉬는 사람이 가르쳐주면 돼요."

"같이 하는 게 좋을 거야. 금방 알게 돼. 약을 적어줄 테니 종이와 벼루 좀 가져다줘."

나오꼬는 일어나 가지러 갔다.

미즈따니가 검은색 화투 패를 넷으로 나누어 각자 펴 보았는데 켄사꾸에게 학이 있어서 켄사꾸가 선을 잡았다.

켄사꾸는 붉은색 화투 패를 돌렸다.

"제가 쓰지요." 미즈따니는 함께 하기로 한 나오꼬의 손에서 종이와 벼루를 받아 약을 하나하나 설명해가며 썼다.

켄사꾸는 자신의 패를 살짝 보고 나서 그것을 가리고 무료한 듯이 담배에 불을 붙였다.

---

132 특정 끗수를 얻는 경우를 가리키는 화투 용어. 일본어로는 '야꾸(役)'라고 함.
133 모두 일본식 화투 용어.

"타쓰오까 군은 지금 어디 있지? 빠리?" 스에마쓰가 물었다.

"응, 열심히 공부하고 있나봐."

"비행기 발동기 분야에선 타쓰오까가 일본 최고일 거야."

"그럴까? 가장 뛰어난 인물인가?" 켄사꾸는 마음속으로 기뻤다.

"그런 말들을 하더라고 ─ 자네에게 자주 연락하나봐?"

"가끔 해."

미즈따니는 대충 약에 대해 설명하고 나서,

"광 하나가 이찌메가쨔. 단 하나가 탄베에……" 하면서 '광 하나'의 아래에 '가쨔라고도 한다' 하는 식으로 적었다.

"이봐, 적당히 해." 기다리기 지루해진 스에마쓰가 말했다.

"기다려봐. 손약에 대한 설명은 끝났고, 이제 화투를 다 친 후 계산할 때 보는 약인데요." 미즈따니는 설명을 이어갔다.

"오에이 씨는?" 스에마쓰가 물었다.

"텐진에 있어."

"텐진?" 스에마쓰는 놀란 듯이 말했다. "왜 또 그런 곳에……"

"거기에 사촌이 살고 있어. 그 사람이 지난가을에 찾아와서 함께 갔어."

켄사꾸는 오에이가 무슨 장사를 하는지 말하고 싶지 않았다. 숨길 필요도 없었지만 처음 만난 미즈따니 앞에서 그런 이야기를 하고 싶지는 않았다. 그러나 스에마쓰는 역시 그것을 물었다.

"무슨 장사라도 하러 간 거야?"

"뭔가 하고 있겠지. 그 사촌과 같이하는 거야."

스에마쓰는 더 묻지 않았다. 그때 마침,

"자, 이제 시작할까요?" 하고 미즈따니가 말했다. 켄사꾸는 바로 자기 손의 패를 뒤집어서 겹쳐놓고,

"몇 목?" 하고 말했다.

"두 목입니다."

켄사꾸는 그만큼을 판에 던지며 나오꼬 쪽으로 붙어서,

"어때? 알겠어?" 하고 손을 들여다보았다.

"어떤 거예요?" 나오꼬는 패를 양손에 든 채 켄사꾸 얼굴 앞에 내밀었다.

"보여줘봐."

"이게 약이었나?" 나오꼬는 그렇게 말하고 자신의 패와 미즈따니가 써준 종이를 번갈아 봤다. 모두 웃었다.

이런 식으로 한 사람씩 쉬는 사람이 도와주자, 어느 틈엔가 처음 해보는 나오꼬가 가장 많이 땄다. 미즈따니의 도움으로 오광을 하게 되자, 결국 그녀가 승자가 되었다.

나오꼬가 아주 높은 점수를 얻고 한판이 끝나자,

"이번엔 대충 혼자서 해봐, 알았지?" 하고 켄사꾸는 말했다.

"응, 알겠어요. 이번에는 혼자서 할게요."

그러나 역시 혼자가 되자 나오꼬는 계속 졌다. 결국 누군가가 후견인이 되기로 했는데, 한차례 승패가 갈리고 점수를 계산할 때가 되자 나오꼬는 자꾸,

"나한테 손약 같은 거 없었나?" 하고 생각하는 것이었다. "있었어요. 세개가 섰잖아요?"

"무슨 소리 하는 거야? 그건 치기 전에 따져보는 거야. 욕심이 많군." 켄사꾸는 농담처럼 말하면서 나오꼬가 여느 여자들처럼 소심하고, 실제 욕심도 많은 것 같다는 생각이 들었다.

선을 쥔 미즈따니가 하겠다고 말했다. 다음 사람도 하겠다고 했다. 그다음이 켄사꾸였는데 두개의 약이 붙은 패를 들었기에 한다

고 말하자, 마지막인 나오꼬가 궁지에 몰리게 되었다.

"사줄게. 뭐 있나?" 이렇게 말하고 켄사꾸는 나오꼬를 쳐다보았다.

나오꼬는 일곱장의 패를 부채꼴로 펼쳐 보이면서,

"탄베에" 하고 말했다.

"좋아, 벚꽃단이야." 이렇게 말하고 무심결에 다시 한번 보니 국화가 살짝 눈에 띄었다. 그는 손을 내밀어 패를 약간 벌려 보았다. 술잔이 있는 국화여서, 그게 있으면 약이 안되었다. 켄사꾸는 그 술잔만 앞장에 완전히 덮여 있었기에 나오꼬가 술수를 썼다고 생각했다.

"전혀 몰랐어요." 나오꼬도 살짝 어색한 표정을 지으며 말했다.

"좋아. 그럼 벌로 벚꽃단을 그냥 내." 그는 아무렇지 않게 패를 받아서 깔고 바로 승부를 시작했는데, '교활한데' 같은 농담도 한마디 하지 않은 바람에 어쩐지 정말로 나오꼬가 교활하게 행동한 것처럼 되어버렸다. 화투를 치면서 그는 그 생각을 했다. 마음이 무거워졌다.

그리고 느낌 탓인지 몰라도, 다른 사람들도 이상하게 조용해진 것 같았다.

11시쯤 돌아가는 두 사람을 배웅하려고 그는 나오꼬와 함께 집을 나왔다.

"조만간 하숙집으로 화투 치러 오지 않겠나?" 스에마쓰가 말했다.

"뭐, 그래도 되고……" 켄사꾸는 어정쩡하게 대답했지만 미즈따니 같은 녀석과 함께하는 것이 왠지 내키지 않았다.

"부디 꼭 와주세요." 미즈따니도 말한다. "대개 매일 어디 방구석에서 치고 있으니까요."

"화투는 그리 잘하지 못해서……"

"아니에요, 토끼또오 씨의 화투는 규칙이 있어 매우 재미있어요. 스에마쓰는 사념술邪念術이라면서 때때로 정석이 아닌 것도 하거든요." 이런 말을 하고 미즈따니는 스에마쓰를 보며 큰 소리로 웃었다.

"사념술은 뭐야?" 켄사꾸는 스에마쓰에게 말했다.

"응? 사념술?" 스에마쓰는 그저 웃고 있었다.

"그러니까 사념술로 무엇이든 일으켜서 깨버린다는 거예요."

쓰바끼데라 절, 그리고 작은 다리를 건너 이찌조오도오리가 있는 마을로 나왔다. 늦은 시간이라 모든 가게가 다 문을 닫아 조용했다. 나오꼬는 켄사꾸의 털외투를 입고 얼굴을 깊이 묻은 채 잠자코 켄사꾸의 뒤를 따라왔다.

"이제 그만 돌아가지." 스에마쓰는 말했다.

"당신은 어때?" 켄사꾸는 위로하듯이 말하고 나오꼬를 돌아보았다.

"전 괜찮아요."

"그럼 타이쇼오군 신사 근처까지 가지."

추운 밤이었고 모두 말이 없어 얼어붙은 길을 걷는 게따 소리만 크게 울렸다.

"좀 따뜻해지면 함께 어디 가볼까?" 십년 전쯤 봄에 스에마쓰와 후지 산 주변의 다섯 호수를 돌았던 것이 생각나서 켄사꾸는 말했다.

"찬성이야. 나는 요번 봄 쓰끼가세에 가보려고 해. 자네도 아직 안 가봤다면 함께 가도 괜찮을 것 같아. 카사기에서 넘어갈 거야."

"쓰끼가세, 좋을 것 같네요. 저도 아직 안 가봤는데." 미즈따니도 바로 말했다. 그렇지만 두 사람은 그 말에 대꾸하지 않고 다섯 호수를 돌았던 일을 이야기하기 시작했다.

조금 뒤 마을 한가운데 있는 붉은 칠을 한 타이쇼오군 신사의 작은 사당 앞까지 와서 켄사꾸 부부는 그들과 헤어져서 돌아왔다. 나오꼬는 어쩐지 기운이 없어 보였다. 역시 아까 일이 나오꼬에게 상처를 준 것이라고 켄사꾸는 생각했다. 만약 그렇다면 어떤 말이라도 해서 위로해주고 싶었다. 자신도 그 일로 마음에 상처를 입었기 때문이다.

"피곤해?"

"아니요."

채소를 실은 우마차가 덜커덕덜커덕 소리를 내며 지나갔다. 소는 처진 목을 좌우로 크게 흔들면서 콧김을 세게 뿜어대며 갔다.

'교활한 것은 안 좋아.' 켄사꾸는 생각했다. '난 보통 나쁜 짓을 하는 것을 보면 불쾌해진다. 그런데 지금은 털끝만큼도 불쾌함도 악의도 느껴지지 않는다. 이상한 일이다.' 그는 나오꼬가 무척이나 사랑스러웠다. 그는 이런 일을 통해 오히려 과거에는 느끼지 못한 나오꼬를 향한 깊은 애정을 느꼈다.

그는 잠자코 나오꼬의 손을 잡고 자신의 품으로 넣었다. 나오꼬는 교태를 부리듯 눈을 가늘게 뜨면서 볼을 그의 어깨에 대고 함께 걸었다. 켄사꾸는 왠지 매우 감상적인 기분이 되었다. 그리고 뼛속 깊이 지금은 나오꼬가 온전히 자신의 일부임을 느꼈다.

15

다른 친구가 주변에 또 있는 것도 아니어서 그는 자연스럽게 스에마쓰와 자주 만났다. 그러나 그즈음 스에마쓰는 기온의 삼류 게이샤와의 새로운 관계로 다소 들떠 있어서 켄사꾸는 방문할 때 약간은 신경을 써야 했다. 스에마쓰도 나오꼬를 신경 쓰면서 켄사꾸를 밖으로 불러내려 하지는 않았다.

어느 밤 켄사꾸는 나간 김에 늦게 스에마쓰의 하숙집을 방문했다. 나갈 거였으면 진작 나갔겠지 하는 생각이었다. 그런데 스에마쓰는 이제 나가려던 참으로, 둘은 서로 멋쩍어했다.

"괜찮아, 정말 괜찮다니까." 이렇게 말하고 스에마쓰는 더욱 편안하게 화로에 불을 더 땠다. 그러나 조금 지나자 역시 안정이 안 되는지,

"여기로 불러볼까?" 하고 말을 꺼냈다.

"부를 거면 그쪽으로 가자. 그게 나을 것 같아." 켄사꾸는 말했다.

"정말 괜찮아? 부인에게 좀 미안한데?" 스에마쓰는 미안해하면서도 기쁜 얼굴을 하고 머리를 긁적였다. 둘은 잠시 후 밖으로 나갔는데, 이미 9시가 지나 있었다. 헤이안 신궁 앞의 넓고 조용한 전찻길을 곧장 걸었다.

"어디서 부를까?" 스에마쓰가 말했다.

"자네가 평상시 가던 곳이 좋지 않을까?" 켄사꾸가 대답했다.

"게이샤가 삼류면 찻집도 삼류야. 아무래도 자네하고는 격이 안 맞을 거야." 스에마쓰는 이렇게 말하고 웃었다. "그것보다 어디 요리점으로 가지."

"제일 중요한 당사자가 없으면 어떡해. 나는 방금 전에 밥을 먹었고, 자네도 그렇지?"

"응, 그렇긴 한데 그다지 잘나가는 애도 아니니까……"

어쨌든 어딘가에서 한번 전화를 걸어보기로 하고 둘은 전차로 기온의 돌계단 아래까지 가서 가까운 까페에 들어갔다. 스에마쓰는 바로 전화 거는 곳으로 갔다.

"응…… 응…… 응." 스에마쓰는 대답만 하고 있다가,

"그럼" 하고 거칠게 수화기를 탁 내려놓고 불쾌한 얼굴을 하고 테이블에 돌아왔다.

"고작 60엔 정도 내면서 큰소리치기는 좀 뭐하지만, 아무튼 기분 나쁘네." 이렇게 말하면서 옆에 서 있던 여종업원에게 독한 술을 주문했다.

"없어?"

"오오사카 연극을 보러 가서 오늘 안 돌아온대―거짓말이야." 안쓰러울 정도로 노골적으로 신경질을 내고 있었다. 그는 어딘가에서 자기가 아닌 다른 남자와 함께 웃고 떠들고 있을 그녀를 눈앞에서 보는 듯 불쾌한 얼굴을 했다.

전화가 울려서 여종업원 한 사람이 전화를 받았다.

"난가? 나라면 없다고 말해줘." 그 순간 스에마쓰는 신경질적으로 말했다. 그를 찾는 전화가 맞는데, 여종업원은 수화기를 손으로 막고 돌아보면서,

"계신다고 말해버렸어요" 하며 당황하는 표정을 지었다.

"그럼 전화는 안 받는다고 하고 거절해주게."

그러나 결국 찻집 여주인의 끈질긴 부탁으로 스에마쓰는 전화를 받았고, 잠시 이야기한 끝에 역시 찻집까지 가기로 했다.

"지저분한 집이야—그리고 그녀가 없으니 서두를 것도 없지. 여기 좀더 있자." 그는 계속해서 독한 술을 달라고 하며 억지로 기분을 가라앉히려고 했다. 또, 여주인이 부른다고 당장 거기 가는 것도 좀 화가 난다는 태도였다. 그리고,

"정말 괜찮아? 재미없는 데 같이 가자고 해서 좀 미안한데" 했다.

"난 괜찮아." 켄사꾸는 스에마쓰가 안쓰러워 보여, 별생각 없이 그렇게 말했지만 지금 스에마쓰의 기분과 자신의 기분이 상당히 다르다고 생각하니 약간 어색했다. 사실 그의 마음은 키누가사무라의 집에서 외롭게 그가 돌아오기를 간절히 기다리고 있을 나오꼬에게 가 있었다. 그는 그런 마음을 스에마쓰에게 들키기가 싫어서 되도록 아무렇지 않은 듯 행동했다.

"하나미꼬오지에 아는 집이 또 있어. 처음부터 거기로 갈걸." 스에마쓰가 말했다.

까페를 나와서 찻집으로 가는 길에도 스에마쓰는 여전히 찻집이 싸구려티 난다고 신경 쓰고 있었다. 그는 취하기도 했다.

찻집 근처에 도착하자 역시나 그는 들어가기 싫어하며 코오다이지 절 근처의 요리점으로 가자고 했다. 이미 10시가 지났기에 요리점으로 전화를 걸어달라고 찻집에 부탁하고 둘만 그 요리점으로 향했다.

정원 안쪽 이층에 있는 작은 방에 전등이 켜져 있었다. 둘은 거기로 안내되었다. 이십분 정도 지나자 서너 사람이 정원의 돌을 밟는 발소리가 들리고, 여주인과 젊은 게이샤 두 사람이 여종업원의 안내를 받으며 소란스럽게 올라왔다.

스에마쓰는 계속 초조해하면서 여주인을 함부로 대했다. 젊은 게이샤들이 그 여자 이야기로 스에마쓰를 놀리면서 그의 기분을

조금이라도 달래보려 했지만, 스에마쓰는 그런 분위기에 응하지 않고 고집스럽게 험담을 늘어놓았다.

"어쨌든 60엔밖에 못 내는 남자니까. 큰소리 못 치지." 이렇게 말하며 그런 여자에게 이토록 질투를 느끼는 자신을 불쌍하게 여기기까지 했다.

여주인도 그를 억지로 부르기는 했어도 지금의 상황을 주체하지 못하고 있었다. 완전히 흥이 깨진 분위기가 이어지자 마침내 여주인은 서둘러 자리를 파했다.

켄사꾸는 얼른 나오꼬가 있는 곳으로 가고 싶었다. 12시 넘어서까지 집을 비운 적이 없었기에 걱정할 것 같았다. 하지만 역시 혼자 먼저 집에 갈 수는 없었다.

모두 잠든 고요한 마을에서 다섯 사람은 야스이 신사의 경내를 빠져나왔다. 키가 작고 뻣뻣한 머릿결에 약간 아름다운 게이샤가 뭐라고 스에마쓰를 놀리면서 어두운 곳에서 켄사꾸의 손을 쥐었다. 켄사꾸는 붙잡은 손을 그대로 자신의 외투 주머니에 넣고 여자의 어깨가 자신의 가슴에 닿는 것을 느끼면서 걸었다. 그는 전날밤 나오꼬와 함께 걸으면서 같은 행동을 했다. 그리고 지금, 게이샤와 이렇게 하고 있으면서 그는 역시 자지 않고 기다리고 있을 나오꼬를 생각했다. 두 사람 다 손을 꽉 붙잡고 있지는 않았다. 그리고 어느 틈에 그는 손을 아무렇지 않게 풀어버렸다.

찻집에 돌아가자 여주인은 자고 가라고 권했지만, 스에마쓰는 게이샤 둘을 거기서 자게 하고 바로 그 집을 나왔다.

둘은 왠지 쉽게 헤어지지 못했다. 켄사꾸는 그 정도는 아니었는데, 스에마쓰는 주체하지 못하는 듯했고, 그런 기분은 일년 전의 경험을 통해 켄사꾸도 잘 알았다.

"2시 정도까지 돌아가면 돼." 그는 이렇게 말했다.

"하나미꼬오지 찻집에 들러도 돼?" 스에마쓰는 슬쩍 눈치를 보면서 말했다.

"응."

"당분간 자네 집에는 안 갈래. 부인에게 미안하니까……" 스에마쓰가 말했다.

두 사람은 어두운 골목길을 빠져나갔다. 거기서 스에마쓰는 혼자 뒤처지더니 서서 소변을 보았다. 중절모를 깊이 눌러쓴 젊은 남자가 마침 같은 쪽으로 빠져나가려던 그의 뒤로 지나가자,

"실례" 하고 스에마쓰는 정색하고 말했다. 그러나 그 남자는 모르는 체하고 지나갔다.

"바보 같으니라고. 사람이 인사하는데 아무 말도 없이 그냥 가다니." 스에마쓰는 화를 내며 소변을 다 누더니 가늘고 긴 몸을 흔들며 그 남자를 뒤쫓아갔다. 켄사꾸는 거친 말이라도 다루듯이 좁은 골목에서 양팔을 벌려서 스에마쓰를 막았다. 그 남자는 서둘러 가버렸다.

"이봐, 오늘 밤 나랑 한판 붙자. 알았어?" 스에마쓰는 술 냄새 나는 숨을 토해내며 말했다.

"네가 싸우는 건 상관없지만 난 관여하고 싶지 않아."

"아무래도 좋아. 근데 지금은 저놈을 때려눕힐 거야. 어디로 갔지?" 스에마쓰는 켄사꾸의 손을 뿌리치고 거리까지 달려나가서 주변을 돌아봤지만 남자는 이미 가고 없었다.

하나미꼬오지의 찻집은 신축 건물로 그다지 분위기는 없는 집이었다. 그래도 아까의 찻집보다는 좀더 격이 있어 보였는데, 몸집이 크고 초보자 같은 느낌을 주는 여주인이 나왔다.

"늦으셨네요." 여주인이 인사를 했다.

"여자를 좀 불러주지 않겠나?" 스에마쓰가 말했다.

"네."

"난 됐어. 곧 돌아갈 거니까." 켄사꾸는 말했다.

여주인은 그래도 괜찮을지 스에마쓰의 얼굴을 잠자코 바라봤다.

"부인에게 미안한 짓을 하면 안되니까." 스에마쓰는 어색하게 말했는데, 실은 켄사꾸도 자고 갔으면 하는 말투였다.

켄사꾸는 이전의 습관도 있어서 꼭 정절을 지켜야 한다는 강박관념은 없었지만, 이런 일로 스에마쓰 앞에서 처를 모욕하기가 왠지 싫었다. 처를 모욕하는 것은 간접적으로 자신을 모욕하는 것이었다. 오히려 이 같은 이기적인 생각에서 그는 아무래도 돌아가야겠다고 생각했다. 바로 인력거를 불러달라고 하여 차가운 바람이 부는 거리를 달려 키누가사무라로 갔다.

2시가 지나 있었다. 그는 쓰바끼데라 절 앞에서 인력거에서 내려 100미터 정도 달렸다. 그리고 집에서 20미터쯤 떨어진 곳까지 와서 달리기를 멈추고는 숨을 헐떡거리면서 그는 아무렇지 않은 듯 기침을 했다. 그 기침 소리에 나오꼬가 서둘러서 거실에서 나오는 것이 하녀 방 창문을 통해서 보였다.

"할머니, 서방님이 돌아오시네요." 이렇게 크게 말하는 소리가 그가 있는 곳까지 작게 들렸다.

켄사꾸는 문이 열리기를 기다리지 않고 묘목이 무성한 아직 낮은 나무 울타리를 뛰어넘어 들어갔다. 부엌문을 열고 나오꼬가 뛰어나왔다.

"정말 다행이에요, 다행이에요." 나오꼬는 양손으로 외투 속의 손을 찾아 붙잡았다.

"자고 있지 그랬어."

거실로 오자 나오꼬는 바로 앞으로 돌아 외투의 훅과 단추를 바쁘게 풀어주면서,

"저 말이에요. 당신이 길에서 쓰러지기라도 한 게 아닐까 걱정했어요……" 하고 말했다.

"사모님도 참 바보 같은 말씀을 하시네요." 옆방에서 센이 말했다.

"할머니, 정말이에요──할머니는 그렇게 말씀하시지만 저는 정말 걱정했어요. 정말 다행이에요, 다행이에요."

"바보로군. 내가 길에서 쓰러졌을 거라고 생각한 거야?"

"그래요."

"1시쯤에 이제 찾아나서야겠다고 하시고는…… 그래봤자 어디 계신지도 모르면서." 센은 옆방에서 차를 내리면서 웃었다.

"차는 됐어. 빨리 자고 싶어." 켄사꾸는 곧장 잠옷으로 갈아입고 침실로 갔다. 나오꼬는 그의 옷을 개면서 묘하게 흥분해 있었다. 그리고 "다행이에요"라는 말을 계속하면서 자꾸만 웃었다. 켄사꾸는 베개를 베고 부인을 향해 누워 그날 밤 이야기를 했는데, 흥분한 나오꼬는 그것을 들으려 하지도 않았다.

16

켄사꾸 부부의 키누가사무라 생활은 지극히 순조롭고 평화롭고 즐겁게 지나갔다. 그렇지만 평화롭고 즐거운 것이 갑자기 안일에 빠질 때 켄사꾸는 묘한 쓸쓸함에 휩싸였다. 그럴 때 그는 자꾸 일에 대한 생각을 했다. 그러나 그는 제대로 된 일은 아무것도 할 수

없었다. 전에 노부유끼가 말해줘서 이야기가 나온 잡지사로부터 독촉을 받고 있었으나 별 진전이 없었다.

변함없이 스에마쓰와는 자주 만났다. 스에마쓰는 켄사꾸가 미즈따니를 싫어하는 것을 알고 있어서 일부러 데려오려고 하지는 않았는데, 그래도 세번에 한번이나 두번에 한번은 미즈따니도 함께 따라왔다. 화투를 치려면 세명으로는 부족했다. 그 때문에 자연스럽게 때때로 미즈따니가 함께하기도 했다.

어느날 넷이서 화투를 치고 있을 때였다. 우연히도 켄사꾸는 전에 나오꼬를 의심했던 상황과 같은 실수를 하마터면 자신도 범할 뻔했다. 손약 단일을 했다고 생각했는데, 국화가 그려진 화투장에 술잔이 붙어 있었다. 그는 우연히 그런 일이 일어난 것이 신기했다. 유쾌하다는 생각도·들었다. 나오꼬는 역시 잘못 본 것이었다. 무언가가 일부러 자신에게 똑같은 잘못을 하도록 한 것 아닌가 하는 생각이 들었다. 그리고 전에 이런 일이 나오꼬에게 생겼을 때 그녀를 조금도 비난하지는 않았지만, 그것이 전혀 고의가 아니었다는 점이 기뻤다. 그는 그것을 나오꼬에게 말할까도 했으나 역시 하지 않았다. 의심한 자신이 부끄러웠기 때문이었다.

2월, 3월, 4월 ——4월에 되자 쿄오또의 온 마을에 꽃이 피기 시작했다. 기온의 밤벚꽃, 사가의 벚꽃, 그다음으로 오무로의 여덟 잎 벚꽃이 피었다. 이윽고 미야꼬 춤[134], 시마바라 도오추우[135], 미부 쿄오겐[136]의 흥행, 그런 연중행사도 한바탕 끝나고 기온에 둥글고 붉은 초롱이 사라지면, 쿄오또도 이제 5월이다. 히가시야마 산의 신

---

134 기온에서 매년 4월 한달간 거행되는 무용 공연.
135 시마바라 유곽에서 매년 4월 20일에 유녀들이 성장을 하고 거닐던 행사.
136 미부데라 절에서 매년 4월 21~29일에 행해지는 가면 무언극.

록이 꽃보다도 아름답고, 붉은 기운이 비치는 녹나무의 어린잎이 쑥쑥 자라 야사까 신사 탑과 키요미즈 탑 뒤로 바라보일 즈음이 되면 쿄오또 역시 실컷 놀고 난 후의 안정감이 생긴다.

실제로 켄사꾸도 이제 노는 데 지쳐 있었다. 그리고 켄사꾸는 그 즈음 나오꼬가 임신했다는 사실을 알았다.

6월, 7월, 그리고 8월이 되자, 늘 화제에 오르듯 쿄오또의 더위는 상당히 견디기 힘들었다. 몸이 무거운 나오꼬에게는 더욱 그랬다. 통통하던 볼도 알게 모르게 초췌해지고 멍하니 쓸쓸한 표정을 짓고 있는 때가 잦았다. 마침 고향에서 나오꼬의 나이 든 이모가 와서 켄사꾸도 어느정도 마음의 여유를 가질 수가 있었다. 이모는 몸집이 크고 얼굴에 굵은 주름이 있었고, 약간 무서운 인상을 풍겼다. 그렇지만 성격이 아주 밝았고, 게다가 우리 집을 낯설어하지 않고 매사 자유롭게 행동했다. 켄사꾸도 아이처럼 대해서 그는 진짜 이모같이 친근하게 느꼈다.

너무나 더워서 켄사꾸는 피서를 결심하고 이 성격 좋은 노인과 셋이서 어디 시원한 산에 있는 온천 여관에라도 가서 이삼주 지내야겠다고 생각했다. 어릴 적부터 그런 경험이 전혀 없던 그에겐 그 계획이 가슴이 뛸 정도로 즐거운 상상을 불러일으켰다.

그는 그 생각을 당장 두 사람에게 알리지 않고 배길 수 없었다.

"괜찮을까?" 이모는 아무 거리낌 없이 말했다. "나오꼬가 이 시기에 기차를 타도 괜찮을까?"

"아직 괜찮겠지요." 켄사꾸는 대답했다.

"근데 가지 않는 게 좋겠어. 이 정도 더위는 견딜만 하기도 하고, 움직이지 않는 게 좋을 거야. 따뜻한 물에 들어가서 태아가 너무 커버려도 안되고."

모처럼 생각한 일도 이러한 반대로 단념하고 말았다. 나오꼬가 쓸쓸하게 멍하니 있는 일도 줄어든 것 같았다. 달 보기, 꽃 보기, 멧돼지, 사슴, 나비 같은 구식 화투를 하기도 했다. 이모는 한달 정도 있다가 돌아갔다.

9월이 되자 나오꼬도 차츰 건강해져 켄사꾸가 밤늦게 이층 서재에서 내려오면 전등 아래에서 배가 많이 부른 나오꼬가 밤의 소일거리로 아기 옷을 만들고 있거나 했다.

"귀엽죠?"

가운데를 실로 묶어 매달아놓은 한척 크기의 대나무 옷걸이에 빨간색 아기용 겉옷을 건 다음 아기 키 정도 높이로 장롱 고리에 걸쳐놓았다.

"응, 귀엽군."

켄사꾸는 장차 거기에 있을 그러한 새로운 존재를 상상하니 이상했다. 형언하기 어려운 기쁨이었다. 어깨 부분에 덧댄 천을 졸라매어 엉덩이 주변이 둥글게 부푼 것이 뒤를 돌아보는 살집 좋은 아이를 연상시켰다.

"당신은 정말 어느 쪽이 좋아? 남자아이? 여자아이?" 스스로도 생각해보면서 켄사꾸는 물었다.

"글쎄요, 어느 쪽도 좋아요. 아무래도 그런 건 신이 하시는 일이니 어쩔 수 없죠." 나오꼬는 꿰매던 실을 당기면서 아무렇지 않은 듯 대답했다.

"이모님이 그렇게 말했지?" 켄사꾸는 웃었다. 틀림없었다.

고향에서 어머니가 만들어준 아기 옷이 몇벌 도착했다. 이모님으로부터도 색이 바래도록 빤 홑옷으로 만든 기저귀가 많이 왔다.

"뭐야, 지저분한 것뿐이잖아?" 소포를 푼 나오꼬는 예상이 빗나가자 화를 내며 말했다. "창피해요, 이런 거……"

"버리기 아까워요. 이런 건 많이 있어도 늘 부족해요. 지저분하기는 해도 그렇게 색이 바래지 않으면 뻣뻣해서 오히려 아기에게 좋지 않아요." 센이 말했다.

"이건 당신이 입었던 거겠지?" 켄사꾸는 그런 아기 옷을 입었을 나오꼬의 귀여운 모습이 떠올랐다.

"그래요, 그러니까 창피해요. 아무리 시골이라도 이렇게 될 정도로 입혔을까 생각하면. 이모님도 정말 융통성이 없다니까."

나오꼬가 그렇게 화내듯이 말하자 센이 옆에서,

"사모님, 노인들은 어쩔 수 없나보네요" 하고 짓궂게 말하며 웃었다.

출산은 10월 말이나 11월 초라고 했다. 출산을 병원에서 할지 집에서 할지 고민했는데, 만일 고향에서 어머니가 오지 않는다면 병원에서 하기로 정했다. 출산 시기가 당겨지면 추수기라 바빠서 시골에서는 오기가 조금 어렵다는 것이다. 어찌 됐든 이모님은 반드시 다시 오실 것이다.

어느날 뜬금없이 노부유끼가 방문했다. 맑고 기분 좋은 아침이었는데, 켄사꾸가 나오꼬를 데리고 뒤편 밭길을 가로질러 킨까꾸지 절까지 산책을 하고 돌아오자, 양복 차림의 노부유끼가 정원에서 신는 게따를 신고 담배를 피우면서 문 앞에 서 있었다.

"이봐." 노부유끼는 가볍게 머리를 숙이고 나오꼬를 향해, "제수씨도 잘 지냈죠?" 하고 말했다.

"언제? 오늘 아침 도착했어?" 켄사꾸가 말했다.

"응, 급하게 너와 좀 상의할 일이 생겨서 말이야."

켄사꾸가 앞서서 현관으로 올라갔다.

"꽤 좋은 집이잖아." 노부유끼는 둘러보면서 말했다.

센이 내온 방석을 마루 끝으로 가져와 앉자 노부유끼는 바로 이야기를 꺼냈다.

"실은 오에이 씨 일이야——너 지금 이삼백 엔 정도 있어?"

"있어."

"그래? 그렇다면 바로 오에이 씨에게 보내줄 수 있을까?"

"무슨 일인데?" 켄사꾸는 오에이가 자신과 조금도 상의하지 않고 노부유끼만 의지하는 것이, 그 기분은 이해하지만 약간 불만스러웠다.

"오사이인가? 그 여자는 너도 말했었지만, 역시 정말로 성실한 사람이 아니었나봐. 네게는 알리지 않은 모양인데, 오에이 씨는 지난 6월에 이미 톈진에서 나왔나봐. 어쨌든 그후 펑톈 주변에 가서 잠시 있다가 지금은 다롄이래."

"거기서 뭘 하는데?"

"아무것도 하지 않고 인쇄소 이층에서 근처에 사는 식모를 하나 두고 자취하고 있나봐——그건 좋은데, 보름 정도 전에 도둑을 맞아서 지금 거의 무일푼이 되어버렸다는데?"

"형한테 그렇게 말했어?"

"그저께 그런 편지를 받았어."

"바보군. 그럼 얼른 돌아오지 뭐하는 거야?" 켄사꾸는 뭐라 말할 수 없이 극도로 신경질적이 되어 말했다.

"나도 그렇게 생각해. 근데 그 인쇄소에도 돈을 좀 빌린 상황이라 바로 움직일 순 없다고 쓰여 있었어. 여비랑 해서 대충 300엔이면 충분할 것 같은데, 공교롭게도 나한테는 지금 돈이 하나도 없어. 아버지에게 받을 수도 있겠지만, 지금 이 상황을 알리고 싶지 않아

서 말야. 단지 그 일 때문에 일부러 여기까지 온 건 아니고, 실은 이
번에 내가 다니는 절의 주지 스님이 거처하는 방을 수리하거든. 그
래서 기부금을 모으고 있어. 이곳 ○○ 절에 계신 종정께서 그림
그리는 분이라며?"

"화가인지 아닌지는 모르겠지만 어쨌든 시로끼야 백화점 주변
에서 가끔 봐."

"상당히 비싸다는데? 우리 절 스님의 심부름으로, 그분께 기부
대신 그림을 대여섯장 그려달라는 부탁을 하러 왔어. 뭐, 겸사겸사
해서 급하게 온 거야."

"오에이 씨는 무일푼이 된 것 말고는 또 걱정할 일은 없는 거
야?"

"학질을 앓았다던데, 학질이 말라리아지? 그곳에도 그런 병이
있나?"

"그거야 어디든 있겠지. 별로 위험한 상태는 아니겠지?"

"별건 아닌 것 같아. 맞다, 학질약을 먹는 시간을 잘못 맞춰서 병
이 다시 도졌다는 거야. 더워서 밤에 문을 활짝 열어둔 상태로 꾸
벅꾸벅 졸고 있었는데, 중국인 두명이 들어왔대. 약 기운 때문에 들
어오는 것을 멍하니 보고만 있었대. 너도 알다시피 토오꾜오에서
사 모은 게이샤 의상을 세벌 정도 방구석에 쌓아두었었대. 그걸 밑
천으로 다시 같은 장사를 어딘가에서 할 생각이었나봐. 그걸 전부
가져가버린 거야. 도둑이구나, 생각하면서도 너무 피곤해서 그대
로 잠들어버린 것 같아."

"엎친 데 덮친 격이네." 그러나 다시 오에이를 만날 수 있게 되
어 켄사꾸는 묘하게 기뻤다. 그는 자기도 모르게 쾌활한 기분이 되
었다.

"그러나 그 일로 빨리 돌아온다면 불행 중 다행인 거지."

"그럴지도 몰라." 노부유끼도 함께 웃었다.

원래 켄사꾸는 오에이의 중국행에 반대하는 입장이었다. 노부유끼가 중간에서 자신의 의견을 충분히 오에이에게 전달하지 못했던 것이다. 그러나 지금 의외로 빨리 돌아오게 되자 "거봐요" 하며 손을 뻗어 잡아주고 싶은 기분이 들었다.

노부유끼는 다음 날 쿄오또에서 용무를 마치자마자 기부에 관련된 일로 오오사까에 갔다가, 토오꾜오로 돌아가는 길에 다시 키누가사무라에 들러 하룻밤 잤다.

"어때, 너도 기부 좀 할래?" 이렇게 말하며 네모난 손가방 안에서 낡은 가사袈裟 천 비슷한 것으로 겉을 씌운 종이 수첩을 꺼냈다.

켄사꾸는 수첩을 펼쳐 보았다. "200엔…… 250엔…… 30엔…… 10엔, 500엔—상당히 금액이 크네. 150엔—이게 형이야?"

"돈이 없어 못 내고 있어."

"돈도 내지 않고 그냥 적어만 놓은 거야?"

"그야 언젠가는 내겠지. 때가 되면……" 노부유끼는 웃었다.

"아주버님, 적게 해도 괜찮아요?" 옆에서 나오꼬가 말했다.

"응, 얼마라도 좋아요. 2엔이든 3엔이든."

"그래요? 그러면 저 5엔 봉납할래요."

"그래요? 고마워요. 얼른 거기에 써줘요."

나오꼬는 장롱 위의 벼루를 가지고 와서,

"당신은요?" 하고 물었다.

"당신이 하면 충분해. 난 절 같은 것이 잘 보존되는 데는 대찬성이지만, 개인이 기부하는 데는 반대야. 그런 일은 정부에서 돈을 받아야 한다고 생각해."

"나쁘네요."

"나쁘지 않아. 하지만 얼마라도 괜찮다면 난 10엔 낼게. 내 것도 같이 써줘."

켄사꾸는 글씨를 그다지 단정하게 쓰지 못했다. 붓으로 쓰면 스스로도 너무 못 쓴다는 느낌을 절실히 받는다. 그와 비교하면 나오꼬가 훨씬 나아서 최근 붓글씨는 대개 나오꼬가 대필해주었다.

"이거 고마운데." 노부유끼는 먹이 마르기를 기다렸다가 수첩을 손가방에 넣었다.

밤에 세 사람은 테라마찌 거리, 신꾜오고꾸 주변을 잠시 산책했다. 그리고 시찌조오 역에서 두 사람은 카마꾸라로 돌아가는 노부유끼를 배웅했다.

17

10월 하순 어느날 켄사꾸는 스에마쓰, 미즈따니, 미즈따니의 친구인 쿠제 등과 불축제[137]를 보러 쿠라마에 갔다. 날은 저물고 쿄오또를 나와 북쪽으로 오르막길을 삼리 정도 계속 가자, 먼 산의 협곡이 어렴풋이 빛나고, 그 주변에 연기가 옅게 피어오르는 것이 보였다. 이끼 냄새가 나는 차가운 산 공기를 쐬며 가자니, 저 안쪽에서 그러한 밤의 축제를 한다는 것이 신기하게 느껴졌다. 아이들과 여자를 데리고 구경 온 사람들이 등롱을 들고 간다. 때때로 자동차가 앞산과 숲 아래쪽에 강한 빛을 비추면서 그들을 따라서 쫓아간

----

137 히 마쓰리(火祭り). 매년 10월 22일 쿄오또 외곽 쿠라마에서 열리는 축제.

다. 산 쪽에서는 해오라기가 울면서 날아온다. 갈수록 어두운 연기 냄새가 풍겨왔다.

마을에서는 집집마다 처마 끝——이렇게 말해도 길이 좁아서 길의 한가운데에 해당하는데, 거기에 일렬로 횃불을 세우고 있었다. 세 방향으로, 커다란 나무뿌리와 사람 키 정도로 큼직하게 잘라놓은 나무에 에워싸인 채 타고 있는 횃불은 마치 바위틈에서 불이 솟아오르는 것처럼 느껴졌다.

모닥불이 있는 마을을 빠져나가자 약간 넓은 장소가 나왔다. 폭이 넓은 돌계단이 있고, 그 위에 붉은색을 칠한 커다란 문이 있었다. 광장의 양측은 구경꾼으로 가득했는데, 그 가운데에는, 훈도시 하나만 차고, 어깨에 옷을 살짝 걸치고, 두꺼운 손 싸개를 하고, 다리에 띠를 단단히 묶고, 조오리를 신어 몸치장을 완벽하게 하고, 머리띠를 두른 젊은이들이 있었다. 그들은 땔나무 다발을 등나무 덩굴로 묶은 커다란 횃불을 들고 "영치기영차, 영치기영차"하는 기합 소리를 내면서 양발을 힘차게 밟아 오른쪽 왼쪽 중심을 잡으며 걸어간다. 어떤 사람은 비틀거리는 시늉을 하면서 일부러 사람들이 모인 앞에 불을 들이대기도 하고, 어떤 사람은 집 처마 아래로 짊어지고 들어가기도 한다. 불씨가 사그라지고 어깨에 짊어지는 것도 힘들어지자 한아름 되는 횃불을 갑자기 어깨에서 내려 털썩 땅에 힘껏 던져버린다. 그와 동시에 땔나무 다발을 묶어놓은 등나무 덩굴이 풀리면서 불은 갑자기 급격한 기세로 타오른다. 젊은이는 땀을 닦고 숨을 고르다가, 이번에는 또다른 횃불을 어깨에 멘다. 무거워 혼자서는 좀처럼 들 수 없어 다른 사람에게 도움을 받는다.

그 광장을 빠져나와 앞쪽 길로 들어가자 이제 장작불은 없고, 횃불을 어깨에 멘 사람들이 "영치기영차"소리를 내며 좁은 곳을 지나쳐간다. 아이들은 자신들이 들 수 있을 정도의 작은 횃불을 짐짓 무거운 체하며 메고 비틀비틀 돌아다닌다. 마을 전체에 연기가 엷게 퍼져 있고, 기분 좋은 온기가 느껴진다.

별이 많은 투명한 가을 하늘 아래에서 이러한 불축제를 보는 감동은 특별했다. 한 줄로 나지막이 늘어선 집의 바로 뒤쪽에는 깊은 계곡이 흐르고 반대편은 높은 산으로 둘러싸인 이런 곳에서는, 아무리 시끄럽게 떠든다 해도 산속 밤의 적막함이 소리를 바로 잠재워버린다. 그것이 이들에게는 도시의 어떤 소란스러운 축제보다 좋았다. 사람들도 모두 진지했다. "영치기영차." 이런 소리 외에는 큰 소리를 내는 사람도 없고 술에 취한 사람도 볼 수 없었다. 게다가 이것은 오로지 남자만의 축제였다.

어떤 곳에서는 발가벗은 남자가 지붕 아래로 좁게 흐르는 계곡의 물살이 센 곳에 앉아서 눈을 감고 합장하며 연신 입으로 무언가를 중얼거리고 있었다. 투명하고 차가울 것 같은 물이 가슴 주변으로 파도치듯이 흘렀다. 가문의 문장이 커다랗게 그려진 이상하게 어두운 등롱을 든 여자아이와, 마로 된 민무늬 홑옷을 펼쳐든 여자가 처마 아래 서서 남자가 올라오기를 기다리고 있었다. 한동안 주문 외던 것이 끝나자 남자는 선 채로 흐르는 계곡가에 나란히 벗어놓은 게따를 신었다. 홑옷을 든 여자가 말없이 그의 젖은 몸에 옷을 걸쳐주었다. 남자는 등롱을 들지 않고 게따를 끌며 그대로 어두운 집 안으로 들어갔다. 이제부터 신을 모시는 가마를 짊어질 남자라고 했다.

이런 사람들이 얼마 안 있어 돌계단 아래의 광장에 많이 모였다. 그곳에는 굵은 대나무 두그루에 금줄이 높이 쳐져 있었는데, 그 금줄을 횃불로 다 태우지 않고서는 누구도 그 돌계단을 올라갈 수 없다는 뜻이다. 그러나 줄은 3간間보다 약간 더 높은 곳에 있어서 횃불을 세워도 불길이 좀처럼 거기까지 닿지 않았다. 숱한 횃불이 그 아래에 모였다. 그 일대가 화재가 난 것처럼 밝아져, 빨리 그것이 다 탔으면 하는 바람으로 위를 쳐다보는 군중의 얼굴을 빨갛게 비춰낸다.

이윽고 겨우 불이 붙더니 금줄이 불똥을 튀기면서 두 가닥으로 나뉘어 떨어지자 바로 앞에서 칼을 들고 휘두르던 남자가 이상한 자세로 돌계단을 달려올라갔다. 곧이어 군중이 환호성을 지르면서 따라올라갔다. 그러나 문 위에 좀더 낮은 두번째 금줄이 사람 키 높이로 또 하나 쳐져 있다. 앞에 선 칼잡이 남자가 그 줄을 후려치며 달려나간다. 금줄은 자연스럽게 끊어진다. 군중은 언덕길을 따라 안쪽 사원까지 그대로 달려올라간다.

"어때, 이제 돌아갈까?" 켄사꾸는 스에마쓰를 보고 말했다.

"오따비에서 하는 카구라[138]를 보고 가자."

카구라는 네다섯 사람이 커다란 횃불 몇개를 짊어지고 카구라 음악의 박자에 맞춰 신이 내리는 가마 주위를 도는 것이다.

"이제 대충 다 봤잖아. 빨리 돌아가서 잠을 자두지 않으면 내일 음악회 가기 힘들어져."

"몇시지? ──2시 반인가?" 시계를 보면서 스에마쓰가 말했다.

"지금 출발해서 쿄오또에 도착하면 마침 날이 새겠는데요?" 미즈따니가 말했다.

"그럼 돌아갈까?" 스에마쓰는 미련이 남는 듯 말했다. "가마를 내릴 때가 상당히 볼만하다고 하던데. 언덕이라 걸음이 점점 빨라

---

138 신에게 제사 지낼 때 연주하는 일본 고유의 무악(舞樂).

지니까 두꺼운 줄을 매달아 여자들이 무리 지어 반대 방향으로 끌어당긴대. 이 축제에서 여자가 나오는 것은 그때뿐이라는데?"

"어쨌든 돌아가죠. 동트면 햇빛을 마주 보며 삼리를 걸어야 하니 힘들잖아요." 미즈따니가 말했다.

스에마쓰도 납득했다. 아까 마을에서 볼 때는 바위틈에서 타오르는 것처럼 보이던 횃불이 지금은 맹렬하게 타고 있었다. 마을에서 나오자 산에서 나오는 냉기가 급격히 느껴지는 듯했다. 네 사람은 때때로 돌아보면서 협곡에서 비치는 밝은 불빛을 보았다. 길은 올 때보다는 가깝게 느껴졌고 내리막이어서 편하기는 했지만 모두 지쳐서 말이 없어졌다.

"너무 졸린데?" 맨 앞에 가던 스에마쓰가 이렇게 말했다.

"내가 팔짱을 낄 테니 눈 감고 졸면서 내려가도록 해요." 그렇게 말하고 미즈따니는 스에마쓰와 팔짱을 끼고 걸었다.

쿄오또로 들어갈 즈음에는 미즈따니가 말했던 대로 에이잔 산 뒤로 희미하게 날이 밝아왔다. 데마찌에 있는 종점에서 네 사람은 잠시 피곤한 몸을 쉬었다. 얼마 지나지 않아 첫 기차가 와서 그것을 타고 켄사꾸만 마루따마찌에서 모두와 헤어져 키따노행으로 갈아타 가을의 부드러운 태양빛을 맞으며 간신히 키누가사무라의 집으로 돌아왔다.

"서방님이 들어오시네." 왠지 분주한 센의 목소리가 들리더니 센이 바로 부엌에서 나와서 "출산하셨어요" 하고 싱글벙글하면서 말했다.

켄사꾸의 가슴은 왠지 모르게 두근거렸다. 서둘러 현관으로 올라 전부터 출산할 장소로 정해둔 방에 들어갔다. 리졸인 것 같은 약 냄새가 났고 창백한 얼굴을 한 나오꼬가 머리카락을 풀어 베개에 늘어트리고 위를 향한 채—푹 잠들어 있었다. 아기는 좀 떨어진 작은 이불 속에서 자고 있었는데, 켄사꾸는 아기가 보고 싶기보다는 나오꼬가 더 걱정이 되었다. 젊은 간호사가 말없이 정중하게 인사했다. 작은 목소리로,

"어땠나요?" 하고 그는 물었다.

"그리 힘들지 않게 출산했습니다."

"그거 다행이네요. 다행이야."

"정말 그래요." 문지방에 앉아 있던 센이 말했다.

"그래." 그는 안심했다. 그리고 머리맡에 세워둔 낮은 병풍 너머로 살짝 아기를 들여다보았는데, 얼굴부터 거즈로 감싸여 있어서 모습을 볼 수 없었다.

"몇시에 낳았죠?"

"1시 20분입니다."

"밤이 되기 전 사모님이 서둘러 모시고 와달라 말씀하셔서 바로 인력거를 보냈는데 못 만났다고 하더라고요."

"응, 만나지 못했어—어쨌든 저쪽으로 가지. 깨면 안되니까." 켄사꾸는 먼저 일어나서 거실로 갔다.

전날 집을 나서는 켄사꾸와 엇갈려 석간 배달이 들어가던 것이 생각났는데, 집 안까지 들어오지 않고 현관에 앉아 있던 나오꼬를 향해 신문을 던지고 갔다고 한다. 신문은 신발 벗는 곳에 떨어졌다. 나오꼬는 아무렇지 않게 손을 뻗어서 그것을 잡으려고 구부리다가 배에서 진통을 느꼈다. 잠시 뒤 다시 진통이 와서 출산이 시작될 것 같아 바로 센에게 산파, 의사, 그리고 S 씨 집에도 전화를 걸라고 하고, 자신은 그동안 마침 하려고 했던 목욕을 한 다음 준비를 완전히 마치고 기다렸다—이렇게 센이 말했다.

"그거 참 기특하네." 켄사꾸는 나오꼬가 그런 때 의외로 대담하게 잘해내서 유쾌했다.

"S 씨 부인이 하녀를 데리고 오셨어요. 지금 막 돌아가셨고요."

"그래요? ─ 아기도 건강한 거죠?"

"네, 거기 보세요. 건강한 아기예요."

"간호사를 좀 불러줘요." 그는 아기에 대해 좀더 자세하게 듣고 싶었다.

간호사는 풀을 먹여 빳빳한 하까마를 펼치며 마루에 앉았다.

"이쪽으로 들어오세요 ─ 꽤 빨리 끝났나요?"

"아니요 ─ 그래도 2.8킬로그램이니까 평균보다는 약간 빨랐을지도 모르지만 금방 끝난 해산이라고는 할 수 없네요."

"아, 그래요? ─ 그럼 둘 다 문제없는 건가요?"

"그건……"

"정말 감사합니다." 켄사꾸는 그렇게 말하고 덤덤하게 고개를 숙였는데, 마음으로는 간호사에게 좀더 특별히 고마움을 전하고 싶었다. 간호사는 산실로 돌아갔다.

옷을 갈아입고 목욕탕으로 얼굴을 씻으러 가려고 하는데 간호사가 "부인이 깨어나셨습니다" 하고 말했다.

나오꼬는 위를 보고 누운 채 눈짓으로 마루에서 들어오는 그를 기다리고 있었다. 지쳐서 창백한 그 얼굴이 켄사꾸는 매우 아름답게 느껴졌다.

그는 머리맡에 앉아 뭐라고 말해야 할지 몰라,

"어때?" 하고 가볍게 물었다.

나오꼬는 그저 조용하게 미소를 지었다. 그리고 정맥이 비쳐 보이는 창백한 손을 힘겨운 듯 내밀고, 손가락을 펴 그의 손을 찾았다.

그는 그 손을 맞쥐어주었다.

"힘들었어?"

나오꼬는 눈을 크게 뜨고 그의 눈을 가만히 바라본 채 살짝 고개를 저었다.

"그래? 그거 다행이네."

그러는 나오꼬가 켄사꾸는 무척이나 사랑스러웠다. 그는 머리를 쓰다듬어주고 싶은 충동을 느꼈다. 그래서 쥔 손을 풀려고 하자 나오꼬는 더욱 굳게 붙잡고 놔주려고 하지 않았다. 그는 다시 고쳐 앉아 타따미에 대고 있던 다른 손으로 나오꼬를 쓰다듬었다.

"어떤 아이예요? ──예뻐요?" 나오꼬는 지쳐 있어서 작은 목소리로 말했다.

"아직 자세히 안 봤어."

"자고 있어요?"

"응──당신 아직 안 봤어?"

나오꼬는 끄덕였다.

"보실래요?" 옆에 있던 간호사가 말했다. 그리고는 대답을 기다리지 않고 병풍을 치우고 덮어놓았던 거즈를 걷더니 켄사꾸가 보기에는 꽤 거칠게 이불을 끌어당겨 나오꼬의 이부자리에 아기를 갖다대었다.

새빨갛고 털이 많은 얼굴이었는데, 머리끝이 이상하게 뾰족하고 그 주변에 길고 시커먼 털이 나 있었다. 자고 있는 눈이 둥글게 부풀어오른 것도 좀 이상했다. 켄사꾸는 이런 아기를 처음 보고 약간 실망했다.

"남자니까 괜찮겠지만 얼굴이 약간 이상하네." 그는 웃었다.

"아기는 처음에는 다 그렇습니다." 간호사가 켄사꾸의 말을 비난하듯이 말했다.

아기는 손가락이라도 닿으면 껍질이 벗겨질 듯한 입술을 우물우물 움직이고 있었는데, 입을 벌리고 얼굴을 찡그리더니 울기 시작했다.

나오꼬는 고개만 그쪽을 향한 채 손을 뻗어서 어깨 쪽이 부풀어 오른 배냇저고리를 손가락으로 누르며 보고 있었다. 그 눈이 무척 온화했고 완전한 어머니였다.

"이런 이상한 모습이 정말로 없어지는 걸까?" 켄사꾸는 아버지다운 감정이 전혀 일어나지 않았다.

"지금은 얼굴이 부어 있는데, 가라앉으면 귀여워질 거예요. 예쁜 얼굴이에요." 간호사가 말했다.

"그래요? 그렇다면 안심이네요. 이대로 크면 큰일이니까." 켄사꾸는 약간 쾌활해져,

"나라의 박물관에 있는 장님 가면 중에 이런 얼굴이 있어요"라고 농담을 했는데, 나오꼬도 간호사도 웃지 않았다. 거실에서 식사 준비를 하던 센이 "서방님은 무슨 그런 말씀을 하세요" 하며 웃는 소리가 들렸다.

"사람들에게 전보 아직 안 보냈지?"

"네."

"그럼 바로 보내고 오지." 이렇게 말하며 켄사꾸는 바로 이층 서재로 올라갔다.

18

모든 것이 순조로웠다. 켄사꾸는 잠들어 있는 아기를 때때로 들여다보러 갔다. 그러나 일종의 호기심일 뿐이었고, 자기 자식이라는 실감은 전혀 나지 않았다. 그는 왠지 조심스러워서 안아보려고도 하지 않았다. 나오꼬는 이미 완전한 엄마가 되어 있었다. 젖 주는 시간이 되어 누워서 젖을 물릴 때의 모습은 정말 안정감이 있어 보였다. 아기도 푹 안심하고 코가 묻힐 정도로 젖을 빠는 모습을 보면서 켄사꾸는 그 광경이 매우 아름답다고 느꼈다. 한편으로는 이 하얀 유방을 정체 모를 것이 빨아 먹고 있다는 생각에 이상한 느낌이 들기도 했다. 여태껏 이렇게 갓 태어난 아기를 볼 기회가 거의 없었기 때문이기도 했다.

쓰루가에서는 아무도 오지 않았다. 어머니는 시일이 더 지나서야 올 수 있고, 바로 올 거라고 생각했던 이모님은 지병인 신경통으로 움직일 수 없다는 전갈이 왔다. 그러나 나오꼬는 별로 서운해하지 않았다. 아이가 태어난 지 일주일이 되어가자 서둘러 이름을 지어야 했는데, 좀처럼 마음에 드는 이름이 떠오르지 않아 결국 나오꼬의 나오直와 켄사꾸의 켄謙을 따서 나오노리直謙로 정했지만, 아기에게는 너무 성숙한 이름이라 마음에 들지 않았다. '그렇지만 계속 아기인 것은 아니니까' 하며 그는 그 이름으로 정했다.

한주는 지극히 무사하게 지나가고, 여드레째 밤이 되어 모두 잠자리에 들었을 때, 아기가 울기 시작하더니 아무리 해도 그치지 않았다. 젖을 빨게 하자 잠시 멈추는 듯했으나 이내 다시 울었다. 배꼽을 살펴봤지만 아무 이상이 없었고, 혹시 벌레에 물렸나 해서 옷을 모두 다시 갈아입혀봤지만 그래도 울음을 멈추지 않았다. 원인을 모르는 일인 만큼 왠지 불안했다. 열을 쟀더니 조금 높았다.

"어떡할까. K 씨를 오라고 할까?"

"네, 그러는 게 좋을 것 같아요." 나오꼬도 불안한 듯 말했다.

그러나 바로 후에 아기는 울다 지친 듯 소리가 차츰 작아지더니 마침내 울음을 그쳤다. 그리고 편안하게 숨을 쉬면서 푹 잠들었다.

"무슨 일일까?" 켄사꾸는 안심한 듯이 나오꼬를 보았다. 나오꼬는,

"다행이에요" 하고 말했다.

"밤에 우는 아이들이 종종 있지요." 센이 말했다. 그리고 천장에 '귀신의 염불'[139]을 붙이면 좋다며 권했다.

아기는 계속 푹 잠들어 있었다. 모두들 조용하게 각자의 잠자리로 돌아갔다.

켄사꾸는 혼자 이층 서재에 누웠지만 역시 좀처럼 잠들지 못했다. 나오꼬도 아마 잠들지 못하고 있을 것이라고 생각했다. 산욕기인 나오꼬는 낮에도 때때로 잠들었기에 틀림없이 더욱 잠을 못 이루고 있을 것이었다. 그러나 아기가 깰까 겁이 나 그는 내려갈 수도 없었다.

그는 기분을 바꾸기 위해서 가벼운 책을 읽었다. 잠시 후 아래층 거실에서 12시를 알리는 시계 소리가 댕댕 울렸다. 그리고 아기가 다시 울기 시작했다. 나오꼬와 간호사가 이야기하는 소리가 들려왔다. 그는 이층에서 내려갔다.

나오꼬는 이불에 앉아서 아기를 안고 있었다. 아기는 있는 힘껏

---
139 귀신이 승복을 입고 징과 당목을 든 모습의 그림. 방에 붙여두면 밤에 아이가 울지 않는다고 전해짐.

소리 내어 울고 있었다.

"시계, 어떻게 안되겠어요? 그 소리 때문에 깼어요." 나오꼬는 켄사꾸를 올려다보고 화가 난 듯이 말했다.

"멈춰두지."

"네, 그렇게 해주세요—그 시계 앞으로 사용 안해도 돼요." 나오꼬는 말했다.

켄사꾸는 거실로 가서 시계를 멈췄다. 나오꼬는 계속 젖을 물리려고 했으나 아기는 좀처럼 입에 넣으려고 하지 않았다.

"어쨌든 근처에 있는 의사라도 잠깐 오라고 하는 것이 좋지 않을까? 지금 K 씨에게 오라고 하기에는 멀어서 좀 미안하고, 게다가 다시 울음을 그칠지도 모르고."

"네······"

"그럼 당장 다녀오지."

켄사꾸는 부엌문을 통해 바로 밖으로 나갔다. 밖은 바람 한점 없는 흐리고 새카만 밤이었다. 그는 걷다가 뛰다가 하며 갔다. 근처에 의사라고는 500미터 정도 떨어진 온마에도오리에 위치한 격자문 달린 가정집 같은 곳에 '의'라고 적힌 처마등을 내건 집밖에 몰랐기에 거기로 갔다. 두세번 두드리자 문 안쪽에서,

"무슨 일이시죠?" 하는 여자 목소리가 들렸다.

"선생님이 좀 와주셨으면 해서요."

"어디신데요?"

"이 앞 키누가사엔 안쪽에 있는 집입니다. 아기 상태가 조금 이상해서 진찰을 받고 싶습니다."

"잠시 기다려주세요." 이렇게 말하고 여자는 곧장 안으로 들어갔다. 그러고는 바로 다시 돌아와서,

"키누가사엔에 사시는 누구신지요?" 하고 물었다.

"토끼또오입니다."

"네?"

"토, 끼, 또, 오."

"토끼또오."

"그렇습니다."

여자는 '토끼또오'라고 혼자 중얼거리면서 안으로 들어가더니 아무리 기다려도 나오지 않았다. 켄사꾸는 초조했다.

"모쪼록 좀 서둘러주시면 좋겠습니다." 그는 큰 소리로 말했는데 대답이 없었다.

잠시 후 여자는 겨우 문을 열었다.

"오래 기다리셨습니다." 잠옷 차림을 한 마르고 키가 큰 여자였다.

의사는 안에서 옷을 갈아입고 있었다. 초라하게 생긴 키가 작은 남자로, 나이는 켄사꾸보다 위인 것 같았고, 탐욕스럽게 보이는 수염을 가늘고 길게 양쪽으로 늘어뜨리고 있었다. 의사는 띠를 매면서,

"상태가 어떤가요?" 하고 물었다.

"그저 막 울어댈 뿐 이유를 모르겠습니다."

의사는 그제야 서둘러 나와서,

"오래 기다리셨습니다" 하고 말했다.

"이런 밤중에 부탁드려서……"

"아닙니다. 그럼 바로 가시지요." 의사는 이런 식으로 자꾸만 얼버무리려고 했다. 약간 술 취한 것 같았다. 켄사꾸는 이 의사를 아무래도 신뢰할 수 없었다. 미안하더라도 역시 K 씨에게 부탁할 걸

그랬다는 생각이 들었다. 켄사꾸에게 아기가 생후 며칠째인지, 아이어머니에게 각기병은 없는지 등을 간단히 물은 후, 언제, 왜 쿄오또에 왔느냐는 필요없는 질문까지 했다. 켄사꾸는 되도록 그런 이야기를 피하기 위해 의사보다 한 발 앞서 걸었다. 키 작은 의사는 뒤처지지 않으려고 숨을 힐떡거리며 따라왔다.

의사의 진단은 결국 평범한 것이었다. 기저귀에 묻은 점액을 보더니 아무래도 소화불량인 것 같다고 했다. 그리고 울더라도 가급적 젖을 주지 말라고 주의를 주고 잠시 있다 돌아갔다.

아기는 밤새 내내 울어댔다—적어도 모두들 그렇게 느낄 정도로 계속 울었다. 울다 지쳐서 가끔씩 잠들기도 했는데, 다른 사람들도 어느새 꾸벅꾸벅 졸기 시작하면 이내 다시 우는 바람에 잠이 깼다. 날이 밝기만을 기다렸다. 차츰 날이 밝아오자 켄사꾸는 바로 집을 나섰는데, 항상 전화를 빌려 쓰던 집 식구들은 다들 아직 자고 있었다. 그는 서둘러서 키따노까지 가서 거기 전화로 K 의사 집에 전화를 걸어서 병원에 가기 전에 들러달라고 했다.

한시간쯤 지나서 K 의사가 왔다. 반백의 보송보송한 수염이 난 몸집이 큰 사람으로, 전날 밤의 초라한 의사와는 달리 보기만 해도 어쩐지 의지가 되었다. 의사는 인사도 대충 하고 지금까지의 경과에 대해 이것저것 물었다. 아기는 마침 젖을 먹고 울음을 그쳤는데, 의사가 이마에 손을 살짝 대자 다시 울기 시작했다. 의사는 손을 떼고 우는 아기를 가만히 바라보고 있었다. 그 얼굴을 또 나오꼬가 누운 채로 눈을 치켜뜨고 가만히 바라보고 있었다.

"어쨌든 몸을 한번 살펴보지요." 의사가 말했다.

간호사는 문을 닫고 나서 아기를 받아들고 작은 이불에 눕힌 다음 몇장이나 겹쳐 입힌 옷의 끈을 풀었다.

"그 정도면 됐어요." 의사는 가까이 다가가서 가슴, 배, 목, 그리고 발까지 꼼꼼하게 살펴보고 두세번 타진하고 나서 직접 배꼽 끝의 붕대를 풀고 커다란 손으로 아랫배를 눌러보았다. 아기는 불에라도 닿은 듯이 울었다.

"등을 좀 보여주세요."

간호사는 어깨에 힘을 주어서 몸을 구부리고 있는 아기의 작은 팔을 하나씩 소매에서 꺼낸 다음, 벌거벗은 아기를 옆으로 돌려 등이 의사를 향하도록 누였다. 아기는 양손을 움켜쥐고 양발을 구부리고 힘껏 울어댔다. 배를 움직이면서 우는 그 소리에 켄사꾸는 가슴이 아팠다. 나오꼬는 화난 듯이 눈을 동그랗게 뜨고 잠자코 보고 있었다.

의사는 꼼꼼하게 등을 살펴보았다. 그리고 엉덩이에서 약간 위에 엄지손가락 정도 크기의 빨간 부위를 발견하고 더욱 신중하게 살펴보다가, 이윽고 구부정한 자세로 얼굴만 켄사꾸를 향하고는,

"이것 때문입니다" 하고 말했다.

"뭔데요?"

"단독丹毒[140]입니다."

"………"

나오꼬는 눈을 감고는 갑자기 양손으로 얼굴을 가리며 반대편으로 돌아누웠다.

"그러나 아직 퍼지지 않았으니 빨리 처치하면 별일 없이 지나갈 겁니다." 의사가 말했다. 간호사는 잠자코 아기에게 옷을 입혔다.

"서둘러 병원에서 약을 가져오지요." 의사는 마루에서 손을 씻

---

140 피부로 세균이 들어가 붉게 붓고 열이 나며 통증을 일으키는 전염병.

으면서 말했다. "근처에 전화를 빌릴 곳이 있습니까?"

"집주인 댁에 있습니다. 제가 아는 약이면 제가 전화로 부탁할까요?"

"아시기는 하겠지만 제가 걸지요."

켄사꾸는 곧장 의사를 주인집으로 안내했다.

의사는 주사액, 이히티올[141], 기름종이, 알코올과 그외 필요한 물건을 생각해가며 더 말했다.

"소독약은 집에 있나요?" 의사는 돌아보며 물었다.

"아마 없을 겁니다."

"그럼 소독약도—누구든 좋으니까 자전거로 서둘러서 가지고 와줘—키누가사엔—알겠지?"

둘은 돌아와서 이층에서 약을 가져오기를 기다렸다. 아래층에서는 계속 아기의 울음소리가 들렸다.

켄사꾸는 정확한 상태를 듣기가 두려웠다. 그는 그러한 불안과 싸우면서도 역시 묻지 않고는 견딜 수 없었다.

"어떤 상태인가요?"

"최소한 생후 일년은 지나서 발병했다면 좀더 상황이 나을 텐데—그러나 빨리 발견했으니까 어쩌면 막을 수 있을 것도 같습니다."

의사는, 단독은 어른이 걸려도 상당히 고치기 어려운 병으로, 하물며 아이는 병독과 싸우며 마지막까지 몸이 버텨줄 것인지가 관건이기 때문에 무엇보다 영양이 충분해야 한다, 따라서 모유가 계속 나오지 않으면 안되는데, 염려되니 될 수 있으면 산모만이라도

---

[141] 피부질환용 소독 항염제.

아기의 울음소리가 들리지 않는 곳에서 따로 지내야 한다고 했다.

"산모도 산후에 몸을 움직이면 좋지 않지만, 저 울음소리를 계속 듣고 있으면 바로 젖이 나오지 않게 될 테니까요." 의사는 말했다. "물론 울음소리가 들리지 않아도 걱정은 하시겠지만 그건 남편 분이 잘 설득하셔야 돼요. 되도록 맘을 편하게 하고 아기는 걱정할 것 없다는 식으로 안심시켜야 젖이 멈추지 않을 거예요."

"네." 이렇게 대답했지만 켄사꾸는 불가능한 일처럼 여겨졌다. 의사는 어떻게든 막을 수 있을 거라고 말하지만, 그것도 믿을 수 없었다. 아마 의사도 마찬가지일 거라고 생각했다.

"아기가 단독에 걸리면 보통 절망적으로 보지 않나요?" 켄사꾸는 소심해져서 이렇게 말했다.

"글쎄요, 꼭 그런 건 아닙니다. 어쨌든 상당히 까다로운 병이긴 합니다. 연조직염[142], 그러다가 농독증[143]으로 진행되어버리면 어떻게 손을 쓸 수가 없어요. 그러나 그렇게 되기 전에 최대한 손써보도록 하겠습니다."

켄사꾸는 잠자코 고개를 끄덕였다.

"지금 가지고 오는 주사액은 전염되기 쉬운 곳에 주사를 놓아 전염을 막는 약입니다. 그게 잘되면 큰일은 일어나지 않고 끝날 것 같습니다."

"거의 온 힘을 다해 울고 있는데, 아무래도 통증이 있는 걸까요?"

"그거야 있지요."

"통증을 없앨 수는 없나요?"

---

142 피부밑이나 근육에 생기는 급성 고름염.
143 곪은 자리에서 화농균이 혈액으로 침입해 온몸에 부스럼이 생기는 병.

"좀 어렵겠지요."

얼마 지나지 않아 병원에서 심부름꾼이 왔다.

의사는 마루에 무릎을 꿇고 주사기를 소독하면서 간호사에게,

"이 소독약을 금속 대야에 풀어두세요. 그리고 당신도 나중에 손을 소독해야 합니다" 하고 말했다.

주사는 바로 끝났다. 그 위에 희석하지 않은 소염제를 주위에서부터 안쪽 방향으로 꼼꼼하게 발랐다. 의사는 바깥쪽에서 안쪽으로 계속 발라가는 방법을 간호사에게 설명했다. 아기는 연신 울어 댔다.

"방금 남편분에게도 말씀드렸는데, 아기가 영양 상태가 좋지 못하면 결국 병마와 싸워 이기지 못합니다."

의사는 금속 대야에 풀어놓은 소독약에 손을 씻으며 나오꼬를 향해 말했다. "부인은 되도록 맘을 편하게 먹고 젖이 멈추지 않도록 주의해야 해요. 그것이 중요합니다. 아기는 빠르게 처치했으니까—앞으로도 좀더 퍼질지 모르지만 아마도 큰일은 일어나지 않을 겁니다—아시겠죠?"

나오꼬는 아이처럼 그저 고개만 끄덕이고 있었다.

"그래서 말인데, 당신 이불을 거실로 옮길 거야. 젖 줄 때만 이쪽으로 와서 먹이도록 해."

"네." 나오꼬는 작은 목소리로 희미하게 대답하다가 갑자기 울기 시작했다.

얼마 후 의사는 돌아갔다.

"당신이 마음을 강하게 먹어야 해. 당신이 아무리 걱정해도 치료에는 아무런 도움도 안되니까. 그보다 젖이 잘 나오도록 되도록 아기에 관해서는 맘을 편하게 가지려고 노력해야 돼."

나오꼬는 울어서 부은 눈으로 그런 말을 하는 켄사꾸의 얼굴을 노려보듯 하다가,

"너무 무리한 주문이네요" 하고 말했다.

"아무리 힘들어도 당신이 그런 상태가 되면 안된다는 거야." 켄사꾸도 갑자기 흥분해서 빠른 어조로 말했다.

나오꼬는 아무 말 없이 눈을 감아버렸다. 켄사꾸는 전날 밤 한숨도 자지 못해서 쉽게 흥분되었다. 게다가 이렇게 닥쳐온 불행에 너무 화가 났다.

"아이가 병에 걸렸다는 사실을 맘 편하게 받아들이라는 주문이 무리라는 것쯤은 애초부터 알고 있어. 이렇게 무리라도 하지 않으면 젖이 멈춰버리니까 하는 말이지."

"제발 그렇게 말하지 말아요. 저도 잘 알고 있으니까―실은 고향에 단독으로 죽은 아기가 있었어요. 그래서 걱정이 돼서 미치겠어요―그러나 저도 되도록 병에 대해 생각하지 않으려고 정말 노력할게요. 걱정하는데 그런 말을 해서 미안해요."

"응, 그렇다면 됐고―그 아기의 병은 언제 이야기지?"

"벌써 사오년 전이에요."

"그래, 그렇다면 오늘 맞은 그 주사액이 없던 시절이군. 그때에 비하면 의료 상황이 좀더 나아졌을 거야. K 씨도 빨리 발견해서 다행이라고 하니까 당신은 정말 그렇게 마음먹고 있어줘."

"네."

"게다가 하야시 씨(간호사)가 좋은 사람이어서 정말 다행이야."

"정말로, 저도 안심하고 맡길 수 있겠어요."

현관에 누군가 온 것 같아 켄사꾸는 바로 나가봤다. 아기는 잠들었고 현관에는 간호사가 서 있었다. 어젯밤 왔던 의사가 와 있었다.

간호사는 어젯밤 그 의사가 왔을 때부터 왠지 경멸하는 듯한 태도를 보였는데, 오늘은 그때보다 더 반감을 품은 표정으로 무언가를 이야기하며 서 있었다. 소화불량이 아니라 단독이며, 영양이 중요하니 젖을 충분히 먹여야 한다는 등 상대방을 곤란하게 하는 말을 계속 하고 있었다.

"이런, 그거 참 안됐군요······" 이런 말을 하면서 키 작은 의사는 부끄러운 듯 작아져 있었다.

"실은 방금 근처 환자 집에 들렀다 오는 길인데 어떤 상태인지 궁금해서······" 의사는 난처해하며 켄사꾸를 향해 변명했다.

켄사꾸는 의사가 불쌍하기도 하고 게다가 혹시 간단한 일로 다시 부르게 될지도 모른다는 생각이 들어서,

"여기까지 오셨으니 다시 진찰받아볼까요?" 하고 말했다.

"아니요, K 선생님의 진단이라면 틀림없을 겁니다. 그럼 쾌유하시길······"

그렇게 말하고 키 작은 의사는 도망치듯이 돌아갔다.

19

아기는 거의 쉴 새 없이 울었다. 미간을 잔뜩 찌푸리고 작은 입술을 떨면서 응애응애 운다. 그 소리가 켄사꾸와 나오꼬에게는 가슴을 도려내는 것 같았다. 그렇게 계속 듣고 있으면 가끔 울음이 멈췄을 때도 어디선가 그 소리가 들려왔다. 길로 나간다. 이제 울음소리가 들리지 않을 만큼 집에서 떨어져 있는데도 이상하게 그 소리가 들려왔다.

"이봐, 어떻게 해야 되는 거야—나더러 어쩌라는 거야." 너무나 심하게 울 때 켄사꾸는 무심결에 이렇게 혼잣말을 하기도 했다. 이런 버릇이 생겼다. 그렇지만 실제로는 아무것도 할 수 없었다.

아기의 목은 점점 쉬어갔다. 마침내는 얼굴만 울고 있고 소리는 나오지 않았다. 아기에게는 고통을 표시하는 두가지 방법이 한가지로 줄어든 것이었고, 불쌍했다. 그렇지만 자극적인 울음소리가 들리지 않게 된 것만으로도 주위 사람들은 한결 괜찮아졌다.

나오꼬의 젖은 멈추지 않았다. 아기는 그렇게 괴로워하면서도 젖만은 의외로 잘 빨았다. 주변 사람은 그것을 희망으로 붙잡고 있었는데, 열흘이 지나고 또 이주가 지나자 결국 연조직염을 일으켜버렸다.

고향에서 온 나오꼬의 어머니가 부엌문의 버드나무가 귀신을 부르는 나무라며 자꾸 다른 데 심으라고 했다. 켄사꾸는 어머니처럼 그런 미신에 사로잡히고 싶지 않았는데, 몇번이나 같은 이야기를 듣고는 그것을 옮겨 심었다.

그가 가장 신경이 쓰인 일은 아기가 태어난 밤, 전부터 약속해둔 대로 스에마쓰 일행과 함께 산조오 청년회관에서 열린 연주회에 가서 슈베르트의 「마왕」을 들었던 것이었다. 가기 전에 곡목을 자세히 살펴봤다면 그는 그 연주회에 가지 않았을 것이다. 지금이라면 폭풍의 밤에 아이를 죽음의 사자에게 주는 곡은 듣고 싶지 않을 것이다. 그러나 그는 아무 생각 없이 갔고, 탄생의 날에 듣기에는 사뭇 기분 나쁜 곡이라 반감이 일었다. 젊은 알또[144]가 노래했고 그날 밤 인기곡이었지만, 켄사꾸는 자신도 모르게 반감이 일었다. 그

----

144 여성 중 가장 낮은 음역의 가수.

는 그 곡이 전혀 즐겁지 않았다. 모든 표현이 너무 노골적이고 조잡하다고 느껴졌다. 그저 연극을 공연하는 것처럼 자극만 할 뿐, 이 정도 느낌이라면 문학 그 자체로 충분할 것 같았다. 슈베르트의 음악은 문학을 보다 더 노골적이고 자극적으로 강조하는 바람에 음악에 부여된 진정한 사명에 이르지는 못했다고 생각했다.

괴테의 시도 그는 마음에 들지 않았다. 진정으로 죽음을 다룬 깊은 맛이 있는 작품이 아니라 하나의 예술적 발상에 불과해 보였다. 분명 비교적 젊은 시절의 작품일 거라고 생각했다. 그는 마떼를링끄의 「땡따질의 죽음」에 더 호감이 갔다.

테라마찌에 돌아왔을 때 미즈따니가 흥분해서,

"「마왕」 멋졌죠, 안 그래요?"라고 했다.

"역시 좋네." 스에마쓰는 대답했다. 스에마쓰는 예술 계통에 그다지 큰 관심이 없었지만 음악에는 취미가 있어 잘 알았다. 스에마쓰는 잠자코 있는 켄사꾸를 바라보고,

"이 곡이 슈베르트 작품 중 제일이라고 생각해" 하고 말했다.

켄사꾸는 대답하지 않았다. 그는 잘 알지 못하는 음악에 대해서는 말하고 싶지 않았다. 뭔가를 평가할 정도의 자신은 없었다. 그는 돌돌 말아 외투 속에 넣어둔 프로그램을 무심코 길에 떨어뜨렸다. 액막이하는 기분으로……

그는 그런 것을 신경 쓰고 싶지 않았다. 신경 써도 아무 소용 없고 신경 쓸 만한 일도 아니라고 생각했다. 물론 나오꼬에게도 이야기하지 않았다. 그러고는 그도 잊어버리고 있었는데, 지금 아기에게 이런 병이 생기고 나니 태어난 날 「마왕」을 들은 것이 예언이 되어버렸나 하는 생각도 들었다.

단독은 전염의 위험이 있어서 다들 비교적 주의하여 손을 소독

했다. 어느 화창한 아침이었다. 켄사꾸와 어머니가 거실에서 식사를 하는데 나오꼬가 조용히 잠옷 자락을 마룻바닥에 끌면서 아기 병실로 들어갔다. 젖을 먹이기 위해서였다.

"어머나, 벨, 벨, 안돼."

"무슨 일이야?" 켄사꾸는 거실에서 물었다.

"좀 와보세요. 벨이 소독약을 핥으려고 해요."

켄사꾸는 거실 앞에서 신을 신고 정원으로 나갔다. 전부터 집에서 기르는 벨이라는 강아지가 좋아서 날뛰고 있었다.

"이걸 핥으려고 해요." 소독약을 새로 갈려고 디딤돌에 내려놓은 세숫대야를 가리키며 나오꼬가 말했다.

"먹기야 하겠어? 그냥 호기심에서 냄새를 맡은 거겠지."

"그럴까요? 지금 정말로 먹으려고 했어요. 이런 걸 먹으면 개들은 바로 죽어버려요." 나오꼬는 말했다.

벨은 이사할 때 도우러 왔던 나이 든 사환이 데려온 개였는데, 나오꼬의 임신 사실을 알고 나서 같은 나이의 동물은 기르지 않는 것이라고 해서 한 집 건너 이웃집에 개집째 줘버렸다. 그러나 개는 그후로도 계속 놀러와서 지금은 어느 집 개인지도 모르게 왔다 갔다 했다.

간호사 하야시가 나와서 잠자코 그 소독약 대야를 들고는 화난 얼굴로 부엌으로 걸어갔다.

켄사꾸 가족은 이 억척스럽고 완고한 면이 있는 간호사를 신뢰했다. 하야시는 아기에 관해서는 늘 긴장하고 있었다. 용케 건강하게 잘 버티는구나 싶을 정도였다. 켄사꾸는 오히려 하야시의 건강이 걱정돼 다른 간호사를 한 사람 더 부탁했는데 정작 하야시는 달가워하지 않았다.

그녀는 다른 간호사가 아이를 대하는 태도를 마음에 들어하지 않았다. 자신은 자신대로 혼자일 때와 완전히 똑같이 일하며 그 사람에게 맡기고 편안히 쉬는 일은 없었다. 어느날 그 간호사가 감기로 돌아가게 되자 하야시는, "만약 저를 위해서였다면 모쪼록 다시는 사람을 부르지 마세요—그러나 저 혼자로 충분하지 못하다고 생각하신다면 뜻대로 하실 수밖에 없겠지만요" 하고 말했다.

켄사꾸는 만약 하야시가 쓰러지면 다른 어떤 사람이 온다 하더라도 아기에게 큰 타격이기 때문이라고 말했는데, 하야시는 자신은 아무렇지 않고, 쓰러지는 일은 없을 거라고 말했다.

지금 아기를 위해 나오꼬에게 요구되는 역할은 어머니라기보다는 젖소나 마찬가지였다. 그래서 젖을 줄 때 외에는 절대 아기 근처에 가지 못하도록 했는데, 아기 입장에서 보자면, 갓 태어나 아직 아무것도 모르는 상태이니 모유만 있으면 되고 모성애는 필요치 않을 거라고 단정할 수는 없었다. 켄사꾸는 그렇게 생각했다. 그리고 이 감정—모성애에 가까운 감정은 다른 간호사에게는 좀처럼 요구할 수 없다.—어쨌든 하야시의 방식이 간호사의 의무를 훨씬 뛰어넘는다는 점은 켄사꾸 가족들에게는 기쁜 일이었다.

아기의 병은 점점 가망이 사라져가고 있었다. 이제는 등 전체가 염증으로 빨갛게 되어 안에서 부글부글 피고름이 터졌다. K 의사는 같은 병원의 외과의와 함께 와서 그 부위를 절개하기로 했다. 외과의는 절개 후의 경과는 장담하지 못한다고 했다. 죽느냐 사느냐 하는 수술이었다. 물론 그대로 둘 수는 없겠지만 다행히 지금 수술을 견뎌낸다고 하더라도 결국 십중팔구 살아나지 못할 것 같았다. 의사도 그렇게까지는 이야기하지 않았지만, 그럴 것이라고 켄사꾸는 생각했다. 죽느냐 사느냐 하는 문제라기보다는 역시나 죽음으로 기울고 있음이 틀림없었다.

켄사꾸는 K 의사가 식염주사를 준비하는 것을 도왔다. 그러나 수술에는 참여하고 싶지 않았다. 두려웠다.

"괜찮으시겠습니까?"

"네, 괜찮습니다." K 의사의 대답을 듣고 그는 정원으로 나가버렸다. 수술복을 입은 외과의가 마루 끝에서 비누와 솔로 구석구석 손을 씻고 있었다.

얼마 후 모두 병실로 들어갔다. 켄사꾸는 나오꼬가 있는 방으로 갔다.

"수술하는 거 안 봐요?" 나오꼬는 비난하는 눈빛으로 말했다.

"싫어." 켄사꾸는 얼굴을 찌푸리고 고개를 저었다.

"불쌍해요. 너무 불쌍해요."

"K 씨가 안 와도 된다고 했어."

"그렇게 말씀은 하셨는지 모르지만, 누구라도 가족이 가 있지 않으면 불쌍하잖아요. 그럼, 어머니에게 가시라고 할까요?" 나오꼬는 옆에 앉은 어머니를 쳐다보았다.

"그래." 그렇게 말하고 어머니는 바로 나갔다.

켄사꾸는 다시 정원으로 나와 병실로 걸었다. 문을 닫은 방 안에서는 때때로 의사들의 낮은 음성과 물건 소리가 조금 날 뿐 목소리가 아예 사라져버린 아기의 소리는 들리지 않았다. 켄사꾸는 갑자기 불안에 휩싸였다. 벌써 죽어버렸나. 그렇게 생각하지 않을 수가 없었다. 그는 가만있을 수 없는 심정이 되어 정원을 서성거렸다. 벨이 자꾸만 그의 발밑에 와서 핥았다.

잠시 지나서 문이 열리고 하야시가 얼굴을 내밀었다. 몹시 흥분한 무서운 얼굴을 하고 있었다. 켄사꾸를 보자,

"어서 바로 젖을 물리시지요" 하고는 바로 문을 닫고 나갔다.

'살았다.' 켄사꾸는 생각했다. 그는 서둘러서 나오꼬의 방으로 가서,

"이봐, 어서 젖을……" 하고 말했다.

"잘됐어요?" 나오꼬는 일어서면서 말했다.

"응."

나오꼬는 급히 종종걸음으로 갔다. 하야시가 피 묻은 면과 거즈가 산더미처럼 쌓인 세숫대야를 감추듯이 들고 목욕탕으로 서둘러 가는 모습이 보였다.

켄사꾸가 갔을 때 병실은 깨끗하게 치워져 있었다. K 의사가 아기에게 산소호흡기를 걸고 있었다. 나오꼬는 옆에 앉아 곧 울 것 같은 표정을 지으며 보고 있었다.

"고름이 엄청나게 많이 나왔습니다." K 의사는 얼굴을 들지 않고 말했다.

"………"

"식염주사와 산소로 일단 막아봤는데, 잘 버텨주었네요."

켄사꾸는 K 의사를 대신하여 산소호흡기를 걸었다.

아기는 피곤해서 곤히 잠들어 있었는데, 미간에는 여덟팔 자가 그려져 있고, 볼은 아주 폭 꺼졌고, 머리만 매우 큰, 마치 노인 같은 얼굴이었다. 아기는 눈을 감은 채로 갑자기 얼굴을 찡그리고 입을 벌린다. 고통을 호소하는 것이 틀림없었는데, 이제 아무 소리도 나지 않아, 운다고도 할 수 없는 울음이었다. 그 모습을 보니 아이가 살 것이라는 생각이 전혀 들지 않았다. 그러나 나오꼬가 젖을 갖다대자 또 어찌 된 일인지 죽은 것처럼 누워 있던 아기가 갑자기 고개를 움직여 이내 젖을 빠는 것이다. 살려는 의지를 명백하게 나타

내고 있었다. 그렇지만 그것도 그리 길게 이어지지는 않았다. 아기는 충분히 먹지 못하고 바로 잠에 빠져들었다.

이날부터는 K 의사 대신 매일 외과의가 왔다. 매일 바꾸는 거즈가 피와 고름으로 질척질척했다. 상처 자리는 펼친 어른 손바닥만 했는데, 아기에게는 등 전체의 크기였다. 마침내는 하얗게 늘어선 등뼈가 드러났다. 이제 전혀 가망이 없어 보였다. 살아 있는 것이 오히려 신기할 정도였다. 완전히 기운이 빠져서 호흡을 멈춘 적도 있었다. 바로 캠퍼 주사를 놓는다. 산소흡입기를 건다. 이런 일이 몇번 있었다. 산소흡입용 약은 매일 한병씩 사용하고 있었는데, 준비해둔 것이 다 떨어지면 밤중에 인력거꾼을 불러 병원에 가서 가져오게 했다. 약을 기다리는 동안에는 불안해서 견딜 수 없었다. 어쨌든 밤이 되면 좋지 않았다. 날이 새기를 초조하게 기다렸다. 이윽고 밖이 밝아오고 참새 소리가 들리면 모두가 안심하는 것이다. 마루 끝에서 조용한 햇빛을 보면 그제야 불안한 밤을 보냈음을 절실하게 느낀다.

병실에는 산소와 캠퍼 약 냄새가 끊임없이 떠돌고 있었다. 그 냄새가 코에 배어버렸다.

딱히 희망을 품고 있는 것도 아니었지만 매일 의사의 진찰이 기다려졌다.

"정말 이상할 정도입니다." 젊은 외과의는 이층 서재에서 홍차를 마시면서 말했다.

"실은 어제 상태를 보고는 매우 어렵겠다 싶어서 병원에 만약 이쪽에서 연락이 있으면 바로 전화로 알리라고 말해두고 돌아왔습니다. 오늘은 직접 방문할 생각이었으니까요." 이런 솔직한 이야기를 들어도 켄사꾸는 이제 그렇게 불쾌하다는 느낌을 받지 않았다.

이제 죽는 것이 정해졌다면 조금이라도 빨리 고통으로부터 벗어나게 해주고 싶다는 생각마저 들었다. 그러나 아기가 살려는 의지를 나타낼 때는 이렇게 생각하는 것이 너무나 미안해지기도 했다. 그러나 의사들도 매우 어렵다고 명확하게 말하고, 자신이 봐도 어디에서 희망을 가져야 할지 모를 정도로 안 좋은 상태를 보자 다시 살려는 아기의 의지가 그는 견딜 수 없게 애처로웠다.

"죽음이 정해진 병이라도 정말 죽을 때까지는 죽도록 내버려두면 안되는 거지요? 살아 있는 것이 매우 고통스럽다 할지라도."

"프랑스와 독일에서는 견해가 다릅니다. 프랑스에서는 권위 있는 의사들이 모두 모여 가족들이 희망하는 경우 편하게 그대로 영원히 잠들 수 있도록 하는 것이 허락되어 있습니다. 그러나 독일에서는 허락되지 않지요. 의사로서는 최후의 일초까지 병과 싸우지 않으면 안된다는 생각입니다."

"일본은 어떤가요?"

"일본은 뭐, 독일과 같은 생각인데요, 생각이라기보다는 의학이 대개 독일을 따르고 있기 때문이겠죠. 그런데 양쪽 다 근거가 있는 것 같아요."

"의사의 판단이 예외 없이 틀리지 않을 것이 확실하다면 프랑스식도 찬성이긴 한데요……"

"만일의 경우가 있으니 뭐라고도 말할 수 없으니까요."

켄사꾸와 외과의가 이런 이야기를 한 다음 날 아기는 발병 후 한 달 만에 결국 죽었다. 아기는 고통스럽기 위해 태어난 것 같았다.

장례식이 간단하게 치러졌다. 역시 전부 S 씨의 도움을 받을 수밖에 없었다. 켄사꾸와 가족은 앞으로 얼마나 더 이곳에 정착해 있을지 알 수 없었고, 무덤도 괜히 마련했다가 결국 연고지도 없는 사자로 만들어버리기 싫었기에 유골 그대로 이시모또 가문 대대로 조상의 위패를 모시는 절인 하나조노의 레이운인이라는 절에 맡기기로 했다.

아기의 죽음으로 가장 힘들어한 사람은 나오꼬였다. 게다가 산후 조리를 제대로 못하고 움직인 탓에 탈이 나서 몸이 좀처럼 회복되지 않았다. 켄사꾸는 아직 한번도 나오꼬의 고향에 가지 않은데다 신경병으로 누워 있는 이모도 문병할 겸 둘이서 쓰루가에 갔다가 야마나까, 야마시로, 아와즈, 카따야마즈 등 그 주변 온천을 돌아봐도 좋겠다고 생각했다. 그러나 나오꼬의 건강이 허락하지 않았다. 게다가 나오꼬는 심장도 약간 나빠져서 얼굴에 부종이 생겨 인상이 달라질 정도로 눈까풀이 부어올랐다. 의사는 그런 상태로 온천 여행은 당치도 않다고 말했다.

나오꼬는 매일 병원을 다니며 지냈다.

켄사꾸는 오랜만에 중단했던 창작 일에 몰두하고 싶었는데, 뭔가 무겁고 답답한 피로가 여전히 그의 심신을 멀찍이 감싸고 있는 것 같아 생각만큼 집중할 수가 없었다. 그는 모든 것에 흥미를 잃었다. 마치 빈혈을 앓는 사람의 눈으로 보듯, 모든 것이 뿌옇게만 보일 뿐이었다. 그는 이층 책상에 앉아 멍하니 담배만 피웠다.

왜 모든 것이 자신에게 적의를 드러내는 것일까. 운명이 자신을 그렇게 만든다면 스스로 받아들이자. 물론 아이를 잃은 사람은 자신만이 아니다. 그 아이가 혼자 오랫동안 괴로움을 겪다 죽었다는 것도 자기 아이에게만 주어진 불행은 아니다. 그것을 알고는 있었지만, 그는 단지 지금까지 더듬어온 어두운 길에서 나와 좀더 밝은 생활을 하며 다른 삶을 살려는 바람이 이루어졌다고 생각했었다. 그 순간, 즐거움이어야 할 첫아이의 탄생이 역으로 자신을 다시 괴롭히는 것이다. 켄사꾸는 여기에 뭔가 보이지 않는 악의를 느끼지 않을 수 없었다. 곡해라고 고쳐 생각해보려 해도 그는 또다시 그런 기분에 빠져 헤어나올 수 없었다.

레이운인 절은 키누가사무라에서 그리 멀지 않았기 때문에 켄사꾸는 자주 걸어서 참배를 하고 왔다.

4장

1

그 겨울 켄사꾸는 아이를 잃고 지난해와는 전혀 다른 마음으로 이번 봄을 지냈다. 미야꼬 춤도 여덟 잎 벚꽃도 작년에는 순수하게 즐겼는데, 올봄에는 그 속에서 왠지 알 수 없는 허전함이 느껴져서 사무쳤다.

그는 앞으로 아이가 몇명 더 생길 거라고 생각했다. 그러나 나오 노리는 이제 영원히 돌아오지 않는다는 것을 실감하자 쓸쓸해졌다. 다음 아이가 생기면 분명 그런 감정도 누그러질 것이다. 그렇지만 그때까지는 죽은 아이에 대한 생각을 떨쳐버릴 수가 없었다.

수없이 고민하고, 어디서 오는지조차 알 수 없었던 자신의 운명, 이제 그것에서 겨우 빠져나와 새로운 생활로 발돋움하려던 때였던 만큼 이 일은 엄청난 충격이었다. 단독은 예방할 수도 없다. 오히려 우연한 재난이다. 보통은 그렇게 생각하고 포기했을 텐데 그는 우연한 일이라 오히려 왠지 고의처럼 느껴졌다. 비뚤어진 근성이다. 스스로 그렇게 훈계하지만, 반드시 그런 것만도 아니라는 느낌이 솟아오른다. 그는 이런 자신에게 혐오감을 느꼈다. 그러나 자신을 어떻게 할 수도 없었다.

나오꼬는 아이 생각이 나면 자주 눈물을 흘렸다. 그 모습을 보는 것이 그는 싫었다.

그리고 더욱 공감하지 않으려는 태도를 보이면,

"당신은 아무렇지도 않은가봐요" 하고 나오꼬는 원망 섞인 말을 했다.

"계속 한탄만 하고 있을 수는 없잖아."

"그래요, 그러니까 저도 다른 사람에게는 눈물을 보이지 않으려고 하는데, 그렇다고 잊어버리면 나오노리가 너무 불쌍해요."

"이제 그만해." 켄사꾸는 불쾌하다는 듯 말했다. "당신 혼자서 그런 기분에 젖는 것은 괜찮지만, 나까지 함께 그렇게 만들어버리는 건 좀 아니잖아. 실제로 어쩔 수 없는 상황이잖아."

"………"

"그것보다 최근 난 오에이 씨 일이 좀 걱정이 돼. 내게는 전혀 소식을 전해오지 않고, 예전부터 함께 지내온 관계도 있는데 노부 형에게만 모두 다 맡겨버릴 수가 없어서 조만간 조선에 한번 다녀오려고 해."

나오꼬는 살짝 끄덕이고 대답은 하지 않았다. 잠시 후 켄사꾸는,

"그동안 당신은 쓰루가에 가 있지 않겠어?" 하고 말했다.

"우는소리 하러 가는 것 같아 싫어요."

"우는소리 좀 하고 오면 어때."

"그게 싫어요. 당신이라면 괜찮지만 친정 식구들에게는 그런 말 하기 싫어요."

"왜? ……함께 가서 당신만 놔두고 오지."

"아니요. 됐어요. 어차피 열흘이나 보름 정도 지나서 오실 거면 센과 둘이서 집 지키고 있을래요. 너무 쓸쓸하면 그때 혼자 알아서 갈게요."

"그럴 수 있으면 제일 좋고. 집에서 비관하고 있을 걸 생각하면 나도 여행을 하고 있어도 마음이 편치 않으니까."

그렇게 말은 했지만 켄사꾸는 좀처럼 여행에 나설 수 없었다. 서쪽은 이쓰꾸시마 섬 너머로는 몰랐다. 그리고 경성京城까지가 엄청나게 먼 여행처럼 여겨져 겁이 났다. 게다가 오에이도 딱히 절박해하는 상황이 아니어서 가려는 마음은 있어도 막상 나서게 되지 않았다.

나오꼬가 생기고 나서 오에이에 대한 그의 기분도 약간 변한 것이 사실이었다. 그렇지만 어릴 적부터 도움을 받았던 관계도 있고, 또 일시적이기는 하나 오에이에게 품었던 일종의 감정 ― 지금 돌이켜보면 병적이었다 싶기도 한데, 어쨌든 청혼까지 했던 것을 생각하면, 절박하지 않다 하더라도 이렇게 우물쭈물 그냥 놔두는 것이 왠지 냉혹하다는 생각이 들어 괴로웠다.

어느날 카마꾸라에서 노부유끼로부터 서류봉투에 든 편지가 왔다. 노부유끼 앞으로 보낸 오에이의 편지가 동봉되어 있었다.

불쾌한 사건이 있어서 최근 경감의 집에서 나와 지금은 여기 적힌 숙소에서 지내고 있습니다. 저도 정말 바보 같은 제 자신에 질렸습니다. 이 나이 먹어서까지 자립도 못하고 번번이 부탁만 하는 처지라 정말 부끄러울 따름인데, 달리 의지할 사람도 없고, 도움이 될 거라고 생각했던 오사이는 실제로는 의지할 만한 사람이 아니어서 또다시 이런 부탁을 할 수밖에 없었습니다.

편지로는 자세한 사정을 말씀드리기 어렵습니다. 또, 말씀드릴 만한 것도 아닙니다. 지금 저는 하루라도 빨리 일본으로 돌아가고 싶다는 생각뿐입니다.

이런 의미였다. 즉, 숙소 비용과 여비를 보내주었으면 하는 것이다. 켄사꾸는 읽으면서 노부유끼가 쓴 편지에도 대강 적혀 있는 것처럼, 전에 다롄에서 도둑을 맞은 후 바로 돌아오라고 돈을 보냈지만 돌아오지 않고 멋대로 경성으로 가서 또다시 이런 말을 하며 돈을 요구해오다니, 혹시 식민지에서 빠지기 쉬운 단정치 못한 생활로 인해 이상한 남자라도 생겨 조종당하고 있는 것은 아닐까 하는 의심이 들기 시작했다.

켄사꾸는 함께 살던 때의 오에이를 떠올리니 그러한 추측이 불쾌했다. 그러나 또 병적이기는 했으나, 자신도 그녀를 여자로 느끼기도 했으니 거기서도 분명 그녀를 그렇게 보는 사람이 있을 것이었다. 그리고 전해들은 오에이의 과거가 과거인 만큼 이런 추측도 반드시 틀렸다고만은 할 수 없었다. 오에이가 자세한 사정을 쓰지 않는 것도 뭔가 남녀 간의 문제가 있기 때문이라 짐작됐다.

노부유끼도 이번에는 가서 데리고 올 수밖에 없다고 써놓았다.

그날은 벌써 은행이 닫을 시간이라 그는 다음 날 밤 특급열차로 출발하기로 하고 경성과 카마꾸라에 전보로 알렸다.

2

텐진에서 오에이가 실패한 것은 오사이가 속였다고 말할 것까지는 아니어도 일부러 돈을 가지고 일본을 떠나자고 권한 입장이라고 보면 너무 무책임한 대처였다. 오사이도 나중에 이 일이 좀 신경이 쓰였던 것 같고 오에이가 다롄으로 가고 나서도 거듭 편지를 보내 다시 오라고 권했다. 그렇지만 오에이는 이미 오사이를 믿을 수 없었다. 설령 그렇게 권하는 친절함은 진심이라 하더라도 그것이 얼마나 이어질지 신뢰가 가질 않았다. 오에이는 그때마다 적당히 둘러대어 거절했다.

테링 호텔의 여주인 마스다가 남자 못지않은 확실한 사람이라는 소문은 오에이도 전에 오사이에게 들은 적이 있었다. 그런데 그녀가 최근 그곳의 권번[145]과 싸우기도 하고, 또 자신이 하고 싶기도 해서, 자력으로 새로운 권번을 만들려 한다는 소식을 오사이는 알게 되었다. 오사이는 그 소식을 바로 오에이에게 알려왔다.

네다섯 명의 게이샤가 입을 의상을 밑천으로 삼아 어딘가에서 게이샤집을 열려고 하는 오에이에게 이 소식은 실로 안성맞춤한 이야기였다. 물론 오사이는 두말할 것도 없이 올 거라고 예상했지만, 오에이는 그 제안도 거절해버렸다.

다롄이나 경성에서라면 기뻐할 일이겠지만 지금처럼 병에 걸려 한층 기가 약해진 상황에서는 테링까지 깊숙이 들어가는 것이 점점 더 일본과 멀어지는 것 같아 가슴이 졸아든다. 모처럼의 친절을

---

[145] 기생들의 조합. 기생을 양성하고 화대를 받아주는 등 중간 구실을 함.

거절하는 것 같지만 톄링에는 가고 싶지 않다. 그리고 다롄에서도 지금은 좋은 일거리가 없을 것 같아, 그동안 경성에 있으려고 생각한다. 조금이라도 일본과 가까워지고 싶기도 하고, 만약 경성 쪽에 좋은 일거리가 생기면 그때는 꼭 알려줬으면 한다. 이렇게 썼다.

그후 또 오사이로부터 만약 경성에서 지낸다면 경찰부에 노무라 소오이찌라는 아는 사람이 있다, 그 사람에게 부탁하면 만사 편의를 봐줄 것이다, 혹시 간다면 이쪽에서 편지를 보내두겠다, 하는 내용의 연락이 왔다.

오에이는 바로 편지를 보내달라고 부탁했는데, 당시는 격일로 학질 발작이 와서 염산키니네로 겨우 치료하고 있던 때라 여행이 당분간 불가능할 것 같았다. 그렇게 우물쭈물하는 사이에 도둑을 맞아 유일한 밑천으로 갖고 있던 게이샤 의상 몇벌을 전부 잃어버렸던 것이다.

오에이는 그때 낙담하기도 했지만, 한편 개운한 기분이 들기도 했다. 이제 일본에 돌아가는 것밖에 방법이 없었다. 노부유끼에게 부탁하여 여비를 받아 바로 돌아올 생각이었다. 한편 이곳에 다시 올 일은 없을 거라고 생각하자, 관광도 좀 하고 싶어서 조선을 구경하고 돌아가기로 했다. 또 배를 오래 타기 싫은 것도 있었다.

10월 들어서 병은 어느정도 나았다. 오에이는 예상한 대로 조선을 돌아 경성까지 와서 오사이가 편지에서 언급한 노무라 소오이찌를 방문했는데, "일본에 돌아가서 좋은 일이 있으면 그것도 괜찮지만, 여기서 다시 한번 장사를 해보면 어떤지" 하고 권유받았다.

노무라 경감이 왜 이런 말을 했는지는 모른다. 결국에는 완력으로 오에이를 겁탈하려고 했다. 처음부터 그럴 속셈이었던 것일까. 혹은 단순히 가벼운 친절에서 권했다가 같이 지내는 동안 그런 생각이 들었을까. 오에이의 이야기만으로는 전혀 감을 잡을 수 없었다. 어쨌든 오에이는 그렇게 다시 그곳에 정착하게 됐던 것이다.

"식대는 내고 있었지만, 어쨌든 폐를 끼친다는 생각이 들어서 마을 심부름도 가급적 제가 가려고 하고——쿄오꼬라고 다섯살쯤 된 여자아이가 있었는데, '아줌마, 아줌마' 하며 아주 잘 따라서 저도 귀여워서 심부름 갈 때는 항상 데리고 가서 장난감이나 과자 같은 걸 사줬는데, 어쩌면 그래서——노무라 씨가 부인이 없을 때 저한테 이상한 짓을 하려고 하다니 마침내 완력으로 달려들려고 해서, 제가 노무라 씨를 밀쳐버렸어요. 그러자 마침 그 방에 들어온 쿄오꼬가 아무것도 모르면서 '아줌마 바보, 바보, 멍청이, 멍청이' 하고 울면서 긴 막대기로 나를 때리러 오는데 정말 죽일 것처럼 그러는 거예요. 그때는 저도 왠지 비참해져서 눈물이 났어요. 많이 귀여워하기도 했고, 그애도 나를 잘 따랐는데, 역시 남은 남인가봐요. 그런 때는 완전히 부모 편만 들더라고요. 화가 나기도 하고 우습기도 하고 비참하기도 하고…… 그래도 제가 그런 것을 잘 몰라서인지, 부모와 자식 사이란 좋은 거구나 하는 생각이 절실히 들었어요."

오에이는 스스로 생각해도 나이 먹어서 부끄러운 행동이고, 잘해주는 노무라 부인에게도 미안해서 가정을 망치고 싶지는 않았다. 그래서 다음 날 되도록 평온하게 그 집을 떠났다.

켄사꾸는 오에이의 이야기를 들으면서 어쩐지 유쾌하지 않았다. 최근 자신의 생활과는 어울리지 않는 분위기에 기분이 안 좋아졌다. 그는 방탕한 생활을 할 때도 그런 장소의 공기에 반나절 이상 몸을 담고 있으면 항상 숨이 막히는 것 같았다. 자꾸만 넓은 곳에서 맑은 공기를 쐬고 싶다는 욕망이 생겼다. 지금 그는 마치 그런 기분이었다. 자꾸만 쿄오또의 집——나오꼬가 생각났다.

그는 오에이가 타락하지 않은 것을 기쁘게 생각했다. 요컨대 좋은 사람인 것이다. 단지 타인에게 단호한 면이 없고, 그때그때 상황에 따라 흘러가버리는 태도가 좋지 않다. 그러한 오에이를 혼자 방치해두었던 자신이 무책임했다는 후회가 밀려왔다.

과거에 그는 오에이가 말리는 것도 듣지 않고 혼자서 오노미찌에 갔다가 몇개월 지나서 정신도 몸도 완전히 지쳐서 왔을 때 오에이로부터 "너무 말랐어요. 앞으로는 먼 곳에는 가지 말아요"라는 말을 들었었다.

지금 그는 비슷한 말을 오에이에게 해주고 싶었다. 그리고 그는 자기 방식으로 말했다.

"당신은 바보예요. 자신에 대해 전혀 모르는 것 같아요. 혼자서 살아보려는 것 따윈 어울리지도 않는 생각인데, 그런 생각을 한 것 자체가 잘못이에요."

그러나 오에이의 장래를 어떻게 하면 좋을지 그는 알 수 없었다. 청혼했던 사실만 없다면 당연히 집에 데리고 가 함께 생활하고 싶었다. 아니, 뭐 그런 일이 있었다고 하더라도 나오꼬가 개의치 않는다면 그렇게 하고 싶었다. 그러나 조금이라도 나오꼬가 신경을 쓴다면 반드시 좋지 않은 일이 일어날 것 같았다. 나오꼬가 약간이라도 그런 점이 거리낀다면 피해야 하는 일이라고 생각됐다.

켄사꾸는 조선에서는 그다지 걷지 않았다. 일박 이일로 개성에서 평양으로 간 것 외에는 어느 맑은 날 오에이와 청량리의 이사尼寺[146]에 사찰 음식을 먹으러 간 정도였다. 도중에 약수터 근처에서 조선인 가족이 소풍 나온 것을 보았다. 흰 수염의 노인이 무언가 이야

---

146 여승들이 사는 절.

기하고 있다. 주위 사람들이 조용하게 그것을 듣고 있다. 긴 이야기를 하고 있는 듯했다. 옛날부터의 풍속인 듯, 보는 사람에게 왠지 친근한 느낌을 주었다.

남산에서 북한산을 바라보는 풍경이 좋아서 그는 두번이나 갔다. 경복궁, 창덕궁, 그리고 밤에는 혼자서 종로의 야시장을 헤맸다. 오래된 자개박이 경대가 있어 갖고 싶었는데, 금이 간 상태에 비해 값이 비쌌다. 그는 가죽으로 된 아름다운 함을 나오꼬에게 주려고 샀다. 이것도 요새 만든 것이 아니었고, 괜찮은 느낌이 들었다.

평양으로 가는 기차 안에서 그는 고려자기 유적지를 돌고 있는 그 방면의 연구가로부터 이런저런 이야기를 들었다. 켄사꾸와 얼추 동년배였는데, 이야기하는 분위기에도 성숙한 데가 있었고 조선통치 같은 문제에도 일가견이 있었다.

켄사꾸는 그 사람으로부터 어느 '불량 조선인' 이야기를 들었다. 민덕원이라는 젊은 양반으로, 그 지방에서는 상당히 힘 있는 자산가였는데, 철도 부설 계획이 서자 그쪽 관리에게 조언을 받아 일거에 땅을 매점했다.

굳게 비밀로 하고 싸게 살 속셈으로, 자신의 토지는 몽땅 저당 잡히고 친척과 아는 사람 등 돈이 나올 구멍은 모조리 끌어다가 땅을 사들여 점점 더 넓혀가는 동안 어느 틈에 그에 대한 소문이 파다해졌다.

사람들은 민덕원을 배신자라고 미워했다. 그러나 그는 자신이 단순한 친일주의자일 뿐이라고 말했다.

마침내 철도가 들어설 땅의 매수가 시작되었는데, 장소가 민덕원이 관리로부터 미리 듣고 사둔 땅과는 삼사리나 떨어진 곳이었다. 설비 계획이 어느새 변경됐던 것이다. 민덕원은 그 사실을 전혀 몰랐다. 전에 조언해준 관리가 민덕원에게 가르쳐주지 않았던 것이다. 그 관리도 일부러 민덕원을 궁지에 빠트릴 생각은 아니었는데, 권하자마자 민덕원이 상당히 많은 토지를 사들여버려서 털어놓기 어려웠음이 틀림없었다.

민덕원은 이로 인해 큰 타격을 입었다. 무일푼이 되었을 뿐만 아니라 친척과 아는 사람으로부터도 숱하게 원망을 샀고, 마을 사람으로부터는 배신자라고 조소당했다. 설 자리가 완전히 없어졌다. 관리의 말을 쉽게 믿어버린 것은 그의 실수였다 치더라도 그쪽에서 권해서 시작한 일인 이상 이 잘못에 대해 누군가 책임을 지고 어떻게든 해줄 사람이 있어야 하는 것이 당연했다. 그는 뻔히 알면서도 자기를 곤경에 빠뜨렸다는 사실을 호소하며 거듭 총독부와 담판을 지으려 했다. 그러나 누구도 상대해주지 않았다. 책임자를 불러달라고 했지만, 땅을 사라고 권했던 관리는 일본으로 돌아가서 지금은 없다는 식으로 대응했다. 그 진위는 별개 문제라 하더라도 그에게 안됐다고 말하는 성의조차 보이지 않았다. 민덕원이 이 불합리한 일에 대하여 열을 올리면 올릴수록 관리들은 냉담하게 대했다. 그리고 그 이상 열을 올리면 '불량 조선인'으로 낙인찍겠다는 태도를 보였다. 결국 민덕원은 울며 겨자 먹기 식으로 포기할 수밖에 없었다.

그후 일이년 지나 민덕원은 '불량 조선인'으로 지명되었다. 어떤 의미로는 일본에 복수하겠다는 생각이었다. 조선 독립 따위는 안중에 없었다. 그것은 불가능한 일로 치부했고, 그런 몽상은 그에게는 없었다. 그보다 그는 자신으로부터 모든 것을 빼앗아버린 사람에 대한 복수를 꿈꿨다. 절망적인 복수심이었다. 그는 최근에 벌어진 나쁜 일에 빠짐없이 연루되어 있었다.

"아마 최근에 사형에 처해졌을 텐데, 제가 사오년 전쯤에 도자기 가마를 찾으러 즐겨 다녔는데 그가 안내해준 적이 있었어요. 말이 거의 없고 그렇게 될 거라고는 꿈에도 생각하지 못한 젊은이였어요."

3

켄사꾸는 열흘 만에 오에이를 데리고 돌아왔다. 한낮 오래 시간 동안 계속되는 무더위 때문에 기차에 앉아 있기가 괴로웠다.

시모노세끼에서 전보를 쳤기에 나오꼬가 오오사까 근처까지 마중 나와 있을지도 모른다고 켄사꾸는 생각했다. "돌아오실 때는 어딘가로 마중이나 나가볼까요?" 그런 말을 나오꼬가 했던 것이 떠올랐다. 그래서 그는 코오베에서도 산노미야에서도 기차가 정차한 동안 플랫폼에 내려가보았다. 오오사까에서는 열차가 역에 들어가기 전부터 머리를 밖으로 내밀고 있었다. 오오사까에 도착하자 그는 소란스러움에 이제야 일본에 돌아왔구나 하는 느낌을 받았다.

그는 플랫폼에 선 많은 사람들 속에서 나오꼬의 모습을 찾았는데, 보이지 않았다. 왠지 약간 실망스러웠고, 나오라고 좀더 확실하게 말해두었다면 좋았을 텐데 하고 생각했다.

오에이는 옆으로 돌아앉아 꾸벅꾸벅 졸고 있었다. 일년 반의— 일년 반치고는 많은 일이 있었는데—세월이 지나서 일본으로 돌아와 감개무량할 것 같은데, 오에이는 지금 그런 감정조차 느끼지 못할 정도로 피곤해 보였다. 켄사꾸가 볼 때는 오에이의 감정이 그 정도로 메말라버린 것 같았다.

"안 나와 계시나요?" 자세를 고치면서 오에이는 나른한 듯이 옷 자락에서 시끼시마 담배 한대를 꺼내고 성냥을 그었다. 오에이는 오랫동안 피우지 않던 담배를 지난 일년 반 사이에 다시 피우기 시작했다.

열흘 정도의 여행이었어도 켄사꾸는 이제야 집에 돌아왔다는 느낌이 강하게 들었다. 지금 함께 기차를 타고 들어오는 사람들은 전부 모르는 얼굴이었는데, 모두가 아는 사람처럼 여겨졌다. 그는 이번에는 틀림없이 나와 있을 나오꼬의 환한 얼굴을 떠올리고 기차의 느린 속력을 답답해했다.

9시 10분이 지나서야 기차는 쿄오또에 들어갔다. 켄사꾸는 군중 속에서 약간 뒤로 물러나 있는 나오꼬와 그 옆에 선 미즈따니를 이내 발견했다. 그는 손을 들었다.

미즈따니는 곧장 사람들을 밀치며 달려왔다. 그리고 아직 움직이고 있는 열차를 따라 달리면서 짐을 받으려고 했다. 켄사꾸는 스에마쓰라면 이해되는데 미즈따니가 마중 나온 것이 어쩐지 좀 꺼림칙했다. 자신과 그럴 만한 사이가 아닌지라 뭔가 예상이 빗나간 것 같아 막연한 불쾌감이 느껴졌다.

그는 작은 짐을 미즈따니에게 건네면서,

"짐꾼을 불러주게" 하고 말했다.

"괜찮아요. 짐을 계속 내려주세요."

그렇게 말하면서 미즈따니는 오에이가 내미는 짐도 분주하게 내렸다.

나오꼬는 살짝 수줍은 미소를 띠면서 가까이 왔다.

"어서 오세요." 그러고는 오에이에게도 인사했다.

"어쨌든 짐꾼을 불러주지 않겠나?" 그는 나오꼬에게 말했다.

"괜찮아요, 부인." 미즈따니는 자신이 얼마나 열심히 일하는지 보여주고 싶은지 다시 그렇게 말했다. 켄사꾸는 초조해하면서, "괜찮다니. 자네, 이렇게나 많은 짐을 들고 갈 수 있겠나?" 하고 말했다.

커다란 여행가방 세 개, 그외에 자루가 하나, 보자기로 싼 짐이 몇 개 있었다. 미즈따니는 그것들을 바라보고 그제야 머리를 긁적였다. 그리고,

"그럼 제가 불러오죠" 하고 서둘러서 짐꾼을 부르러 갔다.

켄사꾸는 잃어버린 물건이 없는지 확인하고 오에이를 앞세우고 열차에서 내렸다.

그는 간단하게,

"나오꼬입니다" 하고 오에이에게 소개했다.

"오에이라고 합니다. 모쪼록 잘 부탁드립니다……" 둘은 정중하게 인사를 나누었다.

"일단 어서 가시죠." 그렇게 말하면서 미즈따니가 짐꾼과 함께 돌아왔다.

"깨지기 쉬운 물건이 있는데 그건 내가 가지고 가지."

"어느 거죠? 이거예요?"

"내가 가져갈게." 켄사꾸는 고려청자 몇 점과 조선백자 몇 점을 넣은 꾸러미를 들어올렸다.

"괜찮아요. 제가 들고 가지요." 미즈따니는 빼앗듯이 가져갔다.

원래 그런 구석이 있는 미즈따니이긴 하지만 켄사꾸는 오늘따라 한층 귀찮게 여겨졌다.

그는 오에이와 나오꼬를 데리고 개표구에서 나와 그 앞에 서서 짐꾼 일행을 기다렸다.

"왜 미즈따니가 와 있지?" 그는 나오꼬에게 물어보았다.

"오늘 우리 집에 오셨어요. 요전에 카나메 오빠가 와서 사흘 정도 머물렀는데 그때 미즈따니 씨가 쿠제 씨와 함께 와서 화투를 치며 밤을 새웠거든요."

"언제?"

"네댓새 전에요."

"카나메 씨는 언제 돌아갔지? 스에마쓰는 안 왔었나?"

"스에마쓰 씨는 한번도 오시지 않았어요. 카나메 오빠는 그끄저께 돌아갔어요?"

"쓰루가로 돌아갔나?"

"큐우슈우의 제철소에 견학을 간다고 했어요."

"야와따 말이지?"

"네."

켄사꾸는 어쩐지 불쾌했다. 나오꼬의 사촌이 와서 머문 것이 이상할 건 없었지만 자신이 없는 동안 사흘이나 머물고, 게다가 자신의 친구까지 불러 밤을 새워가며 화투를 쳤다니 너무나 염치가 없는 사람인 듯싶었다. 또, 나오꼬도 나오꼬라고 생각했다.

약 열흘간이기는 하지만 결혼하고 나서 처음 간 여행이었다. 그는 나오꼬가 그동안 쓸쓸함을 견디지 못할 것이라고 생각해 쓰루가에 가 있으라고 권했을 정도였고, 자신도 조선에서 편안하게 지내는 것이 나오꼬에게 미안하고, 또 왠지 빨리 돌아가고 싶은 마음이 들어서, 그는 나오꼬를 만나기를 상당히 고대하며 돌아온 것이다. 그러나 막상 만나고 나니 왠지 나오꼬가 반가워하는 마음이 확 와닿지 않는 것 같고, 게다가 미즈따니가 나와 있는 것에도 약간 기분이 상해서, 그것이 바로 나오꼬에게 반사되었는지 나오꼬의 기분도 태도도 이상하게 어색한 듯하고 안 좋아 보였다.

미즈따니가 도자기를 싼 보자기를 내리고 짐꾼과 함께 싱글벙글 웃으면서 나왔다.

"수하물칸에 짐이 또 있지요? 바로 가져오라고 할게요."

켄사꾸는 그 말에는 대답하지 않고 직접 짐꾼에게 말했다.

"시내까지 배달해주는 사람이 있겠지?"

"있습니다."

"키누가사무라인데 가져다주겠나?"

"글쎄요, 거기까지 가려면 약간 늦을 텐데요."

"그래? 그렇다면 지금 들고 가지." 켄사꾸는 옆에서 무슨 말인가 하고 있는 미즈따니는 상대하지 않고 표를 짐꾼에게 내밀었다.

인력거 네대로 가기로 했다. 미즈따니는 켄사꾸의 언짢은 기분에 약간 기가 눌린 기색이었지만 그래도 헤어질 때는,

"이삼일 지나서 스에마쓰와 찾아뵐게요" 하고 말했다.

"그것보다 스에마쓰에게 내일 만나러 가겠다고 좀 전해주게."

"알겠어요. 내일은 스에마쓰도 점심쯤 수업이 끝나니까 기다리고 있을 겁니다."

"볼일이 좀 있으니 함께 나가고 싶다고 전해주게."

켄사꾸는 신경질이 났다.

인력거는 카라스마도오리를 직진하여 바로 북쪽으로 달려갔다. 전차가 몇대나 따라왔다. 켄사꾸는 맨 뒤에서 큰 소리로 오에이에게 히가시혼간지 절을 알려주었다. 그 소리를 듣고 나이 먹은 인력거꾼이 오에이에게 뭔가 설명했다. 롯까꾸도오 절에서도 인력거꾼은 달리는 것을 멈추고 걸으면서 설명했다.

"밤이기는 해도 전차가 다니는 길을 이렇게 천천히 가면 안되는 거 아닌가?" 그는 앞자리의 나오꼬에게 이렇게 말을 걸었다. 자신

이 지금은 그 정도로 기분이 나쁘지 않다는 것을 알리고 싶었다.

나오꼬는 무슨 말인가 했는데, 켄사꾸의 말을 잘못 들은 것 같았다. 그는 나오꼬가 어쩐지 활기가 없어 보여 불쌍하게 여겨졌다. 그리고 그는,

"미즈따니에게 짐을 부탁하고 다 같이 전차로 갔으면 좋았을 텐데"라고 마음에도 없는 말을 했다.

키누가사무라의 집으로 돌아온 것은 11시쯤이었다. 가느다란 눈의 센이 현관에 마중을 나와 마치 정든 강아지처럼 기뻐했다.

켄사꾸는 그것이 나오꼬의 태도보다 훨씬 가깝게 느껴져서 이상했다. 나오꼬는 자신이 없는 동안 그런 녀석들과 놀았던 것을 후회하고 그래서 마음이 불편한 것이다. 그러나 지금은 자신이 그것을 아무렇지 않게 여긴다는 모습을 보이지 않으면 나오꼬가 불쌍해진다고 그는 생각했다.

집 안은 정리가 잘되어 있었고, 목욕물이 끓고 있었다. "좋은 집이네요." 오에이는 자리에서 차를 마시고는 서서 부엌과 거실을 돌아다니며 보았다.

"오에이 씨가 잘 곳은 어디로 하지?"

"어떻게 해야 할지 몰라서 오늘 밤은 우선 이층 서재에 이부자리를 마련해놓았어요."

"응." 그리고 그는 오에이에게, "오늘 밤은 피곤하니 어서 자는 것이 좋겠어요. 씻고 바로 쉬세요" 하고 말했다.

"전 나중에 씻을 테니 켄사꾸 씨 먼저 들어가요."

"도자기가 든 짐을 좀 풀 테니까 전 먼지를 뒤집어쓸 거예요. 오늘만 먼저 씻으세요."

켄사꾸는 현관 사이에서 짚에 싸인 항아리와 병을 꺼냈다.

"고려청자 중에는 약간 금이 간 것도 있는 것 같아."

나오꼬는 선홍색을 띤 작은 십각 조선 항아리를 들어올리며,

"이거 예쁘다……" 하고 말했다.

"당신 걸로 가죽을 씌운 예쁜 함을 사 가지고 왔어. 하지만 그것도 갖고 싶으면 줄게……"

"네, 갖고 싶어요." 나오꼬는 양손을 들어 전등 아래에서 그것을 들여다보았다. "뭐죠? 반질반질하게 한 것 말이에요."

"글쎄, 기름이라도 발라놓았나?"

"오에이 씨가 나으시면 욕실 함께 써도 돼요?"

"그러지."

"이 항아리 씻어놓고 싶어요."

"일부러 좋은 느낌이 나게 해놨는데 그냥 막 씻어도 괜찮을까?"

"괜찮아요. 지금 이건 더러워서 안돼요. 비누와 솔로 깨끗하게 씻어둘 거예요. 이제 제 거니까 괜찮죠? 내 물건이 되면 이제 골동품이 아니에요."

켄사꾸는 평상시의 나오꼬 같다고 생각했다.

두 사람은 도자기들을 거실로 옮겨 늘어놓았다.

"내 항아리가 제일 좋네요."

"조선백자인데, 좋은 물건이야."

"아깝다고 생각하셔도 이제 안 줄 거예요."

켄사꾸는 다른 짐에서 가죽을 씌운 함을 꺼내 주었다. 나오꼬는 그것에도 기뻐했는데, 군데군데 약간 벗겨진 것에 신경 썼다. 그 모습을 보고 켄사꾸가 말했다.

"당신 걸로는 요즘 만든 것을 사는 것이 좋을 뻔했어. 뭐든지 봐서 예쁘면 되니까."

"그렇게 사람 무시하는 거 아니에요."

"실제로 그렇잖아."

"점점 알아가고 있어요."

켄사꾸는 나오꼬가 목욕을 하고 화장을 마치고 오자 오에이의 거처에 대하여 의논했다. 나오꼬는 이 집에서 함께 살고 싶다고 말했다. 켄사꾸는 그녀가 심사숙고해서 하는 말인지 그다지 믿음이 가지 않았지만, 이상한 말을 듣는 것보다는 훨씬 기분이 좋았다.

"당신이 그렇게 말해주니 매우 기뻐."

"좋고 나쁘고를 떠나 당연한 거 아닌가요?"

"어릴 적부터 돌봐준 사람이니까 당연하다고는 하지만 당신과는 전혀 다른 환경에서 지내온 사람이니까. 그런 점에서 만약 맞지 않는다면 함께 지낼 수 없는 거지. 돌봐줬다고 해서 반드시 함께 살아야 하는 것은 아니니까. 근처에 작은 집이라도 빌려서 살게 하면 어떨까 생각해."

"오히려 곤란해요, 그러면."

"당신이 별문제 아니라고 여긴다면 그대로 괜찮은데 만약 내키지 않으면 그렇게 해도 좋다고 생각했을 뿐이야."

"전 좋아요. 무엇보다 앞으로 의논을 할 수도 있고."

켄사꾸는 양쪽 다 아주 특이한 성격도 아니니 의외로 잘 맞을지도 모른다고 생각했다. 실제로 오에이는 과거는 과거이고 새로운 환경에도 잘 적응하는 편이었다.

켄사꾸는 자신이 없는 동안의 일을 나오꼬가 전혀 이야기하지 않는 점이 조금 이상했다. 자신이 불쾌한 기분을 약간 내비친 것이 그 정도로 나오꼬에게 영향을 미친 걸까. 그러나 나오꼬가 후회하고 이야기하고 싶어하지 않는 것은 그렇다 쳐도 자신도 마찬가지로 아무것도 묻지 않고 있으면 오히려 그 일에 신경을 쓰는 꼴이 되는 것 같아 간단하게 이야기를 듣고 끝내려고 했다. 그리고 앞으로는 그런 일에 대해 조금 신경을 써줬으면 한다고 말하고 싶었다. 그러나 그는 좀처럼 쉽게 말을 꺼낼 수가 없었다. 모처럼 서로 기분이 좋고 오에이 이야기도 기분 좋게 하고 있는데 그런 말을 꺼내자니 노력이 필요했다. 자연스럽게 양쪽 다 침묵하게 되었다.

"카나메 씨는 언제 졸업했나?" 그는 이런 말부터 꺼냈다.

"올해 졸업했거나 하거나 그렇대요. 야와따는 견학하러 간 거긴 하지만 아마 나중에 그곳에 취직하게 되나봐요."

"고향으로 돌아가는 길에 다시 우리 집에 들르려나?"

"글쎄요. 그건 모르겠어요. 어쨌든 오더니 바로 나가고, 다음 날은 또 쿠제 씨, 미즈따니 씨와 화투를 치는 거예요. 이야기할 틈도 없었어요. 밤을 새우면서 하고 그대로 또 밤 9시인가 10시까지 계속 쳤어요. '인생 뭐 별거 있어. 할 수 있는 데까지 해보지, 뭐.' 이러면서 계속 치기에 저는 도저히 버틸 수 없어서 도중에 자러 방으로 갔어요."

"그래서 카나메 씨는 다음 날 떠났나?"

"아침에 제가 자는 동안 말도 없이 갔어요. 정말 너무해요. 뭣 때문에 왔는지 모르겠어요."

"그거야 화투하러 온 거 아닐까? 미즈따니가 편지로 오라고 했겠지."

"맞아요."

"계획대로 된 거지. 근데 내가 없을 때는 좀 조신하게 있는 게 좋아. 화투는 미즈따니의 하숙집에서도 칠 수 있잖아." 켄사꾸는 어느새 비난하는 어조로 말하고 있었다.

"………"

"스에마쓰는 그런 점을 신경 쓰는데 미즈따니는 그러지 않아서 난 싫어."

"그건 카나메 오빠도 잘못했어요."

켄사꾸는 문득 "당신이 가장 잘못했어"라는 말이 나오려고 해서 입을 다물어버렸다.

"앞으로는 안 그럴게요. 실로 무례한 행동이에요. 주인도 없는 집에 와서 아무리 친척이지만 너무 실례예요."

"그런 건 거절해. 카나메 씨는 만난 적이 없으니 어떤 사람인지 모르겠지만 사촌으로서 당신이 친하다면 더욱 확실히 거절해도 괜찮아."

"………"

"어쨌든 미즈따니는 불쾌해. 오늘도 원하지도 않는 마중이나 나오고. 그것도 마치 학생처럼 이상하게 충실하게 일하고, 아무리 능구렁이 같은 사람이라도 역시 약간 죄책감이 드니까 그렇게 하지 않고는 있을 수 없었던 거야."

"………"

"미즈따니는 분명 스에마쓰에게도 가자고 했겠지만 열흘 정도 여행한 사람을 굳이 마중 나올 일은 없으니 스에마쓰는 나오지 않은 거야. 난 그쪽이 훨씬 더 기분 좋은 행동이라고 봐." 말을 꺼내고 나자 켄사꾸는 멈출 수 없었다.

"………"

"스에마쓰는 내가 미즈따니를 싫어하는 것을 알기 때문에 더더욱 나오지 않았는지도 몰라."

"………"

"미즈따니는 앞으로 여기 못 오게 해야겠어."

"………"

"사람이 나쁘다고 할 수는 없지만 소인배 타입의 그런 천박한 느낌이 싫어. 그 녀석 얼굴을 보면 반사적으로 기분이 나빠져. 가끔 기분이 좋아서 함께 농담이라도 하고 나면 나중에 꼭 자기혐오에 빠지게 돼. 어찌 됐든 그런 인간과 사귀는 것은 바보 같다는 생각이 들어. 스에마쓰는 신경질적인 면이 있는데, 어떻게 그런 인간과 사귀고 있을까. 그런 인간과 사귀는 사람의 마음을 도통 모르겠어."

켄사꾸는 자기가 직접적으로 확실하게 카나메의 험담을 하고 있음을 알아차렸지만 좀처럼 멈출 수 없었다.

"정말 잘못했어요. 이제 다시는 그러지 않을 테니 용서하세요."

"당신도 잘했다고는 말할 수 없지만 난 당신을 책망하는 게 아니야. 다른 녀석들이 불쾌해."

"저도 나빴어요. 제가 확실한 태도를 취하지 않으니까 모두 저를 바보 취급하는 거예요."

"그렇지는 않아."

"저, 앞으로 카나메 오빠 못 오게 할 거예요. 그게 젤 좋아요."

"그런 어리석은 행동을 하면 되나. 백부님과의 관계도 있는데 그러면 안되지."

"백부님은 백부님이고, 카나메 오빠는 카나메 오빠예요."

켄사꾸는 예의 바른 N 노인을 떠올리고, 그 사랑하는 아들이 보인 약간 경망한 행동, 그것도 학생이 별 악의도 없이 한 일인데 자신의 고집스러운 태도 때문에 이렇게 생각하는 것 같아 미안했다. N 노인이 처음부터 자신에게 보인 호의를 생각해봐도 미안한 일인 듯싶었다. 그는 이렇게 별것 아닌 감정으로 시작해 점점 과장해서 억지를 부리고, 타인에게 불쾌감을 느끼는 자신의 결점을 잘 알고 있었다. 그는 N 노인에게 미안해지면서 동시에 자기 기분에 대해서도 약간 불안을 느꼈다. 실은 생각해보면 아무것도 아닌 일이다. 그것이 자신의 감정 때문에 한쪽으로만 지나치게 과장되더니 왠지 엄청나게 불쾌한 듯 생각되고, 특히 말을 안하는 동안에는 괜찮았는데 한번 말하기 시작하니 가속이 붙어 이상하게 견딜 수 없이 불쾌해진다. 나쁜 버릇이다. 기가 죽은 나오꼬에게 이제 기분이 나쁘지 않다고 해놓고 나오꼬도 모처럼 기분을 푼 상황에서 또 이런 말을 꺼내버리다니 정말 자신은 왜 이렇게 나쁜 사람일까, 그는 생각했다. 그는 다시 기분을 바꿀 만한 방법을 찾으려 헤맸다.

"그렇지만 이제 괜찮아. 다른 사람은 아무렇지 않게 넘기는 일에 나는 좀 집요하게 굴어. 한번 신경 쓰기 시작하면 자연스럽게 다시 고쳐지는데, 어정쩡하게 넘어가지는 못해. 오늘 플랫폼에서 미즈따니의 얼굴을 본 순간 불쾌했어. 미즈따니가 왔다는 것이 예상 밖의 일이었지. 뭔가 불순한 것을 암시하는 느낌이 들었어. 결국 그 느낌이 딱 들어맞았지만, 이제 그만 됐어. 내 기분을 알아주고 앞으로 그런 일에 신경을 써준다면 불만은 없어. 당신도 지나치게 신경 쓸 필요는 없어."

잠시 후에 둘은 이부자리에 누웠는데 서로 기분이 좋아져야 하는데 왠지 서먹서먹한 분위기 때문에 하나가 되지 못했다. 당연히 켄사꾸는 그렇게 완전히 약해진 나오꼬를 자신의 가슴으로 꼭 안아주어야 했지만 일부러 그러는 것 같아 그럴 수 없었다. 나오꼬는 울지는 않았지만 솜이불을 눈언저리까지 끌어올려 덮고 천장을 멍하니 바라보며 움직이지 않고 있었다. 삐친 게 아님을 알면서도 켄사꾸는 그 이상한 분위기를 없애버릴 수가 없었다. 입으로는 위로를 했지만 육체로 다가가기가 어려웠다.

이런 식으로 하룻밤을 보내는 것은 견딜 수 없다고 그는 생각했다. 어떻게든 자신의 감정을 폭발시킬 수 있다면 오히려 빨리 좋아질 텐데 하고 생각했다. 그는 상당히 피곤했지만 그런 나오꼬를 남겨두고 혼자 잠이 들 수는 없었다. 잠이 오질 않았다. 그는 손을 내밀어 나오꼬의 손을 찾았다. 그러나 나오꼬는 응하지 않았다. 그는 화가 나서 약간 흥분한 어조로 말했다.

"당신 뭐 화나는 일 있어?"

"아니요."

"그렇지 않으면 왜 이렇게 기운이 빠져 있어?"

4

문득 어떤 불쾌한 상상이 떠올랐지만 켄사꾸는 무의식적으로 그것을 다시 눌러버렸다. 그는 숨이 가쁘고 주체할 수 없는 흥분을 최대한 누르고 조용하게 계속 말했다.

"잠자코 있지 말고 무슨 말이라도 해봐. 내가 당신을 비난한다고 생각하는 거야?"

"그렇지 않아요……"

"정직하게 말하면 비난은 아니지만 난 매우 불쾌해. 정차장에서 본 순간부터 기분이 엉망이 되어버려서 당신의 마음이 전혀 와닿지 않았어. 추상적인 얘기만 하는 것 같아서 미안하기도 한데, 왠지 이상하단 말이야—당신은 내가 카나메 씨나 미즈따니의 일에 대해 집요하게 군다고 생각할지 모르겠지만 그것과는 다른 문제야. 전혀 별개인지 아닌지는 모르겠지만 왠지 우리 둘의 기분이 엇갈리는 것 같아. 어떤 불순한 것이 느껴져. 대체 어떻게 된 거야? 지금까지 이런 일 없었잖아."

"………"

"이층에 말소리가 들리는 게 싫으니 이쪽으로 좀 와봐."

켄사꾸는 몸을 비켜 잠자리에 공간을 만들었다. 나오꼬는 힘없이 일어나 거기에 와서 앉았다. 우울하고 무표정한 얼굴로 멍하니 이불 사이로 시선을 내리깔고 있었다. 거기에는 아까 엄청나게 기뻐했던 조선백자와 함이 있었다.

"앉지 말고 눕지."

나오꼬는 움직이려고도 하지 않았다.

두 사람은 잠시 말없이 있었다. 켄사꾸의 머릿속은 약간 열이 있는 것처럼 피곤하면서도 맑았다. 조용한 밤이다. 완전히 잠든 듯 주변은 몹시 조용했다. 단지 이 방만 열병에 걸려 눈에 보이지 않는 작은 '흥' 같은 것이 무수하게 떠돌아다니고 있는 듯이 느껴졌다.

"어쨌든 무슨 말이라도 하는 게 어때? 이렇게 어정쩡한 상태로는 잠이 오질 않아──아니면 당신은 아무 말도 하지 않기로 결심한 건가?"

"………"

"분명히 이야기하고 나면 때에 따라서는 화가 날 수도 있겠지만, 그래도 좀 괜찮아지지 않을까. 화낼 일이라면 화내고 나서 좋아질지도 모르고, 어쨌든 분명하게 말하고 그런 다음 해결을 보면 되잖아, 어때?"

"………"

"이렇게 있으면 점점 숨만 막혀올 거야."

나오꼬는 역시 대답하지 않았다.

"……무엇 때문에 이렇게 당신을 책망하는지 나도 잘 모르겠어. 무엇을 말하라는 건지도 모르겠어. 그러니까 당신도 아무 할 말이 없으면 그렇다고 확실히 말하면 돼—그 정도는 확실히 말할 수 있겠지? 어때? 없는 거지?—응? 아무 일도 없었던 거지?"

나오꼬는 갑자기 눈을 감고 고개를 숙이더니 숨을 몰아쉬며 얼굴을 찌푸렸다. 그리고 얼굴을 양손으로 가리고는 돌연 엎드려서 소리를 내며 크게 울기 시작했다. 켄사꾸는 문득 자신의 얼굴이 차가워지는 것을 느꼈다. 그는 일어나서 뭔가 공포스러운 것에 직면한 기분으로 흐느끼는 나오꼬의 등을 내려다보았는데, 잠시 지나자 꿈에서 깬 것처럼 오히려 정신이 드는 것을 느꼈다. 그는 나오꼬의 이런 모습을 어떻게 판단해야 좋을지 먼저 생각했다. 다음으로 그는 어쨌든 자신들 위에 무서운 것이 감돌고 있음을 분명하게 깨달았다.

5

나오꼬와 카나메와의 관계는 처음부터 온전히 순수했다고는 볼수 없었다. 두 사람은 그렇게 깊은 관계는 아니었다. 아이들의 단순한 호기심과 충동 비슷한 감정에서 어떤 외설적인 놀이를 했고, 서로 그것을 잊지 않았다. 그런 만큼 여러가지 기억 속에서 나오꼬는 그를 오히려 달콤한 느낌으로 떠올리고 있었던 것이다.

봄, 아직 땅에 눈이 남아 있을 즈음의 일이었다. 학교를 마치고 돌아온 카나메는 아버지 심부름으로 나오꼬의 어머니를 부르러 왔다. 나오꼬는 근처의 어린 여자아이와 함께 햇빛이 비치는 마루에서 소꿉놀이를 하고 있었다. 그것이 재미있어서, "너, 카나메 오빠 집에 안 갈래?" 하고 엄마가 물었지만 거절하고 놀기에 바빴다.

잠시 지나 이미 돌아갔다고 생각했던 카나메가 정원으로 들어와서 두 사람 사이에 끼어 철제 대야에 눈을 담아 와서는 밥이라면서 놀았다.

녹은 눈으로 마루가 물투성이가 되었고 모두들 손이 아주 곱아 버렸다. 세 사람은 놀이를 그만하고 방에 들어가 코따쓰에 몸을 녹였다.

카나메는 근처 사는 여자아이를 방해꾼 취급하며, "너 이제 집에 가"라는 말을 계속했다. 그러나 여자아이는 돌아가지 않았다. 카나메는 '거북과 자라' 놀이를 떠올리고 나오꼬에게 벼루를 가져오라고 한 다음 둘에게 그 놀이를 가르쳐주었다. 벼루를 정원에 숨겨놓은 다음 아이 역할의 여자아이가 벼루를 찾아온다. 그리고 문밖에서 "엄마, 거북을 잡았어요" 하고 말한다. 어머니 역할인 나오꼬가 "그건 거북이 아니에요" 하고 대답한다. 그때 카나메가 "자라!" 하고 외치는 놀이였다. 두 사람은 어떻게 하는지 이해가 잘 안됐지만 하기로 했다.

여자아이가 카나메가 숨긴 벼루를 찾는 동안 두 사람은 코따쓰 안에 누워서 뒹굴었다. 여자아이가 벼루를 찾아내서 가져오자 카나메는 갑자기 '자라'라고 외치고 일어나서 혼자서 날뛰고 뒤집고 구르고 했다.

그 놀이는 하인이 가르쳐주었다. 그 외설적인 의미를 카나메는 어느정도 알았으나 나오꼬는 무엇을 하는지 잘 몰랐다. 단지 코따쓰 안에서 서로 부둥켜안고 있는 동안 지금까지 경험하지 못한 이상한 기분으로 머릿속이 멍해지는 것을 느꼈다. 세 사람은 몇번인가 그 놀이를 반복했다. 얼마 후 나오꼬의 오빠가 학교에서 돌아오는 바람에 두 사람은 놀라서 벌떡 일어났는데, 그때 나오꼬는 오빠의 얼굴을 제대로 쳐다볼 수 없을 정도로 알 수 없는 부끄러움을 느꼈다.

카나메와 나오꼬 사이에 더이상 그런 일은 없었지만 이 일은 나오꼬의 여러 기억 중에서 이상하리만큼 명확하게 남아 있었다.

그 때문에 나오꼬는 켄사꾸가 없는 동안 카나메가 갑자기 방문했을 때 왠지 모르게 불안했는데, 그런 자신이 불순하다고 여겨져 더욱 밝은 기분으로 대하려고 노력했다. 다음 날 미즈따니와 쿠제가 와서 화투판을 벌일 때도 이렇게 제삼자가 있어 오히려 다행이라고 생각하고, 유부녀답지 못한 행동이라는 점은 전혀 의식하지도 못한 채 자신도 한패가 되어 밤을 새웠다. 그러나 새벽녘까지 날이 밝아와도 쉬지 않고 놀이를 계속하자 체력이 바닥나서 식사 등은 모두 센에게 맡기고 자신만 뒷방으로 가 푹 잠들어버렸던 것이다.

나오꼬가 눈을 떴을 때 이미 집 안은 어두웠다. 나오꼬가 욕실로 향하는 도중 문틈으로 방을 들여다보니 세 사람은 여전히 방석 하나를 둘러싸고 앉아 같은 놀이를 계속하고 있었다. 모두 눈이 푹 꺼지고 얼굴은 하얗게 뜨고 약간 지저분했다. 세 사람은 별것 아닌 이야기를 하며 자꾸 웃어댔고, 평소에는 그러지 않는 쿠제까지도 쓸데없는 농담을 했다.

나오꼬는 씻고 센과 함께 저녁 준비를 했다.

세 사람은 식사를 하는 동안에도 들떠서 쉰판쯤 쳐서 기록을 세워보자는 등의 이야기를 했다.

그러고는 다시 놀이를 시작해 나오꼬도 함께 했는데, 세 사람은 전날부터 한숨도 자지 않아 놀이에서 빠질 때는 잠깐이라도 누우면 깊은 잠에 빠져들었다. 카나메는 어깨와 목이 상당히 결려서 심하게 괴로워했다.

10시쯤 되어 마침내 끝났다. 세 사람은 함께 목욕하고, 떠들다가 조금 뒤 쿠제와 미즈따니는 돌아갔다.

카나메는 방석을 접어 그것을 베개 삼아 길게 누워서 자고 있었다. 나오꼬는 몇번인가 이부자리를 펴놓은 곳으로 들어가 자라고 권했지만 "곧 갈게" 하면서도 좀처럼 움직이지 않았다. 어쩔 수 없이 나오꼬가 외투를 덮어주고 옆에서 잡지를 읽고 있자, 잠시 후에 카나메가 갑자기 일어나서,

"잘 자" 하고 이층으로 올라갔다.

나오꼬는 잠이 안 와서 그대로 거기서 잡지를 계속 읽었다. 그리고 얼마 정도 지났을 즈음 나오꼬는 갑자기 이층에서 카나메가 무슨 말을 하는 것 같아 일어나 계단 아래까지 가서 말을 걸어봤지만 잠에 취한 카나메의 대답이 잘 들리지 않았다. 나오꼬는 계단을 올라갔다.

"어깨가 결려서 잠이 안 와. 안마사를 좀 불러주겠니?"

"글쎄, 좀 먼데요. 게다가 이른 시간이면 괜찮은데 벌써 12시가 지났어요."

카나메는 불만스러운 듯 대답을 하지 않았다.

"센도 방금 잠들어서 이런 시간에 깨우기도 미안하고."

"그럼 됐어."

"많이 결려요?"

"삐걱거리듯이 아파. 머리가 욱신거려 잘 수가 없어."

"제가 좀 주물러줄까요?"

"아니야, 됐어."

"꽤 잘해요."

나오꼬는 방으로 들어갔다. 그리고 카나메의 목과 어깨를 주무르기 시작했는데, 도저히 여자 손으로는 풀리지 않았다.

"좀 나아요?"

"응."

"괜찮지 않죠?"

"응."

"어느 쪽인 거예요. 이상한 사람 같으니라고." 나오꼬는 웃었다. "이렇게 주무르는 동안 어서 잠드세요. 내일 일어날 즈음에 안마사를 불러드릴게요."

나오꼬는 잠시 그렇게 주물러주었다. 카나메는 한마디도 없었다. 나오꼬는 이제 잠들었나 하고 그만 일어나려다가 혹시 안 자고 있으면 나가기가 좀 어색한데 하고 생각했다.

카나메가 갑자기 몸을 뒤집었다. 나오꼬는 놀라 손을 뗐는데, 카나메는 그 손을 잡더니 한 손으로 나오꼬의 목을 감싸고 그녀를 눕혔다. 카나메는 눈을 감은 채로 그런 행동을 했다. 나오꼬는 깜짝 놀라 작은 목소리로 힘을 주어,

"뭐하는 거예요" 하고 말했다.

"나쁜 짓은 하지 않을게. 절대로 나쁜 짓은 하지 않을게." 이렇게 말하면서 카나메는 힘으로 무리하게 나오꼬를 눕혀버렸다.

나오꼬는 놀라서 어안이 벙벙했다. 그리고 야단치듯이 "카나메 오빠, 카나메 오빠"하며 저항하고 일어나려고 했는데, 카나메는

온몸으로 나오꼬를 움직이지 못하게 했다. 그리고,

"나쁜 짓은 하지 않을게. 절대로 안해. 별일 없을 거야" 하는 말을 거듭했다.

이런 언쟁을 둘이서 반복하다가, 나오꼬는 자신의 몸에서 완전히 힘이 빠져나가는 것을 느꼈다. 그리고 이성조차도.

나오꼬는 조용하게 이층에서 내려왔다. 센이 깰까봐 두려웠다. 잠자리에 들었지만 전혀 잠을 잘 수 없었다.

다음 날 아침 나오꼬가 잠에서 깼을 때 카나메는 벌써 떠나고 없었다.

6

다음 날 켄사꾸는 이찌조오도오리를 바삐 걷고 있었다. 남풍은 약간 따뜻하고, 온몸이 끈적끈적하고, 머리는 무거웠다. 날씨 탓도 있고, 물론 잠이 부족한 탓도 있었지만 그에 비해서는 정신이 맑고 기분은 나쁘지 않았다. 마침내 그는 몹시 흥분해버렸다. 그저 안정을 취하고 있을 수는 없었다. 갖가지 일이 단편적으로 마치 회전하듯이 한 장면 한 장면 머릿속에 떠오를 뿐이었다.

"나오꼬를 미워할 생각은 없다. 용서가 미덕이라서 용서한 것이 아니다. 나오꼬를 미워할 수 없으니까 용서한 것이다. 또, 그 일에 연연하면 결국 이중의 불행을 낳는다는 것을 아니까." 그는 어젯밤 나오꼬에게 한 말을 머릿속에서 반복했다.

'용서하는 것이 좋다. 실제로 그외에 달리 방법이 없다. ⋯⋯그러나 결국 나만 바보가 되었다.'

시모노모리에서 쿄오또 전철을 타던 버릇이 있어 시모노모리 쪽으로 갔는데, 마침 스가와라 미찌자네의 기일로 키따노뗀만 궁 주변에 매우 많은 인파가 모여 있었다. 그는 부또꾸뗀 건물 뒤에서 종점 방향으로 갔다. 그러나 거기에도 인파가 몰려 사탕 파는 사람, 풍선 파는 사람, 장난감 파는 사람, 아이스크림 파는 사람 등으로 경마장 쪽까지 붐볐다. 요지경 몇개가 신사 문 앞 광장에 늘어놓여 있었다. 「야오야 오시찌八百屋お七」[147]가 『콘지끼야샤金色夜叉』[148]와 『호또또기스不如歸』[149]의 여주인공으로 변신한 듯, 천박하게 눈 화장을 한 듯잡인물의 얼굴이나 그림물감의 강렬한 색채까지 옛날과 조금도 다르지 않았다.

그는 센본도오리에서 전차를 탈 생각으로 카미시찌껜으로 갔다.

"결국 아무 일도 없었던 것처럼 두 사람 사이에서 기억이 사라진다면 더할 나위 없다. ─나는 잊지 못했는데 나오꼬가 잊어버려서 ─잊어버린 듯한 얼굴을 하고─ 있을 수 있다면─그래도 나는 아무렇지 않을 수 있을까?" 지금은 그래도 괜찮을 것 같지만 막상 자신이 없었다. 서로 잊어버린 표정을 지으면서 속으로는 기억하고 있는 상황을 상상만 해도 두려웠다.

"나는 다시 방탕의 길에 들어서는 건 아닐까?" 그는 길 양쪽에 늘어선 등롱을 내건 가게들을 보면서 문득 이런 생각도 했다.

그는 오늘 자신이 이상하게 불안정한 것 같아 견딜 수가 없었다.

---

147 '채소 가게 오시찌'. 에도 시대 기담집인 『에혼햐꾸모노가따리(絵本百物語)』에 수록된 설화. 채소 가게 딸 오시찌가 에도 대화재 당시 절로 피난 갔다가 그곳의 소년에게 반해서, 돌아온 뒤에도 다시 보고 싶어 불을 질렀다는 이야기.
148 메이지 시대 소설가 오자끼 코오요오(尾崎紅葉)의 소설. 한국에서 『장한몽』으로 번안됨.
149 메이지 시대 소설가 토꾸또미 로까(徳富蘆花)의 소설.

스에마쓰에게 오늘은 아무 이야기도 하지 말자. 만약 말을 꺼냈다 간 결국 쓸데없는 이야기까지 해버리고 말 것이다.

"그러고 보니 스에마쓰에게 줄 선물을 잊고 나왔군." 그는 모자를 벗고 땀을 닦았다.

센본의 종점에서는 편하게 탈 수 있었다. (그 당시는 그곳이 종점이었다.) 밖은 저녁처럼 잿빛이었는데, 전차 안은 한층 더 어두웠고, 게다가 너무 오래 앉아 있으니 메슥거려서 토할 것 같았다.

실제로 잠시 지나자 그는 증기와 사람의 열기로 견딜 수가 없었다. 카라스마루 저택 모퉁이까지 오자 얼른 전차에서 내려서 그곳 거리에서 인력거를 탔다.

오까자끼의 하숙집 현관에 섰는데, 우연찮게 이층에서 달려내려오던 스에마쓰와 만났다.

"이봐, 들어오지 않겠나?"

"그냥 나가지."

"일단 들어와. 보여주고 싶은 게 있어."

"그건 다음에 보고." 켄사꾸는 오늘은 절대 미즈따니와 만나고 싶지 않았다.

스에마쓰는 이상하다는 표정을 지었다. "……그럼 옷을 갈아입을 테니 조금만 기다려."

"동물원 앞에서 기다리고 있을게—다른 사람은 데려오지 마."

스에마쓰는 알겠다는 듯이 갑자기 웃어댔다. "지금 없어. 그렇지만 바로 나가지."

켄사꾸는 그 골목을 나왔다. 정면에 가까이 보이는 히가시야마 산은 안개가 껴 어두웠고, 그 위로 약간 검은 구름이 빠르게 지나가고 있었다. 이상하게 축 처진 음울한 느낌의 날이었다.

공원 운동장에는 자전거 경주 연습을 하는 젊은이가 있었다. 빨간색 셔츠에 반바지 차림으로, 기는 자세로 자전거를 타고 정미기처럼 머리를 움직이며 달리고 있었다. 맞바람을 맞으며 달릴 때는 상체가 온통 좌우로 흔들리며 아주 힘들어 보였는데, 다시 순풍이 불자 갑자기 편안한 듯 빨라진다. 켄사꾸는 길에 서서 잠시 그 모습을 바라보았다.

얼마 지나지 않아 스에마쓰가 와서 두 사람은 걸으면서 이야기를 나눴다.

"봐줬으면 하는 게 있는데, 후지와라 시대의 수반이라는데 이삼일 전에 마쓰바라의 지저분한 고물상에서 발견했어. 조만간 가져갈 테니 좀 봐주지 않겠나?"

"나도 잘 몰라, 그런 거."

오쓰에서 오는 전차를 타기로 하고 두 사람은 넓은 길에 있는 정류장 벤치에 앉았다.

"싫은 사람을 멀리하는 거야 당연한 일이겠지만, 너처럼 너무 노골적으로 미워하는 것은 좋지 않아." 스에마쓰는 갑자기 이런 식으로 미즈따니에 대해 이야기했다.

"그렇긴 하지. 알면서도 멀리하다보니 자연스럽게 미워지게 돼. 나쁜 버릇이라고 스스로도 생각해. 난 항상 첫인상으로 좋고 싫은 감정이 생기니까 좀 괴롭지. 좋고 싫음이 나한테는 바로 선악의 판단이 돼. 그게 대체로 맞아떨어지기도 하고."

"맞아떨어진다고 생각하는 거겠지."

"대체로 맞아. 인간에 대해서도 그렇고, 어떤 일에 대해서도 그래. 왠지 불쾌한 감정이 처음에 들면 대개 나쁜 게 포함되어 있어." 켄사꾸는 어젯밤 미즈따니가 정류장에 온 일, 그것이 불쾌하고 알게 모르게 신경에 거슬리던 자신의 묘한 기분을 떠올렸다.

"그런 면도 있겠지. 그러나 그 느낌을 과신하면 옆 사람이 힘들어져. 어쩐지 위협당하는 느낌이 들지—지나치게 자신의 느낌에만 의존하는 것은 안 좋다고 생각해."

"물론 그것에만 의지하는 건 아니야."

"심정 면에서 보자면 완전히 폭군이야. 아주 이기적이지—차가운 계산이 없어서 좋을 것 같지만 당하는 사람들은 역시 당황하게 돼."

"………"

"자네 자신이 그렇다기보다 자네 속에 그러한 폭군이 동거하고 있다는 느낌이 들어. 그러니까 가장 큰 피해자는 자네 자신일지도 몰라."

"그런 면은 누구에게나 있어. 나만 그런 게 아니야."

그러나 켄사꾸는 계속 무언가와 투쟁해온 자신의 과거를 떠올리고는, 결국 바깥 세계의 무언가와 싸운 것이 아니라 자신 속에 있는 무언가와 싸워왔다고 생각하지 않을 수 없었다.

"이를테면 다른 사람보다 좀 심하다는 거야." 스에마쓰가 말했다.

켄사꾸는 지금까지 자신의 폭군 같은 기분에 곧잘 이끌려다녔지만, 그것을 적이라고 생각하진 않았다. 그러나 과거의 수많은 일을 돌아볼 때 대부분 결국 혼자 씨름해왔고, 결국 자신 안에 있는 그런 것을 상대로 싸워왔다고 생각하지 않을 수 없었다. 나오꼬의 일에 대해서도, "해결은 모두 내게 맡겨. 당신은 물러나 있어줘. 앞으로도 끼어들면 방해가 돼"—바로 이렇게 말한 것은 알게 모르게 해결책을 역시 자신 안에서만 찾고 있었기 때문임을 비로소 알게 되었다. 정말 이상한 일이라고 생각했다. —"내 안에 사는 것과 투쟁

하며 평생을 지낸다. 그럴 거면 태어나지 않은 편이 좋았을 거야."

그런 의미로 말을 하자 스에마쓰는, "그러나 그 나름대로 괜찮지 않나? 끊임없이 우울해지지 않게 신경 쓰기만 하면"이라고 했다.

오쓰에서 오는 전차는 좀처럼 오지 않았다.

켄사꾸는 멍하니 앞의 히가시야마 산을 바라보고 있었는데 문득 이상한 검은 것이 바람을 거슬러 구름 속에서 움직이고 있음을 알아챘다. 그리고 그는 순간 공포에 가까운 기분에 사로잡혔다. 바람 때문에 폭음이 안 들린데다 전혀 예기치 못했던 때이기도 했고, 꼭 구름 그림자처럼 보였기 때문에 그는 그것을 비행기라고 생각할 수 없었다.

기체는 쇼오군즈까[150] 상공을 간신히 지나더니, 그대로 점점 아래로 내려가서 마침내 치온인 절 지붕에 닿을락 말락 하다가 그 너머로 모습을 감추어버렸다.

"추락한 게 틀림없어. 마루야마 산으로 떨어졌어. 가볼까?"

두 사람은 육군 최초의 토오꾜오 오오사까 간 비행에 대해 신문에서 읽고 알고는 있었지만, 오늘이라고는 미처 생각하지 못했다. 바로 그 비행기가 온 것이다.

둘은 곧장 아와따구찌를 향해 서둘러 걸어갔다.

7

둘은 마루야마에서 코오다이지 절 아래를 지나 키요미즈로 걸

------

150 헤이안 시대에 나라를 진정시키기 위해 세운 장군 상.

어갔다. 비행기에 관한 이야기를 하는 곳은 아무 데도 없었다. 아침 신문에서 그 기사를 보지 않았다면 켄사꾸는 아까 본 그 기체를 자신이 일으킨 착시라고 생각했을지도 모른다. 그 정도로 어렴풋이 보였고, 그 정도로 그의 머릿속이 혼란했기 때문이었다. 그는 엄청나게 공허한 기분으로, 스에마쓰에게 전날 밤 일을 이야기할까 말까 고민하면서 계속 다른 이야기를 하고 있었다. 실은 이야기하지 말자고 마음먹고 있었다. 그러나 자신의 결심을 믿을 수가 없었다.

그는 전에도 오노미찌에서 이와 약간 비슷한 기분이었던 적이 있었다. 자신이 할아버지와 어머니 사이에서 불순한 관계로 태어난 아이라는 사실을 알았을 때인데, 당시엔 그 기분을 튕겨낼 만한 힘이 어딘가에서 느껴졌다. 그리고 실제로 밀쳐낼 수가 있었는데, 이번엔 웬일인지 그런 힘이 그의 몸 내부 어디에도 없는 듯했다. 이런 기분은 어쩔 수가 없다. 이렇게 생각하고 힘을 내봐도 늪에 빠지듯 허우적대며 기분은 아래로만 잠길 뿐이었다. 독신일 때는 그 힘이 있었으나 둘이 되고 나서 어느새 그런 힘을 잃어버렸다고 생각하자 쓸쓸했다.

잠시 후 두 사람은 니넨자까 언덕을 올라가 그곳에 있는 찻집으로 들어갔다. 켄사꾸는 마루의 등나무 의자로 가서 쓰러지듯이 앉았는데, 심신이 모두 다 피로해서 눈을 뜨고 있을 수가 없었다. 뼈마디마다 힘이 빠져서 몸을 움직일 수조차 없을 것 같았다. 병이 난 건 아닌가 싶기도 했다. 그리고,

"차 나왔어. 갖다줄까?" 하고 스에마쓰가 물었을 때, 켄사꾸는 어느새 잠들어 있었다.

"무슨 일이야?"

"잠을 못 잤어. 게다가 이런 날씨는 도저히 견딜 수가 없네."

켄사꾸는 무거운 몸을 겨우 일으켜 자리 끝에서 오듯이 자신의 방석으로 와 앉았다.

"굉장히 안 좋아 보이는데?"

"실은 자네에게 이야기하고 싶은 게 있어. 근데 그 이야기를 하지 말아야겠다고 생각하고 있어서 더욱 그런 거야."

스에마쓰는 약간 이상하다는 얼굴을 했다.

"………"

"주체를 못하겠어. 내 기분 문제인데."

켄사꾸는 여전히 말하지 말자고 생각하고 있다. 말하면 반드시 후회할 것임을 알기 때문이다.

"기분 문제?"

"어, 기분이 마침 오늘 날씨같이 불쾌해."

"무슨 일이야?"

"언젠가는 이야기할게. 근데 오늘은 이야기하고 싶지 않아"

"그래."

"……이건 다른 이야긴데, 자네가 좋아하던 삼류 게이샤와는 그 후 어떻게 됐어?"

"………" 이런 갑작스러운 질문에 스에마쓰는 할 말을 잃고 궁색하게 미소를 띠었다. 그리고 "……잘돼도 그만 안돼도 그만이라고나 할까?" 하고 웃었다.

켄사꾸가 막 결혼하던 즈음 스에마쓰는 그 여자의 일로 자주 신경질적이 되었다. 당시 켄사꾸는 조심스러워서 자세히 물어보지도 못했는데, 미즈따니의 입을 통해 헤어졌다든가, 또 만난다든가 하는 이야기를 두세번 들었을 뿐, 그후로 어떻게 되었는지 전혀 몰랐다. 스에마쓰는 질투 때문에 자주 신경질적이 되었다. 그가 사랑하는 데 비해 여자는 마음 편하게 대했고, 게다가 다른 남자도 많아 고집스럽게 구는 경우도 많았다. 그것을 잘 알면서도 그때마다 스에마쓰는 혼자서 괴로워했다.

"그런 관계는 아직도 계속되고 있나?"

"그래."

"자네 기분은 그런 상태로 안정되어 있는 건가?"

"한마디로, 감정이 식었는지도 몰라. 상대에게 없는 것을 바라지 않게 됐어. 그러자 상황은 안정됐지. 꿍하고 있어봐야 끝이 없으니까. 천박한 요리점에서 자네를 힘들게 한 거, 기억하지?"

켄사꾸는 끄덕였다.

"그런 일은 앞으로 없을 거야." 그렇게 말하고 스에마쓰는 웃었다. 그리고,

"자네도 그런 종류의 고민이야?" 하고 말했다.

"………" 켄사꾸는 좀 생각하고 나서 "조금은 비슷한 기분이야" 라고 대답했다.

스에마쓰는 잠시 침묵했다. 그러더니 다시 이런 말을 했다. "잘은 모르지만 대개 부질없는 의심인 경우가 많은가봐. 그런 거 아니야?"

"근거 없는 의심은 아니야. 그런데 상황은 모두 끝나버려서 고민할 건 전혀 없어. 단지 기분이 안정되지 않는 거지. 시간이 지나면 나아질지도 모르겠지만 어쨌든 지금은 괴로워."

"………"

"한편으로는 이런 생각도 들어. 내가 지금 당장 철저하게 평화로운 기분이 되기를 바라는 게 오히려 나와 상대방 모두를 속이는 것은 아닐까 하는. 그런 의미에서, 받아들이지 않으면 안되는 상황에

서는 울어도 웃어도 어쩔 수 없다는 생각이 절실히 들어."

"………"

"추상적인 말만 하고 있지만, 대충 그런 거야."

"대강 알 것 같은데. 미즈따니와 관련된 얘긴가?"

"아니, 직접 관계된 건 아니야. 구체적으로 말하면 미즈따니의 친구 중에 나오꼬의 사촌이 있어. 그 사람과 나오꼬가 잘못을 저질렀어."

"………"

"나오꼬 자신은 전혀 그럴 의지가 없었는데 벌어진 일이라 나는 나오꼬를 조금도 미워할 수 없어. 다시 그런 일을 반복하지 말라고 말하고 마음으로부터 용서할 생각이야. 실제 다시 그런 일이 일어날 거라고 생각하지도 않고. 나오꼬에게는 거의 아무 잘못도 없어. 그러니 이제 모두 끝난 일이야. 그런데 내 기분은 아무리 해도 진심으로 안정되지가 않아. 뭔가 이상한 것이 내 머릿속을 떠돌고 있어."

"자네가 말했듯 시간의 과정을 거치는 수밖에 방법이 없어. 지금은 오히려 그것이 자연스러워."

"그외에 방법이 없을까."

"무리한 주문인지도 모르겠지만 다 끝난 사건이라면 너무 마음에 두지 않는 게 좋아. 신경 쓴다고 해서 결과가 좋아지는 것도 아니니까. 쓸데없는 희생을 치르는 것은 어리석은 짓이야."

"잘 알면서도 정작 당사자가 되면 그냥 그렇게 기분이 안정되지는 않으니까 어떻게 할 수가 없어."

"맞아, 정말 그래. 그러나 의지를 가지고 노력해봐야지. 그러지 않으면 나오꼬 씨가 불쌍하잖아. 감정적으로는 무리가 되겠지만 자네가 지금처럼 사건을 충분하게 이해하고 있다면 감정 이상으로 의지를 발휘해서 억제해버리는 게 인간으로서도 훌륭한 일이잖나."

"자네 말이 맞아. 그러나 나한테는 이 일이 너무 뜻밖이어서 말이야. 그리고 설령 나오꼬에게 죄가 없다고 해도, 우리 관계에서 보자면 지금까지 전혀 없던 일, 혹은 평생 없을 거라고 생각하던 일이 생겼으니, 지금까지의 부부 관계를 새롭게 다시 정비해야 할 필요가 있다는 생각이 들어. 극단적으로 말하면 설령 다시 같은 일이 일어나도 변하지 않을 관계를—물론 내가 이렇게 말하는 건 자네가 말하는 그런 의지가 없다는 증거인지도 모르지만……"

"뭐, 그것도 무리가 아니라는 생각이 들지만……"

"밀운불우密雲不雨[151]라는 말이 있잖아. 그런 건 정말 싫거든."

"그건 그렇겠지. 그러나 어쨌든 자네에게 이 일은 하나의 시련이니까 그런 생각을 하면서 충분히 자중해야 할 거야."

"고마워. 게다가 실수로 불행을 거듭한다면 그거야말로 멍청한 짓이야. 주의하려고."

"사건 그 자체를 모르는 채 휘둘리는 것은 어쩔 수 없지만, 자네는 아주 잘 알고 있으니까."

"고마워. 이야기하니 한결 기분이 나아졌어."

"나오꼬 씨는 어떻게 하고 있나?"

"내가 나올 때는 두통이 있다든가 하며 자고 있었어."

"어서 돌아가는 것이 좋겠어."

켄사꾸는 문득 스에마쓰에게 나오꼬를 위로해달라고 말할까 했다가 바로 '그건 싫다' 하고 생각을 고쳐먹었다.

---

151 징조는 있는데 사건이나 일이 일어나지 않는 상황을 일컬음.

길을 달리며 호외신문을 파는 시끄러운 종소리가 들려왔다.

얼마 후 두 사람은 그 찻집에서 나왔는데, 나올 때 스에마쓰는 입구에 떨어져 있는 호외를 집어들고,

"역시 아까 그 비행기는 후까꾸사에 떨어졌어" 하고 말했다. 그러나 다른 한대는 무사히 오오사까에 도착했다는 기사도 실려 있었다. 두 사람은 히가시야마의 마쓰바라 정류장 쪽으로 언덕을 걸어내려갔다.

8

그후 키누가사무라 집에서는 평화로운 날이 이어졌다. 적어도 겉보기에는 평화로웠다. 오에이와 나오꼬의 관계도 켄사꾸가 예상한 대로 좋았다. 켄사꾸와 나오꼬의 관계도 나쁘지 않았다. 그러나 어떻게 말해야 좋을까—부부로서 서로를 병적으로 끌어당길 수 있긴 했지만 동시에 아무래도 온 마음을 다해 품을 수 없는 틈이 남아 있었다. 그리고 병적으로 끌어안는 것이 강하면 강할수록 그 뒤는 좋지 않았다.

그는 처의 과실이 그대로 자신의 육정을 자극하게 되는 것이 더없이 부끄러운 일이라고 생각했다. 그러나 두 사람 사이에 느껴지는 벽이 아무래도 신경 쓰여서 이런 식으로라도 나오꼬에 대한 애정을 원래대로 불러일으키고 싶었다. 병적인 정도가 강할 때는 그는 나오꼬 자신의 입으로 과실을 저지른 장면을 묘사시키려고까지 했다.

나오꼬가 다시 임신한 사실을 알았던 것은 그로부터 얼마 지나

지 않아서였다. 그는 날짜를 계산할 것도 없이 조선에 가기 전에 생긴 아이임을 알았지만 마침내 나오꼬와 헤어지기 어려운 결정적인 관계가 되었다고 생각하자 다시금 중압감이 밀려왔다.

켄사꾸의 마음은 때때로 스스로 견딜 수 없을 정도로 약해지곤 했다. 그런 때 그는 아이처럼 오에이의 품에 안기고 싶은 기분이 들었지만 차마 그럴 수는 없었다. 그리고 같은 마음으로 나오꼬의 가슴에 머리를 들이대었다가 뭔가 철판 같은 것을 문득 느끼고 그는 꿈에서 깨어난 듯한 기분이 되었다.

여름이 지나고 막 가을에 접어들었지만 여전히 켄사꾸의 마음은 좋지 않았다. 마음 상태보다는 오히려 잘 먹지 못한 탓에 생리적으로 몸 상태가 망가졌다. 그는 자꾸만 이래서는 안된다고 생각했으나 칠칠치 못한 나쁜 습관에서 좀처럼 벗어날 수가 없었다. 그는 몹시 약하고 비참한 기분이 되는가 하면, 발작적으로 신경질을 부리며 식탁의 식기를 모조리 정원 디딤돌에 던져 부수거나 했다. 어느날은 재봉가위로 나오꼬가 입은 옷을 끝자락에서 등 부분까지 잘라버린 일도 있었다. 그에게는 순간적인 발작일 뿐이었지만, 나오꼬는 그 원인을 다름 아닌 자신의 과실로 받아들이고 말없이 가만히 인내했다. 그리고 그런 나오꼬의 기분이 느껴지자 켄사꾸는 한층 화가 나 더 심한 폭력을 휘두르지 않고는 배길 수 없었다.

오에이는 전부터 켄사꾸의 발작에 대해 알았지만 그렇게까지 행동하는 것은 여태 본 적이 없었고, 불과 일이년 사이에 켄사꾸가 왜 이렇게 변했는지 의아해했다.

어느날 켄사꾸는 카마꾸라의 노부유끼로부터 조만간 놀러오겠다는 연락을 받았다. 켄사꾸는 오라고 바로 답장을 썼는데, 나중에 오에이가 편지로 노부유끼를 불렀다는 것을 알게 되었다. 그는 바로 오지 말라고 다시 편지를 써서 보내버렸다. 그러나 또 그는 모처럼 온다는 노부유끼를 그런 식으로 오지 말라고 한 것이 신경 쓰였다. 못 오게 한 대신에 자신이 갈까 고민했지만 단행할 만한 기력이 없었다. 그리고 만나면 반드시 모조리 털어놓을 것만 같아 지금은 만나고 싶지 않았다.

스에마쓰는 자신도 함께 가겠다며 자꾸만 여행을 권했고 둘 다 아직 가보지 않은 산인 방면의 온천 안내서 등을 가지고 와서 부추겼지만 그는 좀처럼 그럴 마음이 안 들었다. 스에마쓰의 호의를 알면서도 고집쟁이가 되는 자신을 어찌할 수 없었다. 그리고 어쨌든 스스로를 통제하지 않으면 안되겠다고 결심하게 되었다.

그는 한동안 발길이 뜸했던 옛 절터와 고미술을 보러 다녀야겠다고 생각했다. 코오야 산의 무로오지 절 등 이삼일 정도 다닐 만한 곳도 있었다. 마침 늦가을이라 경치도 좋은 때였다. 그는 조금씩 평상시의 자신을 되찾아가고 있었다.

가을이 지나고 출산이 다가왔다. 모든 것에 있어 스스로 자제할 수 있게 되자 그는 나오꼬에게 난폭하게 굴지 않게 되었다. 자신의 폭력이 태아에게 미칠 영향을 생각하고 그는 무리해서라도 신경질적인 자신을 누르기로 마음먹었다.

출산이 그해 말이나 정월 7일 전후로 잡히자, 그는 이전의 일도 있어 나오꼬의 몸가짐에 대해 귀찮을 정도로 이야기했다. 이번에는 오에이도 있으니 만사 힘들 것이 없겠다고 생각했다. 그러나 정월이 되고 10일이 지나도 여전히 소식이 없자 슬슬 걱정이 되었다. 그는 이번에는 병원에서 출산을 하고 한달 정도 거기서 산후 조리를 하는 것이 좋겠다고 생각했다. 그래서 의사와 상담했더니 도와줄 사람이 그 정도 있으면 굳이 병원에서 출산할 필요가 없다고 말해주었다. 게다가 나오꼬도 바라지 않았기 때문에 입원 이야기는 무산되었다.

켄사꾸는 혹시 한달 정도 계산 착오가 있었던 게 아닌가 불안해졌다. 2월 출산이면 역으로 계산해서 자신이 조선 여행 중 생긴 아이가 아닌가 생각하자 오싹했다.

그러나 1월 말 어느날 그가 야마또꼬이즈미에 있는 카따기리 세끼슈우[152] 저택을 구경 갔다가 거기서 걸어서 호오류우지 절로 돌아 밤이 되어서야 돌아왔더니 집에서는 아기가 태어나 있었다. 충분히 자라서 전보다 훨씬 힘들게 나왔다는 둥글둥글한 여자아이를 보고 그는 왠지 모르게 안도의 한숨을 쉬었다. 그가 마침 호오류우지 절에 있을 때 태어난 아기이기에 호오류우지法隆寺에서 한자를 따서 타까꼬隆子라고 이름을 지었다.

9

켄사꾸는 매년 봄의 끝자락에서 여름에 걸쳐 항상 두통에 시달렸다. 특히 장마철의 축축한 공기에 잘 버티질 못했고, 몸은 반병자처럼 약해지는데 기분은 이상하게 예민해지고, 스스로를 주체할 수 없는 경우가 많았다.

어느날 전에 약속한 대로 그는 스에마쓰, 오에이, 나오꼬와 함께 다까라쓰까에 놀러가기로 했다. 그날 아침 오래간만에 그는 차분한 기분이었다. 도착해서 때맞춰 점심식사를 할 수 있도록 9시 몇

152 1605~73. 에도 시대 초기의 다도 장인. 세끼슈우류(流) 다도의 시조.

분인가 기차를 타기로 했다.

그는 나오꼬의 준비가 늦어서 먼저 나가 문 앞에서 기다리면서 약간 신경질적이 되었는데, 그때는 간신히 참았다.

스에마쓰와는 시찌조오 역에서 만났다. 잠시 서서 이야기를 하는 동안 개표가 시작되었다. 그는 문득 옆에 나오꼬와 오에이의 모습이 보이지 않는 것을 깨닫고,

"화장실에 갔나?" 하고 중얼거렸다. 그러고는 "타고 나서 가도 되는데 바보같이" 하며 바로 화가 치밀어올랐다.

두 사람은 화장실로 가보려고 했다. 그때 저쪽에서 오에이 혼자서 뛰어와서,

"두 사람 표 좀 줘봐요" 하고 말했다.

"무슨 일이에요? 이제 개표가 시작됐는데."

"어서 먼저 가세요. 지금 아기 기저귀를 갈고 있어요."

"뭐라고? 지금 그런 거 하고 있을 때야? 그러면 당신은 스에마쓰와 먼저 가세요."

켄사꾸는 초조해하면서 두 사람의 표를 스에마쓰에게 건네고 서둘러 그쪽으로 향했다.

"유료 화장실이에요." 뒤에서 오에이가 말했다.

나오꼬는 마침 아기를 안아올리고 한 손으로 띠 사이에서 지갑을 꺼내려던 참이었다.

"이봐, 빨리 오지 않고 뭐하는 거야? 도대체 왜 지금 그걸 갈고 그래?"

"찝찝해서 우는 걸 어떡해요?"

"좀 울어도 상관없잖아. 그보다 모두 기차 타러 플랫폼에 가 있어. 아기는 나한테 줘봐."

그는 빼앗듯이 아기를 받아 반쯤 달리다시피 개표구를 향했다. 이제 플랫폼에서는 출발 신호가 소란스럽게 울리고 있었다.

"뒤에 한 사람 옵니다." 개표하면서 돌아보자 나오꼬는 달리는지 서두르는지 모를 어정쩡한 걸음으로 오고 있었다. 나오꼬는 달리면서 방금 갈은 기저귀 보자기를 묶고 있었다.

"좀더 빨리 달려." 켄사꾸는 다른 사람을 전혀 의식하지 않고 고함을 쳤다.

'될 대로 되라지.' 그렇게 생각하면서 그는 두 계단씩 밟으며 철로를 지나는 다리를 달려올라갔는데, 내려갈 때는 아무래도 좀 조심스러웠다.

기차는 조용하게 움직이기 시작했다. 그는 한 손으로 아기를 꽉 잡고 기차에 올라탔다.

"위험해요!" 역원이 외치는 소리를 들으면서 나오꼬가 달려왔다. 기차는 마침 사람이 걷는 정도의 속도로 움직이고 있었다.

"멍청이, 당신은 이제 돌아가."

"탈 수 있어요. 좀 잡아주면 충분히 탈 수 있어요." 나오꼬는 점점 빨라지는 기차를 따라 종종걸음으로 달리면서 자비를 구하는 듯한 눈빛으로 바라보았다.

"위험하니까 비켜. 어서 돌아가."

"아기 젖을 줘야 하니까……"

"비켜!"

나오꼬는 무리하게 타려고 했다. 그리고 반쯤 끌려오는 듯한 모습으로 한쪽 다리를 걸치고 섰다고 생각한 순간 그가 거의 발작적으로 한 손으로 세게 나오꼬의 가슴을 쳐버렸다. 나오꼬는 길에 드러눕듯이 넘어지면서 튕겨져 한번 구르더니 또다시 위를 보고 쓰러졌다.

객차 앞칸에서 그 모습을 보고 있던 스에마쓰가 바로 기차에서 뛰어내렸다.

켄사꾸는 이쪽으로 달려오는 스에마쓰에게 큰 소리로,

"다음 역에서 내릴게" 하고 말했다. 스에마쓰는 고개를 끄덕이고 서둘러 나오꼬에게 달려갔다.

멀리서 두세명의 역원이 나오꼬를 일으키는 모습이 보였다.

"저런, 무슨 일이에요?" 오에이가 놀라서 물었다.

"제가 밀어버렸어요."

"………"

"위험하니까 비키라고 말하는데도 무리하게 타려고 하잖아요." 켄사꾸는 흥분을 누르면서 "다음 역에서 내리죠" 하고 말했다.

"켄사꾸 씨, 대체 왜……?"

"저도 잘 모르겠어요."

나오꼬가 쓰러지면서 그를 바라보던 눈빛을 켄사꾸는 지울 수 없었다. 그것을 생각하자 이제는 돌이킬 수 없다는 생각이 들었다.

다음 역에서 두 사람은 내렸다. 역사에 마침 전화가 설치돼 있어서 켄사꾸는 바로 전화를 걸었다. 스에마쓰가 받았다.

"가벼운 뇌진탕을 일으킨 것 같아. 다친 데는 없어. 바로 의사가 오기로 했어. 별다른 큰일은 없을 것 같아."

"십오분쯤 뒤에 돌아가는 기차가 있으니 그 편에 갈게. 자네들은 어디에 있어?"

"역장실이야."

"어떻대요?" 옆에서 오에이가 걱정하듯 물었다.

켄사꾸는 수화기를 내려놓으면서,

"크게 다친 데는 없는 것 같아요" 하고 말했다.

"어머, 다행이다. 정말 깜짝 놀랐어요."

잠시 후 쿄오또행 기차가 와서 두 사람은 다시 같은 길을 되돌아 갔다.

켄사꾸는 자신이 어째서 그런 짓을 했는지 스스로도 알 수 없었다. 발작이 일어났다는 것 외에 설명할 방도가 없었다. 다친 데가 없는 것은 그나마 다행이지만 나오꼬의 기분이 어떨지 생각하면 무섭고 답답하고 싫었다.

"켄사꾸 씨, 나오꼬 씨에게 맘에 안 드는 점이라도 있는 거예요? 전에 비해 상당히 달라진 것 같다는 생각이 드는데……"

켄사꾸는 대답하지 않았다.

"원래 좀 신경질적이기는 했지만 너무 심해진 것 같아서."

"제 생활이 안 좋기 때문이에요. 나오꼬와는 전혀 관계없는 일이에요. 제가 좀더 다부지게 행동해야 하는데."

"제가 함께 있어서 뭔가 거북한 건 아닌가 생각한 적도 있는데요……"

"그렇지 않아요. 그런 건 결코 아니에요."

"그건 나도 그렇게 생각하긴 해요. 나오꼬 씨가 무척 좋은 사람이라 그런 건 아닐 거라고 생각하지만 타인이 끼어들어서 집안에 분란이 일어나는 일이 세상에는 종종 있는 법이니까."

"그런 점은 괜찮아요. 나오꼬도 당신을 남이라고 생각하지 않으니까요."

"그래요. 나는 그 점을 매우 고맙게 여기고 있어요. 그러나 요즘처럼 켄사꾸 씨가 신경질적이 되는 것을 보면 거기에는 왠지 이유가 있지 않을까 싶어서……"

"날씨 탓일 거예요. 이맘때면 언제나 그런 걸요."

"그럴지도 모르겠지만, 좀더 상냥하게 대하지 않으면 나오꼬 씨가 불쌍해요. 나오꼬 씨를 위한 것만은 아니에요. 오늘 같은 일로 젖이라도 멈춰버리면 그거야말로 큰일이에요."

아기 이야기를 듣자 켄사꾸는 한마디도 할 수 없었다.

역장실에 스에마쓰와 나오꼬 두 사람이 아무 말 없이 있었다. 나오꼬는 다리가 긴 의자에 앉아서 마치 고문을 앞둔 여죄수라도 된 듯한 모습으로 가만히 있었다.

"아직 의사가 안 오네." 스에마쓰가 의자에서 일어나서 왔다.

나오꼬는 얼굴을 살짝 들었는데, 바로 눈을 내리깔았다. 오에이가 다가가자 나오꼬는 울기 시작했다. 그러고는 아기를 받아 울면서 젖을 물렸다.

"정말 깜짝 놀랐어. 큰일이 벌어지지 않아 다행이야——머리는 좀 어때? 물 같은 것으로 식혔어?"

"………" 나오꼬는 대답하지 않았다. 나오꼬는 몸보다도 마음의 상처 때문에 대답할 수 없다는 식이었다.

"어쨌든 정말 해선 안되는 행동이에요. 바로 사십분 후에 같은 방향의 열차가 있으니까, 전혀 당황할 필요도 없고 나중에 타도 되는데, 불과 사십분 때문에 목숨을 걸다니…… 하지만 다친 데가 없어서 아무튼 다행이에요."

"큰 실례를 했습니다." 켄사꾸는 머리를 숙였다.

"부탁한 의사가 외출 중이라고 해서 돌아오실 때까지 기다린다고 해버렸어요. 그냥 시내에 있는 의사를 불렀어야 했는데, 어떻게 할까요? 근처에서 의사를 부를까요?"

"어떻게 하면 좋겠나?" 켄사꾸는 바라보았다.

"조금 더 기다려야 할 것 같은데, 차라리 우리가 의사가 있는 데로 바로 가는 편이 낫지 않을까?"

"그럼 저희가 데리고 가겠습니다. 심려를 끼쳐 매우 죄송합니다."

스에마쓰는 인력거를 부르러 나갔다.

켄사꾸는 나오꼬 옆으로 갔다. 그는 뭐라고 해야 할지 할 말을 잃었다. 무슨 말이든 하려면 노력이 필요했다. 절대로 가까이 있고 싶지 않다는 나오꼬의 태도가 켄사꾸의 마음을 짓눌렀다.

"걸을 수 있겠어?"

나오꼬는 아래를 향한 채 끄덕였다.

"머리 부딪힌 데는 어때?"

이번에는 대답하지 않았다.

스에마쓰가 돌아왔다.

"인력거가 곧 올 거야."

켄사꾸는 나오꼬에게서 아이를 받았다. 아기는 이제 막 젖을 문 참이라 심하게 울기 시작했다. 켄사꾸는 개의치 않고 우는 아기를 안고 역장과 그의 조수에게 다시 한번 고맙다는 인사를 하고 혼자 먼저 출구로 걸어갔다.

10

나오꼬의 상처는 별거 아니었지만 허리를 세게 부딪혀 이삼일은 일어날 수가 없었다. 켄사꾸는 나오꼬와 한번 진지하게 이야기하고 싶다는 생각을 했지만, 나오꼬가 왠지 고집을 피우고 마음을 열어주지 않아 그럴 수 없었다.

나오꼬는 그가 여전히 카나메와의 일을 염두에 두고 있다고 생각하는 듯했으나, 켄사꾸 입장에서는 신경질적이 되어 발작이 일어난 바람에 카나메와의 일 같은 것은 떠올릴 여유조차 없었다.

"언제까지 그렇게 완고한 태도를 취할 셈이야? 당신이 내가 한 일에 화나고 그런 짓을 한 인간과 평생 함께 사는 것은 위험하다고 생각을 하는 거라면 솔직하게 말해줘."

"그런 생각은 조금도 없어요. 단지 마음에 걸리는 것은, 당신이 말로는 제 잘못을 용서한다고 하지만 실은 한치두 용서하지 않는 것이 괴로워요. 발작, 발작이라고는 하지만, 내가 아무리 영리하지 못하게 행동했다 해도 저를 그런 식으로 대하리라고는 상상도 할 수 없었어요. 오에이 씨에게 예전엔 어땠느냐고 물어봤는데 당신이 그 정도로 발작을 일으킨 적은 없었다고 했어요. 오에이 씨도 요즘 당신이 너무 이상하대요. 전에는 그런 사람이 아니었다면서요. 그런 점을 생각해보면 당신은 말로는 나를 용서했다고 하지만 실은 아무래도 용서하지 못했다는 생각이 들어요. 당신은 당신 스스로 말한 것처럼 나를 미워해서 더욱 불행해지는 건 바보 같은 짓이라고 생각하고 용서했을 거예요. 그 편이 득이라고 판단하고 용서하려고 했던 것은 아닐까 하는 생각이 들어요. 그렇다면 난 아무것도 아닌 셈이잖아요. 아무리 시간이 지나도 진정으로 용서받기는 불가능하니까. 차라리 한번 충분히 미워한 후에도 용서할 수 없다고 하면 용서를 받지 못해도 어쩔 수 없지만 만약 그렇게라도 해서 정말로 마음으로부터 용서를 받을 수 있다면 정말 행복할 거예요. 지금까지와 마찬가지로 결코 당신을 미워할 마음이 없다, 전혀 신경 쓰지 않는다, 미워하거나 거리끼거나 하는 것은 아무 도움도 안된다, 하는 식으로 말씀하시면 들을 때는 고마운 느낌도 들지만 이번과 같은 일이 생기면 역시 당신은 나를 미워하고 있구나 하는 생각이 바로 들어요. 그리고 만약 그렇다면 도대체 언제 진정으로 용서를 받을 수 있을지 전혀 기대할 수도 없게 돼요."

"그러니까 어떻게 하고 싶다는 말이지?"

"어떻게 하고 싶다는 이야기가 아니에요. 어떻게 하면 제가 진심으로 당신에게 용서받을 수 있을지 생각하는 거예요."

"친정에 돌아가고 싶지 않아?"

"왜 또 그런 말은 해요?"

"아니, 그저 당신이 먼저 희망이 없는 것처럼 이야기하니까 물어본 것뿐인데…… 어쨌든 오늘처럼 명확하게 당신 의견을 말해주는 건 매우 좋아. 당신이 이상하게 고집을 피우는 태도를 보여서 나도 이야기를 꺼낼 수가 없었던 거야."

"그건 됐고, 제가 한 말은 어떻게 생각해요?"

"당신이 한 말의 의미는 잘 알겠어. 그러나 나 스스로는 절대 당신을 미워하고 있다고 생각하지 않아. 당신은 맘껏 미워하고 나서 용서해달라고 하지만, 미워하지도 않는데 이제 와서 미워할 수는 없는 일 아니야?"

"……당신은 항상 그렇게 말하지요."

나오꼬는 원망스러운 듯 켄사꾸의 눈을 바라봤다.

켄사꾸는 지금 나오꼬가 말한 대로 실제로 다시 한번 생각해볼 필요가 있을지도 모르겠다고 생각했다.

"……그렇다 하더라도 요전 일을 그런 식으로 이해하면 곤란해. 어쨌든 우리 생활이 나빠. 이렇게 안 좋아진 데는 내가 원인을 제공했을지도 모르지만, 생활이 바람직하지 않기 때문에 일어나는 일들에 대해 일일이 과거의 일까지 들춰가면서 생각하는 것은 역시 아닌 것 같아."

"저는 바로 그렇게 돼요. 비뚤어진 근성인지도 모르겠지만, 그것 말고도 또, 당신은 잊었는지 모르겠지만 마무시의 오마사인지 뭔지 하는 사람을 봤다는 이야기 말이에요. 그 이야기를 할 때 당신이 한 말이 지금 몹시 신경 쓰여요."

"어떤 말?"

"참회라는 것은 결국 한번으로 끝난다. 그것으로 죄가 사라졌다고 생각하는 사람보다는 참회하지 않고 혼자서 괴로워하며 긴장된 기분으로 있는 사람이 훨씬 바람직하다고 했어요. 그때 여자 기따유우인가 게이샤인가 하는 사람에 대해서도 말했어요."

"에이하나 말인가?"

"그외에도 그때 뭔가 여러가지 이야기를 했어요. 그런 말이 지금에 와서 기억나 저를 매우 괴롭혀요. 당신은 생각은 아주 관대하지만 실제로는 그렇지 않은 것 같아요. 그때도 당신이 어딘가 집요하다는 생각이 들어서 좀 두려웠어요."

켄사꾸는 듣는 동안 화가 치밀어올랐다.

"이제 됐어. 당신 말도 사실 어느정도는 일리가 있어. 그러나 내 입장에서 보자면 모든 것은 순수하게 나 한 사람의 문제야. 지금 당신이 말한 것처럼 관대한 나의 생각과 관대하지 않은 나의 감정이 딱 맞아떨어져준다면 아무것도 문제가 없어. 이기적인 생각이야. 하지만 동시에 합리적인 생각인지도 모르지. 그런 성격이라 어쩔 수 없어. 당신이란 존재를 인정하지 않는 셈이지만, 인정한다고 해도 인정하지 않는다고 해도 결국 나 스스로 그런 식으로 안정을 찾는 수밖에 방법이 없어. 항상 그래왔으니까…… 게다가 생활 방식을 좀 바꾸지 않으면 안된다고 생각해. 어쩌면 잠시 별거해도 좋을 것 같아."

"………" 나오꼬는 한곳을 계속 응시한 채 생각에 잠겨 있었다. 둘은 잠시 말이 없었다.

"……별거라니까 뭐 대단한 것처럼 들리지만." 켄사꾸는 약간 온화한 기분으로 말을 이었다. "반년 정도 나만 어디 산에라도 가서 조용하게 지내다 오고 싶어. 의사는 신경쇠약이라고 할지도 모르지만 설령 신경쇠약이라고 해도 의사를 찾아가서 치료받기는 싫으니까. 반년이라고 했지만 어쩌면 석달이면 괜찮아질지도 몰라. 잠시 여행 간다는 정도로 받아들이면 좋을 것 같은데."

"조금도 비딱하게 생각하지 않아도 되는 거지요?"

"물론이지."

"정말 비딱하게 생각하지 않아도 괜찮지요?" 나오꼬는 재차 확인하고 나서 "그렇다면 좋아요"라고 했다.

"그렇게 해서 서로 몸도 마음도 건강해져 다시 새로운 생활을 할 수 있다면 그 이상 좋은 일이 없어. 나는 반드시 그렇게 돼 나타날 거야."

"네."

"내 마음 알지?"

"네."

"잠시 헤어진다는 것이 결코 부정적인 의미는 아니니까. 그거 알지?"

"네, 잘 알았어요."

그 밤 켄사꾸는 잠시 집을 떠나겠다고 오에이에게 이야기했다. 오에이는 크게 반대했다. 오에이는 이전에 오노미찌에 갔던 일만 보더라도 그런 것은 아무 해결책도 되지 않는다고 말했다. 그리고 아무리 지금 생활이 잘 이루어지지 않는다고 해도 부부가 별거한다면 더욱 좋은 생활이 이루어질 리 없다고 했다. 켄사꾸는 설명하기 어려웠다.

"일단 오노미찌 때와는 동기가 약간 달라요. 그때는 안되는 일을 억지로 하려고 해서 실패했는데, 이번에는 일은 둘째치고 제 정신의 수양이나 건강 회복이 목적이고, 별거라니까 대단한 일처럼 들리지만 다른 곳에 집을 새로 얻는 것도 아니고 휴양여행 정도로 생각하시면 좋겠어요."

"어디로 갈 생각이에요?"

"호오끼[153]의 다이센 산[154]으로 가려고 해요. 작년에 후루이찌에 갔을 때 아부라야에서 만난 톳또리 현의 의원이 그 산을 계속 자랑했어요. 천태종의 영지靈地라는데, 절에서 묵을 수도 있나봐요. 지금 기분에는 그런 절 같은 곳이 오히려 좋을지도 몰라요."

11

켄사꾸는 마침내 여행을 떠나게 되었는데, 보통 여행과는 마음가짐이 다른 만큼 떠나는 기분이 왠지 이상했다.

"몇시든 괜찮아. 어차피 하루 만에 산까지는 못 가니까……" 그는 되도록 밝은 모습으로 이렇게 말했다. 그는 여행 안내서를 보

---

153 호오끼(伯耆)는 톳또리 지역에 있던 나라명으로, 그 일대의 지명, 명소 등의 명칭에 많이 쓰임.
154 톳또리 현에 있는 산. 추우고꾸 지방의 명산.

면서,

"3시 36분 톳또리행인가. 그것을 못 타면 5시 32분 키노사끼행도 괜찮아."

"통조림이든 뭐든 편지 주시면 바로 메이지야[155]에 부탁해서 보낼 테니……"

"그래, 그런데 가급적 그런 것은 받지 않고 거기 있는 것으로 때울게. 어설프게 도시 바람이 불어와 고향 생각이 나면 안되잖아. 그런 의미에서 되도록 중요한 용건 아니면 서로 편지도 주고받지 않는 게 좋을 것 같아."

"네…… 그래도 당신이 편지 쓰고 싶은 마음이 생기면 좋을 것 같아요. 만약 그런 생각이 생기면 말이에요."

"그래, 그렇게 해도 좋을 것 같은데, 그렇게 말하고 나면 당신이 편지를 기다릴 것 같아 역시 곤란해."

"그렇다면 알아서 하세요."

"당신은 내 걱정은 조금도 하지 않아도 돼. 아기에게만 전념했으면 해. 나도 아기가 건강하게 있을 거라고 생각하면 몹시 마음이 편해. 방황하지 않고 성불할 수 있을 것 같아."

"죽을 사람 같네요, 마치." 나오꼬는 웃었다.

"실은 죽을 사람이 틀림없지. 죽어서 부처가 되어 돌아올 거야."

"떠나면서 불길한 소리를 하시네요."

"이만큼 기분 좋은 일도 없지. 즉신성불卽身成佛, 이대로 부처가 되는 거야. 돌아오면 내 머리 위에 후광이 비치고 있을 테니까. ……어쨌든 내 일은 걱정하지 마. 당신 건강에 신경 쓰도록 해. 그리고

---

155 수입품과 고급품으로 유명한 대형 식료품점.

아기 건강도 주의하고."

"그러니까 유모가 된 기분으로 말이죠?"

"유모든 엄마든 아무래도 좋아. 어쨌든 잠시 아내를 폐업한 기분이면 좋겠어. 미망인이 된 기분도 괜찮고."

"당신은 왜 그렇게 불길한 소리만 하세요?"

"어쩐지 그런 예감이 들어."

"정말!"

켄사꾸는 웃었다. 실제 그는 오늘 집을 나서는 것을 '출가' 비슷하게 받아들이고 있었는데, 그런 기분을 그대로 표현할 수는 없었다. 좋은 상황에서 웃으면서 그런 이야기를 나눠 다행이라 여기고, 이제 나가기로 했다. 하나조노 역에서 톳또리행을 타기로 했다.

"배웅은 나오지 않아도 돼. 되도록 가뿐한 기분으로 나가고 싶으니."

오에이가 차 도구를 가지고 나왔다.

"3시에 집을 나설 거야──당신이 센에게 인력거를 불러달라고 해줘. 3시."

"좀더 빨리 준비해서 묘오신지 절 주변까지 걸어가면 안돼요?"

"이렇게 더운데 걷다니, 힘들어."

"………" 나오꼬는 약간 상심한 표정을 하고 부엌으로 들어갔다.

"또 예전처럼 삐쩍 말라서 돌아오면 안돼요." 오에이는 교꾸로 차를 정성스럽게 우리면서 말했다.

"괜찮아요. 모든 것을 졸업하고 새로운 인간이 되어 돌아오겠습니다."

"가끔 안부 전해줘야 해요."

"방금도 얘기했지만 연락은 하지 않는다고 생각해주세요. 연락이 없으면 건강하게 지내는 거라고."

"이번에는 세 사람이니까 쓸쓸하지는 않겠지만."

"아기도 포함해서 네 사람이야."

"맞아요. 아기 하나가 두 사람 몫인지도 모르겠네요."

"카마꾸라에는 편지 보내지 않을게요. 당신이 될 수 있는 한 대단한 일이 아니라는 식으로 써서 좀 보내주세요. 쓸데없는 건 쓰지 말고요."

오에이는 끄덕였다.

켄사꾸는 차를 마시면서 괘종시계를 쳐다보았다. 2시가 조금 지나 있었다.

나오꼬가 아기를 안고 왔다. 아직 잠이 부족해 보였고 눈이 부신 듯 온통 얼굴을 찌푸렸다.

"아버지가 출발하는 날이라 그런지 오늘은 신기하게 울지 않네요."

"표정이 왜 이래?" 켄사꾸는 웃으면서 손가락으로 아기의 통통한 볼을 찔렀다.

"좀더 기분 좋은 표정 좀 지어봐."

아기는 무심하게 고개를 아래로 떨어뜨리고 있었다.

"어떤 경우라도 의사는 병원에 근무하는 사람으로 부르도록 해. 동네 의사는 나오노리 때 질렸어."

"네, 그런 건 걱정 마요. 무엇보다 아프지 않게 주의할게요."

"지금은 젖만 먹이니까 걱정이 없지만 내년 여름쯤에는 뭐든 집어먹을 수 있게 되니 상당히 주의하지 않으면 안되죠." 오에이는 나오꼬에게 차를 따르면서 말했다.

켄사꾸는 목욕탕에 가서 씻고 옷을 갈아입었다. 잠시 후 인력거가 와서 그는 커다란 여행가방을 다리 사이에 끼우고 앉아 서쪽으로 기우는 뜨거운 태양을 맞으면서 혼자서 하나조노 역으로 갔다.

란잔에서 카메오까에 이르는 호즈가와의 경치는 아름다웠다. 그보다도 푸른 호수를 보자 그는 거기에 몸을 담그고 싶어졌다. 강을 가르며 우뚝 솟은 산들 위로 아따고야마 산의 정상이 살짝 보였다. 늘 동쪽에서 보던 산을 이번에는 서쪽에서 보고 있었다. 그의 머리에 순간 키누가사무라 집이 멀고 작게 떠올랐다.

아야베, 후꾸찌야마, 그리고 와다야마로 오고 나서야 해가 저물었다.

그는 그날 밤 키노사끼에서 머물기로 하고, 토요오까를 지나며 차창 너머로 유명한 겐부도오 동굴을 보고 싶다고 생각했는데, 어두운 밤이라 넓은 강 너머로 대여섯개의 불빛만 보일 뿐이었다.

키노사끼에서 그는 미끼야라는 곳에 머물렀다. 인력거에 앉아 온천 지역다운 마을 분위기를 보고 있자니 즐거워졌다. 타까세가와 강 같은 얕은 강이 마을 한가운데를 관통하고 있었다. 그 양쪽으로 가는 격자로 된 미닫이문이 달린 이삼층짜리 온천 여관이 늘어서 있고, 경치는 오히려 유곽 같은 분위기였다. 온천장치고는 드물게 청결한 느낌도 그를 즐겁게 했다. 히또쓰노유라는 온천에서 좁은 길로 들어가자 뽕나무 세공, 밀짚 세공, 이즈시야끼 도자기 가게 등이 즐비했다. 특히 밀짚을 펼쳐 붙인 세공품이 밝은 전등 아래에서 아름답게 보였다.

여관에 도착해서 그는 식사보다 먼저 온천을 찾았다. 바로 앞의 고쇼 탕이라는 곳에 갔다. 대리석으로 둘러싸인 욕조 안에 서자 그의 가슴께까지 물이 차올랐다. 탕의 강한 향기에 그는 기분이 편안해짐을 느꼈다.

탕에서 나온 그는 바로 욕의를 갈아입을 수 없었다. 닦아도 닦아도 몸에서 땀이 흘렀다. 그는 선풍기 앞에서 땀이 식기를 기다렸다. 옆 테이블에 산인 안내 소책자가 있어서 그는 그것을 보면서 땀이 식기를 기다렸다.

키노사끼에서 세 정거장 앞 역인 카스미라는 곳에 다이조오지 절, 속칭 '오오꾜데라'[156]라고도 하는 사찰이 있었다. 그는 다음 날 거기에 들러봐야겠다고 생각했다. 켄사꾸는 어릴 적부터 오오꾜라는 이름은 들어왔지만 그가 그린 개나 닭, 대나무 등에 조금도 감탄하지 않았다. 일단 마루야마파派에 전혀 흥미가 없었는데, 다시 이 근처에 오지 못할 것 같아 한번 들러보고 싶었다.

이곳이 특히 더운 건지 그날 밤이 유난히 더웠는지 모르겠지만, 어쨌든 찌는 듯이 더워서 그는 잠을 잘 수 없었다. 이 온천은 봄가을이나 겨울에 오면 더 좋을지도 모르겠다고 생각했다.

다음 날 아침 일어난 시각은 6시였다. 그는 수면 부족으로 머리가 멍한 상태로 잔디 정원에 나가보았다. 바로 눈앞에 산이 솟아 있고, 산허리에 있는 소나무의 마른 가지에서 서너마리 솔개가 돌아가면서 울고 있었다. 정원에는 도랑물을 끌어다 만든 연못이 있고, 푸른해오라기 대여섯마리가 거기 움츠리고 서 있었다. 그는 아직 꿈에서 깨지 않은 듯한 기분이었다.

10시쯤 기차를 타고 오오꾜데라로 향했다. 카스미 역에서부터는 인력거로 갔다.

오오꾜가 학생이던 시절, 절의 스님이 그에게 은 열다섯관을 주었다고 한다. 오오꾜는 그것을 가지고 에도로 공부하러 갔다. 그 보

<hr>

156 다이조오지 절에는 마루야마 오오꾜의 유명한 장지 그림이 있어 '오오꾜데라'(오오꾜 절)라고도 불림.

답으로 후에 이 절이 생겼을 때 문하를 데리고 절 전체의 장지에 휘호한 것이다.

오오꾜의 그림이 가장 많았다. 그의 아들인 오즈이, 제자인 고슌, 로세쓰의 작품도 있었는데, 모두 흥미로웠다.

오오꾜는 서원과 그 옆방 불단 앞의 장지에 그림을 그려놓았다. 서원의 수묵산수화가 특히 괜찮았다. 상당히 섬세하게 그려진 그림이었다. 옆방에는 곽자의[157]를 그린 그림이 진하게 채색되어 있었고, 소나무에 앉은 공작 그림도 있었다.

고슌의 「사계경작도四季耕作圖」는 온화한 느낌이 좋았고, 로세쓰의 「군원도群猿圖」는 분방하고 실로 로세쓰다웠다. 여덟상 중 오른쪽 두장은 구도로 보나 기법으로 보나 직업의식을 저버린 듯 노골적인 파국을 보이고 있었다. 술에 취한 로세쓰가 눈에 떠올랐고 고슌과 대조되어 흥미로웠다.

오오꾜가 모방했다고 하는 선월대사 관휴의 「십육나한도十六羅漢圖」가 미완성인 채 창고 이층에 진열되어 있었다.

심난빈沈南蘋[158]의 「쌍취도雙鷲圖」, 파도 사이에 머리를 내민 바위 위에서 암컷 독수리가 발을 웅크리고 양날개를 펴고 등을 낮춘 채 목을 돌려 수컷 독수리를 쳐다보면서 앉아 있다. 수컷 독수리가 그 위쪽 바위에 똑바로 앉아서 강한 눈빛으로 내려다보고 있다. 새끼를 낳으려는 암컷 독수리의 본능이 사뭇 노골적으로 그려져 있고, 그것을 위에서 강하게 내려다보는 수컷 독수리의 태도도 켄사꾸는 흥미로웠다.

---

157 중국 당나라의 무장. 안사의 난을 평정하고 후에 토번족 침입을 물리침.
158 중국 청나라의 화가. 오오꾜 등에게 중국 화풍을 전파, 마루야마파에 큰 영향을 끼침.

"또다른 건······?" 켄사꾸는 뒤에 선 동자승을 바라보았다.

"글쎄요. 그림은 이 정도인데요. 이것 말고는 히다리 진고로오[159]가 조각한 용이 지붕에 있습니다."

둘은 창고 뒤에서 게따를 신고 밖으로 나갔다. 문밖은 어느새 흐렸다. 두 사람은 본당을 왼쪽으로 돌았다.

돌계단에서 한 칸 정도 올라간 곳에 작은 평지가 있었다. 거기서 그는 합각지붕에 달린 크고 둥글게 조각된 용을 바라보았다. 용의 실제 모습이라니, 약간 이상하게 느껴졌다.

"실물 크기군요." 이렇게 말하고 웃었는데, 동자승에게는 농담이 통하지 않았다.

"어어, 비가 오네."

위를 향한 켄사꾸의 얼굴에 굵은 빗방울이 떨어졌다.

"이 용이 비를 불렀네." 그는 이런 농담을 하면서 다시 창고로 돌아왔다.

12

그날 밤 켄사꾸는 톳또리에서 머물렀다. 그곳에선 폭이 일리, 길이가 칠리에 걸쳐 사구에 펼쳐진 큰 스리바찌[160]와 작은 스리바찌, 그리고 그 사구 주변의 타네가이께라는 작은 호수가 볼만하다고 추천받았는데, 흔들리는 인력거로 몇리를 더 가기가 좀 귀찮아져

---

159 에도 시대 초기에 활약했다고 전해지는 전설적인 조각가.
160 스리바찌는 '막자사발'이란 뜻으로, 막자사발 모양으로 움푹 패인 사구 지형을 가리킴.

서 그림엽서를 사는 것으로 때웠다. 저녁 준비를 하는 젊은 여종업원은 그에게 타네가이께 호수 전설과 코야마이께 호수의 '장자長者 전설' 등을 들려주었다. 타네가이께 호수 전설은, 오따네라는 여자가 큰 구렁이가 되어 이 호수에 살았다는 이야기다. 어느날 오따네가 톳또리의 한 무사를 쫓아갔는데, 무사가 집으로 도망쳐 들어가 문을 꼭 잠가버리자 안타까워하며 자신의 비늘 석장을 문에 붙여놓고 돌아갔다. 그 비늘이 지금까지 그 집에 전해온다는 얘기를 진지하게 했다.

케사꾸는 다음 날 날씨를 걱정하며 잠들었다. 만약 비가 오면 어딘가에서 하루 더 머물러야 하는 것이 이제 조금 귀찮았다. 토오고오이께 호수에 있는 토오고오 온천 등도 재미있을 것 같았지만 그보다는 빨리 시원한 다이센 산에 올라가 넉넉한 기분을 느끼고 싶었다.

밤중, 소나기 소리를 듣고 그는 이 정도 비라면 내일은 오히려 괜찮을지 모른다고 생각했다.

다음 날은 역시 날씨가 좋았다. 해가 쨍쨍 내리쬐는 하루가 되겠다 싶은 아침이었다. 그는 9시쯤 기차를 탔는데, 전날처럼 몇십개나 되는 터널을 지날 생각에 마음이 무겁기도 했다.

그는 전날 밤 시내에서 사온 테이꼬꾸분꼬[161]의 고승전高僧傳을 펴고 원삼대사 부분을 조금 읽어보았는데, 이내 피곤해졌다. 코야마이께 호수의 풍경이 좋았다. 코야마의 장자가 모내깃날 저녁에 태양을 불러들인 벌로 그가 가진 밭이 하룻밤에 호수가 되어버린 것이라는 전설은 잘 꾸며낸 이야기라고 생각했다. 낮은 산들 사이로

---

161 19세기 말 간행된 총서. 에도 시대 저작들이 주를 이룸.

경작하기 좋아 보이는 넓은 장소가 한 면에 물을 품은 모습이 마치 물이 고인 전답처럼 보이기도 하는 경치였다.

이 일대의 전설을 많이 쓴 코이즈미 야꾸모[162]의 작품에 이 이야기는 없을까——이럴 줄 알았으면 코이즈미 야꾸모의 책을 몇권 가져 올 걸 하고 그는 생각했다.

토오고오이께는 코야마이께 호수에 비해 아무 정취도 없는 호수였다. 전설이 있는지 어떤지 그는 알지 못했으나 아마도 없을 듯 싶었다. 어쨌든 인구에 회자되는 전설이 있는 장소는 어딘가 의미가 담긴 정취를 품고 있다고 생각했다.

아게이, 아까사끼, 미꾸리야, 그는 차창 너머로 질리지도 않고 바깥 경치를 바라보았다. 한여름의 위력 같은 것이 느껴져 그는 최근 들어 드물게 기운이 나는 것 같았다. 두척 정도 뻗어 빽빽하게 자란 벼가 바람도 없는데 강한 열과 태양 사이에서 아른거렸다.

"아, 벼의 푸르름이 짙어가는구나." 그는 이런 생각을 하며 들떴다.

실제로 벼는 짙은 색을 띠었다. 강한 열과 빛, 그리고 그것을 정면으로 받으며 서로 밀고 밀리는 환희의 소리가 높아지는 것이 켄사꾸의 기분에 너무나 직접적으로 다가왔다. 그는 이런 세계도 있구나 하는 생각이 이제야 들었다. 인간 세계에는 동굴 안에서 서로 물어뜯는 고양이와 같은 생활도 있지만 이런 생활도 있다. 지금 그에게는 강한 햇빛이 눈부시지 않았다.

다이센이라는 허름한 역에서 내렸다. 인력거꾼을 불러 물어보자 다이센 산까지는 여기서부터 육리 정도 된다고 했다. 그것도 처음 삼리만 인력거로 갈 수 있고 나머지는 걸어가야 한다고 했다.

---

162 본명은 라프카디오 헌(Lafcadio Hearn). 영국 출신으로 일본에 귀화함. 기자, 일본 연구가, 작가로, 수필, 기행문, 소설 등을 남김.

"그럼 이 짐은 어떡해야 하지? 말에 실어야 하나?"

"제가 지고 갑니다."

인력거꾼은 쉰살 정도된 마른 남자였다.

"책이 들어 있어서 상당히 무거운데."

"뭐, 이 정도야……" 인력거꾼은 짐을 다시 내려다보고 웃었다.

"식사는 했나?"

"손님은요?"

"난 기차에서 도시락을 먹었네."

"그럼 바로 출발하죠. 저는 가다가 찻집에서 먹으면 되니까."

이제부터 육리 길을 함께 간다는 생각이 이미 그들을 친근하게 만들었다.

켄사꾸는 인력거에 올랐다.

"해는 길지만 어쨌든 절반쯤 오른 뒤로는 계속 걸어올라가야 하니까요."

멀리 보이는 다이센 산의 멋진 윤곽을 바라보면서 켄사꾸는 이 염천에 인력거꾼이 거기까지 짐을 짊어지고 갈 수 있을까 하는 생각이 들었다.

"위쪽은 꽤 시원한가?"

"그야 시원하지요. 옛날에는 이 주변에서 얼음이란 얼음은 죄다 저 산의 눈을 가져온 것이었지요. 겨울에 겹겹이 쌓인 것을 여름에 잘라다 쓰는 거예요. 제가 젊을 때 그 일을 했어요."

좁은 길에서 아이들이 떠들고 있었다. 아이들은 술래잡기 같은 놀이에 열중해 좀처럼 길을 비켜주지 않았다.

나이 든 인력거꾼이 마침 땅에 떨어져 있던 가는 대나무를 주워 아이들의 머리를 탁탁 때리면서 갔다. "영감탱이!" "바보!" 아이들

은 욕설을 퍼부었는데 늙은 인력거꾼은 웃으면서 손이 닿는 아이
들의 머리를 하나하나 때렸다.

잠시 후 좁은 길이 갑자기 넓어졌다. 폭이 10미터 정도였고 처마
가 낮은 집이 양측으로 늘어서 있었다. 그 덕분에 길은 한층 넓고
밝아 보였다. 갈라진 나뭇가지 사이에 장대를 걸쳐놓고 희고 긴 것
을 엄청 많이 널어놓았다. 집집마다 한쪽 벽의 절반 정도는 그렇게
되어 있었다. 박을 썰어 말리는 것이라고 했다.

"박치고는 폭이 꽤 넓은데?"

"아직 다 마르지 않아서요."

"이곳 명물인가?"

"뭐, 명물이라고 할 것까지는 없어요."

달리다 걷다 하며 두 사람은 가벼운 마음으로 이런 이야기를 하
면서 갔다.

삼리쯤 왔다. 거기서부터는 인력거가 다닐 수 없었다. 늙은 인력
거꾼은 한 농가에 인력거를 맡기고 줄을 엮어 짐을 짊어졌다. 켄사
꾸는 얇은 옷으로 갈아입었다.

작은 언덕을 오르자 널찍한 들판이 나왔다. 최근까지 군마 양성
소였다던가 하는 널찍하고 기분 좋은 장소였다. 원래 다이센 산은
말 시장으로도 명성이 높은 곳이라고 했다.

두 사람은 완만하게 경사진 들을 천천히 걸어갔다.

13

용담, 패랭이꽃, 등골나물, 마타리, 제비붓꽃, 강아지풀, 오이풀,

그외 이름 모를 국화과의 아름다운 꽃이 흐드러지게 피어 있는 고원의 좁은 길을 두 사람은 천천히 올라갔다. 방목하는 소와 말이 풀을 먹다 말고 서서 이쪽을 바라보았다. 곳곳에 커다란 소나무가 있고, 높은 가지에서 매미가 힘차게 울었다. 산의 맑은 공기는 느낄 수 있었지만, 올라가는 길이라 상당히 더웠다. 뒤로 어렴풋이 바다가 보이기 시작하자 두 사람은 곳곳에서 쉬어 갔다.

"자, 이제 잠깐 쉴까요?"

"짐이 생각보다 무겁나?"

"생각보다 무겁네요. 이게 다 책인가요?"

"힘들면 찻집에 좀 꺼내놓고 가도 괜찮네. 다음에 운반해달라고 할 테니."

"뭐, 괜찮아요. 중간에 찻집에서 밥을 시켜 먹겠습니다. 그러면 힘이 좀 나겠죠."

"술은 좀 마시나?"

"그렇게 많이 마시지는 못합니다."

"거기서 조금 마시면 어떤가?"

"그럼 한잔 얻어 마실까요? 손님은 어떤데요?"

"난 됐네."

"전혀 못하는 건 아니겠지요. 한잔하고 한시간 정도 낮잠 한숨 자고 가는 건 어떨까요?"

"낮잠은 됐고 푹 쉬었다 가지."

"이제 이삼백 미터 남았어요. 가다가 처음 보이는 집인데, 사방 일리 안에 인가가 없는 곳이에요. 옛날에는 무서운 남자가 여기서 자주 여행자들의 물건을 훔치기도 했다네요."

"언제 적 이야기지?"

"제가 젊을 때 이야기죠. 죽창을 가지고 다이센 산의 렌조오인 절까지 쳐들어갔다는 것이 알려져 찻집 앞 고문대에 매달려 있는 것을 본 적이 있어요. 새우 고문이라고 하던데 차마 눈 뜨고 보기 힘들었죠. 긴 백발을 흔들며 비명 지르는 놈을 점점 조이는 고문이었죠. 저는 그때 마침 눈을 젊어지고 지나가고 있었는데, 새우 고문이라는 게 엄청 잔인하다는 걸 알았어요. 몸을 새우처럼 구부러뜨리니까."

인력거꾼은 다시 그때의 이야기를 자세하게 했다. 복면을 쓴 강도가 주지 스님을 협박하는 사이에 영리한 동자승이 본당의 종을 마구 쳤다고 한다. 화재나 그외 긴급한 경우를 알리는 행동이었는데, 다른 절에서도 그 소리에 맞춰 종을 울렸다. 조용한 한밤중이었던 만큼 온 숲과 계곡에 땡땡땡땡 종소리가 울려퍼졌다. 한 스님이 밖에 나와 있자니 마침 달빛이 비쳐 숲 속에서 사람이 백발을 흔들어대면서 도망가는 모습이 어렴풋이 보였다고 한다.

"산에 대나무는 없는데 그즈음 한 집 앞에만 대밭이 있었어요. 거기 덤불을 뒤져보니 버려진 죽창과 아귀가 꼭 들어맞는 나머지 부분이 발견되었죠. 그러자 그렇게 억센 그 남자도 두려워 떨었다고 해요. 조사를 하자 그외에도 여러가지 나쁜 일을 한 것이 밝혀져 얼마 지나지 않아 요나고에서 사형에 처해졌어요."

이윽고 두 사람은 찻집에 도착했다. 지붕이 낮은 널찍한 단층집이었다. 처마 끝의 커다란 물받이에는 출렁출렁 물이 넘쳤고, 그 아래에 멜빵을 한 예순살쯤 된 할머니가 소금에 절인 연어를 씻고 있었다.

"덥다, 더워." 인력거꾼이 그곳 마루에 무거운 짐을 내렸다.

넓은 단층집 한가운데에 있는 토담은 안쪽까지 뻗어 있었는데,

왼쪽은 주인이 사는 집, 오른쪽은 객실이었다. 그 객실 한가운데에 여든살 정도의 백발 할아버지가 긴 정강이를 세워서 양손으로 껴안듯이 하고는 희고 넓은 들판에서 멀리 나까노우미 호수, 요미가하마, 미호노세끼, 그리고 더 먼 바다까지, 바라다보이는 경치를 마주하고 조용하게 앉아 있었다. 노인은 켄사꾸 일행이 들어온 것을 알아채지 못한 듯 먼 곳을 바라보고 있었다.

"인력거꾼에게 밥과 술을 주세요." 켄사꾸가 노파에게 말했다.

"전 과자하고 사이다로 할게요."

"여보, 여보." 할머니는 서서 젖은 손을 앞으로 내린 채 노인을 불렀다.

"난 손이 깨끗하지 않으니 손님에게 과자와 사이다를 드리세요."

노인은 말없이 서 있었다. 키가 크고 마른 체형으로, 마치 풍우에 시달린 고목과 같은 느낌이었다.

"과자는 뭐지?"

"할아버지, 사이다는 제가 가져오죠. 과자만 내오세요." 인력거꾼은 그렇게 말하고 손수 물에 담가놓은 데로 사이다를 가지러 갔다. "이쪽에 있는 게 차가워져 있으니까."

노인은 선반에서 유리 접시를 꺼내고 석유 깡통에서 막과자를 한움큼 담아 켄사꾸에게 가지고 왔다. 그리고 "어서 오세요……" 하며 고개를 살짝 숙이더니 다시 원래 있던 자리로 돌아가서 앉았다.

"이거 좀 드시려나?" 할머니는 소금에 절인 생선을 자르면서 인력거꾼에게 말했다.

"됐어요." 인력거꾼은 가슴에 흐르는 땀을 닦으면서 대답했다.

켄사꾸는 부채질을 하면서 사이다를 마시고 나서 먼 경치를 바라보았다. 그리고 두세치 자란 백발의 노인을 뒤에서 바라보며 방금 인력거꾼에게 들은 옛날 그 남자와 비교해보고, 같은 장소에 사는 사람인 만큼 사뭇 재미있는 대조를 느꼈다. 이 노인에게는 매일 보는 경치일 것이다. 그것이 지겹지도 않은지 이렇게 바라보고 있다. 도대체 이 노인은 무슨 생각을 하고 있을까. 물론 미래를 생각하진 않을 것이다. 그리고 아마도 현재를 생각하지도 않을 것이다. 긴 일생, 그 긴 과거의 갖가지 사건을 떠올리고 있는 것은 아닐까. 아니, 그것조차 아마 이제는 잊혔을 것이다. 노인은 산의 오래된 나무처럼, 혹은 이끼가 뒤덮인 바위처럼 이 경치 앞에, 거기에 단지 놓여 있는 것이다. 만약 뭔가를 생각한다면 그것은 나무가 생각하고, 바위가 생각하는 정도에 지나지 않을 것이다. 켄사꾸는 그런 생각이 들었다. 그는 그 정숙함이 부러웠다.

노인의 왼쪽에 쌀자루가 몇가마 쌓여 있었다. 그 뒤에서 아까부터 뭔가 부스럭부스럭 소리가 나더니, 갑자기 새끼 고양이 한마리가 그 쌀자루 위에 나타났다. 새끼 고양이는 양쪽 귀를 앞으로 향하고 방금 자신이 튀어나온 곳을 열심히 들여다보았다. 가만히 몸을 움직이지 않았는데, 긴 꼬리만 별개의 생물처럼 제멋대로 움직이고 있었다. 그러자 아래쪽에서도 고양이의 둥근 발이 살짝 보였다.

"손님도 한잔 어때요?" 인력거꾼이 자기가 방금 받은 잔을 켄사꾸에게 권했다.

"이런 술은 마셔본 적이 없어서."

"아직 입에 안 댔으니 한모금 마셔봐요."

"아니, 사양하지."

"그래요? 여름엔 이게 최곤데." 이렇게 말하고 인력거꾼은 잔을 입에 대면서 자신의 상 앞에 앉았다.

"저 고양이는 여기서 태어났나요?" 인력거꾼이 이어 할머니에게 물었다.

"작년에 받은 고양이가 낳은 거요."

"그래요? 빠르네. 수컷도 있나요?"

"수컷은 없는데, 어딘가에서 씨를 받아왔지."

"일리 정도는 사방에 인가가 없는 곳인데 어디서 씨를 받아왔을까?"

"이틀 정도 사라졌었는데, ○○ 주변으로 갔는지도 모르지."

노인은 다시 장식품처럼 모두에게서 등을 돌린 채 있었다. 두마리의 작은 고양이는 자루에 올라갔다 내려갔다 하며 놀다가 잘못해서 한마리가 자루 위에서 떨어졌다. 떨어진 고양이는 갑자기 흥이 깨진 듯 멍한 표정으로 처량한 울음소리를 두세번 냈다. 어디에서인지 갑자기 어미 고양이가 나와서 새끼 고양이를 핥아주었다.

승마바지에 각반을 두른 서른살가량의 남자가 들어왔다.

"아아." 그는 이렇게 말하고 마루 귀퉁이에서 뒤돌아 가랑이를 벌리고 양손을 허벅지에 그야말로 피곤한 듯 털썩 내리고 앉았다. "야마다를 찾으러 산까지 왔는데, 없어. 할머니, 오늘 여기 지나가지 않았나요?"

"누구?"

"야마다."

"못 봤는데."

"또 미꾸리야에라도 갔나?"

"어제 발을 뺀 말은 어떻게 됐어?"

"그것 때문에 야마다를 찾고 있어요. 없으면 할 수 없지. 그냥 죽여서 묻어야지."

"야마다 씨네 말인가?"

"네."

"큰 손해구먼."

"근데 오늘 안주는 뭐예요?"

"자반 연어 어때?"

"자반 연어라…… 그것보다 오징어 같은 거 구워주세요."

할머니는 술을 붓고 오징어를 구우면서,

"올해는 산에도 모기가 나왔다면서?" 하고 물었다.

"그런 소리 못 들었는데, 그렇대요?"

"여기선 월초부터 모기장을 쳤어."

어미 고양이는 오징어 냄새를 맡고 분주하게 그 주변을 돌아다니며 할머니가 오징어를 찢어놓은 접시에 코를 들이댔는데 그때마다 머리통을 맞고는 눈을 가늘게 뜨고 귀를 덮었다.

잠시 지나 켄사꾼와 인력거꾼은 찻집에서 나왔다. 삼십분 정도 걸으니 켄사꾼는 다시 목이 말랐다. 인력거꾼은 이제 조금만 더 가면 맑은 물이 흐르는 데가 있다고 했다. 그러나 막상 가보니 물은 말라 있고 바닥의 모래가 갈라져 있었다.

"어젯밤 톳또리에서는 비가 꽤 내렸는데, 여기에는 내리지 않았나보네." 켄사꾼는 화내듯 말했다.

인력거꾼은 이제 1킬로미터 정도 가면 신사 문이 있는 곳에 찬물이 있다며 위로하는 표정으로 말했다.

"절은 어디로 정할 건가요? 경치는 별로지만 아까 이야기한 렌조오인 절이 별채가 비어 있어 공부하기에 좋을 것 같은데요."

"어쨌든 가보고 정하지."

"잠시 머물 건가요?"

"마음에 들면 좀 오래 있으려고."

"길다고 해도 여름에나 있을 만한 곳인데 가을이 되면 아래에 좋은 온천도 얼마든지 있으니까 산에 있으면 심심하죠. 우선 먹을 만한 음식이 없어서 그리 오래는 못 지내요."

"절에서는 사찰 음식을 주나?"

"아니요, 고기든 생선이든 다 먹을 수 있어요. 스님은 부인도 있고, 개방적이죠. 동자승은 말을 사고파는 일에 열심이고."

켄사꾸는 다이센 산이 에이잔 산 다음가는 천태종의 영지라고 들었기에 이 이야기에 약간 실망했다.

붉은색으로 칠한 부분이 벗겨진 커다란 신사 문 옆에 숙소가 있었다. 두 사람은 거기서 냉수를 마셨다. 인력거꾼은 절까지 다시 오륙백 미터 정도 가야 한다고 말하고,

"이 숙소는 맘에 들지 않나요?" 하고 작은 소리로 물었다. 켄사꾸는 말없이 고개를 저었다.

인력거꾼의 짐이 너무 무거워 보여 약속보다 돈을 더 줘야겠다고 켄사꾸는 생각했다.

그림엽서와 담배도 사가지고 나왔다.

다이센 신사로 가는 길에서 오른쪽으로 내려가 돌이 굴러다니는 넓은 강가로 나왔다. 강은 상당히 경사가 급해서 숲과 숲 사이를 따라 들판 쪽으로 기울어져 있었다.

강이 흘러나온 곳 사이가 마치 칼로 끊어놓은 것처럼 보여 '지장보살이 끊어서 만든 길'이라 부르는 곳에는 양쪽에 깎아지른 절벽이 있었다.

두 사람은 강을 지나 경사가 급하고 어슴푸레한 숲길을 올라갔다. 오른쪽이 콘고오인 절, 왼쪽이 한 단 높이 있는 렌조오인 절이었다.

절의 공양간 봉당에 들어가 인력거꾼이 이야기를 하자 마흔살 전후로 보이는 얼굴이 네모난 여자가 나와서 켄사꾸와 짐을 보면서,

"얼마나 머무르실 건가요?" 하고 말했다.

부엌 화로 끝에서 흰옷을 입은 젊은 스님이 백낙[163]처럼 보이는 남자를 상대로 술을 마시며 큰 소리로 떠들고 있는 것이 보였다.

"당분간은 여기서 지내고 싶습니다."

여자는 별생각 없는 듯이 뒤를 향해,

"이봐요, 어때요?" 하며 스님을 불렀다.

"어서 오세요." 취기로 얼굴이 빨개진 스님이 나오더니 선 채로 어색하게 인사를 했다.

"지내도 되는지요?"

"안될 것은 없는데, 이 절의 전 주지 스님이 몸이 좀 안 좋아서 실은 내일 고오슈우의 사까모또로 떠나기로 해서 일손이 부족하기는 한데요…… 어쨌든 들어오세요. 여기가 안되면 다른 절을 소개해드리지요."

켄사꾸는 별채로 안내되었다. 서재처럼 만든 객실, 곁방, 옆으로 휘어진 현관 등, 모두 타따미 넉장 반 크기의 방들만 있는 집이었다. 이전 주인의 은거지로 만든 것으로, 중인방[164] 사이에 장대를 걸쳐놓고 문틀이 없는 장지를 몇장이나 쌓아놓았다. 그것은 겨울 동안 그 높이로 방을 구분하는 일종의 난방 장치였다.

---

163 중국 주나라의 인물로, 말을 감별하고 치료하는 능력이 뛰어났음.
164 문이나 창문 등을 가로지르는 나무인 인방이 중간 높이로 놓인 것.

작은방의 서재식 구조가 약간 답답하게도 느껴졌지만 결국 세 칸 다 빌린다는 조건으로 켄사꾸는 만족했다.

인력거꾼은 그 절에서 하룻밤 자고 다음 날 아침에 돌아갔다.

14

오랜 세월 사람들과의 여러 관계에 아주 지쳐버린 켄사꾸로서는 이곳 생활이 좋았다. 그는 자주 삼사백 미터를 올라 숲 속에 있는 아미타당이라는 사당으로 갔다. 특별보호를 받는 건축물이었는데, 마루 등이 썩어서 심하게 황폐해져 있었다. 그러나 그것에 오히려 그는 친근함을 느꼈다. 마루로 올라가는 돌계단에 앉아 있으면 자꾸 눈앞에 커다란 왕잠자리가 오락가락한다. 양 날개를 힘껏 펴고 지상에서 1미터 정도 높이로 곧장 날아간다. 그리고 어느 지점에서 방향을 바꾸고 또다시 바로 돌아온다. 커다란 비취색 눈, 얼룩덜룩 물든 검은색과 노란색, 가슴에서 꼬리까지 가늘고 팽팽하게 뻗은 강한 선—모두 아름답다. 특히 그 완벽해 보이는 동작이 멋지다고 켄사꾸는 느꼈다. 그는 소인배—예를 들면 미즈따니와 같은 인간의 행동과 비교해 이 작은 왕잠자리가 훨씬 더 훌륭하다는 생각이 들었다. 이삼년 전 쿄오또의 박물관에서 본 매와 금계 화폭 한 쌍에 마음을 끌린 것도 요컨대 같은 기분에서였을 거라고 그는 떠올렸다.

돌 위에서 도마뱀 두마리가 뒷걸음치며 뛰어오르거나 서로 뒤엉키거나 하며 경쾌하게 노는 모습을 보고 그도 쾌활해졌다.

그는 또 여기에 와서 할미새는 뛰면서 걷는 작은 새로, 결코 날아서 걷지 않는다는 것을 알았다. 그러고 보면 까마귀는 뛰기도 하고 날기도 한다는 사실이 떠올랐다.

유심히 보고 있자 여러가지가 모두 재미있었다. 그는 아미타당의 숲에서 잎 한가운데에 검은 팥 같은 열매를 하나씩 올려놓은 듯한 작은 관목을 보았다. 손바닥에 소중하게 열매 하나를 올리고 있는 것 같은 모습이 사뭇 신심이 깊어 보였다.

사람과 사람 사이의 하찮은 관계로 매일 시간을 낭비해온 듯한 자신의 과거를 돌아보고 그는 한결 넓은 세계가 펼쳐진 것 같은 느낌이 들었다.

그는 파란 하늘 아래 유유히 높이 나는 솔개를 바라보며 인간이 고안해낸 비행기가 추하다는 생각을 했다. 그는 서너해 전 자신의 일에 집착하느라 바다 위와 바닷속, 하늘을 정복해가는 인간의 의지를 찬미했는데, 어느새 완전히 정반대의 생각을 가지게 되어버렸다. 인간이 새처럼 날고 물고기처럼 물속을 다니는 것이 과연 자연의 의지일까? 이런 무한한 인간의 욕망이 결국 어떤 의미에서 인간을 불행으로 이끄는 것은 아닐까. 사람이 지혜롭다고 우쭐해 있는 인간은 언젠가 그 때문에 혹독한 벌을 받는 것은 아닐까, 그는 생각했다.

과거에 그러한 인간의 무한한 욕망을 찬미하던 그의 심정은 언젠가 멸망할 운명을 지닌 이 지구와 함께 죽지 않으면 안되는 인류를 구출하려는 무의식적인 의지였다는 생각이 들었다. 당시 그에게는 보는 것도, 듣는 것도, 전부 다 그런 무의식적인 인간 의지의 발현이라고 여겨질 뿐이었다. 남자라는 존재는 모두 그 때문에 초조하다. 그리고 무엇보다 일에 대한 집착 때문에 초조하고 불안한 스스로의 기분을 그렇게 해석하는 수밖에 달리 방법이 없었다.

458

그러나 지금 그는 완전히 변했다. 일에 대한 집착 때문에 초조한 마음이 들긴 해도, 마침내 인류가 지구와 함께 멸망해버린다면 기꺼이 감수할 수 있으리라는 기분이었다. 그는 불교에 관해서는 아무것도 몰랐으나 열반이나 적멸위락寂滅爲樂[165] 같은 경지에 알 수 없는 매력을 느꼈다.

그는 노부유끼에게서 받은 『임제록臨濟錄』[166] 등을 조금씩 읽어봤는데, 잘 모르긴 해도 기분은 좋아졌다. 톳또리에서 가져온 고승전은 통속적인 읽을거리였지만 에신 소오즈[167]가 쿠우야 쇼오닌[168]을 방문하여 문답하는 부분을 읽으면서 그는 눈물을 흘렸다.

"에도를 싫어하고 정토를 즐거워하는 마음이 간절하면 언젠가는 왕생을 이룰 수 있으니."

간단한 말이지만 그는 에신 소오즈와 함께 합장하고 싶은 기분이 들었다.

그는 날씨가 좋으면 대개 두세시간은 아미타당 마루에서 보냈다. 저녁에는 종종 강가에 나가서 여름 밀감만 한 돌을 강가에 있는 돌에 힘껏 던지기도 했다. 딱 하고 기분 좋게 맞아서 돌이 다른 돌에서 돌로 몇번이나 튀어간다. 잘 튈 때는 왠지 모를 만족감을 느끼면서 돌아오는데, 아무리 해도 잘 튀지 않을 때는 오기가 나서 끈질기게 다시 던졌다.

그는 다이센 산에서의 생활에 대체로 만족했는데, 다만 절의 식사에는 질려버렸다. 그는 나올 때 식료품을 보내겠다는 것을 거절

---

165 불교 용어. 열반의 경지에 이르러 비로소 진정한 안락을 얻을 수 있다는 뜻.
166 중국 선종의 한 종파인 임제종를 창시한 당나라 승려 임제 의현(臨濟義玄)의 법어(法語)를 수록한 책. 임제종에서 가장 중요한 책으로 꼽힘.
167 헤이안 시대 천태종의 승려.
168 헤이안 시대 천태종 쿠우파(派)의 개조로 추앙받는 승려.

할 정도로 음식에 대해 포기했지만, 쌀이 이렇게까지 극단적으로 질이 나쁠 것이라고는 생각지 못했다. 그는 지금까지 쌀 같은 것은 그다지 신경 써본 적이 없었는데, 맛없는 것을 억지로 먹다보니 절로 식사량이 줄어 몸이 약해지는 것을 느꼈다.

절의 여주인은 좋은 사람으로 그를 잘 도와주었다. 땅두릅나물 나라즈께[169]는 곧잘 담가서 맛있었다.

톳또리로 시집간 딸이 아기를 데리고 와 있었다. 열일고여덟살의 예쁜 여자였다. 방에는 들어오지 않았지만 그의 방 창가로 와서 자주 이야기를 했다.

"어린애 같은 사람한테 애가 생겨서 주체할 수가 없어요." 그녀는 이런 말을 하고 웃었다. 다른 사람에게 들은 말을 그대로 흉내내는 것이 분명했다. 어머니는 혼자서 바쁘게 일하는데 딸은 항상 아기를 안고 아무 일도 안하고 어슬렁거리고만 있었다. 켄사꾸는 이 여자에게 아무런 감정도 없었는데, 그녀가 자주 창가로 와서 말을 걸자 젊은 여자이지만 유부녀라 외간 남자를 두려워하지 않게 된 것이라는 생각이 들었다. 그는 어쩌면 나오꼬도 처녀였다면 그러한 과실을 저지르지 않았을지도 모른다는 생각을 했다.

어느날 절의 여주인이 편지를 가지고 켄사꾸에게 왔다. 사오십명의 단체 숙박 신청이었다.

"어떻게 할까요?"

켄사꾸도 어떻게 대답해야 할지 알 수 없었다.

"취사는 가능한가요?"

"못할 건 없지요."

---

169 오이, 수박, 생강 등 채소를 염장하여 술지게미를 부어 만든 절임.

"그럼 받는 것은 어떨까요? ——그런다 해도 전 돕지는 못하지만."

여주인은 다시 고민하듯이 잠시 생각하다가, 결국 받기로 결심했다. 그리고 혼잣말처럼, "오요시가 좀 도우면 좋은데" 하고 말했다.

"아기가 있어서…… 그보다 타께에게 부탁해보세요."

타께는 산기슭 마을에 사는 젊은 지붕 수리공으로, 다이센 신사에 있는 우물의 이엉을 바꾸러 와 있었다. 산에서 해온 나무를 얇게 벗겨 판자 지붕을 두껍게 만드는 작업을 했는데, 혼자 하기에 쉬운 일은 아니었다. 숙식은 절에서 제공해줬지만 그의 노동은 봉납하는 것이라고 했다. 켄사꾸는 그 젊은이에게 호의를 느끼고 그가 일하는 곳에 자주 가서 대화를 나누곤 했다.

켄사꾸는 답장으로 받아들인다는 엽서를 써주었다.

이삼일 지나 켄사꾸가 책상에 앉아 멍하니 있는데 아래쪽 길에서 여주인이 "왔어요, 왔어요" 하며 정신없이 돌계단을 달려올라왔다.

마치 큰 사건이 일어난 듯 호들갑을 떠는 모습이 우스웠다. 별로 대단한 일도 아닌데 왜 이렇게 소란을 피우나 싶었다. 그러나 평소에는 주지 스님도 같이 일하는데, 여주인 혼자서 하려니 상당히 버거운 짐이었음이 틀림없다. 여주인은 오후가 되자 몇번이나 언덕 위까지 올라가 오는지 살펴보곤 했는데, 이제 막 사오십명의 사람들이 줄줄이 강을 건너오는 모습을 보고, 그 광경에 흥분한 것이었다.

잠시 후 단체 여행객이 도착하자 절은 갑자기 바빠졌다. 켄사꾸도 도울 수 있다면 돕고 싶었으나 할 수 있는 일이 없어서 그대로 산책을 나갔다.

날이 저물어 그가 돌아오자, 얼마 후 아기를 안은 딸이 그제야 저녁을 갖다주었다.

"내가 할 테니 신경 안 써도 돼."

"어차피 아무것도 안하니까요." 그러더니 딸은 웃으면서, "오늘 밤은 선생님 옆에서 자겠습니다" 하고 말했다.

켄사꾸는 잠시 어떻게 대답해야 좋을지 몰랐다. 물론 옆이라는 것은 이 별채의 현관 방을 말한다고는 생각했지만, 분명 모기장 같은 것이 부족할 터라 약간 혼란스러웠다.

그날 밤 켄사꾸는 평소처럼 잤다. 딸은 그후 얼굴을 비치지 않았다. 당연한 처사였지만, 딸이 왜 갑자기 그런 말을 꺼냈는지 이상했다.

15

그날 밤 켄사꾸는 이상한 꿈을 꾸었다.

신사 안은 사람으로 가득했다. 사람들에게 밀려 경사 완만한 돌계단을 올라가자 멀리 돌계단 위로 타이샤즈꾸리[170] 양식의 새로운 사원이 보인다. 지금 그곳에서 어떤 의식 같은 것이 거행되고 있다. 그러나 그는 군중과 떨어져 있어 쉽게 가까이 갈 수 없었다.

돌 제단에는 통나무로 짠 판을 참배인의 허리 정도 높이로 깔아 통로를 따로 만들어놓았다. 의식이 끝나면 이끼가미生神, 즉 살아 있는 신이 거기 내려온다는 것을 알고 있었다.

---

170 신사 건축 양식 가운데 가장 오래된 양식.

군중이 동요하기 시작했다. 의식이 끝난 것이다. 하얀 스이깐[171]을 입은 젊은 여자——이끼가미가 통로 끝에 나타났다. 그리고 대여섯명의 사람을 따라 빠른 걸음으로 판을 깔아놓은 위로 내려왔다. 그는 사람들이 많아 꼼짝도 하지 못하고 밀리고 밀려서 조금씩 올라가고 있었는데, 좀더 그쪽으로 가까이 가고 싶다는 충동을 느꼈다.

이끼가미는 끓어오르는 군중을 의식하지 않는 듯이 사뭇 아무렇지 않은 모습으로 서둘러 판자를 깔아놓은 길로 내려온다. 그 여자는 지금 톳또리에서 돌아와 있는 오요시였다. 그는 지금 보고 알게 됐는지 처음부터 알고 있었는지 알 수 없었으나, 어쨌든 그녀의 무표정한, 그다지 엄숙한 느낌이 들지 않은 얼굴은 평상시 그대로였다. 그리고 언제나처럼 아름답기도 했다. 그보다도 이끼가미로 섬겨지면서도 조금도 잘난 척하지 않는 모습이 아주 바람직하게 여겨졌다. 그는 오요시가 이끼가미인 것이 조금도 부자연스럽지 않았다. 오히려 더할 나위 없는 영매라고 인정했다.

오요시는 달리다시피 그가 있는 곳을 지나갔다. 그녀의 긴 옷자락이 그의 머리 위를 스치고 지나갔다. 그때 그는 갑자기 신비한 엑스터시를 느꼈다. 이런 것 때문에 군중이 그녀를 이끼가미라고 믿는구나, 그는 생각했다.

꿈에서 깼다. 깨고 나서 묘한 꿈을 꿨다고 생각했다. 군중은 전날의 단체가 꿈에 나타난 것이 틀림없다. 단지 그 이상한 엑스터시는 무엇일까. 생각해보니 꿈에서는 못 느꼈지만 거기에는 성적인 쾌감이 상당히 포함되어 있었던 것 같아 그는 기분이 이상했다. 그

---

171 무사, 조정의 관리 등이 입던 평상복의 일종. 에도 시대에는 예복으로도 입음.

런 것과는 전혀 관계없어야 할 자신이 그런 꿈을 꾸다니 이상한 일이었다.

다음 날 아침 그는 처마에 비가 떨어지는 소리를 들으면서 눈을 떴다. 일어나서 직접 덧문을 닫았다. 밝은 잿빛을 띤 안개가 짙었고 앞의 커다란 전나무가 옅은 흑색으로 희미하게 윤곽을 드러내고 있었다. 안개 냄새가 흘러들어왔다. 살에 닿는 차가운 느낌이 좋았다. 비라고 생각했던 것은 짙은 안개가 지붕에서 물방울이 되어 떨어지는 소리였다. 산속의 아침은 조용했다. 닭 울음소리가 멀리서 들려왔다. 여행객들은 이제야 일어나는 것 같았다. 그는 양치도구와 수건을 가지고 밖으로 나갔다. 이를 닦으면서 그 주변을 걷는데 오요시가 부삽에 숯불을 산더미같이 떠서 창고 뒤에서 나왔다.

"어젯밤은 저쪽에서 자면서 꽤 괴로웠어요. 단체 여행객이 떠드는 바람에 아기가 잠을 잘 못 잤어요."

"조금 들리긴 했는데, 난 그렇게 시끄럽지는 않았어."

"맘먹고 이쪽으로 옮기려고 와봤는데, 푹 잠들어 계셔서 그만뒀어요."

켄사꾸가 꿈에서 본 오요시와 상당히 달랐다.

"어젯밤 당신이 이끼가미가 된 꿈을 꿨어."

"이끼가미가 뭔데요? 그런 게 있나요?"

"천리교의 아무개라는 할머니 알아? 천리교를 창시한 사람이지. 당신이 그런 사람이 된 거야. 무엇보다 당신은 할머니가 아니었어. 당신은 젊고, 게다가 영문은 모르겠지만 나도 신자의 한 사람인 듯했어."

"음." 오요시는 어깨를 살짝 움츠리고 웃었는데, 굳이 대답은 하지 않겠다는 식으로 잠시 침묵한 뒤,

"타께 씨 아버지가 그 천리교로 집을 망하게 한 사람이에요" 하고 말했다.

"그래? ─그래서 타께 씨만 이 산의 신자인가?"

"대대로 그랬는데 아버지가 천리교로 집을 말아먹는 바람에 그쪽으론 아주 질려버린 것 같아요."

"무엇보다 이엉을 바꾸는 일을 봉납한다니 약간 천리교 냄새가 나기도 하는데……"

"……그래도 정말 대단한 사람이에요."

"그런 것 같아. 매일 정말 열심히 일해."

"마을에서도 그 사람은 특별한가봐요."

"어딘가 성숙한 데가 있어. 그래서 젊은이다운 느낌이 적긴 하지만."

"여러모로 고생이 많아서요."

"고생……?"

"아버지가 집을 말아먹은 게 타께 씨가 어릴 적 일이니까요. 그것만으로도 큰일인데, 최근 또 남에게는 말할 수 없는 괴로움이 있다는 소문이 있어요."

"그래, 그런 사람이었나? ─그건 그렇고 어제부터 도우러 왔지?"

"아니요, 어머니가 부탁을 안했나봐요."

그가 아침을 먹으려고 하는데 오요시가 타께가 지닌 '남에게 말할 수 없는 괴로움'이라는 것이 무엇인지 말해주었다.

타께에게는 세살 연상의 아직 아이를 낳지 않은 아내가 있다. 원래 창부였는데 타께 이전에도 이후에도, 또 아직까지도 정부인 남자가 있었다. 그리고 타께는 남편으로 불린다는 사실 말고는 그녀가 상대하는 몇몇 남자 중 한 사람에 지나지 않았다. 타께는 그것을 알고 결혼하긴 했지만 그 때문에 역시 무척 괴로워했다. 사람들로부터 헤어지라는 말을 듣고 그도 몇번 그런 생각을 했다. 그러나 타께는 어쩐지 그녀를 단념할 수가 없었다. 기개가 없어서였다. 자기 스스로도 그녀와 헤어지겠다고 생각하기도 하고, 그녀도 여러 남자를 상대하는 데 질린 것은 사실이지만 타께는 도무지 그녀를 미워할 수 없었다.

끊임없이 귀찮은 일들이 벌어졌다. 타께를 포함한 삼각관계 같은 것이 아니라 타께를 뺀 치정관계로 귀찮은 일이 끊이지 않았다. 타께는 그녀의 헤픈 몸가짐보다도 이런 귀찮은 일을 겪는 것이 참을 수가 없었다. 그렇다고 관계를 툭 끊어버리고 헤어지라고 말하지도 못했다.

"말이 안돼요. 남자가 와서 아내와 안쪽 방에 있는 동안, 타께 씨는 부엌에서 식사 준비를 하고 빨래를 한다니까요. 때로는 아내의 술심부름까지 한대요."

"좀 희한하네. 그런데도 타께가 화를 내지 않는다면 엄청난 성인 아니면 변태야. 일종의 변태라고밖에 생각되지 않아."

켄사꾸는 타께를 떠올리고 그런 면을 찾아보려 했지만 알 수 없었다. 그러나 그도 그러한 변태적인 기분을 상상할 수 없는 것은 아니었다.

"타께 자신은 뭐라고 하는데?"

"저희 어머니에게 뭐라고 신세한탄을 하는 모양이었어요."

"그래?"

"뭐, 포기한 거겠죠."

"포기가 될까?"

"어차피 그런 여자인가봐요. 그래서 포기는 했지만 동네가 좁아서 사람들 입에 오르내리니까 그 때문에 산에 와 있는 것도 같아요."

"고생을 많이 했다는 이야기를 들으면 그렇게 보이기도 하는데, 지금 그런 일을 겪고 있는 사람이라고는 전혀 생각되지 않아. 항상 노래를 부르면서 나무를 베는데, 그런 때는 정말 고민이 없어 보여서 부럽다는 생각마저 들었어."

"종종 우울해할 때가 있어요."

"그래? 사실이겠지만 그 사람 표정을 보고 그런 일이 있을 거라고는 전혀 생각하지 못했어."

"누구든 그래요." 오요시는 갑자기 웃어댔다. "얼굴만 보고 그 사람이 서방질을 당했는지 아닌지는 모르는 일이에요."

"맞아, 그건 정말 그래." 켄사꾸도 함께 웃었다.

"그럼 내 얼굴은 어떤 것 같아? 그런 일이 있었을 것 같아?"

"하하하하하."

이때 켄사꾸는 갑자기 내가 없는 것을 알고 다시 카나메가 키누가사무라를 찾아가는 것은 아닐까 불안해져 가슴이 두근거렸다. 그러나 나오꼬가 다시 과실을 반복하리라고는 생각하지 않았다─생각하고 싶지 않았다. 그렇게 믿고 싶었으나 그래도 아직 마음 깊은 곳에서 믿지 못하는, 어떤 앙금 같은 것이 남아 있었다.

그 여자는 결코 도둑질 같은 것은 하지 않을 거다, 이렇게는 솔직하게 믿을 수 있어도, 저 여자는 결코 불의를 저지르지 않을 거다라고는 믿으려고 해도 어딘가 꺼림칙했다. 여자란 약하고 그런 일에 있어서는 수동적이기 때문에 그렇게 느껴지는 것인지, 아니면 그의 상황이 그렇게 생각하게 만드는 것인지 알 수 없었다. 그렇지만 어쨌든 나오꼬에게 이제 그런 일은 있을 수 없다. 그는 억지로라도 그렇게 믿으려고 했다. 단지 카나메만은, 그 당시는 후회했어도 젊은 독신이라 자신이 없는 것을 알면 생각 없이 다시 방문하고 싶다는 유혹에 사로잡히지 않으리란 법이 없었다. 오에이가 좀더 확실한 성격이고, 엄격하면 좋을 텐데, 어쨌든 그녀는 사람만 좋지 그런 면에서는 그다지 의지가 안되는 점이 그는 안타까웠다.

16

여행을 떠날 때 켄사꾸는 편지 같은 것은 기대하지 말라고, 연락이 없으면 무사하다고 생각하라고 말해두고 왔었다. 게다가 있는 곳도 알리지 않아서 나오꼬로부터 연락이 없었는데, 오늘 오요시에게 타께 이야기를 듣자 갑자기 편지가 쓰고 싶어졌다. 나오꼬가 출발 전과 똑같은 자신의 모습을 상상하고 있을 것이 불쌍하기도 했고 또 그러면 안될 것 같았다.

슬픈 표정을 지으면서 아이처럼 고개를 기울이고, "이제 정말 비뚤어지게 생각하지 않아도 되지요?" 하는 나오꼬의 모습을 떠올리며 그는 불쌍하기도 했지만 불쾌하기도 했다. 나오꼬는 아무리 해도 깨끗하게 용서받았다는 확신을 갖지 못한다. 아니, 아마도 용서받았다고 여겨서는 안된다고 생각하고 있다. 용서받았다고 안심해버리면 그때 갑자기 켄사꾸에게 손바닥으로 뺨을 맞는 듯한 일이 일어날 것이라고 생각하고 있다. 켄사꾸가 완전히 관대해지지 않아 나오꼬도 그렇게 느끼는 것이라서 켄사꾸 자신도 이 생각을 하면 괴로웠다. 나오꼬가 자칫 실수로 범한 과실에 대해 그 정도로 집요하게 신경 쓰는 것은 쓸데없는 짓인데, 그 때문에 더욱 두 사람이 불행해지는 것이 어리석다는 생각이 들었다. 그러나 그런 생각이 지나치게 현실적인 것 같은 느낌도 들어 켄사꾸는 별로 유쾌하지 않았다. 또, 나오꼬의 입장에서 보자면 그런 식으로는 정말로 안심할 수 없을 것이다. 그러나 마음속 깊이 관대해지지 못할 거면 적어도 이렇게라도 해야 하는 것이 아닌가 하며 켄사꾸는 혼자 흥분에 겨워했다. 그리고 그런 자신의 기분을 완화시키려는 것이 이 여행의 목적이었는데, 다행히도 의외로 빨리 완화되었던 것이다.

모두 잘 지내고 있지? 잘 지내고 있을 거라고 생각해. 편지를 보내지 않으려고 마음먹었지만 갑자기 보내고 싶어졌어. 난 여행 와서 아주 건강해졌고 심적으로도 안정을 찾았어. 여기에 온 것은 여러모로 매우 좋았어. 매일 읽거나 뭔가 쓰거나 하고 있어. 비가 내리지만 않으면 근처 산이나 숲, 강가에 자주 나가 산책을 해. 난 이 산에 와서 작은 새나 곤충, 나무나 풀, 물, 돌 등 여러가지를 보고 있어. 혼자서 가만히 관찰해보면, 이제까지 이런 것들에 대해서 잘 알지 못했다는 것을 알게 되고, 생각하지 않던 것까지 생각하게 돼. 그리고 지금까지 없었던 세계가 나에게 펼쳐진 듯한 즐거움을 느껴. 당신에게 이야기했는지 어쨌는지 잊었지만 수년 동안 나에게 눌어붙어 있던 우쭐한 생각이 이런 것으로 기분 좋게 녹기 시작한 것 같아. 오노미찌에 혼자 있었을 때는 그런 생각으로 혼자 엄청나게 초조했는데, 지금은 딱 그 반대야. 이 기분이 정말 내 것이 된다면 나도 타인에게 또 나 자신에게 더이상 위험인물이 아니라는 확신을 가질 수 있을 거야. 어쨌든 겸손한 기분에서 오는 즐거움을 (사람을 대하는 태도는 아직 그렇지 못한데) 느끼게 되었어. 지금 돌아보면 여행을 떠날 때부터 막연하게 생각하고 있던 것으로, 전혀 예상치 못한 변화는 아니지만, 의외로 빨리 자연스럽게 이런 기분이 돼서 매우 기뻐. 당신에 대해서도 지금까지 나는 그러는 수밖에 방법이 없었어. 후회해봐야 서로에게 아무 도움도 안되겠지. 그러나 이제부터는 서로에 대해 안심하고 싶어. 당신도 우리 둘 관계에 결코 불안해하지 않았으면 해. 혼자서 산에 있으니까 멀리 있는 집을 생각하면 이런 마음이 한층 더해. 앞으로도 내가 화내고 당신을 힘들게 할 일이 있을지 모르지만, 그런대도 이제 아무런 뒤끝이 없을 거라고 믿어줬으면 해. 그럴 일은 결코 없겠지만 산에서 내려가 다시 예전의 나로 돌아가는 것은 재미없어. 나는 이 기분을 좀더 확실히 붙잡아 진정한 내 것으로 만들어 당신이 있는 곳에 돌아갈 생각이야. 그렇게 길지는 않을 거야. 그리고 당신은 여러가지 의미에서 정말 안심하면 좋겠어. 사실 지금까지의 일도 어리석었다는 거 잘 알지만, 병치레처럼 한번 통과해야만 했던 거야. 지금 나는 정말로 한차례 그 과정을 마쳤어. 이제 아무것도 염려할 필요 없어.

때때로 아기가 생각나. 병에 걸리지 않게 충분히 주의해줘. 이 절에도 우리 아이보다 반년 정도 먼저 태어난 아기가 있는데, 엄청 거칠게 키우고 있어. 의사도 약도 없는 산속이라 남의 아기지만 걱정이 되기도 해.

이곳 식사는 맛이 없어. 아주 질렸어. 밥하는 방법이 잘못된 게 아니라 쌀 자체가 안 좋아. 이런 건 처음이야. 집으로 편지 같은 게 와 있으면 이쪽으로 보내줘. 노부 형으로부터 소식은 있나? 오에이 씨에게는 오노미찌 때와는 전혀 다르니까 걱정하지 말라고 전해줘. 당신도 건강 주의하고, 나도 몸은 건강한데 먹는 게 안 좋아서 알게 모르게 식사량이 줄어 조금 마른 것 같아. 그래도 먹을거리는 아무것도 보내지 마.

그는 책상에 기댄 채 활짝 열어놓은 서재의 창을 통해 멍하니 밖을 바라보았다. 방 앞에서 6미터 정도 떨어진 곳에 낮은 하얀색 흙담이 있었고 그 아래로 희끗희끗한 이끼가 붙은 돌담 길, 길에서 사오 미터 더 내려가면 콘고오인이라는 절이 있다. 아침부터 낀 안개가 아직 걷히지 않아 그 커다란 억새 지붕이 그의 눈에 쥐색으로 보였다.

그는 여전히 무언가 더 써야 할 것 같았다. 그보다도 나오꼬가 보기에는 아닌 밤중에 홍두깨처럼 무슨 말을 하는지 알 수 없을지도 모른다는 불안을 느꼈다. 급작스럽게 집이 그리워져 발작적으로 그런 편지를 썼다고 여길 것 같기도 했다. 그는 서양식 잡기 노트를 집어 거기에서 석장 정도를 찢어서 여백에 "이런 것을 가끔 쓰고 있어"라고 써서 편지와 동봉했다. 이삼일 전 이 서원의 창가에서 파리 잡는 거미가 작은 딱정벌레를 잡았다가 결국 놓치는 모습을 자세히 써둔 것이었다. 자신의 생활의 단면을 참고하는 데 도움이 될 거라고 생각했다.

그는 사둔 담배가 다 떨어져서 담배를 사러갈 겸 지금 쓴 편지를 보내러 강 건너 신사 문이 있는 곳까지 갔다. 보통은 습기로 눅눅해진 것을 자주 사곤 했지만 이번에는 새 상자를 뜯어달라고 해서 그중 하나를 피워본 다음 몇개 사서 같은 길로 돌아왔다. 어쩐지 홀가분했다. 그는 자기 방 창밖으로 피우다 만 담배를 던져버리고 이번에는 아까 간 방향과는 정반대 쪽으로 나갔다. 삼나무 잎의 커다란 가지가 물기를 품고 묵직하게 아래로 몇개나 드리워져 있다. 그는 그 아래로 갔다. 나뭇가지 사이로 흘러들어오는 태양이 그 아래 젖은 풀 여기저기에 다채로운 색을 만들어내어 눈부셨다. 산의 냄새가 그를 기분 좋게 했다.

길가에는 산에서 물을 끌어와 손을 씻는 데 쓰는 석조 대야가 있고, 유독 폭이 넓은 그쪽 길에서 타께가 일을 하고 있었다. 가지를 편 커다란 졸참나무가 그 일대를 뒤덮었고 잎 너머로 부드러운 빛이 아름답게 비쳤다. 타께는 짧게 자른 졸참나무 줄기를 얇게 벗기고 있었다. 이미 벗겨낸 줄기가 옆에 산처럼 쌓여 있었다. 그를 보고 타께는 가볍게 인사했다.

"그런 게 필요한 모양이지?"

"이 세 배 정도는 필요합니다."

"재료부터 준비하는 일이라 힘들겠네." 켄사꾸는 거기 나뒹굴고 있는 나무 하나에 앉았다. "무엇보다 이런 훌륭한 나무를 마구 꺾어버리는 게 아깝지 않은가? 이 주변에서 잘라 오나?"

"네. 뭐, 사람들이 잘 가지 않는 곳에서 베어 옵니다."

"그렇다 해도 그렇게 나무가 많은 산은 아니니까 좀 아깝지."

"우물 지붕 만들 정도 재료로는 그렇게 귀한 나무는 안 써요."

타께는 우물물을 긷는 통을 수선하는 사람이 자주 사용하는 접이식 칼 양끝에 손잡이가 달린 것처럼 생긴 자르는 도구를 옆에 내려놓고 오래된 카키색 승마바지 주머니에서 담배를 꺼내어 피우기 시작했다.

"이런 큰 나무를 혼자 자르나?"

"그건 전문가가 아니면 못해요. 톱질을 전문으로 하는 사람이 베어서 가지고 와요."

"그렇겠지?"

"그건 그렇고 산에는 언제 올라갈까요?"

"난 언제라도 좋아. 타께가 괜찮은 때 언제든지."

"실은 내일 밤 한 무리를 안내하기로 했는데요, 학생 네다섯 명이라는데 그 사람들과 함께 어떠신지요?"

"응. 좋아."

"중학생들은 순수해서 오히려 괜찮겠지요?"

"맞아."

젖어서 이끼가 가득한 석조 대야 가장자리에 뭔지 알 수 없는 희귀한 벌레가 꿈틀거리고 있다. 벚꽃에서 사는 벌레보다 작고, 검은색을 띤 털 없는 놈으로 몇천 마리인지 몇만 마리인지가 한데 모여서 숨 쉬고 있다. 무리를 이룬 모습이 징그러웠다. 곤충이라도 이런 것을 보면 기분이 안 좋았다.

"모충 종류인가?"

"어제는 한 마리도 없었는데 오늘 갑자기 나왔어요."

"보통 곤충들과는 상당히 다른데 역시 모충의 일종이겠지?"

"……12시에 절에서 출발해 천천히 올라가 정상에서 해돋이를 보기로 했는데, 달이 있으면 편하게 갈 텐데 요즘은 새벽녘에 사라져버리네요."

"그런가? 달이 없으면 초롱을 들고 가나?"

"날이 맑으면 별빛으로도 충분해요. 오르기 시작하면 나무가 없어서요. 무엇보다 그에 대한 대비는 하고 가요."

"낮잠을 좀 자두지 않으면 힘들 것 같은데, 자네는 낮잠도 못 자니까 힘들겠군."

"전 밤에 일찍 자두면 돼요. 적당한 시간에 가서 제가 깨워드릴게요."

"근데 나는 또 일찍 자는 습관도 없어서 말이야."

"그것 참 딱하군요." 타께는 웃었다.

타께는 담배를 다 피우자 발로 밟아 끄고 또다시 일을 시작했다. 켄사꾸는 항상 가는 아미타당 쪽을 돌아서 왔다.

오늘 부친 편지는 빨라도 모레, 격일로 올라오는 우체부가 오늘 오지 않으면 하루 더 늦게 나오꼬에게 도착할 것이다. 그는 책상 앞에 앉아, 전에 읽다가 그대로 놔둔 원삼대사의 전기를 읽기 시작했다. 가끔 시골집 입구 같은 데에 종종 붙어 있는 원삼대사 귀신상 그림에 대한 전설이 재미있었다. 우에노에 있는 두 대사大師 중 한 사람이 이 원삼대사라는 것[172]을 처음으로 알았다.

그때 현관에서 낯선 남자의 목소리가 들렸는데, 자신의 손님일 리가 없어 창고 쪽 손님이 모르고 온 것이라고 생각해 잠시 가만히 있었다. 그런데 또다시 소리가 들려 나갔다. 마흔살 전후의 스님이 사뭇 공손한 모습으로 서 있었다.

"잠깐 실례해도 괜찮겠습니까?"

잘못 찾아온 것이라고 생각했지만, 켄사꾸는 서재와 현관 사이로 들어오게 했다. 스님은 좀 어색해하며 안쪽 방과 현관 사이를 돌아보다가, 책이 쌓여 있는 마루를 보고는,

"무슨 연구라도 하러 오셨나요?" 하고 말했다.

"아니요." 켄사꾸는 스님의 왠지 세속적인 느낌이 싫었다. 잘못 찾아온 것이 아니라도 어차피 특별한 용무가 있는 것은 아닐 것 같아 일부러 무뚝뚝하게 잠자코 있었다.

"제 용건을 말씀드리자면 저는 이 산 아래의 아까사끼라는 곳에 있는 만쇼오지 절의 주지승입니다. 콘고오인 절에서 내일부터 열흘간 선 강습회를 개최하게 되어 만약 참선에 조금이라도 관심이

---

172 토오꾜오 우에노의 칸에이지 절에 있는 원삼대사 화상을 말함.

있으시다면 참가를 부탁하고 싶어서…… 그 말씀을 드리러 올라왔습니다만…… ”

“스님이 강의를 하십니까?”

“아니요, 제가 아닙니다. 실은 소학교 선생님들이 희망해서 열린 강습회로 저는 단지 주최자로서 도울 뿐이고, 강의하실 선생님은 덴류우지 절의 가잔 스님에게 수업을 받은 분입니다―저는 선종과는 종문이 다릅니다.”

가잔 스님에 대해서는 전에 노부유끼에게 들었기 때문에 그 제자의 승려라면 재미있을지도 모른다는 생각이 언뜻 들었다.

“제창提唱은 어떤 것으로 하십니까?”

“『임제록』을 할 생각입니다.”

“그 책이라면 지금 마침 가지고 있는데…… ” 이렇게 말하자 스님이 좀 의외라는 표정을 지어서 켄사꾸는 이어, “카마꾸라 절에 다니는 형에게 받았습니다” 하고 말했다.

“아니, 그렇다면 당신도 참선 수업을 제법 받으신 거군요?”

“아니요, 전혀 모릅니다.”

“그렇지 않아요. 어쨌든 『임제록』을 가지고 계신다면 꼭 한번 참석해주셨으면 합니다……”

“공안公案173도 있나요?”

“그렇습니다.”

공안은 강연하는 승려가 상당히 수준이 높지 않으면 의미가 없다는 말을 전에 노부유끼로부터 들은 것 같았다. 그는 잠시 잠자코 있다가 “생각해보고 말씀드리겠습니다”라고 말했다. 켄사꾸는 지

---

173 선종에서 참선하는 사람에게 내리는 과제.

금 눈앞에 앉아 있는 이 스님과 이제부터 열흘간이나 만나야 한다고 생각하자 벌써 싫어졌다.

"너무 무겁게 생각하지 마시고 한번…… 어쨌든 열흘간의 강습으로, 다들 처음 오신 분들이라 선이란 어떤 것인가 어렴풋하게나마 알면 좋겠다는 정도로…… 너무 복잡하게 생각하지 마시고 꼭 참석해주셨으면 합니다. 『임제록』을 가지고 계신 것도 인연이니까요……"

"나중에 답을 드리겠습니다."

"그런 말씀 마시고 꼭……"

켄사꾸는 대답하지 않았다. 스님은 약간 어색하게 있다가 급히 정중한 어조로,

"실은 부탁드리고 싶은 것이 또 하나 있는데……" 하고 말을 꺼냈다.

요는, 아래 콘고오인 절에는 별채가 없어 스승과 수행자의 방이 문 하나를 사이에 두고 서로 연결돼 있어서 한 사람 한 사람에게 전수하는 공안이 다른 사람에게 새어나가버린다. 그래서 곤란한데, 만약 켄사꾸가 강습생이 되어 다른 사람들과 합숙하게 된다면 이 별채를 강연자에게 내줄 수 있다. 만약 그렇게 해준다면 매우 좋겠다. 다행히 선에 대한 이해가 있고, 공안이 어떤 것인지 알고 있기에 부탁하기가 쉬워서 참 다행이다──이러한 이야기였다.

켄사꾸는 몹시 화가 났다. 스님의 이야기에 어느정도 넘어갔던 것 때문에 더욱 화가 났다.

"처음부터 그렇게 말했다면 생각이라도 해봤겠지만 당신은 사람을 부추기듯 말했습니다. 내 방을 내주면 당신 말에 넘어간 꼴이 되는 거죠." 켄사꾸는 화를 내고는 이런 말을 반복했다.

"오해입니다. 처음부터 그런 목적으로 찾아뵌 것은 아닙니다. 한 사람이라도 더 많이 구도의 길을 얻었으면 해서 권하러 온 것인데, 여기 와서 보니 이 별채가 강연자에게 딱 좋은 곳인 듯해서 큰 결례인 줄 알면서도 그냥 부탁해봤을 뿐, 처음부터 이곳을 비워달라고 해야지 하는──그런 생각으로 찾아뵌 것은 아닙니다. 이 점 잘 헤아려주시지 않으면 제가 너무나 뻔뻔스러운 인간이 되어버려서……"

"거짓말이야." 마침내 켄사꾸는 고함을 질렀다.

"왜죠?" 스님은 약간 어조가 바뀌더니 질린 얼굴을 했다.

"그렇게 뻔히 보이는 거짓말을 하면 안되지."

두 사람은 침묵한 채 서로를 노려보았다. 그러다가 스님이 갑자기 옷자락을 양쪽으로 확 벌리더니 이상하다 싶게 엎드려서,

"이해해주세요" 하고 말했다. 그 갑작스런 태도 변화에 켄사꾸는 조금 어안이 벙벙했다.

결국 다른 조용한 방을 찾아주면 이곳을 비워줄 수 있다, 반드시 이 절이 아니면 안되는 것도 아니다, 켄사꾸는 이렇게 말하고, 스님도, 그렇게 해주신다면 감사한 일이다, 하고 돌아갔다. 켄사꾸는 별거 아닌 일로 모처럼의 조용한 기분을 망쳐 어처구니없었다. 그러나 너무 신경 쓰지 않기로 했다.

17

저녁 무렵 생각지 못한 이야기를 오요시로부터 듣고 켄사꾸는 매우 찝찝했다. 타께의 부인이 치정 싸움으로 인해 정부와 함께 중

상을 입어 위독하다는 소식을 듣고, 타께가 몹시 당황하여 방금 산에서 내려갔다는 것이다.

"불쌍해요. 타께 씨는 그렇게 나쁜 아내여도 조금도 미워하지 않으니까요. 이런 일이 꼭 생길 것 같았어, 하면서 울었다고 해요."

"기분 나쁜 이야기군."

"칼을 휘두른 쪽은 타께 씨를 만나기 전부터 그 부인과 관계가 있던 사람이고, 베인 쪽은 타께 씨의 친구로, 함께 산에 온 적이 있는 사람이래요."

"부인은 생명에 지장이 없나?"

"타께 씨가 도착하기 전까지 버티지 못할 거라고 누군가가 말했어요."

"만약에 산다 해도 이제 같은 짓은 안되겠지." 그는 내뱉듯이 말했다.

"타께 씨는 그렇게 생각하지 않는 모양이에요."

켄사꾸는 이상하다는 생각이 들었다. 그러나 그러한 타께이기에 이런 소용돌이에 휩쓸리지 않았던 것이다 싶었다.

"실은 아까 만나서 내일 밤 산을 안내해주기로 약속하고 온 참이었어."

"맞다, 맞다. 어머니가 이야기해줬어요—그렇지만 대신 해줄 사람이 있는 모양이에요."

에이잔 산 다음가는 천대의 영장靈場이라고 불리는 산에 와서 또다시 이런 일을 듣게 되어 정말이지 지긋지긋했다. 다만 타께가 완전히 사건의 외부에 있어 그 재난을 피할 수 있었던 것은 다행이었다. 그는 그 아침 오요시로부터 타께 이야기를 듣고 타께가 변태 아닐까 했는데, 지금은 그것보다 타께는 그 부인을 온전히 이해하기 때문에 관용할 수 있었는지도 모른다는 생각이 들었다. 부인의 성격과 지금까지의 나쁜 습관에 대해 완전하게 이해함으로써 타께는 자신의 감정을 다 묻어버리고 용서했던 것이다. 아마도 아까 편하게 둘이 이야기하고 있던 그즈음 산 아래에서는 그런 피투성이 사건이 일어나고 있었을 것이다. 아무리 초연한 타께라도 지금쯤은 당황했을 것이다. 여자를 미워하지는 않더라도 아마 비탄에 잠겨 있을지도 모른다고 그는 생각했다.

어머니의 경우에도, 나오꼬의 경우에도, 부정이라고 하기보다는 과실이라고 하고 싶어한 것이 얼마나 사람들을 힘들게 했는가. 자신의 상황에서 보자면 이제껏 그의 생애는 그것 때문에 계속 재앙을 입어온 것과 같았다. 모든 사람이 타께처럼 초월할 수 있다면 모르겠지만—타께라 해도 매우 불행하다는 사실은 변함이 없지만—그렇지 않은 사람이라면 어떤 의미에서 피투성이 소동을 야기할 수밖에 없다. 켄사꾸 자신만 하더라도 스스로를 끊임없이 자극하지 않고, 일에 대한 집착이 없었다면, 지금쯤 어떤 인간이 되어 있을지 알 수 없었다.

"두려운 일이야." 켄사꾸는 무심결에 이런 말을 했다.

"정말 두려운 일이에요." 오요시는 켄사꾸와는 다른 생각으로 대꾸했다. "그렇지만 저는 타께 씨 부인의 심정이 잘 이해가 안돼요."

"그런 여자를 조금도 미워하지 않는 타께가 이상한 거야." 켄사꾸는 말했다.

다음 날은 아주 맑고 등산하기 좋은 날이었는데, 켄사꾸는 어제의 어두운 기분이 찌꺼기처럼 남아서 이상하게 만사가 귀찮고 아무것도 내키지 않았다. 어쨌든 그날 밤 등산은 그만두기로 했다.

오후에 그는 아미타당에 가서 한시간 정도 멍하니 마루에 있었다. 어릴 적 어머니가 생각날 때면 곧잘 혼자서 어머니의 묘에 갔는데, 같은 기분으로 그는 여기 오는 것이 좋았다. 사람은 거의 오지 않고 대신 작은 새, 잠자리, 벌, 개미, 도마뱀 등이 많이 놀고 있었다. 때때로 산비둘기의 울음소리가 가까운 나무에서 들려왔다.

　돌아가는 길에 후지몬인이라는 황폐한 절에 갔다. 올려다보이는 커다란 억새 지붕이 그것보다 더 큰 커다란 삼나무 사이에 묻혀 가려져 있었다. 오랫동안 비어 있는 절인 듯했고, 닫힌 덧문은 여기저기 판자가 벗겨져 있었다. 그는 게다를 신은 채 들어가봤다.

　정면에는 본존도 아무것도 없는 커다란 불단이 있고, 그 양측은 한 칸 정도씩 열 수 있는 옷장처럼 되어 있었다. 그리고 몇십개나 되는 커다란 위패가 먼지에 뒤덮여 서 있거나 넘어져 있거나 했다. 대대로 내려온 위패로, 주지나 시주를 많이 한 사람들 것 같았고, 모모야마 시대 건축처럼 카라하후[174]를 붙이고 검게 칠한 바탕에 금박 글자를 새긴 커다란 위패가 셀 수 없이 쓰러져 있는 것을 보니 그다지 기분이 좋지는 않았다. 아마도 들쥐나 다람쥐의 소행일 것이다.

　어두운 공양간의 기다란 토담에 큰 세면장이 있고, 그 위에 타따미 한장 정도 깊이로 물을 담아놓은 통이 있었다. 절반은 건물 안쪽, 나머지 절반은 바깥쪽으로 나와 있어서 홈통에서 나오는 산의 맑은 물이 그 안으로 졸졸 흘러들어왔다. 삼나무 가지를 적시는 여름 빛이 산모래가 쌓인 아래쪽까지 푸른색으로 비쳐 들어 매우 아름다웠고, 모든 것이 죽어버린 이 절에서 이곳만이 오로지 생생하

---

174 중앙 부분이 아치형이고 양끝이 약간 치켜올라간 곡선 모양으로 된 박공.

게 살아 있었다. 그는 반대편 서원 쪽으로도 가봤는데, 심하게 황폐했고, 주위 사오백 미터 안에는 인가가 없는 숲 속의 한적한 곳이었다. 여기서 잠시 지내면 어떨까 하고 보러 왔지만 단념하기로 했다.

그가 다시 절에 돌아오자 아기를 안은 오요시가 돌단 위에 서 있었다.

"제가 없을 때 어제 그 사람 안 왔나요?"

"안 왔어요. 게다가 자기 맘대로 이곳을 차지할 수 있나요?" 오요시는 그 스님에게 약간 반감을 나타내며 말했다.

"안 왔으면 됐어요. 실은 지금 후지몬인 절에 가봤는데, 심하게 황폐해서……"

"네, 그럼요, 그럼요." 오요시는 고개를 저었다. 아기가 윗부분이 일직선처럼 묘한 형태를 이룬 주먹을 입 한가득 넣고 있다가 침에 젖은 손을 켄사꾸에게 내밀고 몸을 흔들며 큰 소리를 지르더니 안길 생각인지 몸을 마구 그에게 숙여왔다.

"요전에 달콤한 연유를 좀 먹였더니 또 달라고 이러나봐." 켄사꾸는 웃으면서 "안돼, 안돼" 하고 자신의 방으로 들어갔다.

18

이삼일이 지났지만, 타께의 소식은 알 수 없었다. 아래 절의 스님도 그후로는 보이지 않았다. 한번 "할喝" 하는 커다란 외침이 아래 절에서 들려왔다. '할' 강의인 것 같았다. 『임제록』 제창만 들어보는 것도 괜찮겠다는 생각이 들었지만 상대방이 그후로 보이지 않아서 켄사꾸도 가는 것을 관두었다. 매일 좋은 날씨가 계속되어서 그는 여기저기 자주 산책을 나갔는데, 타께가 돌아오지 않아서 좀 허전했다. 그전까지 딱히 그 정도 사이도 아니었는데, 타께가 일하는 모습을 보면서 잠깐 여유를 가지는 시간이 사라진 것만으로도 왠지 허전했다. 항상 있던 장소에는 하다 만 일이 그대로 길에 쌓여 있었다. 석조 대야에 무리 지어 있던 기분 나쁜 벌레들은 지금은 한마리도 없고, 하얀 할미새가 거기서 놀고 있었다.

켄사꾸는 타께가 돌아오기를 기다렸다가 같이 산에 오르려는 생각은 아니었지만 타께와의 약속이 지켜지지 않자 귀찮아서 미루고 있었는데, 이렇게 좋은 날씨가 이어지다가 한번 안 좋아지면 계속 안 좋을 것 같아 이 시기에 얼른 등산을 해버려야겠다고 생각했다. 절에 돌아와서 그는 바로 여주인에게 산 안내인을 부탁했다.

"동행은 누구라도 좋으니 가급적 내일 밤으로 해주세요."

"그래요? 혼자서 안내인을 쓰는 건 낭비라고 생각하지만 날씨가 변하면 후회할지도 모르니까…… 뭐, 어쨌든 안내인 상황을 알아볼게요. 좋은 동행자가 있을지도 모르고."

"그렇게 해주세요."

창고 뒤 봉당에 서서 두 사람이 이런 이야기를 하는 동안 밖에서 각반을 두르고 조오리를 신은 우체부가 이마의 땀을 닦으면서 들어왔다. 그는 엉덩방아를 찧듯이 마룻귀틀에 앉고는 끈으로 묶은 한다발의 편지를 넘겨 보다 두세통을 꺼내 거기에 두었다.

"수고하시네요. 오늘 같은 날은 힘드시죠? 물이 없어서."

"물 좀 마십시다."

"설탕 넣은 물로 할까요?"

"네, 감사합니다."

켄사꾸는 우체부가 편지 다발을 넘길 때 눈으로 살짝 나오꼬의

글씨를 찾았지만 물론 있을 리가 없었기에,

"그럼 동행이 있든 없든 가능하면 내일 밤으로 말해주세요"라고 부엌으로 가는 여주인에게 말하고 자신이 묵는 별채로 돌아가려고 했다.

"맞다, 맞다."

우체부는 급하게 뭔가 생각난 듯이 겉옷 호주머니를 하나하나 뒤져보고는 구겨진 전보를 꺼내며,

"아, 그…… 토끼또오 씨가 당신이지요?"라고 말했다.

켄사꾸는 깜짝 놀랐다. 갑자기 나오꼬가 죽었다는 생각이 들었다. 자살했든지, 아무튼 행방을 알 수 없어 지금까지 알리지 않았던 것이다. 그는 심장이 뛰는 소리를 들었다.

"집에서 온 건가요?" 쟁반에 컵을 받쳐 들고 온 여주인이 이렇게 말했다. 더없이 밝은 그 모습에 켄사꾸는 더욱더 불안해졌다.

"편지 보았음. 안심했음. 나오."

"고마워요." 켄사꾸는 우체부에게 인사하고 무의식중에 그 전보를 몇번이나 접으면서 자기 방으로 돌아갔다.

왜 그렇게 깜짝 놀랐는지 스스로도 의아했다. 그는 전보로 답장이 오리라고는 전혀 예상하지 못했고, 게다가 편지를 보내버린 뒤 좀더 빨리 그 이야기를 할 걸 하고 이삼일 내내 후회하고 있었다. 더욱이 타께 집의 불쾌한 사건이 그의 머리에서 떠나지 않고 있었는데 전보로 그런 일이 연상되어 대번에 그의 머릿속이 새하얘졌다. 어쨌든 바보 같은 상상을 했다고 쓴웃음을 짓다가, "어쨌든 됐어" 하고 그는 갑자기 쾌활한 기분이 되었다. 그리고 몇번이나 전보를 다시 읽었다.

그날 밤 그는 모기장 속에서 잠자리를 옆으로 치우고 그 옆에 엎

드려 오랜만에 카마꾸라에 있는 노부유끼에게 편지를 썼다. 그는 이 산에 오고 나서의 자신의 심경에 대해 자세하게 써봤는데, 지금까지 자신을 지배하던 생각이 너무나 공상적이었던 것부터 요즘 들어 변화한 생각까지 경험한 대로 써가다보니 그야말로 공허한 혼잣말을 하는 것 같아 마음에 안 들었다. 이런 얘기는 글로는 잘 못 쓰겠다는 생각을 했다. 그보다는 나오꼬나 오에이의 편지로 자신이 여행을 떠났다는 소식을 접하고 걱정하고 있을지 모를 노부유끼를 안심시키는 내용만 쓰는 것이 좋겠다고 생각을 고쳐먹고 원고용지에 대여섯장 쓴 편지를 접어 옆에 있는 가방에 집어넣었다.

"벌써 주무시나요?" 문밖에서 소리가 나더니 절의 여주인이 얼굴을 내밀었다. 마침 좋은 동행이 있어서 밤이 밝은 12시부터 정상에 오른다고 알리러 온 것이다.

"고마워요. 그러면 내일은 푹 늦잠을 잘 테니 덧문을 열지 말아주세요. 낮잠을 못 자니 최대한 늦잠을 자두려고요."

"알겠습니다." 여주인은 다시 바닥에 무릎을 꿇은 채로 소리를 낮추더니, "그건 그렇고 타께 씨 부인은 결국 죽었다네요"라고 말했다.

"그래요? ……그러면 남자는?"

"남자는 살지도 모른다고……"

"타께에 대해서는 들은 얘기 없나요?"

"네, 타께 씨 말인데요…… 죽인 놈이 노리고 있지는 않는지 모두 걱정하고 있는 모양이에요."

"묘한 이야기네. 죽인 사람은 아직 붙잡지 못했나요?"

"그런가봐요. 산으로 도망쳐버린 것 같아요."

켄사꾸는 찝찝한 느낌이 들었다.

"그렇다고 타께까지 노릴 것은 없잖아요? 그런 바보 같은 일은 없겠죠."

"그런 사람들은 이미 미치광이나 다름없어서요. 아무래도 타께 씨도 방심하지 않는 게 좋을 거예요."

"그야 분명 그렇겠지만. 타께는 괜찮아요?"

"그런 사람이니까 괜찮을 거라고는 생각하지만……"

켄사꾸는 화가 났다. 그리고 '여기에 또 타께가 당한다니…… 그런 어처구니없는 일이 있을 리 있나' 하고 생각했다.

다음 날 켄사꾸는 되도록 늦게 일어나려고 했는데, 버릇처럼 7시가 지나자 잠에서 깼다. 전날 밤 노부유끼에게 편지를 쓰다가 조금 늦게 잤고, 타께에 대한 찝찝한 이야기를 들은데다, 또 한편으로는 자신의 편지를 본 나오꼬 등을 생각하자 그는 잠이 오지 않았다. 멀리 닭 울음소리가 들려와 놀라서 시계를 보자 2시가 좀 넘어 있었다. 그는 잠에서 깼는데, 이대로 일어나버리면 아마 네시간도 채 자지 못하는 거라는 생각에 억지로 눈을 감고 또다시 잠을 청했지만 그저 몽롱한 상태로 있을 뿐 깊이 잠들지는 못했고 그러다 10시쯤 겨우 잠자리에서 일어났다. 머리가 피곤하고 몸도 축 처졌다. 오늘 밤 산행은 힘들 것이 틀림없다. 그러나 이 상태라면 오히려 낮잠을 잘 수 있을지도 모르겠다고 생각했다.

19

등산 동행은 오오사까에서 온 회사원들로 타이샤[175] 참배를 마치고 돌아가는 길에 이 산에 들른 사람들이었다. 켄사꾸는 두세시간 낮잠을 자서 졸리진 않았는데, 점심때 먹은 도미가 상했는지 저녁에 심한 설사를 해서 힘이 빠지고 기운이 없었다. 어떡할까 약간 망설이다가, 육신환[176]을 정량의 두 배 먹었더니 일단 설사는 멈춰서 결국 나가기로 정했다.

12시쯤 절을 나섰다. 등롱을 든 안내인은 쉰살 가까운 남자였다. 회사원들은 젊었고, 일주일간 휴가를 내고 좀 즐기자는 기분에 차 있었으며, 매우 활기가 넘쳤다. 양복에 지까따비[177], 그리고 여관에서 받은 답례품으로 보이는 작은 수건을 목에 두르고 긴 자연목 지팡이를 들고 있었다.

"아저씨, 이 술병 깨지지 않게 주의하셔야 해요. 나중에 아저씨도 한잔 드릴 테니."

뒤에서 큰 소리로 이런 말을 하는 사람도 있었다.

"몇번이나 말하는 거야? 그게 깨질까 걱정되면 자기가 메고 갈 것이지."

"너희도 마실 건데 나 혼자서 지고 갈 수는 없지, 이 바보 녀석아."

모두 활기가 넘쳐 켄사꾸는 그날 밤 자신의 체력에 불안을 느꼈다. 함께 가는 도중에 자신만 힘들어할 것 같았는데, 지지 않으려고 고집 피우며 더욱 무리할 것 같았다. 그리고 동년배라는 것, 게다가 자신만 칸또오 출신이라는 것에 쓸데없는 경쟁의식을 느낄 수도 있다고 생각하자 불안했다.

"산에는 꽤 오랫동안 계셨나봐요?" 나란히 걷던 한 남자가 말을

175 시마네 현 이즈모 시 이즈모오오야시로 신사를 말함.
176 황련, 목향 등의 여섯가지 약재를 넣어 갈아 만든 환약.
177 고무 밑창에, 발가락을 나눠 넣도록 앞코가 갈라진 버선 모양 작업화.

걸었다. 켄사꾸가 혼자인 게 안됐는지, 이 남자는 열심히 상대해주려고 하는 것 같았다.

"보름 정도 됐습니다."

"질리지 않고 잘 버티시네요. 이 산에서 이틀쯤 조용히 있으라고 하면 우리는 가만히 있지 못할 거예요."

앞에서 걷던 뚱뚱한 남자가 돌아보고,

"거참, 말 한번 잘하네─이 남자는 여행을 떠난 밤부터 집에 돌아가고 싶어했어요. 최근 묘령의 부인과 결혼해서요"라며 큰 소리로 웃었다.

"이봐!"그 남자는 어쩔 줄 몰라하며 쑥스러움을 감추려고 뚱뚱한 남자의 등을 손바닥으로 세게 때렸다.

타께가 자주 일하던 장소에서 10정 정도 걸어가자 나무들이 없어지고 억새가 자란 산비탈이 왼쪽으로 보이더니 하늘은 맑고 가을하늘처럼 별이 무수히 빛나고 있었다. 길옆에는 풍우에 시달린 네모난 길 안내판이 조금 기울어진 채 서 있었다. 등산로 입구였다. 길 양쪽에서 뻗어나온 억새 잎에 뒤덮여 시냇물 바닥처럼 울퉁불퉁한 길을 "육근청정六根清淨[178] 산은 청천晴天" 같은 말을 하면서 몸을 좌우로 흔들며 모두 일렬로 올라갔다. 앞에 네명, 뒤에 두명이 있으니 모두 같은 속도로 걷지 않을 수가 없었고, 켄사꾸는 점점 지쳐갔다. 그는 그래도 참고 올라가려고 했는데, 조금 불안해졌다. 한시간쯤 올라가자 꽤 높이 올라온 느낌이었다. 밤이지만 알 수 있었다. 어쨌든 그 주변에서 잠깐 쉬기로 했다.

켄사꾸는 피곤했다. 몸도 정신도 긴장이 풀려버렸다. 같은 속도

───────────────

178 '진리를 깨달아 눈, 귀, 코, 혀, 몸, 뜻의 여섯가지 근원이 깨끗해짐'을 뜻하는 불교 용어.

로 모두를 따라가기가 이제는 도저히 불가능할 것 같았다. 그는 안내인에게,

"몸이 좀 안 좋아서 저는 여기서 돌아가겠습니다. 두시간 정도면 밝아질 테니 그때까지 여기서 쉬겠어요"라고 말했다.

"그래요? 그거 안됐군요." 안내인은, "어떤 상태인가요?" 하고 물었다.

켄사꾸는 큰일은 아니고 단지 설사를 한 후여서 몸이 많이 지쳐 있을 뿐이니 걱정하지 말고 먼저 가라고 말했다.

"그래요? 이를 어쩌나?"

"정말로 걱정하지 않아도 돼요. 염려하지 말고 올라가세요."

"참고 올라갈 수는 없으려나? ─아냐, 아직도 꽤 많이 올라가야 하긴 해."

"지금의 배 이상 올라가야 해요."

"내려가는 것은 괜찮은데 이 이상 올라갈 자신은 없어요. 모쪼록 걱정하지 말고 먼저 가세요."

다들 위로하는 말을 하는데 하나하나 대답하기 귀찮았다. 결국 그 혼자 남았는데, 켄사꾸를 신경 쓴 것인지 잠시 모두 침묵하며 올라갔다. 켄사꾸는 준비해온 스웨터를 입고 그것을 싸온 보자기를 목에 두르고는 길에 자라난 억새 속으로 들어가 앉기 좋은 곳을 찾아서 산을 등지고 앉았다. 코로 깊은 숨을 쉬면서 일종의 기분 좋은 피곤을 느끼며 눈을 감고 있자 먼 곳에서 방금 올라간 사람들이 "육근청정 산은 청천" 하는 소리가 두세번 들려왔다. 그러고는 더는 들리지 않고 넓은 하늘 아래 그는 완전히 혼자가 되었다. 차가운 바람이 억새 끝을 움직일 정도로 불었다.

극도로 피곤한 상태였지만, 그것이 뭔가에 도취된 것 같은 느낌

으로 다가왔다. 그는 자신의 정신도 육체도 지금 이 커다란 자연 속에 녹아들어감을 느꼈다. 그 자연이라는 것은 먼지만큼 작은 그를 무한한 크기로 싸고 있는 기체로, 눈으로는 확인할 수 없지만 그 속에 녹아들어가는―그것에 환원하는 그 느낌이 말로는 표현할 수 없을 정도의 쾌감을 주었다. 아무런 불안도 없었고, 졸릴 때 잠에 빠져드는 느낌과도 약간 비슷했다. 한편 그는 실제로 반수면 상태이기도 했다. 그는 커다란 자연에 녹아들어가는 이 느낌을 처음 경험한 것은 아니지만, 이런 도취감은 처음이었다. 지금까지는 녹아들어가다기보다 흡수한다는 느낌이 강했다. 그것에도 일종의 쾌감은 있었지만, 동시에 저항하려는 의지도 자연스럽게 일어났다. 그러나 이번에는 저항하기 어려운 느낌이 들어 불안하기도 했지만 예전과는 느낌이 전혀 달랐다. 그에게는 저항하고 싶은 생각이 전혀 일어나지 않았다. 그리고 그렇게 되는대로 녹아들어가는 쾌감만이 어떤 불안도 없이 느껴졌다.

새소리도 들리지 않는 조용한 밤이었다. 아래로는 옅은 안개가 끼어 있고, 마을 쪽에는 아직 어느 집도 등불을 켜지 않았다. 보이는 것이라고는 별과 그 아래 커다란 동물의 등처럼 느껴지는 이 산의 모습이 어렴풋이 바라보이는 정도였다. 그는 지금 자신이 영원으로 통하는 길로 한 발 내딛고 있는 듯 느껴졌다. 그는 죽음이 전혀 공포스럽지 않았다. 만약 이대로 죽는다 하더라도 조금도 여한이 없을 것 같았다. 그러나 영원으로 통하는 것이 곧 죽는 것이라는 생각은 하지 않았다.

그는 무릎에 팔꿈치를 괸 채로 잠깐 졸았다고 생각했는데 문득 눈을 떠보니 어느새 주변은 푸르름이 짙은 여명이 되어 있었다. 별은 아직 모습을 감추지 않고 그 수만 줄어들어 있었다. 하늘이 연

푸른빛을 띠었다. 그는 자애가 깃든 색이라고 느꼈다. 산허리의 안개가 걷히고 산기슭 마을에서 전등이 드문드문 보였다. 요나고 마을의 불빛도 보이고 멀리 요미가하마 해변의 돌출된 육지 끝에 있는 사까이 항구의 불빛도 보였다. 일정한 간격으로 때때로 강하게 빛나는 것은 미호노세끼의 등대임이 분명했다. 나까노우미 호수는 산의 그림자가 깔려 아직 어두웠는데, 바다는 이제 해면에 짙은 잿빛을 띠고 있었다.

동틀 녘 풍물의 변화는 매우 빨랐다. 잠시 후 그가 돌아봤을 때 산꼭대기 저편에서 끓어오르듯이 서광이 올라왔다. 그것이 순식간에 진해지고 이윽고 또 바래기 시작하자 주변이 급히 밝아졌다. 억새는 평지에 비해 짧았고 곳곳에 야생 땅두릅나물이 자라 있었다. 꽃이 핀 땅두릅나물이 한 줄기씩 멀리까지 여기저기 자라 있는 것이 보였다. 마타리, 오이풀, 원추리, 강아지풀 등도 억새와 섞여 자라 있었다. 작은 새가 지저귀면서 돌을 던질 때처럼 활 모양을 그리며 그 위를 날아 다시 억새 속으로 들어갔다.

나까노우미 호수에 저편 바다에서 튀어나온 산봉우리의 모습이 빛을 받아 명확하게 드러나자, 미호노세끼의 하얀 등대도 햇빛을 받아 선명하게 모습을 드러냈다. 얼마 후 나까노우미 호수에 있는 다이꼰지마 섬도 태양이 비쳐 노랑가오리가 뒤덮은 듯이 평평하고 크게 보였다. 마을에선 전등이 꺼지고 그 대신 하얀 연기가 곳곳에서 보이기 시작했다. 그러나 산기슭 마을은 아직 산그늘 때문에 오히려 먼 곳보다 더 어둡게 잠겨 있었다. 켄사꾸는 갑자기 자신이 있는 이 다이센 산이 지금 보고 있는 경치에 선명하게 그림자를 드리우고 있음을 알아차렸다. 그림자의 윤곽이 나까노우미 호수에서 육지로 올라오면서 요나고 마을이 갑자기 밝아 보이기 시작한 것을 비로소 깨달았는데, 그림자는 멈추지 않고 마치 후릿그물처럼 끌려왔다. 땅을 핥고 지나가는 구름의 그림자와도 비슷했다. 추우 고꾸 지역에서 가장 높고, 뚜렷하고 강한 윤곽을 가진 이 산의 그림자가 그대로 평지에 드리우는 광경을 내려다보는 것은 드문 일이라 켄사꾸는 일종의 감동을 받았다.

20

10시쯤 간신히 절로 돌아왔다. 도중에 쓰러지지 않고 잘도 왔구나 싶을 정도로 그는 완전히 피곤에 지쳐 있었다. 현관 앞에서 아기를 놀리던 오요시가 켄사꾸가 들어오는 모습을 보고 말도 걸지 못하고 놀라서, "어머니! 어머니!" 하고 집 안을 향해 외치며 불러 낼 정도로 켄사꾸의 안색은 좋지 않았다.

절의 여주인도 놀랐다. 바로 별채에 가서 누웠는데, 열이 높아 39도, 조금 지나자 40도를 넘었다. 머리를 얼음으로 식히는 한편 곧장 산기슭 마을로 의사를 부르러 가면서 쿄오또에도 전보를 쳤다. 켄사꾸가 헛소리로 가끔 나오꼬의 이름을 불렀기 때문이었다.

마을 의사가 온 것은 밤 8시가 지나서였다. 여주인과 오요시는 그때까지 몇번이나 밖에 나가보았다. 날이 저물자 인적이 드문 곳이라, 늘 그랬듯이 변함없이 조용한 밤이었는데, 마치 안 좋은 일이라도 일어난 듯 두 사람은 화가 났다. 두 사람 다 분명 착한 사람이었지만, 여자 둘만 있는 곳에서 켄사꾸가 죽기라도 하면 큰일이라고 생각한 것이다. 어쨌든 빨리 의사가 와서 이 무거운 짐을 절반 정도 덜어줬으면 하는 심정으로 절박했기에 등롱과 가방을 든 심부름꾼을 앞세워 각반을 두르고 조오리를 신은 나이 든 작은 의사가 도착했을 때 둘의 기쁨은 이만저만이 아니었다.

"선생님이 오셨어요. 이봐요, 선생님이 오셨어요."

혼자 먼저 달려온 오요시가 그의 머리맡에 양손을 짚고 얼굴로 모기장을 밀듯이 하며 흥분해서 이렇게 외쳐도 켄사꾸는 가늘게 눈을 뜰 뿐 아무런 대답을 하지 않았다. 그러나 의사가 들어오고 용태와 경과를 묻자 작은 목소리이기는 하나 의외로 명확하게 대답했다. 도미 구이—여름 한창때에 오류리 떨어진 곳에서 가지고 오는 것이기에 원래 구워져 있는 것을 다시 굽는다—가 원인인 듯했으나, 옆에 사람이 있는 것을 의식해서인지 조금 모호하게 말했다. 의사는 일단 진찰을 하고 특히 배 여기저기를 세심하게 눌러보며 "여기는……? 여기는……?" 하고 하나하나 물어가며 아픈 곳을 찾았다. 마침내 의사는 급성 대장 카타르인데 설사를 육신환으로 무리하게 멈춘 것이 잘못이었다고 진단했다. 그리고 피마자유를 써보고 관장을 해서 나쁜 것을 빼내면 아마 열도 내릴 거라고 말했다. 설사 증세를 심부름꾼에게 전해듣고 의사는 이런 것들을 가방에 준비해 온 것이다.

관장은 거의 효과가 없었다. 피마자유는 서너시간 정도 지나야 효과가 있을 테니 어쨌든 그때까지 이 별채에 있어보자. 관장 후 나온 것을 살펴볼 필요가 있다. 의사는 이렇게 말했다. 절의 여주인은 얼른 의사와 심부름꾼에게 낼 술과 안주를 준비하러 부엌으로 갔다.

"무엇을 하시는 분인가요?"

의사는 옆방으로 와서 책상다리를 하고 거기 놓인 식어버린 차를 한모금 마시면서 오요시에게 물었다.

“문학 쪽 일을 하시는 분이에요.”

“말투로 봐서는 칸또오 사람 같은데요.”

“쿄오또예요.”

“쿄오또? 흠, 그래요?”

오요시가 이런 대화를 나누는데도 켄사꾸는 마치 자신과는 전혀 관계없는 이야기를 하는 것처럼 들렸다.

“……상태는 어떤지요?” 오요시가 작은 소리로 묻자 의사도 함께 소리를 낮추어,

“걱정 아하셔도 돼요” 하고 대답했다.

켄사꾸는 반쯤 깬 채로 꿈을 꾸고 있었다. 자신의 다리가 두개다 몸에서 떨어져나가 마음대로 주변을 아무렇게나 돌아다녀서 시끄러워 견딜 수가 없다. 자는 데 너무 방해될 뿐만 아니라 빠른 걸음으로 척척척척 땅이 울리게 걷고 있어 소란스러워 견딜 수가 없다. 그는 두 다리가 미웠고 어떻게든 자신으로부터 멀리 떼어내려고 노력했다. 꿈이라는 것을 알고 있으니까 가능할 거라고 생각했는데, 다리는 좀처럼 그 주변을 떠나지 않았다. 그가 생각하고 있는 ‘멀리’란 안개 속─더구나 검은 안개 속에 집어넣어버리는 것이었는데, 그러려면 상당한 노력이 필요했다. 다리는 멀어져가며 점점 작게 보였다. 그곳에는 검은 안개가 자욱했다. 그 깊숙한 곳은 완전히 어두운 암흑으로, 다리가 거기까지 걸어가 어둠 속으로 사라지게 하면 된다. 그렇게 쫓아버릴 수 있다고 생각하며 다시 한 걸음 또다시 한 걸음 이런 식으로 힘을 줘가며 상당한 노력을 기울였다. 그러나 마치 고무줄이 한껏 팽창했다가 끊겨져 튕겨 돌아오는 것처럼, 사라지려고 하는 바로 그 찰나에 다리는 단번에 옆으로 돌아와버린다. 척척척척, 아까와 마찬가지로 시끄럽다. 그는 몇번

이고 이런 시도를 반복했는데, 아무리 해도 눈과 귀로부터 그 다리를 없애버릴 수가 없었다.

그러고 나서도 그는 계속 꿈속을 헤맸다. 단편적으로는 잠깐씩 깨기도 했지만 그런 다음 다시 꿈을 꾸었고 이제 고통 같은 것 없이 단지 정신적으로, 육체적으로 자신이 정화되었다고 계속 느낄 뿐이었다.

다음 날 일찍 나이 든 의사는 돌아갔고 대신 정오 무렵에 그다지 젊지 않은 대진 의사가 식염주사 도구 등을 가지고 왔다. 그때는 열은 내렸으나 설사가 갈아놓은 쌀처럼 나오고 손발이 심하게 차갑고 심장이 쇠약해져 맥박을 느낄 수 없을 정도였다. 성인의 급성 대장 카타르로서는 가장 심각한 상태로, 대진 의사는 어쩌면 콜레라가 아닐까 걱정했다. 어쨌든 신속하게 강심제 주사를 놓고 식염 주사의 두꺼운 바늘을 허벅지에 깊이 꼽아 펌프로 서서히 식염수를 흘려보냈는데 그 부분만 기분 나쁘게 부어올라서 켄사꾸는 고통스러워하며 눈물을 흘렸다.

그로부터 얼마 후 나오꼬가 도착했다. 그러나 절의 여주인은 켄사꾸가 나오꼬가 오기를 계속 기다리고 있다는 것을 알았기에, 갑자기 만났다가 만일에 정신이라도 풀려서 무슨 일이 생길까봐 바로 만나지 못하게 했다. 켄사꾸는 그 정도로 약해져 있었다. 의사도 주사로 놓은 식염수가 흡수되면 좀더 맥박이 잡힐 테니 그때 만났으면 한다고 해서 나오꼬는 깜짝 놀랐다. 나오꼬는 온갖 나쁜 상상을 하면서 왔는데, 아마 상상보다는 반드시 가벼울 것이다, "전보 보내서 놀랐지?" 하며 미소 지을 켄사꾸를 떠올리며 그것을 희망으로 삼고 왔기에 현재 상태가 예상 밖이라 매우 놀랐다. 그리고 그렇게 쇠약해진 켄사꾸를 보기가 두렵기도 했다. 왜냐하면 뙤약

별 아래 삼 리 오르막길을 황급히 온 그녀는 피로하고 흥분된 상태라 스스로도 자신할 수 없었다. 만나서 너무나 변해버린 그의 모습에 정신을 잃기라도 하면 병자에게 좋지 않을 것 같아 의사가 말하는 대로 잠시 상황을 보고 나서 만나는 것이 나을지도 모른다고 생각했다.

수면 부족과 밤기차의 그을음과 땀으로 얼굴색이 안 좋은 나오꼬에게 절의 여주인은 작은 소리로 계속 목욕을 권했는데, 나오꼬는 좀처럼 일어나지 않았다.

"욕의로 갈아입으세요." 안주인은 말했다.

"고맙습니다. 그럼 얼굴만 씻겠습니다." 나오꼬는 욕실을 안내받아 잠시 얼굴만 씻고 거기에 있는 작은 경대 앞에서 흐트러진 머리카락을 쓸어올리고 돌아가려고 하는데 부엌 화로를 사이에 두고 의사와 여주인이 낮은 목소리로 이야기하는 것이 보였다. 두 사람은 발소리를 듣고 동시에 나오꼬를 보았는데 의사가,

"부인, 이쪽으로 좀" 하고 말했다.

"………" 나오꼬는 심장이 덜컥 내려앉는 듯 느끼며 그쪽으로 갔다.

"맥박은 어느정도 잡힙니다. 지금 자고 있는데 이번에 눈을 뜨면 가능한 한 조용하게 만나시면 좋을 것 같습니다."

"많이 위험한 상태인가요?"

"딱 잘라 말씀드리기는 어렵습니다만, 어쨌든 급성 대장 카타르인 건 분명하기 때문에 아이나 노약자라면 몰라도 보통은 그렇게 무서운 병은 아니니까…… 걱정하지 않으셔도 됩니다…… 실은 지금 여기 계신 부인과도 의논했습니다만, 한번 요나고의 ○○ 병원 원장님에게 진찰을 받는 것이 어떨까 싶어서……"

"꼭 부탁드리겠습니다." 나오꼬는 재빨리 말했다. "아무쪼록 바로 그렇게 해주셨으면 합니다. 상황에 따라서는 카마꾸라에 있는 형님에게 알리지 않으면 안되니까요……"

"아니, 아니, 아직 그런 상태라고는 생각하지 않습니다. 어쨌든 그럼 당장 심부름을 보내 전화나 전보로 ○○ 박사에게 부탁해보겠습니다. 물론 오늘 바로는 안되겠지만 내일 오후에는 반드시 오실 수 있을 겁니다."

"그리고 그때 간호사를 한 사람 부탁하고 싶은데요……"

오요시가 들어왔다. 오요시는 놀랐다는 어조로, "사모님이 와 계신 것을 아세요" 하고 세 사람을 바라보며 말했다.

"그래요?" 의사는 새삼스럽게 고개를 갸우뚱하고 의아해하면서 "꿈을 꾼 걸 거예요, 그건"이라고 했다.

"그렇지 않아요. 어머니가 만남을 말린 것까지 다 아세요."

나오꼬는 벌써 가려는 자세를 취한 채 말없이 의사 얼굴을 보았다. 그것을 알아채고 의사는 오요시에게 물었다.

"그래서 부인을 보고 싶다고 해요?"

"네, 그렇게 말했어요."

의사는 화로의 석탄으로 담배에 불을 댕겨 한모금 깊게 들이마시고,

"되도록 감정을 자극하지 않게, 만나면 울거나 하지 않는 것이 좋겠습니다" 하고 말했다. 나오꼬는 살짝 머리를 숙이고 오요시와 함께 별채로 갔다.

"어떨까요?" 절의 안주인은 미간에 깊은 주름을 만들며 지금까지 아마도 몇번이나 물었을 질문을 다시 반복했다.

"글쎄요. 우리 병원 선생님께서 뭐라고 말씀하셨는지 모르겠지

만 저는 아무래도 확실히 대답할 수가 없네요. 실은 콜레라가 아닌가 걱정도 했지만, 그건 아닌 것 같아요. 배와 엉덩이를 충분히 따뜻하게 하고 강심제를 투여하면 다른 병세가 드러나지 않는 한 나을 거라고 생각하는데요……"

"어쨌든 바깥양반이 없어서 그동안 누가 죽기라도 하면 저도 정말 곤란해요."

"이제 그분 부인도 왔으니 그렇게 초조해하지 않아도 될 것 같아요."

"전 아무래도 상황이 안 좋아 보여서……"

"심장이 매우 쇠약해졌기 때문에 저도 사실 확실하게 말씀드리기가 어렵습니다만……"

"어쩐지 상태가 안 좋아." 이 말을 반복하고 절의 여주인은 요란하게 한숨을 내쉬었다. 의사는 말없이 그저 담배만 피웠다.

나오꼬는 심장이 두근거렸지만 겉으로는 될 수 있는 한 냉정하게 보이려고 생각하며 들어갔는데, 역시나 흥분해서 눈을 크게 뜨는 바람에 언뜻 보기에도 긴장한 기색이 역력했다. 켄사꾸는 위를 보고 누운 채로 그런 나오꼬를 보았다. 나오꼬는 다시 눈이 움푹 들어가고 볼이 꺼지고 얼굴색도 창백해진, 그리고 전체적으로 작아져버린 켄사꾸를 보고 가슴이 아팠다. 그녀는 잠자코 머리맡에 앉아 인사했다. 켄사꾸는 거의 들리지 않는 쉰 목소리로,

"혼자 왔어?" 하고 말했다.

나오꼬는 끄덕였다.

"아기는 안 데리고 왔어?"

"두고 왔어요."

켄사꾸가 고단한 듯이 한 손을 펼쳐 나오꼬의 무릎에 내밀자 나

오꼬는 얼른 양손으로 붙잡았는데, 손이 이상하게 차갑고 메말라 있었다.

켄사꾸는 말없이 눈으로 어루만지듯이 그저 바라보았다. 나오꼬는 과거에 누구에게도 보인 적 없는 부드러운 애정으로 가득 찬 눈빛이라고 생각했다.

"이제 괜찮아요." 나오꼬는 이렇게 말하려고 했지만 아무래도 공허한 울림 같다는 생각이 들어서 그만두었을 정도로 켄사꾸의 모습은 조용하고 평화롭게 보였다.

"당신 편지가 어제 도착했는데, 열이 있다고 아직 안 보여주네."

나오꼬는 말을 하면 울어버릴 것 같아서 그저 끄덕였다. 켄사꾸는 다시 나오꼬의 얼굴을 계속 바라보고 있다가 잠시 후에,

"난 지금 정말 기분이 좋아"하고 말했다.

"싫어요. 그런 말씀하지 마세요." 나오꼬는 발작적으로 자기도 모르게 흥분한 어조로 말하고는,

"선생님은 조금도 걱정할 것 없는 병이라고 말씀하셨어요"하고 다시 고쳐 말했다.

켄사꾸는 피곤한 듯 손을 잡은 채 눈을 감아버렸다. 온화한 얼굴이었다. 나오꼬는 켄사꾸의 이런 얼굴을 처음 보는 것 같았다. 그리고 이 사람이 이대로 살아나지 못하는 건 아닌가 하는 생각이 들었다. 그러나 이상하게도 그 생각은 나오꼬를 그렇게 슬프게 하지는 않았다. 나오꼬는 빨려들어가듯이 그 얼굴을 하염없이 바라보고 있었다. 그리고 나오꼬는,

'살아나든 살아나지 못하든 어쨌든 난 이 사람을 떠나지 않고 언제까지라도 따라갈 거야'하고 계속해서 생각했다.

시가 나오야(志賀直哉)의 생애 및 작품세계[1]

시가 나오야는 1883년 2월 20일 미야자끼 현(県) 이시마끼스미요시 쪼오(町)에서 태어났다. 두살 때 부모와 함께 상경하여, 조부모와 함께 지낸다. 조부 나오미찌(直道)에 대해 시가는, "내가 이 세상에서 본 가장 훌륭한 사람 중 한명이었다"라고 고백했다. 조모로부터도 엄청난 사랑을 받고 구김 없이 자란다. 명문학교인 가꾸슈우인(学習院) 초등과에서 중등과로 진학한 해인 12세 때, 생모가

---

1 藤枝静男「志賀直哉──人と作品」, 『暗夜行路』(角川書店 1995) 참고.

돌아가시고 바로 아버지가 재혼하면서 시가는 15세 무렵까지 조부모의 손에서 자란다. 「어머니의 죽음과 새어머니(母の死と新しい母)」「생모의 편지(実母の手紙)」「하얀 선(白い線)」은 박복한 자신의 어머니에 대한 회상과 진혼곡이다. 동시에 의붓어머니에 대한 친애와 존경도 그의 자전적 작품 곳곳에서 볼 수 있다.

1900년, 시가는 열일곱살의 나이에 우찌무라 칸조오(内村鑑三)의 문하생이 된다. 이 강렬한 기독교도로부터 받은 영향은, 교양보다도 오히려 인간 그 자체였다. 그는 "영향을 받았다는 것은, 그가 내게 없는 것을 주었다는 것이 아니라, 그에게 내 안에 있는 것이 공명함으로써 확실한 자아가 성립되었다는 의미"라고 했다. 그리고 그것은 "바른 것에 대한 동경, 부정과 허위를 미워하는 마음"이라고 시가는 말했다.

1901년 아시오 광독 사건으로 황폐해진 군마 현의 농촌을 방문하려고 하다가 아버지와 충돌하면서 이후 십육년에 걸친 아버지와의 불화가 시작된다. 그즈음의 상황은 단편 「산형(山形)」에서 알 수 있다. 이 작품에서 주인공은 아버지를 향해 "옛날에는 영주를 위해 희생하고 죽는 것을 영예로 생각했을지 모르지만, 지금은 학교에 있는 저 바보 같은 애들을 위한 희생이 전혀 영예롭지 않다고 생각하는 게 당연하지 않나요?"라고 말한다. 당시 가꾸슈우인 학생들은 대부분 귀족 집안의 자제여서 아버지가 그들을 존경하고 있음을 알고 있었기에, 시가는 자신이 진정으로 존경하는 것이 무엇인지를 극명하게 나타내려고 이렇게 말했던 것이다.

1902년에 두번째로 낙제하면서 졸업을 못한 시가는 무샤노꼬오지 사네아쓰(武者小路実篤)와 같은 학년이 된다. 이 만남은 예술가로서 시가에게도, 또 무샤노꼬오지 사네아쓰에게도 운명적인 사건이었다. 이후 키노시따 리껭(木下利玄), 야나기 무네요시(柳宗悅), 나가요 요시로오(長与善郞), 사또미 톤(里見弴) 등과 함께 『시라까바(白樺)』를 창간하고, 소설가의 길로 접어든다. 그는 이러한 만남을 통해 유럽의 새로운 미술 양식들도 접하게 된다. 그들은 외국 작품을 받아들이면서 실력 있는 조각가들을 꾸준히 발견하고, 자신의 정신세계를 풍부하게 하는 동시에 일본 화단(畵壇)을 자극했다. 당시 그들이 내놓은 예술적 발견이 모두 적중했다는 사실은 지금 봐도 놀라울 정도고, 그 감식안이 보여준 정확함과 직감은 대단했다. 시가는 훗날 정신적으로 쇠약해져 힘들어지는 시기에 이러한 예술적 경험에 의지해 버틴다. 그는 쿄오또 나라에서 고미술을 감상하고, 동아시아의 뛰어난 회화와 조각, 서예, 정원예술을 접하는 것으로 위로를 받았다. 후에 도감 『자유우호오(座右宝)』를 통해 이러한 것들을 소개하기도 한다.

1907년 시가는 자기 집 하녀와 결혼을 결심하지만 가족의 반대에 부딪히고, 아버지와의 불화는 한층 심해진다. 이듬해, 스물다섯 살이 된 그는 자신에게 기념비적인 작품인 「어느 아침(或る朝)」을 쓴다.

원고지 10매도 채 되지 않는 이 작품은 그해 1월 13일 조모와 싸우고 이튿날 그 일을 그대로 써서 '비소설 조모(非小說 祖母)'라고 이름 붙여놓았던 것인데, 십년 후인 1918년에 단행본을 내며 「어느 아침」이라는 제목을 붙여 표제작으로 발표한다. 이 소설은 시가 본인이 인정하는 작품이라고 한다. 이 단편은 시가가 처음으로 자신이 그려야 할 내용과 그것을 표현하는 방법을 깨닫게 됐다는 점에서 중요하다. 이는 마침내 자신만의 문체를 명확하게 발견하고 확립했다는 의미이기도 하다. 이 작품은 그후 이어지는 모든 작품의 압축적인 원형이라고 할 수 있다. 『소오사꾸요단(創作余談)』에서 "내 처녀작이라고 봐도 좋을지 모른다"라고 말할 정도로 그는 이 작품에 보람을 느꼈던 것이다.

1910년 4월 『시라까바』 창간과 동시에 단편 네편을 발표하고, 이듬해에는 「탁한 생각(濁った頭)」「노인(老人)」을 포함한 네편을, 그다음 해에는 「어머니의 죽음과 새어머니」「클로디어스의 일기(グロ-ディアスの日記)」「대두(大頭)」「정의파(正義派)」 등 대표작으로 꼽히는 작품들을 발표한다. 그해 가을에는 아버지와의 불화로 집을 나가 오노미찌(尾道)에서 혼자 지내면서 『암야행로(暗夜行路)』의 전신인 「토끼또오 켄사꾸(時任謙作)」에 착수한다. 그리고 그는 1914년에 결혼한다.

1917년은 시가에게 있어서 기념할 만한 해이다. 결혼 전후로 지속된 삼년간의 침묵을 깨고 시가는 스스로의 감동을 담아 단번에 명작 「화해(和解)」를 완성해버린다. 앞서 언급한 「산형」에서 보이는 저돌적인 강한 자아와 결벽증, 타인에게 절대로 거짓말을 할 수 없는 강렬한 자질이 이 작품에도 고스란히 관통한다. 이 작품에는 거의 화해가 이루어지려는 대목에서 "한마디라도 좋으니 눈 딱 감고 '지금까지 제가 잘못했습니다. 용서해주세요'라고 아버지에게 말할" 것을 부탁하는 의붓어머니에게, "이제껏 아버지와의 관계는 제게 필연적인 것이었다고 생각합니다. 만약 제가 아버지가 원하는 인간이 되었다면, 지금 제 눈으로 제 자신을 볼 수 없었을 테니까요"라고 대답하는 장면이 나온다. 얼핏 보면 제멋대로인 듯한 그의 생각은 결국 '자신을 사랑한다'는 시가의 지론과 맞닿아 있다. "아이들에게 이렇게 가르치려고 한다. '자신을 뜨겁게 사랑하고 자신을 소중히 하라'라고. 나는 나 자신의 과거를 돌아보며, 자신을 뜨겁게 사랑하고 자신을 소중히 하고 자신을 존경해왔다고 자신할 수 있다. 그러나 동시에 끊임없이 자기혐오에도 빠진다. 나 자신만큼 쓸모없는 인간이 있을까 하고 생각하기도 했다. 그러나 끝까지 자신을 포기하지 않았다." 그는 이렇게 고백한다.

「화해」 이후 『암야행로』 전편을 완성한 시가는 「청개구리(雨蛙)」 「호리바따의 생활(濠端の住まい)」 「야마시나의 기억(山科の記憶)」 「쿠니꼬(邦子)」를 발표하고, 1929년부터 약 오년간 창작을 중단한다.

1937년, 시가의 유일한 장편이자 일본 근대문학의 대표작으로 꼽히는 『암야행로』가 완성된다. 전신 「토키토오 켄사꾸」를 쓰고 나서 이십육년 만의 일이다.

그후, 1941년 「초봄의 여행(早春の旅)」을 기점으로 그 전후에 발표된 「산비둘기(山鳩)」 「나팔꽃(朝顏)」 「팔손이 꽃(八手の花)」 「석양(夕陽)」 등의 소품에서 보이는 원숙한 동양적 깊이와 아름다움은 「키노사끼에서(城の崎にて)」나 「모닥불(焚火)」에서 싹튼 일종의 범신론적 사상이 심화된 것임을 읽을 수 있다.

한편, 시가의 작품 속 묘사에는 거의 병적인 예민함이 있다. 이는 시가 작품의 많은 장면에서도 볼 수 있고, 「병중몽(病中夢)」과 같은 독립된 소품에서 보이는 꿈의 묘한 아름다움에 대한 묘사에서도 그렇다. 평상시에는 잠재하고 있던 의식의 내면이 꿈을 통해 펼쳐지는 초현실적이고 생생한 감상을 그는 마치 맨손으로 잡은 듯 선명하게 묘사한다.

그의 예술관을 아는 데 가장 중요한 작품은 「리듬(リズム)」이다. 시가는 자신에게 꼭 맞는 문체를 발견하려고 오자끼 코오요오(尾崎紅葉)의 문장을 익히거나, 라꾸고까(落語家)인 엔쬬오(円朝)의 라꾸고를 속기사가 받아 적은 기록을 참고하기도 했다. 그리고 앞서

언급했듯이 이윽고 「어느 아침」에서 일순간에 지금까지 누구도 보여주지 못한 독자적인 문체를 획득했다. 시가의 문체가 후기 인상파의 회화, 특히 쎄잔을 연상시킨다는 사또오 하루오(佐藤春夫)의 예리한 지적도 하나의 암시가 되겠지만, 「리듬」은 그의 문체가 어떻게 '예술적으로 승화'됐는지를 알려주는 가장 직접적인 실마리일 것이다.

"인간이 하는 훌륭한 일 — 하는 일, 말하는 일, 쓰는 일, 뭐든 좋은데, 그런 일을 접하면 실로 유쾌하다. 나 자신에게도 같은 것이 어디엔가 있다. 잠재된 그것을 깨어나게 해야 한다. 정신을 차린다. 가만히 있으면 안된다고 생각한다. 일에 대한 의지를 스스로 확실히 느낀다. 좋은 말, 좋은 그림, 좋은 소설, 정말 좋은 것은 반드시 그런 작용을 사람에게 일으킨다." 그는 이 작용을 일으키는 것이 리듬이라고 말한다.

즉, 무엇이든 그것에서 받은 감동의 리듬이 제작 혹은 행위를 고무하는 원동력이 된다는 것이다. 그런 힘을 가진 것만이 진짜 예술이고, 그런 작품을 낳는 것이 시가가 추구하는 예술상의 목표였다. 그런 목표를 가진 이상, 시가의 개성적 리듬을 순수한 형태로 울려 퍼지게 하기 위해서는 다른 사람의 문체의 흔적이 파고들어갈 여지가 없었던 것이다.

시가 나오야는 일본 근대문학을 대표하는 리얼리스트였다. 시가는 그의 작품 「소승의 신(小僧の神樣)」에 빗대어 '소설의 신'이라고도 불렸다. 그는 개인의 감수성을 절대적인 것으로 단정하고, 세상의 모든 것이 개성을 가진다는 전제하에 작품을 그려나갔다. 내면을 향하고, 안이하게 타협하는 자신을 용서하지 않고, 자신의 개성을 철저하게 추구하는 과정에서 그의 작품세계는 완성되어간 것이다.

『암야행로』의 탄생 과정[2]

『암야행로』는 성립사 자체에 매우 복잡한 요소를 품고 있다. 시가 나오야의 작가적 역량은 단편소설을 통해서도 충분히 발휘되었지만, 만약『암야행로』가 완성되지 않았다면 그 문학사상 위치는 상당히 달랐을 것이다. 소설이 만들어지게 된 발단은 저돌적인 성격을 띤『오오쓰 준끼찌(大津順吉)』를 세상에 내놓은 것이라고 할 수 있다. '후편' 후반부의 다이센 산에서의 장면이 기록되고 완성된 것이 1937년이니, 쓰기 시작한 시점으로 보자면 이십오년의 세월이 걸린 작품이다.

시가 나오야 자신도『암야행로』의 전신에 해당하는 사소설(私小說)「토끼또오 켄사꾸」를 쓰는 데 "정말로 애먹었다"라고 고백했다. 오노미찌(尾道)에 살 때부터 쓰기 시작했는데, 제대로 된 글이 만들어지지 않았고, 나쓰메 소오세끼(夏目漱石)로부터『토오꾜오니찌니찌신분(東京日日新聞)』에 게재해보는 게 어떠냐는 제안도 받았지만 작업에 진전이 없어 거절했다는 이야기도 전해진다.

아버지와의 불화가 소설의 소재가 된 만큼 "개인적 감정을 초월하기가 곤란"했던 탓도 있다. 한편 그렇게 오랫동안 지속되던 불화가 마침내 순식간에 화해하는 상황에 이르러, 원래부터 갖고 있던 모티프가 상실되고, 새로운 주제를 찾아야 했던 상황도 존재한다. 거기서 할아버지와 어머니 사이에서 태어난 불의의 자식인 '켄사꾸(謙作)'라는 허구의 축이 생겨났는데, 그전에 발표했던 사소설

2『新潮日本文学アルバム 志賀直哉』(新潮社 1984) 참고.

「토끼또오 켄사꾸」를 적절하게 끼워넣으며 완성해갔다.

사소설 「토끼또오 켄사꾸」는 그 과정에서 사라졌다고 여겨졌는데, 시가 나오야가 죽은 후 이와나미쇼뗀(岩波書店)에서 전집이 만들어질 때「토끼또오 켄사꾸」초고가 시가 집안에 남아 있음이 밝혀졌다. 그것은 하나의 사소설 「토끼또오 켄사꾸」가 아니라, 여러 가지 발상과 시점을 달리한 원고가 섞여 있었고, 주인공의 이름도 '토끼또오 켄사꾸'로 정해지기까지 수차례에 걸친 우여곡절이 있었다는 것도 밝혀졌다. 다양한 초고, 단편적 구상, 그리고 이것들을 메모해놓은 글까지 포함해 번호를 매기고 그 전체를 '『암야행로』 초고'로 부르게 되었다.

'오노미쩨에 가기까지의 일'이라는 제목이 붙은 초고도 있고, '불효자'라는 시점에서 기술한 것, 혹은『암야행로』에서는 켄사꾸 형의 이름인 '토끼또오 노부유끼(時任信行)'라는 제목의 초고도 섞여 있고, '죽은 토끼또오'라는 제목도 있다. '암야행로'라고 큰 글씨로 쓰고 '무샤노꼬오지 사네아쓰(武者小路実篤)에게 바친다'라는 헌사가 들어간 초고는 오직 하나뿐이다. 이 하나뿐인 초고 '암야행로'만 보더라도, '사까구찌(阪口)'에 대한 불쾌한 감정에서 시작하여 '할아버지'와 '오에이'도 등장하기는 하지만 현재의 『암야행로』와는 다르다.

아버지와의 불화와 친구와의 심리적 격차에 역점을 둔 초고도 있다. 무샤노꼬오지를 연상시키는 인물과의 예술관 차이에 대해 언급한 부분도 있다. 무샤노꼬오지에게 절교를 선언했던 시기가 있었으나 이런 내용들은『암야행로』에는 삭제되어 있다. 구상 메모 중에는 '어머니의 죽음 후, 갑자기 할아버지라는 사람이 나타났다' '아버지와의 씨름'이라는 내용도 확인할 수 있고, 다른 구상 메모에는 '처의 간통' '호오끼 다이센(伯耆大山)'이라는 단어도 보인다.

『암야행로』의 발표 순서도 결코 단순하지 않다. 우선 전편의 끝 부분이 「불쌍한 남자(憐れな男)」라는 제목으로 『추우오오꼬오론(中央公論)』1919년 1월호에 독립된 단편으로 발표됐고, 이어서 '서사(序詞)'에 해당하는 부분이 「켄사꾸의 추억(謙作の追憶)」이라는 제목으로 『신쪼오(新潮)』1920년 1월호에 독립적인 단편으로 발표되었다. 또, 「켄사꾸의 추억」은 주인공이 할아버지와 어머니 사이에서 태어난 불의의 자식이라는 것을 처음부터 밝히고, 그것을 주인공은 아직 모른다는 설명이 덧붙어 있다. 1921년 1월부터 8월까지 『카이조오(改造)』에 새로이 오노미찌에서의 장면을 정리하여 연재한다. 그때의 '서사'에서는 「켄사꾸의 추억」에 있던 불의의 자식이라는 설명을 삭제하고 복선으로 교묘하게 살리고 있다.

『암야행로』는 발표 형태를 보더라도 단편소설이 연쇄되는 방식을 도입했고 장편소설로서 결함도 보이지만, 한 컷에 한 장면을 담아내는 시각적 묘사에는 강렬한 힘을 보여, 다시 읽으면 몸과 마음에 공명하는 잊을 수 없는 장면이 속출한다. 1922년부터 후편이 『카이조오』에 연재되는데, 이것도 순조롭게 진행되지는 못하고 연결과 중단을 반복하다가, 결국 아홉권짜리 카이조오샤(改造社)판 '시가 나오야 전집'의 간행에 맞추어 다이센 산의 새벽을 그린 장면이 씌어지며 완성되었다.

『암야행로』는 토끼또오 켄사꾸 한 사람이 주도해가는 소설이다. 시가 나오야는 "사건의 외적인 발전보다도 사건에 의해 주인공의 마음이 변해가는 내면의 발전을 그렸다"라고 했다. 히라노 켄(平野謙)은 "시간의 흐름에 따라서 겸허해지는 남성"의 이야기라고 말한다. 전체보다는 세부적 진실에 대한 고집, 그것이 『암야행로』의 가장 큰 특색이다. '전편'의 켄사꾸는 성(性)적 방황을 계속하고 데 까당스에 빠지며 돌파구를 찾지 못해 방황하고, 공허함에 시달린 다. 켄사꾸의 '방탕'에는 자연의 본능이 작용하고 있다. 경제적으 로는 어려움이 없으나 마음은 굶주려 있는, 실로 '불쌍한 남자' 그 자체인 것이다. 그러나 중간에 삽입된 일기에 있는 것처럼 폭풍이 몰아치기를 바라는 태세가 있고 어색한 것들을 걷어버리고 "모든 것을 불태워버릴 만한 욕망"(97면)을 가지고 "서두르지 말고 쉬지 말고""포기하지 않고, 지지 않고""진정한 평안과 만족"(98면)을 얻기를 바란다. 오노미찌로 가는 배 안에서도 밤에 혼자 자연에 대 항하려는 자세를 취한다. 비행기를 발명하고 공중을 나는 인간의 에너지를 찬미하기도 한다. '후편'으로 들어가면 '전편'의 초초했 던 분위기는 자연스럽게 차분히 가라앉는데, 쿄오또(京都)라는 지 역이 큰 역할을 한다. 나오꼬(直子)와의 만남은 아주 순조롭고 유 쾌하게 결혼으로 연결된다. 그리고 죽은 어머니의 고향 카메야마 (亀山)를 방문하고 "모든 것은 나부터 시작되는 거야. 내가 선조인 거지"(292면)라고 단언한다. 여기에 나오꼬와의 결혼생활과 쿄오또 의 자연 및 연중행사가 잘 섞여서 표현된다. 그러나 나오꼬가 사촌 오빠에게 겁탈당하면서 '전편'에서의 어머니의 불의가 '후편'에서 처의 불의로 이어진다. 나오꼬의 불의를 안 켄사꾸는 나오꼬의 옷 을 재봉가위로 갈기갈기 잘라버리거나 기차에서 밀어버리는 행동 을 하기도 한다. 이성으로는 이해해도 감정이 뒷받침되지 못하는 것이다. 그리고 오노미찌, 쿄오또 다음으로 이어지는 장소가 호오 끼의 다이센 산이다. 다이센 산으로 향하던 도중 한여름의 열기를 느끼고 "벼의 푸르름이 짙어가는구나"(446면)라고 한 구절 쓴다. 다 이센 산에서 켄사꾸는 비행기보다도 왕잠자리나 솔개의 모습이 더 아름답다고 느끼고 비행기가 추하다고 생각한다.

　다이센 산의 새벽 장면의 초고를 보면 한자 하나, 구절 하나 정성을 기울이는 모습, 고쳐쓰고 다시 고쳐쓰고, 확고부동한 문장으로 완성하려고 애쓴 점을 명확히 확인할 수 있다. 대자연에 녹아들어가 자신은 먼지만큼 작은 존재임을 느낀다. 켄사꾸가 병에 걸리고 나오꼬가 달려오는 마지막 장면에서 처음으로 나오꼬의 시점으로 기술되며 소설이 끝난다.

『암야행로』에 있어서 '꿈'[3]

　『암야행로』에는 주인공의 체험세계의 협소함이나 줄거리의 단순함을 보상이라도 하듯이 공상이나 몽상, 혹은 꿈 같은 것이 중대한 의미를 가지고 나타난다. 켄사꾸는 꿈에서 의미를 찾는 사람이기도 하다. 몽상과 꿈——이것들은 자연스럽게 꿈에서 깨어남으로써 선명하게 떠오른다. 『암야행로』는 켄사꾸라는 주인공의 '꿈'과 '각성'을 추적하면서 읽어나갈 수 있다. 켄사꾸는 우선 아이꼬(愛子)라는 여성에게 구혼하는 과정에서 뜻밖에 아버지의 냉엄한 태도를 보게 되고, 어릴 적부터 좋아하고 믿어왔던 아이꼬의 어머니에게도 배신당하며, 인생에 대한 절망감을 느껴 만사에 소극적인 태도에 젖는다.

　켄사꾸가 그처럼 차가운 태도와 배신을 겪을 수밖에 없었던 저변에는, 그가 할아버지와 어머니 사이에서 태어났다는 저주받은

---

3 竹盛天雄「『暗夜行路』の夢」,『志賀直哉全集 第伍卷 月報 5』(岩波書店 1983) 참고.

운명을 짊어지고 있기 때문이었다. 이와 같은 스티그마에 짓눌린 켄사꾸라는 존재가, 결국 숨겨진 자신의 비밀에 대한 진상을 알고, 그것을 어떻게 받아들이는가 하는 것이 『암야행로』 전편의 근간이 되는 '꿈'과 '각성'의 모티프를 이룬다.

전편은 켄사꾸가 출생의 비밀을 알기 이전의 번민과 이후의 번민으로 나뉘어 있다고 볼 수 있다. 비밀을 알기 전의 번민은 1장의 '9'에서 켄사꾸의 일기에 적힌 내용이 전형적이다. 괴로움과 답답함에 괴로워하며 운명에 반항하려는 적극적인 자세가 선명하게 나타나 있다. 이 일기를 쓰고 흥분해서 방 안을 안절부절못하며 서성거릴 때, 오에이가 부르는 소리에 깨어나서 순간 현실세계로 돌아온다. 여기에서 그는 "잠시 꿈에서 깬 듯한 느낌"(101면)이었다고 기술되어 있다.

켄사꾸의 몽상과 이어지는 각성에는 하나의 패턴이 있다는 것을 알 수 있다. 오노미찌 여행 중 한 장면으로, 콘비라(金毘羅) 신사 참배 도중, 배 위에서 조오즈야마(像頭山) 산을 바라보면서 그는 순간 코끼리에 동화되어 인간과 전쟁하고 흥분하는 공상에 빠진다. 배의 사무장이 항구에 도착했다고 알릴 때 "그는 허무한 공상에서 깨어났다"(155면)라고 서술되어 있다. 켄사꾸의 공상 혹은 몽상은 그가 짊어진 괴로운 운명, 거기서 생겨난 차별, 소외감과 밀착되어 있다. 이런 측면은 사소설이 될 수도 있었던 장편소설에서 픽션 『암야행로』로 이행, 혹은 변모해간다는 의미를 담고 있다.

1장 '9'에 나온 일기의 사색, 혹은 조오즈야마 산을 바라보면서 하는 몽상 등은, 켄사꾸라는 인물이 지닌 공상가 혹은 몽상가로서의 측면을 가장 잘 드러내는 장면이라고 할 수 있다. 그리고 그런 켄사꾸의 사색이 우여곡절 끝에 새로운 깨달음을 얻는 것으로 『암야행로』전편과 후편이 전체의 이야기로 이어져간다.

켄사꾸가 겪는 차별이나 소외와 깊이 연계되어 있는 공상과 몽상은 일기에서처럼 인류의 의지나 운명에 대한 반항이라는 위압적인 면만 있는 것은 아니다. 다른 한편으로 의식의 심층과 관계된 이미지의 표출로, 끊임없이 선명하고 강렬하게 기분 나쁜 인상을 남기는 것도 있다. 1장 '11'이 되면, 방탕한 생활을 시작한 켄사꾸가 돌아가신 할아버지의 첩이자 같이 사는 오에이(お栄)를 의식하고 성적으로 끌리는 모습이 '묘한 상상'으로 그려진다. 이 "음탕한 정신의 본체"(117면)라고 표현된 것의 본질적 의미는, 아버지와의 불화를 다루었던 사소설 단계에서는 명확하게 나타나지 않았지만, 『암야행로』로 완성되는 과정에서 주인공 켄사꾸를 설정해가면서 비중 있게 기술된다. 오에이에 대한 성적 끌림은 '악몽'이 되어 심야에 켄사꾸를 엄습한다. 켄사꾸는 간신히 그 악마의 도전을 견뎌낸다. 이 장면에 나오는 '하리마(播磨)'라는 마성(魔性)은, 켄사꾸가 위험한 상태에 빠져서 필사적인 노력으로 참아내는 성적 터부를 상징하는 것으로 보인다. 켄사꾸는 '꿈'에서 음탕한 악마와 직접 대면하고, 자신을 유혹하는 악마가 의외로 빈약하고 우스꽝스럽다는 것을 깨달으며 '꿈'에서 깨어난다. 이 장면은 켄사꾸라는 존재가 음탕한 '악몽'에 의해서 공격당하기는 하지만, 결국은 그가 윤리적인 틀을 벗어나지는 않을 것임을 예견하듯이 보여주고 있다.

그러나 오에이에 대한 '악몽'과도 같은 성적인 끌림은 켄사꾸가 스스로에게 내린 형벌로서 다른 지방 여행을 마친 후에도 잠잠해지지 않는다. 코또히라(琴平)에서 보낸 밤에, "나이 차이가 크게 나는 것, 과거에 할아버지의 첩이었던 것, 이 두가지만 떼놓고 보면"(162면)이라고 생각한 끝에, 그녀와 결혼하고 싶다는 결론에 도달

한다. 켄사꾸의 공상가, 몽상가적인 성격은 엉뚱한 프러포즈를 하는 이러한 장면에서 잘 드러난다. 이는 하녀에게 구혼한 「오오쓰 준끼찌」 속 주인공의 저돌적인 모습을 훨씬 능가한다.

물론 이러한 것 — 오에이에게 구혼한 행위 — 이 노부유끼(信行)의 답장을 유도해내고, 켄사꾸에게 출생의 비밀이 밝혀진다는 소설적인 전략인 것은 말할 필요도 없다. 그러나 켄사꾸의 공상가, 몽상가적인 모습이, 언제나 소외당하는 위치에 몰리고 차별이 불가피했던 가족관계의 어두운 그늘을 밝혀버리는 매개가 되고, 병을 앓은 다음 쾌유하는, 혹은 새로운 목표 설정을 할 수 있게 해주는 힘을 발휘한다.

할아버지와 어머니 사이에서 태어난 자식이라는 설정은, 작가가 "야시마(屋島) 성에 있던 날 밤 문득 그런 '상상'에 사로잡힌 경험"을 했던 것이 이와 같은 소설적 구성의 배경이 되었다고 한다. 시가 나오야가 직접 체험한 아버지와의 오랜 불화, 거기에서 끓어오른 상상이 『암야행로』라는 픽션을 창출해낸 결정적인 계기가 되었다는 사실 역시 의미 깊다 하지 않을 수 없다.

작자는 자기 자신의 어처구니없는 상상을 작품에 도입하면서, 실제로는 경애했던 할아버지와 닮은꼴이 되지 않도록 의식적으로 배려한다. "태어나면서부터 천한" "하는 일마다 묘하게도 천박한 분위기가 감"도는 할아버지, 그래서 "무엇보다도 어머니와 할아버지가 연결되는 것이 참을 수 없었다"(197면)라고 기술된 것처럼 소설 속 할아버지는 천박하고 역겨운 존재로 멸시당하고 있다. 그리고 파렴치하게 어머니를 겁탈한 이 인간은 될 수 있는 한 이야기에서 활약할 장을 박탈당한다. 그러나 이와 같이 점경인물(點景人物)처럼 취급되며 "치켜올라간 입가, 그 주위의 깊은 주름, 어쩐지 천박하다는 인상"(9면)을 주는 존재는 결코 거기에 머물러 있지 않는다. 오히려 흉흉한 악몽으로서 기묘한 생생함을 가지고 소설의 저변을 떠돌고 있다는 것은 부정할 수 없다. 켄사꾸의 실제 아버지인 할아버지를 천박한 존재, 소위 '속된 것'으로 그려냄으로써 소설 밖으로 추방하려고 해도 쉽게 그렇게 되지는 않는다. 켄사꾸가 오노미찌에서 신바시(新橋)로 돌아갔을 때, 마중 나온 오에이는 그를 본 순간 "나도 모르게, 켄사꾸 씨의 할아버지인가"(197면) 하고 착각한다. 이 같은 오에이의 고백은 켄사꾸의 마음에 미묘한 끌림과 반발을 일으키며 그를 혼란스럽게 한다.

자신의 출생에 대해 밝힌 노부유끼의 편지를 읽은 켄사꾸의 충격은 다음과 같이 서술되어 있다.

모든 것이 꿈 같다는 생각이 들었다. 그것보다도 지금까지의 자신이라는 존재가 안개처럼 멀어져 사라져가는 것을 느꼈다.(170면)

켄사꾸의 이러한 각성은 큰 의미를 가진다. 켄사꾸가 헤쳐나아가야 하는 고통과 환란의 길이 이제부터 시작되는 것이다. 그가 체험한 '꿈'과 '각성'은 마찬가지로 후편의 세계로도 이어져간다. 거기에서 바로 시작되는 토리게따쓰(鳥毛立) 병풍의 여인과 같은 젊은 여성에 대한 몽상은, 회복기의 환자와 같이 신선하다. 정화와 복락에 대한 기대에 사로잡혔던 켄사꾸가 "고고한 기사 돈 끼호떼의 사랑을 떠올"리고(245면) 용기를 가진 것도 '꿈'과 '각성'과 관련하여 시사하는 바가 매우 크다. 켄사꾸가 체험하는 쓸쓸한 각성은, 이미 여기에 배태되어 있다. 그가 홀로 짊어지고 고뇌하는 방황은 역시 그 공상가, 몽상가적 성격이 그렇게 만든 것이다. 이런 각도에서 보면 『암야행로』는 여전히 '어떤 의미에서 새로운 무용전(武勇傳)'인 것이다.

『암야행로』를 통해 본 타이쇼오 시대 청년의 주체 형성

시가 나오야의 유일한 장편소설인 『암야행로』는 시가 문학세계의 귀결로 여겨진다. 이 소설은 발표 당시부터 동시대의 청년과 학생에게 인기를 모으며 필독서로 받아들여졌다. 카와까미 테쓰따로오(河上徹太郎)는 이 소설이 "한 인물이 전체적으로 성장하고 완성되어가는" 과정을 그렸다고 평가했고, 평론가인 코바야시 히데오(小林秀雄), 타니까와 테쓰조오(谷川徹三), 아오노 스에끼찌(青野季吉) 등도 한 인간의 자기순화 과정이 이 소설의 테마이며 주인공의 기분과 심리의 발전이 이 작품에서 중추적인 역할을 한다는 평을 내렸다. 스도오 마쓰오(須藤松雄)는 주인공 켄사꾸의 '대립적 자연관'이 '조화적 자연관'으로 바뀌었다는 평을 하며, 그의 정신적 성장을 지적했다. 또, 혼다 슈우고(本多秋伍)도 주인공이 비뚤어진 성격을 극복하고 '겸손한 마음'을 획득한다는 것에 주목한다. 이처럼 이 텍스트는 주인공 토끼또오 켄사꾸의 정신적 성장을 축으로 하여 사랑에 고민하고, 여성들의 과실을 짊어지고 그것을 자신의 내면으로 끌어들여 번민하는 주인공의 모습과, 그 번뇌 속에서 극복의 길을 모색하는 주제를 다룬다. 이러한 모습을 상징적으로 보여주는 대목이 그의 일기이다.

자신에게는 모든 것을 불태워버릴 만한 욕망이 있다. 그것을 어떻게 표현하면 좋을까? 작고 불투명한 유리 상자 안에 희미하게 켜진 해 지기 전 불빛으로 그 욕망을 어떻게 발산할 수 있을까? 폭풍이여, 와라. 그리고 불투명한 유리를 산산조각 내어라. 그리고 기름병을 마른 판자에 부어주어라. 자신은 처음으로 불이 되어 타오르리라. 그러지 않으면 평생 불투명한 유리 안에서 희미하게 빛날 수밖에 없다.

　　—어쨌든 좀더, 좀더 진지하게 공부하지 않으면 안된다. 나는 정말 군색하다. 일에서도 생활에서도 이상하게 어색하다. 어떻게도 할 수 없다. 아무튼 좀더 자유롭게 뻗어나가서 하고 싶은 일을 척척 할 수 있어야 한다. 어정쩡하게 걷는 것이 아니라 대지를 한 발 한 발 확실히 밟으면서, 활개 치며 좋은 기분으로 앞으로 나가야 한다. 서두르지 말고 쉬지 말고. —그렇다. 태풍을 기다리는 기름병이 되어서는 안된다. —어느 지점에서 포기하는 것으로 평화를 찾고 싶지 않다. 포기하지 않고, 지지 않고, 계속 추구하여 진정한 평안과 만족을 얻고 싶다. 정말로 불사의 일을 하고자 하는 사람은 죽지 않는다. (97~98면)

소설 속에 단 한군데밖에 없는 켄사꾸의 일기는 그의 성장을 위한 시도의 첫 디딤돌이다. 일기는 '욕망의 표출-욕망 달성을 위한 자기점검-공부를 통해 불멸의 일을 하려는 바람'을 드러내고, 이것이 국가와 민족, 그리고 인류를 위해 이루어져야 함을 강조한다. 이러한 주인공의 모습은 타이쇼오 시대(1912~26) 일본 청년의 모습을 생생하게 반영한다.

타이쇼오 시대에 일본은 개인에 대한 의식이 고조됨과 동시에 국가로의 구심력이 약해지고 있었다. 번민하거나 타락하는 청년들이 나타났고, 이러한 현상을 막는 사회적, 국가적 장치로서 '인격수양서(人格修養書)'가 주목받는다. 인격수양서는 인격, 공부, 독서,

수양, 영웅 등을 키워드로 하는 도서들로, 철학적, 종교적 색채를 띠었으며 청년들을 대상으로 대량 출판되었다. 마스다 기이찌(增田儀一)의 『청년과 수양(青年と修養)』이란 책은 1912년부터 1931년에 걸쳐 90쇄를 인쇄할 정도로 지속적으로 발간되었다. '학생들이 경쟁하듯' 읽었다는 이러한 책들은 동종의 책을 유도해냈다. 이러한 책들은 '독서 단속' '독서 장려'라는 국가적 장치 속에서 빛을 발하며 당시 젊은이들의 모범상을 창출해내는 지침서로 활용되기도 한다.

이러한 인격수양서가 불러일으킨 내용상의 가치들을 문학에서 실현해낸 주체가 시가 나오야가 속한 예술가 집단인 시라까바파(白樺派)의 동인들이라고 할 수 있다. 시라까바파 동인들은 '교양주의자(敎養主義者)'라고도 불렸는데, 이러한 타이쇼오 시대의 교양주의를 쓰쓰이 기요타다(筒井淸忠)는 "메이지 시대의 수양주의를 타이쇼오 시대 지식인들이 이어받은 것"이라고 지적했다. 그리고 시라까바파가 주장한 인도주의는 인격수양서에서 흔히 볼 수 있는 담론과 상통함을 확인할 수 있다. 시라까바파가 강조하는 인도주의의 핵심은 타인과의 조화를 통한 개인의 성장, 취미를 살리는 일에 대한 지향, 인류 행복을 위한 실천 등으로, 인격수양서에서 엿볼 수 있는 기본 노선과 같은 맥락으로 이해할 수 있다.

켄사꾸의 일기에서 보이는 그의 번민은 바로 당시 청년들의 번민을 대표한다. 메이지유신 이후 부국강병이라는 국가적 목표가 어느정도 달성된 시기, 청년들은 국가적인 문제보다 개인과 사회에 대해 더 관심을 가지고 되었고, 그 과정에서 자신의 정체성을 어떻게 확보해나가는가에 주목하는 청년들이 많아지게 되었다. 『암야행로』의 주인공이 "어떻게든 하지 않으면 안"된다(84면)고 초조합을 표출하고, 자기 자신의 정신적 성장을 모색하고, 진보를 갈망하고, 공부를 통해 노력하고, 일을 통해 자신을 만들어가려는 의지를 드러내는 모습은 동시대 젊은이들에게 하나의 이상적 모델—성공한 위인과 같은 모델이기보다는 과정을 함께 경험하는 주체로서—이 되어 공감을 얻었다.

한편『암야행로』에서 주인공의 성장을 이끄는 중요한 요소로 '공부'와 '여행'이 있다. 일에 대한 켄사꾸의 욕망은 그를 이동시키는 원동력이다. 오노미찌, 쿄오또, 콘비라 신사, 조선, 다이센 산에 이르는 그의 여행은 그가 추구하는, 번민의 돌파구를 찾기 위한 수단이자, 그것을 통해 '창작 일'을 수행하고자 하는 욕망의 표출이다. 켄사꾸가 떠나는 여행에는 공부하고자 하는, 그리고 공부를 통해 위대한 업적을 남기고자 하는 의지가 담겨 있다. "어쨌든 좀더, 좀더 진지하게 공부하지 않으면 안된다"(97면)라는 주인공의 고백과 천재적 인물에 대한 동경, 자신도 그러한 업적을 남기고자 하는 열망, 인류의 만족에 기여하는 일을 해내고자 하는 시도는 타이쇼오 시대 모범적 청년 모델로서 상징성을 띤다.

『암야행로』는 켄사꾸가 다이센 산을 오르던 중 쓰러져 사경을 헤매는 장면으로 끝난다. 이후 켄사꾸의 생사에 대해서는 아무런 정보가 없다. 이런 여운을 남기는 결말을 통해 이 소설이 일과 공부를 통해 끊임없이 성장하고자 하는 독자들의 '생'으로 이어진다는 것을 알 수 있다. 이처럼 청년 켄사꾸의 인생 여정은 일본 근대의 모범적 청년으로서 당시 젊은이들의 삶에서 재생산된다는 가치를 담고 있었던 것이다.

서기재(건국대 교수)

작가연보

1883년   2월 20일, 미야자끼 현 이시노마끼 쪼오에서 아버지 나오하루(直
         溫)와 어머니 긴(銀) 사이에서 차남으로 태어남. 아버지는 게이오
         기주꾸 대학 출신으로, 다이이찌 은행 이시노마끼 지점 근무. 어
         머니는 이세가메야마 번의 가신 사모또 겐고(佐本源吳)의 다섯째
         딸이었음.

1885년   아버지가 다이이찌 은행 사직. 시가는 토오꾜오 고지마찌 구 우찌
         사이와이 쪼오의 소마(相馬) 가문 옛 번주(潘主) 저택에 있는 조부
         모 집으로 가 조부모의 손에서 자람.

518

1889년	명문학교 가꾸슈우인 소학교 입학.
1895년	8월 30일, 생모 사거. 9월, 가꾸슈인 중등과에 진학함. 아버지는 타까하시 코오(高橋浩)와 재혼함.
1896년	아리시마 이꾸마(有島生馬), 가와무라 히로시(川村弘), 쿠로끼 산지 등과 켄유우까이(倓遊会)를 결성, 원고를 모아 회람잡지『켄유우까이잣시(倓遊会雑誌)』를 간행함.
1898년	중등과 4학년 진급에서 낙제함. 스포츠를 좋아함.
1901년	우찌무라 칸조오(内村鑑三)의 제2회 여름학기 강습회에 출석, 이후 7년간 우찌무라에게 수학. 아시오 광독 사건의 피해지를 방문하려고 하다가 아버지와 충돌함.
1902년	중등과 6학년 진급에서 다시 낙제함. 무샤노꼬오지 사네아쓰(武者小路実篤) 등과 같은 반이 됨.
1903년	가꾸슈우인 고등과에 진학함.
1904년	이즈음부터 카부끼의 한 종류인 무쓰메기다유우(娘義太夫)에 열중함. 치까마쓰 몬자에몬(近松門左衛門), 이하라 사이까꾸(井原西鶴), 이즈미 쿄오까(泉鏡花), 오자끼 코오요오(尾崎紅葉) 등의 작품을 즐겨 읽고, 입센(Henrik Ibsen), 고리끼(Maksim Gor'kii), 모빠상(Guy de Maupassant) 등의 작품을 영역본으로 읽음.

1906년 1월 13일, 조부 사거. 가꾸슈우인 고등과를 거쳐 토오꾜오 대학 영문과에 진학함.

1907년 4월, 무샤노꼬오지, 키노시따 리껜(木下利玄) 등과 '14일회'를 결성함. 8, 9월 하녀 C와 결혼하려다 반대에 부딪혀 부자간의 갈등이 깊어짐.

1908년 3월 말부터 4월에 걸쳐 사또미 톤(里見弴), 키노시따 리껜과 함께 칸사이 지방을 여행하고 「여행 중 일기 ─ 사찰의 기와(旅中日記 寺の瓦)」를 집필함. 7월, 회람잡지 『아바레야(暴矢)』(후에 『야보오(野望)』가 되었다가 『시라까바(白樺)』가 됨)를 창간하고, 「아바시리까지(網走まで)」 등을 집필함.

1909년 회람잡지에 「신경쇠약(神経衰弱)」 「젊은 은행원(若い銀行員)」 등을 기고함.

1910년 4월, 『시라까바』를 창간하고 「아바시리까지」를 발표함. 6월, 「면도칼(剃刀)」 발표.

1911년 4월, 「탁한 생각(濁つた頭)」 발표. 11월, 「노인(老人)」 발표.

1912년 1월, 「할머니를 위하여(祖母のために)」 발표. 9월, 「오오쓰 준끼찌(大津順吉)」를 『추우오오꼬오론(中央公論)』에 발표하여 처음으로 원고료를 받음. 아버지와 싸우고 오노미찌에서 지냄.

1913년	1월, 「세에베와 표주박(淸兵衛と瓢箪)」 발표. 첫 창작집 『루메(留女)』 발간. 여름에 기차에 치여 중상을 입음. 10월, 「한의 범죄(范の犯罪)」 발표.
1914년	사또미 톤과 마쓰에에 거주. 쿄오또로 옮겨 12월 무샤노꼬오지의 숙부 카데노꼬오지 스께꼬또(勘解由小路資承)의 딸 사다꼬(康子)와 결혼함.
1917년	5월, 「키노사끼에서(城の崎にて)」 발표. 6월, 「사사끼의 경우(佐々木の場合)」를 발표하고 『오오쓰 준끼찌(大津順吉)』를 발간함. 8월, 「사람 좋은 부부(好人物の夫婦)」 발표. 9월, 「아까니시까끼따(赤西蠣太)」 발표. 10월, 「화해(和解)」 발표. 아버지와 화해함.
1918년	1월, 버나드 리치(Bernard Howell Leach)가 표지를 꾸민 『밤의 빛(夜の光)』 발간.
1919년	1월, 「11월 3일 오후의 일(十一月三日吾後の事)」 발표.
1920년	1월, 「소승의 신(小僧の神様)」 발표. 「어떤 남자, 그 누이의 죽음(或る男、其姉の死)」을 『오오사까마이니찌신분(大阪毎日新聞)』에 연재함. 4월, 「모닥불(焚火)」 발표. 9월, 「마나즈루(真鶴)」 발표.
1921년	1월, 『암야행로(暗夜行路)』를 『카이조오(改造)』에 연재함. 2월, 『아라끼누(荒絹)』 발간. 8월 16일, 조모 사거.

1922년 1월, 『암야행로』 '후편' 연재를 시작하지만 이어지지 못함. 7월, 『암야행로』 '전편' 발간됨.

1923년 3월, 쿄오또로 이사함. 타끼이 코오사꾸(瀧井孝作)도 쿄오또로 옮김. 7월, 오자끼 카즈오(尾崎一雄)를 시작으로 여러 문인들이 방문. 칸또오 대지진을 계기로 『시라까바』를 종간함. 10월, 쿄오또 교외 야마시나로 이사함.

1924년 1월, 「청개구리(雨蛙)」 발표. 여름에 코바야시 히데오(小林秀雄)가 방문함.

1925년 1월, 「호리바따의 생활(濠端の住まひ)」 발표.

1926년 1월, 「야마시나의 기억(山科の記憶)」 발표. 6월, 미술도감 『자유우호오(座右宝)』를 편집하여 발간함.

1927년 9월, 「쿠쓰까께에서 ──아꾸따가와 군에 대해(沓掛にて──芥川君のこと)」 발표. 11월, 「쿠니꼬(邦子)」 발표. 12월, 이와나미분꼬(岩波文庫)로 『화해·어떤 남자, 그 누이의 죽음(和解·或る男、其姉の死)』이 발간됨.

1929년 2월, 아버지 사거. 연말부터 이듬해 1월까지 사또미 톤과 만주 등 중국 북부를 여행함.

1931년 1월, 「리듬(リズム)」 발표. 이해부터 이듬해에 걸쳐 카이조오샤(改造社)에서 문고본 '시가 나오야 전집' 전8권을 출간함.

1933년 9월, 「반레끼아까에(万歷赤絵)」 발표.

1934년 1월, 「일요일(日曜日)」 발표. 4월, 「코모노(菰野)」 발표.

1935년 11월, 타끼이 코오사꾸가 매일 방문함. 이때의 기록이 후일 『시가 나오야 대담 일기(志賀直哉対談日記)』로 나옴.

1936년 3월, 무샤노꼬오지 앞으로 보낸 서간문을 모은 『시가 나오야의 편지(志賀直哉の手紙)』가 발간됨. 인세는 무샤노꼬오지 등이 중심이 된 공동체 마을 아따라시끼무라(新しき村)에 기부함. 이따미 만사꾸(伊丹万作) 감독이 「아까니시까끼따」를 영화화함.

1937년 4월, 『암야행로』를 마침내 완성하고, 9월에 카이조오샤판 '시가 나오야 전집' 제9권으로 출간함.

1940년 12월, 쿠사끼야(草木屋)출판부에서 한정판으로 『에이잔꼬(映山紅)』를 발간함.

1941년 「초봄의 여행(早春の旅)」 「우찌무라 칸조오 선생님에 대한 추억(内村鑑三先生の憶ひ出)」 발표.

1943년 11월, 단권 호화본 『암야행로』 발간.

1946년   1월, 「잿빛 달(灰色の月)」을 『세까이(世界)』에 발표함.

1947년   「벌레 먹은 우정(蝕まれた友情)」 발표. 일본펜클럽 회장으로 취임.

1948년   2월, 『이듬해(翌年)』 발간.

1949년   4월, 카와데쇼보오(河出書房)의 '현대일본소설대계(現代日本小説大系)'의 1차분으로 『암야행로』 발간. 11월, 문화훈장을 수상함.

1950년   1월, 「산비둘기(山鳩)」를 『코꼬로(心)』에 발표. 『가을바람(秋風)』, 한정본 『나라(奈良)』 발간.

1951년   2월, 『산비둘기』 발간. 「아침의 시사회(朝の試写会)」 「자전거(自転車)」 발표.

1952년   5월, 우메하라 류자부로오(梅原龍三郎), 야나기 무네요시(柳宗悦), 하마다 쇼오지(浜田庄司) 등과 유럽을 여행함. 영국에서 버나드 리치를 만남.

1954년   1월, 「나팔꽃(朝顔)」을 『코꼬로』에 발표. 12월, 「히로쓰 군의 작업(広津君の仕事)」 발표.

1955년   6월, 이와나미쇼뗀(岩波書店)에서 신서(新書)판 '시가 나오야 전집' 전17권 발간 시작.

1956년	3월, 「하얀 선(白い線)」 발표.
1958년	4월, 하니 스스무(羽仁進)가 감독한 기록영화 「시가 나오야」가 완성됨. 6월, 『팔손이 꽃(八手の花)』 발간.
1959년	6월, 미술도감 『수하미인(樹下美人)』 발간. 가을, 영화 「암야행로」가 토요따 시로오(豊田四郎) 감독에 의해 영화화됨.
1960년	9월, 타끼이 코오사꾸 편집으로 『석양(夕陽)』이 발간됨. 12월, 코오단샤(講談社)판 '일본현대문학전집(日本現代文学全集)'의 제1권 『시가 나오야집(志賀直哉集)』의 표제작으로 「나일 강의 물 한 방울(ナイルの水の一滴)」 초고 발표.
1966년	2월, 『하얀 선』, 5월, 『동물소품(動物小品)』 발간.
1969년	3월, 『비파 꽃(枇杷の花)』 발간.
1971년	10월 21일, 칸또오추우오오 병원에서 사거. 같은 달 26일, 아오야마 장례식장에서 무종교 의례로 장례를 치름.

고전의 새로운 기준, 창비세계문학

오늘날 우리는 인간의 존엄과 개성이 매몰되어가는 시대를 살고 있다. 물질만능과 승자독식을 강요하는 자본주의가 전지구적으로 확산되면서 현대사회는 더 황폐해지고 삶의 질은 크게 훼손되었다. 경제성장만이 최고의 선으로 인정되고 상업주의에 물든 문화소비가 삶을 지배할수록 문학은 점점 더 변방으로 밀려나고 있다. 삶의 본질을 성찰하는 문학의 자리가 위축되는 세계에서는 가진 자와 못 가진 자 할 것 없이 모두가 불행할 수밖에 없다.

이 시대야말로 인간답게 산다는 것의 의미가 무엇인지 근본적인 화두를 다시 던지고 사유의 모험을 떠나야 할 때다. 우리는 그 여정에 반드시 필요한 벗과 스승이 다름 아닌 세계문학의 고전이라는 점을 강조한다. 고전에는 다양한 전통과 문화를 쌓아올린 공동체의 경험이 녹아들어 있고, 세계와 존재에 대한 탁월한 개인들의 치열한 탐색이 기록되어 있으며, 새로운 세상을 꿈꾸는 아름다운 도전과 눈물이 아로새겨 있기 때문이다. 이 무궁무진한 상상력의 보고이자 살아 있는 문화유산을 되새길 때만 개인의 일상에서 참다운 인간적 가치를 실현하고 근대적 삶의 의미와 한계를 성찰하는 지혜를 얻을 수 있을 것이다.

'창비세계문학'은 이러한 문제의식에서 출발한다. 세계문학의 참의미를 되새겨 '지금 여기'의 관점으로 우리의 정전을 재구성해야 할 필요성이 그 어느 때보다 절실하다. '정전'이란 본디 고정된 목록으로 존재하는 것이 아니라 그때그때 주어진 처소에서 새롭게 재구성됨으로써 생명을 이어가는 것이다. 우리는 먼저 전세계 문학들의 다양성과 차이를 존중하면서 국가와 민족, 언어의 경계를 넘어 보편적 가치에 기여할 수 있는 가능성에 주목하고자 한다. 근대를 깊이 성찰한 서양문학뿐 아니라 아시아와 라틴아메리카, 중동과 아프리카 등 비서구권 문학의 성취를 발굴하고 재평가하는 것 역시 세계문학의 지형도를 다시 그리려는 창비의 필수적인 작업이 될 것이다.

여러 전집들이 나와 있는 세계문학 시장에서 '창비세계문학'은 세계문학 독서의 새로운 기준이 되고자 한다. 참신하고 폭넓으면서도 엄정한 기획, 원작의 의도와 문체를 살려내는 적확하고 충실한 번역, 그리고 완성도 높은 책의 품질이 그 기초이다. 독서시장을 왜곡하는 값싼 유행과 상업주의에 맞서 문학정신을 굳건히 세우며, 안팎의 조언과 비판에 귀 기울이고 독자들과 꾸준히 소통하면서 진정 이 시대가 요구하는 세계문학이 무엇인지 되묻고 갱신해 나갈 것이다.

1966년 계간 『창작과비평』을 창간한 이래 한국문학을 풍성하게 하고 민족문학과 세계문학 담론을 주도해온 창비가 오직 좋은 책으로 독자와 함께해왔듯, '창비세계문학' 역시 그러한 항심을 지켜 나갈 것이다. '창비세계문학'이 다른 시공간에서 우리와 닮은 삶을 만나게 해주고, 가보지 못한 길을 걷게 하며, 그 길 끝에서 새로운 길을 열어주기를 소망한다. 또한 무한경쟁에 내몰린 젊은이와 청소년 들에게 삶의 소중함과 기쁨을 일깨워주기를 바란다. 목록을 쌓아갈수록 '창비세계문학'이 독자들의 사랑으로 무르익고 그 감동이 세대를 넘나들며 이어진다면 더없는 보람이겠다.

2012년 가을
창비세계문학 기획위원회

창비세계문학 17

암야행로

초판 1쇄 발행/2013년 7월 22일

지은이/시가 나오야
옮긴이/서기재
펴낸이/강일우
책임편집/권은경
펴낸곳/(주)창비
등록/1986년 8월 5일 제85호
주소/413-120 경기도 파주시 회동길 184
전화/031-955-3333
팩시밀리/영업 031-955-3399 편집 031-955-3400
홈페이지/www.changbi.com
전자우편/lit@changbi.com

한국어판 ⓒ (주)창비 2013
ISBN 978-89-364-6417-2 03830